BASTEI LÜBBE

Über den Autor:

Uwe Schomburg, geb. 1957 in Bad Lauterberg, lebt mit seiner Familie in Brandenburg. Er ist leitender Angestellter eines mittelständischen Unternehmens und widmet sich in seiner Freizeit dem Schreiben.
Sirius ist sein erster Roman, für den er fast vier Jahre lang recherchierte. Derzeit schreibt Uwe Schomburg an seinem zweiten Roman.

UWE SCHOMBURG

Die SIRIUS VERSCHWÖRUNG

THRILLER

BASTEI LÜBBE

BASTEI LÜBBE TASCHENBUCH
Band 15 536

1. Auflage: August 2006

Dieses Buch ist ein fiktionales Werk. Die handelnden Personen sind frei erfunden bzw. charakterisiert, und die Ereignisse sind frei erfunden, auch wenn sie ein reales Vorbild haben oder sich an realen Ereignissen orientieren.

Originalausgabe

Bastei Lübbe Taschenbücher in der Verlagsgruppe Lübbe

Umschlaggestaltung: Gisela Kullowatz
Titelfoto: © getty-images/Sean Murphy
Satz: hanseatenSatz-bremen, Bremen
Druck und Verarbeitung: Maury Imprimeur A. S.
Printed in France
ISBN-13: 978-3-404-15536-1 (ab 01.01.2007)
ISBN-10: 3-404-15536-X

Sie finden uns im Internet unter
www.luebbe.de

Der Preis dieses Bandes versteht sich einschließlich
der gesetzlichen Mehrwertsteuer.

Für meine Frau Inge

Mehr und mehr Wissenschaftler fühlen, dass der Kontakt mit anderen Zivilisationen nicht mehr länger ein Traum ist, sondern ein natürliches Ereignis in der Geschichte der Menschheit, das möglicherweise in der Lebenszeit vieler von uns eintreten wird.

National Academy of Science, Auszug aus einem Bericht des *Astronomie Survey Committee*, 1972

Gibt es im Weltall intelligentes Leben?
… Bislang haben wir zwar keine gesicherten Erkenntnisse gewonnen, aber es hat beunruhigende ›Vorkommnisse‹ gegeben …

Carl Sagan

Prolog

25. Mai 1961

Der Präsident stand nachdenklich am Fenster und sah auf seinen Schreibtisch. Dort lag die Rede, die er in wenigen Minuten vor dem Kongress halten musste. Sie würden ihn feiern. Für die größte Täuschung, die jemals ein Präsident der Vereinigten Staaten von Amerika verkauft hatte.

Die Tür ging auf. General Osmond von der Air Force betrat zackig das Oval Office. Unter seinem linken Arm trug er eine dünne lederne Mappe, mit der Rechten grüßte er militärisch.

John F. Kennedy sah auf und musterte den General kritisch. Seit rund vier Wochen hatte er heftige Aversionen gegen Militärs und alles, was auch nur annähernd unter diesem Begriff zusammengefasst werden konnte. Die Schweinebuchtaktion gegen Kuba und diesen Verbrecher Castro hatte vor einem Monat nach gut vier Tagen in einem Fiasko geendet. Und was hatten sie ihm nicht alle vorher erzählt.

Die Schweinebucht war die zweite empfindliche Niederlage in kürzester Zeit. Nur wenige Tage zuvor hatte eine andere Nachricht die Nation aufgeschreckt. Die Russen hatten das Raumschiff *Wostok* mit Juri Gagarin an Bord in den Weltraum geschickt. Der Triumph der Russen war grenzenlos.

Und jetzt noch dieser General. Mit seiner aufrechten, schlanken und mittelgroßen Statur und der korrekt sitzenden Uniform strotzte er vor Selbstsicherheit. Seine grünen Augen funkelten unternehmungslustig, und der freundliche, offene Gesichtsausdruck überspielte die scharfen Falten an den Mundwinkeln und auf der Stirn. Osmonds gesunde Gesichtsfarbe rundete das oberflächliche Bild des verständnisvollen Zuhörers ab, auf das schon so mancher hereingefallen war.

Kennedy sah ihn müde an. Wie konnte dieser Mann so frisch und dynamisch daherkommen? Er musste doch keine Nacht ruhig schlafen können. Schließlich war seine Wahrheit schlimmer als alle Demütigungen durch die Russen.

»Sie sind der Mann, der es vorantreiben muss«, hatte Osmond bei ihrem ersten Treffen nüchtern zu Kennedy gesagt. »Entweder wir handeln, oder es ist ein für alle Mal zu spät.«

Kennedy stöhnte innerlich auf. Mit den gleichen Worten hatte General Osmond seinen Vorgänger Präsident Dwight D. Eisenhower schließlich überzeugt. Kennedy dachte an das Gespräch mit Eisenhower. Der Ex-Präsident hielt immer noch nichts davon, Menschen in den Weltraum zu schicken. Es schien ihm sinnlos nach allem, was er wusste.

Doch die Tarnung war perfekt, und schließlich hatte Kennedys Vorgänger sein »Go« gegeben. Der siegreiche Fünf-Sterne-General des Zweiten Weltkriegs vertraute Osmond, den er selbst zum General gemacht hatte, noch immer.

Kennedy dachte zurück an das Gespräch mit Eisenhower, als dieser ihm die Einzelheiten erläutert hatte ... General Osmond war jetzt fünfundvierzig Jahre und hatte im Zweiten Weltkrieg als junger Soldat in Deutschland gekämpft. Als Physiker gehörte er nach Kriegsende zu den Experten, die deutsche Raketenspezialisten aufspürten und in die USA brachten. Sein Organisationstalent und seine analytischen Fähigkeiten führten ihn Anfang der Fünfzigerjahre in geheime Forschungsprojekte. Dort traf er zufällig Eisenhower. Osmonds unerschütterliche Ruhe und sein unabhängiges Denken beeindruckten den Präsidenten.

Für Eisenhower wurde Osmond zu demjenigen, der sich abseits der Hierarchien mit heiklen Themen auseinander setzte und ihn auf diese Weise darin unterstützte, ein eigenes Bild zu gewinnen.

Aber trotz Osmonds Rat setzte der alte Fuchs seine eigene Duftmarke.

Zunächst sagte Eisenhower den Militärs die volle Zuständigkeit zu, um dann im April 1958 dem Kongress zu empfehlen, die Luft- und Raumfahrt einer zivilen Behörde zu übertragen. Dies war die Geburtsstunde der NASA.

Alle waren überrascht. Eisenhower entpuppte sich als strikter Anhänger einer klaren Trennung von militärischen und zivilen Interessen im Weltraum. Der Führer der demokratischen Opposition, Lyndon B. Johnson, und Sam Rayburn, Sprecher des Repräsentantenhauses, vollendeten in der folgenden politischen Schlacht die Niederlage des Verteidigungsministeriums. Schließlich waren die Militärs mit ihrer *Vanguard*-Rakete schuld daran, dass weltweiter Spott auf die Vereinigten Staaten niederprasselte. Nach dem erfolgreichen russischen *Sputnik*-Start präsentierte nur zwei Monate später das hoch angesehene Naval Research Laboratory eine Rakete. Sie war die Maus neben dem riesigen russischen Interkontinentalelefanten R-7. Vor versammelter Presse hob die Maus auf einem alten Raketenschießplatz in Cape Canaveral in Florida ab. Wenige Meter, dann rauchte, dampfte und explodierte sie. Der auf der Rakete montierte winzige Satellit, etwa halb so groß wie eine Bowlingkugel, polterte auf den Boden und kullerte davon. Die Presse bog sich vor Lachen, und die Regierung bezeichnete die Explosion als schnelle Verbrennung, womit sie sich endgültig lächerlich machte.

Kurz darauf war die Schlacht entschieden. General Medaris, der militärische Leiter des Testgeländes White Sands, entwickelte eine Rakete mithilfe von Wernher von Braun und William Pickering vom Jet Propulsion Laboratory, einem damals noch jungen und privaten Labor. Innerhalb von drei Monaten wurde mit der als Jupiter-C bezeichneten Rakete der erste eigene Satellit quasi unter ziviler Leitung in das All geschickt.

General Osmond kämpfte zu jener Zeit verbissen für die militärische Option. In endlosen Konferenzen arbeitete er an den Konzepten des Verteidigungsministeriums mit, ging Eisenhower auf die Nerven und versuchte, den widerborstigen Militär auf dem Präsidentenstuhl umzustimmen. Sogar eine zentrale Forschungsagentur gründeten die Militärs, die über den einzelnen Waffengattungen stand. Und trotzdem unterschrieb Eisenhower am 29. Juli 1958 den *Space Act*, die Geburtsurkunde der zivilen NASA.

Doch den letzten Schritt war Eisenhower danach trotzdem nicht bereit zu gehen – gegen Osmonds Rat, der die Möglichkeiten sofort erkannte, als die NASA im Herbst 1959 das mittelfristige Ziel einer Mondlandung festlegte.

Zwei Jahre, bevor er, Kennedy, als Präsident genau dies als nationales Ziel verkünden würde …

Kennedy musterte den General.

So selbstsicher, wie er dastand, wusste er ganz genau, dass seine Überzeugungsarbeit den Ausschlag gegeben hatte.

»Gibt es nichts, womit wir sie schlagen können?«, hatte Kennedy in einem Vermerk an seinen Vizepräsidenten geschrieben und dabei als Thema selbst konkret den Weltraum angesprochen. Als im *Mercury*-Programm der Autopilot einer unbemannten *Atlas*-Rakete versagt hatte, waren ihm wieder Zweifel gekommen. Der Sicherheitsoffizier hatte die Rakete in fünftausend Meter Höhe gesprengt.

Der erfolgreiche Flug von *Mercury-Redstone 3* mit Alan Shepard an Bord am 5. Mai 1961 war dann der Boden gewesen, den General Osmond gebraucht hatte, um beim Präsidenten in einem vertraulichen Gespräch zu intervenieren.

»Träumer«, pflegte Osmond über die Leute von der NASA zu sagen, wenn Kennedy ihn auf die Konkurrenz ansprach. Osmonds Pläne erfassten ganz andere Dimensionen als das, was die Zivilisten im Auge hatten.

Dabei hatte sich Webb, Chef der NASA, längst den Einfluss von Verteidigungsminister McNamara und von Vizepräsident Johnson gesichert, der ein entschiedener Anhänger der Raumfahrt war.

Kennedy verzog bitter die Mundwinkel. Osmonds Gründe waren allerdings von ganz anderem Kaliber als der Vorsprung der Russen.

Sein Ja war unausweichlich.

Kennedy hatte sich am 10. Mai offiziell entschieden. Osmond hatte das Datum auch als Geburtstag des Air Force Space Bureau notiert. Wenn es irgendwann einmal jemanden interessieren sollte, wann die Entscheidung gefallen war, dann war es ihre Pflicht, auch dies festzuhalten.

»Grübeln Sie nicht zu viel«, sagte General Osmond zu John F. Kennedy, dem fünfunddreißigsten Präsidenten der USA. »Es ist an der Zeit, es muss getan werden. Sie müssen es tun.«

Kennedy ging zu seinem Schreibtisch und nahm seine Rede in die Hand.

»Jetzt ist es an der Zeit, größere Schritte zu machen. Zeit für ein neues amerikanisches Unternehmen. Zeit für diese Nation, eine eindeutig führende Rolle im Weltraum einzunehmen, der in vieler Hinsicht auch der Schlüssel für unsere Zukunft auf der Erde ist …«

General Osmond zog die Augenbrauen hoch. Ihm war jede Andeutung zu viel, mochte sie noch so vage und verklausuliert sein. In ihm glitt Furcht wie eine fette Schlange den Baum hinauf. Das Stück Papier in seiner Tasche musste noch unterschrieben werden, und er fürchtete sich davor, wenn es denn unterschrieben war.

»… Ich denke, diese Nation sollte sich dem Ziel verschreiben, noch vor Ende dieses Jahrzehnts einen Menschen auf dem Mond zu landen und ihn sicher zur Erde zurückzubringen.«

Kennedy sah auf.

»Damit werden Sie in die Geschichte eingehen.«

»Mit Sicherheit.« Kennedy lachte böse auf. »Fragt sich nur, als was. Wahrscheinlich als größter Lügner.«

General Osmond verzog sein rundes Gesicht zu einem schiefen Grinsen. Die vernarbte Stichwunde in der rechten Schulter schmerzte. Es war eine Erinnerung an den ersten und einzigen Nahkampf seines Lebens, in den letzten Tagen des Krieges nahe Hannover. Der letzte Stich eines deutschen Landsers, ehe er im Kugelhagel von Osmonds Kameraden starb.

Eines blieb noch zu tun, bevor der Präsident diesen Tag mit seiner Rede über »Dringende nationale Erfordernisse« zu einem denkwürdigen machen würde.

General Osmond holte das Schriftstück aus seiner Tasche und legte es sanft auf das Manuskript der Rede, die Kennedy in wenigen Minuten vor dem Kongress halten würde.

»Das Air Force Space Bureau ist arbeitsfähig«, sagte der General, während Kennedy auf das zweiseitige Papier starrte. Der Präsident berührte es mit den Fingerspitzen an der unteren rechten Ecke, als sei es mit einer hochgiftigen Substanz bestrichen.

»Hat es so ein Papier in der amerikanischen Geschichte schon einmal gegeben?«

»Nicht, dass ich wüsste, Mr. President.«

»Und ich muss das wirklich unterschreiben?«

»So haben wir es abgestimmt.«

»Ich habe Angst.«

»Die habe ich auch. Jeden verdammten Tag, seitdem ich mich damit beschäftigen muss.«

»Ich habe Angst, das Falsche zu tun.«

»Es kann nicht das Falsche sein. Wenn Sie nichts täten, wäre es falsch. So tun Sie, was man tun kann.«

Kennedy setzte sich an seinen Schreibtisch und las. Wort für Wort. Langsam. Sehr langsam. General Osmond stand die ganze Zeit still und straff vor dem Schreibtisch. Die letzten Sätze las der Präsident immer wieder.

»Ein perfides System, diese Genehmigung.«

»Konsequent.« General Osmond spürte Schweißperlen auf seiner Stirn. Mit der Unterschrift würde eine fürchterliche Verantwortung auf ihm lasten. Selbst der Chef der Vereinigten Generalstäbe wollte keine Einzelheiten wissen. »Diejenigen, die eingeweiht sind, müssen schweigen. Das System gilt für alle. Uns beide eingeschlossen.«

»Es ist ein furchtbares System.« Kennedy schüttelte den Kopf.

»Es ist der Bedeutung angemessen. Alles andere wäre falsch.«

Die Stille hing wie Nebel im Oval Office. General Osmond musterte den nachdenklichen Präsidenten.

»Wollen Sie ihn aufbewahren?«

»Ich?« Kennedy schrak aus seinen Gedanken hoch und starrte den General an. Erst jetzt begriff er, dass Osmond das Thema gewechselt hatte. Er meinte den Beweis. »Sie meinen, ich sollte ihn bei mir …?«

»Ja. Ich habe ihn dabei.«

»Nein.« Der Präsident schüttelte ernst den Kopf. »Vielleicht sollte ich es tun. Vielleicht müsste ich es sogar. Und vielleicht will es ein anderer Präsident nach mir tun. Ich will es jedenfalls nicht.«

»Gut, dann bewahre ich ihn auf.« General Osmond ließ mit keiner Miene erkennen, was er von der Entscheidung des Präsidenten hielt. »Sie haben mit ihm darüber gesprochen?«

»Nur kurz.« Kennedy starrte auf die dunkle Schreibtischplatte. »Er will nicht darüber reden. Alles sei gesagt, geschrieben.« Kennedy sah auf. Seine Augen funkelten angriffslustig. »Bei Ihrer Ehre: Es war wirklich so!«

»Ich war dabei. Es stimmt. Ja.« Die Stimme des Generals war fest.

Kennedy nickte.

»Sie müssen noch die Verfügung …«

Nochmals las der Präsident das Papier auf seinem Schreibtisch, das unter die höchste Geheimhaltungsstufe fiel.

Er setzte zur Unterschrift an, zögerte.

»Wo werden Sie alles konzentrieren?«

»Sie meinen den Standort?«

Kennedy nickte.

»Nevada, in der Nähe des ehemaligen Atombombentestgeländes. Eine Sicherheitszone in der Sicherheitszone.«

»Haben Sie schon einen Codenamen?«, fragte der Präsident.

»Nein.«

»Aber ich. Nennen wir es Area 51«, sagte Kennedy plötzlich und lachte laut und bitter auf, als habe er einen ganz bösen Witz gemacht.

General Osmond erschrak.

Aber Kennedy nickte nur. »So nennen wir es.« Er sah Osmond in die Augen, bis dieser nickte. Dann setzte er wieder an und unterschrieb.

General Osmond nahm die zwei Seiten an sich und steckte sie in den Umschlag. Dann verklebte er diesen und legte ihn an den Rand des Schreibtischs. Er holte ein Siegel und Siegelwachs aus der Tasche. Mit einem Feuerzeug erhitzte er das Wachs und ließ es an den Klebestellen auf den Umschlag tropfen. Mehrfach drückte er das Siegel mit dem Weißkopfadler in das warme Wachs.

Der Präsident beobachtete den General ernst. Der Beweis für die Geschichte. Seine Entscheidung war dokumentiert.

Osmond verstaute die Utensilien in seiner Tasche. Einen kleinen Rest Wachs, der auf den Schreibtisch des Präsidenten gespritzt war, kratzte er mit dem Fingernagel seines rechten Zeigefingers ab. Er wartete, bis das Wachs erkaltet war, dann packte er den Umschlag in seine lederne Tasche.

»Sie und Ihre Männer haben eine unglaubliche Aufgabe zu bewältigen. Möge Gott Sie dabei schützen. Und Ihnen die Kraft geben, immer das Richtige zu tun.«

»Ich wünsche mir, dass bestimmte Situationen niemals eintreten werden«, sagte der General mit rauer Stimme. »Wenn es aber sein muss, werde ich meine Pflicht erfüllen.«

Am 5. August des darauf folgenden Jahres beging die zeitweilige Geliebte des Präsidenten John F. Kennedy, die Schauspielerin Marilyn Monroe, angeblich Selbstmord mit einer Überdosis Schlaftabletten. Die wahren Umstände ihres Todes sind bis heute nicht geklärt. John F. Kennedy wurde ein weiteres Jahr später getötet. Am 22. November 1963 trafen ihn in Dallas tödliche Schüsse. Auch dieser Tod ist bis heute nicht geklärt.

General Osmond widmete sich mit aller Konsequenz seiner Aufgabe bis zu seinem letzten Atemzug. Er blieb zeitlebens allein. Bis zu seinem Tod empfing jeder Präsident General Osmond zu mindestens einem Gespräch. Einige zweifelten, andere unterstützten und forcierten Osmonds Bemühungen.

Der General starb mit fünfundsiebzig Jahren im August 1991 während einer Hitzeperiode in Kalifornien an einem Schlaganfall. Er verschied in der Gewissheit, alles in seiner Macht Stehende getan zu haben.

KAPITEL 1

Dienstag, 30. Mai 2000

Die Motoren des Sikorsky HH-60G Black Hawk dröhnten gleichmäßig und beruhigend. General Vernon Porters genoss das Geräusch. Das Brummen der Wellenturbinen ließ ihn für eine Weile die Anspannung vergessen, unter der er stand.

Er war von Washington nach Anchorage geflogen, wo er seine Begleiter getroffen hatte. Dort waren sie in den Helikopter der Air National Guard umgestiegen.

Der Helikopter gehörte zu den zweiundneunzig Auslieferungen für die Air Force, die aus Kostengründen zunächst in einer abgespeckten Variante bestellt und dann nachgerüstet worden waren, ohne jedoch den bei der Army im Einsatz befindlichen Standard zu erreichen – ganz zu schweigen von einem Vergleich mit den Maschinen des Präsidenten, die mit einer Funkerstation, einer schallisolierten Kabine, VIP-Einrichtung und Schutzmaßnahmen gegen den elektromagnetischen Impuls ausgestattet waren.

In einer dieser Maschinen, die auf dem Marinefliegerhorst Quantico in Virginia stationiert waren, war Porters schon geflogen. Aber das war Jahre her. Es war zu einer Zeit gewesen, als der Präsident und seine Berater noch Wert auf sein Urteil gelegt hatten. Mittlerweile hatten sie seine Macht beschnitten und ließen ihn überwachen.

Der Helikopter fasste elf Infanteristen mit voller Kampfausrüstung, das Cockpit war für eine Zwei-Mann-Besatzung mit kompletter Doppelsteuerung ausgerüstet. Und mit seiner Reichweite von 600 Kilometern und einer Höchstgeschwindigkeit von 300 Stundenkilometern war es der richtige Transporter für die neunköpfige Reisegruppe durch die Weiten Alaskas.

Porters sah durch die großzügigen Fensterflächen hinaus auf das grüne Meer der endlosen Wälder. Hemlocktannen, Sitkafichten und Weißtannen, für ihn sahen sie alle gleich aus. Selbst wenn er direkt vor ihnen stünde, könnte er sie nicht voneinander unterscheiden.

Im Hintergrund tauchten die schneebedeckten Gipfel der Alaska Range auf. Der Gebirgszug trennt den Süden Alaskas von der Inlandtafel mit eher niedrigen Bergen und dem Tal des Yukon River. Die sich anschließende Polarregion, die im Norden mit der Brooks Range beginnt, ist an den Nordhängen kahl und läuft allmählich in die flache und weite Tundra aus. Im Sommer verwandelt sich die Tundra in unwegbares Sumpfland. Die obere Bodenschicht taut auf und wird zu einem Morast, in dem alles versinkt.

Porters rief vor seinem geistigen Auge die Landkarten ab, die er über Alaska gespeichert hatte. Die Ausläufer der Alaska Range im Pazifischen Ozean waren die Aleuten, jene Perlenkette von Inseln, die die Bering-See im Süden begrenzten und nach den Behauptungen der Anthropologen jenen Weg bildeten, auf dem die ersten Menschen nach Amerika gekommen waren. Wenn er die Entfernungen richtig im Kopf hatte, flogen sie unweit von Gakona, etwa 320 Kilometer nordöstlich von Anchorage.

Eine leichte Berührung am Arm ließ ihn zur Seite blicken. Leutnant Sheela Kramer, seine Assistentin, die hervorragende Noten in der Kampfausbildung bekommen hatte, zupfte am Ärmel seines grauen Anzugs und deutete hinaus. In dem grünen Meer aus Bäumen waren zwei weiße Punkte zu erkennen; dahinter erhob sich die majestätische Kulisse des schneebedeckten Mount Drum aus der bewaldeten Ebene.

Langsam vergrößerten sich die beiden weißen Punkte. Der

eine wandelte sich zu einem Rechteck, auf dem eine besondere Art von Wald wuchs: Rund sechzig grau-weiße Antennenmasten ragten auf einer in den Wald geschlagenen Schneise in den Himmel. Jeder der Masten war vierundzwanzig Meter hoch und trug zwei Kreuzdipolantennen. In der Endausbaustufe sollten es einhundertachtzig Masten mit dreihundertsechzig Antennen sein.

Porters bemerkte den aufmerksamen Blick, mit dem Lieutenant Sheela Kramer die mitfliegenden Gäste musterte, und spähte durch halb geschlossene Augenlider zu den Mitreisenden.

Die wichtigste und einflussreichste, aber auch schwierigste Person unter ihnen war Sam Cushing. Der Milliardär, dessen Vermögen in unzähligen Rüstungsfirmen steckte, welche alle so etwas wie Hauslieferanten des Pentagon waren, unterhielt sich trotz des Motorenlärms angeregt mit seinem Nachbarn Tyler Williams. Cushing war knapp sechzig und von unbändiger Vitalität. Mit der wettergegerbten Haut und dem schlohweißen Haar hätte man in ihm eher einen Cowboy vermutet, der die meiste Zeit seines Lebens unter freiem Himmel verbrachte und nach den unnachgiebigen Regeln der Natur lebte.

In gewisser Weise stimmte das auch. Jedenfalls, was das Wertesystem des Milliardärs anging. Er verstand sein ganzes Handeln als einen permanenten darwinistischen Auswahlprozess, bei dem der Stärkere, Bessere gewann. Und der war bisher immer er selbst gewesen.

Tyler Williams, der gerade bissig auflachte, war ein begnadeter Physiker und auf dem Gebiet der Waffentechnologie das, was Cushing in Wirtschaftskreisen verkörperte. Der große Kopf auf dem kleinen, zähen Körper ließ den Mann seltsam unproportioniert erscheinen.

Während die beiden den Flug offensichtlich genossen, wirkte Ned Lewis, einer der stellvertretenden Direktoren der National Security Agency, verkrampft und blass. Nur zu gern hätte er das Rütteln des Helikopters mit dem Bürostuhl hinter einer Computerkonsole getauscht. Auch den beiden Senatoren Frank Kershaw und Robert Rosen schien der Flug auf den Magen zu schlagen. Ihre kalkigen Gesichtszüge wurden bei jedem Schwenk der Maschine noch blasser. Ron Quest am Ende der Reihe ertrug den Flug mit stoischer Ruhe. Kein Muskel regte sich in seinem kantigen Gesicht, und er ertrug jedes Wegsacken des Helikopters mit gewohnter Disziplin.

Der zweite weiße Punkt ein paar hundert Meter weiter verwandelte sich beim Näherkommen in ein klassisches Verwaltungsgebäude, vor dem der Sikorsky landete.

Porters' Beine waren steif, als er als Letzter aus der Maschine stieg und den Boden betrat. Gebückt eilte er mit den anderen auf das Verwaltungsgebäude zu, während hinter ihnen der Rotor des Helikopters pfeifend die Drehzahl steigerte.

Das Jaulen der Triebwerke schwoll an, als die beiden General-Electric-T700-G-Wellenturbinen Fahrt aufnahmen. Luftwirbel zerrten an Porters' Kleidung, und er beeilte sich, die anderen einzuholen, nachdem er mit dem Heben der rechten Hand einen Gruß in Richtung Pilotenkanzel geschickt hatte.

»Ein ausgezeichnetes Fluggerät«, lachte Cushing, als der rund zwanzig Meter lange Helikopter wieder abhob. Cushings Augen blitzten, als Porters ihn vor dem Verwaltungsgebäude einholte. Mit dem sich rasch entfernenden Helikopter sank auch der Lärmpegel, und die Stille Alaskas gewann nach und nach wieder die Oberhand. »Schade nur, aber an der Firma besitze ich kein Aktienpaket.«

»Man kann nicht alles haben.« Porters lachte ebenso breit, aber die harten, unnachgiebigen Gesichtszüge mit den herabgezogenen Mundwinkeln wurden dadurch nicht weicher. Porters war Mitte fünfzig, und die Verantwortung, die auf ihm lastete, zehrte an seinem Körper. Obwohl er seine Muskeln ständig trainierte, spürte er die Belastung nur allzu deutlich. Bei der letzten Feldübung vor drei Monaten hatte er zum ersten Mal nur mit

Mühe die vorgegebenen Zeiten seiner Altersgruppe geschafft, und sein ansonsten so zäher Körper hatte ihm beinahe die Folgschaft verweigert. Sein hageres Gesicht mit den klaren und tiefen Furchen besaß etwas Diabolisches, denn seine schwarzen Augen wurden von dunklen Ringen umrahmt, die die Augen optisch noch weiter in die Höhlen zurückdrängten. Sein Stoppelhaarschnitt verstärkte den Ausdruck von Härte nur noch. Früher hatten die, die ihn ärgern wollten, ihn immer wieder gefragt, ob er krank sei. Aber einen General fragte man das nicht mehr.

Entschlossen wandte er sich dem Mann zu, der sie erwartete.

Oberst Dan Wright leitete das Air-Force-Team vor Ort, das eng mit der Industrie und verschiedensten Instituten der Universität von Alaska in Fairbanks zusammenarbeitete. Er führte die Neuankömmlinge durch mehrere Sicherheitsschleusen. Ron Quest – Cushings Sicherheitschef – weigerte sich, seine Waffe abzugeben, und starrte mit düsterer Miene auf Wright, als sei der gleich Hundefutter. Quests tote Augen erinnerten Porters immer an Mumien. Der General winkte schließlich zustimmend, als Cushing mit seinem Schweigen Quests Weigerung unterstützte, und Quest durfte seine Waffe behalten.

Keiner von ihnen musste seine Identität preisgeben. Der Besuch fand offiziell gar nicht statt.

Endlich betraten sie einen großen und hellen Raum. Wright postierte sich an der vorderen Frontseite des Besprechungstisches und bat seine Gäste, sich bei den Getränken selbst zu bedienen.

»Wenn es Ihnen recht ist, werde ich zunächst einen kurzen Vortrag über das halten, was wir hier eigentlich tun, und dann können Sie in einem zweiten Teil Fragen stellen.« Er sah in die Runde und wartete, bis sich alle mit Tee, Kaffee oder Wasser versorgt hatten.

»Verraten Sie bei Ihrem Vortrag bitte alle Geheimnisse.« Tyler Williams lachte wiehernd und zugleich herablassend. Er war der Leiter des eigenen Forschungslaboratoriums, das an den Grundlagen der neuen Waffe entscheidend mitgearbeitet hatte. Seine unbestrittenen wissenschaftlichen Fähigkeiten kompensierten sich in einer verletzenden Art, die er in Häme und boshafte Kommentare verpackte.

»Aber bitte verständlich«, warf Senator Rosen ein. Verhaltenes Gelächter ertönte. Die Spannung, die sich infolge der kleinen Machtprobe an der ersten Sicherheitsschleuse aufgebaut hatte, ebbte langsam ab.

Mit ihm und Frank Kershaw hatte Cushing zwei der einflussreichsten Kongressmitglieder unter Vertrag, wie der Milliardär es selbst immer zu nennen pflegte. Sie waren seit ewigen Zeiten im Kongress und fungierten als Multiplikatoren und Horchposten für die Meinung der Leute, die für Cushing von Bedeutung waren. Beide hatten für diese Reise ihre eleganten grauen Anzüge gegen Alaska-taugliche Freizeitkleidung getauscht.

Oberst Dan Wright verdunkelte den Raum. Er stellte sich breitbeinig auf, und sein Gesichtsausdruck wurde ernst.

»Um es einfach auszudrücken und den Kern unserer Experimente zu beschreiben: Mithilfe der Antennen, die Sie dort draußen bei Ihrem Anflug gesehen haben, erzeugen wir Radiowellen. Die schicken wir gebündelt und punktgenau in die Ionosphäre, um dort das vorhandene Energieplasma aufzuheizen. Hindurchfliegende feindliche Raketen werden vernichtet, wenn sie mit der von uns hochenergetisch aufgeheizten Teilchenenergie kollidieren.«

Porters musterte die anderen. Noch waren sie wenig beeindruckt. Immerhin hatten die Russen genau wie die Amerikaner in den Fünfzigerjahren Atombomben in der Atmosphäre explodieren lassen und später im Weltraum mit Satelliten Partikel abgeschossen, um die Teilchendichte in der Atmosphäre zu erhöhen und zu sehen, was dann geschah.

»Neu an unseren Tests ist die Tatsache, dass wir es nun von der Erde aus versuchen und Energiemengen ausstrahlen können, die in der Endausbaustufe der Anlage bei zehn Milliarden Watt liegen könnten.«

»Was bedeutet das?«, warf Senator Rosen ein. General Porters registrierte im Stillen, dass der Senator ebenso wenig mit Technik vertraut war wie er selbst.

Porters war kein Physiker. In dem Projekt, dem er sein Leben verschrieben hatte, war er für die Gesamtkoordination verantwortlich. Er war derjenige, der für die Drecksarbeit den Kopf hinhielt, wie früher General Osmond. Inzwischen war er seit gut zwanzig Jahren dabei. General Osmond persönlich hatte ihn rekrutiert. Porters war wie Osmond der Meinung, dass die Vereinigten Staaten von Amerika diejenigen waren, auf die es ankam.

»Wie soll ich einen Vergleich ziehen?« Oberst Wright überlegte kurz. »Bei solch einem Verfahren wird in einer Betriebsstunde die Energiemenge einer Hiroshima-Bombe in die Atmosphäre gestrahlt.«

Das verstand Senator Rosen. Er nickte.

»Vielleicht noch etwas zum Hintergrund. Wie Sie wissen, ist die Erde von einem Magnetfeld umgeben, das uns vor dem Sonnenwind schützt – also dem Teilchenstrom, der uns permanent von der Sonne her ins Gesicht bläst. Das Magnetfeld wird dadurch auf der jeweils sonnenzugewandten Seite permanent gestaucht. Mal mehr, mal weniger. Je nachdem, wie heftig die Eruptionen auf der Sonne sind. Auf der sonnenabgewandten Seite haben wir einen langen Magnetschweif, und an den Polen dringen immer wieder Teilchen des Sonnenwindes in unsere Erdatmosphäre ein – das Phänomen des Polarlichts. Das sind nichts anderes als sichtbare Teilchen des Sonnenwindes, die auf die Ionosphäre treffen.«

Wright blickte kurz in die Runde seiner Zuhörer, um zu sehen, ob alle verstanden, was er sagte. Als er keine Reaktion feststellte, fuhr er fort.

»Wir bauen praktisch einen neuen Strahlengürtel innerhalb

unseres Magnetfeldes auf. Zirkular polarisierte, elektromagnetische Wellen werden entlang den magnetischen Feldlinien des Erdmagnetfeldes gesendet. Diese Wellen heizen das Plasma in der Ionosphäre auf und transportieren es auch in höhere Regionen, bis etwa 1500 Kilometer hoch. Die Elektronen werden durch die gesendeten Wellen so beschleunigt, dass sie in der Van-Allen-Zone zwischen den Polen mit einer Energie zwischen zwei und fünf Mega-Elektronen Volt hin und her driften. Die Elektronenkonzentration wird bei einer Milliarde Teilchen pro Kubikzentimeter liegen. Dieses Plasma aus hochenergetischen Teilen zerstört alles, was hindurch will. Aber auch alles.«

»Niemand kommt rein, aber auch niemand kommt raus«, sagte Senator Kershaw spontan und nickte anerkennend.

Stille hatte sich über den Raum gelegt. Die Mitglieder der Gruppe starrten gebannt von ihren weichen Ledersesseln aus auf die vier mal fünf Meter große Fläche mit den Bildschirmen.

Mehrere kleine Bildausschnitte zeigten die verschiedenen Standorte der Testreihe. Mit einer Fernbedienung konnte Oberst Wright jederzeit den Ort auf den Hauptbildschirm bringen, an dem sich etwas tat.

Porters hatte geplant, seinen Gästen einen beeindruckenden Einblick in die Fähigkeiten der amerikanischen Militärtechnologie zu geben und sie später am Abend mit dem Gefühl zu verabschieden, dass sie auf dem richtigen Weg waren. Er spürte die Spannung, die alle erfasst hatte. Er selbst hatte seine Zweifel, ob es richtig war, nach den ersten erfolgreichen Versuchen schon jetzt so weit vorzupreschen.

Aber die Zeit lief ihm davon. Er durfte nicht mehr warten. Er brauchte die Waffe.

Die Bilder auf dem Hauptmonitor zeigten einen besonders abgeschotteten Teil des Kontrollzentrums des Air Force Space Command auf der Peterson Air Force Base östlich von Colorado Springs. Ursprünglich Anfang der Vierzigerjahre als Air Support Command Base gegründet, war sie im Lauf der Jahrzehnte zu der zentralen Anlage für die Kommandozentralen der Luftverteidigung geworden. Die Kommandobasis selbst lag in Colorado tief unter der Erde in den Cheyenne Mountains.

Die Hauptkonsole mit den Operatoren war zu sehen. Die Männer hatten Bildschirme vor sich und blickten auf die riesige Darstellung der Welt an der Wand. Signale kennzeichneten die jeweiligen Standorte aller beobachteten Militärbewegungen. Das ausgeklügelte System der Überwachung wurde aus den unterschiedlichsten Quellen gespeist. Neben den stationären Horchposten in aller Welt basierte die Überwachung insbesondere auf Daten von Spionagesatelliten und denen von AWACS-Systemen, die in umgebauten Großraumflugzeugen die Krisenherde der Welt und die definierten Sicherheitszonen überwachten.

»Ich schalte jetzt um«, sagte Oberst Wright.

Unmittelbar darauf erschien der nördliche Teil der Erdkugel oberhalb des 60. Breitengrades mit dem Nordpol und den umgebenden Eismassen auf dem Bildschirm. Den Hintergrund bildete das tiefe Schwarz des Weltraums.

»Das Bild ist aufgenommen von einem Satelliten, der sich über dem nördlichen Pazifik in einer derzeit geostationären Position befindet.«

Der nordamerikanische Kontinent war zu erkennen; Wolkenformationen verhüllten Teile der Landmassen. Mancherorts lagen weiße Schleier wie Spinnennetze über dem Kontinent.

Porters machte sich nichts aus der majestätischen Erhabenheit des Anblicks. Er sah nicht die Unschuld, die diese blaue Hülle aus der Ferne vermittelte. Für ihn war sie eine billige Fata Morgana. Er kannte die Unterwelt dieser Verheißung, er hatte den Dreck des Krieges geschmeckt. Für ihn gab es nur eine Farbe für diese Hülle: rot, blutig rot. Und er verstand auch nicht die Jungs, die dort oben schwebten und grenzenlose Einsamkeit spürten. Sie stiegen das erste Mal auf und kamen mit einer vollkommen anderen Dimension des Begreifens und Verstehens zurück.

In seinen Augen waren sie damit verdorben. Infiziert. Keiner dieser Träumer diente in seiner Einheit.

Der Weltraum war lebensfeindlich. Kalt, ein Vakuum, unendliche Schwärze, unerforscht, der dunkle Schlund eines Ungeheuers. Und ein Schlachtfeld. Das Schlachtfeld von morgen. Deshalb musste man sich damit beschäftigen.

Oberst Wright schaltete wieder das Lagezentrum von Air Force Space Command auf den Hauptbildschirm. Die Operatoren arbeiteten ruhig und gelassen an ihren Computerterminals, während die Lagezentrale in leichtem Halbdunkel lag. Da der Ton abgeschaltet war, wirkte die Szenerie geradezu gespenstisch.

Über Porters' Rücken lief ein wohliger Schauer, als er sich vorstellte, mit welcher Macht dort hantiert wurde. Ein tief zufriedenes Gefühl von Sicherheit und Überlegenheit durchströmte ihn.

»Noch Kaffee?«

Die Kannen standen auf dem Tisch. Kein Fremder sollte die Runde stören.

Die Gäste winkten mit kurzen Handbewegungen ab. Sie konzentrierten sich auf den Bildschirm.

»Für diesen Test haben wir uns einen Satelliten ausgesucht, den wir dort oben übrig haben und der noch genügend Treibstoff in den Tanks hat, um etwas zu sehen«, sagte Oberst Wright in die Stille hinein.

Er schaltete wieder den Orbit auf den Hauptbildschirm, wo jetzt der Beobachtungssatellit einen weiteren Satelliten erfasst hatte, der in einiger Entfernung Richtung Erde stürzte. »Für diesen Test eine Interkontinentalrakete abzuschießen schien uns dann doch etwas zu aufwändig. Dann hätten gleich wieder unzählige Horchposten aufgemerkt, und wir hätten unnötige

Erklärungen abgeben müssen. UNO, Russen, Umweltorganisationen, heutzutage hat jeder seine Überwachungsstationen.«

»Wie stellen Sie überhaupt die Geheimhaltung sicher?« Senator Kershaw sah in die Runde, sein Blick blieb an Porters hängen. »Was Sie vorhaben, lässt sich ja nur mit einem ganzen Haufen von Eingeweihten umsetzen. Wenn ich allein diesen Test sehe und die Leute dort im Kontrollzentrum, die daran beteiligt sind …«

»Das haben wir vollkommen im Griff.« Porters sah kurz zu Cushing hinüber, der unmerklich nickte. »Erst einmal muss man sagen, dass wir hier bei der Air Force sind, dazu noch in meinem Bereich. Der ist ganz besonders abgeschottet. Die Leute dort im Kontrollzentrum sind ausgesuchte Experten, die mir direkt unterstellt sind und die strengsten Geheimhaltungserklärungen unterschrieben haben.«

»… aber was ist mit dem North American Defense Command?«

»NORAD?« Porters lachte höhnisch.

Wie ahnungslos sie doch waren. NORAD war die Institution, die in der Öffentlichkeit genannt wurde, wenn es um die Sicherheit des nordamerikanischen Kontinents gegen feindliche Angriffe aus der Luft ging; betrieben wurde sie gemeinsam von den USA und Kanada. Dabei machten sich die wenigsten bewusst, woher die Daten kamen, die NORAD und auch das US Space Command verarbeiteten. Sie stammten vom Air Force Space Command.

»Seit dem seit 1. Juli 1993 ist das Air Force Space Command Hüterin der Sicherheit. Und zwar weltweit.« Porters war die tiefe Zufriedenheit anzumerken. »Sie kontrollieren den Luftraum, betreiben die Frühwarnsysteme, die Raketenwarnradars, die Satelliten, koordinieren alle Aktivitäten. Sogar die Satelliten des Verteidigungsministeriums werden von ihnen gesteuert.«

Als er die interessierten Blicke der Senatoren bemerkte, fuhr er fort: »Dieser Teil des Space Command hat mit der 14th Air

Force seinen Hauptsitz in Vandenberg in Kalifornien auf der Air Force Base. Aber entscheidend ist die 21st Space Wing.« Er dachte an einen seinen größten Coup zur Vorbereitung auf das, was nun anstand. »Sie betreibt das gesamte Netzwerk der Raketenabwehr, der Kommunikation und Weltraummaßnahmen von der Peterson Air Force Base in Colorado. Sie wissen, östlich von Colorado Springs. Sie ist zwar der 14th Air Force in Vandenberg unterstellt, aber als wahrer Gralshüter sitzt sie in den Cheyenne Mountains.«

»Aber da sitzt doch auch NORAD!« Kershaw sah ihn verwundert an.

»Richtig. Und US Space Command. Und das Headquarter der US Air Force Space Command. Alles Institutionen, Befehlszentralen. Aber die operative Einheit ist und bleibt die 21st Space Wing, die mit mehr als fünfzig Satelliten, alle ausgestattet mit GPS, die Grunddaten liefert, auf die sich jeder stützt.«

»Und die sorgen dafür, dass nur das weitergegeben wird an Daten, was Sie auch weitergeben wollen?«

»Richtig.« Porters' Augen glänzten zufrieden. Es war ja so einfach. Ein paar Filter in die Computerprogramme, ein paar Eingeweihte, die zur absoluten Verschwiegenheit verpflichtet waren, und schon war die Manipulation perfekt. »Mit meinen Kompetenzen kann ich bestimmte Daten von der Weitergabe einfach ausschließen. Diese Leute dort von der 21st Space Wing sind unserem Projekt direkt zugeordnet. Handverlesene Leute.«

Er starrte die beiden Senatoren an, bis Oberst Wright die unangenehme Stille unterbrach. »Ziel ist, künftig alle möglichen Angriffsobjekte in allen Verteidigungsphasen zu killen«, erläuterte er.

»Ich dachte immer, man sei sich einig, die Raketen in der *Boost*-Phase abzuschießen. Also drei bis fünf Minuten nach dem Start, wenn sich die Rakete in eine Höhe von zweihundert Kilometern über der Erde katapultiert?« Senator Kershaw sah sich fragend um. »Je früher, desto besser und sicherer.«

»Ach, dieser ganze Unsinn«, höhnte Tyler Williams dazwischen und wackelte mit seinem großen Kopf, als sei er kaum auf den Schultern zu halten. Seine Stimme ätzte vor Überheblichkeit. »Immer die gleichen albernen Argumente. Und sollte das fehlschlagen, können weitere Maßnahmen in der *Post-Boost*-Phase und der *Mid-Course*-Phase ergriffen werden.«

Senator Kershaw hatte genug politische Schlachten erlebt, um sich nicht durch einen genialen Wissenschaftler erschrecken zu lassen. Bei Gelegenheit würde er es ihm heimzahlen. »Aber mit jeder späteren Phase wird doch das Risiko größer, bei einer Zerstörung der Sprengköpfe trotzdem vom Fall-out getroffen zu werden. Die Reaktionszeit sinkt mit jeder Sekunde, die die Rakete in der Luft ist.«

»Das geht doch alles nicht.« Williams verzog angewidert das Gesicht, als schmerzte ihn so viel Dummheit. »Wenn, dann gelingt das nur in der *thermischen Verteidigungsphase*, also in der letzten Phase des Anfluges. Damit gewinnt man Zeit, um gezielte Abwehrmaßnahmen zu ergreifen.«

Porters wies auf den Bildschirm. Alle konzentrierten sich auf das blinkende Signal des Satelliten, das auf der elektronischen Weltkarte im Lagezentrum erschien und nun über die Karte wanderte.

Die Männer in der Steuerungszentrale warfen sich Kommandos zu, hämmerten Befehle in ihre Tastaturen. Die Daten des Überwachungssatelliten flossen unablässig in die Computer ein. Die Hochleistungsrechner ermittelten in Sekundenbruchteilen die Flugbahn.

General Porters lehnte sich gelangweilt in seinen Ledersessel zurück. Er verstand nichts von Computern und vergleichenden Berechnungen. Und er hatte auch nicht die Fantasie, sich vorzustellen, wie Satelliten ihre Sensoren justierten, wie die von Sonnenpaddeln gewonnene Energie den Satelliten hoch oben im All neu ausrichtete, um mit den gewonnenen Daten die Flugbahn einer Rakete zu ermitteln.

»Sie haben uns immer noch nicht gesagt, worauf Sie nun in Zukunft die größten Hoffnungen legen: Laser oder elektromagnetische Railguns.« Senator Kershaw sah Porters an.

Tyler Williams stöhnte auf.

»Seit fast zwanzig Jahren laufen die Tests nun schon, seit Präsident Reagan das SDI-Programm ausrief. Und? Fast alles ist stecken geblieben.« Mit ausgebreiteten Armen schnarrte Williams den Politiker an. »Die chemischen Laser können die 25 Megawatt Energie nicht produzieren, die man zum Zerstören der Raketen benötigt. Außerdem kostet es einen Haufen Geld. Mit dem Energieverlust haben wir auch bei den im Weltraum postierten Spiegeln zu kämpfen, die mit einem Laserstrahl von der Erde beschossen werden sollen.«

Williams fing einen bösen Blick von Cushing auf, der die beiden Politiker nicht verärgern wollte. Aber der Wissenschaftler ließ sich nicht bremsen.

»Alle im Weltraum installierten Waffen haben den Nachteil, dass sie durch ihren Standort leicht verwundbar sind. Die Russen haben Abwehrwaffen erfolgreich getestet. Und bei elektromagnetischen Railguns wird mit der kinetischen Energie ein Projektil auf das Ziel geschossen. Dazu müssen aber Projektilgeschwindigkeiten von etwa 70 000 Stundenkilometern erreicht werden. Auch hier liegt das Problem darin, hunderte von Megawatt Elektrizität bereitzustellen.«

»Ich weiß, die Anfangsbeschleunigung ist ein unvorstellbarer Energiefresser.« Kershaw funkelte den Physiker böse an. »Aber genau die Tests laufen derzeit. Und es wird immer besser.«

Williams nickte herablassend. »Klar. Nur hat bei den bisherigen Versuchen praktisch nichts geklappt. Die Steuerung überstand die hohen Anfangsgeschwindigkeiten nicht. Die Erkennungssoftware arbeitete nicht einwandfrei und ließ sich von hitzegesteuerten Ablenkungsmanövern der Raketen in die Irre führen.«

»Sie sind neidisch, dass andere daran arbeiten, was?« Kershaws Augen blitzten zufrieden.

»Die Zukunft ist dies hier.« Williams starrte auf den Bildschirm, seine Stimme war voller Selbstsicherheit und Genugtuung.

»Richtig ist«, antwortete General Porters, »dass die Projektilabwehr immer noch sehr fehlerhaft ist. Mittlerweile sind wir hier mit den Wellen-Waffen deutlich weiter. Die elektromagnetischen Felder können die Steuerungssysteme anfliegender Objekte wirksam zerstören. Sie werden es gleich sehen. Aus dem Grund sind wir auch der Überzeugung, dass wir mit diesen Waffen schneller zum Ziel kommen werden als mit den ballistischen Projektilen.«

»Es geht los.« Oberst Wright hatte die ganze Zeit den kleinen Kontrollraum der Antennenanlage beobachtet, wo ein paar Zivilisten eher gelangweilt vor ihren Bildschirmen saßen und auf die Weisungen aus den Cheyenne Mountains in Colorado warteten.

»Schade, dass man nichts sieht«, knurrte Kershaw. »Wellen sind unsichtbar. Rein theoretisch können Sie an dem Satelliten vorher auch eine Sprengladung angebracht haben und diese zum richtigen Zeitpunkt auslösen.«

»Sie sind mehr als misstrauisch«, entgegnete Porters kalt und konzentrierte sich auf den Hauptbildschirm, wo jetzt wieder das Bild des Beobachtungssatelliten eingespielt wurde. Er fragte sich nicht zum ersten Mal, ob es richtig gewesen war, die beiden Politiker einzuladen. Aber Cushing hatte darauf bestanden. »Wir brauchen die beiden, wenn in Washington etwas schief laufen sollte«, hatte der Milliardär gesagt.

Auf dem Hauptmonitor war das Bild des Beobachtungssatelliten zu sehen. Sein Fokus fing den stürzenden Satelliten vor dem bläulich weißen Hintergrund der Erde ein.

»Die Wellen sind unterwegs.« Oberst Wright hatte ein Auge auf dem Kontrollzentrum. »In diesem Moment wird die Anlage auf volle Kapazität hochgefahren. Jetzt werden rund drei Millionen Watt in die Ionosphäre geschossen. Sie müssen sich das jetzt so vorstellen, dass durch die Radiowellen die Teilchen in der Ionosphäre angeregt werden, sodass sie sich in höhere energetische Zustände versetzen. Also Bewegung, Energie oder Hitze. Und damit wird ...«

»Treffer!«

General Porters registrierte zufrieden die feuerrote Lichtquelle viele tausend Fuß über der Erde. Der Beobachtungssatellit übermittelte den kurzen Blitz, als der Treibstoff des geopferten Satelliten beim Zusammenstoß mit dem Hitzeplasma in der Ionosphäre explodierte.

Das Leuchten erlosch, und der Beobachtungssatellit übermittelte wieder das friedliche Bild der nördlichen Hemisphäre und des dunklen Hintergrundes. Nichts verriet, dass hier vor wenigen Sekunden ein einschneidender Erfolg erzielt worden war.

Im Kontrollzentrum von Space Command jubelte die Mannschaft. Das Signal des Satelliten war von den elektronischen Karten verschwunden.

General Porters sah auf einem Bildschirmausschnitt den Kontrollraum der Anlage. Nur wenige Türen weiter saß ein Trupp aus Experten der Universität von Alaska, verschiedener Rüstungsfirmen und der Air Force. Sie schlugen sich ebenfalls hoch zufrieden auf die Schultern. Ihre theoretischen Überlegungen hatten sich in der Praxis als richtig erwiesen. Sie hatten mit Radiowellen, die elektrisch geladene Teilchen in der Ionospähre erhitzten, einen Schutzschild geschaffen, in dem ein einfliegender Gegner zerstört worden war.

»Damit sage ich: *Go*!« Cushing sprang auf. »Wir machen es! Sofort. Bei nächster Gelegenheit!« Seine Augen blitzten, als erobere er gerade die Welt.

»Auf jeden Fall beeindruckend«, meinte Senator Kershaw. »Aber sollten wir nicht noch einige Zeit warten? Clinton ist gerade unterwegs nach Moskau. Wenn wir jetzt vorpreschen, sind die Russen mehr als verschnupft.«

»Das *Fenster* öffnet sich in ungefähr einer Woche. Nach unseren bisherigen Beobachtungen. Wenn wir es nicht nutzen, kann es bis zu drei Jahren dauern, bis sich wieder so eine Möglichkeit auftut.« Porters sah Kershaw mit seinen dunklen Augen unverwandt an. »Und dann könnte es zu spät sein. Wir verlieren zu viel Zeit.«

Tyler Williams, der die ganze Zeit schweigend zugeschaut hatte, grinste Lieutenant Kramer an. »Passen Sie auf, schöne Frau, dass Sie jetzt nicht das Opfer eines Migräneanfalls werden.«

Lieutenant Kramer sah voller Unverständnis zu Porters.

»Er spielt darauf an, dass die hochgeschossenen Energien nun als extrem niederfrequente Wellen zur Erde zurückstrahlen, so etwa bis zum 100-Hertz-Bereich. Das ist der Wellenbereich, den auch das Gehirn von Lebewesen beansprucht. Diese Wellen können in lebende Zellen eindringen. Er will sagen, dass biologische Störungen nicht ausgeschlossen sind.« Mit einem kalten Lächeln klopfte General Porters seiner Adjutantin auf die Schulter und sah in das bleiche Gesicht von Ned Lewis, der die ganze Zeit still dabeigesessen hatte. Dem stellvertretenden Direktor der NSA war das erfolgreiche Experiment auf den Magen geschlagen.

Kapitel 2

Mittwoch, 31. Mai 2000

Das Stimmengemurmel war schon von weitem zu hören. Alexander Cromwell schlenderte über den abgewetzten Teppichboden auf die beiden Flügeltüren zu, die Hände lässig in die Hosentaschen gesteckt. Er hasste diese Art von Großauftrieb. So etwas barg immer die Gefahr, vom Chefredakteur vorgeführt zu werden.

An der Tür blieb er stehen und warf einen Blick in den Raum. Er wurde von einem überdimensionalen Sitzungstisch beherrscht, buchefarben mit schwarz abgesetzten Kanten. Dazu Ledersessel. Der Verlag hatte sich nicht lumpen lassen.

Überall standen Grüppchen von Journalisten, Redakteuren und Volontären herum. Alle schienen bester Laune. Jedenfalls sprangen immer wieder Lachfetzen durch das Gemurmel zu ihm.

Cromwell suchte mit den Augen den Raum ab. Bei seinen eins neunzig Körpergröße war der Überblick kein Problem. Schließlich steuerte er einen Platz möglichst weit hinten an und nickte zwei Gruppen grüßend zu.

Typisch Müller, dachte er, als er die blank polierte Fläche des Konferenztisches musterte. Keine Getränke, nicht mal Kaffee oder Tee. Damit erst gar nicht der Eindruck von Gelassenheit und Entspannung auftrat.

»Alles klar?«

Neben Cromwell rutschte Sissi, eine junge Reporterin mit den schönsten Beinen der Redaktion, auf einen Sessel. Sie trug einen kurzen Mini aus dünnem schwarzen Stoff, sodass er ihre

Beine bis weit nach oben sehen konnte. Sogleich kam er auf die wildesten Gedanken.

Aber Sissi hatte gleich zu Anfang allen klar gemacht, dass ihr Outfit lediglich dazu diente, den Herren der Schöpfung ein paar Informationen mehr zu entlocken. Nach zwei schallenden Ohrfeigen – eine davon hatte Cromwell kurz vor einer Redaktionskonferenz in aller Öffentlichkeit gegolten – hatte jeder begriffen, dass sie es ernst damit meinte. Es war der Beginn einer wahren Freundschaft gewesen.

»Was soll klar sein? Nichts ist klar.«

Sie musterte ihn kritisch. Er sah besser aus als noch vor Wochen. Die lockigen dunklen Haare waren kürzer und flotter geschnitten, und er trug Sakko und Leinenhose statt immer nur Jeans. Sogar die Gesichtshaut war leicht gebräunt, dachte sie zufrieden. Nach der Trennung von seiner Ex, die ihn nach sieben Jahren erst kürzlich wegen tausend störender Kleinigkeiten vor die Tür gesetzt hatte, hatte Sissi ein kostenloses Restaurationsprogramm durchgezogen. Er hatte zunächst nur widerwillig mitgemacht, dann aber umso konsequenter, als er die aufmerksamen Blicke spürte, mit denen ihn manche Frauen musterten.

Cromwell war knapp über vierzig und körperlich noch gut in Schuss. Sissi wusste, dass er seinen Körper jeden Morgen konsequent quälte.

»Ärger mit dem Projekt?« Er hatte ihr von seinem Buchprojekt über Geheimdienstoperationen während der Wende erzählt, mit dem er groß rauskommen wollte.

»Keine Informationen und keine weiteren Vorschüsse.« Seine dunkle und angenehme Radiostimme kippte, wurde rau. »Der Verleger will abspringen.«

»Ich konnte das mit den hohen Vorschüssen damals ohnehin kaum glauben. Aber ich weiß ja, wie nervig du sein kannst.«

»Übung.« Über Cromwells Gesicht huschte ein verlegenes Grinsen, das seinen Unmut überspielen sollte. Manchmal ärgerte ihn noch, dass sie von »Freundschaft« redete, wo er sich mehr vorstellen konnte.

»Die Vorschüsse sind weg, ja?«

Er drehte sich zu ihr. Die fünf Zentimeter lange Narbe auf der Stirn über seinem linken Auge, sonst blass und kaum sichtbar, glühte rot wie immer, wenn er sich ärgerte. Diese Narbe war die Erinnerung an eine nächtliche Messerstecherei in einem Heim für Kriegsflüchtlinge aus Bosnien. Cromwell hatte eine Reportage über die Lebensbedingungen der Menschen gemacht und war dabei zwischen die Fronten zweier Banden geraten, die die Heimbewohner terrorisierten.

Die Grüppchen an der Tür gerieten in Bewegung. Ein sicheres Zeichen, dass sich etwas tat. Dann stürmte Müller in den Saal, klatschte noch im Gehen in die Hände und setzte sich an die Spitze des Tisches. »Meine Damen und Herren. Wir haben wenig Zeit.« Die schlanke Gestalt des Chefredakteurs verriet tägliches und ausgedehntes Jogging.

»Was sonst?«, antwortete Cromwell auf Sissis Frage.

»Pferde oder Poker?«

»Alles Mögliche. Ein Freund hat einen neuen Privatclub in Friedrichshain aufgetan, der …«

Von gegenüber zischelte es. Mit seinen großflächigen Gesichtspartien wirkte Kronberg, der Lokalchef, wie eine Großbildleinwand, auf der Unmut als ständige Wiederholung lief. Seine Tränensäcke hingen tief herab, und es fehlten nur noch die blutunterlaufenen Augen, um bei seinem Anblick an einen Kampfhund denken zu müssen. Sein massiger Körper passte kaum in den Sessel.

Der ist stinksauer, dachte Cromwell, dem selbst noch die Wut wie eine Eisenkugel im Magen lag. Die Sitzung hatte ihrer beider Streit unterbrochen.

»Also. Außergewöhnliche Ereignisse. Darum diese Zusammenkunft.« Müller spulte vorn routiniert sein Programm ab. »Clinton kommt, danach kommt Putin, dann der chinesische

Ministerpräsident. Drei der ganz wichtigen Männer innerhalb von gut drei Wochen in der deutschen Hauptstadt. Das ist natürlich auch eine Herausforderung für uns. Sie kennen die neuesten Verkaufszahlen vom Berliner Zeitungsmarkt?«

Cromwell hörte gelangweilt zu. »… immer noch nicht die meistverkaufte Zeitung der Stadt«, grummelte Müller zum wiederholten Mal. Mehr verkauft, aber noch nicht genug.

Die Konkurrenz durch die überregionalen Zeitungen wuchs. Sie waren mit dem Regierungsumzug nach Berlin gekommen und bissen sich jetzt mit großen Berlin-Teilen in der Hauptstadt fest. Schlagzeilen mussten her.

»Von daher sind diese Besuche die besten Gelegenheiten, uns weiter als die Pfiffigsten und Schnellsten zu positionieren.«

Cromwell sah hinüber zu Kronberg. Der nickte heftig. Damit war alles klar. Mit Müllers Worten würde er sie jagen und hetzen.

Müller hatte ein dünnes Pappmäppchen dabei, aus dem er einige Blätter holte. »Der übliche Müll. Ihr habt nichts wirklich Neues geschrieben. Aber wir gehen es kurz durch.«

Nun war Müller in seinem Element. Er würde jeden Artikel akribisch zensieren. Das würde dauern.

Cromwells Gedanken wanderten zu der Streiterei zurück, die er unmittelbar vor der Konferenz mit Kronberg ausgestanden hatte. Der Lokalchef hatte ihm ordentlich den Kopf gewaschen. Dabei hatte Cromwell nur versucht, eine Gehaltserhöhung durchzudrücken. Seit zweieinhalb Jahren war in dieser Hinsicht nichts mehr passiert, und auf seinem Konto herrschte chronische Ebbe. Zwar hatte er noch eine Reserve, aber an die ging er nicht ran. Die war für den neuen Geländewagen. Egal, was kam.

Kronberg sah das mit dem Geld natürlich anders. Cromwell sei ein Quereinsteiger, ohne richtige Reporterausbildung, und müsse schon deshalb weniger verdienen.

Als Cromwell darauf hingewiesen hatte, diese Argumentation widerspreche seinem üblichen Slogan »Gute Storys gleich gutes Geld«, hatte Kronberg erst richtig ausgeholt. Seine Leistungen seien in letzter Zeit sowieso nur mäßig gewesen, und das, was er derzeit abliefere, sei geradezu schwach.

»Wo sind denn die großen Kriminal- und Gerichtsfälle und die Enthüllungsstorys?«, hatte Kronberg gehässig gefragt. »Ich habe in letzter Zeit keine richtig spannenden Sachen mehr von Ihnen gelesen.«

»Soll ich die Russenmafia beim Kopfgeld überbieten, damit sie mal wieder einen abknallen?«, hatte Cromwell darauf erwidert.

»Aber was ist denn mit Ihren Geheimdienststorys? Den Waffenhändlerconnections? Dem Schwarzgeldthema? Früher hatten Sie richtige Knaller drauf. Heute kommen wir nicht einmal mehr an die Interna des Berliner Verfassungsschutzes heran. Und das, wo dort jeder jeden in die Pfanne haut.« Kronberg hatte es sich nicht nehmen lassen, auf die gut recherchierten Hintergrundstorys und Cromwells früheres Leben anzuspielen.

Cromwells Gedanken schweiften in die Vergangenheit … Bis zum Abzug der Alliierten aus Berlin war er als Zivilangestellter bei den amerikanischen Streitkräften als Dolmetscher und Übersetzer tätig gewesen. Dabei war auch so mancher Auftrag für die Geheimdienste seines Arbeitgebers zu erledigen. Es begann mit der Übersetzung decodierter Texte, die ostdeutsche Agenten verfasst hatten, ins Amerikanische. Zunächst war nichts wirklich Aufregendes dabei, aber mit der Zeit bezogen sie ihn immer mehr ein.

Dann musste er in den Achtzigern auch operative Aufgaben in Ost-Berlin übernehmen und an Agententreffs teilnehmen. Wenn ein Geheimdienstoffizier nur seine Landessprache beherrschte und der Spion nur seine eigene, dann brauchten sie eben einen Dolmetscher. Zweimal war Cromwell an der Glienicker Brücke dabei, als Agenten ausgetauscht wurden.

Sie brachten ihm in den Grundzügen bei, wie man sich selbst

verteidigen konnte und mit einer Waffe umging. Bis zu einer unsichtbaren Grenze, deren Markierung von ihnen bestimmt wurde, wurde er Teil des geschlossenen Systems.

Er knüpfte Kontakte, schnappte Tratsch und Gerüchte auf und zog an den Zipfeln, die unter dem großen Betttuch hervorlugten. Mit diesem Hintergrund rettete er sich in den Reporterberuf, als klar wurde, dass die Amerikaner nach der Einheit aus Deutschland abziehen würden.

Einige tausend Arbeitsplätze sollten mit dem Abzug der Alliierten wegfallen. Die Politik verkündete damals lauthals, es werde jedem geholfen, aber Cromwell wollte sich nicht darauf verlassen und kümmerte sich lieber selbst um seine Zukunft. Rechtzeitig. Denn anfangs schwappte noch eine Solidaritätswelle durch die Stadt, die er ausnutzen konnte.

Mit seinem Hintergrundwissen hatte er keinen schlechten Einstieg, hatte er doch immer wieder schnell den Schnipsel einer Story in der Hand.

Bereitwillig gab ihm der verbliebene Horchposten auch weiter Schnipsel. Dass sie ihn damals durchaus benutzten, um bestimmte Fakten in der Öffentlichkeit zu lancieren, störte ihn nicht. Besser er als ein anderer.

Das Schreiben lernte er in der Redaktion und im Fernstudium. Insgesamt fuhr er in den ersten Jahren nicht schlecht.

Vor etwa drei Jahren wollten sie ihn anwerben. Er sollte in seiner neuen Aufgabe Hintergrundmaterial sammeln. Gegen Bezahlung selbstverständlich, so hieß es, und eigentlich ganz harmlos. Die Menschen, mit denen er zusammenkäme, wären in dem einen oder anderen Fall doch sicherlich einen Hinweis wert. Schließlich erfuhr man als Reporter doch so manches über die Schwächen seiner Zeitgenossen, was nicht in der Zeitung stand, aber sicherlich anders genutzt werden könnte.

»Warum kommt ihr jetzt erst?«, fragte er.

»Weil du inzwischen einen gewissen Namen hast. Unsere Aufbauarbeit hat sich gelohnt.«

Sie appellierten an seinen Patriotismus, seine jahrelange Zugehörigkeit zum System, seine Pflicht als amerikanischer Staatsbürger.

»Dann muss ich zugleich für den Bundesnachrichtendienst spionieren«, antwortete er. Schließlich war er auch deutscher Staatsbürger. Seine Mutter war Deutsche. Sie hatte einen in Berlin stationierten Army-Lieutenant geheiratet. Als sie schwanger war, kam der Versetzungsbefehl für den Vater in die USA. Geboren wurde er Huntington, Indiana. Damit besaß er die Staatsbürgerschaft der Vereinigten Staaten. Mit der erneuten Versetzung seines Vaters nach dem Mauerbau kehrte die Familie nach Berlin zurück. Als wenige Jahre später sein Vater wieder versetzt wurde, blieb er mit seiner Mutter in Berlin. Die Ehe war gescheitert, die Versetzung ließ die Fassade einstürzen. Als Cromwell aus der Schule kam und jobbte, lernte er die Feinheiten des besonderen Status von Berlin kennen. Als amerikanischer Staatsbürger war er Ausländer und musste sich wie alle anderen Ausländer alle paar Monate bei der Ausländerbehörde eine neue Arbeitserlaubnis holen. Dem Berliner Senat war es peinlich, die Angehörigen der Menschen, die sie schützten, solchen Regularien zu unterwerfen. Daher räumte der Berliner Senat den Alliierten und ihren Angehörigen die Möglichkeit ein, die deutsche Staatsbürgerschaft zu erwerben. Es kann nichts schaden, sagte Cromwell sich damals und beantragte die deutsche Staatsbürgerschaft. Nach seiner Ausbildung zum Dolmetscher bewarb er sich bei den amerikanischen Streitkräften, die gern einen der ihren einstellten.

Seine Weigerung, sich anwerben zu lassen, machte sie wütend. Die Schnipsel wurden rar, und er verlor das Hintergrundwissen, das seine Storys so interessant machte.

Auf der deutschen Seite erinnerten sich seine Kontakte in der Berliner Verwaltung plötzlich an seine Zeit bei den Amerikanern. Einen ehemaligen Angestellten der Alliierten gingen die deutschen Interna nun wirklich nichts mehr an …

Cromwell wurde den Eindruck nicht los, als hätten sich beide Seiten abgesprochen, wie man mit ihm umzugehen habe. Das machte seine Situation in der Zeitung nicht gerade einfacher.

»Ich schreibe ja nun nicht nur über Geheimdienste und Kriminalfälle«, hatte er bei dem Streit auf Kronbergs Vorwurf geantwortet.

»Nein, aber der jämmerliche Kram aus dem allgemeinen Polizeialltag ist auf Dauer nun wirklich nicht genug, Cromwell. Und die meisten Gerichtssachen sind auch nicht so, dass sie einen vom Hocker reißen. Es fehlen knackige Hintergrundstorys. Insgesamt zu wenig.«

Cromwell zuckte aus seinen Erinnerungen hoch, weil sein Name gefallen war. Irritiert sah er sich um. Alle Augenpaare waren auf ihn gerichtet.

»Haben Sie mich verstanden?«, fragte Müller zischend.

Die Augen seiner Kollegen brannten mit ihrer Schadenfreude Löcher in sein Leinensakko. Eigentlich müssten die Brandflecken auf dem sommerlichen Beige gut zu sehen sein.

»Nein, nicht ganz.« Die anderen sackten aufatmend zusammen, da Müller nun sein Opfer gefunden hatte.

»Hat man gesehen«, knurrte Müller. »Dabei habe ich Ihnen gerade den Auftrag gegeben, bei Ihren amerikanischen Freunden ein wenig das Sicherheitsumfeld zu analysieren. Bodyguards, Secret Service, Absicherung des Präsidenten, all der Scheiß um den Koffer für den Ernstfall.«

Cromwell nickte.

»Und vielleicht machen Sie mal eine Story über die Absicherung im Detail. Muss doch möglich sein, den Hotelfuzzis ein paar Einzelheiten aus der Nase zu ziehen.«

»Alles geheim. Nicht mal die Zimmernummer ist bekannt. Die haben wie schon mal ganze Etagen belegt, und irgendwo mittendrin, wie eine Bienenkönigin, schläft Clinton.«

Cromwell hatte bereits versucht, alte Kontakte anzuzapfen. Immerhin war er lange genug dabei, um zu wissen, womit der

Chefredakteur ihm käme. Allerdings dachte niemand daran, den Secret Service zu verärgern, nur weil ein unterbezahlter Reporter mit amerikanischem Namen eine interessante Story brauchte.

»Lösungen, nicht Probleme«, ätzte Müller und warf einen bitterbösen Blick zu Cromwell und dann zu Kronberg.

Dann war die Politikredaktion an der Reihe. Auch ihnen schleuderte Müller eine Fülle von Themen hin, nachdem auf die Kritik von Müller ein Journalist mit dem Hinweis kam, dass man ja nicht mal so genau wisse, warum Clinton eigentlich Europa und insbesondere Deutschland besuche. Schließlich gebe es keinen aktuellen Anlass.

»Das allein könnte bereits eine Story sein«, schmiss Müller wütend in den Raum. »Wie gesagt, ich will Mann und Maus auf der Straße haben. Fotos von Clinton in der Menge, beim Essen, von allem, was er macht. Und wer ihn auf dem Klo erwischt, kriegt eine Prämie.«

Alle lachten pflichtschuldig, dann stürmte Müller hinaus. Cromwell beeilte sich davonzukommen, als Kronberg schnaufend wie eine Dampflok auf ihn zusteuerte. Er wusste, was ihn erwartete.

Kapitel 3

Freitag, 2. Juni 2000

»Einen letzten Drink?« Private First Class Rodriguez Garcia stand vor Todd Wiggins und hielt ihm ein kleines Tablett mit einem Cognacglas hin. »Er hat Ihnen doch so gut geschmeckt.«

Zu Beginn des Fluges hatte sich Wiggins einen Cognac bestellt, und Garcia hatte einen ganz besonderen Tropfen hervorgezaubert, weich und samtig im Geschmack. Wiggins schätzte Cognac seit seiner Dienstzeit in Berlin.

»Und Sie verraten mir immer noch nicht, was für einer das ist?«

Rodriguez lächelte. »Nein. Das bleibt mein Geheimnis.«

Wiggins starrte auf das Glas. Auch Rodriguez sah auf die bernsteinfarbene Flüssigkeit.

»Ich weiß nicht.« Wiggins zögerte. Der erste Cognac hatte ihn entspannt, den Stress der letzten Tage erträglicher gemacht. Er wollte bei klarem Verstand sein bei dem, was ihn erwartete.

»Sir, so einen bekommen Sie nie wieder. Das garantiere ich Ihnen.« Über Garcias Augen lag ein Schleier. Für einen Moment schien es, als schössen Pfeile auf Wiggins hinab. »Aus einer Privatbrennerei. Nirgends im Handel zu kaufen. Die Flugbereitschaft der US Air Force möchte, dass nur Gutes von ihr berichtet wird.« Er grinste breit.

Wiggins lachte. »Geben Sie her.«

Garcia reichte Wiggins das Glas und entfernte sich.

Wiggins schaute aus dem Fenster, während er den Cognac dicht unter seine Nase hielt und das Aroma schnupperte.

Der Learjet steuerte den Flughafen Tempelhof von Osten her an. Eine große Schleife führte die Maschine über das südöstliche Berlin und gab für die Insassen den Blick auf die Wälder und Seen in Köpenick frei. Sie überflogen Siedlungen mit Einfamilienhäusern und gerade gezogenen Straßen, dann Industrieflächen und schließlich die grauen Mietskasernen von Neukölln. Kurz vor der Landung konnten sie sogar Einzelheiten auf den Balkonen der Wohnungen erkennen.

Wiggins hörte das Pfeifen der Reifen auf dem Asphalt und öffnete den Sicherheitsgurt. Der Flug von Zürich hatte etwas mehr als eine Stunde gedauert.

»Sie waren schon früher in Berlin?«, fragte Garcia, als Wiggins zur Tür kam, wo der Gefreite ihn verabschiedete.

»Ist schon lange her«, log der General. »Zehn Jahre wohl.« Dabei war er erst vor wenigen Monaten in Berlin gewesen. Aber das ging den Mann nun wirklich nichts an.

Er nickte Garcia noch einmal kurz zu, als er die Treppe betrat und die wenigen Stufen hinunterging. Eine leichte Sommerbrise empfing ihn auf dem Flughafen Tempelhof, der in der geteilten Stadt der Flughafen der Amerikaner gewesen war und jetzt bevorzugt von kleinen Fluggesellschaften und Privatfliegern angeflogen wurde. In den Hangars, in denen früher Flugzeuge gewartet worden waren, führten sie heute Musicals auf und feierten wilde Partys.

Auf dem Rollfeld stand ein neutraler Mercedes mit einem Sergeanten als Fahrer und einem Major als Adjutanten.

Wiggins grinste zufrieden. Das waren die angenehmen Seiten seines Berufes. Die beiden Militärs grüßten zackig, und Wiggins nickte lässig zurück. Im Anzug militärisch zu grüßen wäre ihm albern vorgekommen.

Sie taten immer noch, als gehöre er dazu. Dabei war er vor gut acht Jahren aus dem aktiven Dienst ausgeschieden. Herzprobleme. Aber es galt eben noch: einmal dabei, immer dabei.

Nach seinem Einsatz in Vietnam hatte er Standorte in aller

Welt gesehen, war nach Berlin gekommen und hatte hier dem Erzfeind das erste Mal unmittelbar gegenübergestanden. Seine letzte Station war Moskau selbst gewesen. Er hatte alle seelischen Phasen seines Berufes durchlaufen, um am Ende festzustellen, dass die andere Seite auch nur aus Menschen mit allen Stärken und Schwächen bestand.

Nach seinem Abschied war Langeweile bei ihm aufgekommen, und so hatte er beschlossen, sein Wissen in den Dienst eines Braintrusts zu stellen. In diesem unabhängigen Thinktank war er in Konkurrenz zu den Theoretikern getreten und hatte sich durch harte Arbeit und sichere Einschätzungen nach anfänglicher Herablassung bald Achtung und Respekt erworben. Genau wie jetzt, da er seit gut vier Jahren dem Nationalen Sicherheitsberater der Vereinigten Staaten von Amerika zur Seite stand. Ein kleines, aber nicht zu kleines Rädchen im großen Getriebe des Weißen Hauses, mit praktischem Detailwissen, das manches Mal die Waagschale in eine andere Richtung beeinflussen konnte. Wiggins war zufrieden mit seiner Rolle, auch wenn einige seiner ehemaligen Kameraden im Pentagon Gift und Galle spuckten, wann immer er ihre Vorschläge und Behauptungen hinterfragte.

Der Wagen rollte ohne Formalitäten durch das Tor und reihte sich in den Berliner Stadtverkehr ein. Sie fuhren in Richtung Zoo zum Intercontinental Hotel.

Major Pennwood gab einige Kommentare zum Berliner Wetter und einer kommenden Hitzewelle ab, aber Wiggins hörte kaum zu. In Gedanken dachte er an all die schönen Dinge, die er in den nächsten Stunden erleben wollte. Nach der Scheiße, die er in den letzten Wochen durchgestanden hatte, und dem Ärger, den das noch bringen würde, brauchte er jetzt ein Ventil.

Der Höhepunkt war der Anruf vor zwei Tagen gewesen, der ihn in Zürich im Forschungsinstitut erreichte. Er steckte gerade in den entscheidenden Vorbereitungen für den Staatsbesuch in

Moskau, sprach mit den russischen Kontaktleuten die letzten Einzelheiten ab, um den Besuch zu einem vollen Erfolg werden zu lassen. Der Anruf war wie eine Bombenexplosion.

Sein Informant wurde von Gewissensbissen getrieben. Nachdem Wiggins ihn über Monate bearbeitet hatte, war er endlich umgefallen. Der Mann berichtete Dinge, die alles gefährdeten.

Sie waren unverschämter, als er es jemals für möglich gehalten hatte. Sie ignorierten die Weisungen des Präsidenten und der UNO. Sie zerstörten das Vertrauen, das zwischen den Russen und Amerikanern notwendig war, um gemeinsam erfolgreich zu sein.

Wiggins hatte den Gesprächsinhalt und einige weitere Zusatzinformationen in einem kurzen Memorandum zusammengefasst, das er auf einer CD-ROM bei sich trug. Damit konnte er den Nationalen Sicherheitsberater und nötigenfalls den Präsidenten knapp ins Bild setzen und seine Aufzeichnungen dann mündlich ergänzen. Effizienz in der Unterrichtung war etwas, was zu den administrativen Grundlagen einer Regierung gehörte.

Clinton würde durchdrehen, wenn er davon erführe. Der Präsident war unbeliebt beim Militär und umgekehrt. Wenn er auch mit der Berufung eines Verteidigungsministers aus den Reihen der Opposition eine politische und strategische Meisterleistung vollbracht hatte, weil es eine Maßnahme der innerstaatlichen Deeskalation war, würden alle Vorurteile nun wieder hochkochen.

Das machte alles noch schwieriger. Auch wenn Clinton *das* Problem nicht lösen konnte. Wenn es überhaupt gelöst werden konnte. Aber zumindest schien er kurz davor, die Russen endgültig einzubinden. Es war nur schade, dass die Welt die wahre Bedeutung des Ganzen nicht erfahren würde.

Als sie den U-Bahnhof Nollendorfplatz passierten, wies der General den Fahrer an, weiter Richtung Wittenbergplatz zu fahren.

»Ich muss noch ein Geschenk für meine Frau besorgen. Und das ist im KaDeWe am einfachsten. Fahren Sie ins Hotel. Ich komme dann nach. Zu Fuß. Ist ja nicht weit.«

»Aber, Sir. Sie wissen doch, und Sie haben doch noch …«

Wiggins hatte die Tür bereits zugeschlagen und eilte über die Straße auf die andere Seite. Als er sich umschaute, sah er die dunkle Limousine wieder anfahren.

Vor dem Kaufhaus blieb er kurz stehen, dann stieg er in eines der wartenden Taxis und nannte sein Ziel.

Der Fahrer murrte, weil die Straße nicht allzu weit vom Zentrum entfernt lag. Er versuchte, Wiggins in ein Gespräch zu verwickeln, und lenkte dabei den Wagen leicht vom direkten Weg ab.

»Ich kenne mich sehr gut in Berlin aus. Bitte den direkten Weg«, sagte Wiggins trocken und in praktisch akzentfreiem Deutsch. Dann zwang er seine Gedanken ganz bewusst in Richtung der nächsten zwei Stunden.

Das Haus lag in einer ruhigen Seitenstraße. Sie war eng und beidseitig zugeparkt. Linden mit ausladendem Blätterwerk spendeten angenehmen Schatten.

Das Haus war ein typischer Berliner Bau der Jahrhundertwende mit fünf Geschossen und gelblicher Fassade.

Wiggins stand auf dem Gehweg und zögerte. Jedes Mal überkam ihn zunächst das schlechte Gewissen. Und jedes Mal siegte die Gier. Selbst als er seine zwei Jahre in Moskau gedient hatte, hatte er Wege gefunden herzukommen.

Aus den Achtzigerjahren, als alles anfing, kannte er bestimmte Telefonnummern und Adressen, die das Ganze dezent regelten. Hier war er so etwas wie ein guter Stammgast, der immer mal wieder vorbeikam, manchmal auch mit einer jährlichen Unterbrechung.

Er betrat den Hausflur. Mosaikmuster auf dem Fußboden und halbhoch tapezierte Flurwände vermittelten einen gutbürgerlichen Eindruck. Die Holztreppe war mit einem Teppich belegt und knarrte unter seinen Schritten. Die Tür zum Hof stand offen. Kindergeschrei drang herein.

Wiggins stieg in das Dachgeschoss und drückte die Klingel drei Mal kurz, dann zwei Mal lang.

Ein schlanker junger Mann von knapp über zwanzig öffnete die Tür. Lange blonde Haare, weiche Gesichtszüge, gebräuntes Gesicht.

»Hi.«

Wiggins lächelte, und der junge Mann trat ebenfalls lächelnd zur Seite.

»Schön, dich wieder mal zu sehen.«

Die Wände waren in Pastelltönen gestrichen, im Wohnzimmer setzte ein taubenblauer Teppichboden mit hohem Flor einen kräftigen Kontrast. Helle Möbel, skandinavisch. Nichts Besonderes, aber alles farblich aufeinander abgestimmt. Wiggins holte den Umschlag mit dem Geld aus der Tasche. Ein letztes Mal zögerte er.

»Ist was?«, fragte der junge Mann mit einem gewinnenden Lächeln und griff mit seiner rechten Hand Wiggins durch die Hose an die Geschlechtsteile.

Es war wie eine Eruption. Todd Wiggins spürte sofort die Beule in seiner Hose und die pulsierende Erregung, die ihn nun nicht mehr loslassen würde.

Eine Stunde später stöhnte Todd Wiggins im Rhythmus seiner Bewegungen, mit denen sein Glied den Darm des jungen Mannes bearbeitete.

Im Wohnzimmer war Wiggins vor Geilheit das erste Mal fast verrückt geworden. Der junge Mann mit dem schlanken Körper und der zarten, gepflegten Haut streichelte ihn zunächst sanft durch die Hose, um dann brutal und hemmungslos zuzugreifen und Wiggins schmerzvoll aufstöhnen zu lassen.

Dabei flüsterte er Wiggins mit zuckersüßer Stimme ins Ohr,

was er noch alles mit ihm anstellen würde. Wiggins stieß den jungen Mann schließlich weg, als er spürte, wie kurz er vor dem Erguss stand.

Der General fühlte sich plötzlich seltsam unruhig. Leichte Schmerzen lenkten ihn ab. Für einen Moment sah er eine hässliche Fratze vor seinem Auge.

Er ging ins Bad, zog sich aus, und der Deutsche kam hinterher, ohne ihm Ruhe zu gönnen. Wieder peitschte er ihn hoch, streichelte ihn, griff ihm in den Hoden, bis Wiggins vor erregendem Schmerz aufschrie.

Der Deutsche flüsterte auf ihn ein, stöhnte. Dann zog er ihn ins Schlafzimmer. Sie knieten auf dem Teppich in der Mitte des Raumes vor dem Bett. Wieder begann der junge Deutsche ihn zu streicheln. Nichts konnte Wiggins mehr entspannen. Je älter und unansehnlicher seine Frau wurde, umso stärker meldeten sich seine homoerotischen Fantasien.

Begonnen hatte es hier in Berlin, Mitte der Achtzigerjahre. Er leitete als Oberst die lokale Station des Air-Force-Geheimdienstes, bevor er Ende der Achtziger für zwei Jahre nach Moskau wechselte.

Beim Besuch eines Nachtlokals gerieten er und sein Zechkumpan, ein Oberst der Bundeswehr, der sich inoffiziell in der Stadt aufhielt, in einen Homotreff am Nollendorfplatz. Sie waren beide stark angetrunken.

Während der deutsche Oberst noch die Kurve kriegte, riss bei Wiggins nach zwei weiteren Tequila der Erinnerungsfaden. Als er erwachte, lag er im Bett mit zwei jungen Männern, die gerade seine Brieftasche ausräumten und das Geld aufteilten.

Wiggins ließ sein Geld da, und die Burschen hielten den Mund. Erst später spülten Fetzen der Erinnerung in sein Hirn, und ihm wurde klar, dass er in jener Nacht zum ersten Mal mit einem Mann Geschlechtsverkehr gehabt hatte.

Zunächst hatte es ihn angewidert, dann brachen immer wieder wilde Fantasien in ihm durch. Sie wurden stärker und stärker, bis er sie nicht mehr zu bändigen vermochte – und es wieder tat. Und wieder, obwohl er dagegen ankämpfte. Und wieder. Schließlich kämpfte er nicht mehr, sondern suchte das Abenteuer. Er stellte fest, dass einer der größten Reize für ihn darin lag, mit einem völlig fremden Menschen zu schlafen, den er vorher nie gesehen hatte und hinterher nie wieder sehen würde.

Er kannte Adressen. Vertrauenswürdige Adressen. Eines Tages stieß er auf diesen jungen Burschen, der alles in den Schatten stellte, was er bisher erlebt hatte. Dieser Schweinehund gab ihm, was er sich ersehnte und doch nie aussprechen konnte.

Der Bursche wurde zur Sucht. Jedes Mal, wenn Wiggins in der Stadt war, versuchte er, ihn zu sehen. Er hatte schon Gründe erfunden, um wieder nach Berlin zu reisen. Wenn er ein paar Tage vorher anrief, war die Terminabsprache nie ein Problem.

»Los, mach schon!«, schrie plötzlich der Junge vor ihm. »Komm endlich!«

Todd Wiggins keuchte. Er verdammte seine sechzig Jahre. Trotz seines kräftigen Aussehens ließ die Kondition rapide nach. Aber diesen engen Kanal wollte er noch weiter genießen. Stöhnend und mit geschlossenen Augen gab er sich dem Rhythmus hin, den der junge Deutsche mit seinen Bewegungen vorgab.

Seine Hände lagen auf dem glatten und gebräunten Hintern des jungen Mannes, der bei jedem Stoß gegen seinen Unterleib prallte. Durch die halb geschlossenen Augenlider sah Wiggins seinen eigenen Bauchansatz.

Seine Oberschenkel zitterten. Die Anstrengung war zu groß für ihn. Aber der junge Bursche hörte nicht auf. Wiggins fühlte, wie der braun gebrannte, elastische Körper vor ihm das Stakkato der nun kurzen und hektischen Bewegungen noch weiter erhöhte.

Wiggins empfand es plötzlich als unangenehm.

»Shit!«, rief er. »Stop it!«

»Mach schon!«, schrie der Deutsche. Immer noch schien der junge Mann sein Tempo zu erhöhen.

Die Zeit, die bezahlt worden war, war um.

Wiggins strömte der Schweiß von der Stirn und aus den Achselhöhlen. Dann meldete sich tief im Unterbewusstsein eine Alarmglocke. Das Nervensystem reagierte auf kleinste Veränderungen und Transmitter. Ganz besonders im überreizten Zustand.

Urplötzlich schoss ein sengender Schmerz durch Wiggins' Brust. Der Blutpfropfen in der rechten Herzkammer, der sich dort seit zwei Stunden aufbaute, ließ das Lebenselixier nicht mehr fließen. Das im Flugzeug mit dem Cognac eingenommene Gerinnungsmittel verdickte das Blut, und der Engpass am Herzen staute es zusätzlich.

Wiggins hörte wie durch Watte die Rufe seines Liebespartners und spürte dessen Hand auf seiner Wange. Es fühlte sich an wie ein Streicheln, obwohl der junge Bursche ihn heftig mit der flachen Hand ohrfeigte. Doch da war Wiggins schon längst umgekippt.

»Woodward!«

Der Brüller donnerte durch die gesamte Lokalredaktion bis zum letzten Schreibtisch.

Sissi blickte von ihrem Text auf und musterte Cromwell, der ihr gegenübersaß. Der jedoch rührte sich nicht, sondern tippte weiter im schnellen Vier-Finger-System seinen Text in den Computer. Er hatte nie die Ausdauer aufgebracht, mit zehn Fingern schreiben zu lernen.

Ein zweites Mal erscholl der Name des legendären Journalisten, der mit Bernstein zusammen den Watergate-Skandal in den Siebzigern aufgedeckt und damit Nixon zu Fall gebracht hatte.

»Alexander, der Alte ruft dich.« Sissi kannte Cromwell.

Wenn der in die Arbeit vertieft war, hörte er mitunter nichts. Manchmal wollte er aber auch nichts hören.

»Ich weiß.« Cromwell tippte zunächst weiter, dann sah er auf. »Aber auf dem Ohr bin ich taub. Noch bestimme ich, worauf ich höre. Und Woodward gehört nicht dazu.«

Der bullige Ressortchef für Lokales kam bereits den Gang zwischen den Schreibtischen heruntergestiefelt. Jeder seiner Schritte erinnerte an den Tyrannosaurus Rex aus *Jurassic Park*. Cromwell hasste schon jetzt die kommende Auseinandersetzung, denn sie hielt ihn von der Arbeit ab. Immerhin hatte er aus dem Waschzettel, den der Seniorenverein Pro vital anlässlich seiner Gründung der Redaktion unaufgefordert zugeschickt hatte, noch eine vernünftige Meldung zu machen.

»Woodward, warum kommen Sie nicht, wenn ich Sie rufe?« Der Tyrannosaurus stand jetzt mit seinem mächtigen Körper vor den Schreibtischen, mit rotem Gesicht und in die Hüften gestemmten Händen. In der Rechten hielt er dabei ein Stück Papier.

Cromwell hackte noch immer auf die Tastatur ein und zeigte seinem Chef den Rücken. Dann drehte er sich langsam um.

»Weil ich Cromwell heiße und nicht angesprochen war.« Seine blauen Augen funkelten streitlustig.

»Was soll denn der Scheiß?«, zischte Kronberg durch zusammengekniffene Lippen. Vorsichtig schielte er zu Sissi hinüber, die die Auseinandersetzung interessiert verfolgte. Es war eben spannend, ob Vorgesetzter oder Mitarbeiter die Schlacht gewann. »Bisher haben Sie immer reagiert, wenn ich Sie so gerufen habe.«

Cromwell sah ihn mit dem unschuldigsten Augenaufschlag der Welt an. »Es kotzt mich an, dass Sie mich immer dann so rufen, wenn Sie etwas zu mäkeln haben.«

Kronberg lachte rau auf. »Seit wann sind Sie denn so mimosenhaft?« Er stützte sich mit seinen Pranken auf die Schreibtischplatte. »Ich sehe mich als durchaus berechtigt an, Katastrophenreporter wie Sie, die in der Mehrzahl der Fälle nur noch Waschzettel umschreiben, anstatt richtige Geschichten zu finden, auf die Schippe zu nehmen.« Er ließ seine triefenden Augen auf Cromwell ruhen, als mustere eine Dogge das Gewicht des nächsten Steaks. »Mann, Cromwell, Sie müssen den Arsch wieder hochkriegen. Seit zwei Jahren geht es mit Ihnen bergab. Wenn ich noch an Ihre Storys über den Weg der Stasi-Millionen und die Wien-Connection denke. Oder an den Bericht über die Waffenfinanzierung im Bosnienkrieg.«

Cromwell sah seinen Chef lange an. Dann nickte er nachdenklich. All die Storys hatte er geschrieben, als seine alten Freunde ihn noch mit Informationen versorgt hatten. Er hatte ihre Absichten gekannt, aber bei kritischer Filterung war immer genug übrig geblieben, um eine gute Story daraus zu schreiben.

»Sie wissen doch selbst, mit welchem Preis wir uns so manche Informationen erkaufen«, sagte Cromwell ruhig zu Kronberg. Seine Ablehnung, weiter für sie zu arbeiten, schien ihm immer noch richtig.

»Ich bin ein paar Jahre länger im Geschäft. Mir brauchen Sie keine Vorträge zu halten. Man muss die Grenze erkennen.« Kronberg stierte ihn an, als wäre Cromwell das berühmte rote Tuch eines Toreros. »Hier zählt aber immer noch Leistung und nicht Ihre Gefühlswelt. Ich habe eben mit Müller telefoniert. Sie erinnern sich? Der war stinksauer, auch wenn er das in der Sitzung am Mittwoch kaum gezeigt hat. Sie wissen doch, wie er ist, wenn man ihm nicht zuhört.«

Kronberg legte eine Pause ein und schielte zu Sissi. Erst auf ihre Beine, die sie mittlerweile und mit Absicht gut drapiert hatte, dann in ihr Gesicht, um zu sehen, ob sie auch genau aufpasste.

»Er hat mir gesagt, dass Sie bei ihm auf der Abschussliste stehen, wenn nicht bald was Richtiges rüberkommt. Ihr Bonus ist aufgebraucht.«

Cromwell starrte Kronberg feindselig an. »Und du Arschloch kannst dir deine überhebliche Art sonst wohin schmieren!« Seine Stimme war teilnahmslos und kalt. »Vollidioten wie du, die mehr zu den Anzeigenaufträgen schielen und das Gleichgewicht in der Stadt beachten, sind doch der Tod eines freien Journalismus. Was verlangt ihr denn? Wir machen aus jedem Soundbite eines Staatssekretärs eine Staatsaffäre. Auch wenn sein Beitrag nur in einem Husten bestanden hat. Und wie wir aus einem Oneliner ganze Spalten produzieren müssen. Mein Gott, kotzt mich das an. Jeden Tag jazzen wir Halbsätze zu Schlagzeilen hoch, damit dann hinterher die Rechtsabteilung wieder was zu tun hat, um Gegendarstellungen abzuwehren.«

»Mein Gott – ein Idealist!«, schnaubte Kronberg. Schon immer hatte er die widerspenstige Art dieser deutsch-amerikanischen Genmischung gespürt. »Cromwell, wenn ich Sie heute rauswerfen würde, dann würden Sie trotzdem bis Mitternacht, bis zur letzten Minute, Ihren Vertrag erfüllen. Und wenn ich will, fahren Sie noch heute Abend zum Landwehrkanal und sehen nach, ob das Gerücht tatsächlich stimmt, dass die Leiche von Rosa Luxemburg erneut angeschwemmt worden sei.«

»Muss das jetzt sein?« Sissi sah beschwichtigend zu Cromwell hinüber, der in stoischer Ruhe abwartete. »Üblicherweise werden solche Gespräche doch unter vier Augen geführt, oder?«

Kronberg grinste zufrieden.

»Halt dich da raus, Sissi.« Cromwells Stimme war entschlossen. Die Blicke der beiden Männer verhakten sich ineinander. »Der Macho muss mir doch beweisen, dass er als Chef der Stärkere ist und mehr von dem Job versteht als ich. Wenn er mich kippen will, dann kippt er mich.«

»Ihr seid beide verrückte Sturköpfe.«

Cromwells Telefon klingelte. Kronberg machte den Mund wieder zu und schielte erneut auf Sissis Beine. Nach einem kurzen Zögern nahm Cromwell den Hörer ab.

Es war sein Halbbruder.

»Alexander, ich bin in Schwierigkeiten.«

»Ich auch«, knurrte Cromwell zurück, der die Schwierigkeiten seines Halbbruders hasste wie die Pest. Denn sie waren immer noch größer als seine eigenen.

»Kannst du gleich kommen?«

»Ich kann eigentlich nicht. Clinton ist in der Stadt.«

»Bitte!«

»So wichtig?«

»Schlimmer.«

Cromwell sah zu Sissi hinüber und zeigte mit dem Zeigefinger auf sich und dann zur Tür. Sie nickte. Kronberg stand immer noch ungeduldig wartend vor dem Schreibtisch.

»Wie schlimm?«

»Ist dir eine Leiche in meiner Wohnung schlimm genug?«

KAPITEL 4

Freitag, 2. Juni 2000

Die Leiche war nackt und lag auf dem Rücken. Die Augen starrten leer und mit einem ungläubigen Ausdruck an die weiß getünchte Decke.

Der Mund stand offen, die Arme waren seltsam abgewinkelt. Der Körper schien seltsam weiß, fast porzellanfarben. Als habe sich das Blut innerhalb von Minuten aus dem Körper gestohlen. Dabei sah Cromwell keine Wunde und keine Blutlache auf dem Teppichboden.

»Hast du ihn berührt?« Cromwell stand gut einen Meter entfernt und nahm die Einzelheiten in sich auf. Sein Bruder war dicht neben ihm.

»Nachdem er umgekippt ist, nein.«

Cromwell verzog das Gesicht.

»Wie ist es passiert?«

»Willst du das wirklich wissen?« Marc Semmler wischte sich mit der Hand eine blonde Strähne aus dem dezent geschminkten Gesicht.

Cromwells Blick fiel auf die manikürten Fingernägel. Sein Halbbruder pflegte seinen Körper mit Hingabe. Ein Fingernagel war abgebrochen. Wenn Marc richtig drauf wäre, bekäme er wegen solch einer Kleinigkeit einen Wutausbruch. Beim ersten Mal, als sein Bruder wegen einer falschen Bodylotion total abgedreht war, hatte er es noch als Show aufgefasst. Aber Marc war es mit so etwas ganz ernst, und er nahm es jedem übel, der ihn nicht verstand.

»Eher ungefähr«, antwortete Cromwell.

»Mitten beim Bumsen«, sagte Marc trocken und mitleidslos. »Hätte nie gedacht, dass man das Zittern des Körpers beim Herzinfarkt bis in den Schwanz spürt. Fast wie bei einem Orgasmus.«

Cromwell sah ihn ärgerlich an. Dem Tod sollte man mit Respekt begegnen. Er war der endgültige und absolute Gegenbeweis für die menschliche Illusion, sich selbst bestimmen zu können.

»Das Zittern, meine ich natürlich.«

Mit einem Seufzen drehte sich Cromwell ab. Das Zimmer war dem Zweck entsprechend eingerichtet. Es gab eine breite Liege, und an der Stirnwand hinter einem Vorhang war ein Andreaskreuz befestigt mit Schlaufen, um Arme und Beine festzuschnallen.

Cromwell war schon lange über den Punkt hinaus, sich über den Lebensstil seines Halbbruders aufzuregen. Wenn Marc schwul war und seinen Körper auch noch verkaufte, dann war das seine Sache.

Marc war ein Nachzügler, genau zwanzig Jahre später geboren als er selbst. Nachdem seine Eltern sich getrennt hatten, waren für Cromwell verschiedene Ersatzväter gefolgt, bis seine Mutter mit Robert Semmler, einem Beamten in einem der bezirklichen Liegenschaftsämter Berlins, eine endgültige Basis gefunden hatte. Da war Cromwell bereits achtzehn gewesen und von zu Hause ausgezogen.

Seine Mutter war neununddreißig gewesen, als Marc geboren worden war. Der Vater hatte nie eine Vertrauensbeziehung zu seinem Sohn aufbauen können, der schon früh in Berlin wie ein Rüde durch sein Revier gestreunt war. Erster Drogenkonsum, Verkauf des Körpers, um Geld zu beschaffen. Da war Marc vierzehn gewesen.

Cromwell erinnerte sich genau, wie er als großer Bruder Marc in einem Gespräch die Leviten hatte lesen und ihn auf den rechten Weg zurückbringen wollen. Marc hatte sich die Belehrungen still angehört und dazu gelächelt. Dann war er aufgestanden. Er hatte Cromwell mit zuckersüßem Lächeln an den Hoden gefasst, ihn geküsst und ihm die Zunge in den Mund gestoßen. Dabei hatte er gestöhnt: »Komm, ich zeig dir eine neue Welt. Ich bin gut. Und wenn du willst, mach ich es auch umsonst. Beim ersten Mal jedenfalls.«

Cromwell war ausgerastet und hatte Marc verprügelt. Seither sahen sie sich nur selten und meistens dann, wenn Marc Ärger hatte. Im letzten Jahr war das zweimal der Fall gewesen.

Marc war bei der Polizei von einem so genannten Freund angeschwärzt worden, er deale mit Drogen. Sie hatten seine Bude auf den Kopf gestellt und ihn eingebuchtet, obwohl sie keine Beweise gefunden hatten. Cromwell hatte ihm einen Anwalt besorgt.

Beim zweiten Mal hatte Marc mit einem seiner Freunde Fotos von einem Bundestagsabgeordneten beim Liebesspiel gemacht. Dann war er die Erpressertour geritten. Durch Zufall hatte Cromwell von einem Polizisten, den er gut kannte, Einzelheiten erfahren und noch rechtzeitig dafür gesorgt, dass Marc die Kiste abbrach, indem er einfach die Geldübergabe platzen ließ. Da Marc beim ersten Kontakt keine Fotos mitgeliefert, sondern nur gedroht hatte, hatte es außer dem ersten Erpresserschreiben keine Beweise gegeben. Zwar war die Polizei bei Marc aufgetaucht, aber sie hatten ihm nichts nachweisen können.

»Was machen wir nun?«

»Wir?« Cromwell lachte. »Du! Das ist ein Problem, bei dem ich dir auch nur noch bedingt helfen kann. Polizei rufen und sagen, wie es passiert ist. Mehr fällt mir auch nicht ein.«

»Du bist ja wohl nicht ganz dicht.« Marc lief aufgeregt durch das Zimmer.

Cromwell musterte die schlanke, fast zierliche Gestalt seines Halbbruders, der in teuren Klamotten steckte. Irgendein Modedesigner. Damit gelangte Cromwell wieder zu der Feststellung, dass Marc finanziell besser gestellt war als er selbst.

»Die haben mich doch ohnehin schon auf ihrer Liste. Wenn jetzt noch ein Toter dazukommt, dann kann ich mich aber auf was gefasst machen. Nein, nein, nein!«

»Was willst du sonst tun? Warten, bis er stinkt? Oder ihn rausschaffen und auf einer Müllkippe entsorgen?«

»Sei doch nicht gleich so polemisch.« Marc sah ihn mit seinen blauen Augen kalt an. Da stand nicht sein kleiner Bruder vor ihm, sondern ein ausgekochter Typ, der keinerlei Skrupel hatte, das zu tun, was ihm nutzte. »Müllkippe!«, wiederholte Marc böse. »Waldstück reicht doch auch. Er muss nur hier raus. Am besten heute Nacht. Gut verschnürt und verpackt. Wir besorgen uns noch Klebeband und Seil, kaufen zwei Bettlaken, und dann legen wir heute Abend los. Dürfte doch kein Problem sein, ihn in deinem Wagen unterzubringen.«

»Bei mir?«

»Ja, mit meinem geht das nicht. In meinen neuen Z3 passt hinten nichts rein.«

»Meiner ist hinten auch sehr eng.«

Cromwell fuhr einen Suzuki Vitara Cabrio JLX/16V, den er vor einem halben Jahr einem Kollegen zu einem Freundschaftspreis abgekauft hatte, weil der eine Familienkutsche benötigte. Der Geländewagen war drei Jahre alt, mit diversen Extras ausgestattet.

»Mit meinem machen wir das jedenfalls nicht«, sagte Cromwell. »Hast du im Lotto gewonnen? Ein Z3!«

»Spinn nicht rum.« Marc sah ihn zornig an. »Ich verkaufe mich jeden Tag als Fotze, und du stellst die blöde Frage, ob ich im Lotto gewonnen habe. Du weißt doch, was ich treibe!«

»Mit mir läuft das jedenfalls nicht.« Cromwell schüttelte energisch den Kopf. »Weder mein Auto noch ich machen dabei mit. Es gibt Grenzen.«

»Hast du noch Kontakt zu deinen alten Freunden?«

»Welche meinst du?«

»Die Amis.«

»Was haben die damit zu tun?«

Marc blickte kurz zur Leiche.

»Amerikaner?« Cromwell sah sich die Leiche nochmals an. Der Mann schien Ende fünfzig zu sein, aber sein Körper wirkte noch kräftig. Erst jetzt bemerkte er den flachen Bauch und die trainierten Muskeln, soweit das bei einer Leiche im erschlafften Zustand noch erkennbar war.

»Army«, murmelte Marc. »Schon fast so was wie ein Stammkunde. Kam seit Jahren immer mal wieder. Vermutlich, wenn er in der Stadt war.«

»Hat er Papiere dabei?«

»Ich habe bisher nicht nachgesehen.«

Die Kleidung lag wild hingeworfen auf einem Stuhl im Badezimmer. Cromwell hielt seinen Bruder zurück, holte Haushaltshandschuhe aus der Küche und tastete die Taschen des dunklen Anzugs ab. Gleich in der ersten Innentasche fühlte er einen Gegenstand.

Er zog eine lederne Brieftasche hervor. In ihr fand er mehrere hundert Dollar, rund tausend Mark deutsches Geld, einen Pass sowie einen Militärausweis der United States Air Force, ausgestellt auf den Namen Todd Wiggins.

Cromwell pfiff leise.

»Da hast du einen ausgemachten General ins Jenseits befördert.«

»Na und? Die bumsen auch nicht anders als andere.«

Cromwell erkannte sofort die Brisanz. Das Thema von Homosexuellen innerhalb der Streitkräfte beschäftigte praktisch jede Armee der Welt. Es gab nur wenige Länder, die einigermaßen unbefangen damit umgingen. Auch in Deutschland hatten diese Leute kaum Chancen, wenngleich von der Rechtslage her keine Benachteiligung stattfinden durfte.

In den amerikanischen Streitkräften verhielt sich das ganz anders. Da war für Schwule auch offiziell kein Platz. Cromwell erinnerte sich an die ätzenden Kommentare seiner amerikanischen Bekannten, als Clinton zu Beginn seiner Regierungszeit 1992 versuchte, das Thema zu enttabuisieren. Clinton wollte Reformen in den Streitkräften durchsetzen und scheiterte auf ganzer Linie.

»An der Polizei wirst du nicht vorbeikommen«, sagte er schließlich.

»Ich denke nicht dran.«

»Dann werde ich jetzt gehen, und du musst zusehen, wie du klarkommst. Vielleicht hilft dir einer deiner Freunde.«

»Du weißt ganz genau, warum ich dich angerufen habe. Irgendwann quatschen die doch.«

»Und ich?«

»Du bist mein Halbbruder. Du fühlst dich für mich verantwortlich. Immer schon und immer noch. Und deshalb wirst du mir helfen.«

Cromwell schüttelte den Kopf. So klar hatte Marc noch nie zugegeben, dass er ihn schamlos ausnutzte. Er wusste genau, welche Saiten er zupfen musste. So konnte es nicht weitergehen. Marc musste endlich bewusst werden, wo die Grenzen lagen.

Mit einem letzten Blick auf den Toten wandte sich Cromwell zur Tür.

»Ich weiß einfach nicht, was du hast. Wenn alles so war, wie du sagst, kann dir nichts passieren. Der Typ hatte einen Herzanfall, und dann war es aus. Was soll man dir da anhängen? Morgen gibt es ein paar Zeitungsmeldungen, einen Tag später ist die Sache schon fast vergessen.«

Marc sah ihn nur an.

»Okay. Das war es dann wohl.« Er ging ins Wohnzimmer. Die gleichen Pastellfarben, helle Vorhänge und helle Möbel. Alles geschmackvoll aufeinander abgestimmt, als sei eine Musterwohnung für eine Zeitschrift eingerichtet worden. Seine Füße versanken leicht im hohen Flor des taubenblauen Teppichbodens.

»Was machst du?« Marc war ihm gefolgt und sah, wie Cromwell den Telefonhörer abhob.

»Die Polizei rufen, was sonst.«

Marc war mit zwei Sprüngen bei ihm. In der Hand hielt er eine halblange Stahlrute. Cromwell riss den linken Arm zum Schutz nach oben. Doch der Hieb war mit voller Wucht geführt und zerschlug seine Abwehr wie ein Stück Butter.

Als Marc den zweiten Schlag führte, hing Cromwells linker Arm schlaff und bewegungslos am Körper. Er traf Cromwell am Hinterkopf, als er sich instinktiv abdrehte. Ein stechender Schmerz begleitete ihn in die Dunkelheit.

Der Schmerz war immer noch da, als Cromwell wieder zu sich kam. In der Wohnung herrschte völlige Stille. Nicht einmal das Ticken einer Uhr war zu hören. Etwas Blut war in den Teppichboden gesickert. Cromwell bemerkte es, als er den Kopf hob und sich herumrollte. Sein Arm tat weh.

Er rief Marcs Namen und bekam keine Antwort. Ihm knickten die Beine weg, als er aufzustehen versuchte. Ein Schwindelgefühl warf ihn auf den Boden zurück. In seinem Magen stieg Säure auf. Er konzentrierte sich, bis in seinem Bauch wieder einigermaßen Ruhe herrschte. Dann unternahm er stöhnend einen zweiten Versuch.

Der Schweiß brach ihm aus, als er sich ins Bad schleppte. Die Kleider des Toten lagen immer noch unordentlich auf dem Stuhl. Vor Cromwells Augen tanzten Sterne; er stieß mit dem rechten Fuß gegen den Stuhl, als er auf das Waschbecken zusteuerte.

Die Kleidung des Toten rutschte zu Boden. Cromwell trampelte darüber hinweg zum Waschbecken und goss sich mit beiden Händen kaltes Wasser über den Kopf. Durch die Haare am

Hinterkopf betastete er vorsichtig die blutverkrustete Stelle, wo sein Bruder ihn getroffen hatte. Er drückte immer wieder auf der Stelle herum, bis der fast unerträgliche Schmerz nachließ und er ihn aushalten konnte. Dann machte er ein Handtuch feucht und legte es sich in den Nacken. Es dauerte einige Minuten, dann ließen die Schmerzen im Kopf ein wenig nach.

Er schlurfte ins Schlafzimmer. Der Tote lag immer noch da. Der Spiegelschrank stand offen. In manchen Fächern war gewühlt worden. Die ansonsten exakt geordneten Kleidungsstücke lagen wild durcheinander.

»Du spinnst«, sagte Cromwell in Gedanken zu seinem Bruder, der offensichtlich ein paar Sachen zusammengepackt hatte und abgehauen war.

Er stolperte wieder ins Badezimmer, um das feuchte Handtuch zurückzubringen. Als er an den auf den Boden gerutschten Kleidern des Toten vorbeikam, sah er ein flaches Etui auf den Fliesen liegen. Es wurde halb verdeckt von der heruntergerutschten Hose und der darüber liegenden Anzugjacke. Cromwell beugte sich hinunter und griff danach. Es war aus Leder mit einem Reißverschluss an der Seite.

Vorhin hatte er das Etui nicht bemerkt. Er erinnerte sich, auch nicht alle Taschen abgetastet zu haben. Die Brieftasche hatte er ja gleich gefunden. Das Etui musste aus einer anderen Innentasche gerutscht sein. Darin steckte in einer stabilen Schutzhülle eine CD. Blank, silbrig glänzend, ohne jegliche Beschriftung. Ein Rohling oder etwas Wichtiges? Geheimdaten vielleicht? Was schleppte ein General wohl so mit sich herum?

Cromwell lief durch die Wohnung, die Hülle mit der CD in der Hand. Immer wieder schlug er sich nachdenklich mit der Hülle in die linke Handfläche. Dann steckte er sie ein. Sein Instinkt steuerte sein Verhalten.

Eine halbe Stunde später stand er unten vor seinem Wagen. Die Straße lag im Sonnenlicht eines warmen Spätnachmittags.

Er fuhr zur Tankstelle, um sich Zigaretten zu kaufen, und

weiter zur nächsten Telefonzelle. Vor der Zelle steckte er sich eine Zigarette an und zog gierig den Rauch ein. Er hoffte, der Rauch werde ihm zu einer Erkenntnis verhelfen, doch das Nikotin ließ lediglich seine Kopfschmerzen wieder aufflackern. Schließlich zog er sein Handy aus der Jackentasche und rief seinen Speicher auf, las eine Nummer ab. Dann betrat er die Telefonzelle. Über Handy wollte er nicht telefonieren.

Cromwell legte ein Taschentuch über die Sprechmuschel. Wenn sie später eine vergleichende Sprachanalyse machten, würde ihm das allerdings kaum helfen.

Zunächst lief er in der Zentrale auf, dann hatte er das Büro des Berliner Polizeipräsidenten am Apparat. Eine geschäftsmäßige, aber freundliche Frauenstimme meldete sich.

»Kann ich bitte den Polizeipräsidenten sprechen?«

»Wen darf ich anmelden? Und in welcher Angelegenheit?«

»Das würde ich gern direkt erläutern.«

»Tut mir Leid, Herr Saberschinski ist gerade in einer Besprechung. Können wir zurückrufen?«

»Können Sie Steno?«

»Bitte?«

Cromwell holte Luft. Wenn nicht bereits jetzt ein Tonband mitlief, dann würde es gleich mitlaufen.

»Es gibt einen Toten.« Er nannte Straße und Hausnummer. »Im Dachgeschoss, bei Semmler. Sagen Sie dem Polizeipräsidenten, er soll nicht das große Aufgebot hinschicken, sondern eine kleine Mannschaft vertrauenswürdiger Leute. Und vom Staatsschutz auch gleich jemanden. Bei dem Toten handelt es sich um einen Ausländer. Einen Amerikaner und Angehörigen der US Air Force im Rang eines Generals. Von daher wäre Diskretion angesagt.«

»Wer sind Sie?«, fragte die Frau nach einer kleinen Pause.

»Ein zufällig Wissender. Nicht mehr.«

Im Lieferwagen vor dem Haus langweilte sich Sam Park. Alles war nach Plan verlaufen. Sie hatten nicht eingreifen müssen. Der Mann war abgetreten in einem der schönsten Momente, die man haben konnte.

Sonja saß in der anderen Ecke des Wagens und blätterte in einer Zeitschrift. Sie sprach nicht mehr mit ihm. Nur weil er vorhin hatte wetten wollen, wann das Zielobjekt abtreten würde, brauchte sie nicht gleich so einen Tanz zu machen. Sie hatte ihn ein dummes Schwein genannt und sich in die Ecke verzogen.

Es klopfte. Mit einer Kopfbewegung deutete Park zur Tür, dann zog er seine Pistole. Das Kaliber .45 Winchester Magnum würde alles und jeden wegpusten. Wieder klopfte es. Diesmal im vereinbarten Rhythmus. Park hielt trotzdem seine Waffe bereit, bis Victor Taylor hinter sich die Tür schloss.

»Alles o. k.?«, fragte Taylor, der Chef des Teams. Er war groß und ebenso durchtrainiert wie die anderen. Seine Gruppe war seit Jahren beisammen und eingespielt.

»Alles o. k.«, antwortete Parks. »Planmäßig. Die Dosis war genau richtig. Gutes Timing.«

»Kann ich mal sehen?«

Sam Park spulte die Bänder ein Stück zurück. Taylor gab ihm ein Zeichen, er solle weiterspulen. Er wollte nur die wesentliche Szene sehen.

»Eindeutig«, sagte er dann, als die Aufzeichnung über den kleinen Bildschirm flimmerte und der fassungslose Marc Semmler vor der Leiche von Wiggins hockte.

Park spulte weiter bis zu dem Punkt, als Cromwell die Wohnung betrat.

»Wer ist das?«

»Unser Kleiner hat telefoniert. Dann ist der Typ aufgetaucht. Sie haben geredet, diskutiert, haben sich gestritten. Alles auf Band. Dann ist der Schwule weg.«

»Warum habt ihr mich nicht gerufen?«

Taylor hatte die Außensicherung übernommen und war froh gewesen, der widerlich stickigen Luft im Wagen entkommen zu sein. Seit einer wochenlangen Gefangenschaft in einem dunklen Verlies hatte er Probleme mit engen und stickigen Räumen. Über Funk war er jederzeit erreichbar gewesen.

»Ist sein Bruder«, sagte Sonja Beck ruhig aus der Ecke, wo sie sich wieder in ihre Zeitschrift vertieft hatte. »Wirklich kein Grund zur Beunruhigung.«

»Hmmm.«

Park kannte diesen Laut. Wenn Taylor so anfing, gefiel ihm etwas nicht.

»Das gefällt mir nicht. Nun haben wir einen Mitwisser.«

»Na und?« Auch Park sah darin kein Problem. »Der weiß schließlich genauso wenig wie der Schwule. Ist doch verständlich, wenn der Kleine keine Ahnung hat, was er davon halten soll, und jemanden um Hilfe ruft.«

Taylor antwortete nicht und sah weiter auf das Video.

»Was ist das?«

»Was?«

»Die Hülle.«

»Welche Hülle?«

Park sah genauer auf den Bildschirm. Der Fremde in der Wohnung hielt in der rechten Hand eine Hülle und schlug sich damit immer wieder in die linke Handfläche.

»Sonja, komm mal her. Was hältst du davon?«

Alle drei starrten auf das Video, das Park immer wieder zurückspulte und laufen ließ.

»Er ist unschlüssig, und es hat offensichtlich mit dem Toten zu tun, so wie er dabei auf die Leiche starrt.«

»Und was hat er in der Hand?«

»Sieht aus wie die Hülle einer CD-ROM.«

Sie sahen sich an.

»Scheiße!«, stieß Taylor hervor. »Denkt ihr, was ich denke?«

»Aufzeichnungen?«

»Und wenn?«

»Wichtig?«

»Und wenn?«

»Wir hatten den klaren Befehl, nicht einzugreifen«, knurrte Park, der den Ärger bereits am Horizont wie einen heißen Sonnenball aufsteigen sah. »Wir sollten nur eingreifen, um nachzuhelfen, wenn das Mittel ...«

»Er hat nichts dabeigehabt, als er reingegangen ist«, sagte Sonja Beck.

»Ich brauch eine Verbindung«, sagte Taylor schließlich zu Park.

Es dauerte nur wenige Sekunden, dann hatte Taylor seine Verbindung und hörte das Klingeln am anderen Ende.

»Hier ist Victor. Das Problem ist planmäßig beseitigt«, meldete er sich, nachdem das vereinbarte Codewort ausgetauscht war.

»Schön.«

Die Stimme klang emotionslos. Taylor sah das Gesicht zur Stimme vor sich. Er hatte noch nie so tote Augen gesehen. Wie bei einer Mumie.

»Mit einem kleinen Fragezeichen. Uns scheint, das Problem hatte einen Datenträger dabei, von dem wir nicht wissen, ob und wie wichtig er ist.«

Stille.

»Sie meinen, dass da etwas ...«

»Wir wissen es nicht.«

»Keine Unklarheiten. Klären und Problem beseitigen. Es darf auf keinen Fall dazu kommen, dass etwas zurückbleibt. Unbedingt einsammeln.«

»Haben wir freie Hand?«

»Kein Risiko. Hundertfünfzig Prozent sind in diesem Fall besser als hundertzwanzig Prozent.«

Cromwell verbrachte den Abend allein zu Hause. Er wollte nachdenken. Sissi hatte mit einem Nicken seinen Alltagskram in der Redaktion übernommen. Und Kronberg konnte ihm morgen den Kopf waschen, weil er einfach abgehauen war. Clinton würde ohne ihn im Schloss Charlottenburg speisen müssen.

Von seiner Wohnung waren es nur wenige Schritte zum Lietzensee und keine zweihundert Meter bis zum Damm der Haupteisenbahnstrecke. Das Haus war kurz nach der Jahrhundertwende gebaut worden. Die Wohnung war gut hundertzehn Quadratmeter groß, die Decken waren mit Stuck verziert. Wohn- und Arbeitszimmer mit Balkon gingen nach vorn hinaus, wo eine große Linde im Sommer ein lauschiges Balkonplätzchen garantierte. Küche, Bad und Schlafzimmer lagen nach hinten. Der typische Hinterhof ließ die Geräusche wie den Rauch in einem Kamin nach oben ziehen.

Die Wohnung musste renoviert werden, aber die knappe Kasse hinderte Cromwell daran. Auf der weißen Raufaser sah er graue Flecken, und der ehemals hellgraue Teppichboden sollte dringend shampooniert werden. Die Möbel warteten auf eine größere Portion Politur. Es waren zwei echte Raritäten darunter, brusthohe Kommoden aus dem letzten Jahrhundert, die bereits einen gewissen Sammlerwert besaßen. Ihre Farbe war stumpf, verriet seine Nachlässigkeit.

Er kochte sich einen Kaffee und setzte sich dann auf den Balkon. Die Sonne war schon lange hinter der Häuserzeile auf der anderen Straßenseite verschwunden.

Nachdenklich kaute er auf einem Rest Käse herum. Viel mehr war ohnehin nicht im Kühlschrank. Er verschätzte sich immer noch beim Einkaufen. Nach der Trennung hatte er zunächst zu viel eingekauft, jetzt zu wenig.

Ihm gingen die Streitereien in der Redaktion nicht aus dem Kopf. Es steigerte sich in letzter Zeit. Die Drohung, ihn rauszuschmeißen, war ernst gemeint. Seine Storys waren tatsächlich dünner geworden. Hinzu kam, dass der Kampf innerhalb der Redaktion zugenommen hatte.

Im Stillen verfluchte er seine Faulheit, nicht schon viel eher mehr in seiner Freizeit geschrieben und an Zeitschriften verkauft zu haben. Interessante Themen wurden immer gesucht. Sollte es demnächst bei der Zeitung zu Ende gehen, musste er sich erst alles aufbauen.

Die Sache mit seinem Bruder war im Grunde harmlos. Es war kein Verbrechen, sondern ein simpler Unfall. Das würden sie bei der Autopsie schnell feststellen. Es würde einigen Wirbel geben, wenn die Identität des Toten bekannt wurde. Er konnte seine Schlagzeile haben.

Eigentlich musste jetzt die Meldung raus. Details beschreiben. Ein toter amerikanischer General, während Clinton in der Stadt war. Das war die Story, die Kronberg von ihm wollte.

Aber er zögerte. Unsicherheit beschlich ihn, wie er sie noch nie gespürt hatte. Warum? Wegen seines Bruders? Möglicherweise hatte Kronberg Recht. Er dachte zu lange nach, wog zu lange ab, anstatt draufloszuschreiben.

Cromwell stand auf und holte die CD-ROM aus seiner Jackentasche. Er setzte sich an seinen Computer und fuhr ihn hoch. Als er die CD einlegte und das Laufwerk aufrief, erschienen Zahlenkolonnen auf seinem Bildschirm. Einfach nur Zahlenkolonnen.

Verschlüsselt. Hatte er etwas anderes erwarten können?

»Scheiße«, murmelte er.

War da vielleicht *die* Story drauf? Geheimnisse? Eine Veröffentlichung würde schnell zu ihm führen. Scheiß Situation. Er hätte sie liegen lassen sollen.

Unsinn. Kein Reporter hätte das getan.

Investigativer Journalismus. Das war doch das Höchste. Die da oben bei einer Sauerei zu erwischen.

Nachdenklich lief er durchs Zimmer. Er brauchte jemanden, der ihm half, den Inhalt zu entschlüsseln. Er sah auf die Uhr.

Es war längst zu spät, heute noch irgendetwas zu unternehmen. Frustriert packte er die CD-ROM wieder in die Schutzhülle.

In seinem Arbeitszimmer stand ein alter Kachelofen. Die bräunlich ocker lasierten Fliesen waren zwar Steinzeitdesign, aber es hatte schon etwas Besonderes, im Winter vor dem warmen Ofen zu sitzen. Silvia schwärmte geradezu für diese Art von Romantik, wenn sie es auch nie bei ihm erleben würde.

Cromwell öffnete die Klappe am Rauchabzug und schob die CD weit hinein.

Es war mild draußen. Cromwell setzte sich auf den Balkon und lauschte den Geräuschen der Straße. Autotüren klappten, Anwohner fuhren langsam auf der Suche nach einem Parkplatz durch die Straße, aus der Kneipe gegenüber drang Gelächter. Mit der Dunkelheit wurden die Geräusche gedämpfter. Zwei Mal klingelte das Telefon, der Anrufbeantworter sprang an. Silvia musste ihn ganz dringend sehen. Sehnsucht, flötete sie.

Sie war die Nachfolgerin von Petra, seit zweieinhalb Wochen. Doch er war mittlerweile schon wieder in der Absetzbewegung. Er fand sie zu anhänglich und fürchtete bei jedem Treffen, dass sie ihr Millimeterpapier auspacken und ihre Möbel einzeichnen würde.

Nee, sagte er sich. Petra musste er erst einmal verdauen. So schnell nicht wieder.

Er dachte an Marc. Er hatte der Mutter versprochen, auf Marc aufzupassen, als sie vor drei Jahren an Krebs gestorben war. Für den Vater war Marc ohnehin tot, seit er wusste, was sein Sohn trieb. Nach dem Tod seiner Frau hatte er angefangen zu saufen, weil ihm keiner die Wäsche und den Einkauf mehr machte. Der Sturz in den Teltowkanal im volltrunkenen Zustand in einer eisigen Winternacht beendete diese Sorgen für alle Zeiten.

Das Klingeln an der Wohnungstür drang nur langsam in seinen Verstand. Dabei wurde Sturm geläutet. Er war eingenickt.

Schlaftrunken ging er in den Flur. Die Uhr im Wohnzimmer

stand auf halb zwölf. Da hatte jemand wirklich einen eigenartigen Humor.

Vier Mann standen vor der hohen Flügeltür. Sie stellten sich als Ermittler des Bundeskriminalamtes vor, der Wortführer nannte sich Kriminaldirektor Lanz. Sie baten, eintreten zu dürfen.

So schnell hatte er sie nicht erwartet. Immerhin würde die ganze Maschinerie von Staatsschutz, Generalbundesanwalt, Innenministerium und vielleicht auch Botschaft zunächst um die Zuständigkeiten rangeln und tausend Geheimhaltungsfragen klären müssen.

Egal. Cromwell gähnte mehrmals bewusst. Seine Müdigkeit würde helfen, den Eindruck des Unwissenden zu verstärken.

Er führte die vier ins Wohnzimmer und bot Lanz einen Platz an. Es waren alles durchtrainierte Kerle mit ernstem Gesichtsausdruck. Pokerface. Berufskleidung.

»Wissen Sie, wo Ihr Bruder sich aufhält?«, fragte Kriminaldirektor Lanz nach einer einleitenden Höflichkeitsrunde, bei der er sich für den späten Besuch entschuldigte, aber nicht sagte, warum sie Marc suchten.

»Nein.« Cromwell fiel auf, dass der eine Gast breitbeinig an der Tür stand, als suche er Halt auf einem schwankenden Schiff. Der Anzug schien eine Nummer zu klein. Graublaue Augen musterten ihn kalt.

»Haben Sie regelmäßigen Kontakt zu ihm?«

»Nein.«

»Wann haben Sie ihn zuletzt gesehen?«

»Länger her«, log Cromwell.

Der Kriminaldirektor war einer von diesen ganz glatten Typen. Klare Stimme, perfekte Modulation. So glatt wie die FBI-Beamten in cleanen Krimis. Geschäftsmäßig, die Gefühle im Beruf abhanden gekommen. Aber solche Leute konnten am gefährlichsten sein.

»Mit ihm gesprochen?«

»Weiß nicht genau. Warum?«

Lanz antwortete nicht. Er sah zu dem an der Tür stehenden Mann. Der Blickkontakt dauerte etwa zwei Sekunden.

»Sie sind Journalist.«

»Ja.«

»Kann ich sicher sein, dass Sie das, was ich Ihnen vielleicht gleich sage, für sich behalten und es nicht morgen oder die nächsten Tage in der Zeitung steht?«

»Das kann ich nicht versprechen.«

»Wir könnten Sie wegen Behinderung der Justiz drankriegen.«

Cromwell lachte. »Das höre ich immer wieder. Wenn Sie sich über mich genau erkundigt haben, wissen Sie auch, dass ich bei meiner Zeitung als Polizeireporter arbeite. Was meinen Sie, wie oft ich den Spruch schon gehört habe.«

»Ihr Bruder steckt in Schwierigkeiten.« Lanz stand vom Sofa auf, während Cromwell im Ledersessel sitzen blieb. Ein weiterer Mann stand an der Tür zum Arbeitszimmer. Vorsichtig öffnete er die Tür.

»Wenn Sie noch einen Zentimeter weiter meine Privatsphäre verletzen, schmeiße ich Sie raus«, fauchte Cromwell ihn an.

»Schon gut«, beschwichtigte Lanz.

»Also, was ist los? Sagen Sie mir, was Sie wollen, dann werde ich sehen, was ich Ihnen sagen kann.«

»Ihr Bruder ist in Schwierigkeiten. Wir haben in seiner Wohnung einen Toten gefunden.«

Cromwell blieb zunächst still, heuchelte Überraschung. Er zog die Mundwinkel nach unten, wiegte ungläubig den Kopf und gähnte zum x-ten Mal.

»Offensichtlich ein Unfall. Sie wissen, womit Ihr Bruder sein Geld verdient?«

»Ja.«

»Und?«

»Was – und?« Cromwell spuckte die Worte förmlich aus. »Seien Sie froh, dass es Leute gibt, die Ihnen Arbeit abnehmen. Ich will nicht wissen, wie viel Sexualverbrecher mehr wir in dieser Stadt hätten, wenn es nicht solche Menschen wie meinen Bruder gäbe.«

Lanz hob beschwichtigend die Hände. »Ich will das ja gar nicht werten. Wir haben nur ein dringendes Interesse daran, mit Ihrem Bruder zu reden. Der Mann, der verstorben ist, hatte etwas bei sich, das wir dringend benötigen. Wir suchen es.«

Cromwell zuckte mit keinem Muskel. Seine Miene musste weiter stoisch wirken, gleichgültig. Schließlich war er ahnungslos. Woher wussten die von der CD-ROM?

»Was soll ich da machen?«

»Sie haben Ihrem Bruder schon mehrfach aus der Patsche geholfen. Wir wissen das. Deswegen sind wir hier. Wir hatten gehofft, er hätte sich an Sie gewandt.«

Cromwell stand auf. Es war Zeit, sich an die guten Ratschläge zu erinnern, die ein alter Polizist ihm gegeben hatte. Der wichtigste lautete: schweigen! Niemals etwas sagen. Jedes Wort konnte zu viel sein. Sie vernehmen dich als Zeugen und halten es dir später vor, wenn du plötzlich der Angeklagte bist.

In diesem Moment klingelte das Telefon. Wie gebannt sahen alle auf den Apparat. Als Cromwell aufstehen und abheben wollte, sprang der Mann an der Tür zum Arbeitszimmer zu ihm und drückte ihn in den Sessel.

»Lass das!«, schrie Cromwell, aber Lanz befahl mit einem Blick, Cromwell weiter festzuhalten.

Cromwells Anrufbeantworter schaltete sich ein, der Text spulte ab, dann erscholl der Signalton. Ein Keuchen war zu hören, schließlich Marcs gehetzte Stimme. Das dumpfe Dröhnen eines einfahrenden Zuges war im Hintergrund zu hören.

»Alexander, ich bin es, Marc. Sie suchen mich überall. Die machen richtig Jagd auf mich. Was habe ich getan? Hilf mir. Wir treffen uns am Bahnhof Zoo. Gleich vor dem Haupteingang. In einer Stunde. Wenn du nicht kannst, dann alle zwei Stunden später. Wenn du morgen früh um sechs immer noch nicht da warst, bist du ein verdammtes Arschloch.«

Kapitel 5

Freitag, 2. Juni 2000

Marc Stuart machte sich auf den Weg in die Präsidentensuite. Wie immer bei Reisen war es ein Hürdenlauf. Die Sicherheit des Staatsoberhauptes war die Norm, nach der sich alles richtete.

Die Regierung buchte in den Hotels zusätzlich immer sowohl die Etagenbereiche über als auch unter dem unmittelbaren Wohnbereich des Präsidenten und postierte unzählige Sicherheitsbeamte, die in diesem Fall von deutschen Experten unterstützt wurden. Fluchtwege, Nottreppen, Versorgungsschächte – alles wurde ständig genau überwacht.

Während zwei mittelgroße, muskelbepackte Männer vom Secret Service ihn ein weiteres Mal mit dem Metalldetektor checkten, musste er an seine rasante Karriere denken, die nun in einem nächtlichen Treffen mit dem Präsidenten gipfeln würde.

Bescheidenheit und puritanische Strenge waren die Werte, mit denen er auf der kleinen Farm in Wessington Springs in South Dakota aufgewachsen war und die ihm den Weg geebnet hatten. Die harte Arbeit seines Vaters, der die Farm mit einem Kredit erworben hatte und dann sein ganzes Leben dafür mit Ratenzahlungen hatte büßen müssen, war ihm auf ewig ins Gedächtnis eingebrannt. Als sein Vater schließlich auf dem Traktor in der Sommerhitze tot zusammengesackt war, war das der Anstoß für ihn gewesen, es anders zu machen.

Stuart hatte in Harvard Jura studiert. Der eiserne Wille seines Vaters war das Beste, was seine Eltern ihm mitgegeben hatten; finanziert hatte er sich sein Studium durch Arbeit auf dem Bau.

Als Clinton sich um das Amt des Präsidenten bewarb, übernahm Stuart das Amt des Wahlhelfers. Nach und nach rutschte er in die Maschinerie und machte seine Sache so überzeugend, dass man ihm nach Beendigung seines Studiums zunächst einen Job in einer Washingtoner Anwaltskanzlei vermittelte, die häufig für die Regierung arbeitete. Nach vier Jahren war er wieder dabei, weil er von der erfolgreichen Politik Clintons für »Jobs, Jobs, Jobs« überzeugt war und sah, dass der Mann es ernst meinte und etwas bewegte. Diesmal gehörte er zu dem Team, das im gegnerischen Wahlprogramm nach Angriffspunkten für die unzähligen Medienauftritte suchte.

Wieder fiel Stuart positiv auf. Nach der Wiederwahl bot man ihm einen Posten im Weißen Haus im juristischen Beraterstab an. Dort wurde Sandy Berger, der Nationale Sicherheitsberater, auf ihn aufmerksam und holte ihn in seinen Stab. Berger fuhr die alte Taktik, durch frisches Blut Bewegung in den Laden zu bringen. »Einige laufen jetzt irgendwie schneller«, sagte der Sicherheitsberater lachend zu seiner Sekretärin, als er beobachtete, dass der Neuankömmling so manchem Alteingesessenen mit seinen unbekümmerten Denkansätzen die Angst in den Nacken trieb.

Stuart fertigte allgemeine Analysen über die politische Entwicklung in Russland an und lag damit goldrichtig. Er beschäftigte sich mit der dortigen Führungsriege, jedoch nicht mit den Leuten an der vordersten Front – da gab es genug Material –, sondern mit denen weiter unten, die irgendwann nach oben gespült werden mochten. Stuart ging von dem Ansatz aus, dass die epochalen Umwälzungen ganze Führungsebenen verbrennen würden und Leute von weiter hinten plötzlich im Rampenlicht stehen könnten.

Dabei stieß er auch auf einen Mann namens Putin und arbeitete sich in dessen Vita ein, während die arrivierten Berater sich noch über Stuart lustig machten. Als Putin immer weiter an die Spitze rückte, war Stuarts Wissen plötzlich gefragt wie nie zuvor. Insbesondere Clinton misstraute den Weisheiten seiner Geheimdienste. Immerhin hatte er bis dato vier CIA-Direktoren zerschlissen.

Stuart war stolz. In wenigen Tagen würde er mit im Kreml sein und womöglich jenen Mann kennen lernen, dessen steile Karriere auch seine beförderte.

Dann würde es mit Sicherheit spannender zugehen als an diesem Tag. An dem Berliner Kongress *Modernes Regieren im 21. Jahrhundert* hatten neben den Staats- und Regierungschefs rund hundertfünfzig Fachleute aller wissenschaftlichen Richtungen aus vierzehn Ländern teilgenommen. Strategieansätze für die Politik sollten gefunden werden, damit die Globalisierung der Wirtschaft Politik nicht zur Farce machte.

Im Spiegelsaal des Schlosses Charlottenburg hatte er am Abend bei Kalbsfilet mit Spargel eher gelangweilt zugehört, als seine Tischnachbarn weiter über künftige Werte und soziale Verantwortung des politischen Handelns diskutiert hatten, mit der man die Dominanz der Wirtschaft eindämmen könnte. Erst die Aufforderung des Sicherheitsberaters, noch am späten Abend zum Präsidenten zu kommen, hatte ihn von den wissenschaftlichen Diskussionen erlöst.

Wieder krächzte ein Funkgerät, als er weitergehen durfte. Alle Sicherheitsleute standen in ununterbrochenem Funkkontakt miteinander, und es herrschte eiserne Disziplin.

Die Leitzentrale der Absicherung befand sich in einem Zimmer in der Nähe von Clintons Suite. Eine weitere Befehlszentrale war in einem Spezialwagen des Secret Service untergebracht, der seitlich am Haupteingang des Hotels postiert war und in ständiger Verbindung mit der Air Force One stand, die streng bewacht auf dem militärischen Teil des Flughafens Tegel wartete.

Mittlerweile war Stuart bis zum Zimmer neben der Präsidentensuite vorgedrungen. Die Tür stand weit offen. Er sah vier Männer des Secret Service, die im Ernstfall einschreiten würden. Die Holster mit den großkalibrigen Pistolen waren deutlich zu sehen, da sie ihre Jacketts ausgezogen hatten. Die Bewaffnung war auf alle Eventualitäten eingerichtet. Von Handfeuerwaffen bis zur Gewehrgranate und panzerbrechenden Abwehrwaffen war in dem Arsenal alles vorhanden, was man sich vorstellen konnte. Und der Secret Service würde sich auch nicht scheuen, im Ernstfall eine oder mehrere Etagen in Schutt und Asche zu legen, um den Präsidenten zu schützen.

Die Fahrstühle betrat niemand ohne Zustimmung der Sicherheitsleute, und in der Lobby sicherten weitere Männer und Frauen das Leben des Präsidenten. Bereits dort nahmen speziell geschulte Agenten einen Sicherheitscheck der Personen vor, die das Hotel betraten und sich den Fahrstühlen näherten. Hinter einem Blumenkübel war ein Detektor aufgebaut worden, der die Leute am Aufzug blitzschnell nach metallischen Gegenständen abtastete.

Um das Hotel herum musterten deutsche und amerikanische Experten auffällige Personen und notierten sich die Kennzeichen von verdächtigen Autos. Auf den umliegenden Hochhäusern waren Scharfschützen postiert, und weitere Beamte streunten als Frühwarnsystem durch die Nacht.

Den Luftraum sicherte die Berliner Polizei mit der Flugkontrolle, zusätzlich gab es in unmittelbarer Nähe des Hotels ein bodenstationiertes Radar. Hubschrauber schützten den unmittelbaren Luftraum.

Sandy Berger selbst holte Stuart im Flur ab und brachte ihn zum Präsidenten. Clinton begrüßte ihn freundlich und mit einem jugendlichen Lächeln.

»Das ist Mark Stuart, eines meiner ganz jungen und hoffnungsvollsten Talente. Sie haben bereits von ihm gehört. Es ist der Mann, der Wladimir Putin als Präsidentschaftskandidaten vorausgesagt hat und dafür zunächst ausgelacht wurde.«

Sie setzten sich, und ein Ober brachte frische Getränke.

»War wirklich eine gute Analyse. Scheint eine Ihrer Stärken zu sein.« Clinton lächelte breit und schien bester Laune. Ihm war im Lauf des Tages in Aachen der Karlspreis verliehen worden, der besondere Leistungen bei der Einigung Europas würdigt. Stuart verstand, dass seinem höchsten Chef diese Ehrung gut tat, die erstmals unter freiem Himmel stattgefunden hatte und von den Medien in die USA übertragen worden war. Nach den vielen Angriffen in den vergangenen Jahren waren die Lobeshymnen, die von einem blauen Himmel und Sonnenschein begleitet wurden, so etwas wie eine letzte europäische Bestätigung der Politik einer globalen und starken Präsenz Amerikas.

Clintons Rede war brillant gewesen, und Stuart war hochzufrieden, dass einige Passagen zur russischen Frage aus seiner Feder stammten. Clintons Vision der Vereinigten Staaten in einer Sicherheitspartnerschaft mit einem größeren, geeinten Europa und einem demokratischen Russland in einer weitestgehend atomwaffenfreien Welt war etwas, wofür es sich zu kämpfen lohnte. Stuart wusste, dass Clinton keine hohlen Phrasen drosch. Er war so oft in Russland gewesen wie kein Präsident vor ihm und hatte die zaghaften Demokratisierungsprozesse dort massiv unterstützt. Stuart kannte die Schwäche des Präsidenten, die in der eher mageren außenpolitischen Ernte lag. Die Einstufung durch die führenden Historiker der USA im Frühjahr auf Rang 21 unter 42 Präsidenten zwischen George Bush und Jimmy Carter musste Clinton wie eine Demütigung vorgekommen sein. Umso mehr verstand er die Genugtuung Clintons, von den Europäern mit ihrem Friedenspreis ausgezeichnet zu werden.

Stuart würde nicht vergessen, wie Clinton schweigend und ehrfürchtig vor dem Marmorthron Karls des Großen gestanden und nachdenklich genickt hatte, als der Historiker berichtet hatte, dass der Kaiser auf diesem Thron gesessen habe und damit als unumstrittener Herrscher anerkannt worden sei.

Ob Clinton vielleicht selbst gern die vier Stufen des Thrones hinaufgestiegen wäre? Inauguration. Damals wie heute. Rituale als Zeichen der Macht, dachte Stuart.

»Es ist schon spät. Deshalb will ich es kurz machen. Sind Sie bereit, für die Vereinigten Staaten von Amerika einen besonderen Auftrag zu übernehmen?«

»Selbstverständlich, Mr. President.«

Stuart hatte schon mehrfach als kleiner Laufbursche im Hintergrund an Lagebesprechungen mit dem Präsidenten teilgenommen. Er war immer wieder von den Detailkenntnissen überrascht, die Clinton im entscheidenden Augenblick in die Diskussion einbrachte. Auch die konsequente Art, wie Clinton selbst die Dinge vorantrieb, anstatt sie einfach seinen Beratern zu überlassen, beeindruckte ihn.

Er dachte überhaupt nicht daran abzulehnen, was immer sie auch von ihm wollten. Von einem Augenblick wie diesem hatte er geträumt, von einer ganz besonderen Mission, um zeigen zu können, was wirklich in ihm steckte. Und nun sollte sein Traum wahr werden, einfach so, ohne große Ankündigung, bei einer Absprache weit nach Mitternacht.

»Es geht um einen toten Air-Force-General«, erklärte der Sicherheitsberater.

»Ja.« Stuart sah überrascht auf und überlegte, aber bis zu ihm war eine entsprechende Meldung noch nicht vorgedrungen.

»Wir möchten, dass Sie umgehend in die Staaten zurückkehren und sich ansehen, was den General in letzter Zeit besonders beschäftigt hat.«

Stuart war enttäuscht. Er hatte sich auf Moskau gefreut. Die Teilnahme an dem Moskaubesuch war wie eine Auszeichnung, eine Trophäe, die er gern mitgenommen hätte.

»Wenn es so wichtig ist ...«

»Ja, ist es.« Der Präsident wurde schlagartig nachdenklich. »Sie müssen sich allerdings bewusst sein, dass Sie Dinge erfahren werden, die sonst nur wenige kennen.«

»Sie werden vorher eine ganz besondere Schweigeverpflichtung unterschreiben.« Sandy Berger sah den jungen Referenten nachdenklich an, als überprüfe er noch einmal seine Entscheidung, ihn einzuweihen.

»Klingt geheimnisvoll.«

»Ist es auch. Und gefährlich.« Berger blickte zum Präsidenten, dann wieder zu Stuart. »Unter Umständen lebensgefährlich.«

»Wenn Sie gegen die Schweigeverpflichtung verstoßen, werden Sie im schlimmsten Fall ohne Gerichtsverhandlung liquidiert.« Der Präsident sagte dies ernsthaft und ohne Bedauern.

Stuart, der kreidebleich geworden war, schoss das Blut in den Kopf. Rote Flecken bildeten sich auf seinen Wangen.

»Immer noch interessiert?«, fragte Berger.

»Ja.« Stuart ärgerte sich, dass seine Stimme seltsam rau klang. Kaum überzeugend, wie er selbst fand. Er wollte seine Aufregung verbergen, aber diese brutale Einleitung seitens des Präsidenten hatte ihn vollkommen aus der Bahn geworfen.

»Sie werden vielleicht mit Geheimpapieren in Kontakt kommen, die so geheim sind, dass ich sie nicht einmal zu sehen bekomme.« Clinton schüttelte nachdenklich den Kopf, als kenne er keinen größeren Widerspruch.

»Das gibt es?«, fragte Stuart.

»Das gibt es.«

Könnte stimmen, schoss es Stuart durch den Kopf. Er erinnerte sich an eine Äußerung Reagans, der einmal beklagt hatte, dass selbst er nicht die geheimen Unterlagen zum Tode von Glenn Miller hatte einsehen dürfen, weil sie immer noch unter Verschluss waren. Glenn Miller, der legendäre Bigband-Leader der Vierzigerjahre, war im Zweiten Weltkrieg bei einem Flug über den Ärmelkanal mitsamt seinem Flugzeug spurlos verschwunden; die Unterlagen hierzu waren noch immer nicht freigegeben.

»Der tote General hat für uns an einer hochgeheimen Sache gearbeitet. Wir wollen nun wissen, was bei ihm im Büro los ist und ob es da möglicherweise Verbindungen zu seinem Tod gibt.«

»Woran hat er gearbeitet?«, fragte Stuart spontan.

»Er hat für uns eigene Bewertungen zum Raketenabwehrschirm vorgenommen, unabhängig von den Expertisen der Militärs.«

Stuart pfiff unwillkürlich durch die Zähne. Die Bedeutung dessen lag für ihn klar auf der Hand. Schließlich sollte das ein Thema in Moskau sein. Das Programm war eine Weiterführung der Strategic-Defense-Initiative von Präsident Reagan, die 1983 begonnen hatte und die Konstruktion eines undurchdringlichen Raketenschirmes zum Ziel hatte. Schwierigkeiten bei der Umsetzung hatten dazu geführt, dass erst jetzt, gute siebzehn Jahre später, konkrete Erfolge sichtbar wurden.

Im Lauf der Jahre wurde das Programm fortgesetzt, doch immer wieder umbenannt. Unter Clinton hatte es zunächst Ballistic Missile Defense Organization geheißen, und nun hatte es wieder einen neuen Namen: National Missile Defense Program. Aber nach wie vor ging es um den Abwehrschirm. Stuart wusste auch, wie kritisch der Präsident diesem Projekt gegenüberstand – so wie allem Militärischen.

Als er den Sicherheitsberater fragend ansah, wies Berger ihn kurz in die bekannten Einzelheiten über General Wiggins' Tod ein. Stuart nickte.

»Er hat für uns alles in Moskau vorbereitet.« Bergers Stimme wurde ganz leise. »Er hat dafür gesorgt, dass Putin heute Abend den Aufbau eines *gemeinsamen* Raketenabwehrsystems vorgeschlagen hat. Wie es die gemeinsamen Strategiegruppen in ihren Langfristplanspielen eingebaut haben.«

Stuart erschauerte. Über seinen Rücken kroch eine Gänsehaut hinauf in den Nacken. Da arbeitete einer neben den Kanälen, verhandelte erfolgreich mit den Russen.

»Wie hat er das geschafft? Und welche gemeinsamen Strategiegruppen meinen Sie?«

Du hast zu schnell zugesagt, durchfuhr es Stuart. Was konnte *so* geheim sein? Selbst die Beweise und Akten über die atomare Verstrahlung der eigenen Soldaten bei den Atomtests in den Vierzigerjahren waren inzwischen freigegeben. Und zwar von

Clinton selbst, als er den Information Act durchgesetzt hatte, der eine Vielzahl von Dokumenten der Öffentlichkeit zugänglich machte: Papiere über Geheimaktionen, auf die eigentlich nie das Licht der Öffentlichkeit hatte fallen sollen. Sogar die ganzen Schweinereien der Geheimdienste waren bekannt geworden. Oder doch nicht? Was konnte noch schlimmer sein, als politische Morde in Auftrag zu geben?

»Warum ich?«

Berger und Clinton sahen sich kurz in die Augen, dann wandte sich Berger an Stuart.

»Mark, Sie können noch aussteigen. Wenn wir weiterreden jedoch nicht mehr. *No exit.*«

Sie umgingen seine Frage. Stuart wusste auch so, wie es kommen konnte. Er kannte mittlerweile die Mechanismen der Macht. Schütze den König. Immer und überall und bei allem. Im Grunde würden sie ihn missbrauchen, vielleicht sogar später opfern, wenn es sein musste.

Dagegen stand die Versuchung. Die heiligen Hallen, dachte Stuart. Der Gral. Das Geheimste, was es gab; anders konnte es nicht sein. Und da sollte er aussteigen? Allein die Aussicht war besser als jede sexuelle Erregung. Der Adrenalinschub, der durch seinen Körper schoss, war wie die Flutwelle nach einem Meteoriteneinschlag und drohte ihn mitzureißen.

»Ich bin dabei.«

Berger nickte. Der Präsident sah Stuart nachdenklich an.

»Der General befasste sich mit Phänomenen.« Berger rieb sich plötzlich das Kinn, immer wieder.

»Wie?« Stuart starrte Berger vollkommen verständnislos an. Langsam dämmerte es ihm. »Sie meinen … Leben außerhalb unserer Welt?«

Berger sah Stuart tief in die Augen, dann nickte der Sicherheitsberater.

»Was glauben Sie, warum die NASA und alle möglichen Wissenschaftler mit Unterstützung des Staates seit mehr als einem

Jahrzehnt in den Weltraum horchen? Und zwar im Rahmen von ganz offiziellen SETI-Projekten mit den größten Radioteleskopen, die es gibt?«

»Aber ich verstehe das nicht.« Stuart schüttelte den Kopf. »Was ist daran so geheim? Die SETI-Programme sind doch überall bekannt. Selbst die Wissenschaftler reden heute ganz offen über fremde Intelligenz, stellen mathematische Wahrscheinlichkeitsrechnungen an. Es gibt hunderte von Artikeln darüber. Warum diese … «

»Warum glauben Sie, bauen wir an einer Raketenabwehr? Oder warum sagte Putin heute Abend, dass sich vielleicht auch die Russen daran beteiligen wollen?«

»Weil wir uns vor Leuten wie Saddam Hussein und anderen dieses Kalibers und deren Raketen schützen müssen. Außerdem gibt es da noch China …«

Berger nickte still.

»Alles politische Nebelbomben«, sagte der Sicherheitsberater ganz leise. »Wir sind nicht allein. Nichts anderes ist der Grund.«

»Kommen Sie. Es ist an der Zeit, sich um die wirklich wichtigen Dinge zu kümmern.«

Sam Cushing packte General Porters am Arm. Cushing lächelte ständig, als er die Reihen seiner Gäste passierte, wehrte jedoch alle Gespräche ab, während er mit Porters von den Stallungen zum Bürokomplex ging.

Cushings Ranch im Hill Country westlich der texanischen Hauptstadt Austin war alljährlich dreimal Treffpunkt all jener, die ihm etwas schuldig waren, auf sein Kommando hörten oder künftig würden hören müssen. Cushings Treffen waren legendär. Wer erstmals von ihm eingeladen wurde, hatte es geschafft, und wer nicht mehr von ihm eingeladen wurde, würde es nie mehr schaffen.

Porters schüttelte den Kopf. Wie die Lemminge zog Cushing sie an. Und wenn sie begriffen, wie sein System funktionierte, war es zu spät. Denn Cushing tat nichts aus Nächstenliebe. Alles in seinem Leben hatte einen Grund. *Geld.* Mit Geld war er mächtig, einflussreich, unabhängig. Geld zu haben war sein Lebensziel.

Es gab genug Menschen, die genauso dachten und ihren Teil des Kuchens haben wollten. Doch wen dieser Mann in seinen Klauen hielt, den ließ er erst wieder los, wenn er ausgesaugt und unbrauchbar war oder lästig wurde.

Porters dunkle Augen wanderten über die Zelte, die verschiedenen Buffets, die provisorischen Theken. Links von ihm in rund zweihundert Meter Entfernung erhob sich das mächtige Ranchhaus, in den Stallungen hinter ihm standen einige der edelsten Zuchthengste und Stuten.

Das riesige Areal, auf dem die Party stattfand, war leicht hügelig und mit Laubbäumen und Gehölzen aufgelockert. Cushing hatte ihm einmal erzählt, dass die Landschaftsplanung von einem Psychologen stammte. Der hatte es sich zur Aufgabe gemacht, dem menschlichen Unterbewusstsein Geborgenheit, Sicherheit und Vertrauen zu suggerieren. Je entspannter die Leute waren, je ausgelassener sie feierten, umso härter traf sie die eiskalte Brutalität, mit der Cushing dann in seinem Bürotrakt die Handschrauben anzog. So mancher verfluchte den Tag, an dem er eine Einladung zu Cushings legendären Partys angenommen hatte.

Für Cushing war es eine Herausforderung zu beweisen, dass Bäume bei ihm gediehen, auch wenn sie in Texas auf Grund des Klimas nichts zu suchen hatten. Cushing schreckte nicht davor zurück, sich ausgewachsene Bäume auf Tiefladern aus Kalifornien oder Kanada liefern zu lassen. Sein Wasserbedarf musste dem ganzer Kleinstädte nahe kommen.

Auf dem Rasen unter den Bäumen erlebte Sam Cushings Party einen abendlichen Höhepunkt. Die Gäste begeisterten sich an Rodeovorführungen, und einige maßen auch selbst ihre Kräfte mit Pferd und Rind. Klassische Countrymusik konkurrierte mit dem in Austin kreierten Outlaw-Country-Sound, der dem klassischen Stil einige rockige Elemente und fetzige Gitarrenriffs beimischte.

Cushing war mit seinem offiziellen Programm durch. Er hatte ein unsichtbares Netz über den potenziellen Kunden und den Leuten ausgebreitet, die wichtig für ihn waren – Politiker und Militärs in allen möglichen Ebenen, politische und wissenschaftliche Berater. Nicht zu unterschätzen waren auch die Frauen und Freundinnen, die heftig umworben und eingesetzt wurden, wenn sie das Ohr ihres Liebsten hatten. Politik und große Geschäfte wurden nicht nur auf dem Golfplatz gemacht.

Andererseits unterstützte Cushing die wichtigsten Universitäten und eine Vielzahl von Stiftungen und Denkfabriken mit großzügigen Spenden und förderte daneben auch Wissenschaftler mit viel versprechenden Einzelaufträgen. Er beteiligte sich an Firmengründungen, indem er jungen Wissenschaftlern die Möglichkeit gab, Teilprodukte und Innovationen, die andere nur als Spinnereien abtaten, zur Serienreife zu entwickeln. Zur Beurteilung der vielen Anfragen nach Unterstützung unterhielt Cushing ein eigenes Forschungsinstitut, das die mögliche Verwendung der Ideen in den eigenen Unternehmen und Produkten untersuchte.

Damit waren Cushing und seine Firmen immer vorn dabei, immer an den neuesten Entwicklungen beteiligt.

»Das konstanteste und dauerhafteste Produkt für die Vereinigten Staaten ist die Sicherheit der Vereinigten Staaten«, hatte er einmal erklärt. »Damit kann man nichts falsch machen. Es gibt genügend Bedrohungen, auf die Amerika vorbereitet sein muss. Und damit floriert der Umsatz von ganz allein. Man muss immer nur wieder etwas Neues in der Tasche haben, damit der Spieltrieb befriedigt wird.«

Cushing war so etwas wie der zivile Arm des Air Force Space

Bureau. Als General Porters das Amt von General Osmond übernahm, lernte er rasch Cushings Qualitäten schätzen, der als Partner in der freien Wirtschaft unverdächtig so manches realisieren konnte, an dem ihm selbst gelegen war.

Cushings Aufstieg begann Ende der Fünfzigerjahre, als General Osmond in die ersten Raketentests zur Eroberung des Weltraumes eingebunden war und Cushing mit gewagten Aktienspekulationen seine erste Firma erwarb, die Spezialteile für die Kraftstofftanks der Raketen herstellte. Die blamablen Versuche der Militärs ließen Osmond nach Alternativen suchen; Cushing und seine Firma boten zunächst nur Ideen, aber es waren viel versprechende Ideen.

Der permanente Ausbau des Air Force Space Bureau war die Nährlösung für Cushings Firmenimperium, der nicht umsonst die Mehrzahl seiner Firmen in Houston und im Wirtschaftsraum Dallas angesiedelt hatte. Waffenentwicklung und Weltraumtechnologie bildeten zentrale Schwerpunkte der Wirtschaft und hatten Dallas hinter dem Silicon Valley auf den zweiten Platz der Hightech-Industrie-Standorte aufrücken lassen, noch vor Los Angeles, Boston und Seattle.

Cushing und Porters betraten zusammen den Raum. In dem großen Konferenzsaal im Bürokomplex saßen beinahe zwei Dutzend Männer und Frauen zusammen.

Der General des Air Force Space Bureaus musterte die Runde nachdenklich. Es waren allesamt Personen, die in ihren Aufgabenbereichen zu den fähigsten der Vereinigten Staaten von Amerika gehörten.

Dafür waren sie auch Träger des größten Geheimnisses, das man sich vorstellen konnte. Porters sah durchweg angespannte Gesichter. Einige der Anwesenden arbeiteten schon Jahrzehnte an dem Projekt.

Der General setzte sich und überließ Cushing als Gastgeber den weiteren Verlauf der Veranstaltung, wenn auch gut die Hälfte der Leute ihm unterstanden.

»Sie brauchen keine Sorge zu haben, dass irgendetwas von dem, was wir hier besprechen, nach außen dringt. Dieser Raum ist vollkommen abhörsicher. Und ich verbürge mich dafür, dass sämtliche Aufzeichnungsgeräte, mit denen dieser Raum natürlich gespickt ist, momentan abgeschaltet sind.«

Cushing lächelte. In wenigen Sekunden würden die Aufzeichnungsgeräte wieder eingeschaltet werden. Spitzfindigkeiten, so lautete seine Lehre aus dem jahrzehntelangen Umgang mit Juristen, gehörten nun einmal dazu.

»Meine Damen und Herren, herzlich willkommen. Sie sind alle eingeweiht in das, was uns hier vereint. Jeder von Ihnen ist ein hervorragender Fachmann auf seinem Gebiet, wenn auch in einigen Fällen andere mehr nationales und internationales Ansehen genießen. Aber das kann sich ja bald ändern, oder?«

Einige lachten nervös.

»Ob Sie nun aus dem Bereich der Astrophysik kommen, sich der Paläobiologie, der Geophysik oder der präbiotischen Chemie verschrieben haben, ob Sie in der Metallurgie an neuen Beschichtungen arbeiten oder an der Entwicklung neuer Antriebe, die jenseits der Lichtgeschwindigkeit liegen sollen, ob Sie nun Molekularexperten sind oder Strahlungsfachleute, ob Sie der Quantenphysik zuneigen oder Einsteins Gravitationsphysik, ob Sie an parallele Universen glauben oder an ein Multiversum, ob Ihr Glaube der Gaia-Theorie nahe steht oder nicht, ob Sie Darwins Evolutionstheorie mit dem Grundkonzept des Gradualismus oder eher abrupte, punktuelle Veränderungen vertreten oder gar Imanishis Theorie der Koexistenz statt Konkurrenz anhängen …«

Cushing machte eine Kunstpause, dann setzte er seine Rede mit ganz leiser Stimme fort.

»… ob Sie glauben, es gebe einen, der alles lenkt, oder der

Überzeugung anhängen, dass die vorhandenen Gegebenheiten und der so genannte Zufall stets die Hand im Spiel haben: Sie alle werden eine Aufgabe erfüllen, wenn wir ein Stück der großen Decke lüften werden. Dann sind wir vielleicht schlauer, aber wissen werden wir noch längst nicht alles. Sie, meine Damen und Herren, sind diejenigen, die sich nicht scheuen, das Unmögliche zu denken und sich einzugestehen, dass unsere so genannten Naturwissenschaften und mit ihnen die fähigsten Köpfe möglicherweise trotz des heute vorhandenen Wissens ebenso unwissend sind wie Schulanfänger. Dieses Bewusstsein sollte uns begleiten, wenn wir an unsere angekündigte Aufgabe herangehen. Ich darf Ihnen sagen, wir haben die Voraussetzungen geschaffen, es *jetzt* anzugehen.«

Cushing gab ein Zeichen, und Porters erhob sich, um den Teilnehmern einen Überblick über das HAARP-Projekt in Alaska zu geben. In Grundzügen berichtete er über die technischen Hintergründe und den erfolgreichen Test.

»Und da eine neue Welle unmittelbar bevorsteht, haben wir uns entschieden, es jetzt anzugehen, wenn sich die nächste Möglichkeit bietet. Wir werden nicht länger warten.«

Ein Raunen ging durch den Raum. Cushing beobachtete die Anwesenden.

»Einige von Ihnen zeigen mit Ihrer Reaktion, dass Sie uns nicht ernst genommen haben, als wir darüber sprachen. Ich darf Ihnen sagen: Es ist absolute Realität.«

Cushing wartete eine Weile, bis sich auch die letzten Zweifler beruhigt hatten. Dann nickte er Senator Kershaw zu, der allem Anschein nach heftige Zweifel hegte.

»Meinen Sie nicht, wir suchen uns einen denkbar ungünstigen Zeitpunkt aus? Clinton ist gerade dabei, die Russen weich zu klopfen. Er selbst scheint kurz davor zu stehen, den Startschuss für die Realisierung des Abwehrprogramms zu geben. Wenn wir jetzt dazwischenfunken, könnte das kontraproduktiv sein.«

Cushing und Porters sahen sich an.

»Das mag ja richtig sein«, sagte Porters dann, »aber darauf können wir keine Rücksicht nehmen. Es geht um unsere Zukunft. Und da wir wissen, dass die Kontakte in mehrjährigen Intervallen auftreten, verlieren wir zu viel Zeit, wenn wir warten.«

»Ihre Überlegenheit ist derzeit so groß, dass jeder vergeudete Tag uns weiter zurückwirft«, ergänzte Cushing. »Dies ist die einmalige Chance, mehr zu erfahren.«

»Ist das nicht ein kriegerischer Akt?«, meldete sich eine grauhaarige Frau, die nahe der siebzig oder darüber war. Sie hustete leicht und hielt die rechte Hand vor die Brust, als habe sie Schmerzen.

»Wir kennen Ihren kritischen Geist, Miss Shealy.« Cushing lächelte falsch. »Aber wenn ich mich richtig entsinne, sind Sie mit am längsten dabei. Von daher überrascht es mich, diese Frage aus Ihrem Munde zu hören.«

Porters sah die Frau böse an. Sie war Mitarbeiterin des Air Force Space Bureaus, hochintelligent und Osmonds Vermächtnis. Sie war eine wandelnde Bibliothek und die letzte Verbindung zu den Ereignissen von damals. Ihr Wissen werde er brauchen, hatte Osmond bedeutungsvoll gesagt.

Ihre eigentliche Aufgabe hatte sie schon vor Jahrzehnten erfüllt. Mit ihrer Wühlerei in den alten Indianermythen und der Anthropologie hatte sie einen Zweig abgedeckt, der nun keinen mehr interessierte, wo doch die realen Ereignisse im Weltraum das Handeln bestimmten.

Sie war zickig, kritisch, lästig. Sie war ein Relikt, das im Grunde nur störte. Porters hätte sie am liebsten mit einem Tritt vor die Tür gesetzt. Aber da Osmond sich niemals ohne einen Grund über ihren Nutzen geäußert hätte, nahm er die Worte ernst und beschäftigte sie weiter, schloss sie aber aus dem innersten Machtzirkel aus.

»Wenn ich mich richtig entsinne, steht das Vorhaben der offiziellen Regierungslinie als auch internationalen Abkommen diametral entgegen«, hakte Louise Shealy unverdrossen nach.

»Ich will«, sagte Porters leicht gereizt, »hier keine Grundsatzdiskussion beginnen. Die werden an anderen Stellen geführt. Wir müssen für alle Fälle gerüstet sein. Und das Eindringen in unseren Luftraum ist aus unserer Sicht ein kriegerischer Akt. Wir tun alles, um genau das zu verhindern. Den Russen gestatten wir das schließlich auch nicht. Warum sollen wir es dann sonst jemandem zubilligen?« Porters wartete kurz, dann legte er nach. »Es gibt Befehle, und die werden ausgeführt. Egal, was in der Öffentlichkeit dargestellt wird.«

Der General suchte Blickkontakt mit zwei weiteren Militärs aus seinem engsten Vertrautenkreis. Auf sein aufmunterndes Kopfnicken hin schalteten sie sich in die Diskussion ein und beleuchteten die Frage aus militärischer Sicht, damit Louise Shealy nicht weiter quengeln konnte.

Porters bemerkte eine Bewegung an seiner rechten Seite und wandte sich dem Schatten zu. Lieutenant Kramer reichte ihm einen Zettel. Dahinter tauchte Cushings Sicherheitschef auf, der seinem Chef etwas ins Ohr flüsterte. Porters las die Nachricht, als Cushing sich zu ihm beugte.

»In Berlin ist alles geregelt. Beinahe vollständig. Die Kooperation zwischen Ihren und meinen Leuten klappt«, murmelte Cushing ihm zu. »Außerdem kennen wir jetzt den Herrn, der General Wiggins über unsere Alaskareise informiert hat.«

»Wer?«

»Später.«

»Ist er im Raum?«

»Ja.«

»Wir müssen auch ihn ausschalten.«

»Später. Er ist absolut unter Kontrolle. Und Ihre Nachricht?«

»Es ist so weit«, sagte Porters zufrieden. »Meine Spezialisten bei Air Force Space Command berichten von einem ersten Kontakt über der Halbinsel Kamtschatka. Eine russische MIG-29M hatte Sichtkontakt, der Pilot hat fast die Kontrolle über seine Maschine verloren. Er wollte es einfach nicht glauben. Wir haben den Funkverkehr abgehört.«

»Über russischem Gebiet?«

»Es passt ins Bild, ja. Das Muster stimmt.«

Kapitel 6

Samstag, 3. Juni 2000

Cromwell betrat morgens um halb sechs völlig übermüdet seine Wohnung. Er nahm sich fest vor, seinem Bruder aus dem Schlamassel zu helfen, wenn er ausgeschlafen hatte.

Als Erstes rief er in der Redaktion an und meldete sich krank. Er hinterließ die Nachricht beim Pförtner. Dann warf er sich angezogen aufs Bett und lag wach. Immer wieder tauchten unkontrolliert Bilder vor seinem inneren Auge auf. Wie Schnappschüsse aus einem Album. Er sah buntes Neon, Dunkelheit, er roch noch einmal den muffigen Kommandowagen des Bundeskriminalamtes.

Im Schein der Straßenlaternen und den Schattenspielen der Dunkelheit bot sich ein pittoreskes Schauspiel. Er selbst saß mit Lanz im Kommandowagen. Die pausenlos abgehenden Befehle steuerten den effektiven Einsatz der Beamten. Dazwischen quakten die Meldungen der Greifer, die Cromwell in dem noch immer regen Menschentreiben einfach nicht ausmachen konnte.

Marc wurde gleich beim ersten Treff professionell überrumpelt. Cromwell konnte zunächst nicht glauben, dass alle, die sich da im entscheidenden Moment auf seinen Bruder stürzten, zur Polizei gehörten. Offensichtlich war in dieser Nacht jeder, der sich auf dem Vorplatz des Bahnhofs Zoo aufhielt, beim Bundeskriminalamt unter Vertrag.

Als Marc auftauchte und er vom ersten Beamten erkannt wurde, zog sich das Netz um ihn wie bei einer gut eingeübten Choreografie zusammen. Dabei gab es keine Aufregung, keine Hast oder unkontrollierte Ausfälle.

Cromwell bewunderte im Nachhinein die Disziplin und Genauigkeit, mit der die Aktion ablief. Sein Bruder streunte herum, suchte ihn, seine Augen irrten ständig umher, sicherten nach allen Seiten. Niemand kam ihm zu nahe, keiner der Menschen blieb stehen, näherte sich auffällig.

Trotzdem waren sie plötzlich über ihm. Schnelligkeit war alles. Marc verschwand unter einem Berg von Leibern, dann zerrten sie ihn hoch. Sein Körper war wild gestreckt und nach hinten verbogen, aber sie warfen ihn einfach in einen heranbrausenden Mercedes.

»Sehr gut«, knurrte Lanz im Kommandowagen nur, dann fuhren auch sie los.

Die restliche Zeit verbrachte Cromwell im kahlen und ungemütlichen Verhörraum des Bundeskriminalamtes. Der Gebäudekomplex befindet sich in der Treptower Bouchéstraße. Die umgebaute Kaserne, die früher einmal den Grenztruppen der DDR und dem Wachregiment »Friedrich Engels« als Standort gedient hatte, war jetzt ein klassischer Verwaltungsbau. Der Regierungsumzug hatte es möglich gemacht. Hundertzehn Millionen Mark Umbaukosten sei die Unterkunft dem Staat wert gewesen, hatte Lanz nicht ohne Befriedigung gesagt.

Ein kleiner und mürrischer Staatsanwalt suchte ihn nach zwei Stunden auf und stellte Fragen. Übermüdet spulte er sein Standardprogramm runter. Lanz schien das gar nicht zu gefallen, er konnte aber nicht eingreifen.

Cromwell blieb bei seiner Version, von nichts zu wissen. Und offensichtlich hielt auch sein Bruder dicht. Anders konnte er es sich nicht erklären, dass er schließlich gehen durfte. Die CD wurde von keinem angesprochen.

Im leichten Dämmerzustand, als Cromwells Unterbewusstsein die Einzelheiten beiseite schob und den Kern freilegte, erkannte er die Taktik seines Bruders. Wenn Marc ihn verpfiff, hatte er niemanden mehr draußen, an den er sich wenden konnte und der ihm helfen würde.

So einfach war das. Cromwell war zu müde, um sich darüber wirklich aufzuregen, und schlief ein.

Gegen elf Uhr stand er wieder auf. Er brühte sich einen Kaffee, den er im Stehen in der Küche trank. Hastig und in großen Schlucken, als kippe er Wasser hinunter. Zwei Mal sprang der Anrufbeantworter an. Beide Male war es Silvia. Sie wollte am späten Nachmittag vorbeikommen und es sich mit ihm richtig kuschelig machen.

Er verspürte keine Lust nach Geselligkeit. Außerdem wollte er nicht schon wieder diskutieren müssen, wie seine Wohnung auszusehen habe, damit sie sich wohl fühlte. Kurz und gut, sie würde anstrengend sein. Er rief nicht zurück.

Anschließend stellte er sich unter die Dusche und ließ den warmen Wasserstrahl über seinen Körper rieseln. Zum Schluss duschte er sich kalt ab und japste dabei heftig nach Luft. Seine morgendlichen fünfzig Liegestütze zog er durch, auch wenn es schon Mittag war.

Dann ging er in das Arbeitszimmer und holte die CD aus ihrem Versteck. Eine Zeit lang saß er sinnierend im lederbezogenen Arbeitsstuhl, dann schaltete er den Computer ein und schob die CD entschlossen in das Laufwerk.

Fast augenblicklich erschienen wieder die Zahlenkolonnen auf seinem Bildschirm. Gleichmäßig, ohne erkennbare Trennung, ohne erkennbaren Zusammenhang.

»Immer noch Scheiße«, knurrte Cromwell, der nicht ernsthaft erwartet hatte, dass sich gegenüber dem Vorabend etwas geändert hätte.

Er fuhr in die City und aß in der siebten Etage des KaDeWe im Selbstbedienungsrestaurant einen Salat. Gedankenverloren musterte er die Menschenmassen und dachte, eigentlich müsse er einen Bericht über Hotels schreiben. Die jammerten seit Jahren über die schlechte Auslastung, aber das konnte einfach nicht stimmen, so voll, wie die Stadt mit Touristen war.

Seine Story war immer noch heiß. Keine Zeitung hatte über einen toten General berichtet.

Er griff zum Handy und rief Sissi zu Hause an.

»Kronberg hat gestern noch richtig getobt, als du los bist«, sagte sie und gähnte ins Telefon.

»Heute wird er noch wütender sein. Ich habe mich krankgemeldet. Hast du meine …?«

»Alles geregelt. Ich habe deine Scripts leicht gekürzt, etwas weiblichen Touch dazugetan und abgegeben. Alles bestens.«

Cromwell grunzte zufrieden. Sissi war ein Pfundskerl. Den Spitznamen hatte Kronberg ihr am ersten Tag in der Redaktion verpasst, als sie so jugendlich unbekümmert dahergekommen war. Sie war eine richtige Schönheit, mittelgroß, bestens proportioniert, mit feinen und sanften Gesichtszügen. Einmal hatte sie zum Spaß in der Redaktion die neueste Bademode vorgeführt. Die männlichen Redakteure schwärmten noch heute davon.

»Kennst du den absoluten Computerfreak?«, fragte Cromwell.

»Ich kenne viele Computerfreaks.«

»Ja, aber wirklich einen Top-Mann, nicht so einen Halbgebildeten, der sich nur in der ersten Liga wähnt.«

»Spinnt dein Computer?«

»Nee. Ich will eine Story schreiben. Und dafür brauche ich absolut authentische Details von einem, der wirklich was davon versteht.«

»So eine Art Hacker?«

»Genau so was.«

Es dauerte einige Zeit, dann nannte Sissi ihm einen Namen und eine Telefonnummer. Sie wünschte ihm viel Glück und legte auf.

Unter der Telefonnummer meldete sich niemand. Cromwell fuhr zurück in seine Wohnung und versuchte es wieder. Gegen sechs Uhr nahm jemand ab.

Es war eine Frau. Die Stimme klang gelangweilt und hellte

sich auch nicht sonderlich auf, als er sagte, er rufe auf Sissis Empfehlung an. Sie habe wenig Zeit, bekam er zu hören.

Cromwell machte es dringend. Nach kurzem Zögern sagte sie, dann solle er gleich kommen. Sonst würde es schwierig werden. Sie nannte ihm eine Adresse im Prenzlauer Berg.

Das Haus lag inmitten des urwüchsigsten aller Berliner Bezirke in einer Nebenstraße der Schönhauser Allee. Sanierer hatten ihn in den letzten zehn Jahren mit ihren Steuersparmodellen zügig zu einem nachgefragten Wohnstandort aufgewertet und die graue kommunistische Vergangenheit vergessen lassen. Die Erdgeschosswohnungen waren in kleine Gewerbeeinheiten umgewandelt und die Gebäude durchsaniert worden. Als die Mieten kräftig angehoben worden waren, hatte das einen stillen, aber anhaltenden Wechsel der Mieter zur Folge gehabt. Die alten Strukturen waren zerbrochen, eine junge und gemischte Struktur entstand. Mit ihr entwickelte sich eine neue Art von jugendlicher und progressiver Kultur.

Dazu gehörte auch der Computerclub im Hof des Hauses. Die Fenster der Wohnung im Erdgeschoss waren mit metallisch glänzenden Jalousien geschlossen. Im schmalen Flur roch es nach frischer Farbe. Cromwell klingelte. Es dauerte eine Weile, dann wurde die Tür aufgerissen.

»Ja?«

Vor Cromwell stand ein Hüne mit Babygesicht. Er hatte in der Nase und in beiden Ohrläppchen silberfarbene Ringe.

»Ich habe eine Verabredung mit Kristina.«

»Und wer bist du?«

»Alexander.«

Der Hüne drehte sich um und ging voran. »Besuch, Kristina!«, schrie er dabei in den Raum und dann zu Cromwell: »Mach die Tür zu.«

Der Raum lag im Halbdunkel. Bildschirme standen auf einfachen Tischen, die ziemlich ramponiert aussahen. Unter den Tischen standen die Zentraleinheiten. An einigen der Bildschirme saßen Teenager und starrten konzentriert auf das, was die aktuellste Technik ihnen da vorzauberte.

Unschlüssig blieb Cromwell stehen und sah sich weiter um. In einer Ecke sah er Kühlschrank und Spüle stehen, Kaffeemaschine und Tassen. Überall lagen Bücher und Zeitschriften herum. Nur die Papppackungen des Pizzaservice fehlten noch. Vielleicht war es noch zu früh. Der Geruch von kaltem Rauch hing in der Luft.

»Hier bin ich«, sagte die Stimme, die er bereits vom Telefon kannte.

Cromwell drehte sich um. Die Frau war vielleicht Anfang dreißig, mittelgroß und schlank. Ihre blonden Haare waren zu einem Pferdeschwanz zurückgekämmt; das schmale Gesicht war zart und wurde von den großen blauen Augen beherrscht. Sie trug einen wollweißen Rollkragenpullover, eine dunkle Hose und modische flache Schuhe.

»Ich bin Kristina Sartorius. Hallo.« Sie reichte ihm ihre weiche und feingliedrige Hand. Cromwell sagte immer noch nichts.

Er wusste nicht, wen er als Hacker erwartet hatte. Jedenfalls nicht eine so attraktive Frau.

Sie musterte ihn amüsiert.

»O. k.«, sagte sie schließlich in einem Ton, als kenne sie diese männliche Reaktion.

Das löste seine Erstarrung, und er nannte rasch seinen Namen. Sie führte ihn durch den Raum in den hinteren Teil der Wohnung.

»Sie haben eine übermüdete und völlig zerlumpte Gestalt erwartet, mit dunklen Rändern unter den Augen, der Schreibtisch ein einziges Chaos und überall Pizzareste«, lachte sie.

»So ungefähr«, brummte Cromwell und trat hinter der jungen Frau in ein weiteres Zimmer. »Im Vorraum sieht es ja auch fast so aus.«

Auf dem Tisch standen zwei Rechner mit Bildschirmen,

Maus und Tastatur. Ansonsten war die Tischplatte blitzblank. Die Bücher in den Regalen waren exakt ausgerichtet.

»Im Gegensatz zu hier.«

»Wieder ein Vorurteil, das ich korrigieren muss.«

»Kreativität muss nicht unbedingt mit Chaos einhergehen.«

»Sissi sagt, Sie sind ein echter Computerexperte.«

»Kann schon sein.« Kristina Sartorius setzte sich auf den Stuhl vor dem Tisch und bot Cromwell einen zweiten Stuhl an, der vor den Bücherregalen stand. »Jedenfalls habe ich mein Informatikstudium mit Bestnote abgeschlossen. Bei verkürzter Studienzeit. Heute arbeite ich als freier Programmierer und Experte bei Crashs.«

»So eine Art Feuerwehr.«

»Genau.«

»Brennt es oft?«

»Täglich. Könnte ich mich klonen, Arbeit gäbe es genug.«

Cromwell nickte.

»Und Sie verdienen gut dabei.«

»Sehr gut. Die Tagessätze steigen mit dem Druck, unter dem die jeweilige Firma steht.«

Da saß eine junge Frau und sagte ihm in wenigen Worten, wo und wie heute Geld gemacht wurde. Er hatte doch den falschen Beruf.

»Ich habe hier eine CD, die ich nicht lesen kann. Sissi meint, Sie könnten mir dabei helfen.«

»Was könnte drauf sein?«

»Ich habe keine Ahnung.«

»Woher haben Sie die CD?«

»Gefunden.«

Sie sah ihn lange an. Blaue Augen, glatt und freundlich. Sie strahlte eine Ruhe und Gelassenheit aus, wie er sie selten erlebt hatte. War ja auch nicht verwunderlich, dachte er. Wer täglich mit absolut überdrehten Kunden zu tun hatte, die wegen ihrer Computerprobleme kurz vor dem Nervenzusammenbruch standen, der musste einfach Ruhe und Gelassenheit bewahren, um nicht selbst unterzugehen.

»Muss ich mehr wissen?«

»Ich kann Ihnen eine lange Geschichte erzählen, wie ich zu der CD gekommen bin. Aber das hilft uns nicht.« Cromwell fürchtete im Stillen, er könne gleich wieder gehen, wenn er die Tatsachen schilderte. Eine Lügengeschichte wollte er dieser Frau nicht auftischen. Er würde hochkantig rausfliegen, wenn sie dahinter käme.

»Warum soll ich Ihnen helfen?«

Er fühlte sich wie bei einem Pathologen auf dem Seziertisch. Oder besser, wenn man an ihren Job dachte, wie unter einem Scanner.

»Weil Sissi es gesagt hat. Es ist eine Bitte. Zwingen kann ich Sie nicht.«

»Geben Sie mal her.«

Cromwell reichte ihr die CD. Beide warteten schweigend, bis auch hier auf dem Bildschirm die Zahlenkolonnen erschienen.

»Codiert.«

»Eben deshalb bin ich hier.«

»Jetzt möchte ich doch Anhaltspunkte wissen.«

»Ich habe die CD, sagen wir mal, gefunden. Ich erkenne, dass ich den Text nicht lesen kann.«

»Wenn Sie nicht von Sissi kämen, dürften Sie jetzt gehen.« Ihre Augen blitzten. »Aber Sissi hat etwas gut bei mir. Ihr Glück. Vielleicht.«

Lange Zeit war es still. Cromwell rätselte erst gar nicht, was Kristina Sartorius auf dem Bildschirm zu analysieren versuchte. Mochte sie das Zahlenmuster lesen können wie der Maler ein Bild – für ihn war es Zahlensalat, den er auch in den nächsten zwei Jahrzehnten nicht verstehen würde.

Er fragte, ob er rauchen dürfe. Sie nickte und sagte, draußen gebe es Kaffee. Cromwell ging hinaus und kam mit zwei Tassen zurück. Sie nahm die Tasse, ohne vom Bildschirm aufzusehen.

Cromwell wurde langsam unruhig. Ihm dauerte es zu lange. Wenn sie Expertin war, dann sollte man doch erwarten können, dass sie einen Haufen sinnvoller Ideen hatte, um das Problem rasch zu lösen.

»Sie kennen sich aus in Kryptografie?«, fragte sie plötzlich.

»Sehr wenig.«

»Eher gar nicht, was?« Sie lachte zufrieden auf. »Es gibt zwei Wege, an das Problem heranzugehen. Der eine ist der unstrukturierte, auf den Zufall aufgebaute. Ich kann die verschiedensten Verschlüsselungsprogramme, die es so gibt, nehmen und drüberjagen. Dann haben wir vielleicht Glück, und es kommt etwas dabei heraus.«

»Wie lange wird das dauern? Eine halbe Stunde?«

»Die Chancen sehe ich aber als sehr gering an«, fuhr sie unbeirrt fort und sah Cromwell mit ihren blauen Augen eindringlich an. »Es ist doch immer das Gleiche. Auftraggeber kommen mit einem Problem und meinen, wir könnten das in wenigen Minuten lösen. Computer brauchen Zeit. Und das wichtigste Werkzeug eines Programmierers ist nicht etwa der Computer, sondern sein Gehirn und ein Stift. Erst denken und Strukturen schaffen. Trotzdem können wir es ja mal versuchen.« Sie tippte ein paar Befehle ein. »Kommen Sie. Das hier dauert jetzt ein paar Minuten. Schauen wir, was die anderen machen.«

Sie führte Cromwell in den großen Raum zurück. Immer noch hockten die Teenager gebannt vor den Bildschirmen.

»Sehen Sie die?« Kristina Sartorius zeigte auf zwei Jugendliche, die etwa vierzehn Jahre alt sein mochten.

Cromwell nickte.

»Die beiden sind richtig gut drauf. Ich habe einen Auftrag von einem großen Pharmaunternehmen. Die sind geknackt worden. Wir versuchen, es nachzumachen. Dann können wir die Lücke schließen.«

»Und?« Cromwell hatte schon mehrfach gehört, dass Firmen

über diesen Weg versuchten, die Sicherheit ihrer Systeme zu überprüfen.

»Wir werden es bald haben. Heute Nacht noch. Die Firma meint, ihr System sei absolut sicher. Und bis zu einem gewissen Grad ist es das wirklich. Aber die beiden sind kurz davor, es zu schaffen. Schauen Sie sich an, wie konzentriert sie zur Sache gehen.«

»Beeindruckend.«

»Sie werden es kaum glauben: In der Schule stehen sie als Versager da. Schlechte Noten, stören, die ganze Leier. Aber wenn sie so weitermachen, sind sie mit achtzehn ganz dick im Geschäft. Neugier und Interesse sind doch immer noch die beste Motivation.«

Sie standen eine Weile neben den beiden Jugendlichen, die sich in ihrer Konzentration nicht stören ließen. Cromwell staunte, wie die Hände des einen über die Tasten flogen, der andere Hinweise gab, dann kurze Wortfetzen folgten. Kristina Sartorius klopfte den beiden anerkennend auf die Schulter, dann gingen sie wieder zurück in ihren Raum.

»Nichts.« Die Zahlenkolonnen standen immer noch auf dem Bildschirm. »Meine Standardprogramme greifen nicht.«

Sie ging hinaus und kam mit zwei neuen Tassen Kaffee zurück. Hinter ihr betrat der Hüne den Raum, der ihm die Tür geöffnet hatte. Mehr als zwei Meter zehn, schätzte Cromwell, selbst nicht gerade klein mit seinen eins neunzig. Der etwas zu kleine Kopf mit den sanften Gesichtszügen und den silbrigen Ringen in der Nase und den Ohren passte irgendwie nicht zu dem riesigen Körper.

»Das ist Tobias oder Tobi, wie wir hier alle sagen.« Kristina stellte Cromwell den Kaffee auf den Tisch. »Er ist ein richtiger Pfiffikus.«

»Stellen Sie sich allein einmal vor, was passieren würde, wenn ein paar Spitzbuben in die Chiffrierung der Banken eindringen könnten und es ihnen gelänge, den Geldtransfer eines halben

Tages umzuleiten. Allein das wäre ein nicht auszudenkender Gau«, sagte Tobi mit begeisterter Stimme. »Von daher braucht man absolut sichere Schlüsselungssysteme. Und die effizientesten, die eine hohe Sicherheit und eine hohe Geschwindigkeit kombinieren, arbeiten mit Primzahlen.«

»Die Zahlen, die sich nur durch eins oder sich selbst teilen lassen, ohne dass ein Rest bleibt«, murmelte Cromwell. »Sieben beispielsweise oder dreizehn sind Primzahlen, acht dagegen ist keine, denn sie lässt sich auch durch zwei und vier teilen. Je größer die Zahlen, desto weniger Primzahlen gibt es.«

Tobi erklärte, dass der Verschlüsseler Zahlenwerte durch die Multiplikation zweier hoher Primzahlen zusammenstellen könne, womit die Zerlegung des Wertes in seine beiden Primzahlen bei der Entschlüsselung praktisch unmöglich sei.

»Da gibt es Zahlen, die sind so irre, da können alle Computer der Welt so lange rechnen, wie es das Universum gibt. Sie finden die Lösung doch nicht. Bei hundertachtundzwanzig Zeichen steigen normale PCs spätestens aus, und die Supercluster, die Rechnerleistungen vernetzt nutzen, sind bei hundertsechsundneunzig Zeichen normalerweise am Ende. Die asymmetrische Chiffrierung ist unschlagbar.«

»Deshalb haben schlaue Köpfe pfiffige Ideen gehabt. Im Jahr 1991 ist ein Produkt auf den Markt gekommen, das die beiden Komponenten der symmetrischen und der asymmetrischen Verschlüsselung miteinander kombinierte. Damit ergab sich eine optimale Verbindung aus Sicherheit und Handling«, ergänzte Kristina Sartorius.

»Was eigentlich für die Schnüffelexperten ein absoluter Horror sein muss«, brummte Cromwell.

»Die USA haben auch versucht, das Programm zu unterbinden. Sogar per Gesetz. Schutz des Staates. Immerhin gibt es tatsächlich genügend Gangster, die mit diesen Verschlüsselungen arbeiten. Das Cali-Drogenkartell hat so gearbeitet. Und die Aum-Sekte, die 1995 den Giftgas-Anschlag auf die Tokioer U-Bahn durchführte, hatte Daten mit RSA verschlüsselt.«

»So heißt das Programm?«

Tobi lachte. »Der Erfinder hat sein Programm ins Internet gestellt, bevor das FBI es verbieten konnte. Dafür wollten sie ihn drankriegen. Export einer Waffe. In den Augen der Amerikaner sind kryptografische Programme Waffen wie Raketenwerfer und Panzer.«

»Und?«, fragte Cromwell, jetzt sehr interessiert. »Was ist aus dem Mann geworden?«

»Das Verfahren hatte sich erledigt.« Tobi lachte wieder. »Im Internet hatten eh alle Zugriff, das Programm war verbreitet. Dazu kam seine mächtige Unterstützung. Menschenrechtsorganisationen, aber auch große internationale Firmen, die ihre Daten so schützen konnten.«

»Also Sieg auf ganzer Linie für die Freiheit«, sagte Cromwell.

»Nicht ganz«, mischte sich Kristina ein. »Die Sicherheit ist nur so gut ist wie die Größe des Schlüssels, den man anwendet. Und große Browser, die starke Verschlüsselungen sicherstellen, dürfen nicht exportiert werden. Im Dezember 1998 haben dreiunddreißig Länder im Wassenaar-Abkommen, welches Waffenexporte beschränken soll, auch die starke Verschlüsselungstechnik mit eingebunden.«

»Haben wir eine Chance?«

»Tobi meint, dass diese Daten nicht mit dem asymmetrischen Verfahren verschlüsselt sind.« Kristina sah Cromwell prüfend an, als könne sie in seinem Gesicht seine Motive lesen. »Damit sind unsere Chancen, die Daten zu entschlüsseln, deutlich gewachsen.«

Cromwells Story leuchtete am Horizont. Seine Chance, steil und himmelwärts ragend. Der Adrenalinstoß rötete sein Gesicht, und mit einem Schlag war ihm furchtbar warm.

»Wir können es also mit dem klassischen Verfahren versuchen. Natürlich haben wir auch hier den Nachteil, den Code nicht zu kennen.« Kristina nippte ruhig an ihrem Kaffee und konzentrierte sich auf den Bildschirm.

»Womit doch eigentlich alles ist wie zuvor.«

»Nicht ganz. Der Computer hilft uns natürlich, die Verschlüsselungen durchzuspielen. Richtig ist allerdings, dass es Unmengen von Codes gibt. Außer, Sie wissen etwas über den Code.«

»Ich weiß gar nichts über den Code«, sagte Cromwell zu ihr. »Überhaupt nichts.«

Für General Oleg Tumanow war es nicht der erste Auftritt in der großen Weltpolitik. Als stellvertretender Vorsitzender der Akademie der Wissenschaften war er durchaus das internationale Parkett von Symposien und staatsübergreifenden Expertenkommissionen gewöhnt.

Dennoch war heute ein ganz besonderer Tag. Er würde an dem Treffen teilnehmen, bei dem der neue russische Staatspräsident Wladimir Putin und der amerikanische Präsident erstmals über ihr größtes Problem sprechen würden.

Entsprechend nervös war er gewesen, als die Weisung gekommen war. Das war vor zwei Wochen gewesen, kurz nachdem Wladimir Putin vor 1500 geladenen Gästen am 7. Mai als neuer Staatspräsident den Amtseid abgelegt hatte.

Tumanow war als Vertreter der geistigen Elite selbstverständlich unter den Gästen gewesen, die im prachtvoll restaurierten Andreassaal des Großen Kremlpalastes die pompöse Zeremonie miterleben durften. In seinen Augen sprach es für eine gute Zeit, wenn auch in Russland ein Mann wie aus dem Nichts an die Spitze des Staates gelangen konnte. Bisher hatte das nur für Amerika gegolten.

Am offiziellen Part des Clinton-Besuchs durfte Tumanow nicht teilnehmen. Er wartete in einem schmucklosen Nebenraum, während das Staatsbankett stattfand; im Vergleich zu den prunkvollen und historisch ausgestatteten offiziellen Räumen war es eine Besenkammer.

Mit ihm wartete ein Wachsoldat. Diese Auslegung gefiel Tumanow besser, als anzunehmen, er selbst werde bewacht. Im Allerheiligsten der Russischen Förderation durften nur wenige einfach so durch die Gänge schlendern. Das hatte sich auch unter Putin nicht geändert.

Für Tumanow war der russische Präsident noch nicht greifbar. Putin war ein Geheimdienstler aus dem ehemaligen KGB und hatte nach der Rückkehr aus Deutschland Karriere in St. Petersburg gemacht. Er war bis zum stellvertretenden Bürgermeister aufgestiegen, als der Kreml rief. Putin wurde Leiter der Hauptkontrollabteilung der Präsidialverwaltung, die die Umsetzung der präsidialen Anweisungen und Staatsgesetze überwachte, und anschließend Stellvertreter für regionale Fragen. Im Sommer 1998 ernannte ihn Jelzin zum Chef des bei der Auflösung des KGB neu geschaffenen Inlandsgeheimdienstes FSB, als streikende Bergarbeiter die Schienen blockierten. Sie warteten seit Monaten auf ihren Lohn. Sibirien und der Süden Russlands waren dadurch vom Zentrum abgeschnitten. Die Not ging um.

Tumanow erinnerte sich noch gut an die Gespräche mit Präsident Boris Jelzin, den er von Anfang an in der einen, entscheidenden Frage beraten hatte. Jelzin schwärmte immer wieder über Putins Leistungen bei der lautlosen Reorganisation des Geheimdienstes und dass er alle Unruheherde in den Griff bekam. Am 9. August 1999 ernannte Präsident Jelzin Wladimir Putin zum Ministerpräsidenten der Russischen Förderation – trotz aller Interventionen des politischen Establishments. Es war ein weiterer Überraschungscoup Jelzins in einem größeren Plan. Im Mai hatte er Ministerpräsident Primakow entlassen, weil der einerseits im Verdacht stand, zu sehr mit den Kommunisten anzubandeln, und andererseits vieles tat, was bei Jelzin wie auch in der Presse den Eindruck erweckte, er wolle die Macht des Präsidenten beschneiden. »Russlands Zukunft ist gefährdet«, sagte Jelzin damals zu Tumanow. »Wir alle sind zu alt. Wir sind die abtretende Generation, Tumanow.«

Er berief Sergej Stepaschin zum Ministerpräsidenten, aber nur, um die Sommermonate zu überbrücken, bis der taktisch günstige Zeitpunkt gekommen war, um die Gegner seiner Verjüngungskur auszubremsen. Mit Putins Berufung zum Ministerpräsidenten regelte Jelzin zugleich seine Nachfolge als Präsident der Russischen Föderation.

Der ganze Plan wurde erst mit dem weiteren Paukenschlag offenbar. Jelzin trat am 31. Dezember 1999 überraschend zurück und übertrug sein Amt kommissarisch auf Wladimir Putin, der dann mit dem Amtsbonus im Rücken die Wahlen im Frühjahr gewann.

Innerhalb von zwei Jahren war Putin ganz nach oben gelangt – gesteuert von einem Präsidenten, der den Betroffenen manches Mal erst mit der Übergabe des Entlassungsdekrets oder der Ernennungsurkunde davon unterrichtete, welche Aufgabe er nicht mehr oder neuerdings zu erfüllen habe.

Genauso ging Jelzin mit jener besonderen Angelegenheit um, die ihn mit Tumanow verband. »Wer vorher zu viel weiß, zögert vielleicht im falschen Augenblick«, sagte Jelzin und lachte dabei gehässig. »Ich habe es ja vorher auch nicht gewusst.«

Der Anruf Putins kam in der ersten Januarwoche. Wie eine Sturmwelle musste das Thema über ihn hereingebrochen sein. Die erste Unterredung sollte Stunden dauern.

Natürlich war Putin als ehemaliger Geheimdienstchef ganz allgemein darüber informiert, womit sich der stellvertretende Direktor der Akademie der Wissenschaften und diverse staatliche Kommissionen beschäftigten. Aber nun erfuhr er die wahren Hintergründe, die ganz wenige kannten, die Geheimnisse, die nur dem Präsidenten direkt zugänglich waren.

Putins Reaktion war unspektakulär: nüchtern, sachlich, als sei er auf alles vorbereitet. Und er deutete mit nichts an, die von

Jelzin eingeschlagene Linie zu verlassen. Er schenkte Tumanow das Vertrauen, das Jelzin die ganzen Jahre über in ihn gesetzt hatte. Tumanow war stolz.

Heute nun war der Tag, auch gegenüber den Amerikanern zu bestätigen, dass die Absprachen mit Jelzin weiterhin galten. Im letzten Jahr hatte Putin in Auckland Clinton bereits einmal in seiner Funktion als Premier getroffen. Aber für die Amerikaner war Putin nach wie vor ein weitgehend unbeschriebenes Blatt, wie General Wiggins ihm bestätigt hatte. Umso wichtiger war das, was der neue russische Staatspräsident heute seinem Gegenüber mitteilen würde.

General Tumanow und General Wiggins hatten alles vorbereitet. Sie hatten in dem gemeinsamen Institut in Zürich die Einzelheiten festgelegt.

Die Amerikaner sorgten sich, dass durch den Machtwechsel die Gewichte verschoben würden und die Gegner der intensiven Zusammenarbeit die Oberhand gewinnen könnten. Ähnliche Überlegungen standen in einem Dreivierteljahr unter Umständen auch bei den Russen an. Sie mussten handeln.

Tumanow wusste nicht, wie lange er gewartet hatte. Es ging auf Mitternacht zu. Auf ein bis zwei Stunden hatte er sich eingestellt, aber nun waren es mindestens schon drei.

Als er eben aufstehen wollte, um sich die langsam steif werdenden Beine zu vertreten, öffnete sich eine der Türen, und ein in einen dunklen Anzug gekleidetes Faktotum holte ihn ab.

Durch mehrere Gänge wurde Tumanow zu einer Tür geleitet. Er schnaufte. Er war zu dick und in schlechter Verfassung.

Als er den Raum betrat, blieb er überrascht stehen. Er hätte auch ebenso gut ein Fitnessstudio betreten können.

Putin stand an einem der vielen Geräte und erläuterte Clinton und Sandy Berger, dem Nationalen Sicherheitsberater, eine Kraftübung. Als Tumanow das später einem Freund aus dem Außenministerium erzählte, nickte dieser heftig und sagte, Clinton sei schon viermal durch den Kreml geführt worden. Putin habe das nun nicht ein weiteres Mal so halten wollen. Da habe er eben Clinton seinen Fitnessraum gezeigt. Der amerikanische Präsident spiele ja auch Saxofon bei Staatsempfängen und gebe damit private Facetten preis. Putin aber war nun mal ein begeisterter Judoka.

Der russische Präsident drehte sich um, als Tumanow den Raum betrat, nickte ernst, aber zufrieden und stellte ihn vor. Der amerikanische Präsident lachte breit und begrüßte Tumanow wie einen alten Freund. Der General verzog sein fleischiges Gesicht zu einer schiefen Grimasse, als Clinton auf seinen Bauch und dann auf eines der Geräte zeigte.

»Wir kennen uns lange und gut. Wir haben bereits gute und schlechte Zeiten hinter uns.«

General Tumanow fühlte sich geschmeichelt. Er war fast jedes Mal in den letzten Jahren dabei gewesen, wenn Clinton und Jelzin das Thema besprochen hatten.

General Tumanow nickte. Clinton spielte auf die ersten Jahre seiner Regierung an, als General Vernon Porters auf amerikanischer Seite die Gespräche geführt hatte und es plötzlich schlechter vorangegangen war als am Ende des Kalten Krieges. Erst mit General Wiggins war der wirkliche Durchbruch gelungen.

Sie begaben sich in das private Arbeitszimmer des russischen Präsidenten, das klassisch zweckmäßig eingerichtet war und nichts von dem Pomp der offiziellen Räume ausstrahlte.

»General Tumanow, heute wird ein Hauptteil der Arbeit auf Ihren Schultern liegen«, sagte Putin, als Tumanow sich still etwas abseits vom Präsidenten platzierte. »General Wiggins ist leider sehr plötzlich verstorben.«

»Ein Unfall, ein bedauerlicher Unfall«, sagte der Nationale Sicherheitsberater neutral, der sich ansonsten im Hintergrund hielt.

General Tumanow war geschockt. Wie betäubt sah er Präsident Clinton an, mit aufgerissenen Augen, als könne er in dessen Gesicht die Antworten auf seine Fragen finden. Er hatte sofort unzählige Fragen. Und Angst. Plötzlich hatte er Angst.

»Da Sie nach mehr als zehn Jahren Verhandlungen besser als alle Dolmetscher und mit allen Spezialbegriffen vertraut sind, können wir auch ohne General Wiggins reden. Politische Spitzfindigkeiten werden wir heute ohnehin nicht benötigen.« Präsident Putin blickte ernst in die Runde.

Tumanow nickte mechanisch. Er dachte besorgt an die Zukunft. Es standen weitreichende Entscheidungen an. General Wiggins war in den letzten Jahren ein verlässlicher Partner gewesen, der das russische Misstrauen in schwierigen Zeiten besänftigt hatte. Die Zeit davor mit General Porters war immer von einer latenten Spannung begleitet gewesen.

Porters hatte nie einen Hehl daraus gemacht, wie überlegen er die amerikanische Seite einschätzte und wie wenig er sich mit den politischen Vorgaben einer ausschließlich friedlichen Option anfreunden konnte. Damit war sich Porters mit einigen eingeweihten Militärs auf der russischen Seite einig gewesen. Der Tod von General Wiggins war für Tumanow ein Zeichen, das nichts Gutes verhieß.

Während ein Adjutant Kaffee und Wasser reichte, sprach Putin das Verhandlungsergebnis des Tages an. Sie hatten die Reduzierung von vierunddreißig Tonnen waffenfähigen Plutoniums aus dem Militärkreislauf vereinbart, was wiederum den Nichtbau von zehntausend Atomsprengköpfen bedeutete. Beide Präsidenten waren sichtlich zufrieden.

Dann war die kleine Runde allein, alle Türen waren geschlossen. Putin sah den amerikanischen Präsidenten ernst an.

»Inzwischen bin auch ich bis zum sozusagen letzten großen Geheimnis vorgedrungen, das unsere beiden Staaten beschäftigt«, sagte der russische Präsident.

KAPITEL 7

Samstag, 3. Juni 2000

Kann mir mal einer erzählen, was ihr da macht?«

»Wir schaffen Grundlagen«, sagte Tobi. »Computer arbeiten mit Zahlen. Null und eins.«

»Das habe ich auch gelernt«, knurrte Cromwell.

»Nicht gleich so unwirsch«, lachte Kristina auf. »Wir müssen das nicht tun.«

Beschwichtigend hob Cromwell die Hände. »Ich will hier niemandem zu nahe treten. Ich bin ja froh, dass ihr mir helft. Also, was genau macht ihr?«

Langsam war Cromwell sauer. Es ging auf Mitternacht zu, und nichts war geschehen, das ihn weiterbrachte. Wenn er ehrlich war, wäre er längst abgedampft, wenn da nicht Kristina Sartorius gewesen wäre. Sie gefiel ihm verdammt gut.

»Zunächst gehen wir davon aus, dass die Nachricht mit einem Code versehen ist, den wir nicht kennen.« Tobi rieb sich die Hände. »Es ist müßig, den Code zu suchen. Es gibt zu viele, und wir haben keinerlei Anhaltspunkte. Aber wir nehmen an, dass es einer der klassischen Codes ist. Entweder wurden die Bausteine der Information durch andere ersetzt oder ihre Positionen wurden vertauscht – die klassischen symmetrischen Verschlüsselungsmethoden der Substitution und Transposition, wie sie seit Jahrtausenden angewendet werden. Vielleicht sind auch beide Verfahren miteinander kombiniert worden. Wer weiß.«

»Und nun gehen wir in der klassischen Analyse heran und haben einen ersten Schritt getan.«

Kristina deutete auf den Bildschirm, auf dem plötzlich anstelle der Zahlenkolonnen Buchstabenreihen aufleuchteten.

»Ein Computer stellt Buchstaben auch nur als Zahlen dar. Von daher wird jede Nachricht in Binärzahlen umgewandelt. Üblicherweise bedient man sich des American Standard Code for Information Interchange, der unter dem Kürzel ASCII bekannt ist. Jeder Buchstabe wird mit einer siebenstelligen binären Zahl dargestellt. Beispielsweise der Buchstabe A. Zunächst eine Eins, dann fünf Nullen, dann wieder eine Eins. Was wir jetzt gemacht haben, ist, dass wir die ursprünglichen Zahlen in Siebenerkolonnen unterteilt und dann den ASCII-Code drübergelegt haben. Das heißt, wir haben zunächst die Verschlüsselung in die Computersprache eliminiert.«

»Wenn Sie so wollen, haben wir jetzt die reine Verschlüsselung«, ergänzte Tobi. »Das kann falsch sein, wenn mit einem fünfstelligen Code verschlüsselt wurde. Aber wir fangen mal mit dem an, was wahrscheinlich sein dürfte: computergestützte Verschlüsselung im Standard, mit individuellem Codewort. Wenn es eine absolut professionelle Absicherung ist, etwa über einen Großrechner, können wir sowieso einpacken.«

»Buchstabenkolonnen anstelle von Zahlenkolonnen.« Cromwell steckte sich eine Zigarette an. Seine Spannung stieg.

»Wir werden es mit der guten und altehrwürdigen Häufigkeitsanalyse versuchen.«

»Was ist das?«

Kristina sah Cromwell amüsiert an, ihre blauen Augen blitzten spöttisch. Tobi kicherte zufrieden vor sich hin, aber Cromwell hörte es nicht. Ihn bannten ihre Augen.

»Wenn jemand etwas verschlüsselt, gibt es auch immer wieder jemanden, der es entschlüsseln will. Dieses Problem besteht so lange, wie es die Kryptologie gibt.«

Kristina führte ihn auf eine Reise in die Blütezeit des abbasidischen Kalifats. In diesem goldenen Zeitalter der islamischen Kultur, das nach der kriegerischen Epoche der Verbreitung des

Islams seinen Schwerpunkt auf ein florierendes Gemeinwesen legte, folgte man dem Grundsatz des Islams, Wissen oder *ilm* zu erwerben, und sammelte das Wissen früherer Kulturen. In Bagdad wurde das Haus der Weisheit eingerichtet. Texte aus ägyptischen, babylonischen, chinesischen, indischen, hebräischen, aus allen existierenden Kulturen wurden zusammengetragen und übersetzt. Die Gelehrten suchten nach einer tieferen Bedeutung der Korantexte. Dabei entdeckten sie, dass manche Buchstaben häufiger vorkamen als andere.

»Erstmals beschrieben hat dies ein Gelehrter namens Ismail Al-Kindi«, sagte Kristina. »Ein echter Universalgelehrter, wie es sie heute nicht mehr gibt – und auf Grund des Umfangs an Wissen auch nicht mehr geben kann. Hat dreihundert Bücher geschrieben.«

»Und wann war das?«

Kristina sah Cromwell irritiert an. »Sie können Fragen stellen. Wen interessiert das denn nun?«

»Nur so«, knurrte Cromwell. »Wenn ihr euch schon so genau auskennt, können wir den Test für die nächste Rate-Show doch ganz durchziehen.«

»Neuntes Jahrhundert«, antwortete Tobi gelassen. Cromwell nickte. Es hätte ihn gewundert, wenn sie das nicht gewusst hätten.

»Und was macht man da nun genau?«

»Bestimmte Buchstaben werden in der Sprache häufiger verwendet als andere. Darüber gibt es statistische Auswertungen, die in Tabellenform vorliegen.« Sie sah Cromwell an, dessen Blick seine Anspannung verriet. »Beispielsweise hat man ganz allgemeine, durchschnittliche Texte ausgewertet. Danach kommt in unseren Texten das *e* deutlich am häufigsten vor, mit klarem Abstand gefolgt von *n* und *s*.«

Cromwell begriff langsam.

»Ihr wollt also sagen, ihr zählt die Häufigkeit der einzelnen Buchstaben in dem verschlüsselten Text und ersetzt dann den am häufigsten vorkommenden Buchstaben durch den, der normalerweise in Texten am häufigsten vorkommt. Wenn also im Geheimtext das *t* am häufigsten auftaucht, wird es zu *e* im dechiffrierten Text …«

»Das ist das Grundmuster«, bestätigte Kristina.

»Genial einfach«, brummte Cromwell.

»Aber mit Haken und Ösen.«

»Habe ich es mir doch gedacht.«

»Sonst wäre es ja auch zu leicht. Je länger der Text, desto besser passen die statistischen Werte. Je kürzer der Text, umso größer die Gefahr, dass die statistische Wahrscheinlichkeit nicht greift.«

Cromwell starrte auf den Rechner, den Tobi mit Befehlen gefüttert hatte. Aber die Enter-Taste drückte Tobi noch nicht.

»Deshalb gehen wir einen Schritt weiter. Wir sehen uns Bigramme an.«

»Was ist das denn?«

Kristina lachte. »Zweierkombinationen von Buchstaben. Auch darüber gibt es Statistiken. Wir nehmen an, dass der häufigste Buchstabe im Geheimtext dem *e* im Klaralphabet entspricht. Unsere Frage lautet: Wie oft kommt dieser Buchstabe zusammen mit dem zweit- bis fünfthäufigsten Buchstaben im Geheimtext vor? Das häufigste Bigramm im Geheimtext setzen wir gleich mit der häufigsten Kombination im Klaralphabet: *er*. Die nächstniedrigere Kombination im Geheimtext wird gesetzt mit *en*, dann mit *ei*. Und da wir wissen, dass in Klartexten die am meisten verwendete Dreierkombination das Wort *die* ist, können wir, wenn wir die im Geheimtext am häufigsten verwendete Dreierkombination ermitteln, die Daten ziemlich rasch auswerten und haben sogar eine Gegenprobe, weil wir zuvor *e* bereits über die Häufigkeit bestätigt haben. Mit *der* können wir ähnlich umgehen, weil es das am zweithäufigsten verwendete Wort ist.«

»Und das macht alles der Computer?«, fragte Cromwell.

»Na klar.« Tobi grinste schief. »Ich habe hier ein Programm, das ich mit ein paar Befehlen einstelle, und dann kann es losgehen.«

»Aber wir haben über diesen Weg doch erst ein paar Buchstaben entschlüsselt. Vier oder fünf«, entgegnete Cromwell. »Was ist mit den anderen?«

»Reine Fleißarbeit«, sagte Kristina lächelnd. »Wenn wir die entschlüsselten Buchstaben in den Geheimtext eingepasst haben, werden wir beim Lesen des Textes andere Buchstaben erraten, die sich einfach aus dem Zusammenhang ergeben. Tobi füttert den Computer immer wieder mit den neuen Erkenntnissen, und mit jedem gefundenen Buchstaben wird mehr klar.«

»Der Computer macht uns sogar Vorschläge«, mischte Tobi sich stolz ein. »Er ist mit einer Datenbank verbunden, die Wörterbücher enthält, und schlägt uns vor, welche Wörter passen könnten. Das vereinfacht die Sache.«

»In dem Durchlauf werden so auch Unstimmigkeiten geprüft. Wenn *Kaus* das Ergebnis ist und die letzten drei Buchstaben entschlüsselt sind, wird der erste Buchstabe aller Wahrscheinlichkeit nach ein *H* sein, weil der Begriff Haus gemeint ist. Damit kann man nun *K=H* setzen und weiter entschlüsseln. Irgendwann haben wir dann das Schlüsselwort gefunden oder die Verschiebungsstruktur ermittelt.«

»Und das funktioniert wirklich?«

»Warum nicht? Es funktioniert seit Jahrhunderten. Es ist immer nur eine Frage der Geschwindigkeit.« Kristina steckte sich ebenfalls eine Zigarette an. Nun schien auch sie von einer inneren Spannung ergriffen.

Cromwell blieb skeptisch. Irgendwie wollte ihm nicht einleuchten, dass man einen Geheimtext so leicht knacken konnte. Andererseits war ihm bewusst, dass es hier nicht um Teufelswerk ging, sondern um logische Abläufe, die sich auf Erfahrung und beweisbare Statistiken gründeten.

»Dann fangen wir doch an.«

Tobi nickte und jagte das Computerprogramm los. Cromwell nippte immer wieder an seinem inzwischen kalten Kaffee und rauchte. Nach einigen Minuten tuschelten Kristina und Tobi miteinander.

»Was ist?«, fragte Cromwell.

»Es passt nicht«, sagte Tobi plötzlich frustriert. »Es passt einfach nicht.« Der Bildschirm blieb schwarz, die Arbeitsleiste mit den kleinen hellblauen Quadraten und der Prozentangabe der erledigten Arbeit kam nicht voran.

»Warum nicht?«, fragte Cromwell lahm.

Tobi zuckte mit den Schultern, starrte brütend auf den Bildschirm. »Es kann nicht am Programm liegen. Ich habe es ausgetestet.«

»Gibt es irgendeine Besonderheit, die man beachten muss?«

»Man muss die richtigen Häufigkeitswerte der Buchstaben eingeben – das ist alles. Natürlich kann man auch noch einen Schlüssel dafür kreieren, in dem man diese Tabellen mit einem Code belegt. Etwa den dritten Häufigkeitswert zum ersten macht oder so. Oder in einer anderen Sprache verschlüsselt.«

»Wie bitte?«, fragte Cromwell überrascht. »Was war das mit der Sprache?«

»Jede Sprache hat andere Häufigkeitswerte«, sagte Kristina. »Bei Sprachen aus einem Sprachstamm liegen die Häufigkeitswerte eines Buchstabens nicht so weit auseinander wie bei solchen völlig unterschiedlicher Stämme. Aber jede Sprache hat ihre eigenen Strukturen, was die Häufigkeit der einzelnen Buchstaben anbelangt.«

»Also ist die Sprache, in der das Dokument verfasst wurde, mit entscheidend.«

»Natürlich. Selbstverständlich.«

»Englisch«, stieß Cromwell hervor. »Ihr müsst Englisch oder besser noch Amerikanisch nehmen.«

Die beiden Computerexperten sahen sich an. Tobi nickte, hämmerte auf seiner Tastatur herum.

»Er hat auch diese Tabellen. Und die Datenbanken mit den entsprechenden Wörterbüchern.«

Spannung legte sich über den Raum. Tobi und Kristina arbeiteten mit absoluter Konzentration. Cromwell schien es nicht mehr zu geben.

Die beiden erinnerten ihn an die beiden Teenager im Vorraum, die das Sicherheitssystem der Pharmafirma knacken wollten. Jeder kannte die Gedankengänge des anderen, baute seine Ansätze darauf auf.

Cromwell schwieg und ließ die beiden weitermachen. Plötzlich pfiff Tobi, und Kristina klatschte in die Hände.

Auf dem Bildschirm stand eine Nachricht.

»Entschlüsselung der ersten zwanzig Zeichen erfolgt. Zeichen ersetzen und fortfahren. Ja? Nein?«

»Geknackt«, sagte Tobi trocken, aber mit einem tiefen Ton der Zufriedenheit in der Stimme. »Ich gebe jetzt nur noch den einen Befehl ein, und das ist es dann.«

»Seid ihr sicher?« Cromwell wusste nicht, warum er fragte. Er musste sich ohnehin auf das verlassen, was die beiden ihm sagten.

»Ja.« Kristina lachte ihn zufrieden an. Ihre Augen blitzten. Cromwell hätte zubeißen können.

»Jetzt will ich aber auch wissen, was drinsteht«, meinte Tobi, als der Rechner die abgeschlossene Entschlüsselung meldete und auf dem Bildschirm Textzeilen erschienen.

»Nein. Ich allein sehe mir an, was da steht«, entgegnete Cromwell. »Niemand sonst.« Er drückte Tobi vom Bildschirm weg, der heftig protestierte.

»Tobi!«, mahnte Kristina schließlich und sah Cromwell nachdenklich an. »Wer weiß, wozu es gut ist, wenn wir es nicht sehen. Druck es aus, und speichere den Text auf seiner CD. Dann lösch alles.« Sie sah Cromwell verärgert an. »Mittlerweile bin ich mir nicht so sicher, ob unsere Hilfe richtig war.«

»Mein letztes Wort«, sagte Cromwell und musterte Tobi,

der die Befehle eingab und dabei ganz bewusst auf die Tastatur starrte, bis der Bildschirm schwarz wurde.

Der Drucker startete mit einem leisen Pfeifen. Cromwell riss die Blätter aus dem Schacht und verzog sich in die Ecke.

Präsident Clinton lächelte gewinnend und versuchte, die Steifheit zwischen den beiden Staatsmännern aufzuweichen.

»Da Sie dieses Problem nun auch kennen, ist es umso wichtiger für uns, bestätigt zu sehen, dass der neue russische Präsident die Lage ähnlich bewertet. Ich hoffe, Sie setzen die bestehende Zusammenarbeit fort. Mit Präsident Jelzin bestand vollkommene Einigkeit.«

General Tumanow übersetzte und dachte an die Verdienste des Amerikaners. Clinton hatte wie kein anderer Präsident Russland bereist, Gespräche geführt und Unterstützung zuteil werden lassen.

Manchmal schien es, so hatte Jelzin in einem sinnierenden Augenblick zu Tumanow gesagt, als hätten die beiden eine neue Weltordnung festlegen können. Tumanow stieß der Gedanke damals wie heute bitter auf, wenn er daran dachte, worüber sie tatsächlich verhandeln mussten.

Putin sah Clinton direkt an. »Mein gestriger Vorschlag, dass Russland es sich sehr wohl vorstellen könnte, ein gemeinsames Raketenabwehrsystem mit den Vereinigten Staaten von Amerika zu installieren, ist sicherlich eine zufrieden stellende Antwort.«

»Und er deckt sich mit den Vorabsprachen«, sagte Sandy Berger bestätigend, während Clinton nachdenklich nickte.

»Unser Vorschlag über die Installation eines Frühwarnsystems für Raketenstarts ist ein weiterer unverfänglicher, aber auch eindeutiger Hinweis, dass wir uns an die Absprachen halten.«

Mit einem Schlag wich die Spannung, die bisher unterschwellig über dem Gespräch gelegen hatte.

Präsident Putin hatte soeben die Kontinuität in der entscheidenden Frage bestätigt, ohne irgendeine Position Russlands aufzugeben. Tumanow bemerkte, wie Clinton und Berger lockerer wurden.

»Sie haben es sehr geschickt in der Presse lanciert«, sagte Clinton anerkennend. »Unsere europäischen Freunde haben inzwischen bereits erkannt, dass die bisher so kategorische Verweigerungshaltung Russlands zu einem Raketenschutzschild nicht das letzte Wort gewesen sein wird.«

Tumanow hatte ebenfalls zufrieden die Meldungen verfolgt, nachdem Putin den Gedanken in einem NBC-Interview untergebracht hatte. Putin hatte sich damit strikt an den von ihm und Wiggins vereinbarten Fahrplan gehalten.

»Die Begründung mit der Bedrohung durch die *Schurkenstaaten* ist allerdings auch ein meisterliches Verwirrspiel.« Putin deutete ein Lächeln an. »Dieser Begriff gefällt mir im Übrigen deutlich besser als der von den *Sorgenstaaten*, den Ihre Außenministerin Albright seit kurzem gebraucht.«

Clinton lachte zufrieden auf, während Berger gleich einhakte. »Dieser Begriff schien uns für die Rolle Chinas im Nachhinein nun doch zu harsch, wenn er auch auf andere Staaten zutrifft.«

»Auf jeden Fall halten die Kommentatoren, die sich mit dem Thema beschäftigen, die Wende für nachvollziehbar. Womit der Grundstein gelegt ist.«

Putin schmunzelte verschmitzt.

»Meine Analysten haben die internationale Presse ausgewertet. Das Thema China überzeugt. Die Anstrengungen der Chinesen als künftig ernst zu nehmende Atommacht werden zunehmend beachtet. Aber auch die Absicherung unseres Einflusses auf die Öl- und Gasreserven in den Ländern bis zur iranischen Grenze werden als nachvollziehbare Gründe akzeptiert. Allein schon aus ökonomischer Sicht.«

Putin war sichtlich zufrieden, seinen ersten Schritt in diesem großen Spiel erfolgreich gemeistert zu haben. »Sie werden aber verstehen, dass der Annäherungsprozess weiterhin nur in Stufen erfolgen kann«, sagte er trocken. »Seien Sie also nicht weiter überrascht, wenn ich bei meinen Besuchen in Berlin und in China in den nächsten Wochen selbstverständlich weiterhin den Abwehrschirm der Amerikaner ablehnen werde.«

Putin sah nacheinander zu Clinton und Berger, die verständnisvoll nickten, ehe er weitersprach. »Auch ist es für unsere Seite von wesentlicher Bedeutung, wie der amerikanische Präsident dem Drängen seiner Militärs in nächster Zeit begegnen wird.«

General Tumanow registrierte zufrieden, wie sein Präsident diese Warnung übermittelte, die alle Zusagen wieder infrage stellte. Im Klartext hieß es, dass Russland nur mitmachen würde, wenn auch die amerikanischen Militärs alle Karten auf den Tisch legten und die Russen nicht wie Lehrlinge behandelten. Es war einer der entscheidenden Punkte, die zu General Porters' Ablösung und der guten Zusammenarbeit mit General Wiggins geführt hatten.

»Die Konstellationen sind derzeit günstig. Der republikanische Präsidentschaftsbewerber hat gerade mit Blick auf diesen Besuch gefordert, dass ich keine Abmachungen treffen soll, die künftige amerikanische Regierungen in ihrem Handlungsspielraum einengen. Und die erneuten Tests im Juli müssen auch erst einmal ein Erfolg werden. Selbst bei einem Erfolg habe ich also ein Argument in der Hand, meine Entscheidung zum Raketenabwehrschirm noch weiter nach hinten zu verschieben. Das gibt Ihnen die Möglichkeit, weiter die notwendigen Maßnahmen einzuleiten und in Schritten Ihre Position so anzupassen, dass der Schwenk ein natürlicher und nachvollziehbarer ist.« Präsident Clinton lächelte breit und gewinnend, als habe er alles völlig in der Hand.

General Tumanow wusste es besser. Clinton stand unter zeitlichem Druck. Da der Ausgang der Wahlen in den Vereinigten

Staaten ungewiss war, mussten die Absprachen noch vor dem Amtswechsel abgeschlossen sein.

Für Clinton selbst wäre eine Einigung über den Raketenabwehrschirm das Ereignis, um in die Geschichtsbücher einzugehen, wenn auch die wahre Tragweite und die Hintergründe erst viel später für die Öffentlichkeit erkennbar werden würden. Seine Militärs drängten ihn, den Aufbau des Abwehrschildes auch ohne Russlands Zustimmung voranzutreiben.

Putin nickte zu Clintons Worten.

Auch der russische Staatspräsident schauspielert, dachte Tumanow. Denn Wladimir Putin stand ebenso unter Zeitdruck. Kam er nicht mit der jetzigen Regierung der Vereinigten Staaten zu einem Ergebnis, bestand die Gefahr, bei einem Regierungswechsel auf vollkommen neue Konstellationen zu treffen.

Clinton tat alles, damit Russland sein Gesicht wahren konnte. Bei seinem Nachfolger bestand die Gefahr, dass der russische Präsident von den Amerikanern innenpolitisch geschwächt wurde. Das war kritisch angesichts des innenpolitischen Mankos, zunächst im militärischen Bereich Russlands diejenigen Strukturen schaffen zu müssen, damit Putin sich durchsetzen konnte. Jelzin hatte hier entscheidende Vorarbeit geleistet, aber die endgültige Veränderung in der Machtphalanx stand erst an.

Entscheidend war, dass nichts vorfiel, was bestimmte Kreise im russischen Militär in ihrer Ansicht bestätigte, die Vereinigten Staaten gedächten Russland über den Tisch zu ziehen. Erst dann konnte der Plan umgesetzt werden, der seit gut anderthalb Jahrzehnten immer mehr Gestalt annahm.

Tumanow musterte die beiden Präsidenten nachdenklich. Zwei jugendliche und dynamische Vertreter der zwei bestimmenden Weltmächte, die so ganz anders miteinander umgingen als die Generationen vor ihnen. Die Aufgabe verlangte neue Denkstrukturen und war nur gemeinsam zu lösen. Eine gemeinsame Raketenabwehr war dabei lediglich ein erster Schritt. Die Zeit lief ihnen davon.

General Tumanow wurde schmerzlich bewusst, dass er selbst mit seinen beinahe sechzig Jahren und seiner Laufbahn der alten Garde zuzurechnen war. Auch er würde bald abtreten müssen.

»Es kann nur um eine friedliche Kontaktaufnahme gehen«, sagte Clinton nach einer kleinen Pause. »Mit Boris Jelzin waren wir uns da völlig einig. Es war die Grundlage unserer Zusammenarbeit. Auf der Basis der entsprechenden internationalen Vereinbarungen. Die militärische Option kann keine solche sein.«

»Da!«, sagte Putin trocken.

General Tumanow nickte erleichtert, weil der neue Präsident offensichtlich auch hier Jelzins Linie fortsetzte. Demnach hatte er seine Argumente in den einführenden Gesprächen auch Putin gegenüber plausibel begründet.

Wie oft hatte er mit Jelzin über ihr Vorgehen gestritten, das Für und Wider abgewogen. Der ehemalige Präsident hatte sich nur ungern mit dem Thema befasst, weil die Militärs immer gleich ihre Raketen auffuhren – zu Recht aus ihrer Sicht; sie mussten schließlich vorbereitet sein.

Tumanow selbst vertrat die wissenschaftliche Gedankenwelt, auch wenn er General war. Aber in erster Linie war er Physiker und Realist.

Wenn er zweifelte, dann dachte er an die Vorfälle, die im Februar 1984 zur Gründung der Kommission zur Untersuchung ungewöhnlicher atmosphärischer Phänomene unter Pavel Popovitch geführt hatten. Der Ex-Kosmonaut war seinerzeit stellvertretender Vorsitzender der Akademie der Wissenschaften und sein Vorgänger gewesen. Tumanow selbst hatte seit Ende der Siebziger auf Seiten der Militärs viele der Phänomene untersuchen dürfen.

Vorausgegangen war am 26. August 1983 die Sichtung eines unbekannten Flugobjektes mit kugelförmiger Form in dreitausend Metern Höhe über dem streng geheimen U-Boot-Stützpunkt Ventspils an der litauischen Küste des Baltischen Meerbusens.

Sechs MIG-Abfangjäger stiegen auf und stellten das Objekt. Nachdem kein Kontakt zu Stande gekommen war, wurde der Feuerbefehl gegeben. Die Raketen blieben in den Abschussvorrichtungen stecken, explodierten. Fünf Maschinen wurden sofort zerstört; die Maschine von Luftwaffenleutnant Michail Anisomow kollidierte mit dem Objekt und landete schwer zerstört.

Zuvor war es in Baikonur auf dem Weltraumflughafen am 1. Juni 1982 zu einem unglaublichen Vorfall gekommen, als nachts zwei nicht identifizierte Objekte auftauchten, ein silbriger Wasserfall vierzehn Sekunden die Hauptabschussrampe einhüllte und am nächsten Morgen die Wachmannschaften das Fehlen von hunderten von Bolzen und Nieten an der Rampenkonstruktion feststellen mussten. Die Folge war, dass zwei Wochen lang alle geplanten Raketenstarts verschoben wurden.

In Moskau gab es hunderte von Zeugen, die von der Regierung befragt wurden. Dort waren verschiedene unbekannte Objekte gesichtet worden. Nach deren Verschwinden waren mindestens sechzig Fensterscheiben mit großen kreisrunden Löchern versehen, von denen vierzig im Moskauer Staatlichen Glasinstitut untersucht wurden.

Vollkommen ratlos stellte die von Tumanow geleitete Untersuchungskommission fest, dass sich die molekulare Struktur des Glases verändert hatte. Erklären konnte es keiner, aber Tumanows Leute wollten auch Kanonen haben, die so schöne Löcher schössen.

Alle Kontakte, die auch nur im Ansatz von Menschen aggressiv gestaltet worden waren, endeten mit Verlusten. Bei Abfangjägern, die sich Flugobjekten näherten, fielen einfach alle Systeme aus – als seien sie abgeschaltet worden. Die wissenschaftlichen Experten sprachen von einer passiven Abwehr, aber die militärische Unterlegenheit an sich war das Besorgnis Erregende.

»Die nationale Sicherheit ist das höchste Gut unserer beiden Staaten. Sie verlangt von uns, nicht leichtfertig Chancen zu vergeben.« Die Worte des russischen Präsidenten rissen Tumanow aus seinen Gedanken, und er wartete gespannt auf Clintons Antwort.

Der amerikanische Präsident wurde nachdenklich und sah dann Wladimir Putin ernst an. »Von daher muss die militärische Option in Betracht gezogen werden. Für den Fall der Fälle. Aber nach den derzeitigen Erkenntnissen ist die friedliche Option die einzige, die der nationalen Sicherheit wirklich dient.«

»Wir sind ihnen hoffnungslos unterlegen«, antwortete Wladimir Putin sehr direkt und undiplomatisch.

»Es scheint tatsächlich so. Ich bin nun wirklich ein Laie auf dem Gebiet, aber mir gibt es doch zu denken, wenn renommierte Wissenschaftler heute darüber nachsinnen, ob wir mit unserem dreidimensionalen Denken auf dem richtigen Weg sind. Da gibt es Leute, die mir allen Ernstes erzählen, es sei nicht auszuschließen, dass es neben uns, unter oder über uns weitere Dimensionen gibt, die wir nur nicht erkennen.« Clinton schüttelte den Kopf, als habe er es bei seinen wissenschaftlichen Beratern vor allem mit Schwachköpfen zu tun.

Sandy Berger mischte sich ein. »Ein sehr bekannter Wissenschaftler sprach von einem Membran-Modell, bei dem unser Universum wie eine Membran in einer höheren Dimension eingebettet sei. Das erkläre angeblich die Schwäche der Gravitation im Verhältnis zu den anderen Wechselwirkungen wie Magnetismus.«

»Wir Wissenschaftler versuchen nur, ein allumfassendes Erklärungsmodell zu finden«, sagte Tumanow. »Auch bei uns wird darüber diskutiert. Wenn man unterstellt, dass die Gravitationskräfte so schwach sind, weil sie irgendwohin entweichen, dann kommen Sie ganz zwangsläufig zu anderen Dimensionen, weil ja eben ein Teil der Gravitation verschwindet.«

»Ich erinnere mich an eine Anekdote von Einstein«, sagte

Putin nachdenklich. »Als er seinen Berufswunsch Physiker äußerte, wurde ihm geraten, er möge sich etwas anderes suchen, auf dem Gebiet sei schon alles entdeckt.«

Alle lachten kurz auf, dann senkte sich tiefe Stille über den Raum. Niemand sprach, und niemand traute sich, diese Stille zu unterbrechen.

»Wenn sie tatsächlich das können, was wir beobachten, dann werden wir sie mit dem Raketenschirm kaum aufhalten«, sagte Putin schließlich leise und konzentriert. »Unsere Militärs sehen das allerdings anders.«

Tumarow merkte, wie die Spannung im Raum stieg. Auch Clinton wurde schlagartig ernst.

»Unsere Militärs sehen das ebenfalls ganz anders als ich«, sagte er. Dabei dachte er an die immer wiederkehrenden hitzigen Diskussionen im Nationalen Sicherheitsrat, wenn die Militärs die Erlaubnis einforderten, sich der fremden Technik zu bemächtigen. »Wir sollten uns einig sein, nicht den Militärs die Entscheidung in dieser Frage zu überlassen.« Clinton hatte sich vorgebeugt und sah Putin eindringlich an. »Wir wissen, welch schweren Stand Sie im Augenblick haben, um Ihr Land zu stabilisieren. Wir kennen auch die Macht des Militärs in Ihrem Lande.«

Röte schoss in Putins Gesicht. Seine Hände griffen ineinander, als sollte die eine die andere und umgekehrt beruhigen. Mit eisigem Blick sah er zu Tumanow, der den Schleier über seinen Augen sehr wohl bemerkte.

Tumanow ahnte Putins Gedanken. Die politische Lage des Landes hatte sich nach seinem Amtsantritt und seiner demonstrativen Politik der Stärke deutlich stabilisiert. Putin propagierte einen starken Staat und hob damit das Ehrgefühl der Bürger Russlands. General Tumanow hielt das für richtig. Wenn Misswirtschaft, Korruption und Kriminalität die positiven Ansätze übertünchten, dann brauchte der Normalbürger etwas, an dem er sich aufrichten konnte.

Aber Putin war noch nicht so weit, wie er sein wollte. Und er fasste den Hinweis auf, als hätte Clinton gesagt: »Du bist noch nicht vollwertig anerkannt, weil du noch nicht der absolute Chef bist.«

»Ihr Vorschlag findet meine volle Zustimmung«, sagte Putin schließlich mit fester Stimme. »Was das russische Militär angeht, werden Sie sehen, dass wir noch in diesem Jahr alles regeln.« Er machte eine Pause und hob rasch die Hand, als Berger zu einer Erwiderung ansetzen wollte. »Nach Ihrer sehr hilfreichen Bemerkung zum russischen Militär darf ich mir auch einen Hinweis erlauben. Die erfolgreiche Zusammenarbeit war nicht zuletzt durch Ihren General Wiggins begründet. Ich hoffe und wünsche, dass wirklich alle Karten auf den Tisch gelegt werden. Eigenständiges Vorgehen oder die Abschottung bestimmter Erkenntnisse würden das Ziel gefährden.«

General Tumanow schluckte. Putin spielte jetzt die Informationen aus, die er Mitte der Woche von Wiggins in Zürich erhalten hatte. Nichts Konkretes, nichts Genaues, sondern nur eine allgemeine Andeutung.

»Eine riesige Sauerei ist im Gange«, hatte General Wiggins gesagt.

Jetzt war er tot.

KAPITEL 8

Sonntag, 4. Juni 2000

Er hatte seine Story.

Eine Bombe, wenn er es richtig anstellte.

Noch in der Nacht hatte er Kronberg anrufen wollen, es dann aber doch unterlassen. Kronberg würde ihn nicht allein weitermachen lassen, falls er ihm überhaupt glaubte.

Zufrieden stand er auf und brühte sich einen Kaffee. Es war wichtig, die Sache richtig anzugehen. Hintergrundmaterial zu sammeln. Zumindest den Teil, an den er ohne Aufsehen herankam. Unterlegen, beweisen.

Beweisen.

Das würde das Schwierigste werden.

In seiner ersten Euphorie hatte er übersehen, dass er ein Stück Papier in den Händen hielt mit Buchstaben darauf, die etwas behaupteten. Mehr nicht. Nichts deutete auf den Verfasser oder die Authentizität des Schriftstücks hin.

»Kann jeder geschrieben haben«, hörte er Kronberg sagen.

Das endlich brachte ihn zur Vernunft und mahnte ihn, einen Plan auszuarbeiten und gezielt vorzugehen.

Er holte CD und Ausdruck aus dem Versteck.

Zusammenfassende Information
Für den Nationalen Sicherheitsberater:
Die letzten vorbereitenden Gespräche mit dem stellvertretenden Vorsitzenden der Akademie der Wissenschaften im International Enterprise Institute in Zürich haben Folgendes ergeben:

1. Die Planungen des russischen Präsidenten zum Umbau der Streitkräfte sind abgeschlossen. Die Weltraumverteidigung und die Kosmischen Streitkräfte sollen aus den Strategischen Raketentruppen ausgegliedert werden. Damit wird die Triade aus land-, luft- und seegestützten Atomwaffen zerschlagen und auf die einzelnen Waffengattungen verteilt. In einem ersten Schritt sollen die Kosmischen Streitkräfte dem Generalstab direkt zugeordnet werden.
2. Die zeitlichen Vorstellungen sehen eine Umsetzung im Lauf des Sommers oder Frühherbstes vor.
3. General Tumanow bestätigte, dass die Realisierung dieses Konzeptes für Verteidigungsminister Sergejew das Aus bedeute. Damit würde sich Generalstabschef Anatoli Kwaschin durchsetzen, dessen Leute angabengemäß in alle entscheidenden Positionen drängen.
4. Nach Auskunft von General Tumanow sieht auch Präsident Putin nach Prüfung aller Fakten keine Alternative zu der seinerzeit mit Präsident Jelzin besprochenen Linie der friedlichen Kontaktaufnahme.
5. Nach Auskunft des Verhandlungspartners ist damit die Voraussetzung geschaffen, den mit dem vorangegangenen Präsidenten abgestimmten Zeitplan einzuhalten.
6. Bestätigt wurde ferner, dass der russische Präsident, wie abgestimmt, unmittelbar vor dem Besuch in einer Presseerklärung den Vorschlag unterbreiten wird, dass beide Staaten eine gemeinsame Raketenabwehr aufbauen. Die verschiedenen Szenarien zur Verbreiterung der Diskussion hierzu sind ausgearbeitet und werden je nach Reaktion in der Öffentlichkeit umgesetzt.

Wertung:
a) Damit schafft der russische Präsident die Bedingungen, die es erlauben, den abgesprochenen Zeitplan doch noch einzuhalten und bis zum Herbst ein Abkommen über eine gemeinsame Raketenabwehr zu vereinbaren.

b) Auch die militärischen Strukturen scheinen durch die genannten Veränderungen im Sinn des politischen Zieles angepasst.

c) Die Anbindung der Kosmischen Streitkräfte an den Generalstab scheint eine ungehinderte und direkte Einflussnahme sicherzustellen.

d) Mit der bestätigten Zuständigkeit von General Tumanow wird ein Zeichen positiver Kontinuität gesetzt, da der General für einen sachorientierten und friedlichen Kurs steht.

e) Wesentlich wird nun sein, von unserer Seite aus alles zu unterlassen, was Zweifel an unserem Willen der Zusammenarbeit aufkommen und die Gegner auf der anderen Seite wieder die Oberhand gewinnen ließe.

Im Zusammenhang mit dem letzten Punkt ist festzuhalten, dass entgegen der nunmehr offensichtlich entspannten Situation bei unserem Partner auf unserer Seite erhebliche Probleme aufgetreten sind, die das gemeinsame Programm gefährden.

Im Rahmen des High-frequency Active Auroral Research Programme wurden spezifische Hochfrequenzwaffen mehrfach erfolgreich getestet. Die staatlichen Mittel für das Programm sind bekanntermaßen 1994 vollständig gestrichen worden. Trotzdem wird es seitdem mit privaten Geldern weitergeführt.

Ausgerechnet jetzt ist es gelungen, einen Schirm zu bilden, diesen punktgenau auf ein Objekt zu richten und es zu vernichten. Bei einem entsprechenden Test war einer unserer Agenten selbst anwesend.

Die bekannte Gruppe mit dem AFSB plant entgegen den offiziellen Weisungen der Regierung und entgegen den internationalen Vereinbarungen, nunmehr ein Objekt der extraterrestrischen Intelligenz in ihre Gewalt zu bringen und zu untersuchen. Chief of Staff ist nach meinen Informationen nicht eingebunden.

Die Folgen hieraus sind in ihrer Dimension nicht abzusehen. Ich verweise hierzu auf die verschiedenen Stellungnahmen der wissenschaftlichen Expertenkommissionen.
Reaktionen der anderen Seite auf einen erfolgreichen Einsatz steht noch keine wirksame Abwehrmaßnahme entgegen. (Falls es sie überhaupt jemals geben wird.)
Das für die russische Seite provokante Verhalten – mitten in den Verhandlungen wird entgegen unseren Versprechungen zu einem offenen Dialog eine überlegene Waffe getestet – würde zwangsläufig als doppelzüngig ausgelegt werden und die Position des russischen Präsidenten schwächen. Da davon auszugehen ist, dass die Russen Kenntnis davon erlangen, könnten alle Bemühungen eines gemeinsamen Schirmes auf lange Zeit zunichte gemacht werden. Vor dem generell kritischen Zeithintergrund wäre dies katastrophal. Alle Bemühungen zur Vertrauensbildung, die seinerzeit von Reagan und Gorbatschow initiiert wurden, würden zerstört.
Auf Nachfrage bestätigte Pjotr Kirow, der damalige Dolmetscher und heutige Mitarbeiter des Instituts, nochmals, dass Präsident Reagan damals schon zugesagt habe, dem Ziel eines gemeinsamen Vorgehens selbstverständlich alle nationalen Interessen unterzuordnen. Reagan ging seinerzeit sogar so weit, sämtliche Beweise vorzulegen. Die Russen haben dieses Wissen niemals zum Schaden der Vereinigten Staaten verwendet, was wiederum ein Beleg dafür ist, wie ernst auch diejenigen in Russland es meinen, die die Hintergründe kennen. Von daher ist absolute Offenheit die entscheidende Grundlage.

Es war so irre.

Da steckte so viel drin.

Aber immer nur Andeutungen. Keiner der Ansätze war vollständig ausformuliert. Das Papier war für einen Insider geschrieben, der die weiteren Hintergründe sehr genau kannte. Er würde die einzelnen Komplexe filtern müssen, dann gezielt werten und Informationen sammeln.

Die Nacht war lang gewesen, und der Kühlschrank produzierte Kälte als Selbstzweck. Er schnappte seine Schlüssel und ging hinunter in das Ecklokal mit der böhmischen Küche. Der Erfolg war es wert, sich ein wenig zu belohnen. Dabei konnte er die nächsten Schritte planen.

Er bestellte ein kleines Frühstück und genoss den warmen Vormittag unter einem der riesigen Sonnenschirme, die vor dem Lokal aufgestellt waren. Nachdenklich blätterte er in der Sonntagszeitung. Immer noch keine Meldung über einen toten General. Er war zufrieden.

Eine ganze Weile war er der einzige Gast. Sonntags gingen die Uhren anders. Erst gegen Mittag waren plötzlich überall Familien, die zu ihren Ausflügen aufbrachen.

Tische und Stühle standen auf einer Gehwegsinsel, die entstanden war, als vor Jahren die quer verlaufende Straße mit rotweißen Pollern zur Sackgasse gemacht worden war.

Die großen Linden an der Straße spendeten Schatten; mit ihrem satten Grün ließen sie die viergeschossigen Altbauten der Jahrhundertwende weniger monumental erscheinen.

Eine Frau bog um die Ecke und schien zunächst unsicher, an welchen der Tische vor dem Lokal sie sich setzen sollte. Einen Moment musterte sie Cromwell, dann setzte sie sich an den Nebentisch.

Die Frau sah atemberaubend aus. Dunkles Haar, ein intelligentes und ebenmäßiges Gesicht, leicht gebräunt. Die blauen und ausdrucksstarken Augen zogen ihn ebenso an wie die rot geschminkten Lippen. Sie trug ein leichtes Sommerkleid, das ihre weibliche Figur betonte.

Schlagartig beherrschte ihn nur noch der Gedanke an Sex. Die Frau stimulierte all seine animalischen Instinkte. Für einen Moment musste er über sich selbst lachen, dann beherrschten ihn wieder seine Triebe.

Die Frau wurde zusehends nervöser. Immer wieder sah sie auf ihre Uhr. Dann schüttelte sie ihren Arm, als befürchte sie, die Uhr sei stehen geblieben. Sie stand kurz auf, sah um die Ecke, setzte sich wieder.

»Ist es tatsächlich zwölf Uhr durch?«, fragte sie plötzlich.

Cromwell sah in ihr ebenmäßiges Gesicht. Der Glanz der Augen war einmalig.

»Ja. Unzuverlässiger Kerl, was?«

»Schon immer gewesen«, meinte die junge Frau und bedachte ihn mit einem langen Blick, der an seinen Schläfen hängen blieb, wo erste graue Haare wie silbrige Fäden schimmerten.

»Dafür müssen Sie sich aber eine ganz besonders schlimme Strafe ausdenken.«

Millionen von Sandkörnern piekten auf seiner Haut.

Sie lachte unfreiwillig auf. »Wie schlimm soll sie denn sein?«

»Das müssen Sie bestimmen. Ich weiß ja nicht, wie schlimm es ist, dass er nicht kommt.«

»Jedenfalls ist das Thema Versöhnung damit erledigt«, sagte sie entschieden. Sie warf das Haar zurück und fuhr wie mit einer entschuldigenden Geste hindurch, hob es im Nacken mit beiden Händen an, ließ es fallen.

Auch eine Art, Informationen rüberzubringen, dachte Cromwell zufrieden und lächelte zurück. Er bemerkte den koketten Seitenblick, mit dem sie ihn bedachte, und zögerte nicht lange.

»Wenn es Ihnen recht ist, setzen wir uns zusammen und sehen gemeinsam, ob noch etwas passiert. Sollte Ihr Zerwürfnis auftauchen, verschwinde ich ganz dezent.«

Sie zuckte mit den Augenbrauen, als sei es nun endgültig egal, ob ihre Verabredung noch eintreffen würde. Dann setzte sie sich lächelnd an seinen Tisch. Er bestellte zunächst Wasser, eine halbe Stunde später Wein.

Sie erzählte locker drauflos, dass sie in der Charité als Krankenschwester arbeite, berichtete von den Querelen mit den Krankenkassen und den nicht bezahlten Rechnungen und von den wilden Gerüchten, wie viele Mitarbeiter demnächst auf der Straße stehen würden.

Cromwell nickte immer wieder. Kronberg hatte zu Beginn der Streitigkeiten verlangt, sich in der Berichterstattung selbstverständlich auf die Seite der armen Kranken zu stellen, die durch Bettenstreichungen mindestens um ihr Leben fürchten mussten.

Als er davon erzählte, gab sie sich unheimlich interessiert und bat ihn, mehr aus seinem Alltag zu berichten. Wie er an Informationen gelange, wie die Geschichten zu Stande kämen, ob und wie viel er dazuerfinde.

»Gar nichts«, sagte er lachend und fühlte sich erfrischt durch diese spontane Begegnung. Er genoss ihre funkelnden Augen und den tiefen Einblick, wenn sie sich nach vorn beugte und mit den Fingerspitzen ganz leicht seine Hand berührte.

Als er auf die Uhr sah, war es kurz vor drei. Die Tische waren voll besetzt, überall wurde gescherzt und gelacht.

Das sind die Momente des Glücks, dachte Cromwell zufrieden und vergaß alles andere. Er genoss den Augenblick und den Anblick ihrer Beine.

»Ich muss mich bewegen. Ich habe einen Schwips.« Sonja stand auf, er zahlte. Auch er spürte den Alkohol der drei Gläser Wein in seinem Blut.

Er holte sie auf der anderen Straßenseite ein. Arm in Arm gingen sie die Straße entlang in Richtung Neue Kantstraße und passierten die Polizeiwache, deren Grünanlage am Lietzensee endet.

»Ein hässlicher Bau«, sagte sie, als sie vor dem Neubau einer Schule mit Turnhalle standen.

»Früher waren das hier alles Kleingärten«, antwortete er.

Sie wankte leicht und stolperte zwischen zwei Autos auf die Straße. Er folgte ihr.

»Pass auf!«

Ein Kleintransporter stoppte mit quietschenden Reifen dicht

vor Sonja. Die Seitentür schwang auf, und zwei Männer sprangen heraus. Kräftige Männer, zuckte es durch sein Gehirn. Entschlossene Gesichter. Völlig konzentriert.

Cromwell stand neben Sonja. Seine Hände lagen schützend auf ihren Schultern, als die Männer ihn an den Armen packten und nach hinten rissen.

In seinem Kopf wirbelte alles durcheinander. Das Gesicht seines Bruders vermischte sich mit dem Gesicht von Sonja. Er rief nach ihr. Die Sonne stach mit ihrer prallen Kraft in seinen Augen.

Er flog durch die Luft und landete krachend im Kleintransporter auf dem Bodenblech. Dann waren die beiden Männer über ihm. Er zappelte, aber sie knieten auf seinen Oberarmen.

Sonja sprang in den Wagen, warf die Tür zu und beugte sich zu ihm runter.

»Sorry«, sagte sie und stieß ihm eine Nadel in den rechten Unterarm. Zügig drückte sie den Kolben der Spritze durch.

Er roch den Staub des Wagenbodens. Der muffige Geruch alter Umzugsdecken kam ihm in den Sinn. Ihr Kleid berührte ihn an der Seite, wo sie kniete. Verständnislos sah er auf die Spritze in ihrer Hand.

Mark Stuart war nervös. Er saß in einer Regierungslimousine aus dem Fuhrpark des Weißen Hauses und war auf dem Weg ins Pentagon. Begleitet wurde er von zwei Agenten des Secret Service.

Nach der nächtlichen Unterredung mit dem Präsidenten war er noch am Samstag über Amsterdam zurückgeflogen. Kaum war er in seiner kleinen Wohnung in Georgetown nahe der Universität angekommen, klingelte auch schon das Telefon.

Das Büro des Sicherheitsberaters meldete sich und wies ihn an, sich früh am kommenden Morgen im Weißen Haus beim

Secret Service zu melden. Es sei alles in die Wege geleitet, richtete man ihm noch aus. Dann war er mit seinem Jetlag allein, den er in einer Studentenkneipe mit einem Steak und drei Bier bekämpfte, ehe er ins Bett kroch.

Sonntag früh stieg er an der Metrostation McPherson Square aus und lief einige Schritte in den Grünanlagen rund um *President's House*, wie das Weiße Haus genannt wird.

Ein paar Menschen waren unterwegs, und Stuart wettete im Stillen, dass sie mehrheitlich vom Secret Service waren. Seit 1995 Bewaffnete auf der Pennsylvania Avenue gestellt worden waren, war die Straße für den Autoverkehr gesperrt.

Er selbst hatte sein Büro im Old Executive Office Building, einem klassisch imperialen Gebäude im französischen Stil, das wunderbar restauriert unmittelbar westlich neben dem Weißen Haus lag. Es diente als zusätzliches Bürogebäude, und hier residierte auch der Vizepräsident.

An Stuarts erstem Tag im Dienst des Sicherheitsberaters hatte man ihm als besondere Attraktion den Raum 392 gezeigt. Dort hatte Oberst Oliver North während Reagans Präsidentschaft sein Büro gehabt und seine wilden Pläne ausgeheckt und durchgeführt.

Nach eingehenden Kontrollen stand Stuart schließlich vor dem Dienst habenden Leiter des Secret Service im Weißen Haus. Er komme allein klar, sagte er, er fahre nur ins Pentagon. Dann müsse man ja noch eine Kampfeinheit bereitstellen, antwortete der Secret-Service-Chef.

»Sie sollen unterschreiben, das Dokument wieder in den Umschlag tun und verkleben.«

Stuart nahm den Umschlag entgegen und zog ein Blatt Papier heraus. Er las den Text und wurde bleich. Sie meinten es todernst.

Er verpflichtete sich zu absolutem Stillschweigen, weil er mit Staatsgeheimnissen höchster Priorität konfrontiert werde. Er nehme zur Kenntnis und akzeptiere, dass ein Bruch dieser Vereinbarung auf Grund einer Präsidialanweisung vom 25. Mai 1961 seinen Tod bedeuten könne.

Stuart stand mit weichen Knien vor dem Schreibtisch. Das Präsidentensiegel schimmerte als Wasserzeichen unter dem Text.

»Bevor Sie nicht unterschrieben haben, geht es nicht ins Pentagon«, sagte der Sicherheitschef, der sehr genau die Verfassung des jungen Mannes registrierte. Er deutete auf einen der Stühle vor dem Schreibtisch.

Stuart schüttelte den Kopf, dachte an seine Zusage und unterschrieb benommen. Er schob das Papier in den mitgelieferten zweiten Umschlag und reichte ihn zurück.

Endlich fuhr die Limousine nach mehreren Kontrollen in die Tiefgarage des Pentagon. Sie wurden von einem Sergeant mit Stoppelhaarschnitt und makelloser Air-Force-Uniform empfangen, der sie mit dem Lift nach oben brachte.

»Es ist das größte Bürogebäude der Welt«, sagte der Stabssoldat, um die Stille im Lift zu unterbrechen. »Hier arbeiten dreiundzwanzigtausend Menschen. Es wurde im Zweiten Weltkrieg in nur sechzehn Monaten errichtet.«

Sie erreichten den E-Korridor, der, wie der Sergeant sagte, alle fünf Ebenen des äußeren der fünf Gebäuderinge durchzog.

»Der E-Ring ist der äußere Umgehungsring des gesamten Gebäudes. Jeder der äußeren fünf Korridore ist dreihundert Meter lang. Die Gesamtlänge aller Korridore in diesem Gebäude beläuft sich auf übrigens dreißig Kilometer. Die Armee sitzt im zweiten Stock, Marine und Luftwaffe im dritten.«

»Und wo sitzt der Verteidigungsminister?«, fragte Stuart.

»Der Verteidigungsminister sitzt im zweiten Stock. Unmittelbar unter seinem Büro liegt das des Vorsitzenden der Vereinigten Stabschefs. Also im ersten Stock.«

»Und wo gehen wir hin?«

»Zur Air Force.«

»Lange Wege.«

»Eher nicht.« Der Sergeant lächelte. »Egal, welche zwei Punkte Sie in diesem Gebäude nehmen: Sie sind maximal sieben Minuten voneinander entfernt.«

Damit riss er die Tür auf und trat zur Seite. Stuart und die beiden Agenten traten ein. Sie wurden von einem Oberst empfangen.

»Oberst Keanally, US Air Force. Ich darf Sie im Namen des Chefs der Air Force begrüßen. Wenn auch aus traurigem Anlass.«

Der Oberst schien Mitte vierzig, versprühte jugendliche Spannkraft und war schlank wie eine Tanne. Keanally führte Stuart in einen kleinen Konferenzraum, während die Agenten vom Secret Service im Vorraum warteten und mit Kaffee versorgt wurden.

»Ich bin auf ausdrücklichen Wunsch des Präsidenten und des Nationalen Sicherheitsberaters hier.« Stuart holte die Vollmacht hervor, die ihm der Secret Service im Weißen Haus ausgehändigt hatte.

»Ich weiß.« Keanally studierte sorgfältig das Papier. »Das Büro des Vorsitzenden der Vereinigten Stabschefs hat Sie angekündigt. Der Präsident hat eindeutige Weisungen erteilt. Womit wollen wir anfangen? Soll ich eine kleine Einweisung geben?«

»Nein. Ich möchte das Büro von General Wiggins sehen und dort allein gelassen werden. Danach können wir uns dann unterhalten.«

Cromwell wachte mit dröhnenden Schmerzen im Hinterkopf auf. Er wollte aufstehen, um sich in der Küche eine Tablette und etwas Wasser zu holen. Aber seine Arme ließen sich nicht bewegen. Er lag auf dem Rücken und hob leicht den Kopf. Ein Gurt lief über Brust und Oberarme, ein weiterer über seine Hüften. Ein dritter, den er spürte, ohne ihn in der Dunkelheit sehen zu können, fixierte seine Füße.

Es herrschte Stille, nur durchbrochen von den Geräuschen, die er selbst verursachte. Sein Atmen, das Rascheln seiner Kleidung, wenn er versuchte, sich zu bewegen. Lag er still, war nichts zu hören außer dem leisen Rauschen in seinen Ohren.

Auf der Zunge hielt sich hartnäckig ein widerlicher Geschmack, der durch seinen Durst noch verstärkt wurde.

Langsam kam die Erinnerung wieder. Mit einer gewissen Sonja hatte er eben noch Wein getrunken, und im nächsten Moment hatten sie ihn in einen Lieferwagen gestoßen.

In seinen Ohren rauschte es immer stärker. Ein Adrenalinausstoß folgte dem anderen. Panikattacken überschütteten ihn in Wellen wie eine hereinbrechende Brandung. In seiner linken Schläfe pochte das Blut so stark, dass er die Adern spürte.

Mühsam begann er mit Atemübungen, die nach Minuten eine erste Beruhigung brachten.

Er zwang sein Gehirn, sich zu erinnern, seine Entführung noch einmal vor seinem geistigen Auge aufzurufen. Plötzlich konnte er sich an Details erinnern, die er in der realen Situation gar nicht wahrgenommen hatte. Oder spielte ihm sein Gehirn einen Streich?

Er sah in die Augen der Männer, bevor sie ihn schnappten, und erkannte, wie sie mit Sonja im entscheidenden Moment ihr Verhalten abgestimmt hatten. Allein durch Blicke!

Er versuchte, die Dunkelheit mit seinen Augen zu durchdringen. Er musste seinen Geist beschäftigen. Die Wand rechts von ihm spürte er förmlich. Sand und Zement hatten einen eigenartigen Geruch. Er meinte, Feuchte zu riechen.

Sein Kopf lag auf einer Decke. Darunter spürte er Latten. Zwischenräume. Seine Finger tasteten über die Decke. Wolle. Eine Art Lattenrost mit einer wollenen Decke darauf.

Nacheinander spannte er die verschiedenen Muskeln seines Körpers an. Die Gurte gaben leicht unter seinen Anspannungen nach, ohne ihm wirklich mehr Freiraum zu schenken. Er versteifte seinen Nacken und drückte den Hinterkopf auf die

Unterlage, versuchte, seinen Körper nach oben zu stemmen. Vergeblich. Prustend fiel er zurück.

Seine Augen suchten nach einem Anhaltspunkt, einem Lichtschein, einem denkbaren Fenster. Nichts. Nur Dunkelheit.

Sein Puls steigerte sich wieder, hämmerte erneut gegen die Arterienwände. Wie der Hammer eines Zimmermanns auf Spuntnägeln. Die Schläge pochten bis in die Ohren.

Panikattacke, dachte Cromwell. Tief und regelmäßig atmen, runterfahren. Er sog die Luft bewusst ein. Kalt, feucht. Ausatmen. Langsam und konzentriert.

Geräuschvoll stieß er die Luft aus, versuchte damit, den Ring loszuwerden, der seine Brust einschnürte. Nach einer Weile beruhigte sich sein Puls. Das Adrenalin schoss zwar noch durch seine Blutbahnen, aber der Ausstoß war deutlich zurückgefahren worden.

Warten. Nichts tun und warten.

Das Büro des Generals war zweckmäßig eingerichtet, spärlich sogar, und lag im Bereich der Air Force im dritten Stock, allerdings ein wenig abseits. Der Schreibtisch war leer. Stuart stellte den Code ein, der ihm vom Secret Service im Weißen Haus ausgehändigt worden war, und öffnete den Tresor.

Er nahm einen Stapel Papiere heraus und hörte draußen im Vorzimmer die beiden Agenten rumoren, die sich auf eine lange Wartezeit einstellten und Stühle verrückten, um es sich bequem zu machen.

Zunächst verschaffte er sich einen Überblick. Fast alle Papiere waren mit den höchsten Geheimhaltungsstufen klassifiziert. Es gab Memoranden, teils technischer, meistens aber politischer oder grundsätzlicher Natur, daneben eine Fülle von Stellungnahmen zu Spezialaspekten von den höchsten Kapazitäten des Landes. Stuart staunte immer wieder, welche Koryphäen der Wissenschaft sich mit dem Thema befasst hatten. Es gab vertrauliche Forschungsaufträge an Universitäten und unabhängige Denkfabriken, persönliche Meinungen von Professoren, die offiziell aus Reputationsgründen ganz anders argumentierten, weil sie sich nicht der Lächerlichkeit preisgeben wollten.

Nobelpreisträger bestätigten Phänomene und unerklärliche Tatsachen genauso wie Jetpiloten oder Farmer. Die wissenschaftlichen Berichte unterschieden sich von den einfachen Erlebnisberichten im Kern nur durch den Aufbau – und die Aussage, es könne oder dürfe nicht sein, was da beschrieben werde. Erklärungen lieferte keiner, auch die NASA und die Air Force nicht.

Stuart lehnte sich gedankenverloren zurück. Nachdem er die Fülle des Materials erkannt hatte, wollte er sich als Erstes einen schnellen Überblick verschaffen. Bei der weiteren Durchsicht stieß er auf ein Organigramm. Danach ließ der Präsident das Thema allen Ernstes durch spezielle Expertenkommissionen untersuchen.

In einer Mappe fand Stuart eine ganze Reihe von Protokollen. Nach ihnen setzten sich die Kommissionen aus Vertretern unabhängiger Denkfabriken und Regierungsbehörden wie CIA, NSA und NASA zusammen. Über die Thinktanks schöpfte die Regierung das geballte Wissenschaftspotenzial ab, denn viele namhafte Wissenschaftler arbeiteten nach einer erfolgreichen Universitätskarriere gern für politische und wissenschaftliche Beratungsfirmen. Wie Stuart wusste, gab es allein in Washington mehr als hundert davon. Ohne sie wurde praktisch keine Gesetzesvorlage umgesetzt.

Stuart irritierte dies nur umso mehr. Die Stärke der Denkfabriken waren gerade ihre Unabhängigkeit und Freiheit. Wenn sie also das Thema wirklich ernst nahmen, dann musste etwas dran sein.

Sein Blick blieb an einem älteren Protokoll hängen. Es war irgendwie anders. Er verglich es mit einem Schriftstück jüngeren Datums. Die Zuständigkeit hatte sich geändert. Auf den jüngeren Protokollen, genau genommen auf allen Protokollen der letzten Jahre, war General Wiggins als Koordinator genannt, der die Ergebnisse der Kommissionen für die Regierung zusammenfügte und mit Wertung dem Nationalen Sicherheitsberater zukommen ließ.

Der General war derjenige gewesen, der letztlich bestimmt hatte, was dem Nationalen Sicherheitsrat und dem Präsidenten vorgelegt und als Wahrheit verkauft wurde.

Auf dem alten Protokoll hingegen war diese Zuständigkeit noch der Air Force zugefallen, und zwar einem Air Force Space Bureau, das tief in den undurchsichtigen Strukturen des Air-Force-Geheimdienstes angesiedelt war. Warum hatte die Zuständigkeit gewechselt? General Wiggins war zum starken Mann avanciert.

Stuart fiel sogleich die eigenwillige Haltung des Präsidenten zu den Militärs ein sowie die Tatsache, dass mit William Cohen ein Republikaner in einer Regierung der Demokraten das Verteidigungsministerium leitete. Glaubte der Präsident den Militärs etwa nicht?

Endlich waren Geräusche zu hören. Cromwell schreckte auf. Ihm war jedes Zeitgefühl abhanden gekommen.

Ein Schlüssel drehte sich knirschend, dann schwang die Tür auf. Die Angeln quietschten schrill. Der Kegel einer Taschenlampe tanzte durch die Dunkelheit, fing sich an den Wänden, irrte weiter in die Ecken und dann zur Liege.

Der Lichtkegel stoppte auf seiner Brust, wanderte über seine Fesseln und stach dann in seine Pupillen. Er kniff die Augen zu und schnaufte vernehmlich, bis die Helligkeit auf seinen Lidern verschwand.

Eine Gestalt trat in den Lichtkegel. Ein Mann. Ein großer und athletischer Mann. Dunkle Kleidung, auf dem Kopf eine Wollmütze mit Sehschlitzen und Öffnungen für Mund und

Nase. Der Mann löste nacheinander die drei Gurte, trat dann zwei Schritte zurück.

Ein kleiner Funken Hoffnung. Wenn sie Masken trugen, wollten sie nicht erkannt werden. Wenn sie nicht erkannt werden wollten, würden sie ihn laufen lassen.

Cromwell blieb zunächst liegen und rieb sich die Hände, um die Blutzirkulation anzuregen. Dann setzte er sich langsam auf und massierte sich die Fußgelenke.

Er spielte die Nahkampfgriffe durch, die er während seiner Zeit bei den Amerikanern gelernt hatte. Als ihn ein Schmerz in seiner Schulter durchzuckte, ließ er die Spielereien sein.

»Aufstehen, mitkommen!« Der Mann hinter dem Licht sprach hart und böse. Dann drehte er sich um, und der Lichtstrahl tanzte vor ihm über den gefliesten Boden.

Cromwell trottete hinterher, ihm folgte der zweite Mann. Die Wände des Flurs waren weiß oder hell gestrichen; im Schein der Taschenlampe war es nicht zu erkennen.

Sie betraten einen weiteren Raum, der voll ausgeleuchtet war. Bis zur Decke geflieste Wände, Spiegel, Apparaturen, eine Behandlungsliege in der Mitte des Raumes.

»Hinlegen!«, befahl die barsche Stimme, und die Taschenlampe zeigte auf die Behandlungsliege.

»Muss das sein?«, krächzte Cromwell, als er die Riemen für das Binden der Arme und Handgelenke sah. »Ich haue auch so nicht ab.« Er drehte sich halb zu dem Mann hinter ihm, der bisher kein Wort gesprochen hatte. Sogleich bekam er einen schmerzhaften Stoß in den Rücken.

In ihm kroch Angst hoch. In seinen Ohren klangen die Geschichten von Sergeant McKoy, der so plastisch die Wirkungen von Schlafentzug, stundenlangen Wasserbädern und gezielten Schlägen beschrieben hatte. McKoy war Führungsagent bei den amerikanischen Streitkräften in Berlin gewesen. Bei einem Agententreff war er aufgeflogen und wochenlang von der STASI verhört worden.

Auf einem Tisch befanden sich eine Stahlschüssel mit Spritzen, Pflasterstreifen und ein Fläschchen mit einer Flüssigkeit darin. Das Skalpell in der Stahlschüssel beunruhigte Cromwell ganz besonders.

»Es muss doch einen Weg geben, sich zu einigen«, sagte er und fand, dass seine Stimme fest genug klang. »Wenn Sie etwas wissen wollen, fragen Sie, und ich sehe zu, dass ich antworte. So schmutzig muss das doch alles gar nicht ablaufen, oder?«

Er deutete auf die Instrumente in der Stahlschüssel.

Die Menschen mit der größten Fantasie sind in solchen Situationen am labilsten, weil sie sich viel zu viel vorstellen von dem, was alles passieren könnte, erinnerte sich Cromwell an McKoy. Schalten Sie die Fantasie aus, die Realität ist schon grausam genug, hatte McKoy geraten.

Cromwell blieb stehen und blickte über die linke Schulter. Der Mann hinter ihm war mindestens ebenso groß wie er, aber deutlich kräftiger gebaut. Und er hielt eine Pistole in der Hand. Durchgeladen.

»An Dummheiten sollten Sie gar nicht erst denken. Wir wollen nur ein paar Fragen beantwortet haben«, sagte der Mann ruhig. »Dann ist alles vorbei. Also kein echtes Problem.«

Als Cromwell antworten wollte, traf ihn die Faust oberhalb des rechten Ohres. Er biss sich auf die Lippen, um keinen Schmerzensschrei auszustoßen, und nickte benommen.

Langsam setzte er sich auf die Liege, zog die Beine an und lehnte sich zurück. Der Mann mit der barschen Stimme legte die Taschenlampe auf den Tisch und zog er den Lederriemen fest. Der Riese mit der durchgeladenen Pistole stand dabei am Fußende der Liege und zielte mit dem Lauf der Pistole auf Cromwells Kopf.

Ein Riemen lief über seine Brust und fixierte die Oberarme. Seine Unterarme ab dem Ellbogen konnte er frei bewegen. Ein weiterer Riemen schnürte seine Beine ein.

Die beiden Männer lehnten lässig an der Wand. Cromwell

sah ihre teilnahmslosen Augen hinter den Masken, die ihn wie Schlachtvieh sezierten.

Wenig später ging die Tür auf, und ein weiterer Mann betrat den Raum. Ohne Gesichtsmaske. Der Mann hatte auffällig weißes Haar, ein gerötetes Gesicht und blassblaue Augen. Er trug einen weißen Arztkittel.

Ohne ein Wort ging er zu dem kleinen Tisch, steckte die Nadel auf die Spritze, entfernte die Schutzhülle und zog die klare Flüssigkeit aus dem kleinen Fläschchen auf.

Als der Fremde im Arztkittel an die Liege trat, zogen auch die beiden Bewacher ihre Masken vom Gesicht. Sie sahen Cromwells überraschten Blick.

»Kleiner Trick«, sagte der eine grinsend und mit einem leichten Akzent. »Aber man weiß ja, was im Kopf eines Gefangenen in solch einer Situation vorgeht. So lief das alles jedenfalls wesentlich ruhiger ab.«

»Scheiße!«, entfuhr es Cromwell, dem der helle Haarschopf des einen Bewachers besonders auffiel.

Der Arzt ergriff seinen rechten Arm. Cromwell spürte die seltsam kühlen Finger auf seiner erhitzten Haut und empfand die Berührung als angenehm. Das wiederum erschien ihm paradox.

Kommentarlos betupfte der Arzt Cromwells Vene in der rechten Armbeuge und drückte die Nadel in die Blutbahn. Sie wollen dich nicht töten, dachte Cromwell, um sich zu beruhigen. Wenn sie das wollten, hätten sie es längst getan. Sie wollen Informationen.

»Was ist das?«, krächzte er nervös. »Wer sind Sie?«

»Scopolamin«, sagte der Mann im Arztkittel. »Nennen Sie mich Doktor, wenn es Ihnen hilft.«

Er wartete eine Minute, dann untersuchte er vorsichtig und behutsam mit seinen schlanken Fingern Cromwells Augen.

»Stechapfel«, erwiderte Cromwell.

»Sie kennen sich aus?«, fragte der Doktor zurück.

»Nachtschattengewächs«, ächzte Cromwell. »Bereits bei den alten Ägyptern in Anwendung. Manche vermuten, dass Kleopatra Cäsar und Marc Anton mit dieser und anderen Drogen am Gängelband geführt hat.«

Sorgt auch dafür, dass man Sympathie für die empfindet, die einem ansonsten gleichgültig sind, murmelte er in Gedanken weiter. Und bringt jeden zum Reden. Löst die Zunge, lässt einen sagen, was man sonst nicht sagen würde. Cromwell kicherte.

»Sie sind ja sehr bewandert«, erwiderte der Doktor. »Cäsar und Marc Anton. Welche Drogen hatten die alten Ägypter denn sonst noch zur Verfügung?«

»Alles, was es heute auch gibt«, sagte Cromwell. »Kokain, Haschisch, Wein, Opium, Lotos. Besonders beliebt waren Mischungen, etwa Wein mit Opium.«

»Sie kennen sich wirklich aus«, sagte der Doktor anerkennend. »Wie das?«

»Ich habe mich mal damit beschäftigen müssen. Artikel geschrieben, dazu einige Recherchen angestellt.«

»So. Na, dann ist das verständlich. Dann wissen Sie auch, dass diese Mittel ebenfalls auf dem Schlachtfeld und danach eingesetzt worden sind.«

»Als Enthemmer und Tranquilizer«, sagte Cromwell und dachte daran, wie frühere Feldherren ihren Leuten die Angst genommen und sie immer wieder zu Höchstleistungen auf dem Schlachtfeld angetrieben hatten. Mit Drogen. Selbst Kinder waren so beruhigt worden. In Rom verkauften dreihundert Jahre vor der Zeitenwende rund achthundert Läden Opium und andere Rauschmittel.

»Ein ungewöhnlich tiefgründiges Wissen für einen Reporter«, sagte der Doktor lächelnd.

»Vielleicht. Vielleicht auch nicht. Genaue Recherche ist Pflicht.«

Cromwell fühlte sich mittlerweile wie in Watte gepackt und

fand den Mann, der sich Doktor nannte, eigentümlich sympathisch. Eine völlige Entspannung überkam ihn. Alles war so freundlich, verständnisvoll.

»Wo ist die CD-ROM?«

Freundlich spulte der Doktor sein Programm ab.

Und Cromwell redete.

KAPITEL 9

Sonntag, 4. Juni 2000

Langsam ließ die Wirkung der Droge nach. Cromwell sah den so genannten Doktor wie durch einen Schleier. Daneben stand plötzlich Sonja, seine Sonntagsbegegnung. Sie sah immer noch bezaubernd aus. Ihre leicht geöffneten Lippen mit den perlweißen Zähnen schienen ein Lächeln anzudeuten.

»Gut. Was machen wir also mit ihm?« Sie sah Cromwell kalt an. Nichts von der Wärme, die er beim zweiten Glas Wein in ihren Augen gesehen hatte. Sie war eine perfekte Schauspielerin. Selbst jetzt schien sie mit ihm zu spielen.

Cromwell spürte, dass ihre Frage rein rhetorisch war. Als wollte sie, dass er den Entscheidungsprozess miterlebte.

»Sie entscheiden.« Der Doktor wartete gespannt.

»Die CD-ROM haben wir inzwischen gefunden. Der Anruf kam vor wenigen Minuten rein. Im Ofenrohr ...« Sie lachte amüsiert auf. »Und Kopien hat er auch nicht, wenn er unter der Droge die Wahrheit gesagt hat.«

»Die Menschen sagen immer die Wahrheit, wenn sie die Droge bekommen. Der andere hat doch auch die Wahrheit gesagt.«

Cromwell horchte auf.

»Wir brauchen ihn nicht mehr? Oder?«

»Kaum. Wofür?«

»Man eliminiert ja nicht so ohne weiteres einen ...«

»Nein?« Der Doktor knurrte vor innerlicher Geringschätzung. »Seltsame neue Einstellung. Ich kenne Sie anders. Weil er ein Reporter ist? Oder sympathisch? Nur weil Sie ein paar Glas Wein mit ihm getrunken haben und er Ihnen schöne Augen gemacht hat?« Der Arzt wieherte regelrecht. »Er ist genauso ein Haufen Zellen wie jeder von uns. Alles andere sind Symbole, Zeichen, Macht mittels übertragener Funktion. Mäntelchen.«

»Sie sind menschenverachtend.« Sonja lächelte Cromwell an, wie sie es beim Wein getan hatte. Professionell aufreizend.

»Im Gegenteil. Ich sehe es rein biologisch. Abgehoben von allen Bindungen des Lebens. Ein Zellhaufen, wie jeder von uns. Widerstandsfähig, mehr oder minder, aber letztlich zum Tode verurteilt. Nur der Zeitpunkt ist in der Regel unklar, wann der Zellhaufen kollabiert.«

»Sie schaffen das allein?«, fragte sie.

Cromwell beobachtete die Frau, die er unter dem Namen Sonja kennen gelernt hatte. Er wurde eiskalt abserviert. Sie entschied über sein Leben, menschenverachtend kalt, und schenkte ihm dabei ein Lächeln, das Eisberge schmelzen lassen konnte.

»Hundertfünfzigprozentige Sicherheit. Das ist die Weisung. Um jede Wahrscheinlichkeit auszuschalten.« Ein leises Bedauern spielte um ihre Mundwinkel. Aber in ihren Augen sah Cromwell eine sadistische Kälte, die nur aus einer triebhaften Vorfreude kommen konnte. Sie weidete sich an seinem Anblick und seiner Angst.

»Ich komme klar«, erwiderte der Arzt. »Ihr könnt dann später aufräumen.«

Sie nickte.

»Sonja, bitte …«, krächzte Cromwell und spürte seine dicke und geschwollene Zunge im Mund.

Nach einem kurzen Zögern streckte sie ihren rechten Arm aus. Er spürte ihre Fingerspitzen mit den gepflegten Nägeln sanft über seinen linken Unterarm gleiten, als zeichne sie einzelne Muskelstränge nach. Die Berührung ließ ihn innerlich aufschreien. Seine Nervenenden im linken Unterarm wussten nichts über die tödliche Gefahr dieser Frau und meldeten den Reiz.

»Nein!«, schrie Cromwell entsetzt. Er bäumte sich in seinen Fesseln auf, als ihre rechte Hand weiter wanderte und der Reiz sich verstärkte.

»Tut mir Leid. Bist ein hübscher Kerl. Hast nur den falschen Bruder gehabt. Nimm es nicht persönlich. Wir sehen uns – in einem anderen Leben. Vielleicht.« Sie lachte bösartig.

Stuart musterte den freundlich lächelnden Oberst, der mit seiner schlanken Figur und der makellos sitzenden Uniform geradewegs von einer offiziellen Parade zu kommen schien.

»Bevor ich mich tiefer mit den Einzelheiten beschäftige, an denen General Wiggins zuletzt gearbeitet hat, würde ich gern ein paar allgemeine Dinge erfahren, um das Thema besser zu verstehen.«

Er hatte mehrere Stunden im Büro von General Wiggins verbracht und saß nun wieder Oberst Keanally gegenüber, um zum Abschluss des ersten Tages den Wirrwarr an Informationen in seinem Kopf doch noch sortieren zu können.

Dankbar nippte er an dem starken Kaffee, den der Oberst ihm hatte bringen lassen.

»Das kann ich verstehen«, sagte der Oberst und lächelte milde, was bei ihm eher einem wölfischen Grinsen glich. »Für jemanden wie Sie, der vollkommen neu in die Materie eintritt, muss es zunächst ein Schock sein.«

»Ganz und gar nicht«, entgegnete Stuart, der einfach nicht zugeben wollte, wie sehr ihn das Thema verunsicherte. »Immerhin gehöre ich zu den fünfundsiebzig Prozent unserer Bevölkerung, die so etwas für möglich halten.«

»Nun denn.« Der Oberst schien sich zu sammeln, um den richtigen Anfang zu suchen. »General Wiggins befasste sich mit einem Thema, für das es eine eigene Spezialeinheit gibt, die bei der Air Force angesiedelt ist. Gegründet wurde das Air Force Space Bureau auf Weisung von Präsident Kennedy. Hintergrund war, dass mit den Atombombentests zum Ende des Zweiten Weltkrieges vermehrt Sichtungen von UFOs auftraten. Die Abstürze von Roswell und White Sands 1947 hat es wirklich gegeben.«

»Haben wir extraterrestrische Lebensformen gefangen genommen?«

»Bitte. Lassen Sie mich zunächst die Zusammenhänge erläutern.« Der Oberst trank einen Schluck Kaffee, ehe er freundlich lächelnd fortfuhr. »In den darauf folgenden Jahren haben wir die wundersamsten Phänomene beobachtet. Piloten, auch Piloten ziviler Flugzeuge, hatten bei ihren Flügen die seltsamsten Begegnungen mit unbekannten Flugobjekten. Es kam zu Aufzeichnungen von Geräuschen, die wie unbekannte Sprachen klangen.«

All das forcierte in den Fünfzigern die Überlegung, in den Weltraum vorzudringen, führte der Oberst weiter aus. Für den Ernstfall sollten frühzeitig Verteidigungslinien existieren, und deshalb wollte die Air Force die Raumfahrt vorantreiben.

Stuart nickte, unterbrach den Oberst mit einer Handbewegung. »Wenn ich mich richtig erinnere, hat Eisenhower ganz anders entschieden.«

»Richtig. Die NASA wurde gegründet, eine zivile Raumfahrtbehörde. Es hat damals heftige Auseinandersetzungen gegeben. Die NASA ist zivil, aber aus militärischen Vorläufern hervorgegangen. Sie hat von den Militärs entwickeltes Wissen übernommen.«

Der Gedanke, zum Mond zu fliegen, tauchte schon Mitte der Fünfzigerjahre auf. Es erschien logisch, den Mond als nächste Basis fremder Lebensformen anzunehmen. Aber erst Kennedy konnte überzeugt werden, dass der Flug zum Mond eine vernünftige Tarnung war, um in den Weltraum vorzustoßen. Er wies die Gründung des Air Force Space Bureau an, das über Jahrzehnte von einem General Osmond geleitet wurde.

Stuart nickte. Wenn er das alles gedanklich akzeptierte, blieb eine nächste Frage. »Wie passt dieses Space Bureau in das Entscheidungsnetz unseres Landes? Zum Nationalen Sicherheitsrat, dem Kongress und den ganzen anderen Institutionen?« Er saß vornübergebeugt in seinem Sessel und hielt eine Tasse Kaffee zwischen den Händen. Er war angespannt; diese wenigen Stunden waren die Mühen der vergangenen Jahre wert. Er schien tatsächlich in die geheimsten Hallen vorgedrungen zu sein.

»Selbstverständlich wurden die Verantwortlichen über wesentliche Vorfälle informiert. Und selbstverständlich gab es Beratergruppen aus Militärs, Wissenschaftlern und Politikern, die sich mit den Phänomenen beschäftigten. Jede Menge Aufträge an Universitäten und Wissenschaftlergruppen wurden vergeben und die Ergebnisse ausgewertet. Die NASA mit ihren Erkenntnissen war auch stets dabei.«

Der Oberst lächelte verschmitzt.

»Doch nur wenige kannten die ganze Wahrheit. Offiziell war niemandem erlaubt preiszugeben, was wirklich dahinter steckte. Selbst der Präsident durfte bestimmte Dinge nicht mal gehört haben. Stellen Sie sich vor, ein Abgeordneter hätte gezielte Fragen gestellt und der Präsident hätte Auskunft geben sollen. Er hätte lügen müssen. Und deshalb durfte er gar nicht alles wissen – offiziell.«

»Warum? Er hätte es doch zugeben können?«, fragte Stuart, obwohl er es besser wusste.

Der Oberst lachte überlegen. »Darüber reden wir gleich. Jedenfalls musste eine Organisation her, die absolut verschwiegen an den Dingen arbeitet. Das ist das Space Bureau. Es hat die Aufgabe, sämtliche Phänomene zu untersuchen.« Und es hatte die Aufgabe, die unterschiedlichsten Wissenschaftsbereiche einzubinden, Prüfungen zu veranlassen. Durch eine geschickte und langfristig angelegte Informationspolitik sollte nach und nach die Möglichkeit von außerirdischen Lebensformen in die Welt transportiert werden.

»Stellen Sie sich vor, was los gewesen wäre, wenn wir damals bestätigt hätten, Roswell sei tatsächlich passiert …«

»Aber das wurde es doch …« Stuart dachte an die vielen Untersuchungen, Bücher und auch offiziellen Anfragen zu dem Absturz von Roswell. Gerade in den letzten Jahren war das Thema wieder hochgekocht.

»… war ein dummer Fehler, der nur mühsam wieder in den Griff zu bekommen war. Andererseits hat uns dieser Fehler immer wieder geholfen, das Thema überhaupt in der Öffentlichkeit zu halten oder Wissenschaftler zu bewegen, sich damit zu beschäftigen. Wenn Wissenschaftler früher so etwas dachten, waren sie fachlich tot. Es hat Zeit gebraucht.«

Oberst Keanally machte eine Pause. Dann, als Stuart zustimmend nickte, nahm er den Faden wieder auf. Wie die normalen Menschen reagiert hätten, fragte er rein rhetorisch, um die Antwort sogleich hinterherzujagen. Panik, Zusammenbruch, Götterdämmerung wären die Folge gewesen. Die Strukturen wären zusammengebrochen. Überall. Eine Weiterentwicklung der Welt hätte es nicht gegeben. Wer hätte noch investieren wollen, wenn doch nicht klar war, ob nicht schon morgen jemand käme, der uns weit überlegen war?

Wozu also? Gurus hätten Hochkonjunktur gehabt. Sie hätten Endzeitstimmungen heraufbeschworen. Und dann? Absolutes Chaos. Die Welt wäre womöglich an den Rand des Unterganges geraten, ohne dass die Mehrheit der Weltbevölkerung auch nur einen Außerirdischen jemals zu Gesicht bekommen hätte oder die Erde bedroht worden wäre.

»Keine der Weltmächte dürfte es zugeben«, sagte Keanally ernst. »Die Machtstrukturen könnten sich schlagartig ändern, auch wenn nicht mal eine Gefahr bestünde.«

Stuart dachte an die apodiktische wissenschaftliche Strenge, dass nur das sein konnte, was experimentell bewiesen wurde. Erst in den letzten Jahrzehnten fanden Querdenker mehr Raum, um Ideen zu äußern, die abseits des Üblichen lagen. Das wiederum, weil die Wissenschaft bei ihren Erklärungen des Universums und der real existierenden Physik auf immer neue Fakten stieß, die zwar den alten Zustand erläuterten, aber gleichzeitig mindestens doppelt so viele ungeklärte Fragen aufwarfen.

Er musste an Forscher denken, die feststellten, dass es Geschwindigkeiten jenseits der des Lichts geben musste. Bei Experimenten mit Licht lag das Ergebnis bereits vor, noch bevor die Ursache aktiviert wurde. Die Kausalität zwischen Ursache und Wirkung wurde elementar verletzt.

Oder die überraschenden Ergebnisse in der Erforschung des menschlichen Genoms. Was hätten vor fünfzig Jahren die Wissenschaftler gesagt, wenn man von einem Alterungsgen gesprochen hätte, das den Umfang begrenzt, in dem sich Zellen erneuern?

In der Gleichberechtigungsdebatte in den Siebzigern war steif und fest die Erziehung für fast alle Verhaltensweisen verantwortlich gemacht worden. Mittlerweile war bewiesen, dass es wesentliche Unterschiede im geschlechtlichen Verhalten gab, ausschließlich bestimmt durch das Genom.

»Bedrohen sie uns?«, fragte Stuart schließlich.

Keanally zögerte lange mit der Antwort.

»Jedenfalls sind wir noch nie angegriffen worden, wenn wir sie in Ruhe gelassen haben«, sagte er schließlich und stand auf, um herumzulaufen. »Wir hatten Verluste, wann immer wir zu forsch waren – wenn man es so ausdrücken will. Bisher hat es keine Begegnungen gegeben, bei denen von der anderen Seite aktiv kriegerische Handlungen gestartet wurden. Weder bei uns noch bei den Russen.«

»Bei den Russen? Was haben die damit zu tun?«

»Die sind genauso betroffen. Wir haben Daten mit ihnen ausgetauscht und gemeinsame Projekte geplant. Die Russen haben Sonden verloren.«

Stuart glaubte, nicht richtig zu hören. Das wurde ja immer wilder. Verlust von Sonden!

»Was für Sonden sind denn verloren gegangen?«

»Sie wissen von der Phobos-Mission der Russen Ende der Achtziger?«

Stuart schüttelte den Kopf und sah den Oberst erwartungsvoll an. Er hatte sich nie besonders für Raumfahrt interessiert. Für einen Farmerjungen waren zwar die Sterne am nächtlichen Himmel ein faszinierender Anblick, aber mehr noch bestimmten das Wetter des kommenden Tages und der Wuchs des Korns den Tagesablauf und die Gedankenwelt.

»Die Russen haben nach fünfjähriger Vorbereitungszeit im Sommer 1989 zwei Sonden zum Mars geschickt, um neben dem Mars auch die beiden Monde Phobos und Deimos, übersetzt Furcht und Schrecken, zu untersuchen. Phobos 1 ging schnell verloren, und der Verlust war auch nachvollziehbar. Phobos 2 ging sogar in die Umlaufbahn und lieferte siebenundfünfzig Tage Informationen. Dann brach der Kontakt ab, ebenfalls verloren. Was so besonders war, waren Bilder der Phobos 2 unmittelbar vor dem Ende. Es waren Schatten zu sehen und andere unerklärliche Dinge. Die Russen hatten Schwierigkeiten, den Verlust glaubwürdig zu erklären. Und die Bilder der Phobos 2 haben sie immer noch nicht für die Öffentlichkeit freigegeben. Aus gutem Grund.«

»Unglaublich!«, entfuhr es Stuart.

»Ein misslungenes Schwenkmanöver wurde als offizieller Grund angegeben, aber das Ding wurde zerstört, da sind auch wir uns sicher. Wir kennen die Fotos.«

Stuart stand ebenfalls auf und trat ans Fenster. Dann wandte er sich dem Oberst zu.

»Sie haben vorhin davon gesprochen, dass das Space Bureau über eine gezielte Informationspolitik die öffentliche Meinung beeinflussen wollte. Was muss ich darunter verstehen?«

»Ich will es an einem Beispiel deutlich machen. 1959 haben zwei junge Wissenschaftler veröffentlicht, dass für eine interstellare Kommunikation eine Wellenlänge von einundzwanzig Zentimetern am besten geeignet sei, also die Wellenlänge, bei der neutraler Wasserstoff Strahlung aussendet. Grund: Wasserstoff ist das häufigste Element im Universum. Es gab kaum Reaktionen auf diese provokante These. Ein Jahr später beginnt ein junger Astronom namens Drake sein Projekt Osma. Er sucht nach Radiosignalen. Dann passiert zehn Jahre nichts. Es gab keine wissenschaftlichen Hintergründe, diesem Forschungsfeld Geltung zu verschaffen. Da haben wir dem einen kleinen Schubs gegeben.«

Keanally lachte, als sei der kleine Schubs eine taktische Meisterleistung gewesen.

»Wir verbreiteten eine russische Publikation, die alle russischen Erkenntnisse zusammenfasste. Diese brachte die Diskussion über mögliche Intelligenz im Universum bei uns ins Rollen. Aber auch nur vorsichtig. Erst 1981 hat die Internationale Astronomische Union das Interesse der Wissenschaftler an diesem Thema als berechtigt anerkannt. Das war ein hartes Stück Arbeit, kann ich Ihnen sagen.«

Stuart hörte gebannt zu; er wartete auf die nächsten Worte wie ein Kind auf das Märchen der Großmutter.

»Wir waren nicht immer erfolgreich. Es gab Rückschläge. Die Wissenschaftler streiten sich noch heute heftig über Sinn und Unsinn. Anfang der Achtziger hatten die Skeptiker wieder die Oberhand, und der Senat strich die bescheidenen Mittel der NASA, die mittlerweile das Projekt von Drake unterstützten. Senator Proxmire war der Idiot, der alles kippte. Erst Leute wie Carl Sagan, Stephen Hawking, Nobelpreisträger wie Herzberg und Pauling sorgten mit ihrem vehementen Eintreten dafür, dass alles wieder ins Laufen kam und das SETI-Projekt der NASA aufgelegt wurde.«

Aber dann wurden der NASA wieder Knüppel zwischen die Beine geworfen. Der Kongress behinderte das Projekt.

Das Space Bureau baute als Folge eine private Finanzierung auf: das Projekt Phoenix. Gesteuert wurde es von einem SETI-

Institut, das von allen erdenklichen Stellen, auch Regierungsbehörden wie dem Energieministerium, der Nationalen Wissenschaftsstiftung und der NASA, unterstützt wurde.

»Das Institut ist eine Art Kooperation und koordiniert die verschiedensten Untersuchungen wie ein Dachverband. Die Industrie ist dabei, und auch private Stiftungen. Die renommiertesten Universitäten und Observatorien der Welt horchen in den Weltraum. Und dann? Dann entdeckt die NASA in einem Meteoriten vom Mars Lebensspuren, falls Sie sich erinnern. Fadenförmige Objekte, die irdischen fadenförmigen Nanobakterien sehr ähneln.«

Stuart erinnerte sich, wie 1996 diese wissenschaftliche Sensation um die Welt gegangen war. Auf allen Kanälen hatten sie darüber berichtet. Stuart erinnerte sich auch, wie heftig die Kritik der Gegner gewesen war, die einmal die überfallartige Attacke der NASA kritisierten und dann fachlich durchaus andere Möglichkeiten in Betracht zogen als die Schlüsse, die die NASA gezogen hatte.

»Wir arbeiten an der allgemeinen Akzeptanz. Wir haben bewusst immer wieder Dokumente und Berichte über Agenten in der Öffentlichkeit lanciert, um das Thema zur Diskussion zu bringen, damit der Schock nicht zu groß ist. Denken Sie an die Majestic-Dokumente: Die kamen von uns.«

Stuart schüttelte schweigend den Kopf.

Die Majestic-Dokumente. Keanally sprach von Dokumenten, die belegten, dass offizielle Stellen intensiv die Alien-Thematik untersuchten und dabei von einem geheimen und exklusiven Gremium von zwölf Personen gesteuert würden, darunter dem Präsidenten als oberstem Chef.

»Die behördlichen Dokumente sind echt. Egal, ob sie aus der CIA oder der NSA kommen. Bei uns läuft alles in der Steuerung zusammen, wir bekommen alles und nutzen die Materialien, um immer wieder das Thema in die Öffentlichkeit zu bringen. Weil es eben die offiziellen Stellen nicht können.«

Stuart setzte sich wieder und nippte an seinem Kaffee. Minutenlang blieb er ruhig, dachte nach.

»Wir bereiten uns im Geheimen auf das vor, was es offiziell nicht geben darf. Das kostet Geld. Immens viel Geld.«

»Deshalb auch die schwarzen Etats«, sagte Stuart verstehend. Er bezog sich auf die Kritik, die sich immer wieder an den Milliarden im militärischen Haushalt entzündete, deren Verwendung als »geheim« klassifiziert war.

Auf einmal wurde ihm klar, warum der militärische Haushalt mehr Geld für Weltraumaktivitäten enthielt als der Etat der NASA.

Sie waren wieder allein. Der Arzt stand vor seinem Koffer und schien unschlüssig.

Cromwell beobachtete ihn. Die Hände glitten über verschiedene Fläschchen, berührten beinahe zärtlich die eine oder andere Ampulle.

»Sie wissen sicherlich ziemlich genau, wie es jetzt weitergeht«, sagte Cromwell in die Stille hinein. Er hatte Angst wie noch nie in seinem Leben. Ein Zentnergewicht drückte seine Brust zusammen, und der Schweiß lief ihm in Strömen über das Gesicht. Sein Haar war klitschnass.

»Sicher weiß ich das.« Der Killer im Arztkittel drehte sich nicht um. Immer noch zögerte er. Als fiele ihm die Wahl schwer. Er nahm schließlich eine Ampulle und hielt sie hoch in das Licht. »Ich werde Sie exekutieren. Oder hinrichten. Wie Sie es auch nennen wollen.«

Seine Stimme klang so neutral wie die ganze Zeit während der Befragung. Nichts deutete auf irgendeine Gefuhlsregung hin.

Reden, schoss es Cromwell durch den Kopf. Immer nur reden. Verzögern, hinhalten. Und dabei überlegen, wie er entkommen konnte. Denn so wollte und durfte er nicht abtreten.

Aber je mehr er überlegte, umso weniger fiel ihm ein. Er war gefesselt, und es gab keinen Grund, warum der Killer an diesem Zustand etwas ändern sollte.

Er war in Brusthöhe und über den Oberschenkeln mit Ledergurten fixiert. Der Gurt über der Brust schnürte seine Oberarme ab und presste sie an seinen Körper. Hände und Unterarme konnte er bewegen.

Die Fesselung war nicht so stramm wie auf der Holzpritsche, auf der er aufgewacht war. Aber die Gurte endeten in metallenen Schnallen an der Unterseite der Pritsche. Er hatte keine Chance, an sie heranzukommen.

»Wie wäre es, wenn Sie mir wenigstens einen letzten Wunsch erfüllen würden?«, fragte Cromwell.

Die Frage kam ihm albern vor, aber das spielte wirklich keine Rolle. Sie wollten ihm an die Wäsche. Und da konnte die Frage noch so albern sein. Hauptsache, sie half. Im Moment brauchte er dringend Zeit. Zum Überlegen. Um zu überleben. Es musste einen Weg geben zu entkommen. Und wenn sein Gehirn jetzt völlig blockiert war, dann musste er das Ganze so lange hinauszögern, bis die Blockade wich.

»Todgeweihten wird immer ein letzter Wunsch erfüllt.«

»Sie sehen zu viele schlechte Spielfilme.« Der Killer stand immer noch mit dem Rücken zu ihm vor seinem Koffer. Mittlerweile schien er sich entschieden zu haben. Langsam zog er eine Spritze mit einer klaren Flüssigkeit auf. »Letzte Wünsche sind etwas für staatliche Hinrichtungen. Dies hier ist ein Mord. Da gibt es so etwas nicht.«

»Wenigstens könnten Sie mir sagen, warum ich dran glauben muss. Erfährt ja keiner.«

Die kalten blauen Augen des Killers sahen ihn trübe an. Der Mann stand jetzt unmittelbar vor ihm an der Pritsche, die Spritze einsatzbereit in der Hand.

»Selbst wenn ich wollte, könnte ich es Ihnen nicht erzählen. Ich weiß es einfach nicht. Ich weiß gar nichts. Man hat mich engagiert, zwei Leute unter Drogen zu setzen und Fragen zu stellen. Und sie mit einer finalen Lösung zu versorgen. Ansonsten Geld und keine Fragen.«

»Mein Bruder? Ist die andere Person mein Bruder?« Cromwell hoffte, wenigstens hierauf eine Antwort zu bekommen. »Lebt er noch? Haben Sie ihn auch befragt? Wo ist er?«

»Sie hören nicht zu. Wenn Sie zuhören würden, hätten Sie die letzte Frage nicht gestellt. Aber es ist immer das Gleiche.«

»Aber Sie müssen doch … Sie können doch nicht einfach …« Cromwell schrie, rüttelte ächzend an seiner Fesselung.

»Hören Sie auf. Keine Fragen mehr. Sie verkomplizieren alles unnötig, indem Sie es in die Länge ziehen. Ich weiß nicht, ob der andere Kerl Ihr Bruder ist oder was er sonst war. Interessiert mich auch nicht. Ich mache lediglich einen Job.«

»Sie wollen sagen, dass Sie mich einfach so töten werden?«

»Einfach so, ja.«

»Ich glaube Ihnen das nicht.« Cromwell schüttelte den Kopf. »Man kann nicht einfach so einen Menschen töten.«

»Und ob man das kann.«

»Ihr Gewissen muss Sie doch Tag und Nacht peinigen.«

»Da unterliegen Sie einem gewaltigen Irrtum. Ich habe kein schlechtes Gewissen. Hatte ich nie. Nicht mal bei meinem ersten Auftrag. Sie schwitzen.«

Cromwell lief der Schweiß am ganzen Körper herunter. Von der Stirn rann er ihm in die Augen und brannte. Seine Haare waren klitschnass. Und sein Oberkörper war von Rinnsalen übersät.

»Die Angst.«

»Sie brauchen keine Angst zu haben. Es wird ganz unmerklich gehen. Blockade des zentralen Nervensystems. Bin gespannt, wie lange das Gift bei Ihnen braucht, um zu wirken.«

»Verstehe ich nicht.« Cromwell verwirrte das Gespräch immer mehr. Seine überreizten Nerven filterten unkontrolliert Details heraus, schoben sie in den Vordergrund.

»Sie sind ein kräftiger Mann. Ich werde die Zeit stoppen, um sie zu vergleichen.«

»Sie treiben Studien darüber?«

»Lediglich ein Nebeneffekt. Nach meinem Tod werden die Ergebnisse veröffentlicht. Ich bin sicher, sie werden auf großes Interesse stoßen. Halten Sie jetzt still.«

Der Killer griff mit der linken Hand Cromwells rechten Unterarm und winkelte ihn an. Er suchte eine Vene. Unzufrieden brummelte er, als er nicht gleich eine passende Stelle fand. Dann setzte er die Spritze an. Dabei beugte er sich nach vorn, ein Stück weit über Cromwells Oberkörper.

Cromwells linker Unterarm klappte herüber. Er drückte mit seiner linken Hand gegen den rechten Unterarm seines Peinigers. Seine Rechte griff den rechten Arm des Killers am Handgelenk und zog ihn zur Seite. Die Hand mit der Spritze wanderte von der Vene weg.

Er hatte nur diese eine Chance. Seiner Kraft in den Unterarmen hatte er bisher immer noch vertrauen können. Er musste den Überraschungseffekt nutzen. Noch war der Gegner im Schockzustand, organisierte seine Abwehr.

Cromwell konzentrierte all seine Kraft auf den einen Moment und wechselte den Griff. Mit der rechten Hand packte er den Killer am rechten Oberarm und zog ihn gleichzeitig weiter zu sich heran. Seine Linke drückte gegen die Hand mit der Spritze.

In den wässrigen Augen des Killers wechselten Erstaunen und Verärgerung einander ab, bis die Anstrengung des stillen Kampfes alles unter sich begrub.

Sie waren sich zu sicher gewesen. Die Fixierung mit dem Lederriemen über der Brust ließ seinen Unterarmen genügend Spielraum.

Der Killer stöhnte vor Anstrengung und Schmerzen. Cromwell zog ihn mit der einen Hand immer dichter an sich heran, mit der anderen Hand bog er die Spritzenhand weiter um.

Der Killer hatte die besseren Hebelkräfte und stemmte sich mit aller Macht gegen Cromwells Druck, aber Cromwell gab nicht nach. Er würde diesen Kampf gewinnen oder sterben.

Der Brustgurt quetschte seine Haut am Oberkörper und schnitt ihm in die Oberarme. Cromwell bäumte sich ächzend in den Gurten auf. Durchhalten, schrie er sich im Stillen selbst an. Er keuchte und ächzte. Er biss sich die Unterlippe blutig. Nadelstiche und Feuerzungen schossen durch seine Armmuskeln und in das überdehnte Muskelgeflecht am Rücken.

Cromwell ließ den Oberarm des Killers los, und seine Rechte packte dessen Hals. Er bäumte sich auf, aber Cromwells Griff lockerte sich nicht.

Als der Killer nachgab und mit dem Kopf auf Cromwells Brust sackte, um dann in einer Seitwärtsbewegung aus dem Würgegriff zu entkommen, packte Cromwell noch einmal richtig zu. Er erwischte ihn mit seiner rechten Hand hinter dem Kopf.

»Jetzt habe ich dich«, keuchte er triumphierend.

Lautlos ging das Kräftemessen in die letzte Runde. Cromwells Armmuskeln zuckten vor Anstrengung. Die Sehnen in den kräftigen Unterarmen waren kurz vor dem Zerreißen und schleuderten stechende Schmerzen in alle Winkel seines Gehirns.

Die lange Nadel der Spritze tanzte zittrig vor der Nasenspitze des Killers. Cromwell drückte die Hand mit der Spritze dem Gesicht seines Peinigers entgegen, während seine Rechte dessen Nacken suchte, um sein Gesicht näher an die Nadel zu bringen.

Mit seiner Linken drückte er so kraftvoll gegen die Hand des Killers, dass sich der Kolben ein wenig nach unten bewegte. Ein Tropfen bildete sich an der Nadelspitze. Er rann langsam an der glänzenden Nadel herunter. Immer mehr Tropfen bildeten sich an der Öffnung und folgten der Spur.

Tropfen spritzten auf die Lippen und den Nasenrücken des

Killers. Cromwell spürte, wie der Mann irritiert in seiner Spannung nachließ.

Mit einem wilden, lang gezogenen Schrei setzte Cromwell zur letzten Kraftanstrengung an. Der Killer bewegte sein Gesicht seitwärts. Dadurch stieß die dünne Nadel an der Nase vorbei mitten in den linken Augapfel. Durch die Augenhöhle hindurch bohrte sie sich bis in das Gehirn.

Der Schrei war kurz und irre, dann ließ der Gegendruck urplötzlich nach.

Cromwells anhaltender Armdruck trieb die Nadel noch tiefer in das Gehirn, und der Spritzenkolben stieß gegen den Knochen der Augenhöhle.

Der Killer brach über Cromwell zusammen. Der Kopf lag auf seinem Bauch. Der Kolben der Spritze ragte aus der linken Augenhöhle. Als seine Beine wegsackten, begann der Mann abzurutschen.

Cromwell griff zu. Er erwischte den Spritzenkolben, und es gab ein seltsames Knirschen, als der Kopf des Mannes die Nadel freigab.

Cromwell lag minutenlang keuchend auf der Pritsche. Sein Brustkorb hob und senkte sich unkontrolliert. Er schnaufte und japste. Seine Urtöne hallten von den Fliesen zurück.

Er schwitzte. Schweiß wie ein Wasserfall. In seinem Kopf drehte sich alles. Mit der letzten Kraft kämpfte er gegen die Ohnmacht an.

Nur ganz langsam beruhigte er sich. Seine Augen irrten über die Wände, die einzelnen Gegenstände, ohne sie weiter wahrzunehmen. Alles war verschwommen, als wäre er kurzsichtig.

Nach einer Weile konnte er wieder klar sehen. Der Adrenalinpegel baute sich ab, die Ohnmacht war überwunden. Geräuschvoll sog er Luft ein, atmete konzentriert, bis er auch seine Gedanken im Griff hatte.

Sein ganzer Körper tat weh. Dumpfe Muskelschmerzen, die nicht so schnell verschwinden würden.

Er sah auf seine rechte Hand. Er hielt die Spritze fest umklammert.

Die Nadelspitze war abgebrochen, nur eine kurze Spitze ragte aus dem Kolben heraus. Cromwell kam eine Idee.

Mit der linken Hand griff er den Ledergurt auf seiner Brust und hob ihn etwas an. Dann winkelte er den rechten Arm an und drückte die Nadelspitze vorsichtig auf das Leder.

Langsam erhöhte er den Druck. Immer mehr. Dann gab das Leder nach, und die Spritze ritzte seine Brusthaut.

Ein Loch. Noch einmal. Wieder ein Loch. Immer weiter perforierte er den Ledergurt über seiner Brust. Pause. Wieder perforieren.

Er rutschte ab und verletzte sich leicht. Nicht aufgeben. Weitermachen. Wieder ritzte er sich die Haut auf. Wieder brach ihm der Angstschweiß aus. Weitermachen. Es war die einzige Chance.

Schließlich hielt er inne, schob seine linke Hand unter das Lederband und drückte. Nichts.

Weitermachen, wieder drücken. Es dauerte eine kleine Ewigkeit. Dann endlich riss der Gurt.

KAPITEL 10

Sonntag auf Montag, 5. Juni 2000

Sein Gefängnis war der Keller eines offensichtlich unbewohnten Hauses. Er fand den Raum, in dem er aufgewacht war. Sein Hemd lag in einer Ecke. Er streifte es über und suchte weiter. Er fand einen weiteren Kellerraum, der seinem Gefängnis glich.

Aber nirgends eine Spur von Menschen. Auch nicht von seinem Bruder. Kein Hinweis. Weder ein Kleidungsstück noch ein Fetzen Papier. Kein Blut. Vollkommen clean.

Die Wände des Treppenaufgangs waren mit hellem Holz verkleidet. Cromwell ging ein letztes Mal in den Raum, in dem der Killer lag. Die Leiche lag verrenkt vor der Liege, auf der er hatte sterben sollen. Für einen Moment überkam ihn ein Zittern, und seine Knie wurden weich. Dann durchwühlte er die Taschen der Leiche, fand aber keine Ausweispapiere.

Seine Geldbörse entdeckte er in einer kleinen Stahlschüssel zusammen mit seinen Schlüsseln. Mehr hatte er bei seinem Ausflug zum Frühstück nicht bei sich gehabt.

Oben war alles dunkel. Der Schein der Kellerbeleuchtung reichte, um Umrisse im Flur zu erkennen. Mehrere Türen gingen vom Eingangsbereich ab. Cromwell öffnete sie nacheinander und blickte in leere Zimmer.

Er betrat den größten Raum und ging über knarrende Dielen zu den Fenstern. Ein kleiner Vorgarten mit Büschen, davor eine ruhige Straße mit einer Laterne vor dem Zaun. Die Dämmerung wich gerade der Nacht. Auf der Straße parkten Autos, kein Fußgänger war zu sehen.

Cromwell blickte sich um. Kein Telefon. Er schlich ins Bad und drückte auf den Lichtschalter. Eine Glühbirne an der Decke spendete dämmeriges Licht. Die Fliesen waren alt und mit Bohrlöchern übersät. In einem blinden Spiegel musterte er sein Gesicht. Die verschwitzten Haare trockneten schnell.

Er öffnete die unverschlossene Haustür und trat hinaus. Dann zog er die Haustür am Knauf von außen zu und eilte auf die Straße. Er musste sich beeilen. Sie konnten jeden Augenblick zurückkommen. Ferne Lichter vorbeifahrender Autos blitzten auf. Er ging in die Richtung der Straße und stand keine fünf Minuten später am Adlergestell, einer der südöstlichen Haupttangenten Berlins. Kurz darauf saß er in einem Taxi.

»Haben Sie ein Telefon?«

»Na klar habe ich ein Telefon«, antwortete der Fahrer.

Cromwell sah den skeptischen Blick des gut sechzigjährigen Mannes. Misstrauen strömte aus wie ein gefährliches Gas.

»Keine Angst. Ich muss nur schnell telefonieren. Es ist dringend.« Cromwell wusste, dass die Taxifahrer auf der Hut waren. Die Überfälle nahmen ständig zu.

Endlich reichte der Fahrer ihm das Handy. Cromwell wählte die Nummer des Computerclubs. Es war die einzige Nummer, die er von Kristina und Tobi hatte. Niemand nahm ab. Auch kein Anrufbeantworter sprang an.

Cromwell war nervös. Wenn er unter der Droge alles gesagt hatte, waren die beiden in Gefahr. Es konnte ohnehin schon zu spät sein. Sonjas Andeutung, bevor sie ihn mit dem mörderischen Arzt allein gelassen hatte, konnte er nur so verstehen, dass sie die Übrigen auch noch erledigen wollten. Damit mussten Kristina und Tobi gemeint sein. Sie hatten bei der Entschlüsselung geholfen.

Er rief Sissi an. Nicht zu Hause. Handy ausgeschaltet. Nicht verwunderlich. Es ging von Sonntag auf Montag.

Er trieb den Fahrer zur Eile. Vor seiner Wohnung bat er ihn, fünf Minuten zu warten. Wenn er bis dahin nicht zurückkäme, solle er die Polizei rufen.

Cromwell stürmte die Treppen hinauf.

Sie hatten sich nicht einmal die Mühe gemacht, ihm die Schlüssel abzunehmen. Sie hatten die Tür auch so geöffnet, ohne einen Kratzer zu hinterlassen. Jedenfalls konnte er keinen erkennen. Wenigstens hatten sie nicht die ganze Wohnung durchwühlt.

Die CD-ROM und der Ausdruck waren verschwunden.

Er schickte den Taxifahrer weg, duschte und zog sich um. Wieder versuchte er erfolglos, Sissi und den Computerclub zu erreichen. Er suchte seine Papiere.

Verschwunden. Er hatte einen festen Platz in der oberen Schublade einer Kommode dafür. Sie mussten sie mitgenommen haben. Das konnte er verkraften. Mit ein paar lästigen Behördengängen war das zu regeln.

Er stürmte wieder hinunter, stieg in den Wagen und fuhr los. Während der Fahrt versuchte er immer wieder, den Club zu erreichen. Er hatte sein Handy in der Wohnung liegen lassen, aber seine Twincard gestattete ihm, unter der Handynummer über das Autotelefon zu sprechen, eine der kleinen Exklusivitäten, die er sich leistete.

In der Straße im Prenzlauer Berg war alles ruhig. Natürlich war die Haustür verschlossen; er gelangte nicht mal auf den Hinterhof, wo der Computerclub seine Räume hatte. Er blickte an der Hausfassade hinauf. Nirgends brannte Licht.

Er sah die Straße entlang. Auch in den Kneipen war kein Licht mehr. Alles schlief.

Er dachte nach. Wenn hier etwas passiert wäre, würden noch Spuren von einem Polizeieinsatz zu sehen sein. So schnell zogen die nicht wieder ab. Aber nichts deutete auf ungewöhnliche Geschehnisse hin.

Er beruhigte sich und stieg in seinen Wagen.

Wieder telefonierte er vom Autotelefon aus, wieder erreichte er niemanden. Dann stand er vor Sissis Wohnung in Tempelhof unweit des Flugplatzes, auf dem General Wiggins gelandet war, und klingelte Sturm. Sissi öffnete nicht.

Er fuhr weiter und traf auf einen völlig überraschten Nachtpförtner, als er um vier Uhr in die Redaktionsräume wollte.

Für Herta Müller begann jeder Arbeitstag um drei Uhr morgens mit dem Klingeln des Weckers. Ihr Mann, ein U-Bahn-Fahrer, der erst spät von der Schicht nach Hause gekommen war, knurrte wütend, bis sie den Wecker ausschaltete und aus dem Schlafzimmer schlich.

Sie wusch sich kurz und zog sich an. Dabei spürte sie ihre Knochen. Vor drei Jahren hatte das Reißen in ihrem Rücken sie gewarnt, dass sie es nicht mehr lange durchhalten würde. Auf den Baustellen die Container zu reinigen war zu viel für ihr Kreuz.

Sie war froh über die Arbeit in der Firma. Seitdem Berlin die Hauptstadt war, waren die goldenen Zeiten vorbei. Alles drängte auf den hiesigen Markt: neue Firmen aus dem alten Bundesgebiet, Firmen aus den neuen Bundesländern und ganz besonders die ausländischen Kolonnen. Und alle waren sie billiger. Tariflohn wurde längst nicht mehr überall gezahlt, und das Geschäft machte, wer am billigsten war.

Sie aß etwas Müsli und machte sich auf den Weg. Um kurz nach vier Uhr war sie in der Friedrichstraße. Sie hatten einen kleinen Komplex mit mehreren Büros und drei Arztpraxen in Gebäuden ergattert, die nahe beieinander lagen. Sonst rechnete es sich nicht.

Um kurz nach fünf hatte sie das eine Büro gereinigt und betrat die Arztpraxis. Aus dem Sprechzimmer drang ein leichter Lichtschimmer unter der Tür hindurch. Sie wunderte sich, dass der Arzt schon arbeitete.

Sie ging zur Tür, klopfte an und schob dann die Tür auf. Sie wollte nur sagen, dass sie nur rasch putzen wolle und ob es recht sei; falls sie störe, könnte sie auch später noch einmal wiederkommen …

Wenngleich das ihren Zeitplan deutlich durcheinander bringen würde. Schließlich hatte sie feste Vorgaben, in wie viel Minuten sie einen Raum schaffen musste. Dauerte es länger, bekam die Firma es nicht bezahlt. War der Raum nicht sauber, verlor die Genossenschaft den Auftrag und sie den Job.

Die Leiche lag in dem halb zum Fenster gedrehten Ledersessel. Das eine Auge war eine klaffende Wunde. Der Kopf des Toten ruhte auf seiner rechten Schulter. Der Körper wirkte seltsam verrenkt. Es stank.

Herta Müller hielt sich das Staubtuch vor den Mund und hustete, als sie den Dreck einatmete. Mit einem unterdrückten Schrei wandte sie sich ab. Dann hielt sie inne und drehte sich wieder um. Sie wollte sich noch einmal versichern, dass das, was sie gesehen hatte, kein Spuk war.

Jetzt erst fiel ihr Blick auf die zweite Leiche. Sie lag vor dem Schreibtisch im Halbdunkel neben dem Besucherstuhl. Die Schreibtischplatte fing den Lichtkegel der Lampe ab.

Im Flur würgte Herta Müller ihr Müsli raus. Als ihr Magen leer war, japste sie nach Luft. Sie rief automatisch in der Firma an, um den Schichtleiter zu informieren. Aber da war natürlich noch niemand. Um halb sechs ging der Anruf in der Notrufzentrale der Polizei ein.

Cromwell kam in der Redaktion nicht weiter. Ein einsamer Redakteur sichtete, was in der Nacht an Meldungen reinkam, und war ansonsten hundemüde.

Mit einer Spiegelreflexkamera bewaffnet, stürmte Cromwell wieder aus der Redaktion. Eine gute halbe Stunde später stand er vor dem Haus, in dem er hatte sterben sollen. Cromwell fotografierte das Anwesen und die Umgebung. Es war kurz nach fünf und bereits ausreichend hell. Die morgendliche Frische vertrieb seine Müdigkeit.

Jetzt sah er, was er in der Nacht unter dem Druck der Ereignisse nicht oder nur ungenau registriert hatte. Das Grundstück mochte gute tausend Quadratmeter groß sein. Das Haus war eine zweigeschossige Bürgervilla. Erker, Stuck und Klinkervorsprünge verzierten als Stilelemente die Fassade. Der Garten mit seinen Büschen und dem alten Baumbestand wirkte ungepflegt. Das Haus schien seit längerer Zeit unbewohnt.

Eine Weile beobachtete er das Haus. Nichts rührte sich. Länger warten konnte er nicht. Bald würden die ersten Anwohner zur Arbeit fahren. Es wurde ohnehin schon knapp.

Cromwell kramte in seinem Werkzeugkasten, dann betrat er das Grundstück und ging zur Eingangstür. Keine Namensschilder. Die Haustür hatte einen Knauf, sodass er ohne Schlüssel nicht hineinkam.

Er umrundete das Haus. An der Rückseite war ein Abgang zum Keller. Auch die Kellertür war verschlossen. Cromwell sah sich um, lauschte. Alles war ruhig.

Das Brecheisen war nicht besonders lang, reichte aber vollkommen. Er brauchte kaum Druck auszuüben, da sprang die Tür auf. Das Geräusch des splitternden Holzes drang nicht weit.

Sie hatten inzwischen aufgeräumt. Wie er erwartet hatte. Die Räume waren leer. Die Leiche des Killers war weg, die Möbel standen wie lange nicht benutzt unter Plastikplanen in der Ecke der einzelnen Räume.

Cromwell fotografierte trotzdem. Dabei überlegte er wieder, ob er nicht einen weiteren schwer wiegenden Fehler machte. Er hätte vielleicht doch sofort die Polizei holen sollen, nachdem er sich befreit hatte.

Sie hätten die Leiche gefunden. Er hätte seine Story erzählt und – wäre eingebuchtet worden.

Zumindest so lange, wie sie die Einzelheiten überprüft hätten.

Denn wenn sie schon einen hatten, der sagte, er habe getötet, dann würden sie ihn nicht gehen lassen. Und dann? Was wäre bei den Untersuchungen herausgekommen?

Cromwell bezweifelte, ob er glaubwürdig geklungen hätte. Auf jeden Fall hätten sie die Verbindung zu seinem Bruder und dem toten General hergestellt. Und schon wäre er auch dort mit auf die Liste der Verdächtigen gesetzt worden. Es gab zu viele Ungereimtheiten.

Und wer bei der Polizei festsaß, konnte keine Story schreiben. Er tat das Richtige.

In Washington war es kurz nach Mitternacht, und Mark Stuart brütete über seinen Notizen. Wenn er Montag früh ins Büro kam, wollte er einen strukturierten ersten Überblick haben.

Im Hintergrund spielte leise klassische Musik, und ein Glas Rioja belebte seine Gedanken. Er saß an der Essplatte seiner Küchenzeile auf einem Holzhocker ohne Rückenlehne. Nach den weichen Bürosesseln im Pentagon war das eine angenehme Abwechslung.

Er versuchte, so etwas wie ein Diagramm aufzustellen. Offiziell unterstand das Air Force Space Bureau der Defense Intelligence Agency, kurz DIA genannt. Als nachrichtendienstliche Organisation des Verteidigungsministeriums organisierte die DIA die nachrichtendienstlichen Aktivitäten von Army, Navy und Air Force. Würde man diese Organisation beispielsweise auf die Wirtschaft übertragen, so war die DIA eine Holding.

Innerhalb der Strukturen der Air Force waren Vernon Porters und seine Leute der Air Intelligence Agency zugeordnet und ganz besonders abgeschottet.

Da die Air Intelligence Agency als Geheimdienst der Air Force als so genannte Field Operating Agency direkt dem Pentagon zugeordnet war und über die DIA gesteuert wurde, standen Vernon Porters und das Space Bureau einerseits außerhalb der üblichen Befehlsstränge der Air Force. Andererseits konnte das Pentagon immer den Unwissenden spielen, wenn Müll produziert wurde, weil das Air Force Space Bureau zur Air Force gehörte.

Stuart lachte anerkennend auf und trank einen Schluck des Rioja, der fruchtig nach Beeren schmeckte.

Der Wirrwarr hatte Methode und sorgte dafür, dass das Geheimnis in den Tiefen der Verwaltungsstrukturen vergraben war und die Masse von Leuten vollkommen verschwand. Diese Leute saßen auf den verschiedensten Air-Force-Flugbasen des Landes, die Mehrzahl der rund eintausendsiebenhundert Mitarbeiter war jedoch auf zwei Standorte verteilt. Der eine war die Peterson Air Force Base, der andere war Station 3. Stuart malte ein Fragezeichen und nickte wiederum anerkennend.

Die Peterson Air Base lag rund sechs Kilometer östlich von Colorado Springs. In den unterirdischen Tunnelsystemen der Cheyenne Mountains waren die empfindlichsten Steuerungszentralen der amerikanischen Luftverteidigung zusammengefasst. Mit der Stationierung auf der Peterson Air Base waren sie ganz dicht dran am Air Force Space Command, dem die gesamte Luftüberwachung des Kontinentes unterstand und das alle Militärsatelliten, alle Radarstationen und sonstigen Frühwarnsysteme sowie alle militärischen Aktionen im erdnahen Weltraum steuerte.

»Der Kommandeur des Air Force Space Command ist gleichzeitig auch Oberbefehlshaber von NORAD, also der Befehlseinheit, in der Amerikaner und Kanadier gemeinsam den Kontinent schützen. Gleichzeitig ist er der Kommandeur des US Space Command.« Oberst Keanally hatte es ihm mit breitem Grinsen erklärt.

»Somit liegen auch die Raumfahrtsysteme der anderen Teilstreitkräfte in einer Hand. Ich verstehe.«

Genial, fand Stuart. Es gab nur eine Struktur, nach außen in verschiedene Kommandostrukturen untergliedert.

Mit einem Eingriff konnte man den gesamten Komplex im erforderlichen Sinne manipulieren, dachte Stuart. Und das Air Force Space Bureau war genau dafür gegründet worden.

Nur beiläufig hatte er den Oberst nach der Sicherheit gefragt. Angeblich sollten die Kommandobunker ja auch vor Atomangriffen geschützt sein.

»Sie sind gegen alles geschützt«, hatte Keanally geantwortet. »Die Kontrollzentren und Teile der Räumlichkeiten des Space Bureau liegen in eigens für ihren Zweck konzipierten Stahlröhren. Diese Röhren wiederum lagern im Fels auf mächtigen Stahlfedern, um den Erschütterungen von Atomsprengköpfen standhalten zu können.«

Diese speziellen Tunnelsysteme waren vom US Army Corps of Engineers und anderen Behörden errichtet worden. Allein fünfzig Standorte davon konnten im Krisenfall von der Regierung als Ausweichzentrale genutzt werden.

»Wie hat man das denn gebaut?«, hatte Stuart nachgefragt, der in seiner Studienzeit am Bau gejobbt hatte und eine Ahnung davon besaß, was für eine Leistung Keanally da beschrieben hatte.

»Für den Bau der Tunnelsysteme sind eigens nukleare Tunnelbohrmaschinen von den Los Alamos Laboratorien entwickelt worden. Die Patente wurden ordnungsgemäß angemeldet, aber keine dieser Maschinen ist auf dem freien Markt zu kaufen.«

Die Maschinen schmelzen sich durch das Gestein und hinterlassen einen harten, glasähnlichen Tunnel, hatte Keanally weiter erklärt.

Stuart überlegte, ob er jemals von so etwas gehört hatte, konnte sich aber nicht erinnern. Er fand es faszinierend, denn damit war das Abtransportieren des freigelegten Erdreiches gelöst. Und damit wiederum das Thema Geheimhaltung.

Nachdenklich goss er sich ein weiteres Glas Rotwein ein. Keanally hatte auf alles eine Antwort gehabt. Plausible Antworten. Glatt, kompetent, dem Bild einer effizienten und funktionierenden Einheit entsprechend, die ihren Auftrag konsequent erfüllte. So auch bei seinen Fragen nach dem Umgang mit den Phänomenen selbst.

»Es ist gar nicht so schwer«, hatte Keanally gesagt. »Nehmen wir an, ein Jumbo der Australian Airlines meldet Kontakt mit einem seltsamen Flugobjekt, das die Maschine eine Zeit lang begleitet. Es soll heftige und abgehackte Flugbewegungen gemacht haben und vor der Maschine die seltsamsten Kunststücke aufgeführt haben. Ein paar hundert Meilen vor der Festlandküste.« Die Behörden und die Radarüberwachung würden dergleichen als klassische Sinnestäuschung abtun. Pilot und Copilot würden daraufhin zwar heftig protestieren, aber dann von Agenten des australischen Geheimdienstes, die sich etwa als Angestellte der Flugsicherung ausgäben, zum Schweigen gebracht werden.

»Wie?«, hatte Stuart nachgehakt.

»Sie würden ihnen etwa sagen, dass ein Vermerk in der Personalakte über halluzinatorische Begegnungen und Erscheinungen für die Weiterbeschäftigung als Pilot sehr schädlich sein kann. Sich einem Piloten anzuvertrauen, der unerklärliche Sichtungen behauptet, könne man keinem der gut zahlenden Passagiere zumuten.«

»Da kommt dann nichts mehr.« Stuart hatte genickt.

»Richtig. Die meisten lassen sich einschüchtern. Arbeitsplatzverlust und Lächerlichkeit sind die beiden wichtigsten Erpressungsinstrumente.«

»Hilft das immer? Es gibt schließlich noch die Presse.«

»Die Presse ist auf Sensationen aus. Beweisbare Sensationen. Ohne Beweise sind die eher vorsichtig. Die haben ja Angst, sich lächerlich zu machen. Wenn jemand an die Presse geht und wir das nicht wollen, sorgen wir dafür, dass derjenige unglaubwürdig gemacht wird. Das kostet Zeit und Geld, funktioniert aber in den meisten Fällen. Nur wenige wagen sich aus der Deckung.«

»Aber wenn ich Sie richtig verstanden habe, ist es doch gerade Ihr Ziel, der Bevölkerung die Möglichkeit …«

Keanally hatte genickt. »Stimmt. Aber wohl dosiert. Und so, dass es keinen endgültigen Beweis gibt. Sie erinnern sich, was ich über Panik und Zusammenbruch sagte.«

Stuart stand auf und legte seine Notizen zusammen. Es reichte. Er wollte ins Bett. Eine letzte Aussage des Obersts fiel ihm ein, über die er noch nachdenken musste.

»Das klappt also international«, hatte Stuart gefragt.

»Aber ja.« Keanally hatte gelacht, als läge in seiner Antwort eine tiefe Genugtuung. »Da sind sich alle Regierungen einig. Das stört nur. Alle haben ihre kleinen Gruppen, die sich mit dem Thema befassen. Glauben Sie mir. Und alle möchten nicht daran rühren. Die Fragen, die sonst kämen, können die oben nämlich auch nicht beantworten. Schlecht für das Machtgefüge.«

Wieder in der Redaktion, plante Cromwell, wie er die Story Kronberg am besten verkaufen konnte. Er durchdachte die Fakten und seine Beweise. Wütend schmiss er seinen Eingangskorb durch den Raum, als er an die verlorene CD dachte. Er hatte es versäumt, Kopien der Beweise anzufertigen.

Mehrfach versuchte er, seinen Bruder zu erreichen. Er musste wissen, ob er noch lebte. War er der zweite Mann gewesen, den der Killer mit der Wahrheitsdroge befragt hatte? Das konnte nur sein, wenn die Polizei ihn entlassen hatte. Möglich war das. Immerhin mussten die Gerichtsmediziner mittlerweile festgestellt haben, dass der General an Herzversagen gestorben war.

Sein Bruder meldete sich nicht. Cromwell versuchte, mit dem Bundeskriminalamt Kontakt aufzunehmen. Weder ein Kriminaldirektor Lanz war zu sprechen, noch gebe man überhaupt Informationen, sagte die Pressestelle.

Cromwell versuchte es beim Untersuchungsgefängnis in Moabit. Der Staatsanwalt, der ihn in der Nacht zum Samstag befragt hatte, hatte seinen Namen nicht genannt.

Er wollte wissen, welcher Staatsanwalt in jener Nacht Bereitschaftsdienst gehabt hatte. Aber auch dort bedauerte man. Die Dame in der Telefonzentrale war nicht bereit, ihm Auskünfte zu geben, und die Pressestelle wollte zunächst im eigenen Haus Nachforschungen anstellen, bevor man antwortete.

Im Computerclub meldete sich auch niemand. Er versuchte es nun mit der Handynummer von Sissi.

»Mein Gott, wo treibst du dich rum?«, fragte er, als sie sich meldete.

»Du bist gut. Du bist der Rumtreiber. In deiner Haut möchte ich nicht stecken, wenn Kronberg dich sieht.«

»Der wird sich wundern. Ich habe eine irre Story. Pass auf ...«

»... lass sein, ich bin gleich in der Redaktion. Dann kannst du mir alles erzählen, o. k.?«

»Gut«, sagte Cromwell und legte auf. Nach einem Blick auf die Uhr rief er die amerikanische Botschaft an.

Es dauerte eine Weile, bis er die Pressestelle erreicht hatte. Und es dauerte noch länger, bis er den gut Deutsch sprechenden Presseoffizier aus seiner Sprachlosigkeit befreit hatte.

»Dazu kann ich Ihnen jetzt gar nichts sagen«, war die Antwort, die Cromwell so und nicht anders erwartet hatte.

»Das kann ich mir vorstellen. Ich weiß, Sie brauchen Zeit, um nachzuforschen. Aber forschen Sie nicht zu lange, ich arbeite das heute aus. Wenn bis Mittag keine Stellungnahme kommt, geht das alles so raus.«

»Könnten Sie Ihre Fragen noch schriftlich einreichen?«

»Nein«, sagte Cromwell entschlossen.

Er drehte sich zur Seite, als ein Schatten neben ihm auftauchte.

Sissi strahlte ihn frisch und fröhlich an und warf ihre leichte Jacke über einen freien Bürostuhl.

Cromwell hörte den Presseoffizier argumentieren, als Sissi ihm auf die Schulter tippte und dann in den Raum zeigte.

Cromwell drehte sich um.

Fünf Mann in Anzügen kamen da auf ihn zu. An der Spitze stapfte Kronberg heran. Sein massiger Körper vibrierte bei jedem Schritt.

Dann waren sie heran. Ehe Kronberg reden konnte, drängelte sich einer der Männer nach vorn.

»Herr Cromwell. Berliner Mordkommission.«

Ein anderer wand ihm das Telefon aus der Hand, legte es auf die Gabel. Seine Hände wurden nach hinten gerissen, dann spürte er den kalten Stahl der Handschellen.

»Sie sind verhaftet. Sie stehen unter Mordverdacht. Begangen an Marc Semmler und Dr. Werner Neuhofer.« Sie rissen ihn hoch. Er sah noch, wie einer der Beamten sich seine Notizen griff.

Kapitel 11

Montag, 5. Juni 2000

Sie bogen seine Finger für die Fingerabdrücke. Der Druck, das Führen der Hand mit der Farbe war reine Demütigung. Sie wussten und genossen es. Manchmal, wenn er sie ansah, grinsten sie böse.

Fotos. Er hielt diese Nummer hoch, deren Bedeutung er nicht kannte. Alles lief ruhig in einer gewohnten Routine ab. Keiner regte sich auf, keiner wurde laut. Alles war geschäftsmäßige Gleichgültigkeit.

Er war immer noch betäubt.

Er saß in einem Büro der Mordkommission in der Keithstraße mit ramponierten Möbeln. Überall platzten Ecken ab, die Farbe war zerkratzt, und Risse durchzogen das Holz.

Inzwischen schmerzte der Rücken vom langen Sitzen auf dem harten und unbequemen Holzstuhl. Sie quälten ihn seit drei Stunden.

Zunächst verhörten die Beamten ihn allein. Sie knallten die Fotos auf den Tisch. Fiese Fotos. Hässlich. Die Toten als Opfer. Widerliche Details. Großaufnahmen von zerfransten Wundrändern, offene, leblose Augen, die die Qualen verewigten.

Es war etwas anderes, Fremde auf den Fotos der Spurensicherung zu sehen. Dies war der zersprengte Schädel seines Bruders, dessen zerfetzter Hinterkopf in einen blutigen Schädelbrei überging.

Sie grinsten, höhnten und lästerten. Brudermörder.

Nach der Hälfte der Zeit war ein Staatsanwalt dazugekommen, ein Dynamiker Mitte dreißig mit den Allüren eines großen Anklägers. Eleganter grauer Business-Anzug. Kommt nur noch vorbei, um das Geständnis abzuholen, dachte Cromwell.

Die Beamten zeigten ihm Fotos von einem Arztbüro in der Friedrichstraße. Er hatte seinen Peiniger sofort wiedererkannt. Der Killer im Arztkittel, der sogar Studien mit seinen Morden betrieb.

Sie hatten seine Fingerabdrücke. Sie sagten es ihm gleich, wollten ein schnelles Geständnis. Die Frage nach dem Motiv und dem Hergang schien ihnen zunächst viel interessanter, weil das Geständnis nur eine Frage der Zeit sein konnte.

Da seine Schuld feststand, klang bei jeder Äußerung der Ärger über die Zeitverschwendung mit, die er mit seiner störrischen Haltung verursachte.

»Nun geben Sie endlich zu, dass Sie das waren. Damit können Sie Ihre Situation deutlich verbessern. Nichts ist schlimmer, als in so einer eindeutigen Situation noch den Bockigen zu spielen.«

Der sanftere der beiden Beamten, der Kröger hieß und knapp dreißig Jahre alt sein mochte, versuchte es auf die Psychotour.

»Der Staatsanwalt ist längst mit Ihnen fertig. Der schreibt im Geiste bereits seine Anklageschrift. Und mein Kollege glaubt Verdächtigen grundsätzlich nicht. Dem können Sie erzählen, was Sie wollen. Für den sind Sie ein Meuchelmörder, Brudermörder. Ich aber bin bereit, Ihnen zuzuhören, Ihre Gründe zu verstehen. Aber Sie müssen endlich die Wahrheit sagen.«

Cromwell konzentrierte sich auf die Schattenspiele, die der Sonnenschutz vor dem Fenster auf die Wände warf. Damit kämpfte er gegen den Zwang an, jede falsche Behauptung der Beamten rechtfertigen zu wollen, ihnen klar zu machen, dass das alles nicht stimmte, was sie da sagten.

Aber das wollten sie ja nur. Ihn zum Reden bringen. Und wenn er einmal redete, dann würden sie nicht nachlassen.

Niemals antworten, hatte ein Freund ihm einmal gesagt. Sie drehen dir das Wort im Mund um. Sie zermürben dich, weil es ihre Taktik ist. Sie gehen immer wieder bis ins letzte Detail, lassen dich alles tausend Mal wiederholen, bis sie kleine Unstimmigkeiten bei deinen Erzählungen feststellen. Da haken sie dann ein, erinnerte sich Cromwell an die Warnung seines Freundes. Und irgendwann stellst du noch eine Kleinigkeit ein wenig anders dar oder gebrauchst einen anderen Ausdruck, auch wenn du das Richtige meinst. Wieder werden sie nachsetzen, anfangen, dich auseinander zu nehmen. So würde sich Kiesel zu Kiesel gesellen, und deine Front aus Mut und Selbstvertrauen würde bröckeln.

»Wir haben eindeutige Beweise«, knurrte der Staatsanwalt herablassend. Sein schmales Gesicht war gebräunt und glatt wie sein knitterfreier Anzug.

Cromwell sah kurz auf, als das Bild auf den Tisch vor ihm segelte. Zwei Fingerabdrücke waren darauf abgebildet. Identisch, soweit er das erkennen konnte.

»Auf dem Spritzenkolben sind eindeutig Fingerabdrücke, die von Ihnen stammen. Herrlich anzusehen. Geradezu ideal. Daran kommt kein Gericht der Welt und kein noch so guter Strafverteidiger vorbei. Sie sind geliefert!«

Mit einem Ruck löste Cromwell den Blick von dem Bild und starrte wieder auf die Schattenspiele. Er zählte die dunklen und sonnenhellen Streifen.

»Sie können lügen, was Sie wollen: Den Mord werden Sie nicht los. Und bei Ihrem Bruder haben wir Ihre Papiere gefunden. Spricht auch Bände. Die Leiche Ihres Bruders wird gerade zerlegt.« Martens sprach, als handele es sich um Wildbret. »Ich wette, wir werden auch da fündig. Ein bis zwei Stunden noch, dann haben wir dich auch für diesen Mord.«

Marc war mit einem aufgesetzten Schuss in den Hinterkopf umgebracht worden. Martens, der den bösen Bullen spielte und ihn gerade mit unbarmherzigen Augen ansah, hatte von einer regelrechten Hinrichtung gesprochen. Und er sollte der Täter sein!

Selbst im Tod hatten sie noch Ärger miteinander. Cromwell spürte so etwas wie stille Trauer, aber immer mehr spülte Wut nach oben und begrub alle anderen Gefühle unter sich. Er war im Hier und Jetzt, musste sich verteidigen, seinen eigenen Hintern retten.

Die dunklen und hellen Streifen seines Lichtspiels zerschnitten den Wandkalender mit den Pin-ups an der Stirnwand des Raumes. Die Kurven der Blondine waren einfach einmalig.

»Das muss dir ja ganz besondere Freude gemacht haben, den guten Doktor mit so einer Spritze in das Auge zu stechen.«

Martens, der Beamte mit der harten Linie und den kalten dunklen Augen, kam aus seiner Fensterecke, in der er die ganze Zeit gestanden hatte.

Sie teilten sich die Arbeit gut. Einer beobachtete seine Reaktion, der andere nutzte die Fragen und Anschuldigungen als Nussknacker. Wenn es zu lange nicht weiterging, übernahm automatisch der andere. Und der Staatsanwalt spielte den Oberschlauen.

»Nun machen Sie schon«, sagte Martens drängelnd. »Der Staatsanwalt hat morgen früh einen Gerichtstermin. Da wird er wieder einen von deinem Kaliber für fünfzehn Jahre einbuchten. Also, hat es Spaß gemacht zuzusehen, wie er zappelte, als du ihm die Spritze ins Auge gestoßen hast?«

Martens kam immer näher, während Kröger sich zurückzog. Der Staatsanwalt stemmte sich mit den Händen auf die Rückenlehne eines Stuhles und beobachtete ihn.

»Wie war das? Wie lange hat er gekämpft? Macht dich das geil, so was zu sehen? Hat er gezappelt? Hat er auch geschrien? Wie? Hoch? Laut? Schrill?«

Martens' Stimme wurde immer lauter. Bedrohlich baute er sich hinter Cromwell auf. Er kam mit den Lippen dicht an sein Ohr. Sein Atem roch nach Kaffee und Nikotin. Cromwell drehte automatisch den Kopf zur Seite.

»Rede, du Arschloch! Ich will wissen, wie es war. Hol es in

dein Gedächtnis zurück! Zeig mir, wie geil du gewesen bist, was für einen Spaß es gemacht hat, als die Spitze den Augapfel durchdrang, wie die Flüssigkeit heraussickerte, wie der arme Kerl durchdrehte!«

Martens legte die Hände grob auf Cromwells Schultern und drückte die Fingerspitzen in das weiche Fleisch unter den Schulterblättern. »Oh, ich kenne euch Wichser. Es macht euch doch Spaß, riesigen sogar. Und dann gleich zwei. Zu viel Fernsehen gesehen. Den eigenen Bruder hinrichten. Mit aufgesetztem Schuss. Wie war das, als das Hirn wegspritzte? Blut oder mehr Hirnmasse? Hast du dir die Spritzer aus dem Gesicht geleckt? Wonach hat es geschmeckt? Hast du dir so den Geschmack deines toten Bruders vorgestellt? Oder süßer? Er war doch ein Süßer.«

Cromwell schoss mit ganzer Kraft aus dem Stuhl, der nach hinten flog.

Brüllend wirbelte er herum und schlug zu. Cromwell war egal, ob er einen Polizisten angriff. Ihm war auch egal, wie sehr er den Mann verletzen würde.

Aber Martens hatte auf den Schlag gewartet. Er fing ihn mit dem linken Unterarm ab und drosch seine rechte Faust Cromwell mitten ins Gesicht.

Taubheit. Für Bruchteile einer Sekunde, dann schoss der Schmerz über die Nasenwurzel ins Gehirn und beherrschte alles.

Der Staatsanwalt und Kröger schrien wild auf Martens ein. Cromwell bekam es nur halb mit, schrie selbst vor Schmerzen und Wut. Die Stimmen drangen wie durch Watte zu ihm.

»Wenigstens hat er eine Reaktion gezeigt!«, rief Martens. »Die Sau soll reden!«

»Das geht zu weit!«, brüllte der Staatsanwalt. »Sie drehen ab! Behalten Sie Ihre Gefühle unter Kontrolle, Sie Idiot!«

Ein Schleier bedeckte Cromwells Augen. In schwammigen Konturen sah er den tobenden Martens vor sich, den Kröger nur mühsam festhielt. Für Cromwell war nicht mehr erkennbar, ob Martens nur seine Show durchzog, um ihn weich zu klopfen, oder ob es echt war.

»Machen Sie das, wenn ich nicht da bin!«, schrie der Staatsanwalt.

»Sie können ja rausgehen!«, schrie Martens dagegen.

General Porters brütete über den Einsatzplänen. Für den Ernstfall, den er genauso herbeisehnte wie die Schar von Männern und Frauen, die mit ihm zusammenarbeiteten. Alle gierten nach neuen Erkenntnissen, die sie in ihren Forschungen voranbringen würden.

Über die Jahrzehnte war das Ziel nie aus den Augen verloren worden, und jeder Präsident nach Kennedy hatte sich den Zwängen unterworfen.

Ford und Carter hatten sogar öffentlich bekundet, dass sie an außerirdisches Leben glaubten. Sie hatten entsprechend der Strategieplanung einen wichtigen Beitrag geleistet, weil sie damit das Thema erstmals auf die höchste Ebene gehoben hatten.

Es war eine gute Zeit, die Mitte der Siebziger ihren Anfang genommen hatte. Bis dahin hatte Vernon Porters eine ganz gewöhnliche Militärkarriere durchlaufen, mit Stationierungen auf den verschiedensten Militärbasen der Welt und mit den brutalen Erfahrungen des Vietnamkrieges.

Danach wurde er als Militärberater in Mittelamerika eingesetzt. Eines Abends traf er sein Schicksal in einer Bar in Guatemala. In dem heruntergekommenen Hotel, in dem man für wenig Geld viel Spaß haben konnte, kam er mit einem Zivilisten ins Gespräch, der in Begleitung einer Frau reiste.

Sie hatten gerade die Maya-Ruinen von Tikal besichtigt und erholten sich von den Strapazen, bevor sie nach Copan weiterreisen würden. Auch dort wollten sie ausgiebig die Kultur versunkener Reiche studieren.

Sie kamen schnell ins Gespräch. Porters' Aufgabe brachte ihn ständig über die Einheimischen in Kontakt mit ihren alten Geschichten, Mythen und Monumenten, die, vom Dschungel überwuchert, die seltsamsten Geheimnisse verbergen sollten. Er tat das alles als Quatsch ab, ohne sich näher damit zu beschäftigen.

Umso erstaunter war er, als der Zivilist neben ihm mit ernster Miene berichtete, dass in Tikal vor Jahrtausenden etwa siebzigtausend Menschen gelebt und etwa dreitausend Bauwerke auf engstem Raum gestanden hatten. Und das an einer Stelle, die kaum Nahrung und Wasser für diese Menschen bereithielt. Der nächste See, der heutige Peten-Itza-See, liegt vierzig Kilometer entfernt.

»Prächtige Bauten«, sagte sein unbekannter Gesprächspartner. »Wunderwerke in der Konstruktion, aufragend wie Wolkenkratzer, siebzig Meter hoch, die heute noch den Dschungel überragen und früher durch Aufbauten noch höher waren.«

Porters hörte sich an, dass man Stelen gefunden habe, die die Geschichte und Erlebnisse von Herrschern festhielten. Auch sei unter den Fundstücken ein Jadeplättchen, dessen Schriftzeichen man entziffern könne. Darauf stehe geschrieben, dass sich in Tikal der Herrscher der Himmelsfamilie niedergelassen habe.

»Welche Himmelsfamilie?«, fragte Porters zurück, der bereits einige Bier getrunken hatte.

»Eben«, sagte der freundliche Mann als Einleitung eines einstündigen Vortrages. Die Frau in seiner Begleitung ergänzte den Vortrag mit einer Fülle von Details mit einer solchen Überzeugung, dass Porters nach der Stunde vollkommen verwirrt war.

Zum Schluss zog das Pärchen, das angeblich für das Museum der Universität Pennsylvania arbeitete, den Abdruck einer Stele hervor, die vor etwa zweitausend Jahren angefertigt worden war. In der schwarz-weißen Darstellung konnte sie alles oder nichts bedeuten, und alles konnte hineingedeutet werden.

Dann zog die Frau die gleiche Kopie nochmals aus der Tasche. Allerdings waren jetzt Bereiche des Bildes koloriert.

Porters schnappte nach Luft. Es war eindeutig ein Wesen in einem Taucheranzug mit Atemgerät zu sehen.

Es konnte aber auch ein Raumanzug sein.

Sie diskutierten. Schließlich verabschiedete man sich, und Porters hakte den Abend als unterhaltsame Episode ab. Wenige Wochen später wurde Porters überraschend in die Staaten zurückgerufen.

Als er den freundlichen Zivilisten der Universität Pennsylvania dann in der Uniform eines Generals vor sich sitzen sah, wurde ihm die Vertrautheit des Abends klar.

»Warum ich?«, fragte Porters, nachdem General Osmond ihm erklärt hatte, dass er ihn brauche.

»Eine Laune des Schicksals«, sagte General Osmond. »Sie waren mir sympathisch. Darum habe ich mich mit Ihnen beschäftigt. Und dabei kam heraus, dass Sie Organisationstalent haben und als äußerst fähig beschrieben werden. Und ich brauche gute Leute.«

»Wenn das alles ist, was man braucht …«

General Osmond schwieg eine Weile, dann ließ er seine freundliche Fassade fallen, um Porters für eine Aufgabe zu verpflichten, die ihn nicht wieder loslassen sollte und ihm die Möglichkeit bot, im Stillen einer der ganz Mächtigen zu werden.

Bis der Skeptiker Clinton kam.

Clinton hinterfragte alles, glaubte ihm zunächst kein Wort. Egal, was für Beweise er ihm vorlegte. Die Hinweise bei der Amtsübergabe sah er als Scherz seines Amtsvorgängers an.

»Die Militärs als Koordinatoren des Friedens im Universum.«

Clinton hatte nur darüber gelacht. Er misstraute allem Militärischen und bot den Weicheiern unter den Wissenschaftlern die Chance, auf die sie so lange gewartet hatten.

Die Wissenschaftler argumentierten logisch. General Porters nicht. Er sah die Machtfrage als entscheidend an.

Aber Präsident Clinton war ein Fuchs. Um seine Ziele durchzusetzen, packte er diesen Wiggins dazwischen, diesen Russenfreund, der ihn kontrollieren sollte. Und der nichts anderes zu tun hatte, als tatsächlich hinter allem herzuschnüffeln.

Aber damit war es jetzt vorbei.

Vernon Porters schrak aus seinen Gedanken hoch. Seine Adjutantin brachte frischen Kaffee und drei Meldungen.

Die eine kam aus Berlin; sogleich schoss ihm die Zornesröte ins Gesicht. Das Problem dort war immer noch nicht erledigt. Dieser Reporter hatte sogar die Presseabteilung der Botschaft verrückt gemacht.

Die zweite kam aus dem Pentagon. Keanally gab fürs Erste Entwarnung. »Ein junger Dynamischer auf der Überholspur – wie so viele vor ihm«, schrieb er über einen Analytiker namens Stuart, der da in Wiggins' Unterlagen schnüffelte.

Die dritte Meldung ließ ihn zufrieden grunzen.

Sie hatten endlich Wiggins' Informanten erledigt. Ned Lewis, der stille Ned Lewis und stellvertretende Leiter der NSA, war ihr Verräter gewesen.

Traue niemandem, dachte er. Lewis war wieder ein Beweis dafür. Er war in Alaska dabei gewesen und hatte auch sonst vieles gewusst. Er war einer aus dem inneren Zirkel.

Ihn ärgerte, dass Cushings Leute Lewis enttarnt hatten. Mit einer simplen Funküberwachung. Was wiederum zeigte, wie gefährlich und unabhängig Cushing mit seinen Milliarden war.

Keiner hatte gewusst, dass Lewis trank. Lewis selbst auch nicht. Nun war ihm seine Sucht zum Verhängnis geworden. Er war mit drei Promille am Steuer gegen einen Brückenpfeiler gerast.

Porters legte die Meldungen zufrieden zur Seite.

Die Begründung von General Osmond fiel ihm wieder ein. Warum ich?, hatte Porters damals gefragt, als er in das Projekt eingestiegen war.

»Sie sind brutal genug! Sie gehen über Leichen. Genau solche Typen sind notwendig, wenn es so weit ist.«

Es war so weit. Auch Clinton würde sie nicht aufhalten.

Vor Cromwell stand frischer Kaffee, und er rauchte eine Zigarette. Kröger und der Staatsanwalt waren mit ihm allein im Zimmer. Martens war hinausgegangen auf den Flur, um sich zu beruhigen.

»Sie müssen meinen Kollegen verstehen. Er arbeitet seit ewigen Zeiten bei der Mordkommission und engagiert sich immer voll und ganz.«

Kröger machte eine Pause, sah den Staatsanwalt an, der mit grimmiger Miene durch das Zimmer tigerte.

»Er ist ganz zahm, wenn Sie endlich Ihr Geständnis ablegen. Bei Leuten, die störrisch sind, ist er anders. Warum gestehen Sie nicht? Bei Ihnen sind die Beweise eindeutig. Er begreift einfach nicht, wie man da noch leugnen kann. Ich übrigens auch nicht.«

»Wo sind meine Notizen? Haben Sie überprüft, was ich Ihnen vorhin erzählt habe?«

Cromwell hatte für sich eine Entscheidung getroffen. Er musste herausfinden, ob es überhaupt einen Sinn machte, hier die Fakten auf den Tisch zu packen. Wenn er von dem berichtete, was er erlebt hatte, würden sie ihn ohne Beweise sofort in die Klapsmühle stecken. Niemand würde ihm ohne Beweise glauben. Und die Amerikaner würden alles dementieren. Mussten alles dementieren.

Nachdenklich schüttelte Kröger den Kopf. Dann umrundete er den Schreibtisch und sah auf ein Blatt Papier. Schließlich sah er fragend den Staatsanwalt an. Als dieser auch den Kopf schüttelte, drehte er sich wieder zu Cromwell.

»Die Anfrage beim Bundeskriminalamt war negativ. Nichts von einer Festnahme Ihres Bruders und Ihrer Person Ende letzter Woche.«

»Und der Name? Kriminaldirektor Lanz?«

»Auch negativ?« Kröger sah Cromwell fragend an, hob den Zettel hoch. »Das ist das Fax vom BKA. Fehlanzeige. Wer soll das sein?«

»Der war Freitagnacht in meiner Wohnung und hat mich mitgenommen. Dann haben sie meinen Bruder geschnappt. Mich hat er morgens wieder laufen lassen.«

»Und Ihr Bruder?«

»Den habe ich erst jetzt tot auf den Fotos gesehen.« Cromwell blickte zu dem Stapel Fotos, die auf dem Tisch lagen.

»Wirre Story.«

»Sie haben doch meinen Film mitgenommen. Haben Sie die Bilder bereits entwickelt? Da ist ein Anwesen drauf, ein Keller, da müssen Sie die Spurensicherung hinschicken. Die Geschichte dazu ist heiß. Brandheiß.«

Kröger schüttelte den Kopf.

»Es gibt keine Bilder. Der Erkennungsdienst hat zwar einen Film in der Kamera gefunden, aber dann ist denen ein Fehler unterlaufen. Der Film ist belichtet. Keine Bilder.«

»Ihr Schweine!«, brüllte Cromwell voller Wut und drosch mit beiden Fäusten auf die Tischplatte. »Ihr steckt doch alle unter einer Decke!«

Er schnaufte, keuchte laut. »Kommissar Lanz hat meinen Bruder letzte Woche in der Nacht von Freitag auf Samstag verhaftet. Da gab es auch schon einen Toten. Einen hochrangigen Militär. In der Wohnung meines Bruders. Sagt Ihnen das was?« Seine Stimme kam von ganz unten, vibrierte zittrig und stieg immer höher im Ton, wurde schrill.

»Kommt jetzt die Verteidigungsstory?«, knurrte der Staatsanwalt gehässig. »Sind wir jetzt so weit, eine Story erfunden zu haben, die so richtig schwer nachprüfbar ist? Wenn ja, dann sollte sie aber Substanz haben und plausibel klingen. An guten Geschichten und Ausreden bin ich nämlich immer interessiert.« Der Staatsanwalt grinste böse. »Und später werde ich die originellsten in einem kleinen Büchlein zusammenfassen.«

»Scheiß was drauf.«

Seine Stimme war wieder unten. Kalt und nüchtern, spiegelte sie die brutale Erkenntnis wider.

Cromwell nippte an seinem Kaffee und steckte sich eine weitere Zigarette an. »Haben Sie nun die Geschichte von dem toten General gehört oder nicht? Wenn nein, brauche ich gar nicht weiterzumachen.«

»Nein. Davon habe ich nicht gehört.«

Kröger sah fragend zum Staatsanwalt. Cromwell beobachtete beide. Der Staatsanwalt wiegte den Kopf und verzog das Gesicht, sagte aber kein Wort.

Für Cromwell war damit alles klar. Wenn der Staatsanwalt davon gehört hatte, war ihm bewusst, wie heiß die Sache war. Die Finger würde der sich nicht verbrennen.

Er hatte sich mit einem ganz mächtigen Feind angelegt. Einem, der immer noch unsichtbar war und über eine ganze Menge Verbindungen verfügte.

Sie brachten ihn ins Untersuchungsgefängnis. Der Staatsanwalt redete ein letztes Mal auf Cromwell ein, ob er nicht doch noch aussagen wolle. Wenn erst die weiteren Ergebnisse vorlägen, sei es zu spät. Dann werde er als Staatsanwalt überhaupt kein Interesse mehr an Deals haben. Dann solle ihn die Härte des Gesetzes mit voller Wucht treffen.

Cromwell antwortete nicht einmal.

Martens fuhr den 3er BMW, Kröger saß neben Cromwell auf der Rückbank. Die Hände hatten sie Cromwell vor dem Bauch gefesselt.

Draußen dämmerte es. Die Hitze des Tages hatte immer noch nicht nachgelassen. Die Luft waberte regelrecht.

Bilder aus der Jugend stiegen in Cromwell auf. Er erinnerte sich an den Badeurlaub in Bayern, bei dem sein Bruder fast ertrunken wäre, wenn er ihn nicht rechtzeitig aus den Stromschnellen eines kleinen Wildbaches geholt hätte. Er dachte an die Nacht in einer Disco in Berlin, als sein Bruder das erste Mal so lange weggeblieben war, dass seine Mutter ihn angerufen hatte. Er hatte Marc mithilfe von Schulfreunden in einer Disco in Neukölln gefunden, wo er einen Joint geraucht hatte. Seiner Mutter hatte er nichts davon erzählt.

Cromwell wurde durch ein Fluchen von Martens aus seinen Gedanken gerissen. Der BMW stand mittlerweile am Großen Stern auf der mittleren Fahrbahn kurz vor der Ausfahrt nach Moabit.

Links ragte die Siegessäule in den frühsommerlichen Himmel, rechts konnte Cromwell die Tiergartenstraße hinunter bis zum Brandenburger Tor blicken.

Schräg vor ihnen stand ein Kastenwagen einer Bäckereikette. Auf der Beifahrerseite stieg ein Mann aus und stellte sich breitbeinig auf die Straße, die Hände in die Hüften gestemmt.

Auffällig waren die kurzen, weißblonden Haare und der muskulöse Körper. Der Mann zog Grimassen, dann fing er laut an zu schimpfen und kam auf den BMW zu.

»Was will der denn? Spinnt der?«, fragte Kröger. »Der ist ja nicht mehr ganz dicht. Schließlich hat er uns geschnitten.«

»Die Hitze macht alle aggressiv und kirre«, antwortete Martens knurrig. »Der wird sich gleich wundern, wenn er meinen Ausweis sieht.«

Hinter und neben ihnen hupten Autos, die sich einen Weg um die stehen gebliebenen Wagen herum suchten.

Am Heck des Kastenwagens tauchte ein weiterer Mann auf. Der Fahrer. Dunkler Teint, keine Sonnenbräune, schoss es Cromwell durch den Kopf. Wieder ein Kastenwagen.

Martens auf dem Fahrersitz sah sie zuerst und schrie auf.

Die Pistole in der Hand des Mannes ruckte zweimal. Ein Geschoss traf Martens in den Kopf, der durch die Wucht gegen die Kopfstütze klatschte. Die andere Kugel traf seine Brust und nagelte seinen Körper in den Sitz. Kröger schrie vor Überraschung und Wut, zerrte seine Pistole aus dem Gürtelholster.

Das gilt mir!, fuhr es Cromwell durch den Kopf. Seine Entführer wollten das Problem endgültig beseitigen. Es fehlte nur noch, dass die hübsche Sonja auftauchte und das Team komplettierte.

Neben ihm dröhnte die Waffe von Kröger. Das Glas der Frontscheibe splitterte. Sein Schuss traf den dunkelhaarigen Killer am Kastenwagen mitten in die Brust. Der Mann fiel gegen die Seitenwand.

Cromwell stieß die Tür auf und rollte sich aus dem Wagen. Er landete auf dem heißen Asphalt. Auf allen vieren krabbelte er hinter das Heck des BMW. Der weißblonde Mann auf seiner Seite hatte inzwischen auch eine Waffe in der Hand und feuerte.

Die Schüsse durchschlugen mit ratschenden Geräuschen das Blech des BMW. Cromwell spürte den Lufthauch, als eine Kugel Millimeter an seinem Kopf vorbei aus dem Kofferraum wieder austrat.

Kröger sprang aus dem Wagen und hetzte mit zwei Sätzen ebenfalls in Richtung Heck. Im selben Moment erwischte ihn eine Kugel aus der Waffe des blonden Muskelpaketes in der rechten Schulter. Krögers Pistole fiel scheppernd auf den Asphalt. Ein Schuss löste sich und jagte als Querschläger durch die Gegend.

»Weg hier!«, schrie Kröger und sprintete in den Verkehr hinein. Zwei Meter weiter rannte er in die Vollbremsung eines Audi, der ihn auf die Kühlerhaube nahm. Kröger rollte auf der anderen Seite des Wagens wieder hinunter und fand Deckung.

Cromwell checkte in Sekundenbruchteilen die Situation. Für ihn gab es kein Entkommen. Wenn er sich aufrichtete, war er eine ideale Zielscheibe für den Blondschopf. Und der kam langsam auf ihn zu. Der Mann schrie etwas, aber im Hupkonzert der Autos ging alles unter.

In Cromwells Kopf ging es drunter und drüber. Er dachte an seine Kurzausbildung, bevor sie ihn das erste Mal allein über die Grenze geschickt hatten. Logisch und nüchtern denken, hatten sie ihm immer wieder eingebläut. Gerade bei Gefahr. Nicht paralysieren. Die Adrenalinflut schwemmte alles weg. Die Instinkte regierten.

Er griff mit beiden Händen die Waffe von Kröger und riss sie hoch. Er schoss. Zwei Mal. Der Killer war verschwunden. Cromwell sprang auf und hetzte Kröger hinterher.

Der Fahrer des Audis hatte inzwischen die Situation erfasst und starrte durch die Frontscheibe. Cromwell umrundete die Haube und riss Kröger hoch.

»Los, weg hier. Die sind hinter mir her.«

Rücksichtslos rannten sie durch die Autoreihen. Alles stand. Als Cromwell sich umsah, sah er den Killer nur wenige Meter hinter ihnen. Seine Waffe war nicht auf sie gerichtet, sondern auf die jeweiligen Autos, an denen er vorbeirannte.

Sie erreichten den Gehweg. Eine halbhohe Steinmauer versperrte den Weg. Cromwell war mit einem Satz auf der Krone, sprang hinunter.

Kröger schrie auf, als er bei seinem Sprung mit dem verletzten Arm gegen die Mauer stieß. Sie hetzten zur ersten Baumreihe. Kröger bäumte sich mit einem Schrei auf. Sein Körper zuckte zusammen. Schweiß rann über seine Stirn.

»… im Rücken …«, stöhnte er.

»Komm!«, schrie Cromwell. Er schleifte den Beamten halb ins Gebüsch mit dem noch frischen Maigrün. Kröger taumelte zwanzig Meter weiter, dann brach er zusammen.

Cromwell beugte sich über Kröger und durchwühlte dessen rechte Hosentasche. Er hatte gesehen, dass Kröger dort die Schlüssel für die Handschellen verstaut hatte. Er fand eine Geldbörse, riss sie heraus. Wieder fasste er in die Tasche, erwischte den Schlüssel.

Der Polizist keuchte flach und sah Cromwell mit glasigen Augen an. Seine Lippen formten lautlos Worte, aber Cromwell suchte mit Blicken das Gehölz zur Straße hin ab.

Als der Beamte sich mit seiner rechten Hand in den Arm von

Cromwell krallen wollte, rutschte er kraftlos ab. Mit jedem Zentiliter Blut verlor der Beamte auch seine Kraft.

Zweige knackten, als der Killer in das Gebüsch eindrang. Dann brach das Geräusch der knackenden Zweige schlagartig ab. Er suchte.

Mit gehetztem Blick sah Cromwell auf den Polizisten. Wenn der jetzt schrie oder nur hustete, würde er ihre Position verraten. Aber Kröger hatte dazu keine Kraft mehr. Er starb. Mit halb geschlossenen Lidern dämmerte er bereits in die Ewigkeit.

Blut rann aus den Mundwinkeln des Polizisten. Es war vorbei. Panik packte Cromwell. Sekundenlang zitterten seine Arme und Oberschenkel. Er blieb in der Hocke, bis der Anfall abklang. Dann schlich er gebückt weg, nach rechts, tiefer in das Gehölz hinein.

Die Lichtverhältnisse waren hier unter den Bäumen schon deutlich schlechter als auf der Straße. Das Blätterdach schützte vor den letzten Strahlen der bereits tief stehenden Sonne.

Cromwell hielt inne. Er legte die Pistole aus der Hand und stocherte mit der rechten Hand den Schlüssel in das Schloss der Handschellen. Schweiß floss ihm in Bächen über das Gesicht und brannte in den Augen. Sein Hemd war klitschnass. Drei Mal rutschte er ab. Er fluchte unterdrückt, erschrak dabei über seine eigene Lautstärke. Dann glitten die Handschellen auf. In einer überschwänglichen Bewegung schleuderte er sie ins Gebüsch. Es klirrte, als die Handschellen gegen einen Baum flogen und aneinander stießen.

Sofort fielen zwei Schüsse. Cromwell sah aus dem Augenwinkel das Blitzen des Mündungsfeuers. Der Killer war schräg rechts hinter ihm. Cromwell schlich in die andere Richtung davon.

In einem weiten Bogen drang er zunächst tiefer in das Gehölz hinein, überquerte zwei Wege und orientierte sich nach den Verkehrsgeräuschen in Richtung Straße. Dann war er wieder an der Hofjägerallee angelangt.

Der Verkehr stand immer noch. Nichts ging mehr. Die Dunkelheit hatte weiter um sich gegriffen und machte ihn sicherer. Mit zwei Radfahrern überquerte er die Straße, schlängelte sich dabei durch die stehende Autophalanx und tauchte auf der anderen Seite im Dunkel des Tiergartens unter.

KAPITEL 12

Dienstag, 6. Juni 2000

Die morgendliche Frische weckte ihn. Steif kroch er von der Rückbank seines Wagens. Er sah im Rückspiegel seine trüben Augen. Den Schlafmangel der letzten Tage spürte er nun überdeutlich. Er ließ den Motor an und fuhr hinunter zur Havel. An einer versteckten Stelle spritzte er sich das Wasser in Gesicht und Nacken. Der Brummschädel ließ langsam nach. Er wusch sich und rasierte sich mit dem batteriebetriebenen Elektrorasierer.

Als er sich besser fühlte, fuhr er nach Wilmersdorf, trank einen Kaffee in einer Bäckerei und wartete dann wieder im Auto, bis die Bank aufmachte.

Er war noch frei oder wieder frei, so oder so. Jetzt kam es darauf an, dass er Glück hatte. Bisher war alles gut gelaufen. Dann sollte das hier auch gelingen.

Nach seiner Flucht am Abend zuvor war er durch den Tiergarten weiter zum S-Bahnhof Bellevue gerannt. Als er dort die Straße überquerte, jagten Krankenwagen und Polizei an ihm vorüber.

Auf dem Bahnsteig standen nur wenige Fahrgäste. Sie alle reckten ihre Köpfe in Richtung des Sirenengeheuls. Cromwell hielt sich abseits und stieg, als der Zug einfuhr, allein in einen Wagen.

Jetzt nur keine Kontrolle, dachte er, als der Zug anfuhr. Die wenigen Stationen zum S-Bahnhof Charlottenburg stand er an einem der Fenster und starrte hinaus auf den aufglimmenden Lichterglanz der Stadt.

Der Zug hielt, und Cromwell sprang auf den Bahnsteig. Er eilte zum Ausgang und war in zehn Minuten in der Nähe seines Hauses.

Im Hausflur ging er an den Briefkästen vorbei und stieg die steile Treppe in den Keller hinunter. Das Haus war um die Jahrhundertwende gebaut worden. Der Kellergang war niedrig und eng. Unter der Decke verliefen die nachträglich eingebauten Versorgungsstränge.

Sein Kellerverschlag bestand aus ein paar Holzlatten. Mit drei wuchtigen Tritten zertrümmerte er mehrere Latten, sodass er hineinschlüpfen konnte.

Links an der Wand war ein rostiger Haken angebracht, an dem der zweite Wohnungsschlüssel unter einem alten und verdreckten Lappen hing.

Cromwell eilte hinauf in die Wohnung. Er riss das Polizeisiegel ab und öffnete die Tür.

Hastig suchte er Kleidung zusammen, die er in zwei mittelgroße Reisetaschen stopfte. Dann klaubte er ein paar Utensilien im Bad zusammen.

Er fand sein Handy, halb versteckt unter ein paar Internetausdrucken, die er Samstagnacht nach der Rückkehr aus dem Computerclub gezogen hatte. Sein Computer stand ebenfalls noch da.

Sie hatten seine Wohnung bisher nicht auf den Kopf gestellt. Vielleicht, weil sie noch nicht genau wussten, wonach sie suchen sollten.

Das Versteck in der Speisekammer war auch unangetastet. Er klappte das Linoleum zur Seite, hob eine Holzdiele an und holte aus dem Split der Deckenschüttung einen verschlossenen Gefrierbeutel. Mit dem Schlüssel für den Banksafe und seinem Sparbuch kehrte so etwas wie Hoffnung zurück.

Dann hastete er zu seinem Wagen, der immer noch da stand, wo er ihn in der Nacht von Samstag auf Sonntag nach dem Besuch im Computerclub abgestellt hatte. In seiner Wohnung war er nicht mal eine halbe Stunde gewesen.

Er fuhr mit dem Wagen nach Spandau und parkte nahe der ehemaligen Grenze vor einer der großen Wohnanlagen hinter einem Busch, versteckt zwischen den Autos brav schlafender Bürger. Auf der Rückbank verbrachte er die Nacht.

Jetzt war er so zeitig bei der Bank, dass er noch drei Minuten warten musste, bis sie aufmachte. Er war der erste Kunde. Die Schalterangestellte sah ihn missmutig an, als er bis auf eine Mark das ganze Sparbuch abräumte.

Zunächst sah es so aus, als wollte sie Schwierigkeiten machen, denn der Betrag war nicht gekündigt. Sie ging zu einer Vorgesetzten, die den Auszahlungsbeleg abzeichnete. Gegen Bezahlung eines Vorfälligkeitszinses bekam er das Geld ausgehändigt.

Dann ging er an sein Schließfach. Die Angestellte verzog sich, als sie ihren Schlüssel eingesteckt hatte und er sie wartend ansah. Als er allein war, öffnete er das Fach.

Fünf Gegenstände lagen im Fach. Er zögerte, dann nahm er das Paket mit der Pistole Marke Glock und den drei Magazinen an sich. Er hatte die Waffe Anfang der Neunzigerjahre in Wien gekauft. Damals war seine Zeit bei den amerikanischen Streitkräften zu Ende gegangen, wo er auch den Umgang mit Waffen gelernt hatte.

»Man sollte keine Option ausschließen und zumindest vorbereitet sein – für was auch immer«, hatte einer der Agentenführer gesagt, für den er in den Jahren zuvor bei Befragungen gedolmetscht hatte. Seitdem besaß er die Waffe.

Der fünfte Gegenstand war sein amerikanischer Pass.

Spätestens jetzt war er froh, einen Nutzen daraus ziehen zu können, die doppelte Staatsbürgerschaft zu besitzen. Vielleicht kam er damit durch, dass sie einen Deutschen suchten. Und wenn es nur für eine Weile war.

Als er aus der Bank eilte, ging in der zentralen Poststelle der Bank ein Fax der Polizei ein. Der Deutsche Alexander Cromwell wurde mittlerweile wegen vierfachen Mordes gesucht.

Das erkennungsdienstliche Foto in Schwarz-Weiß auf dem

Fax war unscharf. Es wurde gebeten, beim Auftauchen der Person die Polizei zu unterrichten und Geldverfügungen zu verhindern.

Die internen Weisungen der Bank für solche Fälle waren eindeutig. Das Fax wurde sofort zur Revision gebracht, die auch für die Kontakte zur Polizei zuständig war.

Über den Computer wurde festgestellt, ob und welche Konten der Gesuchte bei der Bank hatte. Sofort wurden Kontosperren eingegeben. Ein Rundbrief ging an alle Filialen.

Etwa eine halbe Stunde, nachdem Cromwell die Bank verlassen hatte, lag die Bitte der Polizei auf dem Tisch des Leiters der Filiale. Der war allerdings noch nicht da, er hatte einen Zahnarzttermin.

Der Filialleiter war peinlich genau auf seine Kompetenzen bedacht. Seine Angestellten waren von ihm angewiesen, dass Meldungen an die Zentrale nur nach seiner Kenntnisnahme und mit seinen ausdrücklichen Ergänzungen durchzuführen waren.

Dadurch verzögerte sich die Weitergabe über Cromwells Besuch in der Filiale. So erfuhr die Polizei erst mittags, dass Cromwell schneller gewesen war.

Was die Zeitungen in den Morgenausgaben nur mit ersten Meldungen schafften, unterfütterten die regionalen Fernsehsender und Radiostationen pausenlos mit neuen Einzelheiten. Die Stadt war in hellem Aufruhr. Die Reporter überschlugen sich mit Meldungen, die meistenteils aus Gerüchten bestanden. »Nach unbestätigten Meldungen« war einer der meistgenannten Sätze bei allen Berichten.

Sie waren vor seiner Wohnung, sie belagerten die Zeitung, die erhebliche Erklärungsprobleme hatte, weil sie einen mehrfachen Mörder als Reporter beschäftigte, der nun auch noch von seinen Kumpanen befreit worden war und zwei Polizisten auf dem Gewissen hatte.

Ihr Idioten, dachte Cromwell. Er registrierte sehr genau, dass mit keinem Wort, weder von der Polizei noch von der Staatsanwaltschaft, ein toter General erwähnt wurde. Den gab es einfach nicht. Und das machte Cromwell die meisten Sorgen.

Er sah sich vorsichtig um. Niemand beachtete ihn. Er stand in der Rundfunkabteilung bei Wertheim am Kudamm, die beiden Reisetaschen zu seinen Füßen, und verfolgte den letzten Nachrichtenblock.

Nach dem Bankbesuch hatte er sich einen Langhaarschneider mit Batterie, einen kleinen Spiegel und eine Baseball-Mütze gekauft und war dann für eine Weile auf der Kundentoilette einer Buchhandlung an der Nürnberger Straße verschwunden. Im Kaufhaus selbst hatte er sich das nicht getraut, da dort zu viel los war und ein älterer Toilettenmann alles genau registrierte. Die Kundentoilette in der Buchhandlung aber lag versteckt und wurde kaum frequentiert. Cromwell hatte sich eingeschlossen und die Haare kürzer geschnitten. Die Haarsträhnen hatte er mit Toilettenpapier aufgewischt und in der Toilette hinuntergespült.

Als er sich im Vorraum im Spiegel gesehen hatte, hatte er sich beinahe selbst nicht wiedererkannt. Die Mütze mit dem Schirm verfremdete sein Gesicht total, machte ihn zu einem anderen Typ.

Dann hatte er seine beiden Taschen aus dem Wagen geholt, den er im Parkhaus des Kaufhauses abgestellt hatte. Es würde wahrscheinlich nicht lange dauern, bis die Polizei ihn fand.

Nach den Nachrichten ging er hinaus auf den Kurfürstendamm, suchte sich ein Café und verkroch sich auf einen geschützten Eckplatz.

In dem Gewühl der Menschen fiel er nicht auf. Aber er machte sich keine Illusionen. Er saß buchstäblich auf der Straße und war praktisch bewegungsunfähig. Zwar hatte er seinen amerikanischen Pass, aber in der Stadt traute er sich nicht, ihn zu benutzen. Egal, ob er ein Hotelzimmer oder einen Wagen anmieten wollte, der Name Cromwell würde ausreichen, einen Hinweis an die Polizei zu geben. Der Rummel war zu groß.

Außerhalb der Stadt konnte das anders aussehen. Je weiter er weg war, desto geringer würde die Aufmerksamkeit Unbeteiligter sein. Er war ein lokales Ereignis. Aber die Stadt zu verlassen war keine dauerhafte Lösung. Denn mit zunehmender Zeit würde die Fahndungsmaschinerie der Polizei jeden Ort erfassen.

Sein Geld würde ein paar Wochen reichen, vielleicht auch ein paar Monate, aber spätestens dann stünde er vor dem Nichts.

Quatsch. Er stand bereits jetzt vor dem Nichts. Er konnte sich auf eine Hetzjagd einlassen, bei der er im Grunde keine Chance hatte. Irgendwann würden sie ihn finden. Er verzögerte nur den Gerichtstermin, mehr nicht.

Je länger er zwischen den gut gelaunten Passanten und pausierenden Nichtstuern in dem Café saß, umso böser wurde er. Diese Schweine steckten unter einer Decke, hatten ihn als Sündenbock und machten ihn jetzt fertig.

Er erschrak, als sein Handy klingelte.

Cromwell holte das Handy aus der Tasche und meldete sich ohne Namen.

Die helle Stimme erkannte er sofort.

»Wo haben Sie uns da hineingezogen?«, fragte Kristina Sartorius und war wieder beim »Sie«, nachdem sie sich am Abend im Computerclub bereits geduzt hatten. »Das hat doch mit dieser seltsamen CD zu tun, mit der Sie bei uns waren.«

»Nicht gleich erschrecken«, sagte Cromwell. Wie Schneeflocken im Wintersturm wirbelten seine Gefühle durcheinander. Freude, dass sie lebte, Erleichterung, dass sie sich meldete, Hoffnung auf Hilfe. »Ich bin Staatsfeind Nummer eins.«

»Ich habe die Nachrichten gesehen.«

»Wo bist du?«

»Am Flughafen. Wir sind gerade gelandet.«

»Ich habe mir riesige Sorgen gemacht …«

»So ...«

»... ja, denn man hat mich umbringen wollen und hat mich mit Drogen voll gepumpt. Ich fürchte, dabei habe ich euch als Helfer verraten. Zum Glück ist euch nichts passiert.«

Es war einen Moment still. Cromwell hörte den Hall von Lautsprecheransagen im Hintergrund.

»Was haben wir damit zu tun?« Ihre Stimme klang belegt.

»Nichts. Aber das spielt keine Rolle. Irgendjemand ist am Großreinemachen, weil ich ihm in die Quere gekommen bin. Auch ich habe nichts getan und werde inzwischen als mehrfacher Mörder gesucht.«

»Unfassbar.«

»So ist es. Ich habe versucht, euch im Computerclub zu warnen. Es war niemand zu erreichen.«

»Wir waren unterwegs. Am Sonntag früh sind wir nach Mannheim gereist. Zu dem Pharmakonzern, dessen Sicherheitssystem wir geknackt haben. Dann haben wir uns dort vergraben, um die Sicherheitslücke zu schließen.«

»Sonntags?«

»Meinen Sie, die fragen nach dem Tag, wenn ihre Betriebsgeheimnisse über die Datenautobahn wie mit einem Staubsauger abgesaugt werden? Die kostet jeder Tag ohne EDV Millionen.«

»Dumme Frage – ich gestehe es.«

Vielleicht war das der Grund, dachte Cromwell. Er erinnerte sich, wie sie bei seinem Anruf gleich gesagt hatte, dass sie wenig Zeit habe. Vielleicht hatte dieser Auftrag ihnen das Leben gerettet.

»Was macht ihr jetzt?«

»Nach Hause und in den Club.«

»Ich muss euch warnen. Es könnte gefährlich sein. Wirklich.«

»Aber was haben wir damit zu tun?«, fragte sie wieder.

»Nichts. Ich kann dir nur sagen, dass ich glaube, ihr seid auch in großer Gefahr.«

»Wir wissen nicht einmal, was auf der CD war.«

»Das wird man euch nicht glauben.« Cromwell atmete schwer und sah zu den Tischen neben sich, ob sich da jemand für sein Gespräch interessierte. Ein junger Mann wandte schnell den Blick ab, konzentrierte sich wieder auf seine Nachbarin.

»Geht auf keinen Fall in den Club.«

»Ich muss hin. Nachher kommen wieder Jugendliche zum Üben.«

»War der Club die ganze Zeit zu?«

»Ja. Auf dem Anrufbeantworter war eine entsprechende Info.«

»Da war keine Info«, sagte Cromwell. »Ich habe mehrfach angerufen.«

Es war einen Augenblick still, dann sagte sie: »Moment.« Es dauerte wieder einige Sekunden, bis sie sich meldete.

»Du hast das alles wirklich nicht getan?«

»Bin ich so einer?«

»Eigentlich nicht.«

»Eben.« Cromwell räusperte sich. Seine Blicke wanderten wieder zu den Tischnachbarn. Niemand musterte ihn sonderlich auffällig.

»Die Kerle haben mich entführt und unter Drogen gesetzt. Haben alles aus mir rausgequetscht, was ich wusste. Scopolamin. Ist so eine Droge, unter der du alles erzählst.«

Sie schwieg. Lange.

»Dann ist also auch nicht auszuschließen, dass sie uns hier am Flughafen erwarten?«

»Wer weiß. Vielleicht haben sie euch unter Beobachtung.«

Sie schwieg wieder. Cromwell wartete auf Vorwürfe. Es wäre nur natürlich gewesen. Sie atmete schneller. Er hörte es durch das Handy.

»Wir sind also jetzt mit im Boot? In einem, das gerade kentert.«

»Es tut mir wirklich Leid. Aber ich würde sagen: ja.«

»Dann soll die Polizei kommen. Da kann ich wenigstens alles erklären und uns so helfen. Immerhin gibt es schon drei Menschen, die diese ominöse CD-ROM gesehen haben.«

Cromwell seufzte. »Ein guter Vorschlag. Aber leider wird nicht die Polizei kommen. Sondern die Leute, die meinen Bruder getötet haben und mir den Tod in die Schuhe schieben wollen. Mir ist das jetzt jedes Mal passiert.«

Er parkte seinen Wagen wenige Meter vom Hauseingang entfernt und stieg erst aus, nachdem er die Straße eine Weile beobachtet hatte.

Es war alles wie immer. Einzelne Passanten gingen die Straße hinunter. Kinder, Jugendliche, ältere Menschen. Leute hielten an, grüßten sich, plauschten kurz. Ein ganz normaler Vormittag in einer Wohnstraße.

Er holte das Waffenpaket aus der Tasche und wickelte die Glock aus dem weichen Tuch, starrte sie an. Nachdenklich wog er sie in der Hand. Lange kein Kilogramm schwer und keine zwanzig Zentimeter lang. Aber ein 17-Schuss-Magazin.

Die Pistole war dunkel und matt. Bis auf wenige Teile bestand sie aus besonders hartem Plastik, was ihr anfangs den zweifelhaften Ruf einer Terroristenwaffe eingebracht hatte.

Einmal jährlich nahm er sie aus dem Safe mit nach Hause und reinigte sie. Dabei verwendete er nacheinander mehrere Reinigungsdochte und schob sie in den Lauf, um das Öl so gut es ging zu entfernen.

Immer wieder sah er sich um, ob sich jemand seinem Wagen näherte. Zwischen den Knien lud er das Magazin, entlud die Waffe wieder, spannte sie.

Die Glock hatte keine externe Sicherung und war nach dem Durchladen stets teilgespannt. Cromwell erinnerte sich, dass die Abzugsstange konstant blockiert war, außer, der Abzug war voll durchgezogen.

Als er sich wieder einigermaßen vertraut mit ihr fühlte, steckte er die Waffe und die restlichen Magazine in die Taschen seines leichten Sakkos und stieg aus.

Er schlenderte die Straße entlang und auf der anderen Seite wieder zurück. Dabei warf er einen Blick in die parkenden Autos, um herauszufinden, ob jemand den Hauseingang überwachte. Nichts.

Dann sah er Kristina und Tobi die Straße herunterkommen. Er ging auf die andere Seite und fing sie ab.

»Schön, euch gesund zu sehen.«

Die beiden murmelten einen Gruß und gingen weiter.

»Ich habe nichts Auffälliges bemerkt«, sagte Cromwell, als sie die Toreinfahrt erreichten.

»Wir werden sehen«, erwiderte Kristina kühl und starrte angestrengt nach vorn auf Tobis Rücken.

Sie gingen durch das offen stehende Tor und den Hinterhof. Aus einem der Fenster dudelte laute Musik, fing sich an den Wänden.

»Das Schloss ist unbeschädigt«, sagte Tobi, als sie vor der Tür standen. Er schloss auf.

Innen roch es nach kaltem Raum und fehlendem Sauerstoff. Hier im Hinterhof kam auch die hoch stehende Sommersonne nur schwer hin. Es war angenehm kühl und halb dunkel. Tobi riss zwei Fenster auf und schaltete Licht an.

»Svenja hat nicht aufgeräumt«, sagte Tobi und zeigte auf die Küchenzeile, wo immer noch schmutziges Geschirr herumstand.

»Wer ist Svenja?«, fragte Cromwell.

»Svenja ist eins von den Mädels, die hier ständig sind. Sie hatte versprochen aufzuräumen.«

Kristina zögerte. »Wir haben versucht, Svenja von unterwegs zu erreichen. Aber sie meldet sich nicht.«

»Und ihre Eltern?«, fragte Cromwell, der automatisch annahm, dass Svenja noch zu Hause lebte, da sie eine von den Jugendlichen zu sein schien.

»Arbeiten, nehme ich an. Außerdem treibt sie sich manchmal tagelang rum, sodass ihre Eltern vielleicht gar nicht wissen, wo sie steckt.«

Sie gingen weiter in den Raum.

»Seltsam.« Tobi stand vor einem Tisch, auf dem das Telefon mit integriertem Anrufbeantworter stand. »Der Anrufbeantworter ist ausgeschaltet. Ich habe ihn aber selbst Samstagnacht eingeschaltet.«

»Vielleicht war Svenja doch hier und hat ihn ausgeschaltet.« Kristina ging zu einem der Computer und schaltete ihn ein.

Durch die geöffneten Fenster drang unbekümmertes Lachen. Es kam aus dem Hausdurchgang.

Cromwell sah zum Fenster hinaus. Zwei Jungen und ein Mädchen gingen lässig über den Hinterhof auf das Gebäude zu. Er schätzte sie auf knapp unter fünfzehn.

»Wer ist das? Wollen die zu euch?«, fragte er.

Tobi warf ebenfalls einen Blick hinaus.

»Unsere ersten Gäste«, knurrte er. »Wladi, Kolja und Natascha. Kinder von russischen Aussiedlern, die hier etwas lernen. Wir sind etwas spät dran. Wir wollten schon heute Morgen zurück sein, dann hätten wir genügend Zeit gehabt. Na ja, kein Problem, die beschäftigen sich auch allein.«

»Tobi, kannst du mal kommen?« Kristinas Stimme klang irritiert.

»Was ist?« Tobi ging vom Fenster weg in den hinteren Teil des Raumes, wo neben einer Tür Kristina an einem der Computer stand und auf die Tasten hämmerte.

Cromwell folgte ihm.

»Da … da war jemand am System. Irgendjemand hat versucht reinzukommen.«

Ihre Stimme hatte einen nervösen Unterton.

»Stimmt.« Tobi beugte sich näher zum Bildschirm.

»Wie kannst du das erkennen?«, fragte Cromwell. Sein Kopf ruckte herum zur Tür, als diese polternd gegen die Wand schlug.

Laut lachend traten die drei Jugendlichen in den Raum. Grüße flogen durch den Raum, und Jacken wurden lässig über Stühle geschmissen.

»Wir haben ein besonderes Sicherheitsprogramm im Hintergrund laufen, das jede Anmeldung registriert.« Kristina sah unruhig zu den Jugendlichen. Dann rief sie: »Wartet noch einen Moment, bevor ihr an die Kisten geht. Wir müssen etwas überprüfen.«

Sie eilte an Cromwell vorbei in ihren hinten gelegenen Raum. Als Cromwell ihren Schrei hörte, stürmte er hinterher. Tobi zuckte mit den Achseln und hämmerte einen Befehl ein.

Das Mädchen lag mitten auf dem Tisch. Kristina umrundete den Tisch wie eine streunende Katze und schluchzte.

»Svenja«, sagte Cromwell verstehend.

Die Zunge des Mädchens hing heraus. Die Würgemale am Hals waren deutlich verfärbt. Der Geruch von Exkrementen hing in der Luft.

»Mein Gott!«, schluchzte Kristina. Sie stand auf der anderen Seite des Tisches und krallte ihre Hände in das Shirt des Mädchens.

»In was hast du uns da reingezogen?«, schrie sie Cromwell an, der auf der anderen Seite des Tisches stand.

»Kristina … ich …«

Sie schüttelte sich, ihre Augen hinter dem Tränenschleier sprühten Anklagen wie ein Wasserfall.

Er eilte um den Tisch und nahm sie in den Arm. Sie stieß ihn zurück, aber seine kräftigen Arme zwangen ihren Kopf an seine Brust.

»Es tut mir Leid. Es tut mir so Leid«, murmelte er.

In diesem Moment wurde die Tür aufgestoßen. Gleichzeitig schrien draußen die Jugendlichen. Im vorderen Raum polterte es, als fielen Gegenstände zu Boden, dann splitterte Glas. In der aufgestoßenen Tür stand die riesige Gestalt von Tobi. Aufrecht. Aber er wankte.

Cromwell verstand zunächst nicht, was den großen Kerl so aus dem Gleichgewicht brachte. Dann sah er auf der Brust einen dunklen Fleck, der sich langsam auf dem T-Shirt ausbreitete. Tobis Mund war zu einer breiten Grimasse verzogen, aus der an beiden Mundwinkeln Blut sickerte. Ganz dünne Rinnsale, kaum sichtbar.

»Tobiii!«, schrie Kristina. Sie stieß Cromwell weg und hetzte um den Tisch auf ihn zu.

»Zur Seite!«, schrie Cromwell, der eine Bewegung hinter Tobi bemerkte. Im gleichen Moment tauchte unter Tobis rechtem Arm eine Hand mit einer Waffe auf.

Augenblicklich erfüllte der ohrenbetäubende Krach einer kurzen Salve den Raum. Cromwell sah helle Mündungsblitze, als er sich auf den Boden warf.

Dumpf klatschten Kugeln in den Körper des toten Mädchens, durchwühlten ihr Fleisch. Über ihm knirschte es, als Kugeln die Wand zerfetzten. Putz rieselte auf ihn herab.

Von draußen drang das Stakkato kurzer Feuerstöße herein. Schrille Todesschreie und wildes Geheul von Verletzten mischten sich in das hämmernde Krachen eines zweiten Feuerstoßes.

Cromwell hatte sich zur Seite gerollt und entkam so der nächsten Salve, die wieder den Körper des Mädchens auf dem Tisch zersägte.

Tobi hatte der hinter ihm stehenden Gestalt zunächst Schutz vor Entdeckung gegeben, nun störte sein massiger Körper aber, um frei agieren zu können.

Kristina war beim ersten Feuerstoß erstarrt, als sei sie schockgefroren. Sie stand zwei Meter rechts von Tobi und starrte ihn entsetzt an. Ihre Augen und der Mund waren weit aufgerissen, aber sie brachte keinen Ton heraus.

Tobi knickte langsam ein, fiel auf die Knie. Cromwell hatte inzwischen seine Glock aus der Jackentasche gezerrt und den Abzug durchgezogen. Ohne zu überlegen, schoss er auf die Gestalt, die hinter dem zusammenbrechenden Tobi auftauchte.

In seinen Adern rauschte das Blut. Die Explosionen der Glock schienen wie durch Watte an seine Ohren zu dringen. Der Rückstoß riss den Lauf nach oben, sein zweiter Schuss traf die Wand über der Tür.

Aber mit seinem ersten Schuss hatte er die rechte Stirnhälfte von Sonja Beck getroffen. Die hübsche Stirn zerbarst. Ihr zerrissenes Gesicht erinnerte ihn an eine Teufelsfratze, als sei ihr wahres Wesen urplötzlich freigelegt worden.

Im Vorraum ratterte ein letzter Feuerstoß, dann war es urplötzlich still. Sonja Beck kippte nach hinten und fiel gegen den blonden Hünen, der mit einem tierischen Grinsen lässig aus dem Halbdunkel des Vorraumes in den Türrahmen trat.

Die rechte Hand lag am Abzug einer kleinen Schnellfeuerwaffe, die in Hüfthöhe an seiner rechten Seite baumelte und mit einem Schulterriemen gehalten wurde. Cromwell sah ihm den Spaß regelrecht an.

Er schoss wieder. Zweimal. Diesmal schätzte er den Rückstoß der Waffe besser ein.

In ihm war alles ruhig und kalt. Als sei er nicht er selbst. Und als habe er das schon immer gemacht. Schockzustand. Instinkt. Fliehen oder kämpfen. Er kämpfte. Das gelegentliche Training mit seinen alten Freunden zahlte sich nun doch aus.

Sonja rutschte langsam am Körper des blonden Hünen zu Boden. Dabei fiel ihr rechter Arm auf die Waffenhand des Fremden. Der Killer drückte ihren erschlaffenden Körper mit der Linken beiseite, um schießen zu können. Damit verlor er seinen Schild. Cromwells erster Schuss traf die tote Sonja in die rechte Schulter, sein zweiter Schuss jedoch den blonden Hünen mitten in die Brust.

Aus den Augenwinkeln sah Cromwell, wie Kristina durch das erneute Peitschen der Schüsse aus ihrer Erstarrung erwachte.

Sie schrie!

Dann wandte sie sich um und rannte zu der kleinen Tür, die

am Ende des Raumes in ein Nebenzimmer führte, von dem man wieder in den vorderen Raum gelangte.

Cromwell warf sich auf den Boden und rollte zur Seite. Viel zu langsam, schoss es ihm durch den Kopf. Viel zu langsam. Wie eine lahme Ente.

Ein letzter Feuerstoß aus der Waffe des blonden Hünen pflügte in das Linoleum kurz hinter der Tür, ehe er mit einem Ächzen zusammenbrach.

Im Aufspringen sah Cromwell einen weiteren Schatten, der durch das Halbdunkel des Vorraums huschte. Cromwell eilte hinter Kristina durch die kleine Tür in den Nebenraum.

In diesem Moment polterte etwas hinter ihm. Aus den Augenwinkeln sah er einen kleinen olivfarbenen Gegenstand, der unter den Tisch mit der toten Svenja kullerte. Er schlug die Holztür zu.

Kristina war auf dem Weg zum Vorraum, als eine heftige Detonation die Tür hinter Cromwell aus den Angeln hob und an ihm vorbeischleuderte. Die Stoßwelle warf ihn gegen Kristina. Beide stürzten zu Boden.

Schrapnelle zischten an ihnen vorbei, knirschten böse, als sie in die Wände drangen. Es knatterte wie ein kaputter Motor, dachte Cromwell, als Eisensplitter im Stakkato das Holz der Tür trafen.

Cromwell stieß die kniende Kristina beiseite und zielte auf den Schatten, der durch den Vorraum huschte.

Der Schatten hatte die Handgranate aus sicherer Entfernung in den Raum geworfen. Die tote Svenja hatte Cromwell noch einmal das Leben gerettet und die Wucht der Detonation abgefangen.

Sein Mündungsfeuer blitzte. Der Schatten hetzte weiter durch den Vorraum, dann war es schlagartig still.

Absolut still.

Nach einer Ewigkeit stöhnte jemand. Dann folgte ein schriller Schrei.

Cromwells Augen gewöhnten sich an das Halbdunkel. Glassplitter von zerschossenen Leuchten glitzerten im Licht der noch funktionierenden Lichtkegel.

Die toten Körper hingen verrenkt über Tischen, lagen darunter, lehnten über Computergehäusen, die Glieder seltsam verdreht. Alles war in seinem Kopf miteinander verschlungen. Er konnte nicht unterscheiden, zuordnen.

Er versuchte, sich zu erinnern, wie viele Jugendliche sich in dem Raum aufgehalten hatten. Fünf, sechs? Drei, sickerte es dann in sein Gehirn. Sie waren kurz vorher gekommen. Kristina hatte die Namen genannt. Drei. Mit der Zahl gelang es ihm, seine Gedanken zu bändigen und die Körper der Jugendlichen getrennt zu sehen.

Er drehte sich zu Kristina, die hysterisch schluchzte und ihn wegstieß, als er sie anfassen wollte. Dann schrie sie ihn an, rief nach Tobi, rief andere Namen.

»Komm, wir müssen hier weg!«, brüllte Cromwell zurück. Er packte sie an den Schultern, sie schüttelte sich los. Ihre Hände suchten nach seinem Gesicht. Brennender Schmerz zog sich über seinen Hals, als sie ihn kratzte.

Er antwortete mit einer kräftigen Ohrfeige mitten in ihr Geschrei hinein.

Sie stolperte, knickte ein. Er riss sie hoch und zog sie hinter sich her, während sie sich die freie Hand vor den Mund hielt und beim Anblick der verkrümmten und leblosen Jugendlichen stumm aufschrie.

Sie stolperten in den Innenhof. Immer noch zog er sie hinter sich her, riss an ihrem Arm, wenn sie zögerte oder sich dagegen stemmte. Mehrere Fenster waren aufgerissen, und Köpfe lugten heraus, die sofort zurückzuckten, als Cromwell nach oben sah.

Er zog die immer noch schreiende Kristina hinter sich in den Flur des Vorderhauses. Über ihnen auf der knarrenden Holztreppe tapsten hastige Schritte, die sich nach oben entfernten.

»Hör zu«, flüsterte Cromwell in Kristinas Ohr. Er drückte

sie gegen die Wand neben den Briefkästen, und sein Körper spürte ihre vollen Brüste und ihre Wärme. »Wir müssen jetzt hier raus. Trauern können wir später. Wenn wir jetzt auf die Straße gehen, benimmst du dich ganz normal. Hast du mich verstanden?«

Er sah ihr in die verheulten Augen. In ihnen tanzten tausend Sterne, die ihm alle Schuld der Welt gaben. Tränen sickerten aus den Augenwinkeln, und ihre Augen waren glasig von der Flüssigkeit. Endlich, nach einer kleinen Ewigkeit, nickte sie.

»Dann los.«

Er löste sich von ihr und nahm sie an der Hand. Die Waffe steckte er in seine Jacke. Sie traten auf die Straße. Gleißendes Sonnenlicht empfing sie.

KAPITEL 13

Dienstag, 6. Juni 2000

Die Sonne stand bereits weit im Westen, und ihre Strahlen brachen sich in den hohen Kiefern. Das Licht, das die Kronen durchdrang und nicht von einem der dunklen Stämme absorbiert wurde, zeichnete helle Flecken auf den schattigen Waldboden, der über und über mit Nadeln und Moos bedeckt war.

Cromwell hatte sich eine Liege aus dem Haus geholt und ein paar Meter vom Haus entfernt dicht am Stamm einer mächtigen Kiefer aufgestellt.

Er döste. Ab und zu kitzelte ihn ein Sonnenstrahl im Gesicht. Mit geschlossenen Augen lauschte er dem Rauschen der Wipfel in dem leichten Ostwind, der unten zwischen den Bäumen nicht zu spüren war. Der Geruch von Harz hing in der Luft.

Als ein Specht loshämmerte und unter der Borke nach Würmern suchte, öffnete er die Augen. Über sich sah er abgestorbene Äste, die erst nahe der Krone von grünen Zweigen abgelöst wurden. Zwischen den hohen Stämmen wuchsen überall junge Kiefern, verschrumpelt und verkrüppelt, trotzdem zäh dem Licht entgegenwachsend.

Ihre Zuflucht war eine Holzhütte von verwitterter dunkler Farbe, zusammengezimmert aus den verschiedensten Holzsorten. An vielen Stellen schimmerten die Wände grünlich. Moos und der Blütenstaub der Kiefern hatten sich über Jahrzehnte festgesetzt. Es war eine Sommerlaube, mit eigenem Brunnen und Stromanschluss, aber ohne Heizung.

Das Grundstück war mindestens viertausend Quadratmeter groß und lag am Rand eines Nestes namens Borkheide, rund sechzig Kilometer außerhalb Berlins. Ein breiter sandiger Weg führte an dem Grundstück vorbei; auf der anderen Seite lagen Schonungen mit halbhohen Kiefernzöglingen, dicht und an manchen Stellen undurchdringlich.

Nach der Flucht aus dem Computerclub hatte Cromwell die Taschen aus seinem Wagen geschnappt, dann waren sie in Kristinas Wohnung gefahren. Er hatte auf die Gefahr hingewiesen, aber sie hatte darauf bestanden, einige Sachen zusammenzusuchen und einzupacken.

Nach gut einer Stunde hatten sie das Ortsschild des Nestes passiert, und Kristina war von der geteerten Hauptverkehrsstraße abgefahren. Über Sandpisten und Waldwege waren sie zum Grundstück gelangt.

Im Radio lief eine Nachrichtenhatz. Immer wieder gingen Sondermeldungen ein. Zunächst war von zehn toten Jugendlichen berichtet worden, dann waren es acht, schließlich drei und drei tote Erwachsene. Die Sender berichteten von infernalischen Zuständen und wahren Blutorgien.

Kristina kam mit zwei Tassen Kaffee und setzte sich neben die Liege auf den weichen Waldboden. Eine Tasse reichte sie Cromwell, an der anderen nippte sie selbst.

»Schön hier, nicht?«

»Ungewöhnlich«, antwortete Cromwell, der als Großstadtkind so viel Grün auf einen Schlag nur schwer verdauen konnte. »Abends ist hier jedenfalls der Hund verfroren.«

»Miesmacher. Im Sommer ist es irre romantisch. Ich habe als Kind hier meine schönsten Stunden verbracht. Oma und Opa haben das Grundstück in den Fünfzigern gekauft und die Hütte gebaut. Als sie starben, hat mein Onkel alles übernommen. Meine Eltern machten sich nichts daraus. Alles zu dörflich.«

Sie sagte es mit flacher Stimme und ohne Emotion. Er spürte, dass sie in ihren Gedanken im Computerclub war. Aber seit sie das Grundstück betreten hatten, vermieden sie das Thema. Irgendwie musste jeder zunächst Abstand gewinnen.

»Eine richtige Datsche.«

»Ja und?« Sie wandte den Kopf zur Seite, um ihn besser sehen zu können. »In der DDR war dies ein sehr beliebtes Reiseziel. Und auch heute noch sind im Sommer die Lauben voll.«

»Der Ort ist sehr weitläufig. Außer dem Supermarkt, den ich vorhin gesehen haben, scheint es hier so gut wie nichts zu geben.«

Er war, nachdem sie ihre Sachen ausgepackt hatten, noch einmal losgefahren, hatte eingekauft. Dabei hatte er festgestellt, dass es innerhalb des Ortes ganze Waldstücke gab, die unbebaut waren. Eine weit auseinander gezogene Siedlung einzelner Häuser mitten im Wald.

»Da irrst du dich aber. Sogar ein Museum haben sie hier. Ein Flugzeugmuseum.«

»Na klar – und Klapperschlangen.«

Sie wandte sich ganz zu ihm.

»Doch. Hinter der Bahn. Ein Flugplatz und eine Iljuschin, glaube ich. Als Gedenken an Hans Grade.«

»Wer war das?«

»Ein deutscher Flugpionier. Der erste Motorflieger in Deutschland mit einer selbst gebauten Flugmaschine. Hat hier ein Flugzeugwerk gehabt, später hat er Autos gebaut.«

»Und warum ist er nicht bei Flugzeugen geblieben?«

»Wollte im Ersten Weltkrieg keine Militärmaschinen bauen oder so. Jedenfalls veranstalten sie hier jedes Jahr kleine Flugtage.«

Er sagte nichts darauf, sondern nippte an seinem Kaffee und ließ sich in die Stille fallen. Minutenlang blieben sie stumm.

Eine leichte Vibration ließ ihn die Augen wieder öffnen. Kristina hockte mit umschlungenen Armen vor der Liege, und ihr zuckender Rücken stieß immer wieder dagegen. Still schluchzte sie in sich hinein.

Er setzte sich auf.

»Tobi?«

Sie nickte. »Und die anderen.«

»Es tut mir wahnsinnig Leid.« Er wusste nicht, was er noch sagen sollte. Jedes Wort schien ihm falsch. Wie sollte er die Trauer ausdrücken, seine Schuldgefühle, andere in den Tod gejagt zu haben, nur weil sie hinter ihm her waren?

»Ich kann nur immer wieder sagen, es …« Er brach ab, als sie den Kopf schüttelte, den sie in ihren Armen verborgen hielt.

»Lass es gut sein«, sagte sie mit gedämpfter Stimme. »Du hättest uns niemals da reinziehen dürfen. Du hättest viel deutlicher sagen müssen, wie gefährlich das Ganze ist.«

»Ich habe es doch selbst nicht gewusst.«

»Heute Morgen schon.«

»Ja – verflucht!«, schrie er. »Ja und nochmals ja!« Seine Stimme zitterte vor Zorn. Er sprang auf und lief zu dem Stapel mit Ofenholz, der an der Hüttenwand unter einem Dachüberstand aufgestapelt war. Er nahm Scheite und schlug sie gegeneinander. Als die Welle der Wut weiter in ihm wühlte, warf er Scheite gegen Kiefernstämme und fluchte wild.

Er rannte los, lief zum Gartenzaun, der, windschief und halb verfault, nur notdürftig die Grenze markierte. Dann rannte er weiter den Waldweg hinunter, bis er außer Atem war. Schließlich setzte er sich an den Weg und stocherte mit einem trockenen Kiefernstock im märkischen Sand.

Als er eine gute Stunde später wieder zurückkam, stand Kristina in der Küche und briet Eier mit Schinken. Schweigend aßen sie.

Der Tisch wackelte und war mit Wachstuch überzogen, das an vielen Stellen Messerschnitte aufwies, in denen sich Schmutz sammelte.

»Wie geht es jetzt weiter?«, fragte Kristina schließlich.

Er riss ein Stück von dem Brot ab, das er aus dem Supermarkt mitgebracht hatte. Eine Weile überlegte er, dann sah er ihr fest in die Augen.

»Ich kann mich nicht einfach so der Polizei stellen. Jetzt noch weniger als vor ein paar Stunden. Ich habe nichts in der Hand. Ich werde gejagt als mehrfacher Mörder. Wenn ich wirklich was regeln will, dann muss ich rausfinden, was dahinter steckt. Ich muss die Hintermänner kriegen, aufdecken, wer mich jagt und warum.«

»Das Warum ist doch klar«, sagte Kristina. »Die CD-ROM. Die hast du einem amerikanischen General geklaut. So viel hast du ja mittlerweile gesagt. Also werden dich die Amerikaner jagen, sollte man annehmen. Damit wäre auch das ›Wer‹ geklärt.«

Cromwell schwieg.

Sie sah ihn traurig, aber entschlossen an.

»Ich will jetzt wissen, was auf der CD war.«

Cromwell räusperte sich.

»Halt mich aber bitte nicht für verrückt.« Er nippte an seinem kalten Kaffee und steckte sich eine Zigarette an, sog den Rauch tief ein. »Es scheint um fremde Intelligenz zu gehen.«

»UFOs?« Sie lachte unwillkürlich auf.

Er nickte. »Ja. Genau. Oder auch …«

Für einen Moment tauchte das Papier vor seinen Augen auf. Er versuchte, seine Gedanken an Zeilen festzumachen, die sich ihm besonders ins Gedächtnis gebrannt hatten.

»Es war die Rede von internationalen Vereinbarungen, Zusammenarbeit zwischen Russen und Amerikanern. Putin plant den Umbau seiner Streitkräfte. Da war von Kosmischen Streitkräften die Rede. Was immer das ist. Und von einer Gruppe, die entgegen den Vereinbarungen ein Objekt abschießen will, um es zu untersuchen.«

Er kramte mehr und mehr aus seinem Gedächtnis, und Kristina sah ihn mit ihren blauen Augen nachdenklich und fordernd an, als verlange sie noch mehr Einzelheiten.

»Verrückt«, sagte sie schließlich. »Das soll ich glauben? Glaubst du an so was?«

Sie stand auf und starrte zum Fenster hinaus. Dabei stützte sie sich auf der Platte der Küchenzeile ab, die vor dem Fenster in Höhe des Fensterbrettes entlanglief.

»Ich verstehe es einfach nicht.« Cromwell lachte zwischen den beiden letzten Bissen Ei und Brot, die er mit dem kalten Kaffee hinunterspülte, verbittert auf. »Die Struktur der Datei sah so aus, dass zunächst bestimmte Absichten der Russen beschrieben waren, die dann einer Wertung unterzogen wurden. Anschließend wurde auf eine Gruppe und Absichten hingewiesen, die unmittelbar mit dem davor nichts zu tun zu haben schienen.«

»Wo bleiben denn da die UFOs?«

»Einmal im letzten Teil waren sie direkt angesprochen. Der Vermerk vermittelte mir beim Lesen den Eindruck, dass es nur darum ging und alles damit zusammenhing.«

»Du glaubst also wirklich daran?«

»Bisher habe ich diese Geschichten immer als Ulk abgetan, habe mich drüber lustig gemacht. Fremde Intelligenz. Was soll das sein? Mir ist noch kein UFO begegnet, und ich kenne auch niemanden, dem das passiert wäre.«

»Es gibt aber genügend Gerüchte, dass sich Geheimdienste und Wissenschaftler mit unerklärlichen Phänomenen beschäftigen. Selbst in der Wissenschaft ist das Thema salonfähig.«

»Aber so konkret und ernsthaft? Ein General verfasst einen Bericht für den Nationalen Sicherheitsberater der Vereinigten Staaten.«

»Seid ihr in eurer Zeitung solchen Dingen nicht nachgegangen? Das wäre doch immer eine Schlagzeile gewesen.«

»Schon.« Cromwell nickte. »Wenn so ein Ding auf dem Alexanderplatz gelandet wäre, dann …«

»Was stand da noch?« Ihre Stimme war fordernd, klang gepresst.

»Da war von einem Institut in Zürich die Rede, von einem Zeitplan, dann waren da russische Namen, alles eher politisch als auf UFOs bezogen. Eine gemeinsame Raketenabwehr wurde erwähnt. Seltsam, denn das Abwehrsystem der USA wollte Clinton ja tatsächlich in Moskau …« Cromwell trank einen Schluck Mineralwasser und kaute langsam weiter. »Von einem Dolmetscher stand da auch etwas.«

»Was für ein Dolmetscher?«

»Irgendein Gespräch zwischen Gorbatschow und … Reagan!«

»Der amerikanische Präsident, der vorher als Schauspieler …«

»Allerdings«, warf Cromwell ein. »Manche sagen, die Präsidentschaft sei seine größte Rolle gewesen.«

»Und weiter?«

»Na ja, jedenfalls ging es um Absprachen.«

»Welcher Art? Warum?«

Er ließ die Gabel fallen.

»Weiß ich doch nicht!«, brauste er auf. »Ich erzähle nur, woran ich mich erinnern kann.«

»Ist ja gut«, erwiderte sie heftig. »Ich versuche nur, dir zu helfen, dass du dich erinnerst. Wenn ich den Text auch gelesen hätte, könnte ich jetzt helfen.«

Sie sah ihn kalt an. Cromwell stand auf und ging nach draußen. Er lief über das Grundstück. Weitere Einzelheiten tauchten als Bruchstücke auf.

Als er in das Haus zurückkam, lag ein Stück Papier mit einem Bleistift auf dem Küchentisch. Er verstand. Immer wieder ging er zum Tisch und notierte, was ihm einfiel, während Kristina nachdenklich und regungslos wie eine Statue am Küchenfenster stand.

»Es ging um die Raketenabwehr der Amerikaner«, sagte Cromwell schließlich. »Clinton war deswegen in Moskau. Die Regierungen haben verabredet, nicht als Erste mit kriegerischen

Handlungen zu beginnen. Irgendwelche Experten sind für eine friedliche Kontaktaufnahme. Hast du schon jemals etwas von Hochfrequenzwaffen gehört?« Cromwell schloss die Augen, um sich besser konzentrieren zu können.

»Fällt es dir immer so schwer, dir etwas zu merken?«, stichelte Kristina plötzlich amüsiert. »Keine gute Voraussetzung für deinen Beruf.«

»Ich bin angeblich auch nur ein mäßiger Reporter, wie mein Ressortchef mir erst vor wenigen Tagen deutlich mitgeteilt hat«, erwiderte er. »Irgendjemand handelt gegen die Weisungen der Regierungen: Leute, die ihr eigenes Süppchen kochen. Und Russland könnte darin einen Affront sehen.«

»Hört sich an wie eine Verschwörung«, sagte Kristina nachdenklich. »Namen?«

»Namen?« Cromwell steckte sich die nächste Zigarette an. »Tumanow, Putin, Jelzin, Kwaschin«, sagte er dann spontan.

Kristina schüttelte den Kopf und wollte gerade zu einer Erwiderung ansetzen, als im Fernseher die Regionalnachrichten des Ostdeutschen Rundfunks begannen.

Die erste Meldung galt der bisher vergeblichen Suche nach dem Killer-Reporter, wie Cromwell mittlerweile genannt wurde. Er rannte ins Wohnzimmer und sah noch eben ein Foto von sich auf dem Bildschirm, das er vor rund einem halben Jahr hatte machen lassen.

Dann berichtete die Nachrichtensprecherin über das Schlachtfeld in einem Computerclub in Berlin, mit dem Cromwell inzwischen in Verbindung gebracht wurde.

Man habe einen Mann und eine Frau gesehen, wie sie den Tatort verließen. Die Beschreibung des Mannes passte sehr gut auf Cromwell, wie er jetzt wohl aussah. Dann wurde ein Bild von Kristina eingeblendet, die im Zusammenhang mit dem Überfall als Zeugin gesucht wurde.

»Scheiße«, rutschte es Cromwell heraus.

»War doch zu erwarten«, sagte Kristina nüchtern. »Immerhin habe ich die Räume angemietet, und über Tobi finden sie auch ganz schnell zu mir.«

»Dich als Zeugin zu suchen ist doch nur ein Trick.«

Sie sah ihn zweifelnd an. Er erkannte, dass sie immer noch darauf hoffte, mit der Polizei den Weg gehen zu können, den man üblicherweise nahm.

»Überleg mal, was ich dir erzählt habe«, sagte Cromwell beschwörend. »Mir hat die Polizei auch nicht geholfen. Im Gegenteil. Ich bin immer weiter reingeschlittert. Meine Beweise sind verschwunden. Das ist ein abgekartetes Spiel. Da bestimmen nicht der Kriminalkommissar oder der Staatsanwalt, was passiert. Da stehen ganz andere im Hintergrund, die sagen, wo es langgeht.«

Er nahm ihr Gesicht in seine Hände, bis sie nickte.

»Du hast wahrscheinlich Recht.«

Plötzlich schmiegte sie sich an ihn, und er spürte ihre Wärme durch sein Shirt. Ihre Augen trafen sich. Wie ganz von selbst fanden sich ihre Lippen zu einem Kuss.

Doch plötzlich stieß sie ihn zurück, schüttelte den Kopf und rannte aus dem Raum.

So langsam bekam Mark Stuart ein Gespür für dieses monströse Gebäude. Mit jedem Tag kamen ihm die langen Flure mit den gleichförmigen Türen vertrauter vor. Gewöhnung. Anpassung an die Gegebenheiten. Ein riesiger Ameisenhaufen, vollkommen strukturiert.

Obwohl er sich mittlerweile sicher war, dass ihm hier keine Gefahr drohte, begleiteten ihn die beiden Männer vom Secret Service jeden Tag auf seinem Weg in das Pentagon und warteten geduldig im Vorzimmer von Wiggins' Büro.

Keanally war stets und jederzeit greifbar, um die offenen Fragen zu beantworten. Und Stuart hatte viele Fragen. In Wiggins' Unterlagen fanden sich eine Fülle von technischen Dossiers, die

Stuart nicht verstand. Sie betrafen die unterschiedlichsten Teststellungen von Wissenschaftlern und Militäreinrichtungen.

Seit nunmehr einer Stunde befasste sich Stuart mit einem Bericht, der mit Teststellungen der Universität Fairbanks in Zusammenarbeit mit der US Air Force zu tun hatte. Als Stuart meinte, die Hintergründe so einigermaßen verstanden zu haben, rief er Keanally zu sich, um mehr über die Tests zu erfahren.

»Wenn ich das richtig verstehe«, sagte Stuart, als Keanally sich ihm gegenüber auf die schwarze Ledercouch setzte, »dann testen sie da elektromagnetische Wellen, die einen undurchdringlichen Schild im Weltraum aufbauen, durch den nichts hindurchkommt.«

»Richtig.«

»SDI«, sagte Stuart und dachte an die Aktivitäten von Präsident Reagan, die er als Jugendlicher miterlebt hatte. Heute lief das unter einem anderen Namen. NMD – National Missile Defense. Nationales Raketenabwehrsystem. Gerade in diesem Sommer sollten endlich die ersten erfolgreichen Tests gelingen. Für Juli war wieder einer angesetzt. »Nach fast zwanzig Jahren.«

»Alles nicht neu. In Norwegen, genauer bei Tromsø, schießen sie seit Jahren Wellen in die Ionosphäre.« Keanally winkte gelangweilt ab. »Das Problem dabei ist, dass die Jungs nicht vorankommen. Man will sie bündeln, punktgenau einsetzen können wie einen Laser. Diese Wellenwaffen werden an den verschiedensten Standorten erprobt. Nur scheint es nicht so zu funktionieren, wie es geplant ist.«

Stuart überflog noch einmal den ersten Teil des Berichtes, in dem das Prinzip erläutert wurde.

»Eigentlich faszinierend einfach, wenn man das so liest. Es gibt da oben Energie in der Ionosphäre in Form von Teilchen, die nur in Bewegung gebracht werden müssen, um sich aufzuladen, und dann einen Schirm bilden, der alles zerstört, was durchfliegt.«

Keanally nickte. »Lange Zeit hat man daran ja auch nicht geglaubt.«

»Wer kommt auf solche Ideen?«, fragte Stuart plötzlich begeistert, den die Faszination mitriss wie eine Welle den Surfer.

Keanally verzog das Gesicht. »Ich weiß nicht, ob ich das alles zusammenbekomme. Wenn ich richtig informiert bin, geht das auf diesen Nikola Tesla zurück, der vor dem Zweiten Weltkrieg davon träumte, jeden mit Energie aus der Atmosphäre zu versorgen. Lief unter dem wirksamen Begriff ›Todesstrahlen‹ durch die Presse.«

Stuart hätte beinah laut aufgelacht, aber dann erinnerte er sich daran, was der Sicherheitsberater ihm letztens am Telefon gesagt hatte. Er solle vorsichtig sein mit dem, was er *nicht* glaube. Die Militärs arbeiteten an Dingen, die ein normales, durchschnittliches Hirn sich einfach nicht vorstellen könne. Immerhin betrage das schwarze Budget der nachrichtendienstlichen Forschungs- und Entwicklungsprogramme, über die das Pentagon keine Rechenschaft ablegen müsse, über dreißig Milliarden Dollar im Jahr. Keinesfalls solle er glauben, dass die Jungs es nicht ernst meinten mit ihren Forschungen.

»Wer war dieser Tesla?«

Keanally wiegte den Kopf und verzog das Gesicht, als leide er unter heftigen Schmerzen. Stuart fragte sich im Stillen, ob er schauspielerte oder wirklich Bedenken hatte, über diesen Mann zu reden.

»Ich will versuchen, objektiv zu sein«, sagte Keanally. »Ich kann das alles nicht beurteilen, aber man sagt, der Mann sei ein Genie gewesen. Studierte in Graz und ging 1882 nach Paris zur Edison-Gesellschaft, zwei Jahre später in die USA. Wieder zwei Jahre später entdeckte er die Vorteile des Wechselstroms und ließ sich danach verrückte Erfindungen patentieren, unter anderem, wie man elektrische Energie ohne Drähte übertragen kann. Der Mann wollte die elektrisch leitende Schicht der Atmosphäre nutzen, obwohl damals ihre Existenz nicht mal bewiesen war. Sein Traum: Jeder sollte kostenlos Strom erhalten.«

»Ein Albtraum für General Electric«, sagte Stuart halb scherzhaft und nippte an seinem schwarzen Kaffee, während er weiter interessiert zuhörte.

»Tesla glaubte, dass man elektrische Energie durch Schwingungen übertragen kann. Er hat Versuche durchgeführt, die dann aber aus Mangel an Geld und Erfolg eingestellt wurden. Seine Ideen haben ihn allerdings überlebt und wurden Jahrzehnte später wieder ausgegraben. Oder soll ich besser sagen: seine Arbeiten und Patente. Rund fünfzig Arbeiten von Tesla passen in die Entwicklung der Laser- und Partikelwaffen.«

»Verrückt!«, entfuhr es Stuart. »Sie wollen sagen, dass Teslas Ideen genau in die heutigen Anordnungen für Laserwaffen passen und mit ihrer Hilfe Probleme gelöst werden, die es dort gibt?«

»Ja.« Keanally seufzte lang gezogen, als könne er ebenso wenig verstehen, wie bereits vor rund siebzig Jahren Ideen entwickelt worden waren, die sich heute als richtig erwiesen. »Wie man so schön sagt: seiner Zeit weit voraus.«

»Und weiter?«

»Auf Basis von Teslas Theorien kam ein pfiffiger Physiker Anfang der Achtziger auf ein paar Ideen …«

»… Dr. Bernhard Eastlund«, sagte Stuart und blätterte rasch in den Schriftstücken, die er Wiggins' Panzerschrank entnommen hatte. »Hat bei der Atomic Energy Commission an Fusionsprogrammen gearbeitet …«

»… die er sich patentieren ließ und die nun in Alaska erprobt werden.«

»Zwölf Patente, um genau zu sein«, sagte Stuart mit einem Blick auf die Unterlagen. »Das Thema scheint General Wiggins wirklich beschäftigt zu haben. Er hat Randnotizen gemacht. Und er hat sogar den Weg der Patente verfolgt. Wirklich interessant. Die waren Eigentum einer kleinen Firma, die einer Ölfirma gehörte, die wiederum ihre Ölvorkommen in Alaska nun nicht mehr teuer transportieren muss, sondern jetzt das Öl für den Ionosphärenheizer verwenden kann. ›Zufall?‹ hat Wiggins hier an die Seite geschrieben. Die Firma mit den Patenten wurde dann von der E-Systems aufgekauft.«

Stuart blätterte aufgeregt in den Papieren, während Keanally ihn kalt musterte.

»Die Mitarbeiter dieser Firma haben eine *Need-to-know*-Befugnis. Immerhin arbeiten die viel für die NSA und CIA. Das ist die Firma, die GPS entwickelt hat. So jedenfalls schreibt Wiggins es hier. Und 1995 hat Rayethon die E-Systems aufgekauft. Damit liegen die Patente bei einer der größten Rüstungsfirmen.«

Keanally schwieg, während Stuart sich weiter durch die Papiere arbeitete.

»Hier«, sagte er schließlich zufrieden. »Hab ich es doch gewusst! Mittlerweile gehören die Patente einer anderen Firmengruppe. CEC. Corps of Engineers Corporation. Und sie haben auch angekündigt, was sie vorhaben: Fokussierung der Energie auf einen Punkt statt kegelförmige Streuung. Fokussierung von einem Watt elektrischer Energie pro Kubikzentimeter statt ein Millionstel Watt wie bei Forschungszwecken. Damit wollen sie alles vom Himmel holen, was sich dort bewegt.«

Keanally sah den jungen Referenten durch halb geschlossene Lider an. Langsam wurde es gefährlich. General Wiggins hatte mehr an Material gesammelt, als sie vermutet hatten.

Und der Bursche war genauer, als er es erwartet hatte.

KAPITEL 14

Freitag, 9. Juni 2000

Es war wie eine Feuerpause.

Die letzten zwei Tage waren ruhig verlaufen. Jeder der beiden hing seinen Gedanken nach, suchte in der neuen Welt zurechtzukommen.

Cromwell fühlte sich schuldig, Kristina und ihre Freunde in die Sache mit hineingezogen zu haben. Diesen Vorwurf meinte er immer wieder in ihren Blicken zu sehen, auch wenn sie es mit keinem Wort mehr erwähnte.

Die unausgesprochene Spannung zwischen ihnen baute sich immer weiter ab. Am Vorabend hatte er alles noch einmal auf den Tisch gebracht. Umso überraschter war er gewesen, als sie ihm erklärt hatte, dass sie mittlerweile seiner Meinung war, nicht die Polizei einzuschalten.

Der Abend danach verlief harmonisch. Cromwell stapelte an einer kleinen Feuerstelle vor der Hütte trockenes Holz und zündete es an. Sie saßen lange davor und starrten in das Feuer, als könnten die bleckenden Flammen das Drama der letzten Tage vernichten und sie in ihre heile Welt zurückbringen.

Wie selbstverständlich kam es zum ersten Kuss. Ihre unterdrückten Gefühle befreiten sich in einem Sturmwind der Erregung. Sie liebten sich mit unbändiger Gier, kuschelten sich aneinander und suchten die Zärtlichkeit des anderen. Ihre gegenseitige Wärme und Zuneigung ließ die Hoffnung keimen und sie von einer Zukunft träumen, die nach dem Ende des Dramas vielleicht möglich sein mochte.

Eng umschlungen schliefen sie ein.

Als sie am nächsten Morgen die Realität in Form der Nachrichten wieder einholte, waren die Probleme geradezu übermächtig. Die Polizei habe Großfahndungen eingeleitet, hieß es, und verfolge jede Spur. Ihre Bilder wurden jedes Mal neu eingeblendet, Belohnungen von jeweils zehntausend Mark sollten die Unterstützung der Bevölkerung sichern. Mittlerweile wurde Kristina ebenfalls verdächtigt.

»Wir können nicht ewig hier bleiben«, sagte er. »Irgendwann werden sie uns finden.«

»Das kennt hier keiner. Wie gesagt, nach Omas und Opas Tod hat dies alles mein Onkel aus Halle übernommen. Und der lebt allein. Er ist zurzeit auf Montage in der Ukraine. Ich habe vor zwei Wochen mit ihm telefoniert, als er losmusste. Er war fast ein Jahr ohne Arbeit und soll jetzt in einem Projekt für gut zwei Jahre dort arbeiten.«

»Wir brauchen Informationen«, ging er sein zweites Thema an.

»Tja, Internet gibt es hier nicht.«

Sie hatte schon mehrfach darüber geflucht, dass sie ihren Laptop im Computerclub zurückgelassen hatte. Bisher hatten sie sich auch nicht getraut, Freunde anzurufen, um die Ausrüstung zu verbessern. Sie trauten niemandem mehr.

Sie diskutierten, endlich rief Cromwell Sissi an. Seine Kollegin schien nur mäßig überrascht und hatte sofort eine Fülle von Fragen parat. Cromwell nahm ihr das Versprechen ab, ihm Informationen zu besorgen, und versprach dafür eine Exklusivstory in Form einer mittleren Atombombe. Bei so vielen Toten müsse das wohl auch so sein, knurrte sie.

»Mit welchen seltsamen Dingen beschäftigst du dich denn?«, fragte sie abschließend, als sie hörte, was Cromwell an Informationen haben wollte.

»Wart es einfach ab«, entgegnete Cromwell nur.

Im Laufe des Nachmittags fuhren mehrere Wagen auf dem

Waldweg am Grundstück vorbei. Jedes Mal beobachtete Cromwell genau, wo die Wagen hielten.

»Alles Pfingsturlauber«, sagte Kristina gelassen. »Die erste richtige Gelegenheit, die Datschen für ein paar Tage zu nutzen.«

Cromwell beobachtete, wie die Wagen weit entfernt vor einsamen Grundstücken hielten, dicke Vorhängeschlösser abgenommen wurden und kurze Zeit später wieder alles still war. Um das Grundstück herum gab es nichts als Wald mit dichtem Unterholz. Das nächste ständig bewohnte Haus war gut zweihundert Meter entfernt.

Mit einem alten Rad, das er in dem baufälligen Schuppen neben der Laube gefunden hatte, fuhr er noch einmal los. Auf sandigen Wegen legte er gut zwei Kilometer zur Hauptstraße zurück und besorgte sich in einem kleinen Lottoladen ein paar Zeitungen. In dem gegenüberliegenden Markt kaufte er etwas Brot und Käse. Sie hatten sich entschlossen, dass er die Einkaufstouren übernahm, weil das Bild, mit dem sie ihn in den Nachrichten suchten, veraltet war. Kristina hatte ihr Aussehen noch nicht verändert.

Bereits auf dem Rückweg, wendete er und fuhr wieder zurück zur Hauptstraße. Er hielt an dem kleinen Blumenladen und kaufte einen üppigen Strauß bunter Frühjahrsblumen.

Er roch Kristinas Körper, spürte das Kribbeln der letzten Nacht und sehnte sich nach ihrer Umarmung. Er fühlte immer noch den Druck ihres Körpers und verdammte die Umstände.

Den Blumenstrauß klemmte er auf den Gepäckträger und radelte los. Zunächst folgte er den sandigen Wegen. Als die Häuser und Lauben unter den Bäumen seltener wurden, fuhr er quer durch den Wald.

Er hatte noch nie so eine Gegend gesehen. Riesige Waldstücke, vollkommen wild und unberührt. Keine Zäune, überall Trampelpfade und Sandboden.

Ihm kam der Gedanke, ob er aus den bisherigen Erlebnissen einen Artikel machen und seiner Zeitung schicken sollte. Die Exklusivstory direkt vom Killer. Authentisch. Echt. Einmalig.

Für eine Exklusivstory war Kronberg sicherlich zu mancher Schandtat bereit. Was Cromwell wollte, war Hilfe. Zeit und Hilfe.

Wenn er einen vernünftigen Deal mit Kronberg hinbekam, konnte ihm die Veröffentlichung Schutz verschaffen. Wenn die ganze Geschichte öffentlich wurde, war er so schnell nicht mehr abzuservieren. Mit der Story im Rücken würden zu viele Fragen auftauchen.

Je länger er darüber nachdachte, umso besser gefiel ihm der Gedanke. Als er dicht am Grundstück war, hatte er praktisch seinen Schlachtplan fertig.

Unter den Reifen knackten die trockenen Kiefernäste; zweimal musste er absteigen, weil das dichte Unterholz ihn dazu zwang. Beim zweiten Mal orientierte er sich. Er konnte nicht mehr weit vom Grundstück entfernt sein.

Ein Lichtreflex ließ ihn genauer hinschauen. Zwischen den Bäumen meinte er den Weg zu sehen, der am Grundstück vorbeiführte. Erneut sah er einen Lichtreflex, als sich ein Sonnenstrahl brach.

Eine Autotür.

Der Sonnenstrahl hatte sich auf dem Seitenfenster gespiegelt, als die Tür geschlossen worden war. Der Wagen war weiß und stand versteckt zwischen den jungen Kiefern am Wegesrand.

Nach einer kurzen Orientierung war Cromwell sicher, dass der Wagen dicht am Grundstück parkte. Er selbst kam diesmal von der anderen Seite, deshalb war ihm nicht sofort klar gewesen, wie nah er der Datsche schon war. Ein Stück geradeaus sah er jetzt den verwitterten Zaun; die Hütte war zwischen dem dichten Unterholz kaum auszumachen.

Cromwell schlich zwischen den Bäumen zur Straße zurück und lief weiter bis zur Kreuzung. Er blieb in der Deckung eines großen Kiefernstammes und lugte nach links in Richtung des Grundstücks.

Eine Gestalt lehnte gelangweilt am Wagen und rauchte. Cromwell war sich im ersten Moment nicht sicher, dann schoss das Blut wie eine Schockwelle durch seinen Körper.

Kriminaldirektor Lanz!

Der Polizist starrte in die andere Richtung und blies den Rauch seiner Zigarette in den Himmel.

Wenn Lanz da war, waren auch andere da! Dann waren sie bereits auf dem Grundstück und warteten auf ihn.

Cromwell überlegte, wie er vorgehen sollte. In diesem Moment griff Lanz in seine Jackentasche, nahm sein Handy heraus und lauschte. Cromwell zuckte zurück, als Lanz sich kurz umsah und dann in den weißen Audi stieg.

Der Motor heulte auf, dann schoss der Wagen rückwärts über den Sandweg in die gegenüberliegende Schonung, bis er nicht mehr zu sehen war.

Minutenlang passierte nichts. Offensichtlich hatte Lanz Weisung erhalten, sich zu verstecken. Cromwell eilte über den Sandweg, verschwand ebenfalls in der Schonung.

Die Kiefern mochten bis zu zwei Meter hoch sein; auf dem Boden zeigten sich noch die Reihen angehäufelter Erde, in der die jungen Bäume gepflanzt worden waren. Die Kiefern standen dicht, sehr dicht, und boten bereits wenige Schritte von der Straße entfernt einen guten Sichtschutz.

Er schlich geduckt zwischen den Baumreihen entlang und achtete darauf, keine trockenen Zweige abzubrechen. Dann sah er den Audi. Sofort drang er noch tiefer in den Wald ein und schlug einen Bogen, um sich Lanz von hinten zu nähern.

Zuletzt ließ er sich auf den Waldboden nieder und kroch weiter, wobei vertrocknete Äste junger Kiefern seine Kleidung durchbohrten, ihn stachen und an manchen Stellen die Haut aufrissen.

Dann hockte er an der hinteren Stoßstange des Audis. Die

Seitenscheibe des Wagens glitt herunter. Lanz fluchte laut über die Weisung, sich ja nicht von der Stelle zu rühren.

»Scheiß Natur!«, schimpfte er und stieg aus dem Wagen.

Er ging einige Schritte nach vorn, sah zu beiden Seiten den Sandweg mit seinen Schlaglöchern hinunter und kehrte dann wieder zum Wagen zurück. Cromwell hockte immer noch hinter dem Kofferraum und hielt den Atem an.

Aber Lanz setzte sich auf die Motorhaube und zündete sich eine weitere Zigarette an. Die Trockenheit und die extreme Waldbrandgefahr kümmerten ihn nicht.

Cromwell umrundete den Wagen an der linken Seite und war mit drei Sprüngen bei Lanz. Ein Ast brach unter seinem Fuß und knackte verräterisch. Lanz drehte sich überrascht um. Cromwell drosch ihm den handtellergroßen Stein, den er im Kriechen an sich genommen hatte, mitten auf den Schädel. Röchelnd sackte Lanz in sich zusammen und rutschte von der Motorhaube auf den Sandboden.

Die Zigarette glitt aus seinen Fingern und fiel auf trockene Nadeln. Sofort kräuselte Rauch auf. Cromwell kickte mit der Schuhspitze etwas Sand auf die Stelle.

Hastig durchwühlte er die Taschen des Bewusstlosen. Er fand eine Walther mit Schalldämpfer und mehrere Ausweise.

Einer war ausgestellt auf das Bundeskriminalamt, ein weiterer gab ihm eine Identität als Mitarbeiter der Berliner Kriminalpolizei, der nächste wies ihn als Angestellten des Bundesnachrichtendienstes aus, und ein letzter behauptete, er sei Mitarbeiter des Bundesinnenministeriums.

Cromwell dachte nicht weiter darüber nach, sondern wuchtete Lanz in den Audi und fesselte ihm die Hände mit einem Seil, das er im Kofferraum fand.

Dann eilte er über den Weg zum Grundstück, stieg über den baufälligen Zaun und schlich zum Haus, wobei er immer wieder hinter dicken Kieferstämmen Schutz suchte.

Er war keine zehn Meter vom Haus entfernt, als er drinnen

Kristinas Schreie hörte. Die Schreie brachen abrupt ab. Böses männliches Lachen war zu hören, dann wieder ihre Schreie, die urplötzlich abbrachen.

Er rannte auf die Tür zu, die Walther durchgeladen und schussbereit. Er riss die Tür auf und stand unmittelbar darauf in dem kleinen Wohnraum.

Ein Mann stand ihm gegenüber, die Arme locker vor der Brust verschränkt, in der rechten Hand eine Waffe. Kristina lag gefesselt auf dem Boden, sein Schuhabsatz quetschte ihre rechte Halshälfte.

Der zweite Mann hockte seitlich von ihr. In seiner erhobenen Hand hielt er einen Totschläger mit biegsamer Spitze. Seine linke Hand lag locker auf ihrem rechten unteren Rippenbogen – so als suche er ein neues Ziel. Er war kurz davor, wieder zuzuschlagen.

Der andere reagierte verzögert auf die Bewegung an der Tür. Offenbar hatten sie sich völlig sicher gefühlt. Seine erste Bewegung galt der eigenen Sicherheit. Sein Fuß löste sich von Kristinas Hals, und er machte zwei Schritte zur Seite. Dabei öffnete er mit einer fließenden Bewegung die verschränkten Arme. Als er gegen den Tisch stieß, verlor er kurz das Gleichgewicht. Der Schwenk seiner Waffe wurde unterbrochen. Eine Sekunde lang. In solchen Momenten war das zu lang.

Die Walther in Cromwells Hand ruckte los. Mechanisch. Unkontrolliert. Er hielt einfach drauf. Der Schuss klang, als habe jemand eine Sektflasche geöffnet. Er traf den vor Kristina hockenden Mann in den Hinterkopf. Die Wucht warf ihn um; lautlos sackte er neben Kristina zusammen, immer noch in seiner hockenden Stellung. Der Kopf fiel auf die Dielen, dann kippte sein Körper zur Seite.

»Ihr Schweine!«, brüllte Cromwell und schwenkte den Lauf der Waffe.

Der andere hatte inzwischen sein Gleichgewicht wiedergefunden. Der Waffenarm beschrieb einen kleinen Bogen und fand sein Ziel. Cromwell sah den dicken und metallisch glänzenden Zylinder des Schalldämpfers, dessen dunkle Öffnung das Höllenfeuer ankündigte.

Instinktiv bewegte sich Cromwell zur Seite und zog den Abzug der Walther ein zweites Mal durch.

Er traf den Mann hoch in der rechten Brusthälfte, während vor ihm beinah lautlos die Luft explodierte. Die Kugel des Fremden raste bösartig sirrend an seinem linken Ohr vorbei.

Kristina schrie, aber er hörte sie nicht. Er sah nur den Killer, den die Wucht des Treffers nach hinten warf. Als sich seine Hand vom Griff der Waffe löste, stürzte Cromwell in panischer Angst auf Kristina zu.

Die Dunkelheit im Schuppen wurde von einem kleinen Feuer auf dem gestampften Boden durchbrochen. Die Flammen an den Scheiten loderten hell auf, wenn Cromwell in der Glut stocherte.

Der Schuppen war eine einzige Gerümpelkammer, voll gestopft mit Gartengeräten, altem Holz und Resten von Blumensamen. Mit müden und leeren Augen sah Cromwell in die hintere rechte Ecke des Schuppens, wo er das Gerümpel zur Seite geräumt hatte.

Als Belohnung hatte er sich zwei Gläser Rotwein gegönnt und anschließend mit grimmiger Wut einen alten Fleischerhaken in das Dachgebälk getrieben, um Taylor mit den Armen über dem Kopf daran festzubinden.

Es war kurz vor Mitternacht, und Kristina schlief seit Stunden. Gegen die Schmerzen nach den Schlägen hatte sie zwei Tabletten genommen, die sie noch von ihrer letzten Zahnbehandlung mit sich herumtrug.

Cromwell war ausgelaugt, leer. Seine Gedanken kreisten nur noch um die Frage, wie er alles rasch beenden konnte, aus all dem herauskam. Dazu brauchte er Informationen.

Er starrte den Mann düster an. Der Kerl musste fertig sein. Trotzdem kam er einfach nicht weiter.

Immer noch sickerte Blut aus der Schusswunde im rechten Schulterbereich, suppte die leichte Sommerjacke dunkelrot ein.

Taylor hatte jede Menge Blut verloren. Die dicke Mullbinde, die Cromwell anfangs auf die Wunde gepresst hatte, war abgefallen und lag mit dem verkrusteten Blut vor seinen Füßen auf dem gestampften Boden.

Immer wieder öffnete Taylor die Augen, ächzte und stöhnte in seiner Fesselung. Er schimpfte, beleidigte und höhnte.

Cromwell sah in die linke Ecke.

Dort lagen zwei Leichen.

Der mit dem zerfetzten Hinterkopf hieß Campell. Nach den Ausweispapieren ein Mitarbeiter der amerikanischen Botschaft, unter diplomatischem Schutz stehend.

Cromwell hatte ihn wiedererkannt. Er war einer der Männer, die mit Kriminaldirektor Lanz in jener Nacht, in der sein Bruder verhaftet wurde, in seiner Wohnung aufgetaucht waren. Er hatte an der Tür gestanden, ohne ein Wort zu sagen.

Die Ausweispapiere lagen auf einem kleinen Haufen. Sein Gefangener hatte auch einen amerikanischen Pass, ausgestellt auf den Namen Victor Taylor.

Daneben lag Lanz, der angebliche Kommissar oder was auch immer er gewesen war.

Cromwell hatte zu fest zugeschlagen. Als er zum Audi geeilt war, um Lanz zu holen, hatte er ihn tot vorgefunden. Aus den Nasenlöchern war Blut gesickert. Als Cromwell den Kopf abgetastet hatte, hatte er die weiche Stelle bemerkt, wo der Stein den Schädel zertrümmert hatte.

Wieder stocherte Cromwell in der Glut. Funken stoben auf; das Holz unter dem Vordach des Schuppens war jahrelang abgelagert und brannte gut. Harziger Geruch hing in der Luft. Das nahezu blinde Fenster des Schuppens hatte Cromwell einen Spalt geöffnet, damit der Rauch abziehen konnte.

Kristina lag in der Laube und schlief. Die Prellungen an den Oberarmen und am Rippenbogen von den gezielten Schlägen schmerzten, würden aber abheilen. Er war gerade noch rechtzeitig gekommen.

»Wasser!«

Die krächzende Stimme von Taylor riss Cromwell aus seinen trüben Gedanken. Taylors Kopf wackelte zwischen den hochgezogenen Armen, fiel dann wieder auf die Brust. Er hatte nicht mehr die Kraft, den Kopf aufrecht zu halten.

»Scheiß drauf. Du kriegst kein Wasser. Erst redest du!«

Cromwell verweigerte dem Killer jede Art von Erleichterung. Taylor spottete, zog mit Häme über Cromwell und Kristina her und machte sich darüber lustig, wie schnell das Versteck aufgeflogen war.

Lanz hatte in klassischer Polizeiarbeit Kristinas Onkel ausfindig gemacht. In Halle hatte die Befragung der Nachbarn des Onkels die kleine Laube zutage gefördert, und irgendjemand hatte auch den Ort gekannt, wo sie stand. Eine Nachfrage beim Melderegister des zuständigen Amtes hatte die Adresse geliefert.

»Sieh dir die Ausweise von Lanz an«, hatte Taylor gehöhnt, »dann ist dir klar, auf welchen Ebenen wir spielen.«

Cromwell wollte, dass er weiterredete. Sollte er sich sein Wasser doch verdienen.

Aber Taylor zog nicht mit. Im Gegenteil. Es schien, als zöge er einen psychologischen Test durch, den ihm seine Ausbilder für solche Fälle eingebläut hatten.

Gierig griff Cromwell nach der Rotweinflasche und setzte sie an die Lippen. Es war bereits die zweite Flasche Dornfelder, die er in dieser Nacht in kleinen Schlucken konsumierte. Etwas zu warm, fand er. Die Flasche hatte zu dicht am Feuer gestanden.

»Ich habe dir schon vor Stunden gesagt, dass du zu schwach bist, um es durchzuhalten.« Taylors Stimme war kaum mehr als ein kratzendes Flüstern. »Du bist für so was nicht geschaffen. Ein braver Bürger. Nicht mehr. Hoffnungslos überfordert!« Mit einem heiseren Lachen untermalte er seine Worte, schaukelte mit dem Oberkörper wie Schilfrohr in einer leichten Brise, weil seine Beine in den Knien längst vor Kraftlosigkeit eingeknickt waren.

»Wenn du mir etwas von deinem Wein abgibst, erzähle ich dir vielleicht, wieso und warum. Das ist es doch, was dich am meisten beschäftigt, nicht wahr?«

Die ruckartigen Bewegungen, mit denen Cromwell den Stock in die Glut stieß und damit Funken aufsteigen ließ, verrieten seine Erregung. Natürlich hatte dieser Scheißkerl Recht.

Überfordert. Und wie! Seit Tagen schon, von Anfang an. Als ob er das nicht wüsste.

»Ganz so schlecht kann ich aber nicht sein«, sagte Cromwell. »Immerhin habe ich bisher überlebt. Mehrere Anschläge, ein paar Fahndungen und die ganze Polizeimeute. Und euch! Ich habe euch fertig gemacht. Ihr seid Dilettanten!«

»Polizeimeute.« Taylor kicherte. »Lanz und seine Leute haben gesteuert, wie dicht die Kriminalpolizei an euch rankam. Dass dich die Berliner Kriminalpolizei vor uns erwischte, war reiner Zufall. War ja auch nur so eine zusätzliche Absicherung, der Deal mit den Toten in der Arztpraxis. Bot sich einfach an, die Leichen sinnvoll zu entsorgen. Wir lagen vor der Redaktion schon auf der Lauer.«

»Wie habt ihr uns beim Computerclub abgepasst?«

»Du bist noch krank vor lauter schlechtem Gewissen«, flüsterte die böse Stimme aus dem Halbdunkel zufrieden.

Cromwell trank einen weiteren Schluck Dornfelder. Ein paar Tropfen liefen an seinen Mundwinkeln herunter; er wischte sie mit dem Unterarm weg.

»Eine kleine Funkkamera in der Toreinfahrt hat euch aufgenommen. War oben links an einem Balken angebracht. Wir haben in der nächsten Querstraße gewartet. Wärst du bei deiner Straßenkontrolle bis zur nächsten Ecke gegangen, hättest du uns zuwinken können.«

»Und die Jugendlichen?«

»Pech. Die Welt ist voller Gefahren. Es gibt keine Lebensversicherung.«

Taylor hustete angestrengt. Er zog Lungenschleim hoch, spuckte. »Du wirst einfach nicht damit fertig, getötet zu haben. Deine Psyche ist brav. Du bist ein Gefangener deines braven Lebens. Und dazu noch dieser Bulle. Lanz. Keiner wird dir glauben. Dabei sehnst du dich danach. Du bist Freiwild. Mit jedem Tag, jeder Stunde mehr, seit du bei deinem Bruder aufgetaucht bist. Du hast es nicht begriffen, nicht wahr? Hast den Zeitpunkt zum Absprung verpasst. Und jetzt wird dir langsam, ganz langsam klar, dass alles Bisherige zu Ende ist. *No return.* Deshalb säufst du auch heute Abend.«

»Halt die Schnauze!«

Wieder drang ein überhebliches Kichern aus der Ecke.

Nach einer nachdenklichen Pause goss Cromwell etwas Rotwein in eine rostige Blechdose und stand auf. Er umrundete die kleine Feuerstelle und trat dicht an Taylor heran.

Dann zwängte er ihm den Rand der Blechdose zwischen die Lippen und hielt die Dose schief. Gurgelnd trank Taylor mehrere Schlucke, dann hustete er los, spie Reste des Rotweins aus.

»Schon wieder verloren«, röchelte Taylor, als Cromwell wieder am Feuer saß. »Den nächsten Test nicht bestanden. Du gibst mir zu trinken, weil ich dir Antworten in Aussicht gestellt habe. Du glaubst immer noch an die Wahrheit, an Versprechen, an Zusagen, an das Edle. Verabschiede dich davon!«

»Ich hatte tatsächlich gehofft, du würdest mir mehr sagen«, brummte Cromwell, der immer noch zögerte, das zu tun, was er notfalls tun wollte. Trotz allem war er noch nicht so weit, die Schwelle zu überschreiten.

»Ich weiß, worüber du seit Stunden nachdenkst. Ich kann dir ein paar Methoden nennen. Äußerst effektiv. Aber du schaffst das nicht. Und wenn, wird es dich dein Leben lang verfolgen.

Verfolgen, weil du es getan hast. Die Bilder werden dich innerlich zerfressen, unter deiner Hülle verfaulen lassen.«

»Du hast mich schon mehrfach unterschätzt. Deshalb hängst du ja da.«

»Du kannst es nicht.«

»Ich habe getötet.« Cromwell sah zur Leiche von Lanz. »Vorgestern noch hätte ich mir nicht vorstellen können, so etwas zu tun.« In seinem Kopf tanzten plötzlich die blutigen Bilder der letzten Tage. Er sah aufplatzendes Fleisch, zerfaserte Wundränder, die verrenkten Leichen im Computerclub. Dröhnende Explosionen schmerzten in den Ohren, und Aggressivität schnürte ihm den Brustkorb ein.

Wütend sprang Cromwell auf, griff eine Mistgabel und stieß die Zinken immer wieder in den gestampften Boden. Dann schleuderte er die Forke gegen die Wand, als er Taylors belustigten Blick sah.

»Klar. In Bedrängnis. In der Not. Ohne zu überlegen. Zufällig.«

Wieder drang dieses grausame Kichern aus dem Halbdunkel über die Flammen hinweg, und es klang wie grausame Versprechungen der Hölle.

»Bei dem, was du vorhast, musst du methodisch vorgehen, ein bestimmtes Ziel erreichen. Du tust es bewusst, aus freien Stücken. Weil es dein Wille ist. Kein Instinkt. Und damit kommst du nicht klar.«

Cromwell fluchte leise. Dieser Scheißkerl hielt einen Grundkurs in Psychologie ab und drückte die richtigen Tasten. Seit Stunden versuchte Cromwell, die Schwelle zu überwinden.

Er brauchte Informationen. Wenn er überleben wollte, musste er mehr wissen. Das war die nüchterne Erkenntnis, die er seit Stunden mit sich herumtrug.

Wenn der Kerl nicht redete, musste er eben gezwungen werden. Aber über diesen Punkt war er bisher nicht hinausgekommen.

»Sag mir, was du weißt, und ich bringe dich ins Krankenhaus.«

Taylor wieherte belustigt auf. Seine heiseren Töne vermischten sich mit dem Knistern des Feuers.

»Eine schöne Aussicht. Vielleicht tätest du das wirklich. Und vielleicht würde ich dann überleben. Aber ich will das gar nicht. Verstehst du? Ich will das nicht! Weil es nur eine nutzlose Verlängerung der Qualen ist, bis das nächste Kommando kommt und mich abserviert, weil ich bei dir versagt habe.«

»Du redest in Rätseln.«

Eine Weile war es still, als tanke Taylor Kraft. Das Knistern des Feuers war wie das Gekreische des Fegefeuers. Cromwell schwitzte. Sein Hemd klebte am Körper.

»Wir beide sind Rädchen in einem Spiel, das viel zu groß für uns ist. Ich gehe dabei drauf. Berufsrisiko. Ich habe mir meinen Job schließlich selbst ausgesucht, wusste, was auf mich zukommen könnte. Nun ist es so weit.«

»Eine heroische Einstellung. Wer oder was ist es, das dich so einfach aus dem Leben treten lässt?«

»Quatsch. Ich kenne mein Risiko.«

»Du bist schon gefoltert worden?«

Ein Brummen war zu hören, dann Stille.

»Wer?«

»Fick dich.«

»Sag mir, warum.«

»Deine Existenz stört. Sie stört einen anderen und seine Pläne. Ihr seid euch nie begegnet und werdet euch auch nie begegnen, vermute ich mal. Aber deine Existenz passt halt nicht in seine Pläne. Stell dir vor, du bist ein Bit zu viel im Programm. Noch dazu an der falschen Stelle auf der Festplatte. Und dazu noch im falschen Moment aktiv geworden. Ich bin der Magnet, der dich löscht, ausschaltet, neutralisiert. Ohne großes Nachdenken, Grübeln, ob das deine Existenz vernichtet, deine körperliche Existenz, meine ich. Du könntest auch ein Baum sein, der an der falschen Stelle steht. Du störst seine Pläne, dort eine Betonplatte zu gießen, wo du gerade stehst.« Taylor hustete vor Anstrengung. »Es ist einfach eine Frage der Macht.«

Cromwell war aufgestanden und stand jetzt direkt vor Taylor. Beide starrten sich an. Taylors Augen waren blutunterlaufen, die Äderchen waren geplatzt. In seinem Rücken spürte Cromwell die Hitze des Feuers. Schweiß rann an seinem Rückgrat hinunter.

»Wer und warum?«

Langsam, ganz langsam schüttelte Taylor den Kopf.

»Finde dich mit den Fakten ab. Dein Leben in der bisherigen Form ist zu Ende. Seit dem Tag, als du bei deinem Bruder die Leiche gefunden hast.« Taylor hustete wieder, der Schleim in seinen Mundwinkeln war leicht rötlich. »Andere werden kommen. Wenn du Glück hast, tauchst du irgendwo unter und gibst dein Leben lang keinen Pieps mehr von dir. Dann wirst du ihm vielleicht eine Zeit lang entkommen. Ansonsten heißt es: er oder du.«

»Wie in amerikanischen Filmen: Showdown! Der Zweikampf.« Cromwell lachte böse auf. Der Rotwein enthemmte ihn, vertrieb den Nebel, der die Wahrheiten bisher nur als Schemen zugelassen hatte. Wie leicht hatten sie ihn manipuliert, zum Töten gebracht, in dem sie Kristina bedrohten. Wie konnte er so schnell in diesem Moder versinken? Was wogen schon die Werte des so genannten normalen Lebens, wenn sie einem gerade jetzt nicht halfen? Was war das für eine Hülle aus Konventionen, wenn im entscheidenden Moment nur die Instinkte das Überleben sicherten? Trank er, weil er getötet hatte, oder trank er, um deren Welt akzeptieren zu können?

Er wusste es nicht. Hatte keine Antworten. War hilflos.

Die Wut über seine Hilflosigkeit kroch in ihm hoch, in seine Arme, seinen Kopf. Es war, als verbrenne heiße Lava eine grüne Wiese. Wenn ihre Regeln die Spielregeln des Überlebens waren, dann musste er sich eben anpassen. Seine psychologischen Sperren waren nach dem Rotwein und mit der Wut nicht mehr so unüberwindlich wie noch vor Stunden.

»Genau. Er oder du. Und ich würde mein Leben im Moment auf ihn setzen.«

»Warum?«, brüllte Cromwell.

»Weil ich dich kenne. Du kannst niemals so rücksichtslos sein, wie er es ist. Du bist allein, er ist pure Übermacht. In allen Belangen. Er hat die Macht, praktisch alles zu tun – du aber gewiss nicht.«

»Wo ist denn seine Macht? Du stirbst«, schrie Cromwell.

»Na und?« Taylor hustete. »Für dich bedeutet das doch: keine Informationen. *Du* bist am Ende.«

Cromwell stand mit geballten Fäusten vor ihm, sah in die niederträchtige Fratze aus Todesverachtung und Gemeinheit, die selbst jetzt noch triumphierte. Und er war nicht in der Lage, seine Hilflosigkeit abzuschütteln.

Cromwells Körper bebte, das kriechende Zittern in den Beinen raste plötzlich durch seinen Körper in den Kopf. Wie bei einem Blitzschlag brannten alle Sicherungen durch.

Aus seiner Brust drang ein befreiender Schrei, er wirbelte herum, riss einen der glühenden Äste aus dem Feuer und fetzte mit der freien Hand Taylors Hemd von der Brust. Dann schoss seine Rechte vor, den glühenden Ast in der Hand. Die Flammen tanzten gelb und rot vor Taylors nackter Brust.

Er schrie, ohne sich dessen bewusst zu sein. Er würde diesen Schweinekerl zum Reden bringen! Nichts würde ihn jetzt noch aufhalten. Er ließ sich nicht so einfach fertig machen.

Helle Schreie durchdrangen den Raum.

Cromwell schoss herum. In der Tür stand Kristina mit verzerrtem Gesicht und schrie immer wieder seinen Namen.

Ihre Hände waren zu Fäusten geballt. Sie schrie so lange, bis er den Ast mit der glühenden Spitze in das Feuer fallen ließ. Funken stoben auf und verbrannten seine rechte Hand.

»Was machst du da?«, schrie Kristina und hielt sich plötzlich am Türrahmen fest.

Taylors heiseres Lachen erfüllte den Schuppen. Wild, wirr, triumphierend. Cromwell drosch ihm die Faust ins Gesicht und hörte die Nase brechen. Alle Wut, Verzweiflung und Scham lagen in dem Schlag.

Kapitel 15

Samstag, 10. Juni 2000

Der Morgen dämmerte. Erstes Licht schmuggelte sich in den Wald, eine blasse Helligkeit löste die Schwärze der Nacht ab. Die ersten Vögel zwitscherten.

Kristina wurde von dumpfen Schmerzen in der rechten Seite geweckt. Der Rippenbogen, wo die Schläge sie getroffen hatten, war blaugrün verfärbt und geschwollen. Sie tastete immer wieder über die Stelle und zuckte bei der Berührung zusammen. Schließlich wälzte sie sich stöhnend aus dem Bett, kam vor Schmerzen kaum auf die Beine. Sie stützte sich an der Wand ab, bis die Schmerzwellen nachließen, dann ging sie in die Küche und schluckte eine weitere Tablette.

»Wir müssen etwas tun«, sagte sie und winkte ab, als Cromwell in die Küche kam und sich ihre Verletzung ansehen wollte.

Er stutzte.

»Ich habe dich gestern Abend entsetzt, nicht wahr?«

Sie nickte nur ganz leicht.

Er drehte sich um und ging ins Bad. »Am besten gehen wir zur Polizei. Und Taylor und die Toten nehmen wir als Präsent mit!«, rief er sarkastisch und hielt den Kopf unter den kalten Wasserhahn.

Sie hatten drei Stunden unruhig geschlafen. Ihm waren unablässig die grausamen Minuten mit dem flackernden Feuer und Taylors heiserem Röcheln durchs Hirn gespukt, und sie hatte immer wieder vor Schmerzen gestöhnt.

Kristina folgte ihm ins Bad und sah zu, wie er das kalte Wasser über seinen Nacken laufen ließ.

»Genau das meine ich«, zischte sie und starrte ihn wütend an. »Niemals … niemals … niemals werden wir so wie die!«

Er schnappte sich ein Handtuch und rubbelte sich die triefend nassen Haare trocken. Langsam wurde er wach.

Er starrte in den Spiegel. In die Augen konnte er ihr nicht sehen. Er wusste genau, was sie meinte. In der Nacht hatten sich seine Abgründe aufgetan wie der Schlund eines schlafenden Ungeheuers. Er schüttelte sich, als er daran dachte. Sie war es, die ihn davon abgehalten hatte, die Schwelle zu überschreiten.

Es machte ihn verlegen, und es grauste ihm vor sich selbst. Er starrte sein Spiegelbild an. Das mitgenommene Gesicht eines Menschen, der bis gestern geglaubt hatte, einigermaßen kultiviert und für alles gerüstet zu sein, was ihm passieren könnte.

Und doch hatte sie ihn davor bewahrt, in Taylors Welt einzutreten. Er ahnte, dass es kein Zurück mehr gäbe, wenn er diesen letzten Schritt erst einmal gegangen wäre.

»Danke«, sagte er plötzlich ganz leise und schüttelte dann immer wieder den Kopf.

Beide schwiegen.

»Wir müssen etwas tun. So geht es jedenfalls nicht weiter.« Kristina lief zurück in die Küche und brühte Kaffee auf. »Das betrifft unsere eigene Situation wie auch die von Taylor. Wir können ihn nicht krepieren lassen. Ich werde ihn nicht krepieren lassen.«

»Taylor würde nicht so viel Rücksicht nehmen.« Cromwell folgte ihr und lehnte sich an die Küchentür.

»Hör auf!«, schrie sie. Ihre Augen zersägten ihn. »Ich will nicht so werden wie die! Und du auch nicht!«

»Wenn ich es nicht schon bin«, murmelte er und dachte an die Toten. Die Menschen, die er getötet hatte. Er besah seine Hände, drehte sie, schüttelte den Kopf, als verstünde er nicht, was da passierte. Er spürte Magensäure in seinem Hals und Brechreiz aufsteigen.

»Lass es nicht noch schlimmer werden«, sagte Kristina ruhig, die ihn genau beobachtet hatte. Sie setzte sich an den Tisch, vor sich eine Tasse mit frischem Kaffee. Die Risse und Messerschnitte im Wachstuch des Küchentisches waren wie ein Labyrinth, kein Ausgang war zu erkennen. »Mit Taylor fangen wir an.«

»Was soll ich denn tun?« Er schrie. »Wenn er endlich reden würde, damit wir etwas in der Hand haben ... Aber nein, der Scheißkerl ist immer noch so stumm wie ein Toter. Uns glaubt doch keiner! Wo sollen wir hin mit ihm? Nenn mir eine Lösung, wenn du eine hast!«

»Jedenfalls lassen wir ihn nicht krepieren!«, schrie sie zurück und umfasste die Tasse Kaffee mit beiden Händen. Tränen traten ihr in die Augen und rannen die Wangen hinunter.

Plötzlich verkrampften sich ihre Hände. Sie schlug die Tasse auf den Tisch; sie zersplitterte, und Tonscherben spritzten über den Tisch. Der heiße Kaffee ergoss sich auf das Wachstuch. Kristina sprang auf und verzog das Gesicht zu einer grimmigen Maske, als der stechende Schmerz in ihrer rechten Seite wühlte. Wütend warf sie den Rest der Tasse gegen die Wand und rannte an ihm vorbei.

»Wo willst du hin?«

Sie antwortete ihm nicht und stapfte hinüber zum Schuppen.

»Mach keine Dummheiten!«, rief er und folgte ihr. Er holte sie an der Schuppentür ein und versperrte ihr den Weg. »Bitte!«

»Dann lass uns endlich nach ihm sehen.«

Cromwell nickte und zog die Tür auf. Im Halbdunkel des Innenraumes war alles nur schemenhaft zu erkennen: die Gartengeräte, der Fleischerhaken an der Decke, die ausgestreckten Körper der Toten mit der Plane darüber.

Kalter Rauch vom Feuer, das er in der Nacht mit mehreren Schaufeln Sand gelöscht hatte, hing in der Luft.

Taylors Körper ruhte an der gegenüberliegenden Wand, das Gesicht abgewandt. Cromwell hatte ihm die Hände auf den Rücken gebunden, die Fußgelenke gefesselt und dann das Seil an zwei verwitterten und schartigen Betonpfosten festgemacht, die früher als Zaunpfähle gedient hatten.

Die Decke, die er Taylor über den Körper geworfen hatte, war verrutscht.

»Ich gehe hin«, sagte Cromwell und trat vorsichtig an Taylor heran. Als der sich nicht rührte, packte Cromwell ihn an der Hüfte und drehte ihn herum.

Die starren Augen waren auch im Halbdunkel zu erkennen.

Mark Stuart lag im Bett und freute sich auf den Tag. Der Besuch des Präsidenten in Europa und sein Schnüffelauftrag im Pentagon waren ganz weit weg. Er dachte an Pamela Harrisman. Sie war eine junge Sekretärin im Stab eines Kongressabgeordneten, sah irre gut aus und wartete schon viel zu lange auf seine Einladung zu einer Spritztour ins Grüne. Heute würde er sie endlich anrufen. Ihre blitzenden Augen zogen ihn magisch an, und sein Wunsch war, dass er sich nicht umsonst Hoffnungen machte.

Um zehn Uhr waren alle schönen Träume dahin.

Sandy Berger, der Nationale Sicherheitsberater, war am Telefon und bestellte ihn für Punkt zwölf Uhr ins Oval Office.

Stuart fluchte und lästerte, beeilte sich dann aber, aus dem Bett zu kommen. Bei einem flüchtigen Frühstück rekapitulierte er in Gedanken die Unterlagen und Fakten, die er vortragen konnte.

Wenn er schon diese Chance bekam, dann wollte er verdammt sein, wenn er sie nicht nutzte. Clinton hasste langes Gerede. Knapp und präzise, dachte Stuart und strukturierte seine Facts immer wieder neu.

Als er endlich im Oval Office in der Sitzgruppe saß, musste er zunächst warten.

James Warrenton berichtete als Erster. Der Direktor der CIA war groß und schlank und hatte die Angewohnheit, seine ernsten Ausführungen immer wieder durch ein schiefes Lächeln zu unterbrechen, als könne er damit Einzelheiten weniger unangenehm darstellen.

»Alles in allem eine ziemlich unappetitliche Angelegenheit«, fasste Warrenton seinen Bericht zusammen. »Wiggins war schwul, tarnte das gut und ging offensichtlich bei seinem letzten Spaß drauf.«

»Keine Spuren von Fremdeinwirkung?« Sandy Berger führte die Gesprächsrunde. Der Präsident hörte still zu und fragte nur nach, wenn er mit dem Inhalt der Antworten nicht zufrieden war.

»Die Leiche ist überführt und untersucht worden.« Warrenton machte eine kleine Kunstpause, die den Präsidenten aufmerken ließ. Berger sah Warrenton ungeduldig an. »Infarkt. Wiggins hatte einen Herzfehler. So jedenfalls steht es auch in den ärztlichen Unterlagen des Pentagon. Die Autopsie hat es bestätigt. Die Ärzte sagen: Irgendwann musste es passieren. Und wenn man seinen Lebenswandel bedenkt, mit all diesen unappetitlichen …«

»Und Sie?« Sandy Berger unterbrach Warrenton und wandte sich an Stuart, um keine weiteren Diskussionen über irgendwelche sexuellen Praktiken aufkommen zu lassen. Der Präsident reagierte mittlerweile sehr gereizt darauf.

»Ich habe seine Unterlagen gesichtet«, sagte Stuart. »Der General hat eine Fülle von Material in seinem Panzerschrank gehabt, an den im Übrigen sonst niemand herangekommen ist. Sagt das Pentagon. Es war auf den ersten Blick nichts dabei, was aus meiner Sicht besonders verdächtig war.«

Stuart gönnte sich eine kleine Pause.

»Allerdings ist mir aufgefallen, dass der General seit einigen Jahren eine Position eingenommen hat, die früher die Air Force unter General Porters innehatte. Für mich stellt sich das so dar, als sei General Wiggins jemandem vor die Nase gesetzt worden.«

Der Nationale Sicherheitsberater räusperte sich. Stuart erkannte die Mahnung, aber er ignorierte sie. Wenn sie schon verlangten, dass er solch einen Auftrag übernahm, dann konnte er auch erwarten, alles auf den Tisch packen zu dürfen.

»Wenn ich richtig liege, dann gibt es eine präsidiale Beraterkommission, in der die unterschiedlichsten staatlichen Institutionen vertreten sind. NASA, NSA, CIA, FBI, Pentagon. Dazu die Vertreter der verschiedensten wissenschaftlichen Fachbereiche, genau genommen die Creme der amerikanischen Wissenschaft. Deren Erfahrungen und Wissen fließen über die verschiedensten Denkfabriken in den Kreis der Berater ein, die sich wiederum ihrer Fühler zu den Universitäten und Laboratorien bedienen, um das Thema aufzubereiten. Unser klassisches System.«

So weit nichts Besonderes, dachte Stuart. Wiggins zeichnete seit 1992 für den militärpolitischen Teil verantwortlich und war ab 1995 derjenige, der mit entschied, was und vor allem wie es dem Nationalen Sicherheitsrat oder dem Weißen Haus vorgelegt wurde.

Stuart holte tief Luft.

»Mein Eindruck ist, dass dieser General Porters und sein Space Bureau 1995 entmachtet wurden, weil sie ihr eigenes Spielchen spielten, manipulierten, wenn sie …«

»… junger Mann!« Sandy Berger wollte Stuart stoppen, der ihm zu forsch vorging, doch der Präsident winkte ab, und Stuart redete weiter.

»… mit ihrer Meinung in der präsidialen Beraterkommission nicht durchkamen. Und entgegen der Mehrheit der Wissenschaftler vertreten sie die aggressive Haltung.«

»Stuart, Sie haben es genau erkannt.« Der Präsident nickte heftig. »Eben das ist der Grund, warum General Wiggins von mir seine Aufgabe übertragen bekommen hat. Die Air Force hat Politik gemacht.«

Der Präsident warf einen Seitenblick zum Direktor der CIA,

als säße dort ein weiterer ungehorsamer Staatsdiener, der zwar die Weisung seines Chefs hörte, sie aber im eigenen Sinne interpretierte. Stuart erinnerte sich daran, dass dies wohl der vierte Geheimdienstchef in der Ära Clinton war.

»Was man wiederum auch verstehen kann«, warf Sandy Berger ein und nahm damit der Heftigkeit in den Worten des Präsidenten die Spitze. »Immerhin haben sie über Jahrzehnte den Auftrag eines Präsidenten ausgeführt, und alle Präsidenten danach haben sie in ihrer Tätigkeit unterstützt.«

Stuart sah in die hellen, ausdruckslosen Augen des CIA-Chefs. Aber dort war keine Gefühlsregung erkennbar. Nach Stuarts Recherche war die CIA Anfang der Sechziger ebenfalls ein Opfer des Space Bureau geworden, nachdem General Osmond seinen Auftrag erhalten hatte.

Sämtliche Zuständigkeiten waren auf das Space Bureau übergegangen; alles, was die anderen auf dem Gebiet taten, war lediglich Zuarbeit unter der Steuerung des Space Bureau. Auch die CIA, die das Phänomen fremder Intelligenz vorher bei den unterschiedlichsten Stellen untersucht hatte, wurde Opfer eines internen Machtkampfes.

Dies deckte sich auch mit der grundlegenden Bedeutung der Air Force, die erst im September 1947 als eigenständige Streitkräftegattung aus der Army ausgegliedert worden war und von Jahrzehnt zu Jahrzehnt an Bedeutung gewonnen hatte. Militärtechnisch gesehen waren die letzten fünfzig Jahre ein einziger Siegeszug der Luftstreitkräfte gewesen. Selbst die Verteidigung des nordamerikanischen Kontinents lag auf Grund der waffentechnischen Entwicklung nun zentral in den Händen der Luftstreitkräfte. Sie überwachten den Luftraum, das Weltall, sie steuerten selbst die Satelliten des Pentagon, sie waren die Hüter der Interkontinentalraketen, sie machten die ungeheuerlichsten Sprünge in der Waffentechnologie. Der Weltraum sollte die Erfolgsstory fortsetzen.

Stuart wurde mit einem Mal klar, wie sehr diese Entwicklung

das Ego der Handelnden beeinflusst haben musste. Und dann kam Clinton und setzte ganz andere Prioritäten.

Mit seinem gespaltenen Verhältnis zu den Streitkräften und deren Urteil zu ihrem neuen Präsidenten wurde verständlich, warum General Porters mit seiner Meinung über den Primat militärischer Lösungen plötzlich zum Außenseiter wurde.

Porters musste sie alle hassen, dachte Stuart, insbesondere Wiggins, den man ihm vor die Nase gesetzt hatte. Einer der ihren, ein ehemaliger General der Air Force, stand plötzlich dem eigenen Stall kritisch gegenüber und bremste die Ausführung der Pläne.

»General Wiggins muss für seine ehemaligen Kameraden ein rotes Tuch gewesen sein«, sagte Stuart schließlich, nachdem ihm die Gedanken durch den Kopf geschossen waren.

»Da kenne ich noch andere.« Der Präsident setzte bei diesen Worten sein jugendliches Lächeln auf und blickte leicht spöttisch in die Runde. »Deshalb bleibe ich auch misstrauisch. Was ist da los in Berlin, Warrenton?«

»Derzeit geschehen seltsame Dinge in Berlin, die wir noch nicht ganz einordnen können.« Warrenton hatte sofort die Aufmerksamkeit aller. »Unsere Kontaktleute wissen inzwischen, dass es kurz nach dem Tod von Wiggins einen Anruf beim Polizeipräsidenten von Berlin mit einem Hinweis gegeben hat. Außerdem liefen Kontakte über unsere Botschaft, die wir noch untersuchen. Der Mieter der Wohnung, in der Wiggins gefunden wurde, ist verschwunden. Außerdem sucht die Polizei einen Reporter, der etwas mit der Sache zu tun haben soll. Der Mann zog eine wahre Blutspur durch Berlin. Die Deutschen hüllen sich in Schweigen und verweisen auf einen militärischen Kontaktmann der Botschaft, den wir aber noch nicht kennen.«

»Die Deutschen sollen sagen, was los ist. Oder muss ich erst den Schröder anrufen?«

»Wir regeln das auch so«, knurrte Warrenton. »Vor allem

müssen wir diskret vorgehen. Die Deutschen müssen ja nicht mitkriegen, was bei uns los ist.«

Clinton musterte den CIA-Chef nachdenklich. Unausgesprochener Unmut hing im Raum.

Stuart ergriff das Wort und berichtete über die Unterlagen in Wiggins' Panzerschrank. Immer wieder unterbrach ihn Clinton und fragte nach Einzelheiten. Stuart wusste aus den Erzählungen der anderen Angestellten, wie genau Clinton mit Details umging und diejenigen herausfilterte, die einmal für ihn wichtig sein könnten.

»Auffällig ist, wie intensiv er sich um das HAARP-Projekt gekümmert hat.«

»Die Strahlenwaffen?« Clinton sah in die Runde. »Da sind doch die Mittel seinerzeit gesperrt worden.«

»Vierundneunzig«, bestätigte Stuart.

»Die Air Force scheint damit wirklich sehr gute Fortschritte zu machen«, mischte Warrenton sich ein. »Wenn wir auch nicht genau wissen, wo sie stehen. Wir selbst haben in bescheidenem Rahmen auch Tests mit Strahlenwaffen angestellt, die Erfolg versprechend waren. Während wir allerdings nur Ansätze in der Grundlagenforschung machen konnten, ist das Projekt der Air Force ein Mammutunternehmen.«

»Woher kommt das Geld?«

»Da stecken viele private Investitionen drin«, erwiderte Warrenton ruhig.

»Genau.« Stuart nickte heftig. »Ich habe die Kette der Patente gefunden, auf deren Basis geforscht wird. Da sind verschiedene Rüstungsfirmen beteiligt. Die Patente hält ein Unternehmen namens Corps of Engineers Corporation. Wiggins hat sich ganz besonders intensiv mit dem Zusammenhang beschäftigt.«

Clinton war plötzlich sehr nachdenklich und verlangte nach mehr Details. Stuart aber bemerkte bei einem Seitenblick, wie Warrenton aufhorchte, als er den Namen des Unternehmens nannte.

»Und wo bei all dem hat Lewis von der National Security Agency seinen Auftritt?«

Stuart sah irritiert in die Runde, während Clinton den CIA-Chef und seinen Nationalen Sicherheitsberater herausfordernd ansah, als erwarte er eine gute Begründung für eine unglaubliche Spekulation.

»Lewis als einer der stellvertretenden Direktoren der NSA war zusammen mit Sam Cushing und Porters unterwegs. In Alaska. Danach hat Cushing wieder eine seiner legendären Partys gegeben. Und wiederum kurz danach stirbt Lewis bei einem Autounfall mit so viel Alkohol im Blut, dass es für drei wilde Partys gereicht hätte.«

»Worin besteht hier die Verbindung?«

Stuart bemerkte die drängende Ungeduld in der Stimme des Präsidenten.

»Lewis hat mit Wiggins wenige Tage zuvor telefoniert. Die NSA hat das Gespräch herausgefiltert.«

Stuart verstand. Mit ihren weltweiten Horchposten fing die NSA den Funkverkehr auf und filterte über das Echolon-System die Verbindungen heraus, die bestimmte Codewörter benutzten. So kam der Nationale Sicherheitsberater, dem die NSA unterstand, täglich an bedeutsame Informationen.

Die Stille, die eintrat, gab allen die Gelegenheit, in die gleiche Richtung zu denken.

»Worum ging es?«

»Das ist leider nicht mehr feststellbar.« Wie Warrenton berichtete, war ausgerechnet die Aufzeichnung dieses Gespräches verschwunden. Offensichtlich gelöscht. Dabei sei demjenigen, der dies zu verantworten hatte, ein Fehler unterlaufen, sodass man zwar noch die Tatsache des Telefonates feststellen konnte, aber nicht den Inhalt. »Wir wissen erst seit einigen Stunden davon.«

»Noch was?«, knurrte der Präsident unwirsch.

»Die Experimente des HAARP-Projektes beruhen auf Patenten des Forschers Tesla. Und diese Firma, die jetzt Inhaber der Patente ist … nun, sie gehört Sam Cushing.«

»Was soll das heißen?«, fragte Sandy Berger.

»Lassen Sie uns einige Annahmen treffen … Lewis war wenige Tage vor seinem Tod auf einer geheimen Reise. Wenn alles stimmt, war er in Alaska … in der HAARP-Versuchsanlage. Dann erfolgte sein Anruf bei Wiggins … sein Tod …« Warrenton brach ab.

Wie sicher das sei, wollte Berger mit verkniffenem Gesicht wissen. Ihm stand der Ärger deutlich ins Gesicht geschrieben, dass der CIA-Chef ihn über Dinge unterrichtete, die er eigentlich von der NSA als dem ihm direkt unterstellten Dienst erwartete.

Relativ sicher, aber noch nicht bewiesen, erwiderte der CIA-Chef ruhig. Die Verfolgung der Spur dauere noch an.

Der Nationale Sicherheitsberater schüttelte nach einer längeren Pause den Kopf. Stuart wartete ab. Die drei Männer verfügten über Informationen, die er nicht kannte.

Clinton blickte wütend in die Runde.

»Wenn die sich nicht an die beschlossenen Richtlinien halten, dann können wir unsere Absprachen mit den Russen vergessen. Und unser Konzept zur weltweiten Akzeptanz des Raketenabwehrschirmes auch.« Der Präsident sah den Nationalen Sicherheitsberater und den CIA-Chef entschlossen an. »Ich will wissen, was da läuft. Finden Sie heraus, was die da tun und warum.«

Sie gingen sich die ganze Zeit über aus dem Weg.

Die Stimmung war auf den Tiefpunkt gesunken. Er konnte mit ihr nicht mehr reden.

»Wir sind hier wie auf dem Präsentierteller«, sagte er mehrmals und dachte daran, was passieren würde, wenn Lanz oder Taylor irgendwo eine Nachricht hinterlassen hatten, wohin sie gefahren waren.

»Na und. Dann ist es eben zu Ende.«

Kristina zuckte immer nur gleichmütig mit den Schultern. Ansonsten war jeder ihrer Blicke ein stummer Vorwurf.

Mittags verschwand sie plötzlich. Er war im Schuppen und deckte die Leichen ab, so gut es ging. Sie hatte nicht gefragt, was er vorhabe, als er in den Schuppen ging. Er wollte sie ohnehin nicht dabeihaben.

Als er aus dem Schuppen trat, hörte er einen Motor aufheulen. Dann sah er den Audi von Lanz davonfahren. Kristina saß am Steuer.

Hilflos blickte er ihr nach. Er rief ihr nicht einmal hinterher. Der Wagen holperte durch die Schlaglöcher und wirbelte eine riesige Sandwolke auf.

Er ging in die Laube. Ihre Sachen lagen noch da. Nur die Handtasche hatte sie mitgenommen. Er gab sich zwei Stunden, dann würde er entscheiden, wie er weiter vorgehen wollte.

Nach einer Stunde kam sie mit einer Apothekentüte zurück.

»Ganz schön gefährlich«, sagte er, als sie ausstieg.

»Ich war nur im Nachbarort.«

»Du bist kreideweiß im Gesicht. Kipp nicht um.«

Sie musterte ihn kühl.

»Ich fühle mich auch beschissen.«

Sie ließ ihn stehen und legte sich ins Bett.

Er fuhr den Audi wieder tiefer in die Schonung und vertrieb sich die Zeit mit kleineren Arbeiten auf dem Grundstück. Dabei dachte er über ihre Situation nach.

Immer wieder schreckte er auf, wenn er Stimmen hörte. Spaziergänger liefen am Grundstück vorbei, aber keiner zeigte ein besonderes Interesse.

Als es Abend wurde, kam sie aus dem Haus. Er saß vor der Laube auf der Erde, die Beine angewinkelt, und starrte vor sich hin. Mückenschwärme tanzten zwischen den Kiefernstämmen. Der Waldboden lag an manchen Stellen bereits im Halbdunkel.

Sie setzte sich ein paar Schritte entfernt von ihm hin. Er sah kaum zu ihr, und sie schwiegen.

»Ich bin noch nie weggelaufen in meinem Leben«, sagte sie schließlich. »Und ich werde es auch jetzt nicht tun.« Ihre Stimme klang trotzig und entschlossen.

»Das heißt …«

»… dass wir uns wehren!«

Er nickte. »Ich bin der gleichen Meinung. Polizei?«

Sie schüttelte den Kopf.

»Es wird gefährlich werden«, sagte er.

»Was kann noch schlimmer sein als das, was wir bis jetzt durchgemacht haben?«

»Ich habe die ganze Zeit darüber nachgedacht, wo wir anfangen könnten.«

»Ich auch …«, murmelte sie.

Sie sahen sich an.

»Wir denken beide in dieselbe Richtung?«, fragte er schließlich.

»Zürich …«

Er nickte.

»Dieses Friedensinstitut. Zürich ist nicht allzu weit weg. Und doch weit genug, um vielleicht unerkannt …«

Er stand auf, ging ins Haus und kam mit dem Handy von Lanz zurück. Es war immer noch im Betriebsmodus, aber der Akku neigte sich dem Ende zu.

Er rief Sissi an und vereinbarte einen Treffpunkt. Als Erstes brauchten sie Informationen.

KAPITEL 16

Samstag, 10. Juni 2000

Gegen Abend erreichten sie das Canoncito-Reservat nahe Albuquerque. Garry bog von den Hauptstraßen auf sandige Pisten ab.

»Heute lernen wir stolze Krieger kennen«, sagte Louise lachend, als Garry über die immer schlechter werdenden Wege fluchte.

»Navajo. Räuber.« Er lachte, um es nicht so hart klingen zu lassen. »Stolze Krieger sind *wir.*«

Garry ließ sich nicht aufhalten. Er berichtete, wie seine Vorväter fischen gingen, als Fährleute im Colorado River arbeiteten und die Goldsucher transportierten. Er erzählte ihr wieder von der Eigenheit des Stammes, anstelle von großen religiösen Zeremonien, wie sie etwa bei den Hopis üblich waren, zu träumen. Denn der Schöpfergott Matavile hatte den Mohave das Träumen beigebracht. Und er hatte ihnen gesagt, dass es eigentlich nichts im Leben zu lernen gab, sondern dass der Weg eines Einzelnen und das nötige Wissen in Träumen vermittelt würden.

Garry erzählte auch, was für große Krieger sie waren, denn die Mohave führten Kriege weniger aus wirtschaftlichen Gründen denn zur Befriedigung gesellschaftlicher Bedürfnisse. Krieg diente der Bestätigung des eigenen Status in der Stammeshierarchie, und am höchsten angesehen war die Kriegerkaste *kwanami.* In sie trat man ein durch seine Träume, von denen diejenigen am höchsten angesehen waren, in denen man einen Falken sah.

Louise Shealy lächelte mit geschlossenen Augen. Als Anthropologin hatte sie ihr ganzes Leben mit der Erforschung der Geschichte der Naturvölker des Südwestens und Mexikos verbracht und ihre religiösen Eigenheiten studiert.

Garry half ihr, wo er konnte, und verdiente sich so etwas dazu. Und sie genoss seine eifernden Erzählungen.

Vorbei an einer Gruppe von Campingwagen rumpelte Garry in eine Mondlandschaft, bis Louise auf einer kahlen Erhebung bat, dass er anhalten solle.

Sie stieg aus. Vor ihr breitete sich eine wilde Canyonlandschaft aus, über der die Sonne langsam unterging. Die Berge in der Ferne waren in ein sanftes Blau getaucht, während die sandigen Farben in der Nähe in den unterschiedlichsten Tönen leuchteten.

Sie genoss den Anblick, die Wildnis, die Unschuld der Natur.

»Ist es noch weit?«, rief Garry endlich und unterbrach damit ihre stille Meditation.

»Du bist unmöglich«, sagte Louise und stieg wieder in den Wagen. Garry fuhr sie seit Jahren, aber für ihre Ausflüge in die Wüste zu den einzelnen Indianerstämmen hatte er nicht viel übrig. Wenn es nach ihm gegangen wäre, wären sie alle nach Las Vegas gekommen.

Eine halbe Stunde später hielten sie auf einer kleinen Anhöhe vor einigen Zelten. Lagerfeuer knisterten zwischen den Zelten, und der Duft von Lammeintopf und dem gebratenen Brot aus ungesäuertem Teig stieg Louise in die Nase, kaum dass sie den Wagen verlassen hatte. Die Navajos begrüßten sie ehrfürchtig.

Hernando war klein und sah ungemein zäh aus. Er war der geistige Führer dieser Canoncito-Navajo. Dabei war er gut zwanzig Jahre jünger als Louise und hatte ein wissendes Lächeln, das alles zu verstehen schien.

Sie umarmten sich zur Begrüßung, und Hernando machte eine anerkennende Bemerkung über die Mühe, die sie sich machte, um ihn zu besuchen. Dann führte er sie und Garry zum

Lagerfeuer, und die nächsten zwei Stunden vergingen mit Essen und Schwatzen. Erst als alle langsam müde wurden und sich in die Zelte zurückzogen, gab Louise Garry durch einen Wink zu verstehen, dass sie nun mit Hernando allein sprechen wolle.

»Dein Volk ist zufrieden und glücklich«, sagte sie nachdenklich.

»Sie waren heute mit mir im heiligen Canyon und haben die Gebete gesprochen. Wir haben Samen und Zweige als Opfergaben ausgestreut und für den Fortbestand unseres Stammes und der gesamten Menschheit gebetet. Wir haben den alten Glauben geehrt und unserer Schöpfungsgeschichte gedacht.«

Louise wusste, dass er von den Petroglyphen tief im Canyon sprach, wo die Schöpfungsgeschichte in Stein gemeißelt war. Sie erinnerte sich an die unzähligen Lebensformen, die dargestellt waren, und die seltsamen Wesen, die die Navajos für Götter hielten.

Immer wieder war sie in den Jahrzehnten ihrer Forschung auf ähnliche oder gleich gelagerte Grundmuster in der Götterwelt der Eingeborenen gestoßen. Ob es nun die ersten Siedler im Südwesten, die ausgestorbenen Anasazi, waren, oder ob sie sich die Geschichten der Hopis und Pueblos anhörte oder die Aufzeichnungen der Azteken oder Mayas ansah: Alle sprachen von mehreren Welten und von fremdartigen Wesen, die die Erde und die Menschen erschaffen hatten.

Und sie hatten Erklärungen für die Phänomene der Welt, die die moderne Physik zwar beschreiben, aber nicht plausibel machen konnte.

In ihren Augen war der philosophische und ganzheitliche Ansatz der Indianer mittlerweile glaubwürdiger als jede separatistische physikalische Betrachtung. Auch sie glaubte, dass alles, was irgendjemand irgendwo tat, immer Auswirkungen auf das Ganze hatte. Und wenn es um das Zertreten einer Ameise ging.

»Ich komme wegen des Schädels«, sagte Louise plötzlich leise und mit gesenktem Haupt. Sie starrte in die zuckenden

Flammen; die Hitze brannte auf ihrer Gesichtshaut, als sie für einen Moment zu nah ans Feuer kam, weil sie sich eine Zigarette anzündete.

Hernando schwieg lange. Dann sprach er ruhig und mit vollkommen ernster Stimme.

»Du weißt, dass die Spanier, als sie in unser Land kamen, auf die ›Schädel-Leute‹ trafen. So nannte man die Canoncito-Navajo. Und du weißt auch, dass unser ursprüngliches Stammesland auf einer Karte die Form eines Schädels hat. Ich habe dir die Karte gezeigt mit dem heiligen Berg des Kristalls. Und ich habe dir gesagt, wir wollen nicht, dass es bekannt wird. Unsere Alten sagen, wir sollen nicht darüber reden. Nur dann, wenn die Zeit gekommen ist.«

»Ich weiß. Aber die Zeit wird bald kommen.« Louise seufzte und richtete sich auf. Ihr Rücken schmerzte. Sie war einfach zu alt für diese Abenteuer. »Ich muss noch einiges klären und eine Entscheidung treffen. Und da mir mein Arzt gesagt hat, dass ich spätestens in wenigen Monaten dorthin zurückkehren werde, woher ich komme, muss ich es wissen.«

Wieder schwieg Hernando eine Weile, tief in die Gedanken an die vom Vater auf den Sohn übertragenen Geschichten versunken.

»Du stirbst.«

Sie nickte. »Krebs. Die Lunge. Das Rauchen.«

Er schwieg eine Weile.

»Wir haben keinen Schädel. Wir kennen nur ihre Geschichte und ihre Bedeutung. Unsere Geschichte besagt, dass wir einen Schädel besaßen, der selbst im Tageslicht heller strahlte als die Sonne. Die Spanier gerieten in Panik, als sie das sahen, und erschossen den Indianerjungen, der ihnen das Wunder gezeigt hatte. Der Kristall zersplitterte.«

Hernando ging wieder eine Weile in sich, dann berichtete er, dass die Schädel von den »Heiligen« in die Welt gesetzt worden seien. *Stchodizin* bedeutete Strahlung; dieses Wort in den

Gebeten der Navajo meinte die Strahlung von den Sternen und drückte aus, dass alles Leben von den Sternen komme. Es hieß, die Erde rase wie ein Raumschiff durch das Weltall und nur die Kristallschädel sorgten dafür, dass es zu keiner Kollision komme. Denn sie gehörten zu einer kristallenen Matrix, die unsichtbar alles im Universum miteinander verband.

»Die Schädel sind wie eine Schablone, enthalten alles über die Menschheit, ihre Herkunft, ihre Zukunft, ihr Schicksal. Auf einer anderen Ebene, wie wir sie kennen. Jeder von uns ist mit ihnen verbunden. Über Schwingungen, die wir nicht hören können.«

Louise dachte an den Kristallschädel, der in ihrem hochgeheimen Forschungslabor stand. Vollkommen anzusehen, aus einem Stück gefertigt, nachweislich unendlich alt und so perfekt gestaltet, wie es auch heute nicht mit den besten Präzisionsmaschinen gelang.

Der Kristallschädel war von Computerfachleuten untersucht worden, man hatte Channeling-Experimente gemacht und tatsächlich Reaktionen in Form von elektromagnetischen Schwingungen gemessen.

»Dreizehn Schädel sind in der Welt, und wenn sie zusammenkommen, werden sie ihr Wissen offenbaren. Unendliches Wissen. Wie menschliche Zellen, die ja auch in einer Zelle den Bauplan des ganzen Menschen enthalten. Du bist doch Wissenschaftlerin. Du weißt doch, dass heute die Computerindustrie Kristalle zur Speicherung von Daten benutzt. Es ist nichts anderes. In allen indianischen Kulturen bis hinunter nach Mittelamerika sind die Kristallschädel bekannt. Es gibt echte und von Menschen gefertigte. Von denen rede ich nicht. Ich rede von den dreizehn, die von den Heiligen kommen. Du hast einen?«

Louise antwortete nicht. Sie hatte einen Schädel. Ob es einer derjenigen war, die Hernando meinte, wusste sie nicht. Denn dieser war nicht in irgendeiner Pyramide der Mayas ausgegraben worden.

»Du willst ihm seine Geheimnisse entreißen. Du willst sein Wissen öffnen.«

Sie nickte.

»Dann trenne dich endlich von eurer Betrachtungsweise der Dinge. Sieh die Welt mit unseren Augen. Wie lange willst du noch warten? Du sagst selbst, dass du stirbst.«

Hernando schwieg eine Weile, schien in sich hineinzuhorchen. Völlige Stille umgab sie. Die Wüste schwieg, als wolle auch sie Hernando nicht stören. Mit leiser Stimme brach er selbst den Bann.

»Für euch sind Zeit und Raum immer noch getrennte Dinge, das Universum seht ihr als eine Ansammlung von materiellen Existenzen mit physikalischen Verbindungen. Für uns sind Zeit und Raum eins, voneinander nicht getrennt. Ihr Wissenschaftler betrachtet einzelne Bausteine, ohne das Ganze zu sehen. Ihr untersucht und erklärt die DNA, ohne aber erklären zu können, warum jede einzelne Zelle genau weiß, welche Aufgabe sie am jeweiligen Platz im Körper hat. Je mehr ihr forscht, umso weniger wisst ihr. Ihr sucht krampfhaft nach Erklärungen, die allesamt nur das Einzelne betrachten und physikalische und chemische Gegebenheiten erklären sollen. Und verzweifelt immer mehr.«

Louise fiel das Holografieexperiment ein, das sie nachgestellt hatten, als sie von den seltsamen Beobachtungen anderer Wissenschaftler erfuhren. Bei einer Holografie treffen zwei durch Laserlicht erzeugte Reflexionen gleichzeitig auf die holografische Glasplatte, die empfindlich auf Lichtteilchen reagiert. Bei jenem Experiment zerbrach die holografische Glasplatte.

Sie wollten die Teile der Glasplatte wie bei einem Puzzle wieder zusammenlegen, um aus den Einzelteilen das ganze Bild wiederherzustellen. Aber die Überraschung war, dass jedes der Bruchstücke das gesamte Bild widerspiegelte und nicht nur einen Teil davon, was den Gesetzen der Physik widerspricht.

Louise Shealy kicherte, als sie sich an Tyler Williams' ratloses

Gesicht erinnerte, weil ihm und der ganzen Schar von Experten keine Antwort darauf eingefallen war.

»Höre zu, wenn ich erzähle«, sagte Hernando, und Louise entschuldigte sich, dass sie so sehr in ihre wissenschaftliche Gedankenwelt eingetaucht war.

Sie zündete sich eine weitere Zigarette an und trank etwas von dem klaren Wasser, das die Frauen aus einer Quelle im heiligen Canyon mitgebracht hatten.

»Die Mayas glaubten, dass Zeit und Raum unterschiedliche Aspekte ein und derselben Dimension seien. Du weißt doch, Zeit ist für die Mayas zyklische Bewegung und niemals eine abstrakte Vorstellung gewesen, sondern die dynamische Variante des Raums. Zeit war für die Mayas Ordnung, weil sie den regelmäßigen Strukturen der Natur entspricht. Wie könntest du zweifeln? Sie kannten den Verlauf der Sterne entlang der Himmelseklipse, kannten die Bedeutung des Polarsterns und wussten um die Sonnenfinsternis. Sie erschufen den genauesten Sonnenkalender, und ihre mathematischen, astronomischen und kalendarischen Kenntnisse sind auch nach eurem konventionellen Wissenschaftsbegriff objektiv. Und doch war es aus Sicht der Mayas ein Weg, sich mit dem Göttlichen zu verbinden. Und heute? Moderne Wissenschaftler nennen es das ›Raum-Zeit-Kontinuum‹. Beide stehen in Beziehung zueinander, und wenn man sich schnell genug fortbewegt, kann man die Zeit überspringen. Du weißt, dass es getestet wurde.

Nach Einstein bleibt man in der Zeit stehen, wenn man mit Lichtgeschwindigkeit reist. Und würde rückwärts reisen, wenn man schneller als das Licht wäre. Aber es gibt ja nichts Schnelleres als das Licht. Das Experiment mit den beiden Atomuhren, die eine im Labor, die andere im Flugzeug, bei gleich bleibender Geschwindigkeit rund um die Welt, kennst du auch. Es gab eine Zeitabweichung, die hochgerechnet auf Lichtgeschwindigkeit Einstein bestätigte.

Und du kennst die Versuche mit den Mikrowellensignalen.

Ein Teil wurde ungehindert durch die Luft geschickt und war zu dem Zeitpunkt da, als er gesendet wurde. Bei der anderen Hälfte wurde eine Quantenbarriere eingebaut, um den Fluss zu verhindern. Und das Signal war da, bevor es losgeschickt wurde. Es hatte sich mit 4,7facher Lichtgeschwindigkeit und somit etwas in der Zeit zurückbewegt.«

»Ich kenne das Experiment.«

»Und?«

»Ich weiß, dass damit die Ansichten der Mayas bestätigt werden.« Louise seufzte.

Hernando nickte zufrieden. Seine Sicht der Dinge bekam immer mehr Nahrung. Für die Mayas und andere Indianerstämme lief Zeit schon immer kreisförmig und zyklisch ab und nicht linear, von der Vergangenheit in die Zukunft, wie der so genannte Westen meinte. Und deshalb glaubten die Mayas auch, dass Verständigung quer durch die Zeit möglich sei.

Hernando war nun nicht mehr zu aufzuhalten, aber Louise hörte ihm gern zu. Nach all dem astronomischen und technischen Gerede in Williams' wissenschaftlichem Team war dies eine wohltuende Abwechslung. Tyler Williams wusste ja gar nicht, welchen Fehler sie machten.

Hernando erzählte ihr von den zwei Wissenschaftlern, die Lava auf die im Erdinnern vermutete Temperatur von 5000 Grad Celsius erhitzten. Der Kampf von Druck und Temperatur begann, die Kruste verfestigte sich, darunter bildete sich Lava wie im Erdinnern, aber ganz in der Mitte wuchsen vollkommen unerwartet kristalline Strukturen, weil der Siliziumanteil durch hohen Druck zu hartem Kristall verfestigt wurde, während der Eisenanteil unter Temperatur verflüssigt zum Rand des Kernes trieb.

»Und andere Wissenschaftler haben behauptet, dass die hohen Temperaturen und die geringe Erdanziehungskraft im Innern der Erde geradezu ideal für die Bildung von Kristallen sind.«

Hernando stocherte mit einem Stock in den Flammen, bis ein Funkenregen aufstob und knisternd in den Himmel stieg.

»Damit hast du eine Erde, die Eigenschaften hat, um Funkwellen oder andere Informationen aus dem Universum zu empfangen. Die Erde ist der größte Radarempfänger überhaupt.«

Louise dachte an die Quantenphysiker, die Superstrings entdeckt hatten, eine alles durchdringende, netzartige Struktur, die auf einer nicht wahrnehmbaren Ebene alles im Universum miteinander verbindet. War das nicht das Gleiche, nur in einer anderen Form?

»Nein. Hör auf«, wehrte Hernando ab. »Glaubst du, die Welt ist nur eine Welt von Fäden? Sieh das Universum als etwas Lebendes! Was willst du mit dem Schädel? Und was willst du von mir?«

»Ich muss eine Entscheidung treffen.«

Sie standen auf und gingen zum Rand des Lagers. Auf einer glatt polierten Steinplatte blieben sie stehen. Der Himmel über ihnen war klar. Funkelnde Sterne bedeckten das Firmament, wie sie nur in der Dunkelheit der Wüste zu sehen sind. Immer wieder atmete sie tief durch, bis die klare und kühle Luft den Ring in ihrer Brust durchschnitt.

»Schwester, du hast seit Jahrzehnten unsere Geschichten und Mythen studiert. Du hast mit Medizinmännern gesprochen, mit unseren geistigen Lehrern. Du kennst unsere Weltanschauung. Und doch kommst auch du immer wieder mit neuen Erkenntnissen aus eurer Welt der physikalischen Ratlosigkeit zu uns.«

Hernando wandte sich zum Gehen. Dann blieb er noch einmal stehen.

»Ich sage dir: Egal, welche Entscheidung du zu treffen hast, entscheide dich vorher für eine Sicht der Dinge. Und dann entscheide.«

Kapitel 17

Dienstag, 13. Juni 2000

Da das Nest Borkheide zwar einen Bahnhof mit regelmäßigem Zugverkehr Richtung Berlin hatte, die Linie aber den Potsdamer Hauptbahnhof nicht direkt anfuhr, hatten sie erneut das Risiko in Kauf genommen, mit dem Wagen zu fahren. In Potsdam hatten sie den Wagen in der Innenstadt in einer Seitenstraße vor einem abrissreifen Haus abgestellt und waren gut eine halbe Stunde bis zum Bahnhof gelaufen. Dabei hatten sie einen Brief an die Bürgermeisterin Borkheides eingesteckt, in dem sie anonym und in einem Satz auf die Toten auf dem Grundstück hinwiesen.

Mit dem ICE waren sie durch die Nacht über Hannover nach Frankfurt gefahren und hatten sich dort neue Fahrkarten Richtung Zürich gekauft.

Kristina saß Cromwell gegenüber und schlief. Er musterte ihre entspannten Gesichtszüge. Das gleichmäßige Rauschen der Zugbewegung war einschläfernd, aber Cromwell kämpfte gegen die Müdigkeit an. Sie würden Zürich am Vormittag erreichen, dann würde er ausschlafen.

Die Stille der Fahrt gab ihm reichlich Zeit zum Nachdenken. Seine Gedanken wanderten zurück zu dem Treffen mit Sissi ... Sie trafen sich an der Raststätte Michendorf, als sie auf dem Weg zum Potsdamer Bahnhof waren. Cromwell parkte den Wagen zwischen abgestellten LKWs und wartete dann vor der Raststätte, während Kristina im Wagen blieb. Das Risiko einer Entdeckung war hier geringer als in Berlin; trotzdem musterte er die Umgebung genau, als Sissi mit federndem Schritt auf die Eingangstür der Raststätte zukam. Als sie ihn entdeckte, wandte er sich ab, und sie folgte ihm zum Auto.

»Mann, ihr macht Sachen«, sagte Sissi, als sie auf den Rücksitz kletterte. »Halb Deutschland spielt verrückt. Kronberg ist völlig aus dem Häuschen. Er hat drei Mann darauf angesetzt, dein ganzes Leben zu durchleuchten, holt die ollen Kamellen aus dem Schrank und verbindet alles mit deiner Vergangenheit bei den Alliierten. Er will eine ganze Serie daraus machen. Was haben sie dir dort eigentlich beigebracht? Welche Geheimaufträge hast du in Wirklichkeit abgewickelt? War dein Reporterdasein nur eine Tarnung, und bist du in Wirklichkeit ein Auftragskiller? Deine Konten lässt er filzen, deine Reisen, versucht, sie mit Todesfällen in Verbindung zu bringen. Das ganze Tralala.«

Cromwell lachte böse auf. Wenn die Meute einen jagte, dann richtig. »Der Arsch kann es nicht lassen. Bin gespannt, welche Verbindungen er findet. Womöglich schafft er es tatsächlich, mir noch den einen oder anderen Mord anzuhängen.«

»Wer weiß?« Sissi sah ihn skeptisch an. »Jedenfalls überprüft er auch deine Geschichten von der Russenmafia und den Morden, über die du berichtet hast. Der Killer-Reporter ist jedenfalls ziemlich schlagzeilenträchtig.«

»Hast du was?« Cromwell wechselte das Thema.

»Hier. Eine ganze Liste.« Sissi gab ihm mehrere Blatt Papier voller Adressen und Begleittext. »Ich hätte ja niemals gedacht, wie viele Spinner es gibt, die sich wirklich ernsthaft damit beschäftigen oder auch nur ihre Freizeit damit verplempern.«

Auf den Listen waren Vereine, Verlage, Institute wie auch Adressen von Einzelpersonen aufgeführt, und zwar aus Frankreich, England, Holland, Schweden, der Schweiz und Österreich. Bei der Auswahl konnte Sissi nicht erkennen, auf welches Land er wirklich abzielte.

»Danke.«

»Kannst du mir wenigstens erzählen, worum es geht? Ich meine, es ist doch mehr als außergewöhnlich, dass ein Reporter, der wegen mehrfachen Mordes gesucht wird, sich die Adressen von esoterischen Vereinen, UFO-Forschern und Friedensinstituten raussuchen lässt. Wie passt das zusammen? Cromwell, was machst du?«

»Sissi, vergiss es. Ich sage dir kein Wort. Es reicht schon, dass ich dich um den Gefallen bitten musste. Wie du siehst, ist es so schon gefährlich genug. Außerdem haben wir keine Zeit, wir müssen los. Und ich will dich nicht auch noch da reinziehen.«

Sissi protestierte zunächst heftig und stieg dann schimpfend aus dem Wagen …

Kristina stöhnte im Schlaf und riss Cromwell aus seinen Gedanken. Die Landschaft flog nur so am Zugfenster vorbei. Cromwell legte seine Hand auf die Tasche mit den Informationen. Er hatte einen Ansatzpunkt gefunden. So etwas wie ein Fünkchen Hoffnung schlich in seine Gedanken.

Im Züricher Hauptbahnhof kaufte Cromwell einen Stadtführer und telefonierte mehrere Hotels ab, wobei er ausschließlich Englisch sprach. Eine Weile überlegten sie hin und her, welche Preisklasse von Hotel sie buchen sollten. Die Polizei würde sie vermutlich eher in einer billigen Absteige suchen, wo kaum Fragen gestellt würden. Sie würden wohl auch wissen, wie viel Geld Cromwell abgehoben hatte und dass es für eine lange Flucht nicht reichen würde. Das würde ebenfalls für die billigen Hotels sprechen.

Also war ein teures Hotel am sichersten. Aber der Besucheransturm ließ ihnen ohnehin kaum eine Wahl. Noch waren viele Pfingstbesucher in der Stadt. Cromwell atmete tief durch, als er endlich ein Zimmer in der City fand

Das Hotel Wolf lag mitten in der Altstadt und war aus acht mittelalterlichen Häusern zu einem Gesamtkomplex gestaltet worden, der einen geschmackvollen kleinen Innenhof umrahmte. Im öffentlichen Bereich beherrschten Chrom und Glas das Bild.

Cromwell fragte auf Englisch nach seiner Zimmerreservierung.

»Sie haben vorhin bei meiner Kollegin angerufen, nicht wahr?« Der junge Mann antwortete ebenfalls auf Englisch und mit geschäftsmäßiger Stimme, als er den Namen im Buchungssystem gefunden hatte. »Herr und Frau Taylor, richtig? Aus den Vereinigten Staaten? Ja, die Buchung geht in Ordnung. Das Zimmer ist bereits gereinigt, nachdem unser Gast heute Morgen überraschend abreisen musste.« Mit flüssigen Bewegungen jagten seine Finger über die Computertastatur. Er konzentrierte sich voll auf den Bildschirm unter dem Empfangstresen und blickte nicht auf. »Glück gehabt. Normalerweise sind wir ausgebucht.«

Cromwell brummte zustimmend, während er das Formular mit dem Namen Taylor ausfüllte, eine Fantasieadresse angab und unleserlich unterschrieb. Dabei achtete Cromwell darauf, den Kopf so weit als möglich über das Formular zu beugen.

Er zog den Pass aus seiner Jackentasche, den er Taylor abgenommen hatte. Das Formular legte er in den Pass.

»Schatz, deinen Pass«, sagte Cromwell zu Kristina.

»Oh, ich habe meine Handtasche im Wagen gelassen«, sagte sie überrascht. »Soll …«

»Jetzt nicht«, sagte Cromwell zu ihr und wandte sich an den Hotelangestellten. »Den Pass meiner Frau reichen wir nach. Sie hat ihre Handtasche im Auto liegen lassen …«

»Kein Problem.« Der junge Mann suchte die codierte Zimmerkarte heraus.

Kristina drehte sich immer wieder um und blickte bewundernd in die Empfangshalle mit der geschmackvollen Mischung aus Alt und Neu.

Als der junge Mann die Zimmerkarte auf den Tresen legte und zu den Fahrstühlen wies, wandte sich Cromwell rasch ab, senkte den Kopf und klopfte sich imaginären Staub von seiner Hose.

»Fantastisch!«, begeisterte sich Kristina und konzentrierte sich darauf, nicht aus Versehen in die deutsche Sprache zu verfallen.

»Auch die Zimmer werden Sie überraschen. Kein Zimmer gleicht dem anderen«, sagte der junge Mann stolz und sah Kristina kurz an, während er den Pass mit der Anmeldung vom Tresen nahm und diese ablegte. »Angenehmen Aufenthalt.«

Cromwell hatte unterdessen die Reisetaschen gegriffen und nickte dankend, während sie zum Lift gingen. Dabei atmete er tief durch. Erst einmal geschafft, dachte er.

»Super gemacht«, sagte Kristina, als sie im Zimmer waren, und meinte damit die Show an der Rezeption. Sie warf sich auf das Bett, das seinen Designerpreis nur dezent andeutete.

»Jedenfalls Zeit gewonnen und nicht aufgefallen. Alles andere wird sich zeigen.«

Cromwell rief die Rezeption an und ließ sich die Adresse des Instituts geben. Da er an seiner eigenen Erinnerung zweifelte, war er umso erfreuter, als die Rezeption ihm ohne Probleme eine Adresse nannte.

»Wo genau ist das?«, erkundigte sich Cromwell und hörte sich dann eine detaillierte Wegbeschreibung an. Er bedankte sich und legte auf.

Sie stiegen am Augustinerplatz in die S-Bahn, fuhren bis zur Station Central und stiegen um in die Tram 10 bis zur Station Seilbahn Rigiblick. Statt weiterzufahren, liefen sie an den Villen vorbei, die sich an den Hang des Zürichberges schmiegten, und standen wenig später vor einer unauffälligen Villa, die sich von den umliegenden Häusern kaum abhob. Ein nachträglicher Anbau nach hinten in das Grundstück hinein passte nicht ganz zu der landestypischen Hausfassade.

»Weitergehen«, murmelte Cromwell, als Kristina stehen blieb und das dezente Messingschild an dem Klinkerpfeiler des Vorgartentores las. Als sie vor dem nächsten Haus angelangt waren, drehte sich Kristina kurz um.

»Eher unscheinbar. Ich bin enttäuscht. Irgendwie habe ich mehr erwartet.«

»Das kann täuschen.« Cromwell ging ruhig weiter. »Jedenfalls ist es gut abgesichert.«

»Wie meinst du das?« Es klang ironisch.

»Überall Kameras. Gut versteckt. Hochsicherheitstrakt. Man muss nur genau hinschauen. Unter dem Dach, getarnt zwischen dem Efeu, vorn an dem Baum, um seitlich am Zaun entlang alles zu beobachten. Und der Zaun selbst hat bestimmt auch Sensoren.«

Cromwell sah noch einmal zurück und warf einen Blick auf den mannshohen schmiedeeisernen Zaun.

»Wo du auch hinschaust.« Ihre Augen blitzten spöttisch.

»Ich will es ja auch nicht kaufen, sondern mir alles einprägen, weil man ja nie wissen kann.«

»Willst du da einbrechen?« Sie lachte amüsiert auf. »Jetzt bin ich aber gespannt. Die Außensicherung ist doch nur die Vorspeise. Der Haupteingang hat einen Scanner als Eingangskontrolle. Da legst du deine Hand drauf, und damit wird gecheckt, ob du reinkommst oder nicht.«

Cromwell sah sie verblüfft an. Er hatte den Scanner nicht gesehen.

»An der Haustür. Diese silbrige Platte. Kaum zu erkennen, wenn man nicht weiß, was es ist. Aber ich habe hin und wieder mit solchen Dingen zu tun. Ich hatte Firmen als Kunden, die sichern so ihre EDV-Abteilung.«

»Und nun?«

»Haben wir einen Plan?«

Sie fuhren zurück und aßen in der Nähe des Bahnhofs eine Kleinigkeit. Dann griff Cromwell ein weiteres Mal zum Telefon und rief Ludwig Ziegler an. Sein Forschungsinstitut SETI war eine von drei Adressen in der Schweiz, die Sissi ihm besorgt hatte.

Cromwell hatte es ausgesucht, weil es in der Nähe von Zürich lag. Während der Zugfahrt hatte er das erste Mal mit Ziegler telefoniert und angefragt, ob sie ihn besuchen dürften. Auch diesmal war die freundliche und zuvorkommende Stimme am Telefon, die ihn in passablem Hochdeutsch in der Schweiz willkommen hieß und bestätigte, dass er jederzeit vorbeikommen könne.

Das gut ausgebaute Schweizer Bahnnetz brachte sie rasch nach Hedingen, einem kleinen Nest südwestlich von Zürich. Das Taxi hielt vor einem allein stehenden Haus, das an einem Hang in den Berg hineingebaut war.

Ludwig Ziegler war keine eins sechzig groß und schmal. Fast ein Zwerg, dachte Cromwell und sah auf die schütteren Haare und die weichen Gesichtszüge hinab. Nur die wieselflinken Augen passten nicht so ganz zu der harmlos wirkenden Erscheinung dieses Mannes.

Das private Forschungsinstitut SETI war ein Ein-Mann-Betrieb. Ziegler führte seine Gäste in den Keller. Als sie die Büroräume betraten, sahen Cromwell und Kristina sich überrascht um. Überall an den Wänden hingen vergrößerte Fotos, die alle eines gemeinsam hatten: Es waren Himmelsaufnahmen mit Flugobjekten. Einige waren sehr deutlich, andere wiederum unscharf. Die Objekte waren rund, manche zigarrenförmig. Nirgends fanden sich Formen der gängigen Flugzeuge wieder.

Auf dem Parkett lagen Artikel verstreut, jeder freie Platz war mit aufgeschlagenen Büchern belegt. Ziegler deutete auf den großen runden Tisch, der über und über mit Unterlagen übersät war, und bat sie, die Bücher von den Sitzflächen der Stühle zu nehmen.

»Sie müssen entschuldigen, aber ich arbeite zurzeit an meinem neuen Buch, und außerdem steht die nächste Ausgabe unserer Fachzeitschrift unmittelbar vor der Drucklegung. Einer unserer freien Autoren hat mich versetzt, und so muss ich jetzt noch schnell zwischendurch drei Artikel schreiben.«

Ziegler bot ihnen Kaffee an, der schon zu lange auf der Warmhalteplatte röstete, wie Cromwell beim ersten Schluck feststellte. Er bedankte sich trotzdem.

Die Vorrunde des Gesprächs rankte sich um das neue Buchprojekt von Ziegler, der beabsichtigte, in einer Art Lexikon alle Sichtungen von unbekannten Flugobjekten der letzten zwanzig Jahre zusammenzustellen.

»Das soll für ein Buch reichen?«, fragte Cromwell überrascht, und Ziegler lachte amüsiert, als habe er soeben einen wirklich guten Witz gehört.

»Wenn ich alle Sichtungen hineinnähme, könnte ich mehrere Bände schreiben. Ich halte nur die interessantesten fest. Sie glauben gar nicht, wie oft Leute UFOs sichten. Sie sagen, Sie sind Reporter?«

Cromwell nickte und zückte seinen Presseausweis. Dann wiederholte er noch einmal die Geschichte, die er sich zurechtgelegt hatte. Als freier Reporter sei das Brot hart, das man esse – was Ziegler mit einem Nicken bestätigte –, und er wolle als vollkommen neuen Ansatz einmal versuchen, Verbindungen von den paranormalen Themen zur aktuellen Politik zu schlagen, und sehen, ob das nicht ein Bereich wäre, der genügend Stoff abgäbe.

»Mit Sicherheit«, sagte Ziegler erfreut. »Die Leute sind verrückt danach. Auch wenn es viele nicht zugeben. Aber wirklich schwierig wird es, den Ansatz in der Politik aufzudecken und zu beweisen. Denn die Politik ignoriert dieses Thema offiziell. Muss es ignorieren.«

»Vielleicht nicht auf Dauer«, erwiderte Cromwell. »Immerhin wird darüber inzwischen durchaus auch von namhaften Wissenschaftlern diskutiert, wenngleich hinter vorgehaltener Hand. Und ich habe kürzlich, wie ich Ihnen schon sagte, ein Dokument eines deutschen Geheimdienstes gesehen, der sich mit der Thematik befasste.«

Zieglers Augen glänzten; er fragte sofort, ob er das Dokument sehen und vielleicht eine Kopie davon haben könne. Cromwell bedauerte, weil er das Dokument nicht besitze.

»Ich habe es zunächst auch nicht geglaubt, als man es mir gezeigt hat. Außerdem kenne ich mich in der Materie überhaupt nicht aus. Aber umso neugieriger bin ich jetzt.«

»Und warum ausgerechnet Ihr Besuch bei mir? Auch in Deutschland gibt es genügend Anlaufstellen zu dieser Thematik.«

»Ich musste sowieso nach Zürich, um für einen Artikel über Geldwäsche zu recherchieren. Der Besuch bei Ihnen ist eine angenehme Ergänzung. Und meine Freundin ist der Urlaubsanteil bei diesem Trip.«

»Was also wollen Sie wissen?«, fragte Ziegler nach einigem Überlegen, wobei seine blassblauen Augen lange auf Kristina ruhten.

»Gibt es wirklich UFOs?«

Cromwell sah die staunend aufgerissenen Augen des Schweizers und dachte schon, jetzt werde er wie ein Ungläubiger aus der Kaaba geschmissen. Aber dann lachte Ziegler nur genüsslich auf, und seine Wieselaugen blitzten.

»Mitten ins Schwarze, gleich zu Anfang, was?« Der Schweizer überlegte einen Moment. »Sie kommen aus Deutschland. Kennen Sie den Vorfall in Greifswald an der Ostsee? Da haben 1990 hunderte von Menschen UFOs gesehen, die in Formation flogen. Die können sich nicht alle geirrt haben.« Ziegler lachte kurz auf. »Sehen Sie nur die Fotos in diesem Raum. Es gibt sie! Sie können sagen: alles Fälschungen. Klar ist, dass man als Skeptiker so lange nicht glaubt, bis es vor einem landet. Was stand denn dazu in dem Geheimdienstdokument?«

Cromwell schüttelte den Kopf. So leicht ließ er sich nicht überrumpeln.

»Gehen wir doch einmal von einer anderen Seite an das Thema heran.« Kristina hatte die Hände vor das Gesicht gelegt, als brauche sie Dunkelheit zum Sammeln ihrer Gedanken. »Bisher nimmt die Wissenschaft an oder sie unterstellt, dass die physikalischen Gesetze, die wir kennen, im ganzen Universum gelten. Das gilt für die Relativität genauso wie für die Lichtgeschwindigkeit. Wenn das so ist, sind dort bereits Grenzen gesetzt, die man nicht überspringen kann.«

Ziegler nickte. »Wenn man es so sieht, ja. Aber zunächst einmal muss das nicht stimmen.«

Ziegler verwies auf Messungen, wo die Formel der Allgemeinen Relativitätstheorie versagte und als Folge die Schwarzen Löcher aus der Theorie verschwanden. »Aber inzwischen hat man ja Schwarze Löcher entdeckt. Von daher ist dieser Kritikpunkt an Einsteins Theorie ausgestanden, wenn auch andere Punkte auftauchen.«

»Welche sind das?«

»In Köln und in Berkeley ist es gelungen, Mikrowellen und einzelne Fotonen mit mehrfacher Lichtgeschwindigkeit zu senden.«

»Quatsch«, sagte Cromwell spontan.

»Man hat in Köln Mozarts 40. Symphonie gesendet, um zu beweisen, dass da nicht nur Müll am anderen Ende der Strecke rauskommt. Das Experiment wurde mehrfach vor laufenden Kameras wiederholt. Und es funktionierte auch noch bei 4,7facher Lichtgeschwindigkeit. In Wien hat man das Experiment übrigens an der Technischen Universität bestätigt. Dort sendet man Laserstrahlen mit ungefähr dreifacher Lichtgeschwindigkeit. Und in Berkeley sagen sie heute, dass man das bereits damals in den Sechzigern hätte berechnen können, als der Laser erfunden wurde. Wenn man damals akzeptiert hätte, dass man doch schneller als das Licht sein könnte.«

»Wenn ich Sie richtig verstehe, gibt es Wissenschaftler, die behaupten, dass Einsteins Feststellungen zumindest in Teilen heute als Vorurteile anzusehen sind. Und dies dann auch noch mit Versuchen belegen.«

»Richtig. Und diese Leute sagen sogar, dass ohne die vermeintlichen Schranken der Relativitätstheorie interstellare Raumfahrt, Zeitfahrer-Hypothesen und moderne Antriebe mit Überlichtgeschwindigkeit natürlich in einem ganz anderen Licht zu sehen sind. Wer kann denn mit Sicherheit sagen, dass die Beschränkungen unserer physikalischen Gesetze andernorts auch gelten?«

Einen Aspekt akzeptierte Cromwell sofort. Jeden Tag kamen neue Erkenntnisse auf den Tisch. Die Menschheitsgeschichte war voll von den Irrungen des Beharrens.

Was hatte sich an dieser Grundstruktur eigentlich geändert? Nichts. Wissen stellte immer nur einen bestimmten Stand dar, der längst nicht alles erklären konnte. Wer auf dieser Basis behauptete, dieses oder jenes könne nicht sein, der zeigte lediglich seine Ignoranz. Denn die Wissenschaft bewies mit jeder neuen Erkenntnis genau das Gegenteil.

Cromwell stand auf und lief im Zimmer auf und ab. Immer wieder musste er den auf dem Boden liegenden Bücherstapeln ausweichen. In seinem Kopf ging es wild durcheinander.

»Wie vermessen sind wir Menschen, wenn wir unterstellen, dass fremde Intelligenz so wie wir beschaffen sein muss und unseren Restriktionen unterliegt. Vielleicht ist sie da, und wir nehmen sie nicht wahr. Oder vielleicht haben sie uns längst entdeckt und wollen nichts mit uns zu tun haben. Vielleicht haben sie einen Entwicklungsstand, auf dem das Problem der Aggressivität gelöst ist. Vielleicht suchen sie keinen Kontakt zu uns, bis wir es auch gelöst haben. Wie Sie wissen, glauben Esoteriker ohnehin, dass keine Katastrophen auf uns zukommen, sondern friedliche Zeitalter.«

»Das sind jetzt aber fast schon religiöse Inhalte und eigentlich durch gar nichts mehr unterlegt«, sagte Kristina nun. »Ich bin durchaus der Meinung, dass man ›Gibt es nicht!‹ eigentlich nicht sagen darf. Wo aber mit wissenschaftlichen Ansätzen gearbeitet werden kann, sollte man es auch tun.«

»Wie Sie wollen.« Ziegler lachte amüsiert und zufrieden auf.

»Heute ist ja unbestritten, dass Leben auf bestimmten chemischen Gesetzen und Bausteinen beruht. Die Bausteine kennt man. Methan, Ammoniak, Wasserdampf, damit sich Aminosäuren und Nukleinsäuren bilden können. Und nun hat man sie in den letzten Jahren im All nachgewiesen. Ganze Molekülwolken hat man entdeckt.

Oder nehmen Sie die Theorie des Nobelpreisträgers Melvin Calvin, der sagt, Leben sei eine logische Konsequenz der heute bekannten chemischen Gesetze, die auf der atomaren Zusammensetzung des Universums basieren. Und wenn Sie dann noch die Tatsache akzeptieren, dass in dem heute beobachtbaren Teil des Universums einige zehn Milliarden Billionen Sterne existieren, von denen rund fünfzig Prozent unserer eigenen Sonne ähnlich sind, dann fragen Sie schließlich mal mithilfe der Wahrscheinlichkeitstheorie, wie wahrscheinlich es ist, dass nur bei einem Stern ein Planet kreist, auf dem Leben möglich ist.«

»Aber warum haben wir dann noch keine Lebenszeichen erhalten?« Cromwell sah seine Kollegen in der Wissenschaftsredaktion vor sich, wie sie über ihn herfielen. Ein Papp-UFO auf dem Schreibtisch wäre das Geringste an Hohn, was sie sich einfallen lassen würden.

Ziegler wurde zum ersten Mal ungehalten. Bisher hatte er mit einer Engelsgeduld geantwortet, doch nun schien ihm die Ignoranz auf die Nerven zu gehen.

»Sehen Sie sich um. Das sind Lebenszeichen.« Er zeigte auf die Bilder mit den Flugobjekten. »Was wäre das denn sonst? Allerdings haben sie Kontakt mit uns, und nicht wir mit ihnen.«

»Und warum wird sich dem verweigert, wenn es so ist?«

Ziegler sprang fast vom Stuhl.

»Angst vor außerirdischen Heilsbringern, Sektiererei auf der Erde, Massenpsychose, obskure Todessehnsucht, Auflösung aller Strukturen – all den Krempel fürchten sie, die Mächtigen.

Macht. Einfluss. Die Wissenschaft macht da mit, muss mitmachen. Sie sagen, sie suchen nicht nach UFOs. UFOs sind unseriös. Was machen sie? Sie suchen nach Signalen, nutzen die Radiowellen, weil die der geringsten Absorption oder Verzerrung im Weltraum unterliegen. Im Bereich von tausend bis zehntausend Megahertz. Sie suchen auch!«

»Und finden nichts …«

»Wie auch? Der Heuhaufen ist in dem Fall gar nichts. Sie suchen die Stecknadel im Weltraum und konnten bis vor kurzem nicht mal Planeten entdecken.« Ziegler lachte böse auf.

Kristina schaute zunächst Cromwell, dann Ziegler nachdenklich an. »Wenn es denn Kontakte gäbe und ich mal eine hoch stehende Intelligenz unterstelle, dann frage ich mich, wen diese außerirdische Intelligenz ansprechen würde.«

Nach einem Moment des Überlegens fuhr Cromwell fort: »Beschäftigt sich die Politik wirklich ernsthaft mit dem Thema?«

»Wenn sich die UNO schon damit beschäftigt hat, kann man das wohl sagen, oder?«

»Hat sie das?« Cromwell sah Ziegler verwirrt an.

»Und ob. Ganze Konferenzen hat es dazu gegeben: Aber vielleicht kann ich Sie mit einem anderen Beweis noch mehr beeindrucken. Ich zitiere: *Kein Signal oder sonst ein Beweis für das Vorhandensein außerirdischer Intelligenzen darf beantwortet werden, bevor einschlägige internationale Beratungen stattgefunden haben. Die Beratungen werden Gegenstand einer besonderen Abmachung sein*. Zitat Ende.«

»Hört sich an wie aus einem internationalen Vertrag«, sagte Kristina sogleich. »Eigentlich unmöglich.«

»Das ist ein Zitat aus einem zweiseitigen Dokument gewesen, welches Leitlinien darstellt«, sagte Ziegler und lächelte hintergründig. »Das Dokument hat den viel sagenden Titel *Grundsätzliches Vorgehen nach der Entdeckung außerirdischer*

Intelligenz. Das Dokument enthält zehn Klauseln, die in Kraft treten, wenn außerirdische Intelligenz entdeckt wird. Es verbietet dem Entdecker, gleich, ob Institution oder Einzelperson, seine Erkenntnisse zu veröffentlichen, wenn er auf Signale oder sonstige Hinweise außerirdischer Intelligenz stößt.«

»Sie machen Witze«, antwortete Cromwell spontan.

»Im Gegenteil. Ich meine es bitterernst.«

»Von wem stammt das?«, fragte Kristina, die damit Cromwells Frage zuvorkam.

Ziegler schmunzelte zufrieden und lehnte sich genüsslich zurück. Die Falten um seine Augen verstärkten sein verschmitztes Lächeln, das schließlich sein gesamtes Gesicht überzog.

»Tja, es geht immer allen so, wenn ich das zitiere. Kaum zu glauben, aber wahr. Das Dokument gibt es. Nur ist es der Öffentlichkeit kaum bekannt.«

»Ist es denn ein öffentliches Dokument? Von einer Regierung?« Cromwell akzeptierte, dass Ziegler sich in seinem Wissen sonnte und zunächst die Hitze auf der Platte hielt.

»In der zweiten Hälfte der Achtzigerjahre beauftragten die Vereinigten Staaten ausgewählte Wissenschaftler und Diplomaten sowie die NASA, sich in einer Arbeitsgruppe zusammenzutun und das Thema Außerirdische abzuarbeiten. Übrigens war das Office of Advanced Technology des Außenministeriums mit eingebunden.«

»Kein Beweis«, knurrte Cromwell.

»Neben Vertretern anderer führender Staaten haben auch Vertreter der Sowjetunion teilgenommen.«

»Und?« Cromwell schüttelte den Kopf und sah Kristina an, die nur mit den Achseln zuckte.

Ziegler hob die Augenbrauen, lächelte aber weiterhin zufrieden. Mit sanfter Stimme setzte er seinen *big point*.

»Das war noch während des Kalten Krieges. Und die Kommission setzte sich nicht etwa mit der Frage auseinander, ob es Außerirdische irgendwo da draußen gäbe, nah oder Lichtjahre entfernt, sondern mit dem offensichtlich viel drängenderen Problem: Was sollen wir tun, wenn wir sie oder sie uns entdeckt haben? Die Hauptsorge der Kommission war, was zu tun sei, um Kontakte geheim zu halten, und wie Zeit zu gewinnen sei, um Signale, die Mitteilungen sind, entschlüsseln zu können.«

»Eines verstehe ich nicht.« Kristinas Finger trommelten ein Stakkato auf ihre Lippen. »Ich bin ja auch absoluter Laie auf dem Gebiet. Aber wenn ich mich richtig erinnere, heißt es doch, dass die Entfernungen im All so riesig sind, dass keiner der gegenwärtig Lebenden einen Kontakt erleben würde, wenn heute beispielsweise Signale von Leben irgendwo gefunden würden.«

»Nicht schlecht.« Ziegler nickte. »Nehmen wir einmal an, die *Voyager*-Sonde fände Lebenssignale in dem ersten Sternensystem, das sie nach dem Verlassen unseres Sonnensystems ansteuert. Auf Grund der Entfernung, die mehrere Lichtjahre beträgt, würde es frühestens in tausend Jahren zu einer Begegnung kommen können.«

Cromwell hörte gespannt zu. Er wusste nicht, worauf Kristina hinauswollte. Ziegler dagegen schien sie in ihrem Gedankengang zu unterstützen.

»Wozu dann solche Leitlinien?« Kristina sah überrascht zu Cromwell. »Die setze ich doch nur in die Welt, wenn ich …«

»… einen Grund dafür habe«, vollendete Cromwell die Überlegung. Er warf sich in seinem Stuhl zurück. »Das kann doch nicht sein!«

Stille.

Ziegler ließ den Gedankengang unkommentiert in der Luft hängen. Gut eine Minute schwiegen alle. Cromwell und Kristina versuchten, die Konsequenzen zu verdauen.

»Wenn diese Logik stimmen sollte, dann hat man doch mit einer Botschaft oder einem Kontakt gerechnet oder hat ihn schon«, sagte Cromwell schließlich. »Die Wissenschaft steht dem Thema in weiten Teilen derart skeptisch gegenüber, dass man nicht ohne Grund so etwas in die Welt setzen würde, oder?«

»›Sonderkommission nach der Entdeckung‹ heißt das im offiziellen Sprachgebrauch der NASA. Sie untersteht dem Leiter des SETI-Amtes der NASA. Die Leitlinien traten 1989 in Kraft.«

KAPITEL 18

Dienstag, 13. Juni 2000

Pete Fox war ein ehemaliger Lieutenant der US Air Force, mittelgroß, mit einem geschmeidigen, durchtrainierten Körper. Er war fünfunddreißig, und seine intelligenten Augen verrieten, dass er schon so manches gesehen hatte.

Nach seiner fliegerischen Ausbildung hatte Fox in einem Spezialverband des Air Force Special Operation Command gedient, das 1990 analog zu den Spezialkommandos der Army und der Marine gegründet worden war. Innerhalb der Special Forces war er der 352nd Special Operations Group mit Standort auf der RAF-Base Mildenhall, United Kingdom, zugeordnet gewesen. Fox' Spezialgebiet waren russische Raketentestgelände, die mit allen Mitteln ausspioniert wurden.

Deshalb war er Teilnehmer einer Delegation, die zu einem Weltraumkongress nach Moskau reiste und der auch der NASA-Sicherheitschef und ein General namens Wiggins angehörten. Sie kamen ins Gespräch, und plötzlich lag das Angebot von Wiggins und der NASA auf dem Tisch, nicht zuletzt wegen seiner russischen Sprachkenntnisse.

Fox musste nicht lange überlegen. Die Bezahlung war einfach zu verlockend. Und da seine Karriere bei der Spezialeinheit auf Grund seines Alters irgendwann beendet sein würde, griff er zu.

Seitdem war er für die Sicherheit des International Enterprise Institute und seiner Angestellten verantwortlich. Die Hälfte Amerikaner, die andere Hälfte Russen, alles Leute mit Spezialwissen auf ihren jeweiligen Fachgebieten.

Seit Sonntag befand sich Pete Fox in einem Zustand erhöhter Wachsamkeit.

Die Nachricht, die Sergej Atlasov als Gerücht aus Moskau mitgebracht hatte, warf Fragen auf, die er nicht beantworten konnte. Was sollte er sagen, wenn er selbst von seinem Chef keine Informationen erhielt? Er hatte seine Leute vorsichtshalber auf erhöhte Alarmbereitschaft gesetzt. Auf die Frage, worauf sie denn besonders achten sollten, konnte er allerdings keine Auskunft geben. Genauer hinschauen, lautete denn auch seine stereotype Antwort. Mehr wusste er selbst nicht.

Das Institut am Hang des Zürichberges inmitten von gediegener Wohnqualität war bestens gesichert. Modernste Überwachungskameras, Sensoren und Mikrofone waren ständig im Einsatz. Die Sicherheitszentrale zwei Zimmer weiter unmittelbar neben der zweckmäßig eingerichteten Eingangshalle war immer mit mindestens zwei Mann besetzt, und die Steuerungskonsole schaltete sofort jene Kameras auf den Hauptmonitor, die Bewegungen registrierten.

Zehn weitere Monitore überwachten permanent neuralgische Punkte, und ein automatischer Durchlauf schaltete in bestimmten Rhythmen alle Kameras durch, die wiederum in relativ kurzen Abständen elektronische Selbsttests durchführten, um ihre Einsatzbereitschaft zu dokumentieren.

Ebenso konsequent war das in einem Seitental bei Fällanden liegende Gehöft gesichert, welches das Rechenzentrum beherbergte und als Logistikstandort fungierte, nachdem das Gebäude in der Stadt zu klein geworden war.

Beide Gebäude gehörten zum Institut. Die Hauptarbeit wurde hier in der Stadt erledigt, Fox selbst und das amerikanische Wachpersonal hatten ihre Quartiere auf dem Gehöft. Die Mehrzahl der Wissenschaftler lebte in der Stadt, regelmäßig überwacht und heimlich beobachtet von seinen Leuten.

Als das Institut gegründet worden war, hatten die Amerikaner die Vereinigten Staaten als Standort vorgeschlagen, aber darauf waren die Russen nicht eingegangen. Als weitere Standorte waren Wien und Berlin im Gespräch gewesen, aber letztlich verworfen worden. In beiden Städten tummelten sich noch zu viele Agenten aus dem Kalten Krieg, und beide Seiten hatten Sorge gehabt, durch einen dummen Zufall enttarnt zu werden. Da die Russen einen politisch neutralen Standort bevorzugten, war die Wahl auf Zürich gefallen.

Mit dem Bankenhintergrund der Stadt ließ sich in Moskau leicht eine Story basteln, die bei unangenehmen Fragen als Vorwand dienen konnte. Fox hatte Szenarien gesehen, die im Extremfall das Institut als Geldwaschanlage klassifizierten, wenn jemand der Wahrheit zu nahe kam. Für die eigene Seite existierte im Gegenzug die Story einer Geheimoperation zur Unterwanderung der russischen Mafia und ihrer Geldwäscheaktivitäten.

Pete Fox war immer noch wütend wegen der knappen Antwort des Sicherheitschefs der NASA auf seine Bitte nach Informationen. Fox solle seine Aufgabe erfüllen und nicht auf das Geschwätz der Russen hören. Er werde sich melden.

Bis jetzt hatte er keine Stellungnahme erhalten. So war er noch nie von dem Mann abgefertigt worden, der ihn vor drei Jahren angeworben hatte.

Das Telefon klingelte. Fox meldete sich, und die Zentrale stellte einen Anruf durch, der für General Wiggins bestimmt war. Fox hatte die Anweisung erteilt, alle derartigen Anrufe zu ihm durchzustellen. Automatisch drückte er auf den Aufnahmeknopf, damit das Gespräch aufgezeichnet wurde.

Die Stimme am anderen Ende klang weit entfernt, aber klar. Weiblich, älter, fest, registrierte Fox. Sie fragte nach General Wiggins.

»Der ist auf Dienstreise«, log Fox. Atlasov hatte aus Moskau die Nachricht vom Tod des Institutsleiters mitgebracht. In der Akademie der Wissenschaften tuschelten sie bereits darüber. Aber von seinem Chef bei der NASA bekam er keine Antwort.

Wiggins hatte das Institut aufgebaut und war sein offizieller Leiter gewesen. Das Institut wurde zur Tarnung von einer Stiftung finanziert, die wiederum ihre Gelder von der NASA erhielt. Und dorthin berichtete Fox auch.

»Kann ich ihm etwas ausrichten?«, fragte er hellwach.

»Nein danke. Ich dachte nur, ich würde ihn unter dieser Nummer erreichen, weil er sie mir gegeben hat. In Washington erreiche ich ihn nämlich auch nicht. Und ich *muss* ihn sprechen.«

»Worum geht es denn?«

»Das möchte ich ihm lieber selbst sagen.« Die Stimme klang jetzt angespannt und leicht nervös. Fox spürte die Spannung, die in ihm selbst aufstieg. »Ich bin doch mit dem Institut in Zürich verbunden, wo er zeitweise arbeitet, oder?«

Fox bestätigte es und versuchte nochmals, die Frau zu näheren Erklärungen zu veranlassen. »Was soll ich ihm denn ausrichten, wer angerufen hat?«

»Auch das möchte ich nicht sagen. Ich würde gern selbst mit ihm reden.«

»Ich kann versuchen, ihm eine Nachricht zukommen zu lassen, damit er Sie anruft. Sagen Sie mir bitte Ihren Namen und Ihre Telefonnummer.«

Fox registrierte den Anruf unter der Kategorie »Seltsam«, aber noch hatte er keine Hinweise, die ihn besonders aufhorchen ließen. Seltsame Anrufe gab es immer wieder, oft mit einfachen Erklärungen.

Die Stimme verneinte wiederum. Fox wollte das Gespräch bereits beenden, als er ein Zögern der Frauenstimme heraushörte.

»Es ist wirklich wichtig«, bat die Frau nochmals. Sie zögerte wieder. »Ich weiß, woran Sie arbeiten. Wirklich arbeiten. Vielleicht stellen Sie mich nun zu ihm durch. Ich weiß doch, dass er sich seit einigen Wochen bei Ihnen aufhält.«

Fox war zunächst still.

»Können Sie Ihre Anmerkung von eben näher erläutern?«, fragte er schließlich. Ein wenig Zeit brauchte er noch.

»Das werde ich nicht tun. Ich werde ihm allerdings sagen, dass Sie mich nicht durchgestellt haben.«

»Mir tut es wirklich Leid«, erwiderte Fox. Die Frau war zäh. Der mittlerweile harte Ton in ihrer Stimme sagte ihm, dass sie tun würde, was sie sagte. Dann kam ihm ein Gedanke. »Ich bin ein Vertrauter des Generals. Ich gebe Ihnen jetzt meine Telefonnummer, meine Handynummer. Und wenn Sie ihn auch weiterhin nicht erreichen und sich entschließen sollten, dass ich Ihnen vielleicht doch helfen kann, dann rufen Sie mich einfach an.«

»Ein Vertrauter? Wie vertraut?«

»Ich bin der Sicherheitschef des Instituts.«

Die Frau zögerte, notierte sich aber doch seine Telefonnummer.

Fox legte nachdenklich auf. Dann gab er einen speziellen Code in den Computer ein und ließ sich die Nummer auswerfen, die angerufen hatte. Die Zeit hatte gereicht. Zwanzig Sekunden später hatte er eine erste Antwort. In den letzten fünf Jahren war noch niemals Kontakt zu dem Institut über diese Nummer aufgenommen worden.

»Warum gibt es diese Richtlinien bei der NASA? So etwas tut man doch nicht ohne Grund. Bei der Gefahr, sich lächerlich zu machen ...« Ziegler sah in die ratlosen Gesichter seiner Gäste, überlegte kurz, stand dann auf und verließ den Raum. Nach einer Weile kam er zurück, einige englischsprachige Zeitungsartikel in der Hand. Sie waren ausgeschnitten und auf Papier geklebt worden. Sie vergilbten langsam.

»Und wenn es Richtlinien gibt, was gibt es dann noch?« Ziegler reichte die Artikel weiter. »Können Sie sich vorstellen, dass man es bei Richtlinien belassen hat? Und dazu noch diese Friedfertigkeit.«

Cromwell überflog die Artikel. Es ging um Unregelmäßigkeiten in den Umläufen der Planeten Uranus und Neptun. Daneben hatte ein Wissenschaftler vom Livermore-Laboratorium in Kalifornien Anfang der Siebziger Unregelmäßigkeiten an der Flugbahn des Halleyschen Kometen festgestellt.

Zunächst verdächtigte man Pluto, für diese Störungen verantwortlich zu sein, aber Untersuchungen ergaben, dass Pluto viel zu klein dafür war. Die Überlegung kam auf, dass eine äußere Gewalt schuld sein könnte für die Verwerfungen der beiden Planeten. Computersimulationen definierten einen fremden Planeten, der zweimal so groß wie die Erde sein musste, mit einer elliptischen Bahn und einer Halbachse von weniger als hundert Astronomischen Einheiten.

Mit den Daten der *Voyager*-Sonden über Jupiter und Saturn wurden die Umlaufbahnen der äußeren Planeten des Sonnensystems nochmals überprüft. Wieder kam man zu dem Ergebnis, dass ein Planet, doppelt so groß wie die Erde, in einer Entfernung von wenigstens 2,4 Milliarden Kilometern hinter Pluto die Sonne umkreise und die Umlaufbahn mindestens tausend Jahre betrage.

Cromwell blieb skeptisch und reichte die Artikel an Kristina weiter. Dann jedoch stutzte er: Die NASA verkündete am 17. Juni 1982 offiziell, dass die beiden *Pioneer*-Sonden mit zur Suche des »Planeten X« eingesetzt werden sollten.

Die NASA sprach von dauernden Unregelmäßigkeiten in den Bahnen von Uranus und Neptun, die darauf schließen ließen, es gebe ein »geheimnisvolles« Objekt. Noch überraschter war Cromwell, als er las, auch das U. S. Naval Observatory beteilige sich ernsthaft an der Suche. Die Meldung war vom September 1982.

»Wie sucht man so etwas?«, fragte er Ziegler, während er sich weiter auf die Ausschnitte konzentrierte.

Ziegler hob leicht den Kopf, um zu sehen, welchen Artikel Cromwell in der Hand hielt.

»Planeten, Kometen und Asteroiden bewegen sich im Gegensatz zu den Sternen und Galaxien. Der Himmelsabschnitt, der untersucht wird, wird mehrmals in zeitlichen Abständen fotografiert, und dann werden die Aufnahmen verglichen. Auf diese Weise werden die Bewegungen sichtbar. Natürlich kann so der unbekannte Planet nicht entdeckt werden, weil er zu weit entfernt ist und sich offenkundig zu langsam bewegt.«

Cromwell nickte, da er gerade einen Artikel über den Infrarot-Satelliten *IRAS* las. Der Satellit reagierte auf die Infrarotstrahlung, die als Folge der inneren Hitze von Planeten in den Raum abgegeben wird. Der Satellit war Ende Januar 1983 in den Weltraum geschossen worden und spürte über zweihundertfünfzigtausend Galaxien, Planeten, interstellare Wolken, Staub, Asteroiden und Kometen auf.

»Die Suche nach Planet X wird warm«, las Cromwell. Der Artikel stammte aus dem Jahre 1983 und von der *New York Times*. Die Wissenschaftler waren sich des zehnten Planeten sicher. So sicher, dass einige meinten, es bleibe nichts mehr übrig, als ihm einen Namen zu geben.

Cromwell las weiter, dass es Jahre dauern werde, bis die sechshunderttausend Aufnahmen, die *IRAS* auf seiner zehnmonatigen Erkundung gemacht hatte, ausgewertet seien.

»Aber sie haben ihn letztlich nicht gefunden«, meinte Cromwell, als er den Artikel zu Ende gelesen hatte.

»Sagen sie offiziell«, entgegnete Ziegler. »Was nicht in der Presse steht, ist die Tatsache, dass bei den Auswertungen der abgetasteten Bereiche, die von *IRAS* zweimal abgelichtet wurden, Objekte gefunden wurden, die sich *bewegten*. Hier.«

Ziegler deutete auf einen Artikel der *Washington Post*. Dann deutete er auf weitere Notizen. Die NASA gab darin bekannt, dass man neun geheimnisvolle Quellen abtaste.

»Interessant ist, dass sich die Suche auf ganz bestimmte Bereiche konzentrierte. Das Teleskop in Mauna Kea auf Hawaii war an der Suche ebenso beteiligt wie Cerro Tololo in den chilenischen Anden oder Palomar in Kalifornien.«

Cromwell nickte, da er mittlerweile einen Artikel von *Newsweek* in der Hand hielt, in dem über eine Pressekonferenz der NASA vom 13. Juli 1987 berichtet wurde, wo wiederum die Möglichkeit der Existenz eines zehnten Planeten beschrieben wurde.

Dann las Cromwell, dass einige Tage zuvor die NASA die Ergebnisse der *Pioneer*-Sonden bekannt gegeben habe. Ihnen zufolge sei es ein für alle Mal auszuschließen, dass die Störungen der Außenplaneten durch dunkle Sterne oder braune Zwerge verursacht würden. Der Leiter der Mission, ein Dr. Anderson, zog aus den vorhandenen Störungen, die vor hundert Jahren noch stärker gewesen waren, den Schluss, es gebe den Planeten X mit einer noch geneigteren Bahn als bei Pluto und mit der fünffachen Masse der Erde.

»Nur zur Erläuterung: Die letzte Pressekonferenz wurde vom Jet Propulsion Laboratory, dem Ames-Forschungszentrum und dem NASA-Hauptsitz in Washington einberufen«, sagte Ziegler.

»Was heißt das?«, fragte Kristina.

»Das ist die Creme der Raumfahrt. Beachten Sie die Aussagen von diesem Dr. Anderson. Wie sagt er? Er würde sich nicht wundern, wenn der Planet nächste Woche gefunden werde. Meiner Ansicht nach ist das die eigentliche Nachricht.«

»Und? Hat man ihn gefunden?« Cromwell legte die Artikel auf den Tisch, auf einen der Bücherstapel.

»Offiziell nein. Danach ist es vielmehr sehr ruhig geworden. Verdächtig ruhig. Aber die Suche ging weiter. In der südlichen Hemisphäre. Das Marineobservatorium suchte weiter, das Pariser Observatorium, von der *Mir* suchten die Russen weiter, in Black Birch in Neuseeland suchte man. Auffällig ist auch, wie in aller Eile eine Vielzahl von neuen Teleskopen aufgestellt und alte deutlich verbessert wurden. Und dann diese Richtlinien 1989! Was haben sie gefunden? Einen zehnten Planeten oder etwas ganz anderes? Was? Was? Was?«

»SDI ist Ihnen ein Begriff?«

Cromwell nickte. Er erinnerte sich sehr genau. Anfang der Achtziger hatte er gerade bei den amerikanischen Streitkräften in Berlin als Dolmetscher angefangen und die Faszination und Euphorie mitbekommen, die Reagan mit diesem Schlagwort ausgelöst hatte.

Der Krieg im Weltraum. Mit einem Schlag war da eine Vision, die ganze Industrien puschte, polarisierte, Ängste schürte und allein durch die staatlichen Forschungsetats wahre Technologieschübe auslöste.

Die Gegner waren geschockt. Die Russen drohten immer wieder mit Killersatelliten im All, und die eigenen Anhänger stürzten sich nach anfänglichem Staunen in die Arbeit. Die Militärs waren damals regelrecht aus dem Häuschen, als Präsident Reagan die SDI-Initiative verkündete.

»Sie wissen, dass Reagan mit seiner Fernsehansprache im März '83, als er SDI verkündete, alle, aber auch die höchsten Politiker seines eigenen Landes, überraschte. Und was geschah? Man sollte doch annehmen, dass dieser Affront die Russen so richtig wütend machte und sie alles, was man unter dem Stichpunkt Zusammenarbeit beschreiben kann, einfrieren würden, oder?«

Cromwell nickte. Kristina auch.

»Haben sie auch getan.« Ziegler machte eine lange Pause. »Nur in der Raumfahrt nicht. Es gab eine kleine Denkpause, so möchte ich das mal nennen, aber Ende '84 trug die Sonde *Wega* auf dem Weg zum Halleyschen Kometen amerikanische Technik an Bord, der Raumfahrtexperte Roald Sagdejew und spätere Berater Gorbatschows traf sich in Washington zu Diskussionen über SDI, und die Außenminister hatten nichts Besseres zu tun, als den erloschenen Vertrag über die Zusammenarbeit in der Raumfahrt zu erneuern.«

»Vielleicht waren die wirklich auf einem Vernunfttrip.« Kristina zuckte mit den Achseln.

»Obwohl die Russen 1982/1983 meilenweit den Amerikanern im Weltraum voraus waren? Die *Saljut*-Satelliten waren im Weltraum, die Kosmonauten brachen einen Rekord nach dem anderen, was den Aufenthalt im Raum anging, Raumschiffe wurden angekoppelt, alle möglichen Tests wurden erfolgreich erprobt. Es gibt sogar eine Studie des amerikanischen Kongresses, die feststellt, dass die amerikanische Schildkröte keine Chance gegen den russischen Hasen habe.«

»Ich gebe zu, das ist wirklich seltsam«, knurrte Cromwell nachdenklich. Er wusste immer noch nicht, worauf Ziegler eigentlich hinauswollte.

»1985 trafen sich Politiker, Wissenschaftler und Astronauten aus beiden Ländern in Washington, um den zehnten Jahrestag des ersten Rendezvous im All zu feiern. Natürlich gelogen. Es kam heraus, dass sie eine Reise zu den Satelliten des Mars vorbereiteten. Und im Gegenzug besichtigte eine hochkarätige amerikanische Delegation erstmals russische Raumfahrtanlagen. Und dann die *Challenger*-Katastrophe. Knapp einen Monat später ging die russische *Mir* ans Netz. Erfolgreich. Die Russen waren obenauf, und in Amerika wurden alle Raumfahrtprogramme aufgeschoben.

Ein idealer Zeitpunkt für die Russen. Und was machten sie? Statt ihre Erfolge auszubauen, den Abstand zu vergrößern? Sie forcierten die Zusammenarbeit und schlossen im April 1987 ein neues Abkommen mit den Amerikanern im Weltraum. Amerika unterstützte die *Phobos*-Mission der Russen. Und das, obwohl es in Amerika heftige Widerstände gegen die Zusammenarbeit gab.

Und in all den folgenden Jahren? Caspar Weinberger, der damalige Verteidigungsminister, wetterte gegen die Russen, sie würden ein Satelliten-Abwehrsystem aufbauen und mit der *Mir* Laserwaffen testen. Und trotzdem hielt Reagan als Präsident die ganzen Jahre an einer Zusammenarbeit fest. Ausgerechnet Reagan.«

»Irgendetwas haben Sie ausgelassen, lieber Herr Ziegler«, sagte Kristina plötzlich. Sie hatte die ganze Zeit still zugehört und den kleinen, eifernden Schweizer fasziniert beobachtet, dessen Gedankenwelt in sich immer schlüssiger wurde, je mehr Fakten er präsentierte. Sie erkannte sehr wohl die zeitlichen Parallelen, die Ziegler unausgesprochen aufbaute und mit jedem Argument weiter zementierte. Auf der zivilen Schiene der NASA Unerklärliches, auf der militärischen Seite Handfestes, beides scheinbar voneinander getrennt. »Irgendetwas haben Sie noch in der Hinterhand.«

Ziegler lächelte. »Sie sind doch nicht dumm. Sie wissen von den Aussagen der Astronauten, die mit dem Apollo-Programm zum Mond geflogen sind? Sie berichten, dass bei einigen Flügen die *Apollo*-Kapseln definitiv von Flugobjekten begleitet wurden, die dort nichts zu suchen hatten und nicht irdischen Ursprungs waren. Einige der Astronauten haben eine Zeit lang sogar unbedacht davon erzählt, bis die NASA einschritt. Auch ein russischer Astronaut hat behauptet, UFOs im All gesehen zu haben.«

Ziegler stand mit ausgebreiteten Händen am Tisch.

»Ein anderer Fall: Raumfähre *Discovery* am 15. September 1991 in 600 Kilometer Höhe, jagt mit 28 000 Kilometern über Burma. Da taucht hinter dem Horizont ein Licht auf, das plötzlich einen rechten Winkel schlägt und ins All verschwindet, während ein Lichtstrahl die Stelle trifft, wo sich das Objekt befunden hatte.«

Ziegler lästerte, die NASA habe es später offiziell als Eispartikel deklariert. Wissenschaftler sagten allerdings etwas anderes. Eine NASA-Vertragsfirma und Professoren der Universitäten Omaha und Boston berechneten, das Objekt müsse in 2900 Kilometer Entfernung gewesen sein, sei mit rund 25 Kilometern pro Sekunde geflogen, also mit gut 90 000 Stundenkilometern, um sich dann mit über 300 000 Stundenkilometern aus der Erdatmosphäre zu entfernen. Danach beschleunigte es auf das

14 000fache der Erdanziehungskraft, das ist Mach 272 ... »Kein Mensch überlebt das«, sagte Ziegler nüchtern. »In Russland herrschte ebenfalls Hilflosigkeit – Kontakte mit Objekten, mit denen man nicht mithalten kann, weder bei der Geschwindigkeit noch bei den Flugbewegungen ...« Er lachte wiehernd. »Es war so schlimm, dass der Chef des sowjetischen Luftverteidigungsstabes, General Igor Maltsev, am 21. März 1990 entnervt erklärte, dass keine irdische Maschine die Manöver durchführen könne, die man dort beobachtet habe. Was würden Sie unternehmen?«

»Es hat mit dem Raketenabwehrschirm der Amerikaner zu tun!« Plötzlich blitzte eine Passage aus dem Geheimpapier vor Cromwells Auge auf, als explodiere eine Granate. SDI war der Anfang, der Raketenabwehrschirm aber war nichts anderes als das gleiche Projekt unter anderem Namen.

»Sie müssen die Zeitungen verfolgen, dann wissen Sie es. Haben Sie nicht gelesen, dass Putin sich einen gemeinsamen Abwehrschirm vorstellen kann? Er hat das erst vor wenigen Tagen gesagt. Als ein Vermittlungsangebot quasi. Bemerkenswert, nicht wahr?«

Plötzlich brachen bei Cromwell alle Blockaden. Er erinnerte sich an Äußerungen der Redakteure aus dem Politikressort, die genau diese Aussage der Russen kopfschüttelnd kommentiert hatten. Schließlich ging Russland damit weiter als die westlichen Verbündeten der Vereinigten Staaten, die immer noch den Raketenschirm ablehnten.

»Russland und die Vereinigten Staaten wollen in Wirklichkeit einen gemeinsamen Raketenschirm aufbauen? Sie meinen, die jahrelange Zusammenarbeit, die Sie vorhin beschrieben haben, fügt sich hier mit den aktuellen Entwicklungen zusammen? Als gemeinsame Abwehr einer unbekannten Gefahr aus dem All?«

»Was sonst?«

Kapitel 19

Mittwoch, 14. Juni 2000

Eines der größten militärischen Geheimnisse der Vereinigten Staaten liegt zweihundert Kilometer nördlich von Las Vegas auf dem Gebiet der Nellis Air Force Range, die mit drei Millionen Hektar so groß wie die Schweiz ist.

Innerhalb dieses gesperrten Bereiches gibt es ein rund vierzig mal vierzig Kilometer großes Quadrat, das für alle Unbefugten tabu ist. Nicht einmal amerikanischen Piloten der Nellis Base ist es erlaubt, diesen Bereich zu überfliegen. In diesem Gebiet befinden sich zwei Trockenseen, von denen der weiter im Nordosten gelegene der Groom Dry Lake ist. An seinem westlichen Ufer befindet sich die schon legendäre Area 51, ein riesiger Militärstützpunkt, dessen Existenz das Pentagon lange Zeit leugnete.

Begonnen hatte alles mit Leutnant George Wheeler, der mit dem U. S. Army Corps of Engineers um 1870 die Gegend kartografierte, nachdem Bob Groom 1864 hier auf Erz gestoßen war. Sein Name gab den Bergen ihre Bezeichnung.

Anfang der Fünfzigerjahre dieses Jahrhunderts wurden Teile der Gegend für Atomwaffentests genutzt, weil sie gering besiedelt waren, wenig Regenfälle zu verzeichnen hatten und die Winde gut vorhersagbar waren. Diese nahezu idealen Flugbedingungen waren es auch, die den legendären Testpiloten Tony LeVier veranlassten, diesen Ort im Auftrag des Chefkonstrukteurs der Lockheed-Werke, Clarence L. »Kelly« Johnson, als Testgelände auszuwählen. Denn keines der bisher existierenden Testgelände war den Auftraggebern in der CIA, die den Prototyp eines hochgeheimen Höhenaufklärers in nur acht Monaten sehen wollten, geheim genug gewesen.

Hier jedoch begrenzten Berge die Sicht, der Boden war hart, und der gut sechs Kilometer lange See konnte lange Landebahnen aufnehmen. Die Nähe zum Atomtestgelände war für die Geheimhaltung nur gut.

Innerhalb weniger Monate entstanden Hangars, Treibstofftanks, Wassertanks, Landebahnen für Transportflugzeuge, Wohngebäude. Und dann war es so weit. Zerlegt wurde das entwickelte Geheimprojekt angeliefert, zusammengebaut und getestet. Die U 2, der erste Höhenaufklärer der USA und der Horror der russischen Abwehr, war der Anlass für den Aufbau dieser geheimen Basis.

Anschließend wurde die Blackbird oder SR 71 getestet, jener Höhenaufklärer, der noch in dreißig Kilometern Höhe in der Stratosphäre einsetzbar ist. Auch der Stealth-Bomber, der Radarstrahlen verschluckt und damit nachts unsichtbar wird, wurde hier entwickelt.

Mit den Jahrzehnten entstand eine Geheimstadt, die vollkommen autark zu existieren vermag. Freizeitanlagen wie Bars, Kino oder Baseballfeld helfen den mehr als zweitausend Menschen, die hier arbeiten, den Koller zu vermeiden.

Riesige oberirdische Hangars zeugen davon, in welchen Größenordnungen hier gebaut wird. Während die oberirdischen Anlagen immer wieder von Fanatikern ausgespäht werden, hat die unterirdischen Anlagen noch kein Uneingeweihter gesehen.

Eingebettet in ein Tal zwischen Höhenzügen, weiträumig abgeschirmt, ist die Sicherheitszone der Area 51 deshalb in den letzten Jahren weiter ausgedehnt worden. Die Neugierigen, die von den umliegenden Höhenzügen aus Fotos schossen, sollten keine Chance mehr haben.

Der Raum war voll klimatisiert, fensterlos und lag viele Meter unter der Wüste von Nevada auf dem geheimsten Gelände der Vereinigten Staaten von Amerika. Vernon Porters saß in seinem Bunker tief unter der Erde und starrte auf die Papiere, die Lieutenant Kramer auf den einfachen Schreibtisch gelegt hatte. Es war zwei Stunden nach Mitternacht, und Porters kämpfte mit starkem Kaffee gegen seine Müdigkeit an.

Es war das sicherste Terrain für ihr Vorhaben, das es geben konnte. Zwischen den Hangars der CIA und denen der großen Rüstungsfirmen, die ihre Geheimprojekte hier testeten, fiel eine weitere Gruppe mit geheimen Vorhaben einfach nicht auf.

Osmond hatte strategisch weit gedacht, als er diesen Platz als Basis für die Forschungen des Space Bureau ausgewählt hatte. Kennedy hatte an jenem Tag, als er seine legendäre Rede zur Raumfahrt vor dem Kongress gehalten hatte, nach kurzem Zögern zugestimmt. Seitdem war die Wright-Patterson Air Force Base nur noch ein Ablenkungsmanöver.

Porters starrte auf die Meldungen, bis Lieutenant Kramer sich räusperte.

»Sir, das ist wichtig.«

Auf einem Stapel lagen drei Antwortbriefe im Entwurf aus verschiedenen Abteilungen des Pentagons. Er sollte Stellung beziehen. Ein Senator, ein UFO-Club samt Rechtsanwalt und ein Schriftsteller hatten Anfragen zum Thema UFOs gestellt, wollten wissen, warum gewisse Dokumente immer noch als geheim klassifiziert waren. Der Rechtsanwalt drohte, vor Gericht zu ziehen, wenn ein bestimmtes Schriftstück nicht zur Einsichtnahme bereitgestellt werde.

»Bürokratenscheiß.« Porters schüttelte den Kopf. Sie hatten einfach zu viel deklassifiziert. Clinton hatte es so gewollt. Der Präsident hatte vor Jahren sogar eine Fülle von Akten für die Öffentlichkeit freigegeben, die danach mühsam wieder zurückgestuft worden waren. Der Mann hatte einfach nicht die Notwendigkeit einsehen wollen.

Geheimhaltung war ohnehin ein zentrales Problem. Zu oft gelangten zuletzt unzensierte Nachrichten in die Medien. Auch in anderen Ländern. Er erinnerte sich an den Fall in der Nähe des St. Petersburger Flughafens Pulkovo, bei dem ein unbekanntes Objekt vom Radar erfasst wurde. Die Radarbilder wurden per Video aufgezeichnet und der Öffentlichkeit zugespielt. Die Militärs gerieten in Erklärungsnot, denn eine natürliche Erklärung für das Objekt gab es nicht.

Noch schlimmer war der Vorfall am türkischen Flughafen Esenboga am 3. Februar 1989, wo drei hell erleuchtete Objekte am Himmel auftauchten und auf den Radars seltsame Echos zu verzeichnen waren. Eines der Objekte scherte aus der Formation aus und brachte zwei landende Flugzeuge in Bedrängnis. Der türkische Verkehrsminister wurde informiert, und der Verteidigungsminister Mustafa Özatamer höchstpersönlich übernahm öffentlichkeitswirksam die Steuerung der Abwehraktion. Abfangjäger stiegen zweimal auf, um die seltsamen Erscheinungen zu begutachten, kamen aber nicht nah genug heran, weil sie flugtechnisch vollkommen unterlegen waren.

Und die Europäer waren noch schlimmer. In Belgien fingen am 31. März 1990 Radarstationen seltsame Echos auf. Als ein aufgeregter Gendarm von hellen Lichtern über Ramillies berichtete, wurde eine Polizeipatrouille losgeschickt und bestätigte die seltsamen Lichterscheinungen, die ständig ihre Farben wechselten.

Wieder stiegen Abfangjäger auf, nachdem durch andere Radarkontrollen Fehler der Radaranlagen ausgeschlossen waren, verpassten aber die Flugobjekte, die mit halsbrecherischen Flugmanövern entkamen. Das Katz-und-Maus-Spiel ging über Stunden. Es gab einen fünfhundertseitigen Abschlussbericht, und erstmals in der Geschichte bestätigte ein westlicher Staat über den offiziellen Sprecher seiner Luftwaffe in Interviews, dass es sich definitiv nicht um irdische Flugobjekte gehandelt habe.

Auch seien Halluzinationen oder Täuschungen vollkommen auszuschließen gewesen.

Porters erinnerte sich mit Schaudern an die Mühen, all dies wieder aufzufangen, in dem man es unglaubwürdig machte. Aber was sollte man auch erwarten, wenn selbst die amerikanischen Präsidenten Ford und Carter geäußert hatten, an außerirdisches Leben und UFOs zu glauben?

»Das hier ist wichtig.« Porters hatte den Stapel durchgesehen und hielt eine Meldung hoch. In Zürich war alles vorbereitet.

Snider betrat nach einem kurzen Klopfen das Zimmer. Er blieb vor Porters' Schreibtisch neben Lieutenant Kramer stehen.

»Was gibt es?«

»Wir haben drei Kontakte gehabt. Einen über Mexiko, einen über dem Pazifik bei Hawaii und einen nahe den Aleuten. In den letzten drei Stunden.«

Snider war mittelgroß und rundlich, fast gemütlich anzusehen. Seine weichen Gesichtszüge untermauerten das Image des gütigen Onkels. Aber das täuschte. Er war Porters' konsequenter Vollstrecker, der Mann, der nicht fragte, sondern effizient umsetzte. Er war der Schatten, der Porters den Rücken frei hielt.

»Und?«

»Immer zu spät. Wir schaffen es einfach nicht, die Anlage so schnell hochzufahren und die Energiemenge reinzupumpen, dass der Schild in dem Maße aufgebaut wird, wie er nach unseren Berechnungen gebraucht wird.«

»Unsere große Unbekannte.« Porters nickte. »War uns doch klar. Woher sollen wir wissen, wie viel Energie wir da oben brauchen, um deren Systeme außer Kraft zu setzen? Bei unseren Raketen wissen wir es. Und sonst?«

»Unsere Berechnungen sind korrekt. Wir haben kleine Abweichungen, aber das war eingeplant. Die Zeiten stimmen, die

Welle an sich stimmt, die Zonen sind im Groben richtig. Das Muster bestätigt sich.«

Mit einem zufriedenen Grunzen stand Porters auf, streckte sich ausgiebig und goss sich einen neuen Kaffee ein. Wenn diese Auswertungen stimmten, sollten die anderen auch nicht gänzlich falsch sein.

»Dann sieht es doch gar nicht so schlecht aus.«

»Trotzdem bin ich der Meinung, wir sollten den Heizer jetzt nicht runterfahren, sondern weitermachen, die Ionosphäre noch mehr aufheizen. Die Teilchen sollen das Laufen lernen und da oben einen richtigen Tanz aufführen.«

»Für wie lange?«

»Wenn nötig, für Stunden.«

»Sie wissen doch, was das heißt!«

Snider nickte.

»Wie viele Stunden dauert es, bis die Energie einer Atombombe hinaufgeschickt ist?«

»Bei der Leistung, die wir jetzt gerade fahren, keine vier Stunden. Eine kleine Bombe, aber immerhin.«

»Die Russen merken das doch sofort!«

»Andere auch.« Snider wusste, dass Porters den Geheimhaltungsfaktor ganz oben ansiedelte. »Ich habe vorsorglich beim Pentagon einen größeren allgemeinen Test angemeldet. Wenn Anfragen kommen, können die das erst einmal abfangen.«

»Ich weiß nicht …« Porters dachte an die ganzen Umweltorganisationen, die mit ihren privat finanzierten Messanlagen jeden Schritt des HAARP-Projektes kritisch beobachteten. Dann waren da noch die Überwachungsstellen der UNO, die ihrer Pflicht zur Überwachung von Atomtests sehr gewissenhaft nachgingen und rund um die Welt Messstationen hatten. Sie alle würden fragen.

Das Telefon läutete. Porters hob den Hörer ab und stellte dann den Lautsprecher an, als er den Captain aus dem kleinen Kontrollraum hörte.

»Sir, wir haben wieder einen Kontakt.«

»Wo?«, fragte Snider.

»Sibirien, am Amur.«

»Was erzählen Sie da?«, forderte Porters barsch zu wissen.

»Entschuldigung, Sir. Die Russen haben einen Kontakt, und wir hören alles mit. Eine Militärbasis nahe dem Amur. Da drüben ist die Hölle los. Zunächst haben sie geglaubt, die Chinesen starten eine Großoffensive.«

Was ich nicht ausschließen will, dachte Porters und ließ seinen Hass für einen Moment die Oberhand gewinnen. Wenn er jemandem noch weniger traute als den Russen, dann waren es die Chinesen. Die holten in den letzten Jahren verdammt auf, was Technologie anging. Bald würden sie auch über Raketen und andere Systeme in einem Ausmaß verfügen, dass sie gefährlich wurden. »Genauer.«

»Die Russen haben von einer ganzen Armada gesprochen … Augenblick … jetzt ist die Rede von etwa fünfundzwanzig unbekannten Zielen.«

»Wo genau?«

»Nahe Swobodny, über einem Militärstützpunkt.«

»Zeugen?«

»Massenhaft. Praktisch der ganze Standort. Alles auch auf Radar.«

»Da ist doch auch dieses Raketenabschussgelände«, mischte sich nun Snider in das Gespräch ein.

»Weiß ich nicht, Sir«, antwortete der Captain.

»Aber wir«, sagte Porters und überlegte kurz. Der Ort lag, wenn man die unendlichen Weiten Sibiriens mal im Maßstab reduzierte, gar nicht so weit von dem Punkt nordöstlich von Ulan-Bator in der Mongolei entfernt, wo die Russen und Chinesen 1970 ein fürchterliches Bombardement angerichtet hatten. Weder sie selbst noch die CIA hatten je herausbekommen, ob die Gerüchte stimmten, dass dort fremde Raumschiffe vernichtet worden waren. Fakt war aber, dass die zuvor in diesem

Gebiet häufig berichteten Sichtungen von Flugobjekten unbekannter Herkunft danach drastisch zurückgegangen waren. »Was wissen wir über das, was dort in den letzten Jahren vor sich ging?«

Snider sah den durchdringenden Blick seines Vorgesetzten und kramte in seinem Gedächtnis.

»Keine Grenzzwischenfälle. Wenn ich mich richtig erinnere, ist Heihe eine Großstadt, die auf chinesischer Seite liegt. Prosperiert kräftig. Die Chinesen hängen die Russen da ab. Auf russischer Seite ist praktisch alles ehemaliges Gulag-Land.«

Porters nickte, da er die gleiche Erinnerung hatte.

»Gibt es Informationen über Flugrichtungen oder Ähnliches?«

»Was meinen Sie, Sir?«, fragte der Captain im Kontrollraum.

»Woher kamen sie? Aus Süden, aus dem Westen?«

»Sie waren einfach da …«

Porters zischelte unwirsch.

»Volle Auslastung für die Kanone. Sofort!«, befahl er.

Am nächsten Morgen mieteten Cromwell und Kristina sich einen Leihwagen. Weitere Besuche bei UFO-Forschern, die sie auf der nächtlichen Fahrt nach Zürich angedacht hatten, konnten sie zunächst beiseite schieben. Mehr als von Ziegler würden sie kaum erfahren. Außerdem halfen die Informationen nur bedingt weiter. Der Schlüssel lag bei diesem International Enterprise Institute.

Cromwell telefonierte mit dem Institut und stellte sich als Reporter vor, der an einer Serie ausgesuchter Institute im deutschsprachigen Raum arbeitete. Er wolle ein Interview führen und die Forschungsschwerpunkte des Instituts erfragen.

Er wurde mehrfach verbunden und bekam dann die abschließende Auskunft, dass das Institut grundsätzlich keine Auskünfte über seinen Wirkungsbereich gebe. Man arbeite auf rein privater Basis, sei auch privat finanziert und betreibe keine aktive Öffentlichkeitsarbeit. Seine Nachfrage nach etwaigen Publikationen und Schwerpunkten der Arbeit wurde ebenso gelassen wie konsequent abgelehnt. Die Forschungsergebnisse seien ausschließlich für die Finanziers bestimmt, besondere Schwerpunkte habe das Institut nicht, man befasse sich aber als Friedensinstitut mit allen relevanten Themen.

Am Nachmittag fuhren sie trotzdem los. Cromwell ärgerte es mächtig, dass er bei keiner seiner Fragen auch nur einen wirklichen Ansatz fand. Selten war er so aalglatt abgewiesen worden.

Bevor sie sich auf den Weg machten, versuchten sie noch, etwas über das Institut in den allgemein zugänglichen Quellen zu erfahren, aber außer der Existenz des Friedensinstituts war nichts zu erheben: keine Publikationen, keine Hintergrundinformationen, keine Präsenz in der Öffentlichkeit.

»Es ist größer, als es beim ersten Hinsehen aussieht«, sagte Kristina, als sie wieder vor der Villa am Zürichberg standen. »Geschickt gemacht. Der Anbau nach hinten nimmt die Wucht, so fällt die Größe nicht auf.«

Cromwell rollte mit dem Renault langsam an dem Grundstück vorbei. Das sonnige Wetter und die frische Brise steigerten seine Unternehmungslust.

»Ich will da rein«, sagte er. »Auch wenn sie mir keine Auskünfte geben. Ich will die Atmosphäre aufnehmen, sehen, was und wie das drinnen so ist. Vielleicht ergibt sich etwas.«

»Die Sicherheitsvorkehrungen sind immer noch beeindruckend«, sagte Kristina, die nüchtern die Kamerapositionen zählte und sich sicher war, nicht alle entdeckt zu haben. »Die haben scheinbar keinen toten Winkel. Irgendwie passt das nicht zu einem Friedensinstitut. Wenn ich das mit dem Schutz einiger Rechenzentren vergleiche, in denen ich gelegentlich arbeite, ist das hier Fort Knox. Was können die für Informationen haben, die dermaßen zu schützen sind?«

»Was weiß ich.« Cromwell suchte einen Parkplatz und stellte den Renault ab. »Kameraüberwachung ist doch heute schon beinahe Standard. Wenn schon Kreuzungen von der Polizei überwacht werden, warum soll ein solches Institut das nicht auch tun? Und hier steckt ja doch mehr dahinter.«

Er stieg aus, und als Kristina ihn fragte, wie er denn vorgehen wolle, sagte Cromwell: »Frontalangriff. Ich spaziere da rein und hake einfach nach. Dann werden wir ja sehen. Taktieren hilft nichts. Etwas anderes fällt mir nicht ein. Ein Einbruch schließt sich bei diesen Sicherheitsvorkehrungen wohl aus. Wir werden sehen, wie weit wir kommen.«

Weit kam Cromwell nicht. Genau genommen bis in die Vorhalle hinter der Eingangstür.

Der Vorraum war mit Steinfliesen ausgelegt, die Einrichtung war gehobener Bürostandard, und eine Art Empfang beherrschte den rund vierzig Quadratmeter großen Vorraum.

Ein groß gewachsener Mann hörte sich ihre Wünsche an, um dann freundlich eine Absage zu erteilen. Cromwell ließ nicht locker. Er erwähnte den Namen von General Wiggins, der ihn zu einem Interview eingeladen habe. Er sei jederzeit willkommen, habe der General gesagt. Man habe sich unter anderem darüber unterhalten, dass hier russische und amerikanische Spezialisten zusammenarbeiten würden. Daran könne man doch bereits erkennen, wie vertraut man miteinander sei.

Zufrieden beobachtete Cromwell, wie der Mann am Empfang telefonierte. Aber die Ablehnung kam prompt und endgültig. Er müsse sich mächtig geirrt haben. Hier gebe es keinen General Wiggins, und somit sei auch alles andere ein Irrtum. Auf Wiedersehen.

Als Cromwell nicht gleich gehen wollte, öffnete sich eine Tür an der linken Querseite, und ein weiterer Mann erschien. Freundlich, aber bestimmt wies er zur Tür. Cromwell zögerte eine Sekunde zu lang. Die beiden Sicherheitsleute packten ihn mit festem Griff an den Armen und schoben ihn nach draußen.

Kristina hob beschwichtigend die Hände und ging freiwillig in Richtung Eingangstür.

»Hör auf«, flüsterte sie Cromwell zu, als sie allein vor der Tür standen und Cromwell einen erneuten Versuch starten wollte. »Das bringt doch nichts. Ich habe eine Idee …«

Endlich fühlte sich Jeff Benson wieder frei. Er saß im Cockpit seiner F 16C Fighting Falcon und genoss den Rausch der Überschallgeschwindigkeit.

Vor wenigen Minuten war er auf dem heißen Asphalt der Nellis Air Force Base nahe Las Vegas gestartet und hatte den ganzen Ärger mit seiner Frau Angie hinter sich gelassen. Sie würde sich scheiden lassen, weil er mal wieder sein Versprechen nicht eingehalten hatte.

Es war aber auch zu dumm gelaufen. Sie war früher von einer Dienstreise zurückgekehrt und hatte ihn mit Laura, der Nachbarin drei Häuser weiter, im Bett erwischt. Er war schon lange auf Laura mit ihrem schlanken Körper und den großen Brüsten scharf gewesen. Und jetzt hatte es eben geklappt.

Es war nicht das erste Mal, dass er seine Frau betrogen hatte. Auch wenn er immer wieder beteuerte, es werde nie wieder vorkommen, wusste er, dass es immer wieder vorkommen würde. Es war eine Sucht.

Wie das Fliegen. Seit er als Jugendlicher mit seinem Vater eine Flugshow besucht und diese Furcht einflößenden Monster gesehen hatte, hatte er Kampfpilot werden wollen. Und er hatte es geschafft.

Er flog Richtung Norden. Er genoss die Enge seines Cockpits, den Druck des Helmes und die Sauerstoffmaske auf seiner Gesichtshaut. Der am Helm befestigte Sonnenschutz verbarg den Rest seines Gesichts. Das Vibrieren der Pratt&Whitney-Triebwerke mit ihren 106 kN Schub, die ihn auf über zwei Mach katapultieren konnten, beruhigte seine Nerven.

Er spürte die kraftvolle Wucht seines Jets, der sich im Ernstfall so ziemlich allem entgegenstellen konnte, was es auf der Welt an Waffen oder Feinden gab.

Angie hatte gesagt, dass sie ihn fertig machen werde. So richtig. Er hatte nur gelacht, aber dann war sie als Erstes bei seinem Commander petzen gegangen. Der hatte ihn beiseite genommen und ihn daran erinnert, wie wichtig ihm feste familiäre Bindungen bei seinen Piloten waren. Die Drohung, ihn bei den beiden gehörnten Ehemännern seiner früheren Eskapaden zu verpfeifen, hatte sie noch nicht wahr gemacht. Benson fluchte bei dem Gedanken an den Ärger, der dann auf ihn zukommen würde.

»Tigerfeet, melden«, quakte es in seinen Ohren, als sich die Bodenstation bei ihm meldete. Benson verscheuchte die trüben Gedanken und meldete sich. »Sie müssen langsam Ihren Kurs ändern. Sie nähern sich dem Sperrgebiet.«

Das beschissene Sperrgebiet, dachte Benson. Ihm kam wie schon mehrfach der Gedanke, doch einmal *The Box* zu überfliegen. Rund zweihundert Kilometer nördlich der Air Base innerhalb des riesigen Testgeländes gab es dieses *Red Square*, wie es auf den Flugkarten eingezeichnet war. Aber bisher hatte er den Mut dazu nicht aufgebracht. Diejenigen, die ihn aufgebracht hatten, waren böse dafür bestraft worden. Es war allgemein bekannt, dass bei Verletzung der Weisungen zumindest die Versetzung drohte. Es hatte auch schon Fälle gegeben, da war der Pilot mit seiner Maschine abgeschossen worden. Von seinen eigenen Leuten!

Benson bestätigte und korrigierte die Flugrichtung. Dann konzentrierte er sich auf seinen Auftrag.

In wenigen Minuten würde er sein Ziel erreichen. Sein Auftrag war, ein feindliches Bodenziel mit einer Luft-Boden-Lenkwaffe zu vernichten. Seine Falcon trug zu diesem Zweck mehrere Air-to-Ground-Missiles vom Typ Maverick mit einer Masse von je 220 Kilogramm; davon wog der Gefechtskopf jeweils 57 Kilogramm. Nichts Besonderes also. Schließlich war dies die am weitesten verbreitete AGM in der Air Force. Bestens geeignet, um Panzer, Brücken oder Bunker zu bekämpfen.

Allerdings gab es zwei Besonderheiten auf diesem Testflug. Seine Mavericks sollten auf eine Reichweite von über dreißig Kilometern ins Ziel geführt werden, während die Standardversion lediglich für eine Entfernung von zwanzig Kilometern ausgelegt war. Helfen sollte dabei eine neuartige Laserzieleinrichtung, die noch genauer sein sollte als die in Marschflugkörpern verwendeten TV-Komponenten und halbaktiven Laserzielsysteme. Beides hatte seine Nachteile. Die Raketen mit den TV-Einrichtungen waren nur bei Tageseinsätzen zu gebrauchen, und die anderen benötigten eine permanente Laserzielbeleuchtung, um ins Ziel zu gehen. Das bedeutete, dass der abschießende Jäger oder Bomber eine Rakete ohne *Fire-and-forget*-Eigenschaft nutzte und über den Laser die Waffe ins Ziel lenken musste. Was wiederum bedeutete, dass er nach dem Abschuss bleiben musste, wo er war, bis die Rakete traf. Damit war er anfällig für die Luftabwehr, und deshalb suchte man seit Jahren nach Lösungen. Die Imaging Infra-Red oder IIR-Suchköpfe, die schon auf die kleinsten Wärmesignale reagierten, waren eine deutliche Verbesserung, die durch die Nutzung des Global Position Systems noch wesentlich verbessert wurden.

Und jetzt hatte Benson zum Test etwas unter dem Hintern, was noch besser sein sollte.

Sein Commander hatte gesagt, dass er nur noch kurz mit dem Laser auf das Ziel halten musste. Der Suchkopf der Maverick sei so intelligent ausgestattet, dass das einmal erfasste Lasersignal auf Dauer gespeichert werde und damit die *Fire-and-forget*-Fähigkeit erreicht war. Wenn das kein Fortschritt war!

Benson genoss den Flug in seiner Fighting Falcon und die atemberaubende Manövrierfähigkeit der Maschine, die immer noch als das Standardmaß für Mehrzweckjäger galt. Dabei war sie eine alte Lady, denn die Entwicklung der Ursprungsversion ging in die Siebzigerjahre zurück. Seither war sie mehrmals deutlich verbessert worden, gerade was die Avionik betraf. Sie war ein Arbeitstier im eleganten, absolut aerodynamischen Outfit. Er liebte ihre trapezförmigen Flügel und die geraden Hinterkanten. Und das aufgesetzte, tropfenförmige Canopy kam ihm immer wie ein großes Fliegenauge vor.

Aber am schönsten war etwas ganz anderes. Sie war ein Einsitzer. Nur die Trainingsmaschinen waren als Zweisitzer konzipiert; die Kampfmaschinen aber brauchten bloß einen Mann Besatzung. Er konnte fliegen, wie er wollte. Sie war ganz und gar sein Baby.

Er zog die Maschine fast bis hinauf auf die Dienstgipfelhöhe von 15 000 Metern, um sie dann rollend wieder hinunterzujagen.

»Tigerfeet, Sie nähern sich Ihrem Zielgebiet. Ende mit den Spielchen.«

Benson erwachte aus seinem Rausch. Unter ihm wirbelte die Wüstenlandschaft Nevadas, die aus dieser Höhe seltsam braungrau und einförmig aussah. Aber das war nicht das Entscheidende. Wichtig war die Luft.

»CAVU. Clear air. Visibility unlimited«, schrie Benson in sein Mikro und lachte.

»Wie komisch«, meldete sich der Operator von der Air Base zurück, der in seinem Bunker von der klaren Luft bei unbegrenzter Sicht nicht viel hatte.

»CAVU« war einer der ausschlaggebenden Gründe gewesen, dass das Nellis-Testgelände in den letzten fünfzig Jahren zu einer der größten Militäreinrichtungen der Welt angewachsen war.

Die Falcon rollte noch um die Längsachse nach unten, und der Höhenmesser jagte die Zahlen im rasenden Takt durch, als ein blinkender Gegenstand an seinen Augen vorbeijagte.

Benson riss den Kopf herum, die Sauerstoffmaske zerrte an seinem Gesicht. Sonnenstrahlen tanzten und brachen sich auf seinem Sonnenschutz am Helm, als der Gegenstand wieder an ihm vorbeiflirrte.

»Ground Control, ich habe hier oben einen Sichtkontakt«, sagte Benson schlagartig konzentriert und automatisch in das Mikro.

»Was für einen Kontakt?«, kam die ruhige Stimme von der Bodenstation zurück. »Wir haben keinen Kontakt. Sie sind weit und breit allein.«

Benson fing die Falcon ab und flog eine weite Schleife, um zu sehen, ob er sich geirrt hatte.

Aber plötzlich tauchte es wieder vor ihm auf. Metallisch glänzend und rund kam es in wirren Zickzacksprüngen auf ihn zu und war auf einmal hinter ihm. Dann war es urplötzlich wieder vor ihm, ohne dass es vorbeigeflogen wäre.

Vorbeifliegen! An seiner Falcon! Was war schon schneller als sein Jäger?

»Ground Control, ich habe Sichtkontakt.«

»Was sehen Sie?«

»Sieht aus wie eine halbe Kugel, metallisch glänzend. Springt wild hin und her mit einer Geschwindigkeit, wie ich sie mir nicht erklären kann.«

»Was sagt Ihr Radar?«

»Negativ, negativ.«

»Unserer auch. Dann ist da auch nichts.«

»Aber ich sehe es doch!«

In der Flugüberwachungsleitstelle war inzwischen hektische Betriebsamkeit ausgebrochen. Lieutenant Will Seibert hatte nach den letzten Worten mehrere Tasten auf seiner Überwachungskonsole berührt. Damit wurden die Flugdaten und der Funkverkehr zwischen der Bodenstation und der Falcon automatisch zum US Air Force Space Command auf der Peterson Air Base in Colorado Springs geleitet.

Es dauerte auch keine halbe Minute, als von dort die weiteren Flugdaten gefordert wurden, die lautlos und blitzschnell über die Datenverbindungen jagten, um praktisch zeitgleich in den Bunkern unter den Cheyenne Mountains auf den Bildschirmen des Space Command zu erscheinen.

»Was ist los?«, fragte Sydney Warren, ein junger Gefreiter, der gerade seinen dritten Tag in der Flugleitstelle verbrachte und Will Seibert mit seinen permanenten und neugierigen Fragen gehörig auf die Nüsse ging.

»Ärger!«, knurrte der vierschrötige Lieutenant nur und starrte in das runde Gesicht des Gefreiten. »Da oben hat einer unserer Jungs mal wieder zu wenig Sauerstoff.«

Will Seibert tat seit gut zwei Jahrzehnten Dienst in der Flugüberwachung und hatte so manches erlebt. Ganz besonders, wenn die ausländischen Toreros alljährlich bei ihren Flugmanövern im Rahmen der *Red-Flag*-Übungen verrückt spielten.

Echte MIGs wurden hochgeschickt und machten den eigenen Leuten das Leben schwer. Aussetzer gab es immer wieder. Benson war Nummer sechs in diesem Jahr, dachte Seibert frustriert. Dabei hatte er schon ein paar Bier mit dem jungen Hüpfer getrunken und ihn so gar nicht eingestuft. Aber da oben wusste man ja nie.

»Kein Radarecho, Tigerfeet«, versuchte es Seibert noch einmal, dessen Bildschirm nur die Falcon zeigte.

»Scheiß drauf!«, schrie Benson zurück. »Bei mir auch nicht. Trotzdem ist es da. Es hüpft wieder. Unglaublich. Wie Bocksprünge. Was ist das?«

»Arbeiten Ihre Systeme einwandfrei, Tigerfeet?«

»Alles arbeitet einwandfrei. Air to air ist aktiv, die Freund-Feind-Kennung ebenfalls.«

»Was ist da los?«, fragte Sydney Warren völlig verstört. Er hatte eine solche Situation nie erwartet. Da war einer seiner Helden in der Luft und drehte durch. Diese Jungs drehten nicht durch. Sie killten Russen und Irakis. Sie gewannen immer. Das wusste er aus Filmen, und in der Grundausbildung hatten sie es bestätigt. Aber dieser knurrige Seibert an seinem Bodenradar tat nichts anderes, als den Mann in der Falcon für verrückt zu erklären.

»Wenn er mit bloßem Auge etwas sieht, warum sehen wir es dann nicht auf dem Radar?«, fragte er schließlich.

»Weil das eine hochmoderne Radaranlage ist, Jungchen«, knurrte der vierschrötige Lieutenant, ohne den Blick vom Radar zu lassen. »Wäre doch besser gewesen, sie hätten dich erst in Theorie ausgebildet. Das Radar kann nur aktive Impulse auswerten, also die, die von einem Transponder im betroffenen Flugzeug beantwortet werden. Primärreflexionen, also die passiven Echos des Radars, werden einfach nicht mehr auf den Schirm gegeben, weil die Signale durch die EDV nicht auswertbar sind und keine Informationen wie Kennzeichen, Flughöhe oder Flugnummer enthalten. Was nützt mir ein Viereck auf dem Bildschirm, wenn ich damit nichts anfangen kann?«

»Aber da ist doch ein Kreis!«, sagte Sydney Warren schließlich und deutete auf den Kreis mit den Daten, die die Falcon darstellten.

»Eben. Ein Sekundärimpuls, permanent erzeugt vom Transponder im Flugzeug. Primärechos stellt der Bildschirm gar nicht mehr dar. Wenn, dann wäre es ein Viereck. Das war bei den alten Radars so. Früher! In der guten, alten Zeit. Aber nicht heute! O. k.?«

»Es hüpft wieder an mir vorbei. Oh Mann. Dieses Tempo, diese Geschwindigkeit. Wie eine silberne Kugel. Einfach irre! Was ist das bloß?«, drang es aus dem Lautsprecher.

»Jedenfalls nichts zum Schmusen«, knurrte Seibert.

KAPITEL 20

Mittwoch, 14. Juni 2000

Im Kontrollraum des US Air Force Space Bureaus in den Cheyenne Mountains nahe Colorado Springs setzte das Team blind alle Handgriffe um, die unzählige Male geübt worden waren, besonders in den letzten Wochen.

Entsprechend den vorliegenden Weisungen übernahm der zuständige Offizier Major James Crown vom Space Bureau unter dem Namen des Space Command die weitere Steuerung, als Lieutenant Seibert den Funkverkehr zu Space Command ausschaltete. Seine erste Weisung war, den Funkverkehr zu Norman Snider in den Bunker tief unter dem Wüstensand Nevadas weiterzuleiten.

Crown jagte mehrere elektronische Befehle los. Der erste ging an die Systemoperatoren der EDV, damit sichergestellt wurde, dass alle weiteren Weisungen ausschließlich über die neu verlegten Glasfaserkabel erfolgten. Diese Technik hatte sich in den letzten Jahren rasant entwickelt und war mit den neuen Übertragungsmengen eine echte Konkurrenz zum Funk geworden.

Da sich die NSA verstärkt auf Funk konzentriert hatte, gab es jahrelang ein Sicherheitsloch bei der NSA. An die Daten auf den Glasfaserkabeln kam man nur über die Knotenpunkte heran. Das Space Bureau hatte in aller Stille eigene Knotenpunkte geschaffen, die es selbst unter Kontrolle hatte. Das war etwas anderes, als den Wellensalat zu filtern. Ein weiterer Befehl sorgte dafür, dass die Verschlüsselungstechnik verändert wurde. Anstelle der in den Vereinigten Staaten beim Militär üblichen

Systeme, die von der NSA freigegeben wurden, stieg das System binnen Sekundenbruchteilen auf ein europäisches Produkt um, das auf Grund der höheren Bit-Zahl deutlich schwieriger zu knacken und deshalb von der NSA in den Vereinigten Staaten verboten war.

Crown grinste. Cushing hatte es über seine Firmen eingeschmuggelt und dem Space Bureau zur Verfügung gestellt.

Ein weiterer Befehl richtete sich an zwei militärische Milstar-Satelliten im Weltraum über dem amerikanischen Kontinent. In Sekunden steuerten die Satelliten die übermittelten Koordinaten an, die die Falcon derzeit über Nevada innehatte. Die hochauflösenden Kameralinsen, die auf der Erde noch Gegenstände von unter einem Meter Größe deutlich sichtbar machen konnten, zoomten die Koordinaten der Falcon im Luftraum über Nevada an. Laufend wurden sie dabei mit den neuesten Daten über die Falcon gefüttert.

Die Satelliten tasteten darüber hinaus das Gebiet, in dem sich die Falcon aufhielt, mit einem Radarstrahl ab, um das unbekannte Flugobjekt zu erfassen.

Während Crown versuchte, Porters und Snider zu erreichen, schaltete er sich in den Funkverkehr mit der Falcon ein.

»Tigerfeet, hier ist Air Force Space Command, Major Crown. Sie hören ab sofort nur noch auf mein Kommando. Over.«

Einen Moment blieb es still.

»Tigerfeet an Space Command. Verstanden. Was soll ich tun? Over.«

»Spielen Sie!«

»Was soll ich?«

»Spielen. Katz und Maus.« Die Stimme aus der Zentrale von Space Command war ruhig und gelassen. »Umkreisen Sie es, nähern Sie sich, setzen Sie sich wieder ab. Beschäftigen Sie es einfach. Aber nicht angreifen. Keinesfalls angreifen. Wir brauchen etwas Zeit. Und geben Sie Richtung und Position an, wenn es verschwindet. Over.«

Will Seibert warf sich in seinen ledernen Sessel und trank einen Schluck vom inzwischen längst kalten Kaffee.

»Das war es ja dann wohl. Die Schlauen sind jetzt am Zug.«

»Was hat das alles zu bedeuten?« Sydney Warren sah den knurrigen Operator verständnislos an.

Seibert lachte geringschätzig auf.

»Space Command jagt wieder mal ein UFO!«

»UFO?«

»Ja, Herrgott. So ist das nun mal bei uns in der beschissenen Militärhierarchie. Space Command sagt, das ist unser Fall, also ist es deren Fall.«

»Und weiter?«

»Nichts weiter.« Seibert drückte ein letztes Mal seinen Funksprechknopf. »Tigerfeet, hier ist Nellis Control. Space Command hat Sie übernommen. Das bedeutet, dass wir alle Systeme ausschalten müssen. Weisung zur nationalen Sicherheit. Was immer du da oben siehst – viel Glück. Over. Ende. Aus.«

Warren sah verständnislos zu, wie Seibert seine Systeme abschaltete. Das Radarecho der Falcon erlosch.

»Was soll das?«

»Ist doch ganz einfach, Kleiner. Da oben tobt sich ein UFO aus, und die Heinis von Space Command sagen, es ist ihr Fall. Und damit ist es ein Fall der nationalen Sicherheit. Die Jungs in ihren Bunkern in den Bergen tun jetzt, was sie für richtig halten.«

»Und was geschieht mit dem Piloten?«, fragte der junge Gefreite.

Seibert zuckte mit den Achseln. Er hatte schon einige dieser Vorfälle erlebt. Zunächst hatte er nur mit ungläubigem Staunen reagiert, dann war auch das der Gewohnheit anheim gefallen.

»Den Piloten geschieht nichts. Was auch immer da oben vor sich geht, den Piloten ist noch nie was passiert. Die anderen sind schneller.«

»Wer sind die anderen?«

»Weiß ich doch nicht. Superwaffen, Halluzinationen, geheime Tests. Was auch immer. Jedenfalls wird der Pilot brav landen, und dann wird er eine Unterschrift leisten und niemals mit jemandem darüber reden. Wenn doch, machen sie ihn platt.«

»Aber Sie reden doch auch darüber.«

»Ich habe ja auch unterschrieben«, knurrte der Lieutenant. »Und Sie werden nachher ebenfalls Ihre Unterschrift auf einen Wisch krakeln. Denn ich muss eine Meldung schreiben.«

Der Gefreite schwieg, während Seibert immer noch auf den dunklen Bildschirm starrte.

»Passiert das öfter?«

Seibert sah den jungen Gefreiten wütend an.

»Jeden Freitag«, ulkte er. Dann stand er auf und ging sich einen Kaffee holen.

»Hast du gemerkt, wie sie sprechen?«, fragte Kristina, als sie wieder im Auto saßen.

»Ja«, sagte Cromwell, der den Akzent nur zu genau kannte. »Amerikaner. Und wenn ich mal eine Einschätzung abgeben darf: irgendwie militärisch gedrillt. Das ganze Gehabe.«

Kristina nickte. »Absolut durchtrainierte Körper. Unter ihrer Kleidung hatten die ganz schöne Muskelpakete.«

Cromwell sah sie kopfschüttelnd an. »Sind alle Frauen so? Seziert ihr immer gleich die Muskelmenge durch die Klamotten? Jedenfalls interessant, worauf du zuerst geachtet hast.«

Sie lachte amüsiert auf. »Auch wir haben so unsere Vorlieben. Was nun?«

»Warten«, antwortete Cromwell. »Bis etwas passiert oder uns etwas einfällt.« Frustriert starrte er in den blauen Himmel.

Cromwell wollte nicht zugeben, wie ratlos er war. Das Institut war aus seiner Sicht der einzige vernünftige Ansatzpunkt, den er hatte. Die einzige weiche Stelle, die er mit seinem Steinwerkzeug angraben konnte.

Richtig schien ihm, den Frontalangriff zu suchen und das Zentrum anzugehen. Im Augenblick war dies eben das Institut.

Wenn alle Stricke rissen, musste er Sissi noch einmal einschalten. Vielleicht würde sie über die Redaktionskontakte Näheres in Erfahrung bringen können. Aber das wäre der letzte Schritt. Er hatte immer noch Sorge, dass sie ihm so auf die Spur kämen. Vielleicht sollte er auch noch einmal mit Ziegler reden. Der Mann war ein wandelndes Lexikon.

»Komm, los!«

Cromwell deutete auf die Straße, wo plötzlich eine Gestalt die Straße hinablief.

»Was soll das denn?«, fragte Kristina.

»Der Mann ist gerade aus dem Institut gekommen. Dem folgen wir.«

»Und dann?«

»Wir sprechen ihn an und fragen ihn aus.«

»Genialer Vorschlag.«

»Was meinst du, wie Reporter an ihre Informationen kommen? Wo es keine gibt, muss man sie sich halt besorgen. Dabei ist alles erlaubt.«

Cromwell startete den Renault, und sie fuhren langsam hinter dem Mann her. Dann überholte Cromwell ihn und stellte sich schließlich vor der Tramstation in Warteposition.

»Falls er mit der Tram fährt«, meinte er.

»Wird er wohl, wenn er nicht gerade hier in der Nähe wohnt.«

Sie mussten sich entscheiden, als der Mann tatsächlich auf die Tram wartete. Nach kurzer Diskussion über den Sinn der Aktion parkten sie den Wagen. Nach einigen Minuten kam die Tram. Sie stiegen unauffällig hinter dem Mann ein und setzten sich. Es ging zurück in die Innenstadt und von dort in das Arbeiterviertel jenseits der Sihl.

Der Unbekannte aus dem Institut war mittelgroß, und Cromwell schätzte ihn auf über fünfzig. Seine Bewegungen waren müde. In der Tram betrachtete Cromwell verstohlen die Gesichtszüge des Mannes. Grau und erschöpft. Um die Mundwinkel schien sich ein zynischer Zug eingegraben zu haben. Seine durchgängig dunkelblaue Kleidung hatte etwas von einer Uniform.

Am Helvetia-Platz stieg der Mann aus.

Porters stand wie gebannt vor dem Kontrollschirm, neben ihm Snider wie ein Schatten.

Aus den Lautsprechern drang die ruhige Stimme von Major Crown in Colorado Springs, der permanenten Kontakt mit dem Piloten der Falcon hielt. Der Pilot stand unter Stress. Seine Stimme war laut, verzerrt, durchsetzt mit Verwünschungen, mit Ausdrücken des Staunens, der Ungläubigkeit.

Mittlerweile kamen die ersten Satellitenbilder in Echtzeit auf den Monitor. Auf Grund der Geschwindigkeit der Falcon konnte das Fotoauge des Satelliten nicht so stark zoomen, wie sich Porters das gewünscht hätte. Zwar war die Kamera mit einem Ziellaser ausgestattet, der sich mit seinem Strahl an der metallenen Hülle der Falcon festgefressen hatte und so die Kameralinse im Ziel hielt, aber das Flugobjekt verschwand trotzdem immer wieder aus dem Blickfeld.

»Was macht es jetzt?«, fragte Crown ruhig, als das zigarrenförmige Fluggerät plötzlich aus dem Blickfeld des Satelliten verschwunden war.

»Es steht!«, schrie Jeff Benson. Seine Stimme zerrte unter den Adrenalinstößen an den Nerven der Zuhörer. »Einige Meilen entfernt. Mit bloßem Auge kaum noch auszumachen. Was soll ich tun?«

»Unglaublich«, sagte Snider zu Porters, der mit funkelnden Augen auf den Bildschirm starrte. »Das Ding ist praktisch unmittelbar über uns, nur einige Kilometer entfernt.«

»Ich habe es gewusst!«, triumphierte Porters und klatschte in die Hände. Er behauptete seit Jahren, die größte Chance seien die Kontakte über den Militärgeländen.

Seiner Meinung nach bestätigte das nur, dass die Kerle nichts Gutes im Schilde führten und immer wissen wollten, wie weit der Feind war.

»Unsere Berechnungen sind alle richtig. Sie weichen manchmal ab, aber die Systematik stimmt. Unsere anderen Annahmen werden auch stimmen. Einen letzten Test. Die Falcon soll eine ihrer Raketen auf das Ziel abfeuern.«

Snider sah den General überrascht an. »Sir, damit gefährden wir den Piloten.«

»Quatsch.« Das hagere Gesicht des Chefs des Space Bureau war mit Röte überzogen. Snider wurde bewusst, dass er seinen Vorgesetzten so noch nie gesehen hatte. »Er soll eben aufpassen.«

Als Porters' dunkle Augen Snider trafen, nickte dieser, schaltete sich in die Funkverbindung nach Colorado Springs ein und erteilte seine Anweisungen.

»Tigerfeet, welche Bewaffnung haben Sie an Bord?«, schallte unmittelbar darauf die Stimme von Major Crown durch die Lautsprecher.

»Sidewinder mit Infrarotsuchkopf, Steuerung über Helmvisier möglich. Neuneinhalb Kilo Sprengstoff!«

»Wie weit ist unser Freund entfernt?«, fragte Crown ruhig.

Porters hatte sich gespannt vorgebeugt. Er hatte nicht alle Typen im Kopf, aber die Sidewinder war nach seiner Erinnerung auf Ziele bis unter zwanzig Kilometer eingestellt.

»Dafür reicht es.«

»Feuererlaubnis«, sagte Porters trocken.

Fox sah auf die Uhr. Sergej Atlasov würde gleich kommen. Er hatte den Russen vor wenigen Minuten angerufen und ihm bestätigt, dass seine Information stimmte. Die Sicherheitszentrale der NASA hatte vor wenigen Minuten angerufen und ihm den Tod von General Wiggins bestätigt. Mehr an Informationen gab es nicht.

Atlasovs Reaktion war merkwürdig. Er knurrte zunächst und legte auf, um wenige Minuten später wieder anzurufen. Er müsse hochkommen, sagte Atlasov, es sei dringend.

Fox blickte auf seinen aufgeräumten Schreibtisch, auf dem ein einziges Blatt lag. Er hatte sich Notizen gemacht, was er alles veranlassen wollte. Die Weisung, noch genauer aufzupassen, war bereits am Sonntag an die Wachleute rausgegangen. Jede Kleinigkeit wurde seitdem sofort gemeldet.

Ungewöhnlich war dieser Reporter mit seiner Begleiterin, der angeblich mit General Wiggins ein Interview vereinbart hatte. Der General hatte niemals Interviews in Aussicht gestellt. Verschwiegenheit war Gesetz.

Die Kameras hatten die beiden Fremden während der ganzen Zeit im Vorraum observiert. Zwei Linsen waren dabei ausschließlich auf die Augenpaare gerichtet gewesen. Fox hatte sehr genau beobachten können, wie die Augen der beiden immer wieder durch die Vorhalle gewandert waren. Die hatten alles registriert, was sie nur aufnehmen konnten.

Ausspähung!

Die Gegenaktion lief bereits. Seine Felderfahrung hatte ihn gelehrt, dass die Vorbereitung auf den schlimmsten Fall das Überleben sicherte. Nur war er sich noch nicht im Klaren darüber, wie dieser schlimmste Fall aussehen konnte.

Atlasov war kreidebleich, als er das Zimmer betrat. Während er sich auf den einzigen Besucherstuhl setzte, der genauso unangenehm hart war wie Fox' eigener Stuhl, zog der Russe einen Umschlag unter seinem Jackett hervor.

»Deswegen bin ich hier«, sagte er kurz und knapp und legte

den Umschlag vor Fox auf die Schreibtischplatte. Er war braun und von der Größe DIN A4. »Diesen Umschlag hat mir General Wiggins vor seiner Abreise nach Berlin gegeben. Mit der Bitte, dass ich ihn dem Empfänger zukommen lasse.«

»Und wer soll das sein?«

Fox ließ sich seine Überraschung darüber nicht anmerken, dass der General dem russischen Wissenschaftler einen Umschlag gegeben hatte.

»Lesen Sie selbst.«

Fox drehte den Umschlag leicht. Die Adresse war in einer klaren und festen Handschrift mit Tinte aufgetragen.

»An den Präsidenten der Vereinigten Staaten«, las Fox laut vor, als könne er damit das Staunen vertuschen, das über sein Gesicht huschte. »Immerhin. Ganz nach oben.«

»Was machen wir nun?«

»Kennen Sie den Inhalt? Warum hat er Ihnen den Umschlag gegeben?«

Atlasov kämpfte offensichtlich mit sich, was er antworten sollte. In dem kräftigen Gesicht arbeitete es, und die klaren und intelligenten Augen des Physikers spiegelten in wenigen Sekunden alle Gefühle, die ein Mensch durchmachen konnte. Fox sah Angst, Unsicherheit, Vertrauen, dann einen Hang zur Pflicht, sein Versprechen einzuhalten.

»Den Inhalt kenne ich nicht«, sagte der Russe schließlich. »Will ich auch nicht kennen, wenn ich ganz ehrlich bin. Warum ich das übergeben soll, kann ich nur ahnen. Wir beide haben uns immer gut verstanden, sehr intensiv diskutiert. Es ging in Richtung Freundschaft.«

»Ein Rezept für Schweizer Geschnetzeltes dürfte wohl kaum der Inhalt sein. Also?«

»Stellen Sie bitte doch nicht diese Fragen. Ich erfülle eine Bitte, indem ich mich an Sie wende und Sie bitte. Ich habe Vertrauen zu Ihnen. Sonst wäre ich nicht hier. Ich kenne keinen anderen Weg, die Bitte des Generals zu erfüllen.«

»Warum haben Sie mir den Brief nicht schon Sonntag gegeben?«

»Weil ich erst sicher sein wollte … Bisher war sein Tod ein Gerücht aus Moskau. Es war mir zu unsicher. Aber jetzt, nach Ihrer Bestätigung …«

Fox griff wortlos zum Telefon und tippte eine Nummer ein. Die Sicherheitszentrale verlangte seine Identifizierung, dann konnte er seine Meldung absetzen. Danach dauerte es einige Zeit, aber schließlich hatte er den Sicherheitschef der NASA am Telefon.

Fox meldete, was es zu melden gab; der Mann mit der dunklen Stimme auf der anderen Seite des Atlantiks schien es eher gelangweilt zur Kenntnis zu nehmen.

Was er sich denn vorstelle? Was in dem Umschlag sein könne? Wie vertrauenswürdig der Russe sei?

Fox entgegnete, der Überbringer sei einer der engsten Mitarbeiter des Generals gewesen.

Nach einem langen Schweigen wurde Fox angewiesen, auf Antwort zu warten.

Fünfzehn Minuten später klingelte das Telefon, und die Zentrale war wieder in der Leitung. Die Nachricht war kurz und knapp.

»Es kommt jemand und holt den Umschlag ab«, sagte Fox zu Atlasov und griff nach dem Umschlag.

»Feuererlaubnis erteilt!«, dröhnte es in Jeff Bensons Ohren.

Tausend Gedanken schossen durch seinen Kopf. Alle bisherigen Abschüsse waren im Vergleich zu jetzt im Grunde Trainingssituationen gewesen. Auch die Luftkämpfe mit den MIGs, die von Piloten geflogen wurden, welche die russischen Taktiken nachahmten. Tests, Spielereien.

Nichts im Vergleich zu dieser Situation. Hier hatte er einen unbekannten, schnelleren und flinkeren Gegner vor sich. Vollkommen unbekannt. Und Space Command wies ihn an, das Ziel tatsächlich zu vernichten.

Unwillkürlich tauchten die Bilder der Vernichtung vor seinem Auge auf, die seine Rakete anrichten würde. Sein Ausbilder hatte ihn und die anderen Jungs der Gruppe mehrfach mit ins Zielgebiet genommen. Sie hatten zusehen müssen, was es bedeutete, wenn knapp zehn Kilo Sprengstoff ihr Ziel trafen. Benson hatte danach die rund drei Meter langen Killer unter seinen Tragflächen, die ihn immer an Streichhölzer erinnerten, mit ganz anderen Blicken gesehen.

Plötzlich kroch Angst in ihm hoch. Der Gegner war unbekannt, ebenso seine Fähigkeiten.

Scheiße, dachte Benson. Was, wenn die überlegen waren? Bei den gezeigten Flugfähigkeiten?

MIGs, Russkis, das alles kannte er. Er wusste, wie ein MIG scrollte, wie sie ihren Luftkampf aufbauten, hoch fliegend, um hinter den Gegner zu kommen. Aber von Zigarren, die sich zu Kugeln verformten, war nie die Rede gewesen.

Benson entsicherte die Rakete. Alles andere würde nun durch das Waffensystem gesteuert werden.

Irritiert starrte er nach vorn, als das tiefe Brummen nicht ertönte. Auch auf seinem Helmvisier erschien nicht das bekannte Symbol. Der Infrarotkopf der Sidewinder erfasste kein Ziel.

»Zielerfassung negativ!«, schrie er in Panik in sein Mikro. »Was, zum Teufel, ist das?«

»Ganz ruhig!«, kam die Antwort von Crown aus dem Kopfhörer. »Das ist nichts Ungewöhnliches. Unser Fremder produziert eben momentan keine Wärme, auf die die Sensoren ansprechen.«

»Wie kann er dann fliegen?«, schrie Benson zurück und starrte nach vorn. »Wie kann er so in der Luft stehen? Ich begreife das nicht.«

»Annähern, immer weiter drauf zufliegen«, wies Crown den jungen Piloten mit seiner ruhigen Stimme an.

»Was anderes geht ja auch nicht!«, brüllte Benson. »Dann ramme ich ihn eben!«

In diesem Moment setzte sich das Ding vor ihm urplötzlich in Bewegung. Gleichzeitig ertönte das tiefe Brummen in seinem Kopfhörer, und das Zielerfassungssymbol stanzte sich vor seinen Augen in das Helmdisplay.

»Ziel erfasst – Ziel entfernt sich!«, schrie Benson, und ihm dämmerte ein Zusammenhang, den er nicht verstand. Erst durch die Bewegung des Objektes war Hitze entstanden, die der Infrarotsuchkopf brauchte, um die Zielerfassung durchzuführen.

Benson drückte den Feuerknopf, und die Rakete löste sich unter seiner linken Tragfläche. Die vorderen Steuerflossen mit dem Suchkopf davor sprangen in sein Auge, dann starrte er auf die feste Heckflosse und den Kondensstreifen, der aus der Düse am Ende der Rakete kam.

Er zog die Maschine etwas nach links unten.

»Rakete abgeschossen.«

»Laufend Meldung.«

»Rakete fliegt, Zielobjekt immer noch erfasst.« Plötzlich blieb das Ziel stehen, abrupt, als sei es gegen eine Mauer gerast, dann näherte es sich, flog auf die Rakete zu.

Benson traute seinen Augen nicht. Die Zigarre und die Sidewinder jagten aufeinander zu.

Er schrie seine Beobachtungen ins Mikrofon und brach dann ab. Die Rakete explodierte in einem rot-gelben Feuerball weit vor dem Ziel. Explosionsstreifen zischten nach allen Seiten durch die Luft.

Die Zigarre tauchte etwas unterhalb der Explosionsstelle wie hinter einem Vorhang auf, stand kurz regungslos in der Luft, um dann in wilden Sprüngen vor seiner Falcon mehrfach die Position zu ändern.

»Rakete zerstört! Rakete zerstört!«, rief Benson in sein Mikro. »Ziel unbeschädigt. Was ist da los? Was ist das?«

»Hier ist Space Command. Ganz ruhig. Melden, was passiert!«

Benson war benommen. Darauf hatten ihn seine Ausbilder nicht vorbereitet. Auch seine Kameraden hatten noch nie Derartiges berichtet. Er musste träumen!

Plötzlich blitzte es vor ihm auf.

»Das Ziel ist verschwunden«, sagte Benson lahm und begriff erst langsam, was er da sagte. Es war weg. Einfach weg. Mit einer Geschwindigkeit, die es gar nicht geben konnte.

»In welche Richtung?«, fragte die Stimme aus der Kommandozentrale.

»Geradeaus«, sagte Benson völlig unmilitärisch. »Weg von mir.«

»In welche Richtung fliegen Sie?«

»Ziemlich genau Nord.«

»Tigerfeet, Rückkehr zum Standort.«

KAPITEL 21

Mittwoch, 14. Juni 2000

»Wo sind wir denn hier?«, fragte Kristina und schaute sich überrascht um, als sie vom Helvetia-Platz aus jenen Teil Zürichs betraten, wo die verschiedensten Welten nebeneinander existierten.

»Mal was anderes«, lachte Cromwell. Er sah den Kebab-Imbiss neben teuren Restaurants, Spelunken, feine Stripteasebars, dazwischen Wohnhäuser, die Billigboutique neben multikulturellen Kuriositäten.

»Dealer«, sagte Kristina verächtlich und deutete auf ein paar Männer, die unbeschäftigt am Straßenrand oder vor Schaufenstern standen.

Cromwell nickte und zog sie mit sich.

Vor einer Mietskaserne in der Zwinglistraße blieb der Mann aus dem Institut stehen, trat seine Zigarette aus und sah an dem heruntergekommenen Haus hoch. Dann drehte er sich um und blickte mehrmals die Straße entlang.

»Was macht der?«, fragte Kristina.

»Keine Ahnung«, knurrte Cromwell, den langsam ein ungutes Gefühl beschlich. Aus seiner Zeit als Zivilangestellter bei den amerikanischen Streitkräften in Berlin kannte er ein paar Tricks, die ihm die Geheimdienstler gezeigt hatten. Ihm kam ein böser Verdacht.

Ohne sich umzusehen oder besonders auf das zu achten, was auf der Straße vor sich ging, lief der Unbekannte aus dem Institut weiter und tauchte rund um die Langstraße ein in Zürichs Sündenbabel mit der bunten Mischung aus Sexläden, Kneipen,

Restaurants, Neon, Plakaten und nacktem Fleisch. Die Straßen waren belebt, der Wärme des Tages folgte ein lauer Abend.

»Was machen wir, wenn er jetzt zu einer richtigen Sause aufbricht? Sexshop, Puff, die ganze Palette?«

»Abwarten«, knurrte Cromwell, der immer wieder skeptisch die Straße entlangsah. Sein Verdacht ging ihm nicht aus dem Kopf. Aber was hatten sie sonst? Nichts. Sie durften den Mann nicht aus den Augen verlieren. Schließlich wollten sie ihn ansprechen, um mehr über das Institut zu erfahren.

Der Fremde steuerte auf einen neonbeleuchteten Eingang zu, hinter dem undurchdringliche Dunkelheit lag. Die Zeichnungen von zwei Frauen mit übergroßen Brüsten rahmten den Eingang. Zwei Männer standen davor und sahen gelangweilt auf die Passanten. In den Händen hielten sie Werbezettel. Immer wieder sprachen sie Männer an, versuchten, sie in die Lasterhöhle zu locken.

»Hinterher?«, fragte Cromwell, als der Fremde an den beiden Männern vorbei auf den Eingang zusteuerte. Er sah Kristina von der Seite an. In ihrem Gesicht spiegelten sich die verschiedenen Stadien ihres Denkvorgangs: Zweifel, Ablehnung, Entschlossenheit, dann wieder Unsicherheit.

»Was haben wir davon?«

»Weiß ich noch nicht. Ich vielleicht mehr als du ... Aber wenn wir es nicht ausprobieren, werden wir es wohl nicht herausfinden.«

»Ich hoffe, du kannst Karate.«

»Nein, aber weit spucken.«

Sie zuckte mit den Achseln.

Der Fremde war im Eingang verschwunden. Cromwell lief los, um den Mann nicht aus den Augen zu verlieren. Kristina zerrte er hinter sich her.

Der Eingangsbereich war nur schwach beleuchtet. Rote Lampen tauchten alles in ein diffuses Licht. Eine Treppe führte nach unten.

Die Tür neben der Treppe war unsichtbar, eingelassen in die dämmende Wandverkleidung aus rotem Plüsch. Als Cromwell und Kristina vorbeistolperten, sprang die Tür auf.

Cromwell stürzte mit dem Gesicht gegen die Wand und spürte unmittelbar danach kräftige Hände im Genick. Andere Hände rissen ihm die Arme nach hinten, sodass er vor Schmerz laut aufschrie. Sie schoben ihn durch die Tür. Kristina ging vor ihm, gebeugt unter dem brutalen Griff eines Mannes, der in der Tür gewartet hatte. Dann blieb der kleine Konvoi im Gang stehen.

Cromwell spürte ein Taschentuch an seiner Nase, roch den Äther.

Für Turner Allison war dieser Mittwochvormittag der bisher angenehmste Tag des Jahres. Ziemlich traurig, dachte er, wenn der Flug in seiner viersitzigen Cessna das schönste Erlebnis des ersten Halbjahres war.

Aber trotzdem war es so. Immerhin hatte er monatelang gefiebert, bis das Geld zusammen war, um seinen Hobel wieder flottzukriegen. Mit der 1982 gebauten Cessna 172 Skyhawk hatte er im letzten Herbstnebel eine Bruchlandung auf dem Flugplatz von Great Falls hingelegt, die tagelang die örtlichen Zeitungen beschäftigt hatte.

Bevor er Geld in die Reparatur der Maschine hatte stecken können, hatte er die Rechnungen des Flughafens bezahlen müssen, weil die Versicherung auf Grund nicht gezahlter Prämien die Mitarbeit verweigert hatte.

Turner Allison verdiente sein Geld mit Futtermitteln. Er lieferte alles, Rinderfutter, Hühnerfutter, Straußenfutter, egal, was. Das Geschäft ging gut, wenn er auch immer wieder gegen diese Ökofritzen ankämpfen musste, die ihr Biofleisch anpriesen. Weiden gab es genug hier oben, aber er hatte die richtigen Mischungen, damit die Tiere rasch Gewicht ansetzten und der Preis stieg.

Ärgerlich waren die Berichte über die Inhaltsstoffe der Futtermittel. Die bremsten in regelmäßigen Abständen seinen Vertrieb. Ihm war egal, was da gepantscht wurde. Ihm kam es auf das Geld an, das er verdienen konnte. Sein Kundenstamm reichte über Montana hinaus bis weit hinter Spokane im Staat Washington.

Allison pfiff fröhlich ein Lied und starrte durch die Scheibe in den blauen Himmel und die unter ihm liegenden Wälder. Er war zuvor in Kalispell in Montana gestartet, flog westlich des Glacier Nationalparks Richtung Norden und war nun nahe Whitefish. Die bewaldeten Berghänge waren mit das Langweiligste, was er sich vorstellen konnte. Er hatte sein Leben lang in der Natur hier oben zugebracht, da war das nichts Besonderes. Wenn die Touristen begeistert aufstöhnten, gähnte er nur. Berge waren Berge, nicht mehr, und für ihn als Flieger außerdem ein Hindernis.

Plötzlich trudelte eine überdimensionierte weiß-silbrige Zigarre lautlos vor seiner Cessna über den Himmel. Vor Schreck verriss Allison den Steuerknüppel, und die Cessna tanzte zur Seite. Er brauchte einen Moment, um die Maschine wieder abzufangen.

»Was ist das denn? Einfach nicht zu glauben.«

Er rief den Kontrollturm von Kalispell.

»Ich habe hier oben so ein seltsames Ding. Ist weiß-silbrig, glänzt in der Sonne und ist irgendwie länglich und rund. Es trudelt vor mir her, als ob es einen gesoffen hätte. Scheint nicht zu wissen, wo es hinwill. Over.«

»Haben Sie vielleicht getrunken, Allison?«, fragte ein gelangweilter Nick Peters, der auf dem Tower von Kalispell Dienst tat.

Allison fluchte und schimpfte los, als habe die Versicherung wieder mal den Beitrag für das Flugzeug um fünfhundert Prozent erhöht. Die nächsten Minuten vergingen in wilden Flüchen, ungläubigen Erwiderungen, dann erklärte sich Nick Peters bereit, eine Meldung abzusetzen, dass Turner Allison ein undefinierbares Flugobjekt gesehen habe, das irgendwie durch die Lüfte torkelte. Da war die überdimensionierte, weiß-silbrige Zigarre, die an den Hängen entlanggeschwebt war, aber schon längst verschwunden. Allison steuerte seine Cessna, die es auf rund dreihundertvierzig Kilometer brachte, in das Tal, in dem er das undefinierbare Etwas zuletzt gesehen hatte. Vergeblich.

Er schüttelte immer wieder den Kopf und zweifelte schon an sich selbst, als es in seinem Funkgerät knackte und sich ein Major der Air Force meldete, der angeblich von Space Command war.

Und dieser Major suchte anscheinend genau nach dem Ding, das Allison gesehen hatte.

In dem kleinen Raum herrschte eine nicht mehr zu überbietende Spannung. Alle starrten gebannt auf den großen Bildschirm an der Wand. Immer wieder wanderten Blicke verstohlen zu Vernon Porters, der mit seiner Generalsuniform ganz hinten in der letzten Reihe stand und eine Aura von unbesiegbarer Selbstsicherheit verströmte.

Bild für Bild erschien auf dem Schirm, der in der Mitte geteilt war. Zwei Satelliten vom Typ Milstar tasteten die Gegend nördlich von Whitefish ab und bannten die majestätischen, bis zu dreitausend Meter hohen Berge auf den Bildschirm.

»Wenn man überlegt, wie schön dieses Land ist«, sagte Snider, als die Berge, Täler und Seen des Glacier-Nationalparks an die Wand geworfen wurden.

»Werden Sie nicht sentimental.« Porters' Stimme klang ruhig und gelassen, auch wenn er innerlich vor Anspannung fast zerplatzte. Seine angeschwollene Stirnschlagader verriet den Eingeweihten, wie sehr er sich beherrschen musste.

Die Satelliten tasteten die Gegend in Rastern ab, gelegentlich gab es Anweisungen, bestimmte Gebiete genauer zu beobachten.

»Was ist, wenn der Flieger in Whitefish sich geirrt hat?«

»Dann war es eben ein weiterer nutzloser Versuch«, entgegnete Porters. »Aber wir finden es. Er hat sich nicht geirrt.«

»Die kanadische Grenze«, sagte nach einer Weile Lieutenant Kramer.

Porters zuckte unmerklich zusammen. Das konnte Probleme geben, wenn sie in Kanada fündig wurden. Dann mussten sie die Kanadier einschalten. Auf der oberen Ebene würde das kein Problem sein. Immerhin überwachten NORAD und Space Command auch im Auftrag der Kanadier den gesamten nordamerikanischen Kontinent. Aber das durfte nicht darüber hinwegtäuschen, dass er in die Souveränität eines anderen Staates eingreifen würde, wenn er auf kanadischem Gebiet operierte.

In Gedanken ging er die verschiedenen Ansprechpartner auf der kanadischen Seite durch, checkte sie nach Zuverlässigkeit und zu erwartendem Einverständnis.

»Da ist etwas!«, rief kurz darauf einer der Uniformierten in die wunderbaren Landschaftsaufnahmen hinein, die jeden Touristen begeistert hätten.

Alle Augen ruckten herum.

Zunächst sah Porters eine Schneise im Wald, als habe eine Fräse eine gerade Linie in einen grünen Stein gesägt. Die Bäume waren platt auf den Boden oder zur Seite weggedrückt.

Das weiß-silbrige Etwas mitten in dem Waldgebiet stach von dem Grün der Bäume ab. Es war nicht zu übersehen.

Snider gab Befehle, und der Satellit zoomte den Ausschnitt heran.

»Unbeschädigt.«

Porters sah sich in aller Ruhe die Bilder an, die nun mit immer größerer Auflösung hereinkamen. Der Gegenstand hatte eine silbrige Haut; manchmal, unter einem bestimmten Lichteinfall, schimmerte sie weißlich. Nichts deutete auf Luken oder

Fenster, Ein- oder Ausstieg hin. Das Ding lag einfach mitten im Wald.

»Standort?«

»Fünf Kilometer von Elkford entfernt. Im Elk Valley. Ein Seitental südlich der Stadt. Abgelegen.«

Snider wartete, bis auf dem linken Teil des Bildschirms eine Karte erschien, auf der ein Punkt immer wieder gelb aufblinkte.

»Was sagen Sie zu der Wahrscheinlichkeit einer Entdeckung?«

Snider wiegte überlegend den Kopf.

»Viele Campingplätze. Viele Individualtouristen. Wir brauchen Glück.« Snider sah auf die Datumsanzeige neben dem Bildschirm. »Die Parks öffnen in den nächsten Tagen. Wenn also …«

»Größe des Objektes?«

»Etwa fünf Meter breit. Drei bis vier Meter hoch. Länge vielleicht zehn Meter.«

Porters starrte auf das Bild des abgestürzten Fluggerätes, das da in den kanadischen Wäldern lag. Nichts regte sich. Der Satellit hatte so dicht herangezoomt, wie es nur ging. Die silbrige Außenhülle wies keinen erkennbaren Riss auf.

»Keines der größeren Exemplare, was?«

»Dafür leichter zu transportieren.«

Snider dachte bereits praktisch, denn jetzt stand eine der schweren Aufgaben bevor.

»Gewichtsschätzung.«

»Unklar. Wenn wir Glück haben, reicht die kleine Lösung. Wir setzen den Sikorsky HH-53C ein, fliegen rein, packen das Ding in ein Netz, ran an den Haken und wieder raus. Elkford hat zwar einen eigenen Flughafen, aber wenn es schon so ist, sollten wir es still und heimlich machen. Müsste gelingen.«

Porters nickte nachdenklich. Der vorgeschlagene Hubschrauber war ursprünglich als reiner Schwerlasttransporter für die Marine gedacht gewesen. Zahlreiche Spezialversionen sicherten ihm neue Einsatzgebiete. Heute war er Minenräumer, hochgerüstete Waffe für die Special Forces und Rettungshubschrauber. Der HH-53C, von dem Snider gesprochen hatte, besaß einen Haken, mit dem außen Lasten bis zu neun Tonnen transportiert werden konnten. Außerdem war es die Langstreckenversion mit einer Reichweite von bis zu fünftausend Kilometer. Ein weiterer Vorteil war, dass der Hubschrauber in der Luft betankt werden konnte.

»Wo steht die nächste Maschine?« Porters zögerte noch einen Augenblick, ehe er sich entschloss. Die einfachsten Pläne waren immer die besten. Er wartete ungeduldig, bis Snider seine Computerabfrage beendet hatte.

»Die nächste Maschine der Art, die wir brauchen, steht auf der Hill Air Force Base in Utah. Rund fünfundzwanzig Meilen nördlich von Salt Lake City. Unterstellt ist sie dem Air Force System Command.«

Porters nickte zufrieden. Hill war ein Logistikstandort, dort residierte keine Kampfeinheit. Die Entfernung schätzte er von dort auf rund 1300 Kilometer, was bedeutete, dass der Hubschrauber in etwa vier bis fünf Stunden am Zielort sein konnte. Es würde Nacht sein, wenn sie ihr Fundstück abtransportierten.

»So machen wir es. Sicherung durch Spezialeinheiten. Permanente Überwachung durch die Satelliten. Wie kommen wir hin?«

»Der Learjet steht bereit. Wir fliegen bis Cranbrook.«

Porters schüttelte den Kopf.

»Kanada? Zu auffällig, falls ein dummer Zufall will, dass wir gesehen werden. Entweder Malmstrom Air Force Base …«

»Great Falls ist zu weit weg.«

»… aber da ist die 341. Space Wing mit ihren Minuteman-III-Raketen. Besser Fairchild Air Force Base bei Spokane. Da sind Trainingseinheiten stationiert. Geringeres Sicherheitsrisiko. Von dort kommen wir schnell mit dem Hubschrauber weiter.«

Der Raum war niedrig, kühl und besaß zwei kleine schmale Fenster an den Längswänden dicht unter der Decke. Der Fußboden war mit Laminat ausgelegt, die Wände waren mit Kalksandstein gemauert und dann weiß übertüncht. Alles deutete auf einen Kellerraum hin.

In der Mitte des Raumes stand ein großer rechteckiger Tisch mit ein paar Stühlen. Auf der blank polierten Tischplatte lagen die Utensilien der beiden Gefangenen. Die Pässe, Bargeld, sonstiger Krimskrams.

Cromwells Waffe lag ebenfalls auf dem Tisch, daneben die Patronen und die Reservemagazine. Er saß mit Kristina auf der einen Seite des Tisches; auf der anderen saßen zwei Männer, während zwei weitere gelangweilt dahinter an der Wand lehnten.

Immer wieder sollten sie die gleiche Frage beantworten.

»Was interessiert Sie so sehr an dem Friedensinstitut?«

Cromwell blieb bei seiner Story, er sei Reporter und schreibe eine Serie über Friedensinstitute.

»Sie haben zwei Pässe. Sind Amerikaner. Warum schreiben Sie ausgerechnet über ein in der Schweiz angesiedeltes Friedensinstitut?«

Der Mann, der die Fragen stellte, war über eins achtzig groß, muskulös und wie alle anderen unmaskiert.

»Wie gesagt, ich lebe in Berlin und nutze die Gelegenheit, ohnehin hier zu sein, um meine Recherchen über Friedensinstitute fortzusetzen.«

Ein Tonband lief und zeichnete Fragen und Antworten auf. Zwei Mal reichte der Fragesteller bekritzelte Zettel nach hinten. Jedes Mal ging einer der an der Wand stehenden Männer mit dem Zettel nach draußen. So wie die Tür zufiel, handelte es sich um eine feuerfeste Tür, wie sie zur Sicherung von Heizungskellern genutzt wurde.

»Wir überprüfen Ihre Angaben«, sagte der Fragesteller, dessen Stimme voll und fest war.

»Selbstverständlich«, brummte Cromwell. Er sah zu Kristina hinüber, die auf den Tisch starrte und nicht zu erkennen gab, was sie von seiner Vorstellung hielt.

Cromwell sponn ein Gemisch aus Wahrheiten und Lügen, aus Fakten und Erdachtem.

Sie hatten sich vorher nicht abstimmen können, und Cromwell war froh, dass sie nicht getrennt verhört wurden. Wobei er sich die ganze Zeit fragte, ob das nun Dilettantismus war oder Ausdruck einer grenzenlosen Selbstsicherheit.

»Warum haben Sie das Institut beobachtet, nachdem Ihr Interviewwunsch abgelehnt wurde?«, fragte Fox wieder.

»Wer sind Sie, dass Sie mich und meine Freundin entführen und verhören? Noch dazu in einer Art und Weise, die eher einer Diktatur als einer Demokratie ähnelt! Ich werde mich über die Botschaft beschweren.«

Der Fragesteller nickte und lachte dann kehlig auf.

»Tun Sie das. Aber bitte erst, wenn unsere Fragen beantwortet und Sie wieder hier raus sind.« Er ließ eine kleine Pause folgen. »Warum sind Sie dem Mann gefolgt, als er das Institut verließ?«

»Weil ich einen Ansatzpunkt finden wollte, an das Institut heranzukommen«, sagte Cromwell unumwunden.

Er sah keinen Grund, die Hintergründe zu verheimlichen. Erstens war es plausibel, und zweitens konnte er, wenn er jetzt glaubwürdig klang, später vielleicht eine notwendige Lüge besser anbringen. Aber vielleicht war das alles ohnehin unwichtig. Sie überprüften die Angaben. Cromwell machte sich keine Illusionen, was dabei herauskommen würde. Es würde dann nicht mehr lange dauern, bis sie der Polizei übergeben werden würden.

»Sie sind in die Falle getappt. Wir haben Sie mit unseren Kameras die ganze Zeit beobachtet und den guten Wollishofer dann als Köder losgeschickt.«

Das hatte Cromwell längst vermutet, als er auf der ordentlich bezogenen Pritsche aufgewacht war. Sie war genauso gebaut, wie amerikanische Soldaten in aller Welt ihre Pritschen bauten.

»Sie sind amerikanische Militärs, nicht wahr?« Cromwell überging den Hinweis auf seine Tollpatschigkeit. »Alles, was ich bisher gesehen habe, ist, wenn ich mich so ausdrücken soll, militärisch clean und korrekt.«

»Wenn Sie meinen ... Warum interessieren Sie sich für das Institut?«

»Weil wir einer ganz heißen Story auf der Spur sind.« Kristina schaltete sich in sehr gutem Amerikanisch in die Befragung ein. »Wir haben den Namen des Instituts in einem Geheimpapier gelesen und wollten nun mehr darüber erfahren.«

Cromwell sah Kristina überrascht an, die jedoch keine Notiz von ihm nahm, sondern die Reaktion des Fragestellers beobachtete. Cromwell sah ebenfalls hinüber auf die andere Seite des Tisches, wo es einen Moment still war.

»Was für ein Geheimpapier?« Fox starrte sie an.

»Ein Geheimpapier, das wir bei einem toten General der US Air Force in Berlin gefunden haben.«

Es dauerte eine Weile, ehe die nächste Frage folgte.

»Der Name des Generals?«

»General Wiggins«, antwortete Cromwell. An der Stille, die nun eintrat, merkte er, dass er voll ins Schwarze getroffen hatte.

Die Hubschrauber, mit denen sie gekommen waren, hatte Porters wieder auf die andere Seite der Grenze geschickt, weil er immer noch hoffte, unerkannt zu bleiben.

In den Wäldern um die Absturzstelle waren im Lauf des Nachmittags Spezialteams eingesickert, die sofort von Colorado Springs aus gestartet waren, als die Stelle des Absturzes bekannt geworden war.

Sie waren in der Nähe abgesprungen und hatten den Ort gesichert. Mittlerweile lag ein dichter Kordon Soldaten mit Nachtsichtgeräten und Infrarotkameras auf der Lauer. Vorgeschobene Posten waren nahe Elkford auf Hügeln und Berghängen stationiert, um rechtzeitig warnen zu können. Ein zweiter Posten hatte eine Straßensperre am Eingang zum Tal errichtet und würde niemanden durchlassen. In dem kleinen Ort lungerten zwei Teams an den Ausfallstraßen und würden jede verdächtige Bewegung melden.

General Porters saß etwas oberhalb am Hang auf einem umgeknickten Baumstamm.

Die Szenerie war gespenstisch ausgeleuchtet. Rund hundert Männer in schwarzen Tarnanzügen wieselten nach einem festen Plan durch den Wirrwarr aus geknickten und umgestürzten Bäumen. Aus der Ferne schien es, als tanzten Priester um das Goldene Kalb. Dabei saß jeder Handgriff, mit dem sie ein riesiges Netz unter dieses seltsame Gerät schoben. Scheinwerfer leuchteten die Absturzstelle aus, machten das Dunkel des Waldes hinter ihnen noch undurchdringlicher. Ständig knackten Äste und splitterten Stämme, und das Gebrumm von Generatoren drang weit in den Wald.

In zwanzig Meter Entfernung von dem Fluggerät waren Soldaten mit panzerbrechenden Waffen postiert, um beim geringsten Anzeichen von Aggressivität zu feuern. Ob das reichen würde, war eine andere Frage. Porters hatte mit seinen Leuten diese Situation hundertmal durchgespielt.

Das Problem war, dass sie noch immer nicht die Struktur des Materials kannten, mit dem sie es zu tun hatten.

Selbst die Teile, die sie beim Absturz in Roswell 1947 eingesammelt hatten, waren in ihrer Struktur bis heute nicht analysiert. Oder besser gesagt: Sie wussten, dass es nichts Vergleichbares auf der Erde gab.

Vierzig Jahre Forschung umsonst. Sie hatten lediglich herausgefunden, dass sie es nicht zerstören konnten und dass es leicht war, sehr leicht.

Der General starrte auf seine lang ersehnte Trophäe. Das

Raumschiff war in den dichten Wald gerast, und die Bäume hatten es gebremst. Dreihundert Meter weiter, und es wäre an einer Felswand zerschellt. Er hatte sein erstes Ziel erreicht.

Trotzdem war er ratlos. Er hatte sich diesen Moment immer wieder vorgestellt und sich ausgemalt, wie er sich fühlen würde. Aber er fühlte nichts. Eher Enttäuschung. Dabei sollte es doch ein Triumph sein.

Das Experiment war gelungen. Ihr Schild in der Ionosphäre hatte das Flugobjekt abstürzen lassen. Wenn die Untersuchungen begannen, würde er hoffentlich mehr erfahren. Er wartete auf ein Gefühl, das der Bedeutung des Augenblicks gerecht wurde.

Lieutenant Kramer, seine Assistentin, trat neben ihn und räusperte sich, bis Porters aufsah.

»Soeben kam eine Meldung aus Colorado Springs. Wir haben den Reporter gefunden.«

»Wo?« Porters hasste diesen Kerl inzwischen, der so viel unnützen Ärger machte.

»In Zürich. Er ist den Sicherheitsleuten des Instituts ins Netz gegangen, die sofort wieder ihre Zentrale informiert haben.«

»Dann können wir alles mit einem Schlag bereinigen.« Porters knurrte zufrieden und konzentrierte seine Gedanken auf Zürich. Das Institut war ihm von Anfang an ein Dorn im Auge gewesen, weil Wiggins sich damit praktisch jeder Kontrolle entzog.

Diese Laus Wiggins, dachte Porters angewidert. Da hatte er doch tatsächlich noch eine Absicherung hinterlassen und dann einem Russen zur Aufbewahrung gegeben. Um nichts anderes konnte es sich bei dem Umschlag an den Präsidenten handeln.

Porters staunte, wie dicht Wiggins an den inneren Kreis herangekommen war. Aber Ned Lewis hatte für den Verrat mit seinem Leben gebüßt. Seine Vorsicht zahlte sich wieder einmal aus. Auf alles vorbereitet sein. Nur gut, dass sie vor ein paar Monaten endlich die Codes des Instituts geknackt hatten und seitdem alles abhörten, was da gesprochen wurde. Es war höchste Zeit, dem Laden mit einem Knall ein Ende zu bereiten. Umso schöner, dass es so gut passte.

»Dort drüben werden die Probleme jetzt alle mit einem Schlag beseitigt«, sagte Kramer gelassen. »Die Aktion ist bereits angelaufen.«

Porters nickte und stand auf. Zürich war weit weg und im Vergleich zu dem hier uninteressant.

Er schickte Kramer weg und lehnte sich gegen den Stamm einer Eiche. Zufrieden, wieder allein zu sein, sah er hinunter zum Raumschiff, dessen Außenhülle sich so seltsam anfasste, bei jeder Berührung nachgab und doch so stabil war, dass sie Hammerschlägen widerstand. Er hatte selbst dagegen gedroschen. Nicht einmal ein Geräusch war entstanden.

Es erinnerte ihn an Silberfolie, aber absolut widerstandsfähig. Der Metallurge, der General Porters bei seinem ersten Rundgang begleitet hatte, kannte das Material nicht. Er konnte nicht einmal sagen, ob es Metall war.

Sie fanden keine Ausstiegsluke, keine Naht, keinen Riss, keinen erkennbaren Antrieb. Einfach ein fliegendes Etwas aus einem unbekannten Material.

Eine weitere Untersuchung hier an der Absturzstelle war sinnlos. Es musste ins Labor, die Wissenschaftler mussten sich ausgiebig damit beschäftigen. Und wenn sich da drinnen jemand aufhielt, dann war es besser, wenn er in einer abgesperrten Zone begrüßt wurde.

Porters hatte keine Angst vor dem Unbekannten, das ihn womöglich erwartete. Dafür waren die Erkenntnisse aus den Untersuchungen der Roswell-Leichen zu profan gewesen. Es hatte sich nämlich bestätigt, dass auch diese Lebewesen den grundsätzlichen Kriterien des menschlichen Bauplans entsprachen. Oder umgekehrt.

Die Grundlagen im Universum schienen eben doch überall

gleich zu sein, sowohl in physikalischer Hinsicht als auch in biologischer.

Physikalisch gesehen gab es überall Licht, Gravitation, die Grundelemente wie Wasserstoff und Helium, die Mechanismen der Entwicklung, die Elemente. Alles war im Universum überall vorhanden. Für die chemischen Grundmuster galt das ebenso. Alle chemischen Reaktionen für Leben bauten auf den gleichen Aminosäuren, Proteinen und Enzymen auf. Gleiches galt für den optimalen Körper. Der Kopf als Steuerungsorgan war sinnvollerweise oben positioniert. Und die Resonanzsysteme zur Verarbeitung von Schall- und Lichtwellen waren im Grunde auch nicht optimaler als beim Menschen anzuordnen.

Mochten andere Systeme vielleicht andere Wellenbereiche erfassen, so stimmte doch der Grundsatz. Das galt auch für andere Besonderheiten.

Hände, Sprache und Schrift waren wesentliche Gründe für die Entwicklung des Menschen. Die Wissenschaftler hatten mehrfach nachgewiesen, dass diese Kernkomponenten die Menschen von den anderen Lebewesen abhoben. Auch hier waren andere Modelle denkbar, aber der Grundsatz stimmte.

Porters erinnerte sich an den Tag, als General Osmond ihm das erste Mal eines dieser Wesen gezeigt hatte, die bei dem Absturz von Roswell als Leichen geborgen worden waren. Sie waren seziert worden, gehäutet, ausgenommen wie Fische. Alles war untersucht worden, Zellstruktur, Innereien, die Körpersäfte, einfach alles.

Für den Aufwand, den sie betrieben, wussten die Wissenschaftler relativ wenig, dachte Porters damals als Erstes und war enttäuscht über die Hilflosigkeit, bahnbrechende Erkenntnisse aus den *bodys* zu gewinnen.

Mit konservierten Resten der *bodys* nahmen die Biologen später DNA-Analysen vor und verglichen sie mit der menschlichen DNA. Die Wissenschaftler bezeichneten die mikrobiologischen Unterschiede als nicht in dem Maße signifikant, dass man eine Fortentwicklung des Menschen hin zu diesem Stadium ausschließen müsse. Schließlich habe die Evolution ja auch den Menschen aus Vorfahren entwickelt, die noch ganz anders aussahen. Man müsse sich nur den Schädel des frühen Homo sapiens oder die geringen DNA-Abweichungen ansehen, die den Unterschied zwischen Menschen und Schimpansen ausmachten.

Aber in vielem blieb eben doch nur die Spekulation, weil man die Dinge zwar sah, aber nicht erklären konnte. Es gab keinerlei Aussagen zu den Mutationsraten ihrer Gene und den hierfür erforderlichen Bedingungen. Und alle Anstrengungen, ihre DNA-Abschnitte für Untersuchungen zu klonen, waren bisher gescheitert.

In Bezug auf den Menschen vermuteten die Biologen, dass mehr als zehntausend Gene für die Intelligenz verantwortlich seien und jedes einzelne eine bestimmte Aufgabe habe. Wenn selbst beim Menschen die Funktionen der Gene noch lange nicht geklärt waren, dann konnte die DNA-Analyse bei den *bodys* nur begrenzt helfen.

Fest stand jedenfalls, dass die Grundstrukturen zwischen *bodys* und Menschen ähnlich waren: ähnlicher Körperaufbau mit aufrechtem Gang und dem Denkbereich oben, Gliedmaßen, körperliche Hülle mit Organen und Innereien, Zellstruktur mit DNA und erkennbaren Ähnlichkeiten.

Das deckte sich wiederum mit bestimmten Erkenntnissen zum menschlichen Körper, die besagten, dass dieser nach der Geburt – etwa beim Knochenbau – letztlich zehn Jahre brauche, um eine bestimmte *homonide Reife* zu erlangen und sich an die Gegebenheiten auf der Erde anzupassen. Was den Schluss zuließ, dass auch der Körperbau des Menschen von der Grundstruktur universeller angelegt war und sich anpassen konnte.

Die Wissenschaftler in ihrem Projekt hatten diesen Aspekt in den letzten Jahren mehrfach diskutiert. Die Evolution, erinnerte sich Porters an die Ausführungen eines Anthropologen, funktioniere nach dem *Trial-and-error*-Prinzip. Treibende Kraft für untergehende und aufsteigende Modelle waren immer Veränderungen in der Umwelt. Leben konnte nur, wer in der Lage war, sich anzupassen. Betrachtete man nun den Begriff Umwelt als über die Erde hinausgehend, dann war unter Annahme dieses Grundprinzips auch eine Weiterentwicklung des Menschen an andere Bedingungen denkbar.

»Oder wie soll man das werten«, hatte der Anthropologe abschließend gesagt, »wenn Astronauten im Weltraum an Muskelschwund leiden. Sie brauchen sie dort nicht. Der Rückgang dieser nicht benötigten Muskeln ist im Grunde nichts anderes als evolutionäre Anpassung.«

Tyler Williams hatte das alles auf die ihm eigene Art kommentiert. »Neunundneunzig Prozent aller jemals existierenden Arten sind wieder verschwunden. Was also bedeutet: Aussterben ist die Regel, Überleben die Ausnahme.«

Mit ohrenbetäubendem Krach stürzte eine Tanne dicht am Raumschiff um und riss Porters aus seinen Gedanken.

Die Männer schufteten. Im Licht der Scheinwerfer stützten sie das Flugobjekt mittels Baumstämmen ab, nachdem das Netz wie ein Kokon herumgelegt war. Seilwinden knarrten, Elektromotoren brummten monoton. Befehle wurden nur halblaut gerufen oder über die Funkgeräte weitergegeben.

Porters funkte Snider an, der in diesem Durcheinander die grundsätzliche Ordnung aufrechterhielt und die verschiedenen Arbeitsgänge koordinierte. Es dauerte eine Weile, bis er sich meldete.

»Wie weit sind Sie?« Die umstürzende Tanne hatte ihn daran erinnert, wie viel Glück sie bis jetzt gehabt hatten.

»Es geht schneller, als wir dachten. Wir haben drei Netze miteinander verknüpft. Stahlnetze. Stärkste Qualität. Ich glaube, wir bekommen es beim ersten Mal hoch. Die Hubschrauber können bald kommen.«

Die Worte lösten einen Adrenalinschub bei Porters aus. Endlich war die Zeit des Wartens zu Ende. Die Erregung vermischte sich mit euphorischem Überschwang. Zufrieden ballte er die Fäuste. Er hatte geschafft, was noch keiner vor ihm vollbracht hatte. Und *er* würde die Trophäe bergen und ihr die Geheimnisse entreißen.

Kapitel 22

Donnerstag, 15. Juni 2000

Für Oberst Peter Izzard waren die letzten Stunden ein klassischer Fall mangelnder Planung. Etwas, das er hasste.

Er war Perfektionist. Ihn störte an diesem Auftrag, dass er kurzfristig losschlagen sollte. Damit war ihm aus der Hand genommen, die für ihn günstigsten Bedingungen selbst zu bestimmen. Und es bedeutete womöglich auch, auf eine Situation zu treffen, die er nicht in der Hand hatte.

Nicht erwischt zu werden, darin bestand doch die Kunst. Jemanden töten konnten viele. Aber es wie einen Unfall zu gestalten, keine Spuren zu hinterlassen oder unauffällig zu entkommen, darin sah er den anspruchsvollen Teil seiner Arbeit.

Diesmal sollte es jedoch laut und auffällig sein. Dazu hatten sie ihm alles geliefert. Pläne der Gebäude, eine komplette Liste der Sicherheitseinrichtungen, Fotos der Angestellten und die Ausbildung des Wachpersonals.

Sein Team hatte er in den letzten Wochen mit Bedacht zusammengestellt. Alles Leute, die bereits für ihn gearbeitet hatten. Söldner aus allen Teilen der Welt, auf die er sich verlassen konnte. Seine Kerntruppe bestand aus ehemaligen Militärs, aus irgendwelchen Gründen gestrandet im dunklen Teil der Welt.

Er achtete peinlich darauf, dass alle aus dem gleichen Motiv heraus arbeiteten: Geld. Keine Ideologie. Wer Geld wollte, der wollte weiterleben, um es auszugeben. Folglich würde keiner unüberlegte Risiken eingehen, sondern die eigene Sicherheit obenan stellen.

Izzard schlürfte seinen Kaffee und starrte hinaus in den klaren Morgen. Zunächst war eine Meldung eingelaufen, die ihn aufforderte, einen Umschlag sicherzustellen. Ein Zusatzauftrag, der das Zielobjekt betraf. Der Umschlag schien plötzlich wichtiger als alles andere.

Mitten in die Planung hinein war bereits das »Go« für den eigentlichen Auftrag gekommen. Und vor wenigen Stunden hatten seine Auftraggeber ihm mitgeteilt, dass sein Auftrag einen dritten Aspekt habe: Zwei weitere Personen sollten eliminiert werden. Sie standen bisher nicht auf der Liste, sollten sich aber in einem der Zielobjekte als Gefangene befinden.

Doch vorher musste er noch ein paar Jungs ins Jenseits schicken, die das haben wollten, was er mitbringen sollte.

Unangenehm, lästig, aber auch preistreibend. Er hatte den Preis verdoppelt. Einfach so. Sie hatten nicht einmal mit der Wimper gezuckt und zugestimmt. Telefonisch. Einfach so.

Jetzt stand er seit Stunden mit seinen Leuten hier in dem Gebüsch an der Weggabelung und wartete. Seine Auftraggeber hatten ihm nicht genau sagen können, wann sie kommen würden.

Aber er würde sie unschwer erkennen. Wahrscheinlich zwei Limousinen, dunkel, voraussichtlich mit diplomatischen Kennzeichen. Bewaffnet. Sie sollten das holen, wofür Izzard den doppelten Preis bekam. Zwei Personen und einen Umschlag.

Ein Posten saß in einem Gebüsch zwei Kilometer die Straße hinunter und fror mit Sicherheit erbärmlich. Die Nächte in den Bergen waren kalt.

Es war fünf Uhr, als das Funkgerät knarrte und sein Posten sich meldete.

»Zwei dunkle Limousinen, keine Diplomatenkennzeichen, sondern Genfer Nummern.«

Auch egal, dachte Izzard. In dieser einsamen Gegend, noch dazu um diese Uhrzeit, konnte es sich nur um das Zielobjekt handeln. Wenn nicht, dann waren die Herrschaften eben zur falschen Zeit am falschen Ort. Schicksal.

Izzard scheuchte seine Truppe auf. Mit wenigen Griffen wurde der Baumstamm mit Seilen auf die Straße gezogen. Sie hatten ihn mithilfe der Seilwinde an der Front des Jeeps aus der Erde gezogen und zunächst längs der Straße gelegt. Mit dem Wurzelwerk würde es aussehen, als habe ein Windstoß den Baum umgelegt. Der Baum war nicht besonders dick, aber mit seinem ausladenden Geäst ein gutes Hindernis.

Izzard hätte die Falle gern in eine Kurve gelegt, um die Überraschung noch zu steigern, aber man bekam eben nicht alles. Ihm waren die schützenden Felsen und das Gebüsch mit dem dichten Blattwerk am Straßenrand wichtiger, da es seinen Leuten hervorragenden Schutz bot.

Einen Wagen hatte er hundert Meter weiter die Straße hinunter in einem Dickicht versteckt. Im Notfall sollte er die Straße nach hinten absperren. Sollten einer oder beide Wagen die kleine Baumsperre durchbrechen, standen zwei seiner Leute mit panzerbrechenden Waffen hundert Meter die Straße hinauf bereit.

»Nur auf mein Kommando«, knurrte er in das Funkgerät und wusste, dass sich alle daran halten würden.

Er lugte hinter dem Felsen hervor. Die Scheinwerfer an den Wagen brannten, obwohl es bereits hell war. Die dunklen Limousinen näherten sich langsam, dann hielten sie an. Sie waren hundert Meter entfernt, etwa auf der Höhe seiner eigenen Nachhut. In der Frühsonne konnte er die Marke erkennen. Mercedes. Schwere Klasse.

Der erste Wagen rollte wieder an, langsam, der zweite folgte nicht. Ahnten sie die Falle?

Izzard machte sich keine Gedanken über seine Gegner. Nutzlos. Er musste handeln. Er ging davon aus, dass es Profis waren. Beides bestimmte den Ablauf.

Der hintere Wagen blieb auf seiner Position. Der vordere Mercedes stoppte am Hindernis. Die Beifahrertür schwang auf.

Drei Mann, zählte Izzard, von denen der Beifahrer ausstieg. Sprachfetzen drangen aus dem Innern. Amerikaner.

Der Beifahrer sah sich das Geäst an und wandte sich dann der Wurzel zu, blickte kurz auf das aufgewühlte Erdreich am Straßenrand.

»Shit!« Der Mann hob die Hand.

Izzard kauerte hinter seinem Felsblock und schielte zum zweiten Mercedes, der sich fast augenblicklich in Bewegung setzte. Izzard grinste böse.

Dann standen beide Mercedes mit laufenden Motoren hintereinander. Die fünf Männer standen fluchend vor dem Baum. Keiner schien zupacken zu wollen.

»Go!«, zischte Izzard in sein Funkgerät und sprang dann hinter dem Felsen hervor. Mit wenigen Schritten war er wie fünf seiner Leute bei den Männern aus den Limousinen, die sich überrascht umdrehten und sofort die Hände hoben, als sie die Waffen sahen.

»Welchem Verein gehört ihr denn an?«, fragte der Beifahrer aus der zweiten Limousine.

Er war mittelgroß und sah nervös auf die Uzi in Izzards Hand. Dann wieselten seine Augen herum, suchten einen Ausweg.

»Wir stellen die Fragen. Zu welchem Verein gehört ihr?«

Der Mann zuckte die Schultern, als Izzard mit der Gegenfrage antwortete.

»Uncle Sam.«

»Genauer.«

»CIA.«

»Dilettanten«, knurrte Izzard und schoss dem Mann durch den Kopf. Das war das Zeichen für seine Leute.

Die fünf Männer sanken binnen Sekundenbruchteilen mit Kopfschüssen auf den Asphalt. Das Husten der Waffen war nicht lauter als das Knacken trockener Äste.

»Aufhören!«, rief Izzard. Einer seiner Leute schoss immer

noch, obwohl die fünf Männer bereits tot waren. »Wir sind hier, um professionell einen Auftrag zu erledigen. Ballern könnt ihr auf dem Schießstand.«

Izzard kniete neben dem von ihm erschossenen Beifahrer und durchsuchte die Taschen. Der Ausweis lautete auf den Namen Mark Westen.

Die Vollmacht fand er in der rechten Innentasche. Ausgestellt auf Mark Westen, unterzeichnet vom CIA-Direktor Warrenton persönlich. Die Vollmacht war per Fax an die Botschaft in der Schweiz gegangen. Die Fax-Unterschrift war mit einem amtlichen Siegel bestätigt worden.

Es dauerte eine halbe Stunde, dann erinnerte nichts mehr an die Bluttat. Die beiden Limousinen wurden mit den Leichen in den Hohlweg gefahren, in dem die rückwärtige Absicherung gelauert hatte. Anschließend zogen sie den Baum an den Straßenrand.

Izzard versammelte seine Meute und teilte sie auf. Der Korse, wie sie Henry Moreau auch nannten, würde mit seinen Leuten das Gebäude in Zürich übernehmen. Er selbst würde weiter zum Gehöft fahren.

Aber zunächst musste er der anderen Gruppe Gelegenheit geben, in die Innenstadt zu kommen und dort Position zu beziehen.

»Sir, das Kommando ist unterwegs. Sie werden in etwa zehn Minuten hier sein. Sie haben sich eben über Telefon gemeldet.«

Raymond Miller, ein ehemaliger Sergeant der Army, stand in der Tür und sprach mit leiser Stimme. Pete Fox drehte sich überrascht um. Er war so in seine Gedanken vertieft gewesen, dass er das Klopfen an der Tür nicht gehört hatte.

»O.k., ich komme.«

Fox verschloss den Tresor und legte den Umschlag unter einen Stapel Zeitschriften im Zwischenfach einer kleinen Anrichte. Dann folgte er Miller durch den langen Flur hinaus ins Sonnenlicht.

In der Ferne war eine kleine Staubwolke zu erkennen, die rasch größer wurde. Die Abordnung aus der Zentrale. Sie wirbelten mit ihren Fahrzeugen auf der Schotterpiste mächtig Staub auf.

Seine beiden Gefangenen konnten keine gewöhnlichen Journalisten sein. Als er die Zentrale von seinem Fang unterrichtet und den Namen des Reporters durchgegeben hatte, war die Reaktion prompt erfolgt. Offensichtlich war ihm ein Volltreffer gelungen.

Sie kamen mit zwei Wagen. Fünf Mann. Vorneweg trat ein kantiger, forscher Mann von mittlerer Größe und harten Gesichtszügen auf ihn zu.

»Lieutenant Fox? Ich bin Mark Westen.« Er drückte Fox die Vollmacht in die Hand und deutete auf seine mitgebrachten Männer. »Wir wollen die Gefangenen sehen, sie mitnehmen. Dazu alles, was ihnen gehört. Ferner nehmen wir mit, was irgendwie mit diesem Fall zu tun haben könnte. Und den Umschlag natürlich.«

»Ihre Papiere scheinen in Ordnung zu sein«, sagte Fox vorsichtig. Er musterte die Männer. Sie trugen dunkle Anzüge und lange, aber leichte Sommermäntel, die ihre durchtrainierten Körper verdeckten.

Er sah Mark Westen in die Augen. Fox kannte den Typ; es war einer, der in keiner Armee der Welt fehlte, aber eigentlich zu den Ausgestoßenen jeder Zivilisation gehörte. Ein kaltblütiger, gnadenloser und gefühlloser Rohling, der Menschen quälte, weil es sein Job war. Schlimmer waren nur noch die, die ihn beauftragten.

»Selbstverständlich sind sie das.«

Fox zögerte. Sein Blick wanderte wieder über die Männer. Unter einem der langen Sommermäntel lugte der Schaft einer Uzi hervor.

Fox ließ mit keiner Reaktion erkennen, was er von dem Auftritt hielt. Mit den Augen forderte er Sergeant Miller auf, die Gefangenen heraufzuholen. Er selbst ging mit seinen Gästen in das geräumige Wohnzimmer, das nicht selten auch als Konferenzzimmer genutzt wurde.

»Wie viel Mann sind gegenwärtig hier?« Izzard sah zum Fenster hinaus, als interessiere ihn die Antwort nicht wirklich.

»Sechs«, sagte Fox ruhig. »Ohne die Gefangenen.«

»Und der Rest ist im Institut?«

»Ja.« Fox nickte.

»Wie viele sind dort?«

»Ungefähr zehn.«

»Genau!«

»Acht Wissenschaftler. Vier Russen, vier Amerikaner. Drei Mann Bewachung.«

Izzards Blick schweifte durch den Raum. »Ich möchte alle Mann in diesem Raum sehen. Jetzt gleich. Was ich zu sagen habe, geht jeden an.«

Als die Tür aufschwang, seufzte Kristina erleichtert auf. Die Fesseln an den Handgelenken stauten das Blut.

Cromwell versuchte, die Zeit zu überschlagen, die vergangen war. Noch in der Nacht waren sie mit ihm ins Hotel gefahren. Er hatte eine Geschichte von Bekannten und Freunden erzählt, die Rechnung bezahlt und die Sachen mitgenommen. Kristina war als Faustpfand zurückgeblieben. Während der Fahrt hatte er immer wieder versucht, einen Zipfel an Informationen zu erwischen, aber sein Begleitkommando hatte beharrlich geschwiegen.

Cromwell und Kristina gingen in der Mitte. Sergeant Miller bildete den Schluss, vorn war ein weiterer Mann. Über die Kellerstiege gelangten sie hinauf in den Hauptflur und von dort in ein geräumiges Wohnzimmer.

Cromwell kniff die Augen zusammen. Nach der Zeit im Dunkeln schmerzte die Helligkeit des Tages in den Augen.

Im Raum waren etwa zehn Männer versammelt, wie Cromwell überrascht feststellte. Fünf davon trugen lange und leichte Sommermäntel. Einer sprach gerade in sein Handy und blaffte einen Befehl in den Äther, der sich wie ein Codewort anhörte. Daraufhin schien er eine Rückfrage zu erhalten, die er mit »Yes, sure« beantwortete. Daneben stand der Mann vom Institut, der sie verhört hatte. Nachdem der andere sein Handy in die Manteltasche gepackt hatte, wandte er sich an Cromwell.

»Sie sind der aus Berlin, ja?«

Cromwell nickte irritiert.

»Hat er noch was Wichtiges gesagt, außer dem, was Sie uns eben mitgeteilt haben?« Izzard sah zu Fox.

»Nein.«

Izzard nickte.

»Die Sachen haben wir jetzt alle?«

Cromwell sah den Haufen auf dem Tisch, der sich in der Mitte des Raumes befand. Tonbänder, handschriftliche Aufzeichnungen der Verhöre, Protokolle von Funkmeldungen, seinen Pass, Bargeld.

»Der Umschlag fehlt.«

Fox ging zur Anrichte und holte den Umschlag unter den Zeitschriften hervor.

Izzard trat neben ihn und hielt die Hand auf.

»Bitte unterschreiben«, sagte Fox und hielt eine Quittung in der Hand.

Izzard funkelte ihn wütend an.

»Dienstvorschrift.«

Izzard riss ihm das Papier aus der Hand und kritzelte seine Unterschrift auf das Papier. Dabei glitten seine Augen durch den Raum. Alles war unter Kontrolle. Seine Leute waren gut postiert, und im Institut lief auch alles nach Plan.

Achtlos hielt Izzard Fox die Quittung hin. Der nahm sie und legte sie auf die Anrichte. Er warf einen Blick auf das Papier. Die Unterschrift konnte alles heißen, nur nicht Westen.

Fast gemächlich griff Izzard unter seinen Mantel, während er nickte und einen Schritt zur Seite tat. Dann lag wie hingezaubert eine kleine Maschinenpistole in seiner Hand.

Kristina schrie überrascht auf, als sie das schwarze Metall der Waffe sah. Für einen Moment waren alle abgelenkt.

Als Izzard mit dem Lauf seiner Maschinenpistole zu Fox herumschwenkte, hatte dieser plötzlich ein Fairbairn-Sykes-Kampfmesser in der Hand und stieß es Izzard alias Mark Westen in den Hals.

Die schlanke und gut proportionierte Waffe war im Zweiten Weltkrieg von zwei britischen Offizieren entwickelt worden, die ihre Nahkampferfahrung bei der Polizei in Shanghai gesammelt hatten. Erstmals 1941 an britische Kommandounternehmen für Einsätze in Norwegen ausgegeben, wurden Nachfolgeversionen bis in die Neunzigerjahre produziert.

Das Kampfmesser glitt in Izzards Körper wie ein Pfeil durch die Luft und zerfetzte mit seinen geschliffenen Schneiden die Halsschlagader.

Eine Fontäne hellen Blutes spritzte in den Raum.

Gleichzeitig drückte Fox mit seiner Linken den Lauf der Uzi zur Seite. Der Feuerstoß traf den schräg hinter ihm stehenden Mann aus Izzards Kommando, der mit seiner Waffe auf Sergeant Miller zielte.

Glas splitterte, als von außen gezieltes Feuer den Raum bestrich und die Männer in den Sommermänteln unter Feuer nahm.

Statt der sechs angegebenen Männer befanden sich sieben auf dem Gehöft und dafür einer weniger im Institut. Dieser eine Mann lenkte mit seinen Schüssen für Sekundenbruchteile Izzards Männer ab, um dann von einer Salve nach hinten geschleudert zu werden.

Die Schüsse dröhnten in Cromwells Ohren, der Kristina zur Seite stieß und sich dann schützend auf sie warf.

Die bisher stummen Kämpfer brüllten in die Schüsse hinein. Wie bei einem Showdown ratterten die Waffen ihr tödliches Blei aus nächster Nähe auf die anderen.

Halb von der Seite sah Cromwell, wie Männer im Kugelhagel zusammenbrachen. Fox und Miller waren inzwischen hinter dem umgeworfenen Tisch in Deckung gegangen und feuerten.

Kugeln jaulten durch den Raum. Ihr hässliches Pfeifen hörte Cromwell noch, als es längst vorbei war.

So urplötzlich, wie es begonnen hatte, war es zu Ende.

Stille. Absolute Stille.

Dann das Stöhnen eines Verwundeten. Es war wie ein Zeichen. Eine weitere Stimme eines Verletzten stimmte mit tierischem Gebrüll ein.

Fox schrie. Zusammen mit Miller tauchte er hinter dem Tisch auf, die Haare wirr im Gesicht hängend. Die Augen waren immer noch weit aufgerissen, der Mund zitterte vor Anspannung. Mit abgehackten Bewegungen sicherte sein ausgestreckter rechter Arm mit der Pistole fast gleichzeitig jeden Winkel des Raumes.

»Miller, Sicherung übernehmen!«, schrie Fox.

Kristinas Körper zuckte unter Cromwell.

»Pssst«, flüsterte Cromwell beruhigend.

Sergeant Miller sprang auf und rannte zur Tür, bezog dort Position. Fox und Miller verständigten sich mit Zeichen. Miller übernahm die Absicherung.

Fox kniete neben Izzard, der immer noch aus seiner Halswunde blutete.

»Du Scheißkerl«, keuchte Fox.

Cromwell beobachtete, wie Fox mit einem Ruck das Messer aus dem Körper zog. Izzards Körper sackte leblos weg.

Fox sprang zum nächsten Körper, dann wieder weiter. Der Mann blutete aus einer Herzwunde. Fox schoss dem dritten

Mann aus Izzards Team in den Kopf. Der Schuss ließ Kristina laut aufschreien.

»Keine Gefangenen!«, schrie Fox. Dann wandte er sich seinen eigenen Leuten zu, nachdem Miller die beiden anderen aus Izzards Team mit einem Kopfschütteln als ungefährlich eingestuft hatte.

Fox kniete zweimal nieder. Einer seiner beiden Männer, der verletzt aufgeschrien hatte, starb röchelnd in seinen Armen, dem anderen blieben wenige Minuten, in denen hellrotes Blut durch die Wunde in der Lunge auf den Teppich rann. Fox benetzte ihm mit etwas Wasser die Lippen und zündete dann eine Zigarette an, die er dem Sterbenden immer wieder zwischen die Lippen schob, bis sich der Körper ein letztes Mal aufbäumte.

Kristina hockte die ganze Zeit starr neben Cromwell auf dem Boden und bewegte sich nicht. Nur ihre Rechte krampfte sich immer wieder um Cromwells Hand, zuckte, krallte sich in seine. Er flüsterte beruhigend auf sie ein. Als Fox näher kam, zitterte sie.

Fox starrte mit blutunterlaufenen Augen auf sie hinab.

»Eine Decke«, krächzte Cromwell und zeigte auf Kristina.

Fox sah ihn nur wütend an, dann untersuchte er weiter die Leichen. Endlich ging er zum Fenster, öffnete es und sah hinaus. Dort lag sein siebter Mann verkrümmt anderthalb Meter unter ihm auf der Veranda. Die Salve hatte seinen Oberkörper zerfetzt.

Was mochte im Institut passiert sein?

Toni Sutter war Österreicher. Vor fünfzehn Jahren war er nach Kanada ausgewandert und hatte zunächst vier Jahre in Vancouver gelebt. Er stammte aus Salzburg und hatte eigentlich das Ziel gehabt, die Berge hinter sich zu lassen. Aber die Rockys mit ihrer wilden Schönheit überzeugten ihn, dass er in die Natur gehörte und nicht in die Großstadt.

Mittlerweile betrieb er in Elkford eine kleine Pension, die in der Saison praktisch immer ausgebucht war. Seine Gäste kamen aus Mitteleuropa, insbesondere aus den deutschsprachigen Ländern und Italien. Er musste so gut wie keine Werbung mehr machen. Seine Gäste stellten ihre Urlaubsbilder ins Internet, das reichte schon.

Sutter führte seine sechsköpfige Touristengruppe auf einem Trampelpfad durch den Wald. Sie waren gut acht Kilometer südöstlich von Elkford. Den Kleintransporter hatte er am frühen Morgen in einem Dickicht geparkt. Dann hatte er sich auf den Weg gemacht, war Stunde um Stunde mit der Gruppe gelaufen bis zu der kleinen Hütte, in der der alte Morrison hauste.

Der kauzige Mann war mittlerweile eine lokale Touristenattraktion. Vor rund zehn Jahren hatte Sutter angefangen, kleine Gruppen durch die Wälder zu führen. Bei Morrison rastete er gewöhnlich; dessen Geschichten über Grizzlys und Adler waren Jägerlatein, das die Touristen nur zu gern mitnahmen.

Mit dem namenlosen, fischreichen See direkt vor der Tür war der ruhige Alte genau der richtige Partner, um den Wandergruppen die Erhabenheit, Stille und Einsamkeit der Rockys nahe zu bringen. Sie tranken Bier, fischten und brieten abends den frisch filetierten Northern Pike in einer großen Pfanne in zerlassener Butter; dazu gab es Bratkartoffeln und Zwiebeln.

So auch heute. Einer aus der Gruppe hatte einen mächtigen Fang gemacht. Morrison hob die gute Laune der Gruppe noch weiter, indem er die Geschichte von seiner ersten Begegnung mit einem Grizzly erzählte. Die endete damit, dass er zwei Tage auf einem Baum zugebracht hatte, bevor ein Grizzly-Weibchen des Weges kam und die Interessenlage seines Jägers schlagartig veränderte.

Die Gruppe machte sich hochzufrieden auf den Rückweg. Der Weg zurück in der Dunkelheit war nicht ungefährlich, aber mit den starken Taschenlampen und genügend Lärm würden alle wilden Tiere vor ihnen flüchten.

Sutter grinste. Es war schon weit nach Mitternacht, und die Dunkelheit würde in wenigen Stunden von der ersten schwachen Morgendämmerung abgelöst werden.

Die sechs Leute hinter ihm lachten, plapperten zufrieden über die Ereignisse des Tages und würden ein ordentliches Trinkgeld dalassen. Und sie würden in Wien und Mailand durch Mundpropaganda dafür sorgen, dass im nächsten Jahr die Nachfrage nach seinem Hotel weiter steigen würde.

Das Gebrumm hing zunächst wie ein langsam näher kommender Hornissenschwarm in der Luft. Es war auch nur zu hören, wenn die Gruppe hinter ihm für einen Augenblick verstummte. Verdutzt blieb Sutter stehen und leuchtete mit der Lampe den Wald um ihn herum aus. Weit konnte er nicht sehen, die Dunkelheit verschluckte das Licht bereits nach wenigen Metern.

Er ging weiter bis zu einer Lichtung, die den Blick in den Himmel frei ließ. Die Sterne verblassten bereits. Der Hornissenschwarm wurde lauter, und das Geräusch ging rasch in ein rhythmisches Ratschen über.

Sutter kannte es aus den Alpen. Die Hubschrauber der Bergwacht hatten ähnlich geklungen.

Das Geräusch schwoll indessen zu einem ohrenbetäubenden Knattern an. Sutter blickte nach oben, und plötzlich huschten zwei riesige Schatten über ihn hinweg in Richtung Elkford.

Die Gruppe hinter ihm hatte aufgeschlossen. Auch sie sahen die dunklen Schatten am Himmel und zeigten aufgeregt auf die Hubschrauber.

»Die suchen schon nach uns«, lachte eine männliche Stimme. »Toni, so komfortabel haben wir es uns aber nicht vorgestellt.«

»Ich habe die jedenfalls nicht bestellt«, erwiderte Sutter.

»Euer Flugplatz ist doch vierundzwanzig Stunden geöffnet«, sagte hinter ihm Franz Leithofer, ein echter Wiener.

»Das ist aber keine der üblichen Flugrouten.«

Sutter starrte weiter in den Himmel. Völlig überrascht rannte er den Trampelpfad weiter. Der Lichtstrahl seiner Taschenlampe tanzte über den mit Nadeln übersäten Waldboden, irrte an borkigen Tannenstämmen hinauf und hinunter, ließ das Harz glitzern.

Dann war der Wald zu Ende. Urplötzlich stand er auf einer Schneise.

Männer kletterten wie Ameisen in ihrem Bau zwischen umgestürzten Bäumen herum. Starke Scheinwerfer beleuchteten die Szenerie, deren Mittelpunkt eine Art Flugzeug ohne Flügel bildete. Es hatte eine mächtige Schneise in den Wald gefräst.

An manchen Stellen schimmerte es silbrig.

»Was ist denn das?«, rief Leithofer hinter ihm.

Sutter spürte zwei Schläge in seinem Rücken, als die Wandergruppe ebenso überrascht wie er selbst auf die Lichtung trat und dann stehen blieb.

»Ein UFO«, sagte eine weibliche Stimme, ohne zu zögern. Sie gehörte zu der rothaarigen Andrea Weiner aus Südtirol, die in Wien studierte und im fünften Monat schwanger war.

»Unglaublich, die packen das Ding ein«, meinte Leithofer.

Sutter sah genauer hin. Jetzt erkannte auch er die dunklen Planen. Die silbrige Hülle schimmerte durch, wo die Planen noch fehlten.

Die Hubschrauber standen genau über der Lichtung regungslos in der Luft. Die Scheinwerfer an ihren Bäuchen schickten Lichtbündel hinunter wie die Sonne ihre Strahlen durch ein Loch in der Wolkendecke.

»Unglaublich.«

Hinter ihm schnatterte die Wandergruppe wild durcheinander.

»Ruhe!«, zischte Sutter, um dessen Brust sich schlagartig eine Kette legte, die von Sekunde zu Sekunde fester gezogen wurde.

Männer turnten auf dem Fluggerät herum. Sie waren dunkel gekleidet. Einige von ihnen hingen an Seilen wie Artisten in einer Zirkuskuppel.

Sutter sah genauer hin. Um das Ding spannte sich eine Art riesiges Fischernetz.

Einer der Hubschrauber ließ unter seinem Bauch ein Seil mit einem mächtigen Haken herab.

Zehn Männer balancierten oben auf dem Ding, die Enden des Netzes mit Stahltrossen zusammenhaltend, und reckten sich nach dem Haken. Mehrmals griffen sie daneben, dann bekam einer den Haken zu fassen und zog ihn mit zwei anderen zu sich heran.

»Interessant. Die Hubschrauber tragen keinerlei Hoheitsabzeichen oder Kennung.« Leithofers Stimme klang nachdenklich und besorgt.

»Hat das etwas zu bedeuten?« Andrea Weiner ging als Einzige auf Leithofers Bemerkung ein. Die anderen starrten alle auf die Lichtung und das Schauspiel, das sich in dem gleißenden Licht der Scheinwerfer bot.

»Hands up!«

Sutter schrak zusammen. Sein Puls jagte mit einem Schlag in unbekannte Höhen. Ein Schlag traf ihn am Hinterkopf. Seine Knie gaben nach, und er sackte zusammen. Im halb wachen Zustand lag er mit dem Bauch auf der Erde und schmeckte auf den Lippen Erdkrümel und trockene Nadeln, die auch in seine Wangen piekten. Die Krume roch stark.

Dicke Stiefel tauchten neben seinem Kopf auf, dann der Lauf eines Gewehrs. Leithofer lag neben ihm, bewusstlos. Zwei Frauenstimmen schrien, dann drang Stöhnen an sein Ohr, und die Frauen verstummten.

Dafür hörte er halblaute Befehle, flüsternde Stimmen, Kommandorufe. Amerikanisch, schätzte Sutter. Irritiert wollte er den Kopf heben. Ein starker Druck hielt seinen Kopf am Boden. Er spürte die Hacke eines Stiefels in seinem Nacken.

Der Boden übertrug die Erschütterungen von eiligen Schritten. Es musste ein ganzer Trupp sein, der sich mittlerweile um sie kümmerte.

Dann knackte es mehrmals. Ein Funkgerät, ging es ihm nach einer schieren Ewigkeit durch den Kopf. Wieder später tauchten vor ihm zwei Männer auf, von denen er nur die Beine sah. Eine Weile standen sie neben ihm. Er sah ihre Hacken; sie standen zur Lichtung hin und schienen zu überprüfen, was man von ihrem Standort aus alles sehen konnte.

Angst kroch in Sutters Herz.

Kapitel 23

Donnerstag, 15. Juni 2000

Sie kamen nicht durch zum Institut. Zu viert saßen sie im Wagen und hielten an einer Straßensperre in einer Reihe von Fahrzeugen. Fox und Miller saßen vorn, Cromwell und Kristina waren auf den hinteren Plätzen untergebracht.

Die Polizei sperrte ganze Straßenzüge weiträumig ab. Fox stieg aus und unterhielt sich mit Schaulustigen, dann kletterte er in den Wagen zurück.

»Eine Bombenexplosion. Das ganze Institut soll abgebrannt sein. Wie bei einem Raketenangriff. Shit.«

Fox scherte aus der Reihe aus, wendete den Wagen und fuhr einige hundert Meter den Weg zurück. Er parkte in einer abgelegenen Gasse.

»Was jetzt?«, fragte Miller.

»Sondieren.«

Miller nickte und stieg aus dem Wagen. Dann verschwand er die Straße hinauf.

»Was machen wir jetzt?«, fragte Cromwell.

»Warten«, knurrte Fox. »Warten und überlegen.«

Cromwell versuchte mehrfach, Fox in ein Gespräch zu ziehen, aber der antwortete nur einsilbig oder gar nicht. Kristina hatte ihre Arme um Cromwell geschlungen, als fröstele sie.

Die ganze Zeit saß Fox grübelnd hinterm Steuer. Mit düsterer Miene trommelten seine Finger unablässig auf das Lenkrad. Als Cromwell losfluchte, zog Fox eine großkalibrige Pistole und zielte damit auf ihn.

»Shut up.« Es knackte vernehmlich, als Fox den Hahn spannte. »Halt die Klappe, ja?« Seine Augen funkelten wild. »Kommt nicht auf die Idee zu türmen. Ich knalle euch auf offener Straße ab.«

Nach gut zwei Stunden klingelte plötzlich Fox' Handy. Er starrte es lange an, dann erst meldete er sich. Cromwell und Kristina sahen sich verwirrt an, als Fox nur kurz bestätigend antwortete, dann aber kommentarlos das Handy ausschaltete.

»Wer war das?«, fragte Cromwell nach einer Weile, während Fox wieder zur Windschutzscheibe hinausstarrte.

»Mein Chef«, sagte Fox.

»Und warum haben Sie ihm nichts von dem erzählt, was hier los ist?«

»Wozu? Er weiß es. Deshalb rief er an.«

»Und? Kann er uns helfen?«

Fox drehte den Kopf zu Cromwell, sah ihn lange und nachdenklich an.

»Wir können uns nur selbst helfen. Oder wie würden Sie reagieren, wenn Sie zweimal mit Ihrem Chef reden, weil es etwas abzuholen gibt, und dann eine Killertruppe auftaucht, die ein Blutbad anrichtet? Würden Sie ihm dann noch glauben, Ihrem Chef?«

»Scheiße«, sagte Cromwell.

Nach knapp drei Stunden tauchte Miller wieder auf. Cromwell hatte zwischendurch Getränke besorgt, und Fox hatte keine Anstalten gemacht, ihn daran zu hindern. Er hatte mit der Waffe nur auf Kristina gezeigt.

»Wie sieht es aus?«, fragte Fox, als Miller wieder in den Wagen stieg.

»Ich war drin. Durch den Geheimgang von oberhalb des Berges. Den scheint noch keiner entdeckt zu haben. Ich war unten im Keller. Da hat es nicht ganz so schlimm ausgesehen.

Aber vorher ist alles ausgeräumt worden. Soweit ich erkennen konnte.«

»Kann man nachvollziehen, was wir dort gemacht haben?«

»Kaum.« Miller schüttelte den Kopf. »Sprengsätze mit extremer Hitzeentwicklung. Das hat keine der Magnetplatten und auch kein Computer ausgehalten. Selbst die Tresore sind geschmolzen.«

»Wie konnten Sie das alles überprüfen?«, fragte plötzlich Kristina.

Miller sah Fox an, der kurz nickte, dann wandte er sich zu Kristina um.

»Haben Sie jemals einen Bombenangriff oder eine Explosion erlebt? Ich meine das Hinterher?«

Kristina schüttelte den Kopf.

»Vielleicht können Sie sich das Durcheinander von Polizei, Ärzten, Sanitätern, schlauen Zivilisten, Hilfspersonal, Feuerwehr und technischem Notdienst so ungefähr vorstellen. Jeder trampelt mit irgendeinem Auftrag durch die Asche und das Chaos. Menschen sollen gerettet werden. Man sucht. Da fällt man, wenn man es ein wenig geschickt anstellt, kaum auf. Ich habe mir eine herumstehende Sanitätertasche geschnappt und bin durch die verkohlten Räume gelaufen – oder das, was unter dem Schutt noch vorhanden und begehbar war.«

Sie nickte.

Sergeant Miller wandte sich wieder zu Fox.

»Was können wir jetzt tun?«

»Wir könnten überprüfen, wie es unseren russischen Freunden geht«, knurrte Fox. »Und wenn es denen besser geht als uns, dann kommt mir aber ein verdammt böser Verdacht.«

Sergeant Miller schüttelte den Kopf.

»Ich habe ein paar Gespräche mitgehört. Da war gleich eine Horde vom Schweizerischen Staatsschutz dabei. Es muss ein paar weitere Leichen in der Stadt gegeben haben. Ungefähr zur gleichen Zeit. Wenn ich mich nicht irre, dürfte es auch unsere russischen Freunde nicht mehr geben.«

»Du meinst, das ganze Institut ist eliminiert worden?«

»Sieht so aus.«

Porters lief sofort los, als der Posten die überwältigte Touristengruppe meldete. Vier Minuten brauchte er bis zu der Stelle, an der die sieben Männer und Frauen auf dem Waldboden lagen.

In diesem Moment versuchte der Hubschrauber gerade erstmals, das Netz am Haken zu spannen. Ganz vorsichtig gewann er an Höhe, zunächst nur Millimeter, dann Zentimeter. Als die Spannung zunahm und die Stämme um das Raumschiff und darunter infolge der Druckpunktverlagerungen splitterten, blickte Porters fragend zu Snider.

»Er ist gut ausgebildet«, sagte Snider und meinte den Piloten, der extra für solche Operationen trainiert war.

Der Hubschrauber ließ der Trosse ein wenig Spiel und gewann dann wieder leicht an Höhe.

Wieder splitterte Holz, und Teile von abgeknickten Bäumen flogen wie Schrapnelle durch die Luft. Ein Holzstück traf einen der Soldaten. Lang gezogene Schmerzensschreie hallten durch den Wald.

»Ich hatte gesagt: Ruhe!«, zischte Porters.

Snider sprach in sein Funkgerät. Sekunden später erstarb das Geschrei.

Der letzte Mann oben auf dem mit dunklen Planen verhängten Raumschiff machte sich an den Abstieg. Wie ein Matrose in den Wanten kletterte er im Netz weiter nach unten. Dann sprang er zu Boden.

Die Netze strafften sich. Ächzend kippten Bäume um, lang gezogenes Quietschen der Stahltrossen mischte sich in das Geräusch der gleichmäßig knatternden Rotorblätter. Das Netz spannte sich direkt unter dem Helikopter, während der Netzboden mit dem Gewicht des Raumschiffs reglos verharrte.

Sekundenlang sah es aus, als würde der Helikopter den Kampf verlieren und abschmieren. Dann jedoch hatte das Netz seine Dehnungsgrenze erreicht.

Ein ohrenbetäubendes Kreischen der Stahltrossen erfüllte die Luft. Splitternde Bäume krachten wie Kanonenschüsse. Plötzlich schwebte das Netz zwei Meter über dem Boden.

Der Hubschrauber verharrte einige Sekunden, als müsse er sich an seine neue Freiheit und das Gewicht gewöhnen. Dann gewann er plötzlich an Höhe. Zügig schraubte sich die Maschine mit jedem Rotorschlag weiter in die Luft. Die Nase senkte sich nach vorn, und in einer weit gezogenen Kurve drehte der Hubschrauber mit seinem Netz ab.

»Der Fisch ist im Netz. Und das Netz hält.«

Porters registrierte die Meldung kaum. Er wandte sich den Gefangenen zu und starrte auf die Störenfriede zu seinen Füßen.

»Woher sind sie gekommen?«

»Aus südöstlicher Richtung«, sagte der Soldat, der im Wald auf der Lauer gelegen hatte. Das Gewehr mit dem Infrarotgerät, mit dem er die Gruppe entdeckt hatte, hielt er lässig in seiner rechten Armbeuge.

»Also nicht aus der Stadt.«

»Nein.«

»Wir nehmen sie mit.« Porters drehte sich kurz zu Snider. »Abrücken.«

Es war fast sechs Uhr, als General Porters das letzte Mal am Waldrand stehen blieb und die Schneise musterte, die in den Wald gefräst war.

Alle Mannschaftsteile waren abgerückt. Sie hatten die Scheinwerfer, Generatoren, ihre Trossen und Taue im Eiltempo zusammengepackt und mit Hubschraubern abtransportiert.

Natürlich hinterließen sie Spuren. Deshalb gingen zum Schluss die Männer nochmals in Kette durch den Wald und sammelten ein, was herumlag. Ein Container mit Schraubenschlüsseln, Schnüren, Ketten, Sägen, Kanthölzern, zwei Pistolen und drei Messern war die Ausbeute.

Als die Meldung kam, fluchte Porters laut. Er hasste diese Schlampigkeiten, die sie noch im Nachhinein verraten konnten. Und der Verlust der zwei Pistolen würde Folgen haben.

Zwischen zwei umgestürzten Baumstämmen am Ende der Schneise erschien Sergeant Leavitt und winkte. Porters hob die Hand.

Kurz darauf stieg an der Stelle, wo Leavitt eben noch gestanden hatte, eine Stichflamme auf. Nach und nach schossen weitere Stichflammen entlang der Schneise in die morgendlich klare Luft.

Porters beobachtete Leavitt, wie er die Schneise entlanglief und die Brandnester per Hand zündete. Das Knistern des sich ausbreitenden Feuers drang rasch zu ihm. Die Brandbeschleuniger ließen der morgendlichen Feuchte keine Chance.

Qualm ballte sich als Glocke über den geknickten Stämmen, hing eine Weile fest zwischen den Bäumen und stieg dann in den morgendlichen Himmel auf wie träger Nebel.

Als Leavitt Porters erreichte, wütete das Feuer am entfernteren Ende der Schneise bereits mit unbändiger Gier und fraß sich in alle Richtungen voran.

»Mann, ist das eine Hitze.« Leavitt hatte Brandspuren und Ruß im Gesicht. »Das Feuerchen tritt so schnell keiner aus. Auch kein Riese.«

Der General sah ihn kalt an. »Das Feuer muss möglichst alle Spuren vernichten.«

»Wird es aber nicht.«

Er hatte eine Spezialmischung gemixt, die ihn schon in Mittelamerika nie im Stich gelassen hatte. Trotzdem würde es Spuren geben.

»Sie wissen, dass bei Untersuchungen sofort herauskommen wird, dass der Brand gelegt wurde.«

Leavitt hatte Porters während der Nacht einen Vortrag darüber gehalten, wie man Brandstiftern auf die Spur kam: mehr als ein Feuernest, weiße Brandkegel inmitten einer verrußten Umgebung und die Messungen mit einem Foto-Ionisations-Detektor, der die Kohlenwasserstoffe bei der Verbrennung von Benzin oder Petroleum aufzeigte. Heutzutage war jede Brandstiftung nachzuweisen.

Zunächst hatte Porters überlegt, ein kleines Flugzeug mit vollen Tanks abstürzen zu lassen oder es mit einem Hubschrauber hierher zu transportieren und wie einen Absturz aussehen zu lassen. Doch im Grunde war das alles zu aufwändig und unsicher.

Es musste reichen, Verwirrung zu stiften. Sich widersprechende Spuren und Rätsel zu schaffen. Dinge zusammenzufügen, die nicht erklärbar waren. Zeit zu gewinnen.

»Wo liegt er?«

»Ziemlich in der Mitte der Schneise.«

»Wie?«

»Handschellen, Stahl. Mund verklebt. Genickschuss, als er kniete. Dann mit Benzin übergossen und angezündet.«

»Waffe?«

»Eine russische Makarov. Die Handschellen sind auch aus russischer Produktion.«

»Woher?«

»Aus Nicaragua. Haben mal einem Guerillero gehört.«

»Wo ist die Waffe?«

Leavitt zog die Makarov aus seiner Tasche. Porters sah den Schalldämpfer. Deshalb hatte er keinen Schuss gehört. Er hielt die Hand auf, und Leavitt legte die Waffe hinein.

Sie eilten fünfhundert Meter durch den Wald zu einer Lichtung. Ein Bell 206, der bis zu vier Personen transportieren konnte, wartete dort auf sie.

Als der Helikopter aufstieg, ließ Porters den Piloten eine Runde über der Absturzstelle drehen. Mit zunehmender Höhe verwandelte sich die Schneise im Wald immer mehr zu einem dünnen Strich, der gelbrot leuchtete. Der Wald brannte lichterloh. Sie würden Tage brauchen, an den Brandherd heranzukommen. Erst musste der Waldbrand bekämpft werden.

Sutters verkohlende Leiche war eine gute Tarnung, eine fast ideale falsche Fährte. Und da der Rest der Gruppe nicht zu finden sein würde, würde alles noch seltsamer erscheinen.

Die ganze Stadt war in Aufruhr. Fox hörte den Polizeifunk ab. Alle verfügbaren Polizisten waren im Einsatz. Die Schweiz war kurz davor, für Zürich den Ausnahmezustand auszurufen.

Polizisten der Nachbarorte wurden zusammengezogen. Straßensperren sicherten die Ausfallstraßen, ohne dass die Männer wussten, wonach genau sie suchten. Auf den Straßen bildeten sich kilometerlange Staus.

Dem Chaos nach den Anschlägen folgte ein weiteres: Das Kompetenzgerangel setzte ein.

Zunächst beanspruchte die jeweils nächsthöhere Stelle die Verantwortung für sich, dann, nach ein wenig Nachdenken, setzte die Absetzbewegung ein.

Als klar wurde, welche Ausmaße die Katastrophe angenommen hatte, gaben diejenigen, die zunächst alles an sich gezogen hatten, die Verantwortung wieder nach unten ab. Die Erkenntnis, dass es am besten war, seinen eigenen Hintern zu retten, hatte sich schnell durchgesetzt. Hier konnte man nur verlieren.

Letztlich übernahm das Innenministerium die Koordinierung aller Maßnahmen. Das bedeutete, dass zunächst einmal ein Krisenstab seine Arbeit aufnahm und Informationen sammelte.

Die Presse schrie nach immer neuen Meldungen und wurde bedient, damit die Experten in Ruhe ihrer Arbeit nachgehen konnten. Die Sondersendungen im Radio überschlugen sich.

Immer neue Gerüchte kamen herein, wurden ungefiltert weitergegeben. Später würde sich kaum einer an all die Falschmeldungen erinnern.

Cromwell konnte sich lebhaft vorstellen, was in den Redaktionen los war. Er kannte aus eigener Erfahrung die in Sekundenschnelle umgeworfenen Weisungen der Redaktionsleiter, wenn ein Reporter umdirigiert wurde, Interviews abgebrochen wurden, weil interessantere Gesprächspartner warteten, und Headlines getextet wurden, die wenig später von einem noch größeren Schocker überrollt wurden.

Fox zockelte mit dem Wagen durch die Straßen. Aus der Stadt hinaus wagte er sich nicht, weil er eine Kontrolle an einer der Straßensperren fürchtete.

Sie hatten sich voll aufmunitioniert, bevor sie nach Zürich gefahren waren. Wenn man sie an einer Straßensperre anhielt, so würden sie allein schon wegen der Waffen hinten im Wagen als tatverdächtig festgenommen werden.

Plötzlich klingelte wieder das Handy von Fox. Er sah Miller fragend an, hielt dann in zweiter Reihe und ließ sich von dem wütenden Gehupe hinter ihm nicht stören.

Er meldete sich knapp und hörte eine Weile zu.

»Da«, sagte er nur. Dann wandte er sich Miller zu. »Das waren Sergej Atlasov und Pjotr Kirow. Sie haben überlebt und sind völlig kopflos. Wir treffen sie in der Roten Fabrik.«

»Sie sind bereits unterwegs!«

Tyler Williams strahlte über das ganze Gesicht. Louise Shealy saß in einem der unbequemen Sessel, eine brennende Zigarette in der Hand, und hustete.

»Sie wissen, Sie dürfen hier unten nicht rauchen.«

Sie hielten sich in einem Raum gut zwanzig Meter unter dem Wüstensand von Nevada auf. Das Gebäude gehörte Cushings Corps of Engineers Corporation, die auf dem Testgelände der

Area 51 hochgeheime Forschungen durchführte. Wie für andere Unternehmen auch war dafür eigens ein Gebäude errichtet worden. Es lag abseits der anderen in der Area 51 am Groom Lake, war halb in die Berge getrieben und unter Wüstengestein begraben, damit Satelliten es nicht entdecken konnten. Zehn Meter unter ihnen lag in der Tiefe der Wüste dieser riesige Hangar, den sie eigens für den einen Zweck in den Fels getrieben hatten.

»Wann werden sie da sein?« Die Anthropologin überging die Mahnung des wissenschaftlichen Leiters.

»Abends. Es ist geplant, dass sie im Dunkeln ankommen.«

Shealy nickte. Vernon Porters dachte an alles. Er würde Teile des Flughafens abschotten oder gleich abseits der Hangars in einem Bereich landen, der nochmals gesondert gesichert war.

Hatten diese Schweinehunde es doch geschafft, entgegen allen Weisungen der Regierung und der internationalen Vereinbarungen. Wiggins hatte es immer vorausgesehen.

Sie wollte mehr wissen und fragte deshalb auch ungeniert nach Details. Aber Williams war plötzlich verschlossen wie eine Auster.

Sie gehörte eben nicht zu dem inneren Kreis um Cushing und Porters. Sie war nur eine Wissenschaftlerin. Zwar mit Verdiensten, aber eben doch altes Eisen, ohne Zukunft. Sie war überhaupt nur noch dabei, weil sie mit ihrer jahrzehntelangen Zugehörigkeit ein Wissen verkörperte, das in keinem Archiv gespeichert war. Vielleicht würden sie es noch brauchen. Sie machte sich da nichts vor.

»Ich muss noch einmal raus«, sagte Shealy schließlich.

»Unmöglich. Sie gehören zum Team. Jetzt kann niemand mehr weg. Heute verändert sich die Welt, und Sie wollen verschwinden.«

»Ich muss aber. Mein Krebs. Ich brauche dringend meine Medikamente.«

»Die besorgen wir Ihnen.«

Sie schüttelte leicht den Kopf. »Es ist eine spezielle Therapie von meinem Arzt.«

»Wir holen ihn hierher.«

Sie kicherte. »Na klar. Und zeigen ihm alles, was es hier so gibt.« Mit ernster Miene sah sie Williams an. »Es wühlt in mir. Mein Arzt gibt mir nicht mehr lange. Und wenn ich nicht regelmäßig diese Therapie mache, geht es noch schneller zu Ende. Unter Umständen in Tagen.«

»Na, na.«

»Sie dürfen das ruhig glauben. Metastasen sind tückisch. Ich bekomme seit Wochen starke Schmerzmittel. Wenn ich jetzt abtrete, kann ich hier nicht mehr helfen.« Sie spielte ihr stärkstes Argument aus. Wenn ihnen wirklich etwas an ihrer Mitarbeit lag, dann musste Williams sie gehen lassen.

»Porters wird ausrasten. Die Sicherheitsstufe gilt für alle.«

»Er muss es nicht erfahren.«

Williams schüttelte den Kopf. Porters und auch Cushing durfte man nicht für dumm verkaufen. Sie legten die Regeln fest.

»Geben Sie mir ein Regiment Wachpersonal mit. Die können auf mich aufpassen.« Shealy lachte auf. »Williams, wir beide sind Wissenschaftler. Wir wissen, dass dies das Größte ist, was einem als Wissenschaftler passieren kann. Und ich bin seit gut fünf Jahrzehnten dabei. Überlegen Sie mal. Fünf Jahrzehnte. Und ich sterbe bald. Habe also keine Zukunft vor mir, um das, was ich verpasse, noch nachzuholen. Und trotzdem sage ich: Ich muss zu meinem Arzt. Leuchtet es jetzt vielleicht ein, wie wichtig es ist?«

Williams verzog das Gesicht, grummelte und trommelte mit den Fingern auf die Schreibtischplatte. Er kannte keinen Wissenschaftler, der sich das bevorstehende Erlebnis entgehen lassen würde. Alle aus dem Team fieberten bereits der Ankunft entgegen. Es gab wirklich nur einen Grund, nicht dabei zu sein.

»Sie werden mich ohnehin zu Anfang nicht brauchen. Ich schätze mal, in den ersten zwei bis vier Tagen werden die allgemeinen Arbeiten ganz im Vordergrund stehen. Vermessungen, Außenhülle, telemetrische Versuche, Strahlenbeschuss, Analyse der Oberflächenpartikel, Sicherung. Dann erst wird es doch interessant für meine Anwesenheit – wenn wir es aufmachen.«

Williams kaute nervös auf seiner Unterlippe. Ihm war die Anwesenheit der alten Wissenschaftlerin ein Dorn im Auge. Als ob sie ihm nicht zutrauten, die Sardinenbüchse zu öffnen. Cushing hatte darauf bestanden, dass sie dabei war.

Außerdem ließ ihn der Verdacht nicht los, dass die alte Frau ein Geheimnis barg, von dem nur ganz wenige wussten. Und er gehörte nicht dazu.

»Nun gut. Gehen Sie.«

Shealy erhob sich mühsam. Sie brauchte gut dreißig Minuten in ihre Unterkunft. Dort holte sie ein Fahrer ab und brachte sie zum Flughafen.

Am späten Nachmittag landete die Boeing 737-200 auf dem McCarran Airport von Las Vegas. Das Gelände der Area 51 wurde täglich von einer ganzen Reihe von Maschinen angeflogen. Morgens wurde von Las Vegas aus Personal in das geheimste Gelände der Welt gebracht, abends wieder ausgeflogen. *JANET* heißt die Fluglinie, die ebenso geheim wie alles andere war, was mit dem Gebiet zu tun hatte. Shealy lebte seit fünfzig Jahren damit. Es war ein Teil ihres Lebens.

Sie stieg an einem Terminal aus, der abseits von den anderen des Airports lag, ein unscheinbares Gebäude mit einem Parkplatz für etwa eintausendfünfhundert Fahrzeuge. Sie humpelte zu ihrem Buick. Eigentlich sollte sie nicht mehr fahren. Sie tat es trotzdem.

Am Eingangstor grüßte sie freundlich die Wachmänner. Da der Flughafen mit knapp zwei Kilometern Entfernung zum Strip und sechs bis downtown praktisch in der Stadt lag, war

Shealy schnell zu Hause. Sie rief Garry an, ihre indianische Hilfe vom Stamm der Mohave, der sie zu Dr. Morehouse begleitete.

Der Arzt war sichtlich überrascht, als Louise Shealy in seiner Praxis auftauchte.

»Ich brauche mehr von diesen Schmerzmitteln, die du mir neulich verschrieben hast. Ich kann eine Weile nicht kommen.«

»Louise, das sind Drogen. Die kann ich nicht in unkontrollierten Mengen abgeben.«

Sie setzte sich stöhnend in einen Sessel, und ihre Augen wanderten über die pastellfarbenen Wände und die geschmackvolle Einrichtung. Wie schäbig arbeitete sie dagegen.

»David, lass uns nicht streiten. Ich brauche das Zeugs. Die Schmerzen werden von Tag zu Tag schlimmer. Du hattest Recht. Es ist nicht zu steuern. Ich kann und will aber noch nicht abtreten. Ich brauche noch ein paar Tage.«

»Ich muss sehen, was noch da ist. Wie viel brauchst du?«

»Wenn es geht, für mehrere Wochen.«

»Willst du eine Reise machen?«

»Nicht schlecht, die Idee. – Ja, so ungefähr.«

Dr. David Morehouse entschuldigte sich und verließ das Zimmer. Sie kramte in ihrer Handtasche, bis sie den kleinen Zettel fand. Ächzend erhob sie sich und ging zum Schreibtisch. Dann griff sie zum Telefon.

Zwei Nummern. Für den Notfall, hatte er gesagt. Aber es meldete sich niemand. Beide Leitungen waren tot.

Louise Shealy fluchte. Sie las die Nummer auf dem kleinen Zettel. Sie musste einfach Glück haben.

Die Rote Fabrik entpuppte sich als alternatives Kulturzentrum direkt am linksseitigen Seeufer des Zürichsees. Ein roter Backsteinbau mit Livemusik, zeitgenössischer Kunst und einem preisgünstigen Restaurant. Bierzeltgarnituren und ein buntes

Völkchen vermittelten eine rustikale und in der lauen Nacht fröhliche Atmosphäre.

Überall an den Tischen war der Anschlag das zentrale Thema. Immer wieder wurde über die Anzahl der Toten und mögliche Hintergründe spekuliert. Cromwell schnappte Gesprächsfetzen von den Nebentischen auf. Von dem Chaos auf dem einsamen Gehöft sprach niemand. Es war offensichtlich noch nicht entdeckt worden.

Die Gruppe hockte verschwörerisch an einem Tisch, Fox, Cromwell und Kristina auf der einen Seite und Miller, Atlasov und Kirow auf der anderen.

Sie hatten Essen und Trinken bestellt. Auch wenn ihnen nicht danach zumute war, hatte Fox darauf bestanden. Als Soldat wusste er, was er seinem Körper schuldig war, wenn er weiter seine Kampffähigkeit erhalten wollte.

Die Russen hatten sie am Eingang erwartet. Cromwell hatte die beiden schnell gemustert. Kirow war nicht sonderlich groß und deutlich über fünfzig. Sein eleganter Anzug war leicht zerknittert, und in seinem Gesicht waren der Schrecken und die Fassungslosigkeit deutlich zu erkennen gewesen. Dann aber hatte sich sein Körper gestrafft, als schlüpfe er in eine Rolle, und seine innere Anspannung oder Verwirrung war seither verschwunden.

Atlasov wirkte ungelenker, unsicherer, auch ungepflegter. Der Mann schien unter Stress zu stehen. Ihm stand das schlechte Gewissen, aus welchem Grund auch immer, deutlich ins Gesicht geschrieben.

Kirow setzte sich still, während Atlasov und Fox leise und intensiv aufeinander einredeten. Sie sprachen Russisch. Cromwell verstand kein Wort. Als er Kristina ansah, winkte die nur ab. Sie war in Russisch schon lange nicht mehr so gut wie früher, aber der Schulunterricht in der damals noch existierenden DDR war wohl noch nicht ganz verblasst.

»Worüber reden die?«, fragte Cromwell schließlich.

»Sie spekulieren darüber, warum und wer. Und sie finden einfach keine Antwort. Der Russe sagt, die Amerikaner waren es, was Fox nicht gänzlich abstreiten kann, weil ja dieser Westen bei ihm aufgetaucht ist. Sie streiten über einen Umschlag.«

»Warum wendet sich der Russe nicht an seinen Vorgesetzten?«, fragte Cromwell ganz unvermittelt und unterbrach das Gespräch der beiden Männer. Als er ihre Aufmerksamkeit hatte, zischelte er den Russen an: »Ich kann überhaupt nicht verstehen, warum Sie nicht zu Ihrem Handy greifen und Ihre Vorgesetzten anrufen. Denen können Sie erzählen, was hier los ist. Dann muss es doch einen Weg geben, alles aufzuklären.«

»Ach ja?« Fox' Augen sprühten Blitze. »Ich habe Ihnen doch schon erzählt, wie das bei mir aussieht. Unsere russischen Freunde sind ebenfalls sehr misstrauisch gegenüber ihren Chefs. Überlassen Sie uns, wovon Sie nichts verstehen.« Seine Hand legte sich um Cromwells rechtes Handgelenk und spannte sich wie ein Schraubstock.

Ohne mit der Wimper zu zucken, hielt Cromwell den Druck aus. »Wenn Sie glauben, mit diesen Mätzchen Eindruck zu schinden, dann täuschen Sie sich. In Berlin werde ich mittlerweile wegen mehrfachen Mordes gesucht; ich habe zwei Entführungen hinter mir, und eine Bande von irren Killern hat vor wenigen Stunden versucht, uns endgültig umzulegen. Einfach so. Also lassen Sie diesen Scheiß!«

Cromwell brüllte die letzten Worte, riss mit der freien Hand sein Bierglas hoch und wollte es Fox auf dem Kopf zertrümmern. In ihm pulsierte die Wut über die eigene Hilflosigkeit, und der Frust trieb seine Aggressionen aus seinem Innern wie die Treibladung eine Granate aus dem Rohr.

Im letzten Moment griff Miller ein und kreuzte mit seinem linken Arm die Schlagrichtung von Cromwell wie mit einer Klinge. Bier schwappte aus dem Glas und platschte auf den Tisch. Gleichzeitig griff Miller Cromwell in den Nacken und drückte zu. Ein stechender Schmerz durchzuckte Cromwell, der sofort in sich zusammensackte und neben Fox auf die Bank sank.

»Machen Sie das nie wieder«, knurrte Fox böse. »Sie sind zwar kräftig, aber das ist manchmal nicht entscheidend. Wenn er fester zugedrückt hätte, wären Sie tot.«

»Wer sind die beiden? Atlasov und Kirow?«, hörte Cromwell Kristina fragen, während er sich den schmerzenden Nacken rieb.

Sergeant Miller wandte sich Kristina zu, da Fox und Atlasov ihr Gespräch wieder aufnahmen.

»Kirow ist so etwas wie der beste russische Dolmetscher des Instituts. Jede Seite hatte stets mindestens einen ausgemachten Sprachexperten dabei, um die schwierigsten Texte bis in die letzte Nuance richtig zu übersetzen.«

»Dann muss er eine spezielle Ausbildung haben. Ich habe es also doch richtig verstanden. Er ist demnach besonders gut in der amerikanischen Sprache.«

Miller nickte.

»Er war früher mal Dolmetscher der russischen Regierung. Hat bei Staatsempfängen simultan übersetzt.«

»Und ist jetzt im Westen?«

»Na und?« Cromwell schüttelte den Kopf, weil er aus ihrer Frage ungläubiges Staunen heraushörte. »Der Mann, der die Gespräche von Kohl und Gorbatschow bei der deutschen Einheit gedolmetscht hat, hat heute auch einen Job an der russischen Botschaft in Berlin. Den habe ich selbst schon interviewt. Ist also auch im Westen. Was ist daran besonders?«

Noch während er sprach, sah er plötzlich die wenigen Blätter Papier mit dem entschlüsselten Text vor sich. Er konnte sich noch erinnern, wie er unter der Straßenlaterne gestanden und den Namen aufgesogen hatte.

»Herr Kirow, sind Sie der Dolmetscher, der das Gespräch zwischen Ronald Reagan und Michael Gorbatschow gedolmetscht hat?«

Alle sahen überrascht zu Cromwell, der Kirow fest im Auge hatte. Dessen dunkle Augen flackerten, dann sah der Russe unsicher in die Runde. Erwartungsvolle Spannung hing über ihnen wie eine einsame Nebelschwade.

»*Da*«, sagte der Russe in die Stille hinein und richtete sich voller Stolz auf. »November 1985. In Genf. Das fünfstündige Gespräch unter vier Augen.«

KAPITEL 24

Donnerstag, 15. Juni 2000

Noch bevor Cromwell die erste Frage formulieren konnte, wurde er in seinen Gedanken unterbrochen. Das Handy von Fox klingelte wieder.

Wie Marionetten, die alle von einem Spieler gelenkt wurden, starrten sie Fox an. Nur zögernd holte er das Handy aus der Jackentasche. Er meldete sich, und es dauerte eine Weile, ehe er außer knappen Antworten ganze Sätze sagte.

»Ja, es stimmt, was Sie im Fernsehen gesehen haben. CNN war offensichtlich wieder ganz schnell. Richtig, das Institut ist in die Luft geflogen. Und eine ganze Reihe von Menschen sind umgekommen. Und nicht nur dort sind Menschen gestorben. Nein, eine Verbindung mit General Wiggins kann ich auch heute noch nicht herstellen.«

Aus den Antworten entnahm Kristina, dass Fox mit einer Frau sprach, die schon einmal angerufen hatte und unbedingt General Wiggins sprechen musste.

Die anderen verfolgten das Geplänkel am Telefon, das offensichtlich zu keiner Lösung führen würde. Fox war nicht bereit, Auskünfte zu geben, und die Frau war nicht bereit, ihren Namen zu nennen, sooft Fox auch nachfragte.

Kristina musterte die Reihe der Männer. Zwei Russen, vollkommen erschöpft und ratlos. Zwei Sicherheitsleute, die nicht wussten, ob sie von der eigenen Basis verraten worden waren. Dazu Alexander Cromwell und sie selbst, zwei ahnungslose Laien, mittendrin in irgendeiner Verschwörung, die sie nicht überblickten. Gehetzt und gejagt, mit Toten und Killerkommandos.

Plötzlich stand Kristina auf und quetschte sich zwischen den Stühlen hindurch, bis sie neben Fox stand.

Ihr Körper strahlte Spannung und wilde Entschlossenheit aus. Cromwells fragenden Blick erwiderte sie mit einem kalten Funkeln. Mit einer raschen Handbewegung riss sie Fox das Handy aus der Hand.

»Hören Sie«, sagte Kristina und wechselte sofort ins Amerikanische, als eine ruhige und ältere Stimme mit einem klaren »Yes« antwortete. »Mein Name ist Kristina Sartorius. Und ich kann Ihnen versichern, dass Sie General Wiggins niemals mehr sprechen werden. Er ist tot.«

Am anderen Ende der Verbindung war es lange still. Kristina dachte schon, dass die Verbindung unterbrochen worden sei, doch dann drang wieder die klare, wenn auch alt klingende Stimme an Kristinas Ohr.

»Erzählen Sie es mir.«

»Wozu?«

»Ich muss es wissen, um es werten zu können. Und was haben Sie damit zu tun?«

Als Fox Kristina am Arm packte, um ihr das Telefon zu entreißen, schüttelte sie ihn wütend ab und ging zwei Schritt zur Seite. Dann erzählte sie in knappen Worten. Am anderen Ende der Verbindung waren immer wieder kurze Laute der Überraschung zu hören. Vielleicht waren es aber auch nur Ermunterungen an Kristina, weiterzuerzählen. Ihr war es egal. Sie fühlte sich mit jedem Wort leichter, besser. Es war wie eine Beichte.

Die Frau musste älter sein, deutlich älter, dachte Kristina, während sie redete. Die Wärme des Klangs, die Samtigkeit des Tonfalls waren genau das, was Kristina brauchte. Ihr gingen die abgehakten und militärisch kurzen, nicht selten rotzigen und zotigen Bemerkungen der Männer um sie herum schon länger gegen den Strich. So mochten die Kerle vielleicht die Gefahren und die Begegnungen mit dem Tod verarbeiten. Sie aber konnte das nicht.

Ihr Körper zitterte, als sie von den Bildern der letzten Stunden erzählte, und Tränen flossen über ihr Gesicht. Sie hatte sich vom Tisch abgedreht. Aus den Augenwinkeln sah sie, wie Cromwell Fox mehrmals auf die Bank drückte. Ein Gast vom Nebentisch stand auf, wollte sich um sie kümmern, aber sie winkte nur heftig ab.

»Ich kann einfach nicht mehr!«, schluchzte sie ins Telefon. Die Welle der Verzweiflung drohte ihre Stimme zu ertränken. »Und ich weiß nicht mehr, wie es weitergehen soll. Keiner von uns weiß es.«

Wieder war es eine Weile still.

»Sind Sie noch da?«, fragte Kristina, und ihre größte Sorge war plötzlich, ihre Verzweiflung einer toten Verbindung anvertraut zu haben.

»Ich bin noch da«, sagte die Stimme am anderen Ende. »Und vielleicht kann ich Ihnen helfen.«

»Wie?«

»Ich habe womöglich mit dem zu tun, das den Hintergrund für all Ihre Probleme bildet.«

»Dann reden Sie doch endlich!«, schrie Kristina ins Telefon. »Dann sagen Sie doch endlich, was los ist!«

Wieder war es still. Kristina starrte mit leerem Blick auf die Tische mit den Biergläsern und den Essensresten. Alles sah so alltäglich aus. Nur die verkrampften Hände und Gesichter, die sie sah, passten nicht dazu.

»Mein Name ist Louise Shealy, aber das wird Ihnen sicherlich nichts sagen. Vielleicht aber einem der Männer aus dem Institut.«

Kristina nickte, als könnte ihre Gesprächspartnerin sie sehen, und wiederholte den Namen. Fox schüttelte sofort den Kopf. Doch dann sah Kristina Sergej Atlasov nicken, der aufstand und von Kristina das Handy übernahm.

Kristina hörte, wie Atlasov mit vorsichtig nuanciertem Englisch ihre Geschichte bestätigte und dann von einem Umschlag sprach, den er von Wiggins erhalten habe. Atlasov drehte sich mehrmals ab und sprach halblaut in das Handy. Dann reichte er es wieder Kristina.

»Sie kennen die Männer?«, fragte die ältliche Stimme.

»Nein«, entgegnete Kristina. »Ich weiß nur, dass wir einige Fragen über dieses Institut klären wollten, überfallen wurden und dann mitten in einer wilden Schießerei fast starben.«

»Sie können denen vertrauen, denen auch General Wiggins vertraut hat.«

»Und wer war das?«

»Sergej Atlasov und Pjotr Kirow auf jeden Fall. Das weiß ich. Auch wenn wir uns nicht persönlich kennen.«

»Aber wie soll es denn weitergehen?«

»Wenn es stimmt, was mir Atlasov eben gesagt hat, dann sollten Sie hierher kommen. Wenn es eine Lösung gibt, dann nur hier.«

»Mehr nicht?«

»Im Augenblick? Nein. Hier bei mir liegt die Lösung.«

Kristina verlangte nach Papier und Stift und notierte sich rasch die Telefonnummer.

Als die Verbindung abbrach, starrte Kristina gedankenversunken auf die Männer. Die erwartungsvollen Blicke rissen sie aus ihren Überlegungen. »Sie hat gesagt, wir sollen zu ihr nach Las Vegas kommen«, sagte Kristina schließlich. »Sie habe das letzte Teil des Puzzles, das uns noch fehle.«

Fox drängte zum Aufbruch. Die anderen Gäste hatten die Auseinandersetzungen und das Telefonat mit verfolgt. Es war nur eine Frage der Zeit, meinte Fox, bis einer die Polizei rief, um die seltsame Gruppe überprüfen zu lassen. Schließlich winkte mittlerweile eine Belohnung von hunderttausend Franken, wie die Nachrichten immer wieder betonten.

Fox fürchtete immer noch Kontrollen, sorgte sich aber zunehmend, dass sie auch in Zürich auffallen würden. Außerdem schien ihm die Entfernung zusätzliche Sicherheit zu verschaffen. Er diskutierte kurz mit Miller, dann studierten sie Karten.

Miller steuerte den Wagen auf Schleichwegen aus Zürich heraus und mied die Ausfallstraßen mit ihren Straßensperren. Weit hinter Zürich holperte der Wagen von einem Feldweg wieder auf eine asphaltierte Straße, später dann auf die Autobahn in Richtung Chur.

Auf einem Parkplatz hielten sie weit nach Mitternacht.

»Warum setzen Sie sich nicht endlich mit Ihren Vorgesetzten in Verbindung?«, fragte Cromwell wieder, als er mit Fox allein neben dem Wagen stand.

»Das habe ich Ihnen doch schon erklärt. Weil wir denen nicht mehr trauen.«

Die beiden starrten sich an. Für Cromwell war Fox auch nichts weiter als ein armes Schwein. Beschissen von den anderen, ahnungslos durch die Wüste stolpernd. Jedenfalls war der Mann keine Gefahr für ihn und Kristina.

Fox verzog das Gesicht, dann nickte er. Er schien umgekehrt zum gleichen Urteil gekommen zu sein.

Cromwell grinste plötzlich schief. Sie waren ein Haufen Verdammter, jeder auf seine Art beschissen dran.

»Woran haben Sie erkannt, dass die Männer nicht sauber waren? Sie waren gut vorbereitet.«

Fox schnaufte geringschätzig.

»Ihre Arroganz hat sie getötet. Sie glaubten, alles im Griff zu haben. Als der Typ die Quittung unterschrieb, war er nicht voll konzentriert. Seine Gedanken waren schon bei dem, was kommen sollte. Er hat einen Moment zu lange gezögert mit der Unterschrift. Er war auf etwas ganz anderes konzentriert. Und er roch nach Schießpulver. Den Geruch vergisst man nicht, wenn man mal im Einsatz war. Wo und warum hatten die kurz vorher geschossen? Es gab nur einen Grund. Ab da hatte ich ein paar Sekundenbruchteile Vorsprung. Mein Mann vor dem

Fenster war reine Vorsicht, Absicherung, wie wir es immer machen.«

Die anderen gesellten sich nach und nach zu ihnen.

»Wie kommen wir nun nach Las Vegas?« Kristina sah herausfordernd in die Runde. »Irgendeine Entscheidung muss ja nun fallen.«

»Ich muss nach Washington«, knurrte Fox unwirsch und sah Atlasov an.

»Dafür gibt es bestimmt einen Grund.« Cromwell verbarg seine aufkommende Wut hinter einer Portion Sarkasmus.

»Ich muss dem Präsidenten einen Umschlag überbringen.«

»Ach.«

»Ja.«

»Und was steht da drin?«

»Er ist verschlossen.«

»Und von wem ist er?«

Cromwell bekam keine Antwort. Fox drehte sich mit einem geringschätzigen Grinsen ab.

Das Grinsen war schlimmer als alle Prügel für Cromwell. Es zeigte ihm, dass er ganz hinten stand, was seine Probleme anging.

Er ärgerte sich über sich selbst und seine Naivität. Das ist dein eigentliches Problem, dachte er ernüchtert. Und deine mangelnde Vorstellungskraft, dass dir vielleicht an irgendeiner Ecke deines Leben etwas passieren könnte, was alles aus den Fugen geraten lässt und zur Folge hat, dass nichts mehr so ist wie früher. Wie konnte ich nur hoffen, hier Hilfe zu finden?, schoss es ihm durch den Kopf. Fox hatte seine eigenen Interessen.

Cromwell drosch mit der Faust gegen das Blech.

»Scheiße!«

Er schrie seinen ganzen Frust in die Dunkelheit hinaus.

»Wir gehen nach Russland zurück«, sagte Atlasov nüchtern in die Brüllerei hinein.

Fox drehte sich kurz um, starrte Atlasov an und nickte dann.

»Das darf doch nicht wahr sein!«, tobte Cromwell weiter. »Alle gehen auseinander, als wäre nichts geschehen. Der eine nach Moskau, der andere nach Washington! Einem Dutzend Toter in der Schweiz zum Trotz! Die Leichen in Berlin nicht mitgerechnet.«

»Sie wissen nicht, wovon Sie reden«, murmelte Kirow plötzlich. Der Russe stand gebeugt in der Tür des Wagens, wollte einsteigen.

»Ach nein? Dann erklären Sie es mir!« Cromwell drehte sich um und packte den Russen am Kragen. Er zerrte Kirow aus der Tür und drückte ihn gegen das Wagenblech. »Sie haben mir ohnehin meine ganzen Fragen noch nicht beantwortet. Erklären Sie es mir – bitte!« Das letzte Wort kam gefährlich leise aus Cromwells Mund. Seine Stimme zitterte.

»*Njet!*«, rief Atlasov.

Es stank entsetzlich. General Porters stand mit gezogener Pistole vor den sechs Touristen. Erbrochenes sammelte sich in den Ritzen des Bodenblechs. Mindestens einer hatte sich in die Hose geschissen.

Mit angewidertem Gesicht betrachtete Porters diese Memmen. Jeder hatte seine Zeit. Und wenn es so weit war, musste man sein Schicksal annehmen.

Bisher war alles nach Plan verlaufen. Die Hubschrauber waren noch in der Nacht über die Grenze zurück zur Fairchild Air Force Base nahe Spokane geflogen. Dort wartete bereits die angeforderte Globemaster III, eines der leistungsfähigsten Transportflugzeuge, die jemals gebaut wurden. Crew und Maschine gehörten zur 62nd Airlift Wing, die auf der McChord Air Force Base rund zehn Kilometer von Tacoma im Staate Washington stationiert war. Porters hatte die Maschine sofort nach seinem Abflug in Colorado Springs herbeordert.

Porters' Leute taten alles, um die Umladung abzusichern. Die Globemaster III stand in einem Hangar, die Ladeluke offen zum Hangartor. Zwei KC-135 Stratotanker mit einer Länge von je einundvierzig Meter waren so vor den Hangar gerollt worden, dass sie die Sicht versperrten. Außerdem war das Gebiet weiträumig abgesperrt.

Während des Anfluges schützten die dunklen Planen, mit denen das Raumschiff getarnt war, den einzigartigen Fang vor Entdeckung. Man sah lediglich einen rundum abgedeckten Gegenstand, der in einem riesigen Netz hing.

Der Hubschrauber setzte das Raumschiff in seinem Stahlnetz unmittelbar vor dem Hangar auf einen Transporter mit hydraulischer Hebebühne und kleiner Zugmaschine. Die Crew der Globemaster III machte zunächst Schwierigkeiten, als Snider seinen eigenen Lademeister und Personal mitbrachte. Er verstand die Crew, die unbedingt ihre Männer zur Sicherung der Ladung einsetzen wollte, aber Porters war zu keinen Kompromissen bereit.

Auf seine Weisung hin verzog sich die Crew, bis der Ladevorgang beendet war. Porters untersagte den Männern, den Laderaum zu betreten. Sie erfuhren nicht einmal, dass Porters noch sechs Zivilisten mit an Bord nahm.

Beim Laden half die riesige am Heck befindliche Frachtluke. Die Rampe wurde voll abgesenkt und schwebte nur noch anderthalb Meter über dem Boden; das sanfte Gefälle von neun Grad war ein weiterer Vorteil. Der Transporter rollte heran und hob mit seiner eigenen Spezialhydraulik das Raumschiff auf die Höhe der Frachtrampe. Mit Winden wurde es auf Rollen über die Frachtluke in das Flugzeug gezogen.

Höhe, Länge und Gewicht waren unproblematisch. Der Frachtraum der Globemaster III war an der niedrigsten Stelle knapp vier Meter hoch, und die sechsundzwanzig Meter lange Ladefläche war mehr als ausreichend.

Die hydraulische Pumpe der Globemaster III hob achtzehn

Tonnen. Der Transport schwerer Kampfpanzer über lange Strecken war eine der Bedingungen bei der Ausschreibung gewesen. Die Sorge des Lademeisters galt daher einem anderen Problem.

Mit einer Ladebreite von fünfeinhalb Metern war es Zentimeterarbeit, das Raumschiff in den Transporter zu hieven. Immer wieder stoppte der Ladevorgang. Die Ladecrew überprüfte ständig die Ausrichtung des Raumschiffes, korrigierte zentimetergenau den Abstand zu den Seitenwänden und überprüfte die Sicherungsseile.

Porters stand äußerlich gelassen neben der Frachtluke und wischte den Pessimismus, den ein Sergeant verbreitete, einfach beiseite, indem er ihm jedes weitere Wort verbot.

Sie hatten bisher Glück gehabt. Sie waren nicht entdeckt worden, und der Transport war problemlos verlaufen. Keine Stürme, kein extremer Wind, der die schwere Last am Haken des Hubschraubers zu einem Risiko hätte machen können.

Dann gab der Lademeister ein Zeichen.

Porters grinste zufrieden, als die Winden das Frachtstück zügig in den sechsundzwanzig Meter langen Frachtraum zogen. Das Transportnetz wurde genutzt, um die Fracht an den Sicherungsringen im Frachtraum zu verzurren, deren Bruchlast bei elf Tonnen je Ring lag.

Porters selbst machte einen letzten Inspektionsgang, den er in der Zone des Lademeisters gleich vor dem Aufgang zum Cockpit beendete.

Der Lademeister arbeitete an einem Laptop.

»Solch einen Platz habe ich noch in keinem Transporter gesehen«, sagte Porters und musterte den winzigen Raum, der etwas von einem zweiten Cockpit hatte.

»Ist auch das erste Mal, dass jemand an uns gedacht hat, Sir!«, sagte der Lademeister, ein Master Sergeant mit volltönendem Bass in der Stimme. »Von hier kann ich alles steuern. Frachtluke, Beladung, alles. Im Moment bin ich über den Laptop in das Datennetz des Vogels eingelinkt und gebe auf Grund der Ladung Trimmung und all die anderen Dinge vor, damit der Vogel schön brav in der Luft bleibt.«

»Sie haben Ihre Weisungen?«, fragte Porters.

»Ja, Sir. Keiner der Piloten darf in den Frachtraum.«

Porters nickte. Draußen zog die Ladetruppe ab.

Gelassen stieg Porters wieder aus der Maschine.

Wenig später trieb Leavitt die Touristen wie eine kleine Horde Kühe in das Gatter. Sie hielten sich aneinander fest. Nervöses Lachen drang zu Porters herüber. Er drehte sich ab.

Sie waren die ganze Zeit separiert in einem kleinen Raum des Hangars festgehalten und von Leavitt bewacht worden.

Niemand vom Standort hatte sie bemerkt. Niemand sprach mit ihnen, niemand wollte ihre Namen wissen, ihre Pässe sehen. Und da niemand mit ihnen sprach, konnten sie auch keine Fragen stellen.

Leavitt hatte vor dem Raum gesessen, in dem er sie gefangen hielt. Zwei Mal war er in den Raum gegangen. Beim ersten Mal hatte er ihnen etwas Wasser und Essen gebracht.

Beim zweiten Mal hatten zwei Mutige drinnen Krach geschlagen. Leavitt war nur kurz hineingegangen und hatte demjenigen, der am nächsten stand, den Metallkolben seiner Maschinenpistole ins Gesicht geschlagen. Danach hatten sie zunächst noch erregter aufgeschrien, aber dann war Ruhe gewesen.

Jetzt trieb Leavitt die kleine Gruppe am Heck zusammen und ließ sie über die Rampe in den Frachtraum steigen. Gleich danach schloss sich die Rampe.

Leavitt dirigierte sie mit dem Lauf seiner Maschinenpistole auf die Klappsitze dicht an der Ladeluke. Porters hatte klare Weisungen erteilt. Sie durften den Bereich nahe dem Heck nicht verlassen.

Dann kamen die beiden Piloten.

Snider fing sie unter der Pilotenkanzel ab. Kurz und knapp erteilte er die Weisungen. Sie durften den Frachtraum nicht inspizieren. Sie hatten jedes Manöver auszuführen, das angewiesen würde. Auch eine Ersatzcrew wurde nicht akzeptiert, und jegliche Proteste wurden ignoriert.

Porters bestieg die Globemaster III und setzte sich auf einen der Klappsitze im vorderen Teil des Frachtraums. Er bemerkte die Blicke der Touristengruppe im hinteren Teil, aber es spielte keine Rolle.

Snider organisierte draußen den Abflug. Die Maschine wurde aus dem Hangar gerollt, und es dauerte wieder eine kleine Ewigkeit, bis der Transporter die Rollbahn erreicht hatte.

Dann heulten die vier Pratt&Witney F-117-PW 100 Mantelstromtriebwerke auf, und die Maschine legte los. Porters spürte die Vibrationen und schloss die Augen.

Die Maschine war für den Auftrag bestens geeignet. Sie kam mit einer extrem kurzen Startbahn aus. Und viel wichtiger war noch, dass sie dafür konzipiert war, auch auf Schotterpisten starten und landen zu können, die nicht breiter als achtzehn Meter waren – bei einer Flügelspannweite von zweiundfünfzig Metern. Auch bei der Landung würde es so keine Probleme geben.

Ihn erinnerte die Maschine immer wieder an einen Wal. Lediglich die langen Flügel sprengten das Bild. Es war schon interessant, dass in der Luft die Formen und die Fähigkeiten wiederzufinden waren, die die Natur unter Wasser nutzte.

Porters' Blicke hingen an der Ladung. Fast unmerklich veränderte sich die Ausrichtung der Maschine, als sie ihre Nase hob. Knirschend spannten sich die Stahlseile, als das Raumschiff fester in seine Verankerungen gepresst wurde.

Der Anstellwinkel wurde noch steiler, und für einen Moment befürchtete Porters, dass die Stahlseile reißen könnten. Ein leicht vibrierendes Jaulen der angespannten Stahltrossen begleitete den Startvorgang.

Porters spürte keinen Druckunterschied, als die Maschine an Höhe gewann. Der Druckausgleich funktionierte im gesamten Ladebereich.

Endlich hatte die Maschine die Reisehöhe erreicht, und das Vibrieren der Maschine ließ nach. Porters lehnte sich entspannt zurück und döste, bis sich der Lademeister meldete.

»Sir, die Zone ist erreicht.«

Porters schnallte sich ab und stand auf. Er las die verschiedenen Kennzeichnungen, als er nach hinten zu Leavitt ging. Selbst Sauerstoffleitungen waren angebracht, damit der Laderaum als fliegendes Lazarett dienen konnte.

Porters musterte die sechs Touristen und sprach dann über sein Mikro den Piloten an.

»Gehen Sie auf dreitausend Meter Flughöhe.«

Als der Pilot verstört nachfragte, wiederholte Porters seinen Befehl. Dabei sah er zu den Sprungluken.

Die Touristen beobachteten ihn genau. Sein Blick entging ihnen nicht.

Plötzlich schrie einer der Männer. Er sprang auf. Er war kräftig, untersetzt, und die Verzweiflung verzerrte sein Gesicht.

In diesem Moment senkte die Maschine sich nach vorn. Der Pilot führte Porters' Befehl aus und drückte die Maschine nach unten. Der Tourist verlor für Sekundenbruchteile das Gleichgewicht.

Leavitt nutzte diesen Vorteil und schlug mit der Faust in die Hoden des Mannes.

Brüllend brach der Mann zusammen. Er wand sich wie eine Schlange und erbrach sich.

»Bitte!«, flehte die junge Frau mit dem roten Haar. »Ich bin schwanger. Sie können uns das doch nicht antun!« Sie trat einen Schritt vor.

Leavitt schlug wieder zu. Der Lauf der Waffe traf die Frau auf der rechten Wange. Sie schrie auf. Dann sackte sie weinend zusammen.

Ihr Mann zitterte am ganzen Körper und beugte sich zu ihr hinab. Tränen rannen über sein Gesicht.

Porters verachtete ihn.

Wieder sprach er in sein Mikro. Diesmal rief er den Lademeister.

»Sprungluken entriegeln.«

Die Luken befanden sich unmittelbar vor der Laderampe auf beiden Seiten des Rumpfes.

Als das Zeichen seines Lademeisters kam, nickte Porters Leavitt kurz zu. Seine Pistole hielt er weiter auf die Touristen gerichtet.

Die rothaarige Frau schluchzte und schrie wild auf. Wüste Beschimpfungen prasselten auf Porters nieder. Er starrte sie kalt an. Keiner der anderen regte sich. Kollektive Paralyse. Ihr Gehirn verarbeitete einfach nicht, was geschah. Sie glaubten es nicht. Wollten es nicht glauben.

Leavitt zog die Luke auf der linken Seite nach innen und dann nach oben weg. Gleichzeitig fuhr außen ein perforierter Deflektor aus.

Der Deflektor brach den Luftstrom und reduzierte damit die Windschläge, die die Springer beim Absprung trafen.

Porters nickte in Richtung der offenen Luke. Das dröhnende Geräusch des Luftstroms erfüllte den Laderaum. Plötzlich schrien alle in der Gruppe, aber der Luftstrom verschluckte ihre Schreie, trug sie als Wirbel fort.

Ein Gurt mit Karabinerhaken sicherte Leavitt. Er packte den ihm am nächsten stehenden Mann am Arm und zog ihn heran. Leavitt ließ die Maschinenpistole los, die an einem Gurt vor seinem Bauch baumelte. Mit beiden Händen stieß er den Mann zur Luke.

Mit zwei wuchtigen Stößen in den Rücken war der Mann an der Luke, wo er seine Hände gegen das kalte Metall presste. Seine ganze Körperhaltung war reine Anspannung. Die Arme waren durchgedrückt.

Leavitt trat ihm von hinten in die Kniekehlen. Als der Mann einknickte, gab ihm Leavitt den entscheidenden Stoß in den Rücken. Der Tourist verschwand mit einem Schrei aus der Luke.

Die Schwangere schrie wie irre und robbte auf dem Boden zur Seite. Ihr Mann hielt sie fest, wollte ihr helfen und behinderte sie doch.

Daneben lag immer noch der Mittvierziger, den Leavitt niedergeschlagen hatte. Porters richtete seine Waffe auf diese drei.

An zwei kurzen Schreien erkannte er, dass Leavitt die anderen zwei Frauen gegriffen hatte und aus der Luke stieß.

Dann packte Leavitt den Mann der Schwangeren am Arm. Die beiden hielten sich fest umklammert, strampelten und setzten sich zur Wehr.

Leavitt ließ sie los und packte den Zusammengeschlagenen an den Füßen. Er schleifte ihn zur Luke. Der Kopf des Mannes schlug immer wieder auf den Boden. Dann verschwand auch er. Sein letzter Schrei fetzte im Wind davon.

Porters schwenkte seine Waffe in Richtung der Luke.

Die Schwangere und ihr Mann hockten auf dem Boden und schüttelten die Köpfe.

»Wenn mein Mann zupacken muss, fällt jeder für sich allein. So könnt ihr zusammen springen.« Porters starrte die beiden an.

Das Dröhnen des linken Mantelstromtriebwerkes vermischte sich mit dem Donnern des Luftzuges. Porters war fast taub.

Leavitt bewegte sich auf die beiden zu, doch Porters hielt ihn mit einer Handbewegung auf.

»Los. Geht!«, schrie er.

Die Frau regte sich zuerst. Sie stand auf, stützte sich auf ihren Mann, der zusammenhanglos brabbelte. Die blauen Augen der Schwangeren ließen Porters nicht mehr los.

Ihre Blicke fraßen sich in seine Augen. Porters spürte den Hass, der von dieser Frau ausging, geradezu körperlich.

Sie blieb vor ihm stehen.

Ihr Speichel traf ihn auf der Nase und im linken Auge.

Wütend riss Porters die Waffe hoch, schlug zu.

Die Frau wich aus und sprang zur Luke. Ihren Mann zog sie mit. Sie umarmte ihren Mann und riss ihn mit hinaus. Lautlos verschwanden beide.

Cromwell hielt den russischen Dolmetscher gegen das Wagenblech gedrückt. Die Rufe von Atlasov ignorierte er. Wenn er schon so tief in der Gülle saß, dann wollte er nun endlich wissen, warum.

»Ich werde mal ein wenig nachhelfen!«, knurrte er. »Euer Institut hat etwas mit dem Raketenabwehrprogramm der Vereinigten Staaten zu tun, nicht wahr? Und ihr Russen wollt da mitmachen. Ihr habt einen gemeinsamen Feind. UFOs!«

Er solle reden, schrie Cromwell dann wieder, als Kirow nur ächzte. Atlasov wollte sich zwischen die beiden schieben, aber Fox hielt ihn zurück.

»Wenn Sie wüssten ...« Kirow lachte wild auf und schüttelte den Kopf. Immer heftiger wurde sein Lachen, bis er sich richtig in den Armen von Cromwell schüttelte.

»Klären Sie uns auf«, bat Kristina mit ernster Stimme.

»Sie haben Recht. Warum sollen Sie es nicht wissen?«

Kirow sah zu Atlasov, der wieder den Kopf schüttelte. Es folgte eine kurze kehlige Streiterei zwischen den beiden, dann resignierte Atlasov und stieg in den Wagen.

Die anderen folgten ins Innere. Cromwell fasste kurz seine Vermutungen zusammen und gab damit Kirow einen Ansatz für seinen Bericht.

Die Stimmung hatte sich schlagartig verändert. Kirow strahlte eine innere Ruhe aus, die auch die anderen erfasste. Er schien einen Punkt überwunden zu haben, der sein Gewissen bisher gequält hatte.

»Sie wissen, dass es im November 1985 ein Treffen zwischen Ronald Reagan und Michael Gorbatschow in Genf gegeben hat? Genauer am 19. November.«

Cromwell zuckte mit den Achseln. Die Großen der Welt trafen sich so oft. »Und?«

»Es war der Anfang von dem, was uns heute beschäftigt. In diesem Gespräch legte Ronald Reagan unserem guten und verblüfften Michael Gorbatschow amerikanische Beweise vor, die eindeutig belegten, dass außerirdisches Leben uns immer wieder einen Besuch abstattet. Reagan hatte Bilder der *Apollo*-Flüge dabei, auf denen die Astronauten unbekannte Flugobjekte fotografiert hatten, und außerdem Berichte und Fotos von Flugpiloten, die das Unglaubliche bewiesen.«

Kirow hielt inne und dachte an das Gespräch vor dem lodernden Kaminfeuer. Und er hatte noch ganz andere Sachen dabeigehabt.

»Und für Gorbatschow war das neu?« Cromwell konnte sich nicht vorstellen, dass der Führer der zweiten Weltmacht tatsächlich Neuigkeiten erfahren hatte.

»In Teilen schon«, brummte Kirow. »Gerade, was die amerikanischen Erkenntnisse angeht. Sie müssen sich vorstellen, dass damals bei uns noch viel geheimnisvoller mit diesen Dingen umgegangen wurde als sonst wo auf der Welt. Und wenn in den Vereinigten Staaten diese Tatsache seit Ewigkeiten geleugnet wurde, wie wird das wohl in der Sowjetunion ausgesehen haben?«

»Aber Gorbatschow war wohl kaum der erste sowjetische Staatspräsident, der mit solchen Tatsachen konfrontiert wurde, oder? Und da musste doch auch nicht erst ein Reagan kommen, um ihm die Augen zu öffnen.«

»Beileibe nicht.« Kirow grinste. »Aber viele davor haben die Augen verschlossen. Die Initiative ergriffen hat schließlich der KGB. Jurij W. Andropow, der langjährige KGB-Chef, war nur zu genau über die Erkenntnisse der Russen wie auch der Amerikaner informiert. Andropow kannte alle Geheimnisse.«

Kirow erzählte, Andropow sei auf russischer Seite derjenige gewesen, der ebenso wie Kennedy erkannt habe, dass etwas geschehen müsse. »Wobei ich nicht weiß, ob diese Entscheidung auf den Erkenntnissen eigener Überlegungen beruhte oder eine Nachahmung war, weil Kennedy auch gehandelt hatte.« Kirow legte eine kleine Pause ein, dann sprach er weiter. »Jedenfalls leitete Andropow Ende der Siebzigerjahre mit seinen Analysen über den Mitleid erregenden Zustand der Sowjetunion die Wende ein, die Gorbatschow vollzog. Gorbatschow wurde von Andropow gefördert. Von anderen einflussreichen Leuten auch, aber ganz besonders von Andropow, der ihn für seine Politik einspannte.«

»Es reicht«, sagte Atlasov.

Kirow warf ihm einen geringschätzigen Blick zu.

»Heute verbietet mir keiner mehr den Mund. Der andere Förderer war Suslow, der Chefideologe der KPdSU. Während Suslow das Überleben des Kommunismus im Auge hatte, war Andropow daran interessiert, das russische Volk überleben zu lassen. Sagt man jedenfalls.«

Cromwell schüttelte verständnislos den Kopf. Er kannte zu wenig von den Zusammenhängen, auf die Kirow immer wieder zurückgriff.

»Stellen Sie sich vor, Sie wissen, dass da draußen etwas ist, das irgendwann einmal zu einer Bedrohung werden kann. Sie haben zwei starke Mächte, die aber gegeneinander arbeiten. Was tun Sie? Sie arbeiten erst einmal im Stillen und lassen einen natürlichen Prozess in Gang kommen, an dessen Ende die Annäherung steht.«

»Sie wollen sagen, die Perestroika sei von Andropow eingeleitet worden?«

»Als Beginn der Veränderungen. Ja. Von wem sonst? Gorbatschow hat diese Ideen der Veränderungen aufgenommen, fortgesetzt, umgesetzt. Warum wohl?«

»Sie wollen sagen, das Gespräch in Genf war der Auslöser bei Gorbatschow, die Perestroika in Gang zu setzen, den Kalten Krieg zu beenden?«

»Nein. Es ging um etwas ganz anderes. Um die gemeinsame Bedrohung, die beide Weltmächte betrifft. Perestroika war die Veränderung in Russland, die kommen musste. Richtig. Das System sollte aber nicht verändert werden. Es sollte neu ausgerichtet werden. Die Sowjetunion konnte die Last des Wettrüstens nicht mehr tragen. Und das zu einem Zeitpunkt, wo eine viel größere Bedrohung anstand. Zwei gute Gründe, um das wahre Ziel zu verschleiern. Ziegler hat Ihnen doch, wie Sie selbst sagten, von den seltsamen Vorkommnissen in Russland berichtet.«

Cromwell sah Ziegler vor sich, wie er hinter seinem Tisch saß, unerklärliche Phänomene aus Russland erläuterte und die Probleme mit den russischen Raumsonden schilderte.

»Voraussetzung war jedoch eine grundsätzlich andere Haltung in der Außenpolitik. Natürlich. Schließlich konnten die beiden Weltmächte nicht von heute auf morgen so tun, als seien ihre Gegensätze nicht länger existent. Die Annäherung musste schrittweise erfolgen.

Aber beides passte hervorragend zusammen, um den wahren Grund zu übertünchen: der Gefahr gemeinsam zu begegnen.«

Kirow lebte regelrecht auf.

»Hinterher haben sie sich jedenfalls hervorragend verstanden. Auch wenn sie vorher noch verbal übereinander herfielen. Reagan sagte einmal zu diesem Sinneswandel, der ja nun wirklich äußerst auffällig war, gemeinsam sei die Gefahr, die allen Ländern auf der Erde aus dem Weltraum drohe.«

Cromwell schüttelte zweifelnd den Kopf. Kirow beobachtete ihn, lächelte verschmitzt.

»Ziegler hat es doch angedeutet, oder? Dieser Ziegler liegt dicht dran. Warum haben Reagan und später auch Gorbatschow immer wieder in ihren Reden auf fremde Wesen hingewiesen, warum hat sich die UNO dem Thema gewidmet, warum sind Richtlinien erlassen worden? Warum wohl? Einfach so? Um sich lächerlich zu machen, wenn der Präsident einer Weltmacht von Außerirdischen spricht? Meinen Sie, die hätten nicht gewusst, was sie sagten? Meinen Sie etwa, ein Ronald Reagan, der als ehemaliger Schauspieler seine Texte genau kannte und wusste, was man wann und wie zu sagen hatte, hätte nicht eine Horde von Beratern um sich gehabt? Es gab wirtschaftliche Gründe, ja, die waren dramatisch genug, den Kalten Krieg zu beenden. Aber es gab einen viel wichtigeren Grund. Sie kennen ihn!«

Cromwell kam nicht mehr mit. Er schüttelte immer wieder den Kopf und hob die Hände.

»Halt, halt! Was Sie erzählen, wirft ja tausend neue Fragen auf. Was haben sich Reagan und Gorbatschow erzählt?«

»Das Gespräch der beiden fand am 19. November 1985 statt. Unter vier Augen. Und es dauerte fünf Stunden.« Kirow hielt kurz inne. »Fünf Stunden, verstehen Sie. Unter vier Augen!«

Kirow konnte sich noch genau erinnern. Weil es so überraschend gelaufen war. Am ersten Tag hatten sich beide in ihrem ersten Gespräch über SDI gestritten, und Gorbatschow hatte den amerikanischen Präsidenten danach als Höhlenmenschen qualifiziert.

»In den Konferenzen mit den Delegationen prügelt man sich, um dann unter vier Augen alles an Problemen beiseite zu räumen. Was glauben Sie, veranlasst einen Gorbatschow, zwei Monate später, im Januar '86, ein Angebot zu unterbreiten, alle Atomwaffen bis zum Jahr 2000 zu vernichten? Obwohl Reagan bei SDI keinen Zentimeter nachgegeben hatte!«

Kirow lachte. Cromwell blickte verwundert zu Kristina, dann zu Atlasov. Der Russe sah seinen Landsmann Kirow kopfschüttelnd an.

»Und was sagte Reagan am 4. Dezember 1985 in Fallston in Maryland?« Kirow machte eine kleine Pause, konzentrierte sich. Dann hob er die Stimme, versuchte Reagans Kopfhaltung nachzuahmen und sprach weiter: *»Bedenken Sie, wie einfach unsere Aufgabe wäre, wenn unsere Welt plötzlich von Wesen bedroht würde, die von einem anderen Planeten im Weltall kom-*

men. Wir würden all die kleinen Differenzen, die zwischen unseren Ländern bestehen, vergessen, und wir würden erkennen, dass wir alle auf dieser Erde Menschen sind.«

»Was wollen Sie damit sagen?« Cromwell spürte ein Ziehen in der Magengegend.

»*Wenn es die Erde mit einer Invasion Außerirdischer zu tun bekäme, würden die Vereinigten Staaten und die Sowjetunion ihre Streitkräfte vereinigen, um gemeinsam eine solche Invasion abzuwehren.* Wissen Sie, wer das sagte?« Kirow legte eine Kunstpause ein.

»Gorbatschow. Und Reagan schnitt das Thema sogar vor der Generalversammlung der Vereinten Nationen am 21. September 1987 an. Dort sagte er: *Vielleicht bedarf es einer allgemeinen Gefahr von außen, um diese Gemeinsamkeit zu erkennen. Ich denke manchmal, wie schnell unsere Differenzen verschwinden würden, wenn wir einer Drohung von Fremden, die außerhalb unserer Welt leben, gegenüberstünden.*«

»Ich glaube es nicht«, sagte Cromwell.

»Ich auch nicht.« Kristina schüttelte den Kopf. »Und doch … wenn ich an Ziegler denke …«

Kirow sah unwirsch in die Runde, bis sich alle wieder auf ihn konzentrierten.

»Mal ganz abgesehen davon, dass am 17. Juni 1987 eine UFO-Konferenz der UNO mit Astronauten und Wissenschaftlern stattfand. Und dann fragte Reagan bei einem Mittagessen im Weißen Haus am 5. September 1987 den russischen Außenminister, ob bei einer Bedrohung aus dem Weltall die Russen mit den Amerikanern wirklich gemeinsame Sache machen würden. Und Schewardnadse antwortete: *Ja, unbedingt.* Danach ging Reagan das Thema bei einer Versammlung im Mai 1988 mit Mitgliedern des Nationalen Strategieforums nochmals an. *Was würde wohl geschehen, wenn wir alle auf der Erde erfahren sollten, dass wir von außen bedroht werden, von einer Macht im Weltraum, von einem anderen Planeten?*, fragte er die Anwesenden.«

Alle schwiegen. Minutenlang.

Dann räusperte sich Cromwell.

»Der Grund, Kirow. Ich brauche den Grund!«

»Sind das nicht Gründe genug?«

»Nicht wirklich, nein. Russland hatte angeblich Begegnungen mit UFOs, die Staaten auch. Schon vor dem Gespräch. Beide Präsidenten haben davon gewusst. Aber man hat nie darüber geredet. Plötzlich kommt es zu dieser intensiven Zusammenarbeit. Im Kalten Krieg. Trotz SDI. Es muss einen Grund geben!«

Auch die anderen hingen nun gebannt an Kirows Lippen. Der zögerte. Offensichtlich hatte er Bedenken, das letzte Geheimnis zu enthüllen.

»Fahren Sie nach Las Vegas, und treffen Sie Louise Shealy«, sagte er schließlich.

Cromwell sah verwirrt in die Runde. Atlasov schien deutlich erleichtert.

»Kennen Sie die Frau?«

»Nein.«

»Was hat sie dann damit zu tun?«

»Sie weiß alles«, sagte Kirow leise.

»Und was wissen Sie? Und woher?«

Kirow sah gequält in die Runde.

»Begreifen Sie denn nicht?«

»Nein!« Cromwell schüttelte heftig den Kopf.

»Was kann Reagan mitgebracht haben? Was wohl? Was kann solch einschneidende Umwälzungen verursachen? Warum sind beide Staatschefs auf einmal bereit, gemeinsam eine Abwehr zu organisieren? Was?«

»Das Datum«, sagte Cromwell plötzlich.

»Das Datum«, sagte Kirow nach einer Weile leise. »Genau. Das Datum. Reagan brachte das Datum mit. Wann sie kommen. Verstehen Sie? Sie kommen! Das Datum ist bekannt.«

Kapitel 25

Samstag, 17. Juni 2000

Der Nationale Sicherheitsberater überlegte lange, bevor er sich entschied, die Ergebnisse dem Präsidenten vorzutragen. Er wusste, es war ein Risiko, als er zu nächtlicher Stunde mit der ganzen Geheimdienst-Kavallerie bei ihm aufmarschierte. Der Präsident konnte so spät unausstehlich sein.

Bill Clinton sah tatsächlich genervt auf, als Sandy Berger mit den Leuten ins Oval Office marschierte, und blieb an seinem Schreibtisch sitzen. Der Tisch war ein Geschenk aus dem Jahr 1880 der Königin Viktoria an Präsident Rutherford B. Hayes. Mit seiner satten rotbraunen Farbe bildete er einen kräftigen Kontrapunkt zu dem tiefblauen Teppichboden mit dem eingewobenen Präsidentensiegel.

»Macht es kurz«, knurrte Clinton und sah auf die Uhr. »Es ist nach Mitternacht.«

Berger setzte sich auf einen Stuhl links neben dem Präsidentenschreibtisch, CIA-Chef Warrenton zog sich den Stuhl an der anderen Seite heran.

Die anderen drei verteilten sich in der Sitzgruppe. Mark Stuart saß zwischen Lieutenant General Michael v. Hayden, dem Chef der NSA, und Nathan Turner, dem Sicherheitschef der NASA.

»Die Russen weichen im Augenblick von der Linie ab, die wir in Moskau festgelegt haben. Die Töne werden wieder härter, was die Zustimmung zum Raketenabwehrprogramm angeht.«

Berger fasste kurz die seit Tagen eingehenden Meldungen zusammen.

»Das war zu erwarten. Das Treffen mit den Chinesen. Putin balanciert doch auch auf zwei Stämmen im Wasser. Bis jetzt hat er nicht einmal seine Armeereform durch.«

»Eben. Und in diesem Zusammenhang machen uns die Vorgänge um General Wiggins und Lewis von der NSA große Sorgen.«

»Haben Sie Neuigkeiten?«

Berger sah zu Warrenton.

»Es gibt Ungereimtheiten und Ärger«, begann der CIA-Chef. »Diese unselige Explosion in Zürich kocht hoch. Ein paar Schnüffler haben Wind von dem Friedensinstitut mit den Russen gekriegt und fangen an zu wühlen.«

»Wie das?«

»Man hat sie drauf gestoßen.«

Clinton fluchte. Die ganze Presselandschaft würde ihr Augenmerk auf den Bombenanschlag richten, bei dem amerikanische Staatsbürger umgekommen waren. Dann würde die Frage folgen, warum Amerikaner und Russen ein gemeinsames Friedensinstitut unterhielten, das außerdem unter strengster Geheimhaltung arbeitete. Es roch nach einer Menge Ärger.

»Unsere Verluste dort sind noch deutlich höher als zunächst gemeldet. Inzwischen haben wir auf dem Gehöft, das wir als Logistikbasis unterhalten, weitere Leichen gefunden. Und auf der Zufahrt zu dem Gehöft die Leichen eines CIA-Teams, das von uns geschickt war.«

Noch bevor der Präsident wütend lospoltern konnte, mischte sich auf einen Blick des Sicherheitsberaters Nat Turner ein, der NASA-Sicherheitschef.

Turner ratterte los wie ein Maschinengewehr. Er berichtete von Fox' Anrufen, seiner Frage nach Wiggins, von dem Brief für den Präsidenten und der Festnahme von zwei Personen aus Berlin, die offensichtlich in den Tod von General Wiggins verstrickt waren.

»Wir haben daraufhin ein Team losgeschickt, alle einzusammeln.« Warrenton übernahm wieder den Bericht. »Aber das Team ist nie angekommen. Dafür haben wir Leichen auf dem Gehöft gefunden. Söldnertruppe. Einer dieser Leute war ein Oberst Izzard, früher bei den Green Barrets. Ein freier Killer, von jedem zu kaufen.«

»Wir wissen also nicht, was da vor sich geht.« Clinton lachte bissig auf, als sehe er seine Vorurteile wieder einmal bestätigt.

»Wir haben versucht, mit dem Sicherheitschef Kontakt aufzunehmen«, sagte Nat Turner.

»Und der will von Ihnen nichts mehr wissen.« Der Präsident begriff sofort, worauf das Ganze hinauslief. »Ich würde wahrscheinlich genauso handeln. Da ruft man seine Basis an, und dann tauchen ein paar Killer auf. Kein Wunder.«

»Irgendwo zwischendrin ist ein Leck«, sagte Warrenton in die Stille hinein, die Clintons Antwort gefolgt war. »Fox' Telefonate müssen abgehört worden sein.«

»Die Russen?«

»Kaum«, sagte Mark Stuart spontan. »Die haben doch auch Leute verloren. Bei der Explosion im Institut sind einige ihrer führenden Wissenschaftler getötet worden.«

»Das hat die noch nie gekümmert«, knurrte Warrenton. »Jedenfalls sind die in der Lage, genauso wie wir alles abzuhören, was an Nachrichten durch die Gegend schwirrt. Seit die NSA in der Ukraine die Abhörstation der FAPSI gelegentlich mitnutzt, wissen wir das mit Sicherheit.«

Stuart beugte sich zu General Hayden, der ihm leise erklärte, dass FAPSI für »Förderale Agentur für Regierungsfernmeldewesen und Information beim Präsidenten der Russischen Förderation« stehe und das Gegenstück zur NSA sei. Hervorgegangen aus der Auflösung des KGB 1992, war dieser Geheimdienst dem präsidialen Geheimdienst angegliedert worden, den Boris Jelzin 1993 nach dem Putschversuch gegründet hatte, um ein Gegenstück zu den Diensten zu schaffen, in denen die alten KGB-Kader noch das Sagen hatten. Damit hatte sich Jelzin eine neue Basis der Informationsgewinnung geschaffen.

»Außerdem haben sie in Berlin-Karlshorst ein Gebäude total modernisiert, abgeschottet und mit neuester Abhörtechnik ausgerüstet, die in Deutschland eingekauft wurde. Vom FAPSI-Chef Starowojtow persönlich.« General Hayden sprach mit ruhiger Stimme und wirkte nachdenklich, als wäre das alles ein vollkommen neuer Gedanke. »Dazu haben sie noch ihre Abhörstationen in Vilnius, in Moskau und auf der Krim. Technisch also denkbar.«

»Aber nützt dieser barbarische Akt den Russen?«, fragte Mark Stuart und sah zu Berger, der ihn interessiert beobachtete. Stuart schien es, als warte Berger ab, ob der junge Leopard den beiden alten Löwen Widerstand leisten könne. »Draußen im Vorraum haben Sie gesagt, der Umschlag an den Präsidenten sei von General Wiggins unmittelbar vor seiner Abreise nach Berlin an diesen russischen Wissenschaftler übergeben worden. Da besteht doch erstens ein Zusammenhang zu seinem Tod, und zweitens will offensichtlich jemand nicht, dass der Umschlag den Präsidenten erreicht. Was wird drinstehen? Wohl etwas, das mit dem zu tun hatte, woran General Wiggins zuletzt arbeitete.«

»Damit sind Sie wieder bei der Annahme, dass General Wiggins getötet wurde«, mischte sich der Präsident ein.

»Wenn es geschickt gemacht wurde ...«

»Ich glaube nicht, dass es die Russen waren«, sagte der Sicherheitsberater und beugte sich in seinem Stuhl weit nach vorn. »Ich sehe keinen Grund. Aber vielleicht sollten wir einmal hören, was wir sonst noch an Seltsamem zu bieten haben.«

»Einen Augenblick.« Der Präsident sah Nat Turner direkt an. »Das Institut ist bei der NASA angehängt, kümmert sich um die interdisziplinären Forschungen auf unserem Spezialgebiet. Richtig? War dieser Fox, Ihr Sicherheitsmann, ein fähiger Mann?«

»Absolut. Aber er ist misstrauisch. Er ist abgetaucht, legt auf, wenn wir ihn anrufen. Wir haben versucht, es ihm zu erklären, aber bisher vergeblich. Er traut uns nicht mehr.«

»Haben Sie die Nummer?«

Nat Turner sah den Präsidenten verwirrt an.

»Ob Sie die Nummer haben? Ich will ihn anrufen.«

Es dauerte fünf Minuten, bis Nat Turner in der Sicherheitszentrale der NASA angerufen hatte und die Nummer bekam.

Clinton wählte. Alle warteten gespannt, doch dann legte der Präsident den Hörer wieder auf.

»Er hat sein Handy abgeschaltet.«

Tyler Williams war Wissenschaftler. Und er war von der Richtigkeit seiner Ziele und seines Handelns vollkommen überzeugt. Wo Kollegen mit Zweifeln kämpften, ob das, was man als Wissenschaftler alles tun konnte, auch tun sollte, gab es für Williams keine Gewissensfragen.

Für ihn musste die Menschheit voranstreben, der einen Erkenntnis die nächste hinzufügen. Stehen bleiben bedeutete für ihn bereits einen Rückschritt. In seinem Team war niemand, der auch nur die leisesten Bedenken vorbringen würde, dass das, was sie vorhatten, falsch sei.

Einzig in Louise Shealy schien er sich getäuscht zu haben. Obwohl auch für sie dies hier die wissenschaftliche Krönung ihres Lebens sein musste, war sie nicht hier.

Das Raumschiff stand direkt vor ihm in dem riesigen unterirdischen Hangar unter den vulkanischen Berggipfeln der Papoose Mountain Range. Es wirkte verloren in dem gut zweihundert mal zweihundert Meter großen unterirdischen Gefängnis.

An den Seiten des Hangars begrenzten zentimeterdicke Panzerglasscheiben den Raum. Dahinter lagen die Büros und Labors der Wissenschaftler.

Falls erforderlich, konnte dem Raum die Luft entzogen werden. Riesige Rohre standen bereit, tödliche Gasverbindungen in den Hangar zu blasen.

Hinter den Panzerglasscheiben bereiteten die Wissenschaftler der unterschiedlichsten Gebiete ihre Tests vor. Sie bereiteten vor, dachte Williams frustriert. Immer noch. Weil sie einfach nicht von der Stelle kamen.

Vernon Porters und Cushing neben ihm nervten. Sie drängelten. Beider Haltung zeigte die ungeduldige Anspannung, unter der alle standen. Und immer wieder sahen sie auf ihn, den wissenschaftlichen Leiter Tyler Williams.

Cushing ging es direkt an, wie es seine Art war.

»Bisher haben Sie sich als Versager produziert, Tyler. Die nächste Runde Spendengelder für Ihr Institut hängt an dem sprichwörtlichen seidenen Faden. Und ich habe die Schere schon in der Hand.«

In den dunklen Augen von Vernon Porters glitzerten diese Lichtreflexe, die erfahrungsgemäß nichts Gutes verhießen. Tyler Williams schwitzte trotz der Klimaanlage.

»Mittlerweile will ich nicht mehr ausschließen, dass es eine Drohne ist«, sagte Williams lahm, um wenigstens etwas zu entgegnen.

»So groß? Niemals.« Porters schüttelte nicht einmal den Kopf. Seine Stimme triefte vor Verachtung. »Die Drohnen, die wir als Spezies Mensch erproben, sind ja schon kleiner. Williams, Sie wissen doch ganz genau, dass wir längst unbemannte Aufklärungsdrohnen haben, die die Größe eines Modellbauflugzeuges nicht überschreiten und hunderte von Kilometern fliegen. Noch dazu voll gepackt mit elektronischer Aufklärungstechnik. Das da ist zu groß für eine Drohne.«

»Woher wollen Sie das wissen? Vielleicht besteht das Ding aus neunzig Prozent Antrieb und ein paar Messinstrumenten. Niemand weiß es.«

»Eben. Darum sollen Sie es ja auch aufmachen.« Mit raumgreifenden Schritten durchquerte Porters den vorderen Teil des Hangars.

Das silbrige Raumschiff stand auf einem Sockel aus Titan. Wie ein überdimensionierter Götze, der auf seine Jünger wartete.

Es war umstellt mit fahrbaren Gerüsten, die es den Wissenschaftlern erlaubten, von allen Seiten und von oben an die Außenhülle zu gelangen.

Ringsherum standen die neuesten Hochenergielaser. Einige dienten wissenschaftlichen Zwecken, andere waren Waffen gegen das Unbekannte. An jedem der Laser standen jederzeit zwei Bedienungstrupps, um im Ernstfall eingreifen zu können.

Aber bisher gab es nichts außer Stillstand. Das silbrige Raumschiff stand vor ihnen und gab die Geheimnisse nicht preis.

Sie hatten es gewaschen und den Dreck aufgefangen, um ihn zu untersuchen. Sie hatten es vermessen. Dann hatten sich die Materialexperten an ihre Aufgabe gemacht.

Zunächst versuchten sie es mit Drucktests, dann wollten sie die Legierung analysieren. Sie verwendeten Säure, Hitze, Kälte, Laser, später dann einen Hammer und eine einfache Metallfeile. Nicht einen Partikel lösten sie ab.

Nichts. Die Außenhaut war so widerstandsfähig wie sonst nichts.

Sie versuchten es mit Signalen. Auf den verschiedensten Frequenzbereichen schickten sie Wellen los. Radar, Radio, das ganze Wellenspektrum.

Sie konnten nicht einmal feststellen, ob die Wellen zurückgeworfen oder verschluckt wurden. Die Skalen ihrer Überwachungsgeräte blieben einfach stumm.

Mit Hochleistungskameras, Scannern und zuletzt mit starken Lampen überprüften sie jeden Quadratzentimeter bei der Suche nach einer Öffnung, einer Ritze, die so etwas wie einen Ausstieg andeutete.

Sie kletterten über die Gerüste, krochen unter die Maschine.

Sie hatten ein fremdes Raumschiff in ihrem hochgeheimen Hangar. Das war die Tatsache, die sie bis jetzt wissenschaftlich exakt genau bestätigen konnten. Mehr nicht.

Williams fluchte laut.

Einige Wissenschaftler in seiner Nähe drehten sich um.

»Schon gut!«, brüllte Williams wütend.

Quest trat zu Cushing und tuschelte mit dem Milliardär.

Tyler Williams mochte diesen Kerl nicht, der da in einem gewöhnlichen Straßenanzug daherkam und sich einen Dreck um die Quarantänevorschriften kümmerte, die alle seine Wissenschaftler peinlichst beachteten. Und wenn er diesen Schleier über den Augen sah, wurde Williams jedes Mal unruhig. Cushings Sicherheitschef war gefährlicher als zehn Klapperschlangen.

»Sie haben ein Problem, nicht wahr, Mr. Williams?«, sagte Quest mit gelassener Stimme.

»Ich habe kein Problem!«, giftete Williams zurück. »Ich suche lediglich noch nach der Lösung.« Er sah Cushing unsicher an. Sie mussten es längst bemerkt haben. »Aber mir fehlt einer meiner Wissenschaftler.«

»Wer?«

»Louise Shealy.«

»Wieso?« Quest sah Williams vollkommen überrascht an. Ihm lag keine Meldung vor. Er hätte auch niemandem gestattet, das Gelände zu verlassen. Nicht jetzt.

»Wieso?« Williams äffte Cushings Sicherheitschef nach. »Ich habe ihr erlaubt, noch einmal nach Hause zu fliegen, weil sie mit ihrem Krebs zu kämpfen hat und ihr die notwendigen Medikamente für eine so lange Zeit der Abschottung gefehlt haben.«

»Die hätten wir ihr besorgt. Das ist ein Verstoß gegen die Sicherheitsvorschriften.«

»Das weiß ich auch. Aber nun ist es zu spät. Ich habe mit ihr telefoniert. Sie sagt, sie liegt mit Schmerzen zu Hause und wird erst in ein paar Tagen kommen.«

»Und was soll ich nun tun?«

Mit einem Schlag war das Gesicht von Quest eine grausame Maske. Sein wahres Gesicht, dachte Williams, der eine leichte Gänsehaut auf den Unterarmen spürte.

»Ich wollte es Ihnen nur sagen.«

»So.« Quest ließ den Augenkontakt nicht abbrechen. »Aber Sie haben es bis jetzt verschwiegen.«

Williams sah weg, weil er den Blick einfach nicht mehr aushielt. Seine Augen schweiften über den Hangar.

»Das ist ein schwer wiegender Verstoß.«

»Ihr Boss hat mir schon genug gedroht«, entgegnete Williams gereizt und sah kurz zu Cushing, der mittlerweile mit einem der anderen Wissenschaftler sprach. Williams registrierte sehr genau, dass es Cooper Johnson war, sein Stellvertreter. Er nahm sich vor aufzupassen. Möglicherweise musste er Johnson rechtzeitig abschießen.

»Viel wichtiger ist, dass Shealy hier ist, falls ich sie brauche.«

»Wie kann das sein? Sie haben immer wieder gesagt, sie sei überflüssig.«

»Ach, leck mich doch!«, brüllte Williams und stapfte los. Er ging die Rampe in den Hangar hinunter und marschierte wütend auf das silbrig glänzende Raumschiff zu. Dabei wanderten seine Blicke über die arbeitenden Wissenschaftler. Dreimal hielt er an. Dreimal gab es vernichtende Kritik. Tyler Williams' Nerven wurden immer dünner.

Nach einer kleinen Pause gab Sandy Berger General Hayden ein Zeichen, der einen Kassettenrecorder aus der Tasche holte.

»Das haben wir über Echolon herausgefiltert. Wir haben vor einigen Tagen General Wiggins' Namen und ein paar weitere Stichworte neu in die Überwachung eingegeben.«

General Hayden drückte die Starttaste. Eine Frauenstimme war zu hören. Aufgeregt, nervös, überreizt. Die Frau weinte.

Ihr Schluchzen unterbrach immer wieder den Redefluss. Die andere Stimme war ruhig, konzentriert.

»Die eine Frau ist älter, weiße Hautfarbe, lebt in den Staaten. Irgendwo im Südwesten, dem Klang der Stimme nach.« Hayden hatte den Recorder wieder ausgeschaltet. »Die andere Frau stammt dem Idiom nach aus Europa, Deutschland, spricht aber sehr gut Amerikanisch. Vielleicht war sie mal längere Zeit hier. Ihre Herkunft wird durch ihre Geschichte bestätigt.«

Als Hayden nicht sofort weitersprach, hüstelte der Sicherheitsberater vernehmlich. Er wollte keinen Krimi mit Spannungsbogen, sondern die Fakten.

Stuart fand es faszinierend, die Ergebnisse des geheimen Abhörverfahrens der NSA so hautnah miterleben zu können. Bisher hatte er immer nur redigierte Protokolle von abgehörten Gesprächen auf den Tisch bekommen, aus denen nicht zu erkennen war, wer da sprach. Schließlich war das für seine politischen Analysen auch nicht wichtig.

Die NSA war dem Nationalen Sicherheitsberater direkt unterstellt. Von den Milliarden von Nachrichten, die über die verschiedenen Stationen abgehört wurden, kamen letztlich etwa fünfzig auf den Tisch des Nationalen Sicherheitsberaters.

Vorher wurden die Nachrichten von Programmen auf bestimmte Schlüsselwörter gefiltert. Diese gefilterten Nachrichten wurden von den Analysten gecheckt, und wieder nur ein Bruchteil wurde schriftlich kommentiert und weitergegeben.

Stuart erinnerte sich, dass Clinton selbst in seiner ersten Amtsperiode die Aufrüstung der Abhöraktivitäten forciert hatte, ausdrücklich mit dem Ziel, Wirtschaftsspionage zu betreiben und amerikanische Firmen gegen die Konkurrenz zu unterstützen.

Die NSA hörte praktisch alle Kommunikationssatelliten im Orbit ab, unterhielt eigene Spionagesatelliten des Typs KH-11 und LaCrosse-Radarsatelliten für Spionagefotos und war spezialisiert auf Mobilfunküberwachung. Die Bündelung der Datenübertragung über zentrale Knotenpunkte in der Welt erleichterte mittlerweile das Abhören von Nachrichten, die über Glasfaserkabel liefen. Da lag zeitweilig die große Schwäche der NSA.

Schuld war der in den letzten Jahren einsetzende Boom bei den Glasfaserkabeln. Die neuen Übersee- und Überlandleitungen lagen im Terrabitbereich pro Sekunde und konnten Milliarden von Datenpaketen übermitteln. Plötzlich gab es eine kostengünstige Alternative zur Satellitenkommunikation. Die NSA war nicht schnell genug in der Lage, sich auf diese Veränderungen einzustellen. Eine riesige Kraftanstrengung folgte, die immer noch lief.

Stuart sah zu General Hayden. Wenn er sich richtig erinnerte, war dies mit einer der Gründe für die Ablösung von Haydens Vorgänger.

»Die Frau berichtet von einer CD-ROM, die bei General Wiggins gefunden und dann von ihr decodiert wurde. Für einen Reporter. Cromwell soll der heißen. Sie kenne den Inhalt nicht, aber sie sei mehrfach nur knapp der Ermordung entgangen, und die Polizei suche sie. Mit diesem Cromwell sei sie während ihrer Flucht auf das Institut in Zürich gestoßen. Das sei kurz darauf praktisch mit allen Mitarbeitern ausgelöscht worden, und nun sei man wieder auf der Flucht, ohne jede Hoffnung, was zu tun sei.«

Stuart starrte auf das Kassettendeck. Die Hilflosigkeit in der Stimme der jungen Frau nahm ihn mit. Ihre Verzweiflung hing wie ein Hilfeschrei im Raum.

»Die junge Frau schildert sehr facettenreich das, was meine Leute aus Berlin bestätigen«, mischte sich der CIA-Chef ein. »Einiges ist neu. Da gibt es jemanden, der will die CD-ROM haben und alle vernichten, die darüber Bescheid wissen.«

»Was ist auf der CD-ROM drauf, und wer soll das sein?«, schoss Clinton seine nächste Frage ab.

»Das wissen wir nicht«, antwortete der CIA-Chef wieder.

»Also wissen wir gar nichts.« Clinton stand auf, trat hinter seinen Stuhl und stützte sich mit den Händen auf der Rückenlehne ab. Er sah abwartend in die Runde, als gebe es da noch jemanden, der ihm nicht zuhörte. Als er redete, war seine Stimme gefährlich leise. »Wir haben verzweifelte Menschen, einen Umschlag für den Präsidenten, der ihn nicht erreicht, eine CD-ROM mit unbekanntem Inhalt und einen toten General, dessen Tod immer seltsamer wird. Mal abgesehen von der Leiche Ihres Stellvertreters Lewis, General Hayden.«

Clinton schüttelte den Kopf.

»Es kann nur mit dem einen Thema zu tun haben. Ich meine, die Vernichtung des Züricher Instituts weist eindeutig in die Richtung.« Der Sicherheitsberater sprach langsam und überlegt. »Es scheint mir ein klassisches Ablenkungsmanöver zu sein. So würde ich es jedenfalls machen. Alles konzentriert sich darauf. Wir kennen unseren Gegner. Wir wissen doch, wer dahinter steckt. Auch wenn der Name nirgendwo auftaucht.«

»Wir haben außerdem mehr«, entgegnete Hayden trocken. »Zum Schluss verabreden sich die beiden Frauen, nachdem eine männliche Stimme die Angaben der jungen Frau bestätigt. Übrigens ein Russe aus dem Institut, der General Wiggins sehr gut kannte.«

»Sie verabreden sich?« Der Präsident runzelte die Stirn.

»Ja, Sir. Die ältere Dame sagt, die anderen sollen zu ihr kommen, denn sie könne das Puzzle vervollständigen.«

»Wohin?«, brüllte der Präsident plötzlich los. Sein Gesicht lief rot an, und die Augen tränten vor Übermüdung. Er wollte ins Bett.

»Las Vegas«, mischte sich Warrenton ein. »Die ältere Frau hat eine Telefonnummer hinterlassen. Außerdem kennen wir ihren Namen. Die Frau in Las Vegas ist Louise Shealy.«

»Muss ich die kennen?«, fragte Clinton böse, weil Warrenton den Namen sehr bedeutungsvoll aussprach.

»Es ist *die* Louise Shealy«, sagte der Nationale Sicherheitsberater.

Es dauerte einen Moment, dann huschte die Erkenntnis über das Gesicht des Präsidenten.

»Die gibt es noch? Die muss doch schon steinalt sein.«

»Sie ist noch dabei«, mischte sich Warrenton wieder ein. »Wir haben das überprüft. Und wenn sie das Puzzle vervollständigen kann, dann bedeutet das nur eines.«

Der Präsident sprach es aus. »General Porters und seine Horde steckt dahinter. Wir sind im brisanten Teil der Show, nicht wahr?«

Kapitel 26

Sonntag, 18. Juni 2000

Cromwell verglich Las Vegas im Stillen mit einer Frau. Tagsüber im Alltagskleid, in der Nacht die Ballgarderobe.

Die Stadt transportierte bei Tag nichts von dem Flair, das sie in der Dunkelheit ausstrahlte, wenn ein wahres Lichtermeer in allen Farben die größte städtische Illusion aufbaute, die es weltweit gab.

Bereits im Flughafen stießen sie überall auf die einarmigen Banditen, die den Spielern das Geld aus den Taschen ziehen. Die Hitze war ein Schock und der warme Wind eine laue Dusche.

Fox und Cromwell betrachteten die Frage nach der Unterkunft aus taktischer Sicht. Maximale Bewegungsfreiheit. Das bedeutete ein Auto in unmittelbarer Nähe.

Sie einigten sich auf das Motel 6 an der Tropicana Avenue. Es lag fußläufig zum Strip praktisch direkt hinter dem Flughafengelände und nahe am MGM Grand Hotel Casino. Das Motel entsprach genau ihren Vorstellungen. Der Wagen konnte direkt vor dem Zimmer geparkt werden.

Cromwell und Kristina bezogen ein Zimmer, Fox und Sergeant Miller drei Türen weiter das andere.

Die Russen hatten sich tatsächlich am Bahnhof von Chur von ihnen getrennt. Fox hatte die anderen über die grüne Grenze nach Italien geführt. Sie waren weiter nach Rom gefahren, wo Fox mit einem Teil von Cromwells Reisekasse neue Pässe und die Flugtickets über New York nach Las Vegas besorgt hatte. Dazu hatte er sich seines eigenen Verbindungsmannes bedient. Zwar gab es eine offizielle Fluchtroute über Rom für den Fall der Fälle, aber der vertraute Fox nicht länger. Er hatte sich eines Mannes bedient, den er beim Einrichten der offiziellen Fluchtroute zusätzlich angeworben hatte und von dem nur er selbst wusste. Der Mann war teuer, schnell und effizient, hatte die Fotos gemacht, keine Fragen gestellt und war bereits nach kurzer Zeit mit den Papieren aufgetaucht. Zudem hatte er sie auch mit Reisetaschen und etwas Kleidung versorgt.

So hatten sie die Kontrollen auf dem Flughafen Leonardo da Vinci ohne Probleme passiert und waren am Samstagnachmittag in Las Vegas auf dem McCarran Airport gelandet.

Abends zogen Fox und Miller los, während Cromwell und Kristina im Motel blieben.

»Waffen«, sagte Fox lakonisch, als Cromwell wissen wollte, was sie vorhätten.

Mittlerweile erfasste ihn eine besondere Art der Gelassenheit, was seine eigene Situation betraf. Die Nervosität und Panik, die ihn anfangs immer wieder erfasst hatten, waren dahin. In wenigen Tagen hatte sich sein ganzes Leben verändert. Er hatte getötet und andere mit in die Sache hineingezogen, die deshalb ihr Leben verloren hatten.

All das war passiert, ohne dass er es gewollt hätte. Oft genug hatte er befürchtet, es nicht aushalten zu können.

Aber die letzten Tage hatten ihm gezeigt, dass er tatsächlich nichts als ein Spielball war. Er war es, aber es hätte auch ein vollkommen anderer sein können. Diese Erkenntnis machte es leichter.

Er hatte sich mit der Situation arrangiert, sie akzeptiert. Bei nüchterner Betrachtung gab es nur eines: auf dem unbekannten Weg weitergehen bis zum Ende. So einfach war das in letzter Konsequenz.

Tatsache war, dass Louise Shealy sie erwartete. Als sie anriefen, meldete sich zunächst eine männliche Stimme, die sich sehr vorsichtig ausdrückte, dann aber doch Zeitpunkt und Ort durchgab.

Die Adresse entpuppte sich als ein Reihenhaus im westlichen Las Vegas. Die Stadt wuchs schnell, und der Bedarf an Wohnraum wurde immer noch auf typisch amerikanische Weise gelöst. In die Fläche bauen, einheitliche Standards.

Cromwell erinnerte sich an Vorstädte, wo Häuser und Straßenzüge so einförmig waren, dass man sich tatsächlich darin verlaufen konnte, weil es keine baulichen Fixpunkte gab.

Sie sprachen nicht darüber, was sie erwartete.

Sie fanden das Haus und klingelten.

Fox und Miller standen ohnehin die meiste Zeit unter einer Anspannung, die Cromwell für konzentrierte Wachsamkeit hielt. Es schien ihm, als wollten die beiden so kurz vor dem Ziel jeden Fehler vermeiden.

Er selbst hatte aufgegeben, Vermutungen anzustellen. Zu viel von dem, was er in den letzten Wochen erlebt hatte, war verrückter, als er es je geahnt hatte.

Kristina neben ihm war ohnehin jemand, der sich möglichst nur mit Fakten beschäftigte. Sie kaute immer wieder auf der Unterlippe, sagte aber nichts. Er kannte sie mittlerweile gut genug, um zu wissen, dass sie die Fakten gegeneinander abwog. Sie schwieg auch, also schien sie noch zu keinem Schluss gekommen zu sein.

Das Haus machte einen gepflegten Eindruck. Vorgarten, Bäume, gediegen. Sie klingelten ein zweites Mal.

Indianer, schoss es Cromwell durch den Kopf.

Der Mann hatte leicht bronzefarbene Haut, begrüßte sie und nannte sich Garry. Er führte sie in das Wohnzimmer, wo zunächst Unsicherheit herrschte.

Vor ihnen saß eine Frau jenseits der siebzig in einem bequemen Sessel. Ihre Augen funkelten. Unternehmungslust beherrschte ihre Gesichtszüge unter dem Faltenmeer.

Cromwells Blick wanderte über die leicht ramponierte Einrichtung. Sein Blick blieb an einem Bücherbord hängen, in dessen Regalen mehrere Totenschädel standen. Sie hatten die verschiedensten Farben und Größen. Er kannte die Materialien im Einzelnen nicht, meinte aber, der eine sei aus Jade geschnitzt. Ein anderer wirkte durchsichtig, ein kleinerer milchig.

Er suchte den Blickkontakt mit Kristina, der die seltsamen Skulpturen auch aufgefallen waren und die ihn verstört ansah.

Wer sammelte Totenschädel?, fragte sich Cromwell. Wie kaputt musste man sein, um so etwas zu sammeln? Bloß nicht drauf ansprechen, dachte er dann. Sie wollten schließlich etwas von der Frau.

Er sah zu der Sammlerin hin, über deren faltige Haut immer wieder Schatten huschten. Schmerzen. Diese Frau musste Schmerzen haben, dachte Cromwell.

Als alle saßen und Garry Getränke brachte, forderte die Frau, die sich als Louise Shealy vorstellte, zunächst Kristina auf, ihr noch einmal alles zu erzählen.

Kristina band Cromwell an der Stelle ein, wo es darum ging, die Geschehnisse um den Tod von General Wiggins zu berichten. Fox schließlich steuerte Fakten aus Zürich bei und berichtete über Atlasov, den Umschlag für den Präsidenten und den Anschlag auf das Institut.

Louise Shealy hörte sich die Berichte an, ohne eine Gefühlsregung zu zeigen. Cromwell sah immer wieder diese Schatten von Schmerzen, die über ihr Gesicht huschten. Und Louise Shealy rauchte. Genussvoll, so als wolle sie sagen: nun erst recht!

Dann war es still. Die eine Seite hatte berichtet, was es zu berichten gab. Jetzt war diese Frau dran, die sie nach Las Vegas gelockt hatte.

Louise Shealy schloss die Augen. Gedankenversunken blieb sie gut zwei Minuten still.

»Da sind wir alle ja mittendrin in dem größten Schlamassel, den man sich vorstellen kann.« Louise Shealy lachte heiser auf und hustete angestrengt und lang. Dann winkte sie Garry und wies ihn an, Tequila zu bringen.

»Auf Ihre Gesundheit«, sagte sie beim Zuprosten. »Mit meiner ist es so eine Sache. Der Krebs in meiner Lunge tritt gerade in das letzte Stadium. Es wird von Tag zu Tag schlimmer. Und das mit rasender Geschwindigkeit. Mein Arzt hat sich leider nicht geirrt.«

Cromwell sah zu Kristina, in deren Augen sich Tränen sammelten. Sie hatte zu dieser Frau bereits eine gefühlsmäßige Beziehung aufgebaut. Er erinnerte sich an mehrere Gespräche während des Fluges, als Kristina immer wieder auf das Telefonat zurückgekommen war und die beruhigende und vertraute Stimme erwähnt hatte, die so gelassen und abgeklärt allein durch ihr Zuhören Trost gespendet hatte.

Louise Shealy ließ sich Zeit. Erst reichte ihr Garry mehrere Kapseln, die sie schluckte, dann ließ sie sich einen weiteren Tequila einschenken.

»Was haben Sie nun vor?«, fragte sie schließlich.

»Den Umschlag zum Präsidenten bringen«, sagte Fox.

»Was steht denn drin?«

»Wir haben ihn nicht aufgemacht.«

»Und Sie haben auch nicht die Absicht, ihn aufzumachen.«

»Nein«, sagte Fox.

Shealy nickte.

»Normalerweise ist das richtig. Denn wenn Sie den Inhalt nicht kennen, kann man Sie deswegen auch nicht töten. Aber in der Situation, in der Sie sich befinden, spielt das andererseits keine Rolle mehr.«

»Was meinen Sie damit?« Cromwells Stimme klang aggressiv. Er saß vornübergebeugt in seinem Sessel, gespannt wie ein britischer Langbogen. Es kotzte ihn an, dass schon wieder in Andeutungen gesprochen wurde, mit denen er nichts anfangen konnte.

»Sie wissen, wo Sie hier sind, nicht wahr? Las Vegas. Mister

Fox sollte zumindest wissen, dass hier gleich um die Ecke eine der größten militärischen Anlagen existiert, die man sich vorstellen kann.«

»Nellis Air Force Base.«

»Und die dazugehörenden Testgelände von Nevada«, ergänzte Shealy. »Hier wurde die Atombombe gebaut, in der Weite der Testgelände wurden mehr als neunhundert Atombomben gezündet. Die Leute sind früher auch hierher gekommen, weil man in Vegas die Detonationsblitze und Atompilze sehen konnte. Heute werden hier neue Waffen erprobt. Und das alles geschieht nur wenige Meilen von der Stadt entfernt. Wenn Sie den Strip in nordöstliche Richtung fahren, kommen Sie zur Base im Norden der Stadt.«

Cromwell spürte Kristinas Hand auf seinem Unterarm. Sie hatte bemerkt, dass er der alten Frau ins Wort fallen wollte.

»Innerhalb der militärischen Sperrzonen gibt es ein ganz besonders gesichertes Gebiet ...«

»The Box ...«, warf Fox spontan ein, der vor Verblüffung den Kopf schüttelte.

»... wo ich seit nunmehr gut vierzig Jahren arbeite.« Louise Shealy sah ihre Zuhörer der Reihe nach an. Dann lachte sie auf. So viele gespannte Zuhörer hatte sie seit langem nicht mehr gehabt.

»Was ist The Box?«, fragte Cromwell.

»Area 51. Sagt Ihnen das etwas? Oder Dreamland?«

»Sie wollen sagen, Sie arbeiten in dem Bereich, der gemeinhin als das Geheimste gilt, was die Vereinigten Staaten zu bieten haben?« Cromwell hatte natürlich schon mehrfach von dem Gelände gehört. Und auch Sissi hatte ja dieses Thema kurz angeschnitten. »Und das seit vierzig Jahren? Sie arbeiten an Atomversuchen?«

»Nein.« Loise Shealy schüttelte energisch den Kopf und wies Garry an, ihr noch einen Tequila zu bringen. Dazu zündete sie sich eine weitere Zigarette an.

»Nein, ich arbeite nicht an Atomversuchen. Ich arbeite an dem, was Sie hierher gebracht hat. Wie hieß der Mann?« Sie sah Kristina an. »Ziegler? Der hat Ihnen doch bereits erzählt, worum es geht. Und Kirow hat Sie eingeweiht. Auch ich arbeite an dem Thema.«

»Sie meinen, dass das alles keine verrückten Spinnereien sind?« Kristina fuhr sich nervös durch das Haar. »Sie sagen, es stimmt?«

»Natürlich stimmt es. Und es geht viel weiter, als Sie sich vorstellen können.«

»Stimmt auch das mit dem Datum?« Cromwell ging es viel zu langsam. Er wollte hier weg, weiter, endlich alle Knoten lösen, wenn es ging, es zu Ende bringen.

»Sie wissen sehr viel. Zu viel«, sagte Louise Shealy nachdenklich.

»Ich will jetzt hören, was das alles mit uns zu tun hat.« Cromwell sprang auf und lief zum Fenster. Dort drehte er sich entschlossen um. »Gute Frau, Sie mögen todkrank sein. Aber ich will jetzt keine Storys über die grünen Männchen hören, die Sie womöglich gefangen halten oder denen Sie die Eingeweide herausgeschnitten haben. Ich will wissen, was wir damit zu tun haben und wie wir da wieder rauskommen.«

»Fangen wir beim Letzten an.« Shealy antwortete in dem gleichen energischen Ton, in dem Cromwell gesprochen hatte. »Rauskommen tun Sie da überhaupt nicht mehr. Und was das andere angeht, nun, Sie sind ungefragt just in dem Moment auf dem Bildschirm erschienen, in dem zwei Parteien einen kleinen Krieg führen. Auf der einen Seite General Todd Wiggins, der die Interessen der Regierung vertritt. Und auf der anderen Seite das Air Force Space Bureau, eine streng geheime Operationsabteilung, die seit vierzig Jahren an dem Thema arbeitet. Diese Organisation hat es sich in den Kopf gesetzt, alle internationalen Absprachen zu missachten und ein fremdes Raumschiff abzuschießen. Man will Materialien untersuchen, Waffentechnologien verstehen, die Insassen vermessen, befragen und ausweiden, um es mal deutlich zu sagen.«

»Und wozu?«

»Um bis zum Ernstfall Waffen entwickeln zu können, mit denen man sich wehren kann. Und damit kracht diese Organisation genau in die Inszenierung der Verhandlungen über den Raketenabwehrschirm zwischen Russland und unserem Land. Denn die sind nichts weiter als ein grandioses Schauspiel, ein letztes Schauspiel, mit dem die Annäherung zwischen Russland und den Vereinigten Staaten glaubwürdig untermauert wird.«

»Sie meinen, dass der Raketenabwehrschirm gegen die unbekannten Wesen gerichtet ist, die Russen dem zustimmen werden und diese Zustimmung langsam vorbereitet wird, damit die Öffentlichkeit nicht mitbekommt, worum es wirklich geht?«

Shealy nickte und stellte die Frage, wie die Welt wohl reagieren würde, wenn Russland dem Abwehrschirm der Vereinigten Staaten sofort zustimmen würde.

»Putin wäre politisch tot. Im Ausland wären die Russen bei ihren Freunden als Weichlinge erledigt, und in Russland selbst würden Teile des Militärs durchdrehen. Können Sie sich die Folgen ausmalen? Stellen Sie sich vor, Putin würde erklären, er stehe voll und ganz hinter dem Raketenschirm der Amerikaner, weil der sich in Wirklichkeit gegen außerirdische Wesen richtet. Entweder gäbe es weltweit Gelächter oder, wenn man Beweise vorlegen würde, bräche in der Welt das Chaos aus.« Und wie es auch schon Ziegler angedeutet hatte, beschrieb Shealy in ruhigem Ton ein Szenario der Willkür und des Zusammenbruchs der Welt.

Ron Quest ärgerte sich immer noch über Tyler Williams. Dieser Arsch von Wissenschaftler ahnte ja nicht, was für eine Logistik dahinter steckte, die ganze Operation abzuschirmen.

Seit Wochen war er damit beschäftigt, an jede Kleinigkeit,

aber auch an jede Kleinigkeit zu denken. Alle Personen waren handverlesen, immer wieder überprüft worden. Ganze Trupps von Detekteien waren losgeschickt worden, um in den Privatangelegenheiten der Wissenschaftler und des Militärpersonals zu schnüffeln, ihre Zuverlässigkeit zu überprüfen.

Fallen waren gestellt worden, Lockvögel hatten versucht, den Leuten im Bett irgendetwas aus der Nase zu ziehen. Cushing und Porters wollten absolut sichergehen.

Und dann die Shealy. Die vom alten Eisen. Die wirklich von Anfang an dabei war. Der sie immer wieder misstraut hatten. Die sie immer wieder bespitzelt hatten. Ausgerechnet die saß nun in ihrer Bude und quatschte.

Quest riss sich die Kopfhörer herunter und griff nach seinem Mikrofon.

»Alle in Position?«

Das Zweierteam hinter dem Haus bestätigte.

Quest fluchte. Sie waren praktisch in letzter Sekunde gekommen. Nach dem Gespräch mit Tyler Williams in der letzten Nacht hatte er sofort dafür gesorgt, dass ein Überwachungswagen das Haus observierte. Da es keine Möglichkeit gab, unbemerkt in das Haus einzudringen, hatte er Richtmikrofone eingesetzt. Unter dem Wohnzimmerfenster hatten sie zudem Mikros an der Außenwand des Hauses angebracht.

Die Meldung war gekommen, als er auf dem Flughafen gelandet war: Shealy hatte Besuch. Als er eine kurze Sequenz über sein Handy eingespielt bekommen hatte, war ihm klar gewesen, dass er handeln musste. Im Überwachungswagen angekommen, hatte er sich nur noch einmal überzeugen wollen.

»Stürmen.«

Er sah aus seinem Ford Kastenwagen mit den verspiegelten Scheiben hinaus auf die Straße. Der Zeitpunkt war günstig. Nirgends waren Passanten zu sehen. Die Häuser mit ihren kleinen Vorgärten lagen verlassen in der sonntäglichen Vormittagssonne, am Straßenrand parkten vereinzelt Mittelklassewagen.

Quest beobachtete seine vier Männer, die aus dem Mercedes neben dem Kastenwagen stiegen und zügig auf das Haus zugingen. Sie trugen Arbeitskleidung und große Werkzeugtaschen. Erst kurz vor der Haustür zogen sie ihre Waffen aus den Taschen.

»Wir sind an der hinteren Tür! Warten auf Befehl!«, drang eine Stimme von Team zwei aus dem Mikro.

Quest wartete, bis sein Team an der vorderen Tür in Stellung gegangen war. Zwei der vier Männer schlichen um die Hausecke zur Veranda.

Ein nochmaliger Blick die Straße hinunter. Von links näherten sich zwei dunkle Limousinen. Sehr langsam. Sie hielten am Straßenrand.

Abbrechen oder weitermachen? Quest war für einen Moment total verunsichert. Die Limousinen störten ihn, auch wenn sie hundert Schritt entfernt standen und das Haus von Shealy nicht einsehen konnten. Je länger er wartete, desto mehr brachte er seine Leute in Gefahr. Wenn die Aktion lief, musste sie auch konsequent durchgezogen werden.

»Go!«

»Und was hat dieser General damit zu tun?« Cromwell wanderte langsam vom Fenster weg und blieb vor einem der Totenschädel am Regal stehen. Er schien aus Glas zu sein. Sein Finger schwebte dicht über der Skulptur, berührte sie jedoch nicht. Die Stimme der Frau riss ihn aus seiner Faszination, die immer mehr zunahm, je länger er auf den Totenschädel starrte.

»General Wiggins hat mitbekommen, dass das Space Bureau eine Waffe hat, mit der sie ein UFO abschießen können. Entgegen allen Weisungen, wie gesagt. Stellen Sie sich vor, das wäre bekannt geworden. Was würden Sie tun?« Die alte Wissenschaftlerin ließ eine kleine Pause folgen. »Das musste verhindert werden. Deshalb starb General Wiggins. Mittlerweile ist das UFO abgeschossen und steht in einem hochgeheimen Hangar unter den Bergen der Area 51.«

In der vergangenen Stunde hatten sich für Cromwell eine Reihe von Fragen geklärt. Louise Shealy hatte bereitwillig geantwortet und so gut sie konnte Auskunft gegeben.

Cromwell war nun in der Lage, die Bruchstücke, die immer noch zusammenhanglos in seinem Kopf herumgeisterten, mit den Informationen aus dem Vermerk von Wiggins zu verknüpfen.

Sollte er das alles überleben, hatte er die Story seines Lebens. Leider fehlten die Beweise. Aber vielleicht lebte die Frau da ja noch lange genug, um das alles unter Eid vor einem Rechtsanwalt auszusagen.

Sie berichtete von den Planungen des Abschusses, nannte die Namen der Männer, die dahinter steckten, und tat auch sonst alles, um ihre Gäste aufzuklären. Sie erzählte ihre eigene Lebensgeschichte, und Cromwell wünschte sich mehrfach ein Tonbandgerät.

»Nur, was nützt es uns?«, fragte Cromwell schließlich, als sie ihren Gedanken nachhingen und das Gehörte verdauten. »Abgesehen davon, dass ich das alles immer noch nicht glauben will. Außerdem haben Sie bei der Fülle von Informationen um den entscheidenden Punkt doch einen Bogen gemacht.«

»So?« Louis Shealy funkelte ihn an.

Wenn Cromwell glaubte, hier eine alte, von Schmerzen ausgelaugte Frau vor sich zu haben, dann stimmte das vielleicht. Deswegen war diese Frau aber noch lange nicht schwach.

»Das Datum. Kirow hat uns gesagt, man kenne das Datum, wann sie kommen würden. Kennen Sie es?«

Ihre Blicke trafen sich.

Kapitel 27

Sonntag, 18. Juni 2000

Es war nur ein leises Kratzen, das Fox aufhorchen ließ. Gebieterisch hob er die Hand mitten in das hüstelnde Lachen von Louise Shealy hinein. Wie hingezaubert lag plötzlich ein großer Revolver in seiner Hand.

Mit katzenhaften Bewegungen sprang er auf und eilte zur Wohnzimmertür. Miller reagierte ebenfalls. Mit zwei knappen Handbewegungen deutete er auf sich und dann zum Fenster, während Cromwell Fox zur Wohnzimmertür folgte.

Fox steckte den Kopf in den Flur. Eine lautlose Kugel warf seinen Kopf nach hinten.

Cromwell meinte noch einen ärgerlichen Ausdruck auf Fox' Gesicht zu sehen, als ihm die Schädelplatte weggesprengt wurde.

Explosivgeschoss. Cromwell schrie auf. Am Türpfosten klebten Reste von Blut, Haaren und Gehirnmasse. In seinen Schrei hinein splitterte Glas. Fox sackte vor ihm an der Tür zusammen. Der Revolver polterte auf den Boden. Cromwell griff ihn sich und blieb hinter der Tür in Deckung.

Miller trafen zwei Schüsse in Bauch und Hals. Das Splittern der Fensterscheibe endete in einem Glasregen. Er stürzte von der Wucht der Treffer nach hinten, riss Tisch und Vase mit sich.

Garry sprang zu Miller und riss ihm die Waffe aus der Hand. Zwei Schüsse jaulten über seinen gebeugten Rücken.

Kristina schrie und warf sich schützend über Louise Shealy, die immer noch in ihrem Sessel saß. Garry hechtete unter das

Wohnzimmerfenster, reckte die Hand nach oben und zog den Abzug der Waffe durch. Unter ihm knirschten die Glasreste der Fensterscheibe.

Donnernd löste sich der Schuss, draußen ertönte ein Schrei. Es folgte eine Reihe von kurzen Hustenstößen, als die schallgedämpften Waffen ihre Bleiladung blind in das Zimmer spien.

An der Tür stieß Cromwell pfeifend den Atem aus, um den Überdruck loszuwerden. Sein Kopf schien zu platzen. Knirschend fraßen sich Kugeln in die Türpfosten. Im Flur schrien mehrere Stimmen immer wieder Befehle. Die Stimmen kamen von zwei Seiten.

»Sie haben uns in der Zange!«, keuchte Cromwell. »Vordertür und Hinterausgang. Eine klassische Falle.«

Er wartete auf den Gegner, der sich als Erstes im Flur zeigen würde. Als er eine Bewegung sah, zog er den Abzug des Revolvers bis zum Druckpunkt durch. Der Schuss dröhnte in seinen Ohren.

»Kristina, schnapp dir die Alte! Sie hat uns verraten.«

»Nein!«, schrie Kristina. »Das glaube ich einfach nicht!«

»Doch!«

»Sie würde den Indianer nie opfern.«

Cromwell stutzte. Dann trieb ihn ein Hagel von Schüssen von der Tür weg. Er robbte hinter einen der Sessel in Deckung.

Über dem am Boden liegenden Garry tauchte plötzlich ein Schatten im Fenster auf. Dann landeten Füße direkt vor ihm. Er sah die Stiefel mit den dicken Sohlen. Den Lauf seiner Waffe nach oben gestreckt, riss er den Abzug über den Druckpunkt.

Brüllend brach der Mann über ihm zusammen, als die Kugel von schräg unten kommend in den Bauch eintrat, auf ihrem Weg nach oben die Lunge zerfetzte und an der Schulter deformiert wieder das Gewebe verließ. Der Körper stürzte auf Garry.

Das Gewicht des schreienden Mannes lastete auf ihm wie ein

ganzes Rind, machte ihn bewegungslos. Garry roch den Angstschweiß des Mannes.

Durch die Tür drangen Männer in den Raum, wild um sich feuernd. Die Läufe der Waffen wanderten von links nach rechts und wieder zurück. Glas kreischte, Porzellan zerbarst, und ein unendlicher Scherbenregen prasselte auf den Boden.

Cromwell hinter dem Sessel konnte sich nicht bewegen. Dumpf fuhren Kugeln in die geblümte Polsterung des Sessels.

Einer der Feuernden kam auf Cromwell zu, richtete die Waffe auf ihn.

Er war noch Sekunden von seinem Tod entfernt.

Die Augenbrauen des Fremden zuckten, als wolle er so etwas wie eine Entschuldigung loswerden. Kristina kreischte, aber Cromwell konnte ihr nicht helfen.

Nicht mal sich selbst konnte er helfen. Er sah in die wolfsgelben Augen des Mannes. Diesmal war es endgültig vorbei. Sein Weg war zu Ende. Der Fremde hob die Waffe an und zielte genau zwischen Cromwells Augen.

Dann wankte der Mann. Cromwell sah auf seiner Stirn die Haut aufplatzen, dann war dort ein Loch, aus dem Blut und eine wässrige Flüssigkeit austraten. Die Wunde war an den Rändern zerfasert.

Der Mann fiel um, sackte auf der Rückenlehne des Sessels zusammen. Gleichzeitig ertönte erneutes Knattern von Waffen im Garten.

Völlig überrascht brachen die Männer ihren Angriff ab. Sie schrien auf, mit Wut und Verwirrung in der Stimme. Ein weiterer kippte um, der Kugelhagel wanderte über seinen ganzen Oberkörper. Einschusslöcher platzten auf wie Eiterblasen.

Cromwell starrte zum Fenster. Dort ruckte der matte Lauf einer Waffe, spie Feuerlanzen.

Die beiden anderen Angreifer sprangen auf die Frauen zu und zerrten sie hoch. Kristina schrie, und Louise Shealy hob hilflos ihren Krückstock.

Die Angreifer packten die beiden Frauen und drehten sie in Richtung des Fensters.

»Stopp! Sie haben die Frauen als Geiseln!«, brüllte Cromwell. Er brüllte es immer wieder.

Quest wusste, dass er einen Fehler gemacht hatte, als er den Angriff nicht abgebrochen hatte.

Die Limousinen hundert Schritt weiter am Straßenrand spuckten kräftige Kerle in Anzügen aus.

Agenten. FBI oder sonst was. Sie kamen näher, und als der erste Schuss ohne Schalldämpfer durch die Stille peitschte, rannten sie los. Im Laufen zogen sie ihre Waffen.

Einer aus der Truppe drehte sich um und rief einem hoch gewachsenen Mann etwas zu, der daraufhin etwas zurückblieb.

Quest schrie in sein Mikro. Sie sollten sich beeilen. Dann rannten die vier Männer an ihm vorbei. Im Laufen verständigten sie sich mit kurzen Handbewegungen, teilten sich dann auf. Zwei stürmten ins Haus, die anderen zwei um die Ecke in Richtung Garten. Professionell, als täten sie das jeden Tag.

Quest hörte das Belfern von Waffen hinter der Ecke. Im Haus selbst waren ebenfalls Schüsse zu hören. Schreie drangen heraus. Sie zerrten an seinen Nerven. Die gespenstische Stille danach war noch schlimmer.

Eine scheinbar endlose Zeit lang tat sich nichts. Quest rührte sich in seinem Kastenwagen nicht vom Fleck. Er musste erst einen Überblick gewinnen.

Die zwei Unbekannten, die ins Haus gestürmt waren, tauchten wieder in der Haustür auf, die Hände weit von sich gestreckt. Ihre Waffen waren mit den Läufen halb nach oben gerichtet. Auf dem Rasen traten sie zur Seite zu dem fünften Mann, der sich nicht an dem Sturm auf das Haus beteiligt hatte.

Dann erschienen seine Leute. Besser gesagt, der Rest. Zwei

Mann. Er hatte zwei Drittel seiner gesamten Truppe verloren. Ein Fiasko.

Doch dann grinste Quest breit.

Seine beiden Männer hielten einer jungen und einer alten Frau, die er sofort als Louise Shealy erkannte, die Mündungen ihrer Pistolenläufe an den Kopf.

»Los, ranfahren«, fauchte Quest den Fahrer des Kastenwagens an.

Mit quietschenden Reifen setzte der Fahrer den Wagen zurück. Er fuhr über die Rasenfläche bis etwa zehn Meter vor den Hauseingang. Quest stieß die hintere Tür auf.

»Erst die Frauen!«, schrie er und behielt die drei Unbekannten im Auge, die immer noch abwartend auf der Rasenfläche standen. Er schrie sie an, sie sollten ihre Waffen fallen lassen.

»Schwein!«, keuchte Louise Shealy nur, als Quest sie in den Wagen zog. »Hätte ich mir ja denken können. Das ist Quest, der Obergorilla von Cushing!«

Louise Shealy schrie aus ganzen Kräften, als wollte sie, dass ihre Stimme meilenweit zu hören war.

Quest schlug ihr mit der flachen Hand ins Gesicht, zerrte sie in den Wagen und stieß sie auf das Bodenblech. Dann zog er Kristina hinein, die sich sperrte und von hinten in den Rücken gestoßen wurde, bis sie im Wagen war. Zuletzt sprangen Quests Männer hinein.

In der Haustür erschienen Cromwell und Garry. Cromwell brüllte immer wieder Kristinas Namen. Er rannte los, auf den Ford zu. Zwei der Fremden warfen sich ihm in den Weg und rissen ihn zu Boden.

»Den will ich auch haben!«, schrie Quest den unbekannten Gegnern zu und zeigte auf Cromwell.

»Nein«, sagte die feste Stimme des jungen Mannes, der ohne Waffe auf der Rasenfläche stand und zum Scheibenschießen einlud.

»Dann stirbt eine der Frauen.«

»Nur zu.«

Quest, der seine Waffe bereits auf Stuart gerichtet hatte, ließ sie grinsend sinken. Es war noch nicht so weit. Er ahnte, dass die Zeit nahte, aber noch war es nicht so weit.

Cromwell zappelte in den Griffen der beiden Männer, die ihn niederdrückten. Das Geräusch des jaulenden Motors kreischte in seinen Ohren.

Immer wieder schrie er ihren Namen. Er bäumte sich auf, drückte mit aller Macht gegen das Gewicht auf seinem Körper.

»O. k.!«, keuchte er schließlich und lockerte die Muskeln, bis die Männer den Druck verringerten. Das Motorengeräusch nahm weiter ab, erstarb.

Mit wackeligen Beinen stand Cromwell vor einem jugendlichen Hünen, der ihn nach seinem Namen fragte und sich selbst als Mark Stuart und die vier Männer als Leute vom Secret Service vorstellte.

»Und was tun Sie hier?«, fragte Cromwell frech und musterte den Mann, der mit seinen Leuten gerade sein Leben gerettet hatte.

»Wir sind auf der Jagd.«

In der Ferne war Sirenengeheul zu hören. Irgendjemand aus der Nachbarschaft hatte die Polizei verständigt.

Stuart sagte etwas zu den Männern vom Secret Service. Zwei rannten zur Straße und dann in unterschiedliche Richtungen auseinander.

»Sie werden die Polizei aufhalten und Spezialeinheiten anfordern. Das hier geht die Polizei nichts an. Nationale Sicherheit.«

»Soso!«, keuchte Cromwell und musterte die beiden anderen Agenten, die immer noch die Waffen in der Hand hielten und ihn misstrauisch anstarrten.

Garry stand neben Cromwell, den Kopf zwischen die Schultern gezogen wie ein Bison, das kurz vor dem Angriff war.

»Kann man mehr über Sie erfahren?«

»Ich arbeite für den Nationalen Sicherheitsberater und den Präsidenten.«

»Schön.« Langsam fand Cromwell seinen Atem wieder und verarbeitete die Situation. Er nannte seinen Namen, worauf Stuart wissend nickte.

Auf seinen fragenden Blick hin erfuhr Cromwell, dass man ihre Telefonate in Zürich abgehört und so von dem Treffen mit Louise Shealy erfahren hatte. Mit wenigen Sätzen umriss Stuart die Situation und seine Aufgabe.

Cromwell hatte das Gefühl, als wäre er angekommen. Was sollte weiter folgen, als einem Vertreter des Nationalen Sicherheitsberaters in die Hände zu fallen, der noch dazu so tat, als wäre er informiert?

Seine Nerven beruhigten sich, und sein eingegrenztes Blickfeld nahm wieder Einzelheiten wahr, die ihm vor einer Minute noch entgangen waren. Direkt vor seinen Füßen lag eine Pistole im Gras.

»Und was nun?«

»Sie geben mir den Umschlag für den Präsidenten, und dann werden wir sehen, was wir tun können.«

»Sie wollen mir sagen, dass Sie die Kavallerie sind, die ich schon so lange herbeigesehnt habe.«

»Wenn Sie so wollen – ja.«

»Dann ist Ihr erster Angriff aber ganz schön danebengegangen.«

»Sie verkennen die Situation. Wir kamen gerade rechtzeitig. Wären wir nicht auf der Bildfläche erschienen, so wären Sie tot.«

»Und so ist meine Freundin entführt.«

»Das tut mir Leid. Aber wir haben unsere Möglichkeiten, sodass wir auch das regeln werden.«

»Ach?«

»Sie haben doch den Namen des Mannes gehört, den Louise

Shealy gerufen hat. Quest. Wir kennen ihn. Und wir kennen auch Cushing. Wir werden schnell herausfinden, wo sie zu finden sind.«

Cromwell lachte böse auf. »Sie wissen offensichtlich deutlich weniger, als Sie sollten. Wenn alles stimmt, was ich kurz zuvor erfahren habe, dann kann ich Ihnen jetzt schon sagen, wohin man sie bringt. Area 51.«

»Wie kommen Sie darauf?« Stuart sah Cromwell neugierig an.

»Weil die bösen Jungs ein UFO abgeschossen haben und auf der Area 51 auseinander nehmen. Das ist nämlich der wahre Grund für den ganzen Müll, den ich in den letzten Wochen erlebt habe. Deshalb durfte auch Ihr General Wiggins krepieren.«

Stuarts aufgerissene Augen zeigten Cromwell, wie sehr er ins Schwarze getroffen hatte. Mit kurzen Worten schilderte er, was Louise Shealy berichtet hatte. Garry nickte immer wieder bestätigend, wenn Stuarts Blick zweifelnd zu ihm wanderte.

Inzwischen hatten sich Nachbarn aus ihren Häusern getraut und standen in einiger Entfernung. Sie diskutierten. Stuart bedeutete einem der Agenten, zu den Leuten zu gehen und sie auf Abstand zu halten.

»Was steht in dem Brief an den Präsidenten?«

»Ich vermute, dort ist alles noch einmal erklärt. Wie es scheint, ist Wiggins hinter den ganzen Plan gekommen und wollte in Berlin beim Präsidenten petzen.«

»Wo ist der Umschlag?«

»Der muss noch im Haus sein. Fox hatte ihn. Der liegt tot drinnen.«

»Der Sicherheitschef? Holen wir ihn.«

Sie gingen zur Eingangstür, Cromwell und Garry voran, Stuart und der verbliebene Agent des Secret Service dahinter.

Glassplitter und Keramikscherben knirschten unter ihren Füßen, als sie zu Fox traten. Beim Anblick der zertrümmerten Schädeldecke schauderte es Cromwell. Gestank hing in der Luft. Kordit, Angstschweiß, menschliche Exkremente. Die Muskeln der Toten erschlafften.

Stuart würgte, bekam sich dann aber unter Kontrolle.

»Was anderes als Hochglanzbroschüren, was?«

Cromwell starrte Stuart aggressiv in die Augen, bis dieser abwehrend die Hände hob. Dann wühlte er in den Innentaschen von Fox' Jacke und zog den gefalteten Umschlag heraus. Stuart griff danach.

»Wollen Sie ihn nicht aufmachen?«, fragte Cromwell überrascht, als Stuart den Umschlag einsteckte.

»Er ist für den Präsidenten bestimmt.«

Cromwell fluchte wüst. »Das hatten wir schon mal. Auch Fox wollte ihn nicht aufmachen. Jetzt ist er tot. US-Richtlinie 1994/1734 wird eingehalten, egal, was das für Folgen hat.« Er sah sich wild im Zimmer um, dann stapfte er voller Empörung in Richtung des Agenten vom Secret Service.

»Sie verstehen das nicht ...«, erwiderte Stuart.

»Ich verstehe sehr gut! Sie haben sie ja nicht mehr alle!«, schrie Cromwell. »Da geht es um Leben und Tod, und Sie wollen den Umschlag vom Präsidenten persönlich öffnen lassen? Machen Sie ihn auf, lesen Sie, und dann handeln Sie!« Urplötzlich war ihm klar, wie es ablaufen würde.

Mit der rechten Hand packte Cromwell eine wie durch ein Wunder noch unversehrte Vase neben ihm auf dem Beistelltisch. Er wirbelte herum und drosch die Vase dem Agenten vom Secret Service mitten ins Gesicht. Das Nasenbein krachte, und der Mann riss automatisch die Hände zum Schutz hoch. Cromwell ließ einen Faustschlag in die Magengrube folgen, dann donnerte er seine Faust dem einknickenden Mann ans Kinn. Der Schmerz in der Hand ließ Cromwell aufstöhnen.

»Was machen Sie da?«, schrie Stuart, den Garry inzwischen an beiden Armen gepackt hatte, aber nur mit Mühe festhalten konnte.

»Ich werde nicht zusehen, wie meine Freundin draufgeht! Ich werde nicht zusehen!«

Cromwell kochte. An den Gedanken, selbst Zielscheibe zu sein, hatte er sich gewöhnt. Aber Kristina? Er hatte sie da hineingezogen, und nun sollte sie dafür leiden? Er sah ihre vorwurfsvollen Augen plötzlich vor sich.

»Ich werde handeln!« Cromwell stierte den jungen Regierungsvertreter an. »Und Sie sollten mich nicht daran hindern. Mit dem Umschlag haben Sie alles, was Sie brauchen, falls Sie selbst einschreiten wollen. Wenn ich Sie vorhin richtig verstanden habe, wissen Sie ja so ziemlich Bescheid. Der Brief wird sicherlich alles Weitere klären. Also lassen Sie mich! Machst du mit, Garry?«

»Wobei?«

»Wir befreien sie.«

»Aus der Area 51? Wir wissen doch nicht einmal, wo sie dort hingebracht werden.«

»Wissen Sie das vielleicht?« Cromwell starrte Stuart entschlossen an.

»Sie haben einen Knall.«

»Papoose Mountain Range. Das hat doch die alte Dame vorhin gesagt. Unterirdische Bunker. Cushings Unternehmen hat dort unterirdische Bunker. Da werden wir sie finden.« Cromwell lachte bitter auf. »Sie sehen, ich weiß, wo wir suchen müssen.«

»Mal abgesehen davon, dass dies das bestbewachte Militärgelände der Welt ist, müssen Sie endlose Wüsten durchqueren und an Hundertschaften von Elitesoldaten vorbeikommen. Wahnsinn!«

»Ein wahres Kommandounternehmen. Aber vielleicht können Sie ja ein wenig nachhelfen. Mit Bomben!«

Cromwell drosch Stuart seine rechte Faust direkt ans Kinn. Stuart verdrehte die Augen und rutschte schlaff aus Garrys Armen auf den Teppich. Cromwell schnappte sich mehrere herumliegende Waffen und eilte zur Hintertür.

»Komm, Garry, du musst mir die Wege zeigen.«

»Weißer Mann, das war doch nicht dein Ernst.« Garrys Stimme klang kehlig und rau. »Du kennst die Wüste nicht.«

Quest entschied sich für die Straße. Er fuhr an der Nellis Air Force Base vorbei auf dem Interstate Highway 15 nach Nordosten, um dann auf den Highway 93 Richtung Norden abzubiegen.

Auf seiner Fahrt nach Alamo ließ er die Sheep Range links liegen. Auf der Höhe von Alamo sah er linker Hand den rund 2500 Meter hohen Tikaboo Peak aufragen. Von dessen Spitze bis zu seinem Ziel waren es rund 40 Kilometer Luftlinie. Der Berg war ein beliebter Standort für Neugierige, die mit starken Teleobjektiven bis in das Tal hineinsahen, in dem Area 51 lag.

Hinter Ash Springs bog er auf den Highway 375 ab, um dann zwischen den Bergketten wie durch ein Tor in das Tikaboo Valley hineinzufahren.

Nach einigen Meilen bog er ab auf die Groom Lake Road, die als staubige Schotterpiste durch das Tal führte. Warnschilder tauchten auf, die vor Waffengebrauch warnten und das Fotografieren untersagten.

Das Wachgebäude war ein weißer Zweckbau. Quest meldete sich über Funk, und als sein Wagen sich näherte, tauchten drei der Wachleute auf.

»Alles ruhig?«, fragte Quest.

»Ja. Nichts Besonderes.« Der bullige Wachmann nickte und sah zu den beiden Frauen auf der Rückbank.

»Seien Sie nicht zu neugierig.« Quest sah den Wachmann böse an, der sich wortlos zurückzog.

Innerlich lachte Quest, als sie weiterfuhren. Cushing war schon ein gerissener Kerl. »Wo ich bin, will ich auch bestimmen und kontrollieren!«, hatte er nur gesagt.

Die Sicherung des Geländes war einem privaten Sicherheitsunternehmen übertragen, das schon seit ewigen Zeiten für den Staat arbeitete.

Cushing hatte Anteile erworben und dafür gesorgt, dass sein Einfluss auch spürbar wurde. Auf seine Weisung hatte die Sicherheitsfirma andere Sicherheitsfirmen als Subunternehmen eingesetzt. So hatte Cushing sichergestellt, dass eine Sicherheitsfirma unter seiner Kontrolle nach und nach die Bewachung stellte.

Diese Tatsache erleichterte Quest seine Aufgabe erheblich. Die entscheidenden Positionen waren mit absolut verlässlichen Leuten besetzt, die ihm persönlich berichteten, was nötig war. Er konnte praktisch selbst steuern, wer auf der Basis ein und aus ging.

Sie rasten die restlichen fünfzehn Kilometer weiter auf der Schotterpiste zur Area 51. Quest wies den Fahrer an, an den Anlagen der Basis vorbeizufahren.

In den nächsten zwanzig Minuten umrundeten sie die vulkanischen Kegel der Papoose Mountains. Die Schlucht verengte sich, zu beiden Seiten ragten die kahlen und erosionsgezeichneten Berghänge auf; dann öffnete sich das kleine Tal, in das der Papoose Lake eingebettet war. Am nördlichen Ausläufer des Sees öffneten flachere Hänge den ansonsten kompakten Bergkegel.

Zufrieden registrierte Quest all die Wachen in ihren Wüstenanzügen.

Der Hangar, den sie beschützten und der in den Berg hineingetrieben war, gehörte der CEC. Porters hatte zähneknirschend akzeptieren müssen, dass Cushing mit dem schlimmsten Fall argumentierte. Sollte jemand zu neugierig werden, konnte man so immer noch darauf verweisen, dass Gegenstände im Hangar einer Privatfirma den Staat nichts angingen. Deshalb war die Truppe, die diesen Hangar bewachte, eine private Söldnertruppe, ausgerüstet mit allem, was auch in den amerikanischen Truppen an Feuerkraft zu haben war.

Neben dem Hangar der CEC unterhielt Porters' Space Bureau zwei weitere unterirdische Hangars, die von Truppen der Air Force geschützt wurden und direkt Porters unterstanden. Aber das Raumschiff stand im Hangar der CEC.

Quest grinste böse, als er sich vorstellte, wie es wäre, seine Leute auf die von der Air Force loszuhetzen. Er würde so manches Jahresgehalt darauf wetten, dass seine Männer siegen würden.

Er hatte die miesesten und gemeinsten Typen angeheuert, die es in diesem Geschäft gab. Dann waren sie in die Uniform der CEC gesteckt worden. Am schwierigsten war es gewesen, ihnen die Disziplin abzuverlangen, um nicht zu sehr aufzufallen. Zwei von ihnen hatte er ausgemustert und für immer verschwinden lassen, weil sie durch ihr Verhalten untragbar geworden waren. Obwohl es ihnen streng untersagt gewesen war, waren sie in den Lagerbereich der Area 51 gegangen und hatten dort in einer Bar Streit gesucht. Einer der Wissenschaftler aus dem CIA-Hangar hatte alles aufmerksam verfolgt und seinen Kommandanten unterrichten wollen. Auch er war spurlos verschwunden.

Nur mit Mühe hatte Quest alle beruhigen können. Seitdem flog er seine Truppe nach einer Woche Dienst immer zum Austoben nach Las Vegas.

Einer der Wächter näherte sich. Er war schwer bewaffnet und trug eine Schutzweste aus Kevlar über der Wüstenuniform. Wenn man ihn so betrachtete, sah er aus wie ein regulärer amerikanischer Soldat. Nur das Emblem des Sicherheitsdienstes der CEC machte deutlich, dass er dies nicht war.

Quest erkannte den Mann. Layne Bogan war früher freier Mitarbeiter der CIA in Südamerika gewesen und wegen seiner Grausamkeit gefeuert worden. Er hatte in Peru und Bolivien kommunistische Splittergruppen das Fürchten gelehrt, indem er Foltermethoden des Vietcong angewandt hatte.

Layne Bogan war nur mittelgroß und schmächtig. Trotzdem

war er eine tödliche Kampfmaschine. Seine Muskeln waren hart wie Stahl und seine Rücksichtslosigkeit grenzenlos. Selbst Quest schauderte bei dem Gedanken, was für Zeitbomben er hier eingeschleust hatte.

»Tag, Boss. Hübsche Täubchen. Die würde ich gern bewachen.« Der hagere Kopf mit den dünnen dunklen Haaren wirkte Furcht erregend.

»Bogan, Sie halten die Klappe. Ist alles ruhig?«

»Alles ruhig. Auch drinnen.« Bogan grinste die beiden Frauen an.

Louise Shealy sah einfach nur weg, während Kristina angewidert das Gesicht verzog. Sie sah die Zahnlücken, als der Mann grinste, und Reste von gelblichen Zähnen.

»Ich wüsste zu gern, was die da drin machen!«

»Das geht Sie gar nichts an. Sie halten Ihre Truppen zusammen und pusten alles um, was hier unberechtigt reinwill. Dafür werden Sie bezahlt.«

Der Fahrer fuhr die Schotterrampe hinauf, die dann in Beton überging. Sie hielten vor einem in den Berg getriebenen Eingang, der mit einem mächtigen, fast zehn Meter hohen Stahltor verschlossen war. Zwar waren es keine so starken Stahltore, wie sie etwa die Zugänge zu NORAD in den Cheyenne Mountains schützten, aber auch diese hier würde man so schnell nicht knacken.

Es dauerte drei Minuten, bis sich das Tor in der Mitte teilte und die rechte Hälfte auf gut geschmierten Schienen seitwärts im Berg verschwand. Drinnen parkte der Fahrer den Wagen in einer großen Vorhalle. Quest sprang heraus, und Barry Cannon begrüßte ihn.

Quest war froh, den inneren Kreis von Sicherheitsleuten aus seinem in den letzten Jahren aufgebauten Stamm rekrutiert zu haben. Barry Cannon war solch ein aufstrebender Mann, den nach seiner militärischen Ausbildung das gute Geld in der Privatwirtschaft gelockt hatte.

»Ich traue Bogan von Tag zu Tag weniger«, maulte Quest, nachdem sie sich begrüßt hatten. »Passen Sie auf ihn auf.«

»Den habe ich schon lange im Auge.«

Cannon berichtete. Im Innern gab es immer noch nichts Neues. Es ging nicht voran. Cushing machte Williams die Hölle heiß, und Porters und seine Militärs wurden immer nervöser. Porters schien Bedenken zu haben, wie lange sie alles noch geheim halten konnten.

Quest nickte. Ihm lag die missglückte Aktion in Las Vegas im Magen. Trotz seiner unterwegs veranlassten Recherchen hatte er noch nicht herausgefunden, wer sich dort eingemischt hatte. Aber die Tatsache als solche schien Porters' Bedenken zu bestätigen.

Quest deutete auf die beiden Frauen.

»Bringt sie runter in eines der Quartiere. Eine Wache vor die Tür.«

Er würde es aus ihnen herausquetschen.

KAPITEL 28

Dienstag, 20. Juni 2000

Das häufigste Wort, das Cromwell in den letzten Tagen gehört hatte, war »unmöglich«. Nachdem er mit Garry aus Shealys Haus in Las Vegas verschwunden war, fuhren sie in das Motel zurück und schnappten sich die Sachen, die Cromwell am dringendsten benötigen würde.

Garry musste ihm alles erzählen, was er Wichtiges über das geheimste Testgelände der Vereinigten Staaten wusste. Nachdem der Mohave einmal aufgetaut war, sprudelten die Informationen nur so aus ihm heraus. Cromwell stellte fest, dass Louise Shealy dem Indianer immer wieder Details zu den Bauten und der Anordnung der Gebäude auf dem Testgelände erläutert hatte. Für ihn ergab sich nach den Schilderungen das Bild einer richtigen kleinen Stadt mit Schlafunterkünften, Freizeiteinrichtungen, Kinos und den abseits gelegenen Laboratorien.

Alle wichtigen amerikanischen Geheimdienste schienen Labors oder Unterkünfte zu unterhalten, dazu kamen die Hangars verschiedener Rüstungskonzerne, die ihre hochgeheimen Versuche und Entwicklungen auf dem Gelände durchführten.

Garry berichtete, wie Louise Shealy immer wieder von weiteren in die Berge getriebenen Höhlen gesprochen hatte, die etwas abseits von der eigentlichen Area 51 lagen und gesondert gesichert waren. Dort arbeitete sie. Es sei der geheimste Ort in diesem geheimen Bereich, habe sie immer wieder erzählt.

Als Cromwell Garry bat, Zeichnungen anzufertigen, kapitulierte der Indianer. Nach einer kurzen Diskussion über den Sinn fuhren sie auf dem Highway 375 in das kleine Nest Rachel, den seit einigen Jahren bekanntesten Ort in Sachen Aliens, nachdem dort die Filmleute die große Eröffnungsparty für *Independence Day* gefeiert hatten. Auf ihrer Fahrt nahmen sie praktisch die gleichen Straßen, auf denen wenige Stunden zuvor Quest gefahren war.

Anlaufstelle in Rachel war das Little A ›Le‹ Inn, eine weiß getünchte Baracke mit einigen daneben stehenden Mobile Homes. Die sympathischen Besitzer, die sich in ihrer Vermarktung ganz auf das Thema Aliens eingestellt hatten, waren mit den anwesenden Gästen genau die Informationsquelle, die Cromwell suchte.

Mit seinem Hinweis, er sei Journalist aus Deutschland, war seine Neugier ausgiebig erklärt. Immer wieder tauchten Reporter oder Schriftsteller im Little A ›Le‹ Inn auf. Sie komplettierten ihre Unterlagen, starteten von hier aus ihre Exkursionen bis zu dem undurchdringlichen Gürtel von Abhöreinrichtungen, Überwachungskameras und Wachpersonal in der Wüste oder versorgten sich mit den neuesten wahren und erfundenen Geschichten über das geheimnisvolle Gelände. An den Wänden hingen Satellitenfotos, Karten und Bilder von nächtlichen Lichtphänomenen, die von Aussichtspunkten in der Wüste aufgenommen worden waren.

Im Laufe des Abends näherte sich Cromwell langsam seinem eigentlichen Thema und erfuhr, dass es praktisch unmöglich war, ungesehen in das Gelände einzudringen.

Ständige Patrouillen und harte Strafen schreckten alle Neugierigen ab. Keiner kam hinein. Die elektronische Überwachung sorgte dafür, dass es den Wachmannschaften gelang, eine praktisch unkontrollierbare Wüstenlandschaft ohne sichtbaren Zaun doch zu kontrollieren

Cromwell erfuhr auch, dass es trotzdem immer wieder Versuche gab, in das Gebiet einzudringen. Man berichtete ihm von einem Amateurarchäologen namens Jerry Freeman, der den Weg der »Lost Forty-Niners« nachverfolgen wollte. Dabei handelte es sich um eine Gruppe verschollener Emigranten aus dem Jahre 1849, die auf ihrem Marsch von Utah durch diese Gegend gekommen waren und sieben Inschriften hinterlassen hatten, von denen Freeman eine in den Felswänden der Papoose Mountains vermutete.

Nachdem das Militär immer wieder seine Gesuche abgelehnt hatte, war Freeman vorbei an allen Sicherheitskontrollen gut hundert Meilen durch die Wüste marschiert und ebenso ungesehen wieder herausgekommen. Statt der Inschrift hatte Freeman im Nye Canyon noch ein echtes Ochsenhufeisen der »Forty-Niners« gefunden.

Besonderes Interesse bei Cromwell erregte der Bericht über ein paar Heißsporne, die spontan und ohne große Vorbereitung versucht hatten, mit einem Paraglider in das Gelände einzudringen; allerdings waren sie genauso in den Fängen des unerbittlichen Wachpersonals geendet wie die Aktivisten von Greenpeace.

Schließlich nahm sich Cromwell die Zeit, in der kleinen Bücherecke in einigen ausgewählten Schriften zu blättern. Dann buchte er mit Garry ein Mobile Home für die Nacht als Quartier und arbeitete in Gedanken seinen Plan aus.

Auf dem Rückweg nach Las Vegas am nächsten Tag musterte Cromwell die Wüste mit anderen Augen. Immer wieder wanderte sein Blick über die staubige und teils hügelige Gerölllandschaft. Zweimal bog Garry auf seine Weisung auf Schotterpisten ab und fuhr bis dicht an die unsichtbare Grenze. Zweimal tauchten wie aus dem Nichts weiße Geländewagen mit Wachmannschaften auf, die noch auf öffentlichem Gebiet ihren Wagen stellen wollten.

Garry stoppte beide Male, bevor sie auch nur in die Nähe der silbrigen, rund einen halben Meter im Durchmesser großen Kugeln kamen, die, auf Stangen gepflanzt, in der Wüste die Grenze markierten.

In Rachel hatten sie erzählt, dass diese Kugeln aus Aluminium seien und ursprünglich dem Militär bei Radartests als Ziel gedient hätten. Ein Farmer hatte erzählt, dass das Innenleben aus hoch empfindlichen Abhöreinrichtungen bestand.

Cromwell schloss nichts aus, als er die gut bewaffneten Wachleute sah. Die Männer beobachteten sie unablässig mit Feldstechern, bis sie davonfuhren.

Als sie wieder unterwegs waren, erläuterte Cromwell seinen Plan. Garry wäre beinahe in den Straßengraben gefahren.

»Adler sind Adler, und Menschen sind Menschen«, sagte der Indianer nach einer Weile.

»Es ist die einzige Chance, da reinzukommen. Ich habe mir die Berichte sehr genau angehört und das Material angesehen. Die Wachen vorhin hast du ja selbst gesehen.«

»Muss ich darauf antworten?« Garry sah weiter auf die Straße. »Selbst wenn du da reingelangst, wie weit kommst du dann, wo willst du suchen? Nichts weißt du. Nichts von der Anlage, nichts von den Leuten dort. Es ist Wahnsinn.«

»Was kann ich sonst tun? Sag es mir.«

»Warten, bis die Großen handeln.«

Cromwell lachte auf. »Die haben mich in letzter Zeit genug verarscht. Bis dahin kann es zu spät sein.«

»Kennst du dich damit überhaupt aus?«

»Ja.« Cromwell dachte an einen gut zehn Jahre zurückliegenden Urlaub, in dem er einen Grundkurs in Drachenfliegen absolviert hatte. Das Problem war, dass dies seine ganze Erfahrung war.

»Es ist deine Entscheidung. Du weißt, warum du es machst?«

»Ja.«

Cromwells Entschluss stand fest. Mochte auch Garry seinen Plan für völlig verrückt halten, er würde tun, was er tun musste.

Kristinas gelassene Sicherheit, der Humor in ihren blitzenden Augen, ihre unaufdringliche Selbstständigkeit und ihre Toleranz, all das zusammen ergab die Mischung, die er nicht mehr vermissen wollte. In ihm war ein Gefühl, das so ganz anders war.

Er liebte diese Frau.

Wieder in Las Vegas, fuhr Garry ihn zu einer Drachenflugschule. Cromwell bat den Trainer um eine individuelle Auffrischung seiner Flugkenntnisse, da er eine Wette eingegangen sei, die er in den nächsten Tagen einlösen müsse. Da es sich um eine einmalige Sache handele, für die er sich nicht eigens einen Drachen kaufen wolle, fragte er, ob er einen Gleiter leihen könne.

Auch das war möglich gegen Hinterlegung einer entsprechend hohen Kaution.

Garry machte sich auf den Weg, in der Stadt weitere Utensilien zu besorgen, während Cromwell mit dem Trainer im Lauf des späten Nachmittags die ersten kurzen Trockenübungen machte und dann außerhalb der Stadt in einem namenlosen Canyon seinen ersten Rundflug seit zehn Jahren zusammen mit dem Trainer überstand.

Er hatte vieles vergessen. Der Trainer verzog mehrfach bedenklich das Gesicht und fragte, wie viel Vorbereitungszeit er denn habe.

Cromwell beruhigte den Trainer, und sie verabredeten sich für den nächsten Morgen erneut.

Cromwell und Garry übernachteten in einem kleinen Motel unweit der Flugschule. Am nächsten Morgen ging es früh wieder hinaus ins Gelände. Cromwell frischte bei weiteren Kurzflügen mit dem Trainer seine Kenntnisse auf und war dann endlich so weit, seinen ersten Alleinflug zu starten.

»Geht doch hervorragend«, lachte er zufrieden, als er die Landung meisterte.

Der Trainer riet ihm, wenigstens noch ein paar Probeflüge zu machen, vielleicht auch an dem Ort, wo die Wette stattfinden sollte.

Cromwell sagte, das sei eine gute Idee, und packte den Drachen mit Garry in den Wagen.

Die Hilflosigkeit stand ihnen ins Gesicht geschrieben und auch die Wut darüber. Das wiederum machte sie so gefährlich.

Kristina saß auf einem harten Stuhl und beobachtete die Männer, die vor ihr und Louise Shealy standen. In den zwei Tagen ihrer Gefangenschaft hatte sie gelernt, diese Männer zu unterscheiden.

Der Milliardär hatte diesen Quest mitgebracht, von dem sie entführt worden waren und der nur kalt auf sie herabblickte. Der Wissenschaftler schrie wieder.

»Wir kommen einfach nicht weiter!«, ereiferte sich Tyler Williams ungehalten. »Dieses Scheißding ist nicht zu knacken.«

Louise Shealy lachte und hustete dabei. Wie immer rauchte sie unablässig. Zwar waren sie Gefangene, genossen aber ansonsten allen Komfort. Sie wurden in Louise Shealys Büro festgehalten. Es war fensterlos und unterschied sich in nichts von anderen Büros. Einzig die Reihe von Kristallschädeln in den Regalen fiel auf. Sie waren größer als die, die Kristina bereits in der Wohnung von Louise Shealy gesehen hatte. Diese hier wirkten echt.

Vernon Porters sah mit trüben Augen auf Kristina und dann auf die alte Frau herab.

»Wir sind an einem Punkt angelangt, den ich nie erreichen wollte«, brummte der General mit mürrischer Stimme. »Louise, ich gebe zu, dass wir mit unseren Methoden am Ende sind. Wir brauchen Ihre Hilfe.«

Die Blicke der beiden trafen sich. Kristina bemerkte, wie sich die alte Frau versteifte.

»Nein.«

»Sie wissen, wie schwer es uns fällt, Sie um Hilfe zu bitten?« Cushing grinste breit und verlegen.

»Das kann ich mir vorstellen«, antwortete Louise. »Wann gibt es schon Anlässe, wo einem Milliardär sein ganzes Geld nichts hilft? Ehrlich gesagt, ich genieße es.«

»Weil Sie es immer wieder gesagt haben. Ich weiß.« Der General beugte sich nach vorn, bis sein Gesicht dicht vor dem der alten Frau war. »Ich will Ihnen nicht wehtun. Aber ich werde es tun, wenn es sein muss. Was also machen wir falsch?«

»Selbst wenn ich es wüsste, würde ich es nicht sagen. Sie haben den Weg verlassen. Sie haben die Anweisungen von General Osmond außer Kraft gesetzt.«

»Wir müssen es. Um uns wehren zu können.«

»Wehren?« Louise Shealy lachte auf. »Sie sind uns Lichtjahre überlegen. Wir können uns nicht wehren. Wir können nur den einen Weg gehen. Aber den haben Sie verlassen!«

»Was ist damals Besonderes passiert? Welchen Hinweis verschweigen Sie uns schon die ganzen Jahre?«

Louise Shealy riss die Augen auf. Kristina spürte, wie die alte Frau neben ihr unsicher wurde.

»Ich verschweige nichts.«

»Oh doch.« General Porters knurrte wütend. »Osmond hat mir das bei seinem letzten Besuch gesagt.«

»Sie wissen alles.«

»Wenn Sie damit das Datum meinen: ja.« Porters' Augen weiteten sich gefährlich, und seine Worte zischelten wie tausend Schlangen. »Aber es gab da noch etwas. Etwas, das nur Sie und er wussten. Weil Sie beide dabei waren. Und der Präsident. Seitdem Reagan den Brief an sich genommen hat, hat ihn niemand wieder gesehen.«

»Es gibt nichts.«

»Sie lügen.« Der Milliardär grinste gehässig. »Reagan hat mir selbst bestätigt, dass da noch etwas war. Aber er war verschwiegen wie eine Auster. Also?«

»Ich weiß, dass weder Sie noch Cushing den Inhalt kennen.«

Kristinas Blick irrte zwischen der alten Frau und den beiden Männern hin und her. Die Gesichter der Männer waren hässliche Fratzen, Louise Shealy dagegen war von einer entschlossenen Gelassenheit.

»Es muss etwas mit der Kontaktaufnahme zu tun haben.«

Der General starrte mit verzerrtem Gesicht auf die alte Wissenschaftlerin, die genüsslich den Rauch ihrer Zigarette in die Luft blies.

»Wenn dazu überhaupt etwas gesagt wird.«

Der Faustschlag des Generals traf Kristina völlig unvorbereitet und riss sie vom Stuhl. Sie fiel gegen die Wissenschaftlerin und riss sie mit zu Boden. Wilde Schmerzen durchfluteten vom Ohr aus, wo sie der Schlag getroffen hatte, ihren ganzen Körper. Tränen schossen ihr in die Augen.

Porters machte eine Bewegung zu Quest, der eine lange Stahlrute aus seiner Jackentasche zog.

»Dieses Ding ist mörderisch.«

Porters zeigte auf die Stahlrute und dann auf Kristina.

»Wenn Sie nicht sagen, was wir wissen müssen, dann wird Quest Ihre neue Freundin erschlagen. Vor Ihren Augen. Minute um Minute. Schlag für Schlag. Und wenn es Stunden dauert. Zum Schluss werden Sie es sagen, um Ihre Freundin zu erlösen.«

Kristina starrte zu Quest hoch. Der Tränenschleier in ihren Augen ließ die Konturen verschwimmen. Quest schlug mit der Stahlrute gegen sein rechtes Hosenbein. Dann führte er einen heftigen Schlag durch die Luft. Das Pfeifen schüttelte Kristina.

»Das würden Sie tun!«

Louise Shealy nickte. Ächzend lag sie auf dem Boden. »Kann mir wenigstens einer beim Aufstehen helfen?«, schrie sie.

Quest hielt ihr die linke Hand hin und zog sie hoch.

»Nur der Präsident weiß es. Nur er darf den Befehl geben, es zu tun.«

Cushing lachte amüsiert auf, während Porters kalt auf die alte Frau starrte.

»Präsidenten sind Aushängeschilder, gebunden und gefangen in einem Netz von Abhängigkeiten. Es gibt Leute wie uns, die es tun.«

»Allerdings.« Sie spuckte das Wort aus.

Porters nickte Quest zu. Cushings Sicherheitschef trat einen Schritt vor. Mit einer zügigen Bewegung des rechten Armes peitschte die Stahlrute durch die Luft. Sie traf die Rückenlehne von Kristinas Stuhl. Das Holz zersplitterte.

»Stellen Sie sich vor, das wäre ihre linke Schulter gewesen.« General Porters deutete auf die geborstene Stuhllehne. »Hätte sie auf dem Stuhl gesessen, wäre sie jetzt schon ein Krüppel.«

Die alte Wissenschaftlerin hob die Hände. Eine Minute blieb sie still, den Kopf gesenkt.

Es schien, als bete sie. Kristina meinte, dass sich die Lippen der alten Frau bewegten, als halte sie Zwiesprache mit irgendjemandem.

»Das ist es nicht wert. Nicht ein einziges Menschenleben. Es würde ihren Auffassungen zuwiderlaufen«, sagte Louise Shealy. »Der Präsident ist selbst schuld, wenn er es nicht verhindert. Es ist seine Aufgabe. Dort.«

Kristina blickte auf den knochigen und dürren Arm der alten Frau. Gestützt auf ihren Stock, deutete sie mit der linken Hand zum Bücherregal, auf die Kristallschädel.

»Ich verstehe nicht!«, sagte der General wütend.

»Der Schädel«, sagte die Wissenschaftlerin. »Der da.«

»Sie sind blindwütig immer nur in eine Richtung gerannt«, knurrte Louise Shealy beleidigt, als sie Porters verständnislose Blicke sah. »Ich habe Osmond vor Ihnen gewarnt …«

»… ich weiß das.«

»… seitdem wir uns in Guatemala begegnet sind. Damals haben wir auch nach solch einem Schädel gesucht. Aber das haben Sie nie erfahren. Sie haben diese Art von Phänomenen nicht ernst genommen. Deshalb hat Osmond Ihnen auch nichts davon erzählt. Und dann kam das Verbot vom Präsidenten. Ich bin die Letzte außer dem Präsidenten, die das Geheimnis noch kennt. Damit öffnen Sie das Raumschiff.«

Tyler Williams stand bereits vor dem Schädel, auf den Louise Shealy gedeutet hatte.

Der Schädel war geformt wie ein Menschenschädel und genauso groß, allerdings vollkommen durchsichtig.

»Unglaublich glatt«, sagte Williams, als er mit der Hand über die perfekt geschliffene Oberfläche fuhr. »Ich sehe so etwas zum ersten Mal.«

Ihre Augen blitzten, versprühten Energie, eisernen Willen und Konsequenz.

»Fragen Sie den da. Der weiß alles.«

»Jetzt wollen Sie uns aber endgültig veralbern«, knurrte Cushing und starrte auf den Schädel. Er flößte ihm Furcht ein, erinnerte ihn an den Tod, den selbst er nicht verhindern konnte.

»Kaum. Auch wenn Sie es nicht glauben, so haben wir ihn doch aus einem Raumschiff.« Sie lachte bitter auf. »Wenn ich es mal so ausdrücken will.«

»Sie meinen, wir haben schon mal ein Schiff gekapert?«

Shealy lachte wieder. »Was glauben Sie? Meinen Sie, wir konnten früher Schiffe kapern und heute nicht?«

Kristina sah dem Schauspiel fassungslos zu. Da standen Männer im besten Alter, alle überdurchschnittlich intelligent, vor einem nachgemachten Totenschädel, der angeblich ein Geheimnis barg.

Sie hatte in den vergangenen Wochen von so manchen festen Überzeugungen Abschied nehmen müssen. Es gab Dinge, die einfach über den Verstand hinausgingen. Aber in ihr sträubte sich alles dagegen, das zu glauben, was die alte Frau jetzt auftischte. Ihre Drogen mussten Halluzinationen hervorrufen.

»Und was ist so Besonderes an ihm?« Cushing betrachtete die Form des Schädels. »Wer sagt außerdem, dass dies der richtige ist? Es stehen so viele hier.«

Louise Shealy lachte bitter und stand mühsam auf. »Erkennen Sie den Unterschied nicht? Kommen Sie, schauen wir ihn uns an.«

Als alle um den Schädel standen, strichen ihre knorrigen Hände über den Totenkopf.

»Dieser hier hat als einziger einen beweglichen und abnehmbaren Kiefer. Das ist das Besondere und Einzigartige, das ihn als den richtigen ausweist. Und trotzdem ist er aus einem Block gefertigt. Die anderen sind Attrappen, Nachahmungen, Tarnung.«

Tyler Williams strich mit den Fingerkuppen über den Kiefer des Schädels.

»In der Tat faszinierend.«

»Tatsache ist, dass es bis heute keine Fertigungstechniken auf der Erde gibt, die eine solch ebenmäßige Arbeit vollbringen. Der Schädel selbst besteht aus Quarzkristall, und zwar von einer fast hundertprozentigen Reinheit. Unsere Versuche, Ähnliches in dieser Perfektion nachzubilden, scheiterten kläglich, selbst mit maschinellen Methoden. Zwar fanden wir, einmal auf das Phänomen aufmerksam geworden, weitere dieser Schädel, aber keiner hatte einen abnehmbaren Kiefer, war so rein und klar und vollkommen geformt.«

Da Kristall über Milliarden von Jahren unter immensem Druck und Hitze wächst und dabei zu einem der härtesten Materialien der Welt wird, gab der Schädel noch mehr Rätsel auf. Er bestand aus piezoelektrischem Siliziumoxid, was bedeutete, dass er wie eine Batterie eine Polarität aufwies und man mit Druck Elektrizität erzeugen konnte.

»Außerdem besitzt der Schädel außergewöhnliche optische Eigenschaften. Licht, das eindringt, wird gebündelt und tritt durch die Augenhöhlen wieder aus, ja, es rotiert sogar im Schädel. Zudem ist der Schädel ganz besonders resistent gegen chemische Veränderungen, wie sie aus dem Wandel der Umwelt entstehen. Es scheint so, als sei er für die Ewigkeit gemacht. Er enthält Daten.« Louise Shealy sagte es ganz leise und in einem geradezu andächtigen Tonfall.

Tyler Williams lachte nervös auf. Er sah unsicher zu Porters und Cushing.

»Und sicherlich auch den Code zum Öffnen des Raumschiffs, was?« Cushings Verstand rebellierte. »Womöglich steht der Code in einer Gaswolke über dem Kopf, wenn ich das richtige Zauberwort sage.«

»Hört auf!« Tyler Williams fauchte los. Seine Augen funkelten. »Eure Unwissenheit stinkt zum Himmel. Wenn man bedenkt, dass wir erst seit einem Jahrhundert von den elektrischen Eigenschaften einiger Quarzkristalle wissen und dann noch feststellen, dass unsere Computer ein Herz aus Quarzkristall haben, dann wird man nachdenklich. Alle modernen Zeitmessgeräte und Informationstechnologien, Radargeräte, medizinischen Geräte, die Datenautobahnen, alles nutzt Quarzkristall. Kristall hält wie kein anderes Material elektrische Energie unter Kontrolle.«

Er legte eine Pause ein, sah alle nacheinander an. Leise sprach er weiter.

»Mittlerweile hat die Wissenschaft bewiesen, dass jeder Mensch seine eigenen Wellen aussendet. Umgekehrt werden die Menschen geradezu mit elektrischen Wellen bombardiert. Strahlungsenergie, von der Sonne kommend. Die Menschen nehmen nur zwei davon wahr: Licht und Infrarot. Man schätzt, dass der Mensch achtundneunzig Prozent der Wellen nicht wahrnimmt, etwa Radio- oder Mikrowellen.«

»Der Mensch als Funksystem«, sagte Kristina gedankenverloren.

Sergeant Daniel Hopper starrte auf den Boden. In der Hand hielt er einen Becher Wasser, an dem er immer wieder nippte. In Gedanken war er bei seiner Frau, die er nur kurz hatte sprechen können, weil sie mit den zwei Kindern unterwegs zu den Großeltern war.

Wie jedes Mal, wenn es zu einem Einsatz ging, dachte er an die Rückkehr. Oder daran, dass er vielleicht nicht zurückkehren würde. Seine Frau und er hatten es sich angewöhnt, nur ganz kurz Abschied zu nehmen und dafür die Rückkehr ausgiebig zu feiern. Die Kinder waren mit zwei und vier Jahren ohnehin zu klein, um zu begreifen, wie gefährlich der Job ihres Vaters war.

Und wieder einmal war der Einsatzbefehl ohne Vorwarnung gekommen. Aber dafür waren sie bei der Airborne. Sie waren die schnellste zur Verfügung stehende Eingreiftruppe. Ihr Normalzustand war die praktisch sofortige Einsatzfähigkeit. Amerika rief sie, wenn es schnell gehen musste.

Er stellte den Becher mit dem Wasser auf den Boden und zog die drei Fotos aus der Tasche, die er bei jedem Sprung bei sich trug.

»Serge, keine Trübsal. In zwei Tagen sind wir wieder zurück.«

Andrew Doyle war wie Chuck Clark und Bill Skinner Trooper in dem Fire Team, das Daniel Hopper als Sergeant leitete. Sie waren mittlerweile ein eingespieltes Team, nachdem sie nun seit einem Jahr zusammen waren. Doyle und Skinner waren richtige Muskelpakete, während Clark und Hopper mittelgroß und eher feingliedrig waren. Aber alle waren sie auf Grund des unnachgiebigen Trainings körperlich topfit.

Sie saßen in der Pope Air Force Base in einem gesonderten Bereich, der »Green Ramp« genannt wurde und nichts anderes war als ein Wartebereich mit Betonfußböden, Bänken und Getränkeautomaten.

Es war ein klassisches Heerlager. Überall stand die Ausrüstung herum. Sie selbst hatten bereits ihre Fallschirme auf dem

Rücken. Vor knapp einer halben Stunde waren sie vom Headquarter der 82nd Airborne Division mit dem Bus auf die Air Base gebracht worden. Draußen standen die C-130 Hercules bereit.

Sie würden zur ersten Sprungwelle gehören. Sie waren die Pfadfinder, die die Drop Zone für die nachkommenden Wellen und Transportmaschinen erkunden und absichern sollten.

»Ist deine Ausrüstung in Ordnung?« Hopper sah Doyle nachdenklich an.

Bei der letzten Inspektion hatte das leichte Maschinengewehr des Fire Teams, das Doyle zusätzlich zu seinem M16A2 mitführte, geklemmt. Es hatte riesigen Krach gegeben. Im Einsatz konnte das den Tod des ganzen Fire Teams bedeuten. Als Fallschirmspringer konnten sie keine schweren Waffen mitführen. Da mussten sie sich umso mehr auf das verlassen können, was sie hatten.

Doyle stieg die Zornesröte ins Gesicht. Er hasste es, wenn ihm seine Fehler unter die Nase gerieben wurden. Für diesen lächerlich kleinen Fehler hatte er schon genügend Anschisse eingesteckt.

Chuck Clark und Bill Skinner fummelten derweil an ihrer Ausrüstung und checkten sie gegenseitig durch.

»Hört auf, ihr Streithähne. Jetzt wird es ernst.« Bill Skinner zeigte nach draußen, wo der Lademeister mit der Einweisung begann. Vorn setzten sich die ersten Trooper in Bewegung.

»Wir sind dran!«, rief plötzlich Staff Sergeant Tim Greene. »Los dann.«

Hopper sah seine Leute auffordernd an. Sein Team und das von Tim Greene bildeten eine Infantery Squad. Tim Greene als Staff Sergeant war der Squad Leader, Hopper würde im Notfall Greene als Gruppenführer vertreten müssen.

Sie schulterten ihre Ausrüstung. Hopper musste wieder an Enten denken, als er die Reihe der Trooper entlangsah, die nun auf die C-130 Hercules zuwatschelten.

So um die siebzig Kilo mochte das Gepäck wiegen, das jeder

von ihnen mit in den Einsatz schleppte. Ein Fisch sieht nur im Wasser elegant aus und nicht an Land, ein Parachute erst in der Luft beim Sprung und nicht vorher, dachte er.

Sie teilten die Kompanien wieder auf die verschiedenen Maschinen auf, damit beim Verlust einer Maschine nicht gleich der gesamte Trupp verloren ging. Damit wurde verhindert, dass in solch einem Fall eine ganze Einheit ausradiert und ein Angriffsziel womöglich nicht bekämpft wurde.

Sie hockten in einer C 130E. Der Frachtraum war eng; sie würden die ganze Zeit mit untergeschlagenen Beinen sitzen müssen.

Der Lademeister führte ein strenges Regiment und bemängelte noch den kleinsten Fehler, den er zu sehen meinte.

»Die Jungs von der Air Force sind wieder ganz genau.« Skinner lachte gehässig. Die 43rd Airlift Wing unterstand dem Air Mobility Command und war für den Transport der Airborne Divison zuständig. »Natürlich haben wir wieder die Scheiß C 130 erwischt. Die Globemaster III wäre doch auch mal schön gewesen.«

»Die paar Minuten wirst du es schon aushalten.«

Hopper dachte daran, wie wenig sie ihnen über das Angriffsziel gesagt hatten. Innerhalb der Staaten. Und doch kein Manöver.

»Eigene Leute?«, hatten sie erschrocken zurückgefragt, denn das war das Schlimmste, was ihnen passieren konnte.

»Nein. Sicherungsmaßnahme. Ob es zum Äußersten kommt, ist noch gar nicht gesagt. Und wenn, dann gegen Söldner oder Wachmannschaften. Keine regulären Truppen. Wir sind dabei, um das Überraschungsmoment optimal einzusetzen.«

Und dann hatten sie ihnen die Pläne gezeigt, sie in die Ziele eingewiesen und die Probleme im Detail geschildert, auf die sie stoßen konnten.

Hopper hatte seine Zweifel. Was er gesehen hatte, waren militärische Anlagen gewesen. In der Wüste. In einen Hang hineingebaut. Das bedeutete Sand und Felsen.

Wenn sie mit ihrer Ausrüstung da was ausrichten sollten, brauchten sie das Überraschungsmoment und ihre Kavallerie.

Den großen Vorteil des riesigen Salzsees hatte er sofort erkannt. Eine übersichtliche Drop Zone. Damit war wenigstens die Gefahr geringer, sich bereits bei der Landung die Beine zu brechen. Von Nachteil war dagegen, dass sie auf solch einer weiten Fläche ungeschützt dem Feind ausgeliefert waren.

Er verscheuchte seine trüben Gedanken. Der Salzsee war eine ideale Landefläche für die Transporter mit den schweren Geräten. Wenn sie die Landebahn sichern konnten, würde wenigstens genügend Feuerkraft nachkommen.

Hopper sah zum Ende des Frachtraums. Die Laderampe schloss sich, und die Turbinen heulten auf.

»Schluss mit dem Scheiß!«, brüllte Cushing.

»Sie beschäftigen sich zu wenig mit der Vergangenheit.« Louise Shealy legte ihre knorrige Hand auf den Schädel. »Der Schädel wurde im Lauf der Jahre den verschiedensten Untersuchungen unterzogen. Hewlett Packard untersuchte ihn, wir haben sogar mit Esoterikern gearbeitet.«

»Und?« Williams schien es nicht im Geringsten zu stören, womit man das Wissen erpresste. Er wusste, dass Kristall nur über Milliarden von Jahren unter immensem Druck und Hitze wuchs. Es hatte die Härtestufe sieben, Diamanten die Härtestufe zehn. »Warum ist mir das alles nicht bekannt? Warum weiß ich nichts von dem Schädel und den Untersuchungen?« Tyler Williams funkelte Cushing und Porters respektlos an. »Da werden Experimente unternommen, die eminent wichtig für uns sein können, und ich werde nicht darüber unterrichtet.«

»Jetzt wissen Sie es.« Cushing stieß den Wissenschaftler unsanft in den Rücken, um ihm klar zu machen, mit wem er sprach.

»Berechnungen haben ergeben, dass man manuell sieben Millionen Arbeitsstunden oder achthundert Jahre ununterbrochenen Schleifens benötigt, um ihn herzustellen.«

Kristina wunderte sich über die nüchterne wissenschaftliche Art, mit der Louise Shealy plötzlich sprach. Sie verweigert sich nicht mehr, dachte Kristina, und rettet mich damit vor einem grausamen Tod.

»Was für Daten?«, fragte Tyler Williams kalt.

»Wir konnten sie noch nicht lesen. Es sind Schwingungswellen, die wir gemessen haben.«

»Und wo kommt er her?«

Kapitel 29

Dienstag, 20. Juni 2000

Cromwell und Garry schleppten ihre Ausrüstung die nördliche Flanke des Freedom Ridge hinauf, nachdem sie mit einem Geländewagen so weit den Hang hinaufgefahren waren, wie es eben ging.

Schotter und Sand rutschten unter ihren Füßen. Kreosotbüsche und andere stachelige Wüstenpflanzen bildeten einen Gestrüppteppich, aus dem die allgegenwärtigen Joshua Trees wie Wachtürme herausragten.

Freedom Ridge war ihnen als einer der nächsten höher liegenden Punkte empfohlen worden, wenn er auch einen entscheidenden Nachteil hatte: Die Kuppe des Höhenzuges gehörte seit 1995 zur Area 51. Damals hatten die Militärs ihr Sperrgebiet ausgedehnt, um die Beobachtung der Geheimbasis zu unterbinden, die von dort aus einsehbar war.

Allerdings war nicht die gesamte Erhebung davon betroffen, denn nach dem Engle-Act aus dem Jahr 1958 war jede Landnahme zu Gunsten des Verteidigungsministeriums der Zustimmung des US-Kongresses unterworfen, wenn sie mehr als zweitausend Hektar betraf. Da solch eine Anhörung nur unliebsame Publicity gebracht hätte, blieb man bei der Landnahme unter den zweitausend Hektar Ausdehnung, mit der Folge, dass eben nur die Kuppe vereinnahmt wurde.

»Das muss sie sein«, nuschelte Garry angestrengt, als er zusammen mit Cromwell vor einem rötlichen Metallpfosten mitten zwischen Wüstensträuchern stand und sein Paket mit Metallröhren von der Schulter wuchtete.

»Tolle Grenzmarkierung«, knurrte Cromwell und dachte an die perfekten Sicherungsanlagen, die einmal Deutschland geteilt hatten. »Kein Wunder, wenn man das nicht sieht und auf die andere Seite wechselt, ohne es zu merken.«

Ein Stück entfernt stand ein Pfosten mit einer der Aluminiumkugeln von einem halben Meter Durchmesser, die Gerüchten zufolge mit Überwachungselektronik voll gestopft sein sollten.

»Glaubst du daran?« Cromwell sah skeptisch in Richtung der Aluminiumkugel.

»Es sollen Radar-Testziele sein. Louise hat immer gesagt, sie verbeulen sich beim Abwurf aus dem Flugzeug, und deshalb verwendet man sie danach hier als weithin sichtbare Markierung. Alles andere sind Märchen. Aber sie sollen kleine Bewegungsmelder haben.«

Cromwell nickte. Egal, womit sie das Gebiet überwachten, er wollte da hinein. Er musste das Risiko tragen, entdeckt zu werden.

»Was machen wir jetzt?«, fragte Garry.

Cromwell suchte immer wieder den Hang und die Kuppe nach verdächtigen Bewegungen ab. Alles war ruhig. Nirgends war ein Wagen der Sicherheitsleute zu sehen.

Aber das musste nichts heißen. In Rachel hatte man sie gewarnt, dass auch Einzelpatrouillen üblich seien und hinter einem der Joshua Trees einer der Sicherheitsleute lauern konnte.

»Wir testen es«, sagte Cromwell trocken und übertrat die unsichtbare Grenze. Langsam stieg er weiter den Hang hinauf. Jeden Moment rechnete er mit dem Auftauchen eines Sicherheitsmannes.

Aber nichts geschah. Cromwell legte sich auf den Bauch und robbte das letzte Stück hinauf, bis er über die Kuppe sehen konnte.

Im Westen schlängelte sich die Groom Lake Road in Richtung der hoch geheimen Anlage. Im Tal sah er das flache Wachgebäude mit der Radarschüssel auf dem Dach. Das Gebäude lag etwa einen Kilometer hinter der unsichtbaren Grenze.

In Rachel hatten sie erzählt, welchen Ärger man bekam, wenn man bis zu dem Wachgebäude vordrang. Ein Gerichtsverfahren mit einer saftigen Geldstrafe war das Mindeste, mit dem man rechnen musste. Immerhin warnten die Schilder, dass die Militärs hier zur Anwendung tödlicher Gewalt berechtigt seien.

Ein Blick zurück zeigte Cromwell, dass Garry immer noch hinter der unsichtbaren Grenze nahe dem Metallpfosten ausharrte.

Mit einem Feldstecher warf Cromwell einen ersten Blick auf die hochgeheime Area 51 in der Ferne.

Er konnte Hangars erkennen, Radaranlagen, Treibstofftanks. Wüstenpisten führten aus den enger stehenden Gebäuden zu einzelnen Bauten an den zunächst sanft ansteigenden Berghängen. Die Vielzahl der Gebäude verblüffte ihn. Er wusste nicht genau, was er erwartet hatte, aber das hier war eine kleine Stadt.

Die ganze Anlage lag in einer Ebene. Der ausgetrocknete See und das Lager bildeten die engste Stelle zwischen den südlich und nördlich gelegenen Höhenzügen, während sich östlich und westlich die Ebene zunächst weiter ausbreitete. Im Osten stieg sie zu den Jumbied Hills an, während sie im Westen ins Grant Valley überging.

Die Berghänge waren übersät mit Erosionsrinnen, als stürzten dort regelmäßig Wassermassen zu Tal, die Sand und Steingeröll mit sich führten und verhinderten, dass sich auch dort das schmutzig braune Grün der Wüstenbüsche ansiedelte.

In Cromwell stieg Panik auf.

Wie sollte er hier Kristina finden?

Wenn er realistisch war, würde er keine zwei Minuten auf freiem Fuß durch die Gebäudeansammlung spazieren können.

»Wir grübeln jetzt nicht«, sagte er zu sich und robbte zurück.

Garry hatte ihn immer wieder von seinem Vorhaben abhalten wollen und auf die Hindernisse hingewiesen, die ihn erwarteten. Aber jedes Mal hatte Cromwell sie ignoriert. Improvisation war sein Zauberwort. Wenn dort so viele Menschen arbeiteten, würde einer mehr nicht auffallen. Irgendwie würde er es schaffen.

Unterhalb der Kuppe richtete er sich auf und stapfte hinunter zu Garry und dann zum Wagen. Sie luden weiter aus und transportierten das Material keuchend und schwitzend den Berg hinauf.

Den Drachen baute Cromwell am Hang noch vor der unsichtbaren Grenze zusammen. Er wog um die dreißig Kilo. Garry konnte mit Kielrohr, Flügelrohr und Querrohr mit Querrohrgelenk nichts anfangen und sah Cromwell nachdenklich zu.

Besonders genau arbeitete Cromwell, als er sich an die Hauptaufhängung machte und das Gurtzeug befestigte. »Ein falsch angebrachter Karabinerhaken kann das Ende sein.«

»Den Tod bringen, meinst du.«

»Genau.« Cromwell schwitzte. Angst und Hitze. Er wusste nicht, was schlimmer war. Aber er war wild entschlossen, alles zu tun, um Kristina zu retten.

Schließlich lag der Drachen zusammengebaut vor ihm am Hang.

»Immerhin, alle Teile verbaut. Keine Schraube über«, sagte der Mohave und schüttelte den Kopf. Er hatte in seiner Jugend gelernt, dass die Vögel dazu bestimmt waren zu fliegen.

Cromwell holte einen Wasserkanister vom Wagen und trank gierig.

Langsam setzte die Dämmerung ein. Mit geschlossenen Augen lag er auf dem Geröll und konzentrierte sich. In Gedanken ging er die Gefahren durch, die auf ihn zukommen mochten. Wenn man sie kannte, dann überraschten sie einen wenigstens nicht. Am meisten Sorgen bereitete ihm sein Wasservorrat. Seine größte Horrorvorstellung war, hilflos in der Wüste in der prallen Sonne zu liegen und langsam zu verdursten.

Die Hitze war auch jetzt noch unerträglich. Sie lähmte ihn.

In Gedanken sah er Kristinas Gesicht. Sie lachte, ihre Augen blitzten. Er sah, wie ihre schlanken Finger seinen Arm berührten und sich seine Haare wie aufgeladen aufstellten. Die wenigen Male, wo sie sich berührt hatten, waren plötzlich sehr präsent. Er meinte, sie zu schmecken, zu riechen, und er sehnte sich nach ihr. Er stellte sich vor, wie es sein würde, wenn sie sich liebten. Schlagartig verkrampfte sich sein Magen. Er musste sie wiedersehen.

Er öffnete die Augen. Das Farbenspiel der Wüste mit seiner unendlichen Zahl von rotbraunen Nuancen lenkte ihn eine Weile ab, löste seine Verkrampfung. Dann sprang er abrupt auf.

Entschlossen streifte er sich die Wasserschläuche aus flexiblem Hartplastik über, die wie ein Polster vor seiner Brust lagen. Es gluckerte leise in den Schläuchen. Dann schob er den Rucksack auf den Rücken, der weitere Wasserflaschen und eine Browning High Power mit fünf Reservemagazinen enthielt.

Damit standen ihm achtundsiebzig Schuss zur Verfügung. Die Waffe hatte er in Louise Shealys Wohnung mitgenommen. Wenn er sich richtig erinnerte, hatte sie Miller gehört.

An Proviant hatte Garry mehrere kleine Pakete energiereicher Fertignahrung aufgetrieben, wie sie bei Survivaltrainings als Notrationen eingesetzt wurden.

Zum Schluss streifte sich Cromwell das Gurtzeug über. Garry half ihm dabei, es über den Schultern zurechtzurücken, da der Rucksack unter dem Gurtzeug es nicht behindern durfte.

Cromwell hatte sich für einen Kniehängergurt entschieden, bei dem der Körper an Schultern, Hüfte und Knie aufgehängt ist. Es war wie eine Weste, die um den Vorderkörper gelegt wurde und deren Riemen den Körper über den Schultern, unter den Achseln und an den Oberschenkeln unmittelbar unter dem Po fixierten. Eine zusätzliche Aufhängung war an den Knien befestigt.

Über ein Verbindungsseil von den Knien über eine Umlenkrolle am Karabiner in der zentralen Aufhängung hin zur Schulterbefestigung würde Cromwell den Positionswechsel in der Körperhaltung steuern.

Der winzige Rundkappenfallschirm mit dem kleinen Packmaß war als Außencontainer am Gurtzeug vor seinem Bauch angebracht. Als er den Schutzhelm aufsetzte, sah er aus wie ein Astronaut in einem etwas seltsamen Raumanzug.

»Jetzt wird es ernst.« Cromwell sah zu Garry hinüber, der den Kopf schüttelte, als er zum Drachen watschelte. »Komm, der Start ist das Komplizierteste. Wenn ich den überstehe, schaffe ich alles andere auch.«

Gemeinsam schleppten sie den Drachen den Hang hinauf. Cromwell sah immer wieder zur Kuppe, ob dort eines der weißen Sicherheitsfahrzeuge auftauchte.

Oben angekommen, atmete Cromwell tief durch.

Die Dämmerung senkte sich jetzt schnell über die Wüste. Der Feuerball der Sonne war hinter dem Horizont versunken, das letzte Licht flüchtete vor der Schwärze der Nacht. Cromwell sah in der Ferne die Lichter der Area 51. Man konnte sie mit funkelnden Sternen verwechseln.

Der Geröllabhang vor seinen Füßen machte ihm Sorgen. Immer wieder kollerten Steine unter seinen Schritten den Hang hinunter. Wenn er nicht bald in die Luft kam, würde er sich beim Anlauf die Beine brechen. Es war schon schwer genug, bei Licht auf den losen Steinen nicht auszurutschen.

Cromwell packte Garry bei den Schultern.

»Danke. Wünsch mir Glück.«

Der Mohave nickte. »Grüß die alte Dame von mir.«

Sie stellten den Drachen auf die Steuerbügelbasis. Cromwell schlüpfte mit den Schultern in den Steuerbügel und ging in die Hocke, bis der Aufhängegurt gestreckt war und die Oberarme von innen an den Trapezseitenrohren anlagen.

Seine Unterarme umfassten von außen die Seitenrohre des Steuerbügels, und seine Hände griffen die Rohre möglichst tief.

Als er sich aufrichtete, lag das Gewicht des Drachens auf seinen Oberarmen. Vorsichtig tarierte er ihn aus, bis die Flügelspitzen waagerecht ausbalanciert waren. Dann drehte er sich dem Abhang zu.

»Den richtigen Anstellwinkel nicht vergessen«, hatte der Trainer immer wieder erinnert. »Ist er zu groß, beschleunigt der Drachen zu langsam. Ist er zu klein, müssen Sie eine sehr hohe Geschwindigkeit haben, um abheben zu können. Suchen Sie sich einen Fixpunkt beim Anlauf in Richtung ihres Gleitwinkels als Orientierung.«

Cromwell wartete, bis Garry nickte, dass der Winkel von etwa zwanzig Grad so einigermaßen eingehalten war. Dann fixierte er einen imaginären Punkt in der Ferne. Ohne sich umzuschauen, ging Cromwell los.

»Die ersten Schritte gehen, langsam schneller werden, Oberkörper immer senkrecht, dann leichte Vorlage, Griff wechseln, die Knie schön heben bis fast zur Waagerechten, mit den Schritten immer länger werden. Und Geduld haben. Nicht zu schnell die Geschwindigkeit steigern, sonst kann es passieren, dass der Anstellwinkel versaut wird. Sie werden allein durch die größeren Schritte schneller.«

Die Anweisungen rief Cromwell ab wie in einem Computerprogramm. Sein Blut pochte mit Hammerschlägen in den Schläfen.

Alles klappte. Auch als er einmal strauchelte, kam er sofort wieder in den Schritt. Dann spürte er, wie der Drachen am Gurtzeug zog. Griffwechsel.

»In Brusthöhe die Rohre ganz normal im Ristgriff festhalten. Den Rest macht der Drachen eigentlich ganz allein.«

Der Steuerbügel baute plötzlich einen Druck auf, als wollte ihm jemand die Rohre aus der Hand reißen. Er gab dem Druck nach. Der Steuerbügel wanderte weg von seinem Körper. Plötzlich trat er mit den Füßen ins Leere. Er schwebte. Noch aufrecht hob ihn der Drachen weiter in die Luft.

Vorsichtig griff Cromwell erst mit der rechten Hand, dann mit der linken von den Seitenrohren nach vorn an das Basisrohr des Trapezes und verlagerte gleichzeitig sein Oberkörpergewicht. Dadurch rutschte er in die Liegeposition.

Er war vollauf mit dem Flug beschäftigt, während unter ihm die graubraune Wüstenlandschaft des Bergabhanges dahinglitt. In seinen Ohren stürzten blutige Wasserfälle in die Tiefe.

Er zog am Steuerbügel.

»Langsam, gleichmäßig und immer wieder«, hatte der Trainer gesagt. »Damit erhöhen Sie Ihre Geschwindigkeit.«

Als der Steuerbügel plötzlich wieder mit deutlicher Kraft zerrte, um seinen Händen zu entkommen, war der Zeitpunkt da, seine Zugbewegungen aufzugeben. Der Drachen legte an Geschwindigkeit zu.

Die Lichter der Area wiesen ihm den Weg. Die Dunkelheit tauchte den Boden unter ihm in ein schwarzes Loch. Der Wind knatterte in seinen Ohren und piekste mit warmen Nadeln in sein Gesicht.

Er blickte nach vorn. Dunkelheit umgab ihn. Der Himmel schien ihm heller als das Tal unter ihm, in dem sich bereits die Schwärze der Wüstennacht festsetzte. Die Lichter der Area-Gebäude vor ihm in der Ferne leuchteten wie Eiskristalle auf einem schwarzen Teppich.

Solange er die Windgeräusche höre, war alles in Ordnung. Er drehte den Kopf immer wieder nach links und rechts, starrte in die Dunkelheit.

Vor ihm am Quergestänge des Trapezes waren die Instrumente angebracht. Geschwindigkeitsmesser, ein Variometer für das Anzeigen des Steigens und Sinkens des Drachens, ein Kompass und ein Höhenmesser, der aber auf Grund des Einflusses des Luftdruckes auf die Messung am Startpunkt zu justieren war. Das hatte er vergessen.

Unter ihm tanzten plötzlich lanzendünne Lichtreflexe. Schwach, aber es war Licht.

Cromwell dachte sofort an die seltsamen Lichterscheinungen, die von den Beobachtern der Area immer wieder aufgenommen wurden und ein Grund dafür waren, dass man die tollsten Dinge auf dem Sperrgebiet vermutete.

Sie sollten von Flugobjekten stammen. Entweder seien sie außerirdischen Charakters oder stammten von geheimen Rüstungsobjekten, war ihm erzählt worden. Er hatte in dem kleinen Motel in Rachel genügend Bilder gesehen. Gelbliche Lichterscheinungen waren darunter gewesen und auch bläuliche, manche hatten die Form von Kreisen, andere sahen Blitzen ähnlich oder Würmern mit einem gleißenden Weiß in einer gelblichen Umrahmung, mal vor schwarzem, dann wieder vor einem rötlichen Hintergrund.

Es dauerte eine Weile, bis ihm aufging, was nicht stimmte.

Mit der Zeit wurde das Licht unter ihm immer stärker. Das Licht war unter ihm am Boden, nicht am Himmel, wo einzelne Sterne so klar wie Diamanten blinkten.

Das Licht stammte von einem Auto. Die Wachmannschaften. Sie fuhren Patrouille. Entweder auf der Groom Lake Road, der Zufahrtsstraße zur Area, oder mitten durch die Wüste auf schmalen Schotterpisten und Trampelpfaden, die sie mit der Zeit ausgefahren hatten.

Plötzlich wurden die Windgeräusche schwächer. Der Trainer hatte ihn ganz besonders vor den unterschiedlichen thermischen Verhältnissen der Wüste gewarnt, wo die warme Luft des Tages von der Kühle der Nacht abgelöst wurde. Die Luftzirkulation kehre sich in der Nacht zwischen Hang und Tal um. Wer nicht darauf vorbereitet sei, könne Schwierigkeiten bekommen.

Im Unterbewusstsein registrierte er, dass der Steuerbügel seltsam schlaff war. Hatte er beim Start noch gezogen und gezerrt wie ein Tiger an einem Fleischklumpen, so war er jetzt träge und satt.

Der Lichtschein wurde bald heller. Sie waren also schneller als er. Es dauerte nicht lange, und die Lichtquelle war unter ihm, verharrte plötzlich. Dann jaulte etwas direkt an seinem Kopf vorbei.

Die Windgeräusche übertönten im ersten Moment das Geräusch. Als es dann wieder jaulte, begriff Cromwell. Sie schossen auf ihn. Sie mussten Nachtsichtgeräte haben.

Cromwell war abgelenkt und merkte nicht, wie seine unsicheren Bewegungen im Gurtzeug das Flugverhalten des Drachens kaum merklich veränderten.

Wie hatten sie ihn entdeckt? Waren auf dem Berg doch Lauschgeräte angebracht? Hatte er Sensoren übersehen? Oder hatten sie ihn mit ihrer Überwachungsstation auf dem Bald Mountain geortet, von der sie in Rachel erzählt hatten?

Wieder jaulte eine Kugel dicht an ihm vorbei. Instinktiv bewegte Cromwell seine Arme und drückte dadurch den Steuerbügel nach vorn. Er wackelte in seiner Bauchlage, die Hängevorrichtung ächzte. Um die Lichter zu erkennen, beugte er den Kopf nach vorn. Seine Lage war steiler als zuvor. Er musste wieder Geschwindigkeit bekommen.

Seine Lage wurde noch steiler.

Er hörte keine Windgeräusche mehr. Und der Steuerdruck war weg.

Er sah nach unten. Erkennen konnte er in der blauschwarzen Dunkelheit nichts.

Geschwindigkeit!, schrie sein Unterbewusstsein. Du brauchst mehr Geschwindigkeit. Er zog den Steuerbügel zu sich heran. Doch die Reaktion kam zu spät.

Der Drachen richtete sich auf. Die Mindestgeschwindigkeit war unterschritten. Die Strömung riss ab, und der Auftrieb brach zusammen. Cromwell überzog den Drachen.

Der Drachen richtete sich weiter auf, dann kippte er nach vorn. Der Drachen kam wieder in den ursprünglichen Zustand, sackte mit der Spitze aber über den ursprünglichen Anstellwinkel hinaus in die Waagerechte und kippte dann weiter nach vorn. Dabei drehte sich der Drachen um die eigene Querachse.

Sein Körper zog alles nach unten.

»Scheiße!«, schrie Cromwell, der begriff, dass sein Flugabenteuer das vom Trainer befürchtete Ende nahm. In seinem Kopf wirbelten mindestens genauso dramatische Turbulenzen wie um den Drachen.

Der freie Fall schockte ihn. Das Ende, durchzuckte es ihn. Unmöglich. Nicht so.

Panik erfasste ihn, und er schrie unkontrolliert in den Wind. Er ruderte mit den Armen und zappelte in seinen Gurten. Der Sturz vermittelte ihm das Gefühl der absoluten Hilflosigkeit. Der Wind rieb schmerzhaft an seinen Wangen, alle Nervenenden jagten Alarmsignale ohne Ende in die Schaltzentrale.

Dort herrschte absolutes Chaos. Sein Gehirn verarbeitete nicht mehr, was mit ihm geschah. Die äußeren Reize puschten das Adrenalin, jagten andererseits aber euphorische Blitze durch die Nervenbahnen.

Cromwell begann plötzlich wild zu lachen, dann wieder presste er schreiend die Luft aus seinen Lungen.

Ihm wurde schwarz vor Augen. Er spürte dieses seltsame Gefühl, kurz bevor man ohnmächtig wird.

Irgendwo im Geflecht seines neuronalen Netzes löste sich ein mächtiger Impuls, überrannte alle Sperren und zertrümmerte die tödlichen Euphoriesignale.

»Ich will leben!«, schrie es aus ihm.

Mit einer unbändigen Kraftanstrengung verschwand der schwarze Schleier vor seinen Augen. Arme und Hände griffen um sich, tasteten Gurte, zerrten an Haken, glitten ab.

Seine Finger griffen an den Container vor seinem Bauch und rissen an der Leine. Das Paket schleuderte er seitlich von sich. Die Verbindungsleine straffte sich, der Innenteil riss auf, und die Fallschirmkappe wurde frei.

Die Fangleinen strafften sich, und mit einem Schlag fasste die Luft unter die Fallschirmkappe.

Schlagartig verlangsamte sich der Sturz. Cromwell durchfuhr

ein schmerzhafter Ruck. Der Drachen taumelte nun mit der Spitze schräg nach unten dem Wüstenboden entgegen. Wieder jaulte eine Kugel an ihm vorbei. Durch den Wind trieb der Drachen am Fallschirm schräg weg.

Cromwell konnte nicht erkennen, wie hoch er noch war. Schaukelnd richtete er sich aus seiner liegenden Position auf, brachte die Füße nach vorn. Er durfte nicht mit dem Gesicht aufschlagen.

Plötzlich sah er die graue Masse vor sich. Der Drachen bohrte sich mit der Spitze des Kielrohres und der Nasenplatte voran in den Wüstensand. Cromwells Beine stauchten nur Tausendstelsekunden später auf den Wüstenboden.

Ein heftiger Schlag durchfuhr ihn, dessen Schmerzen von den Füßen über die Oberschenkel bis ins Rückenmark jagten. Er hatte das Gefühl, gleichzeitig mit der Landung einen Schlag mit dem Hammer in den Rücken zu bekommen.

In seinem Kopf explodierten die Schmerzen, ebenso in seinem linken Fuß. Das Segel des Drachens senkte sich über ihn herab. Wenn er sich nicht beeilte, konnte es sein Leichentuch werden.

Das Gurtzeug hielt ihn fest. Das Knirschen und Knarren des Lederzeugs und des Drachensegels wurden von einem noch fernen, aber rasch näher kommenden Motorengeräusch überlagert.

Er wusste nicht, wie weit sie von ihm entfernt waren. Aber sie würden schnell da sein. Die Motorengeräusche sagten ihm, dass sie wussten, wo er war. Blind würden sie nicht in der Wüste herumkurven.

Er zog den Dolch, den Garry ihm in einer indianischen Lederscheide mitgegeben hatte, und säbelte damit an dem Gurtzeug vor seiner Brust. Dann kletterte er aus dem Drachen. Er schob den Dolch wieder in die Scheide, die in einer Tasche an seinem Unterschenkel steckte.

Neben dem Drachen stehend, suchte er die Umgebung ab.

Die Motorengeräusche kamen von links. Das Scheinwerferlicht wurde rasch heller. Die Lichter tanzten wild auf und ab, als jage der Wagen über kleine Hügel und durch Senken und Löcher.

Er riss sich den Rucksack vom Rücken und nestelte an seiner Kleidung, bis er die Wasserschläuche vor seiner Brust lösen konnte. Er musste beweglich sein.

Rucksack und Wasserschläuche schleppte er seitwärts vom Drachen weg mehrere Meter in die Wüste. Dann zog er seine Browning und hockte sich hinter einen nur niedrig, aber breit wachsenden Mesquitebusch.

Er legte den Sicherungshebel auf der linken Rahmenseite um und spannte den Hahn. In seinem Rucksack fingerte er nach den Reservemagazinen und stopfte sie sich in die Taschen. Die Waffe lag mit ihrem Gewicht von knapp tausend Gramm gut in der Hand.

Wie nah sollte er sie herankommen lassen? Er wusste, dass die Browning maximal auf eine Entfernung von fünfzig Metern tauglich war.

Und dann gab es da noch ein Hindernis. Ihm war bekannt, dass ungeübte Schützen auf eine Distanz von mehr als fünf Metern häufig daneben schossen. Allein durch den Stress. Er schätzte, dass die Distanz für ihn nicht mehr als zehn Meter betragen sollte.

Mit einem Schlag war es taghell. Grelles Scheinwerferlicht richtete sich auf den zerbeulten Drachen und huschte dann rasch zu allen Seiten. Zunächst in jede Richtung nur wenige Schritte, dann wurde systematisch gesucht. In immer größeren Kreisen leuchtete der Scheinwerfer die Umgebung aus.

Die Lichtquelle musste auf dem Dach des Wagens angebracht sein, da der Lichtstrahl in einem flachen Winkel auf den Boden traf. Cromwell hörte das ruhige Brummen des Motors. Leerlauf.

Türen klappten, dann riefen halblaute Stimmen Befehle. Ein

Schatten tauchte für Sekundenbruchteile in den Scheinwerferstrahl, zog sich dann sofort wieder zurück.

Wieder waren Stimmen zu hören. Angespannt. Unsicher. Wütend. Steine stießen zusammen, halb links von ihm.

Cromwell wandte den Kopf ein wenig, lauschte. Aber das Geräusch wiederholte sich nicht. Dafür brüllten jetzt die Stimmen am Auto, er solle sich ergeben, weil man ihn doch finden werde. Es würde ihm nichts passieren, aber sie würden schießen müssen, wenn er nicht aus seinem Versteck käme.

Cromwell hockte hinter dem Busch und überlegte. Er kam nicht an sie heran, und sie wussten nicht, wo er steckte.

Patt.

Also die Nerven bewahren und improvisieren. Die Zeit arbeitete gegen ihn. Sie würden Verstärkung holen. Hubschrauber vielleicht, um den Boden von oben ausleuchten zu können.

Es war ein Fehler gewesen, so dicht beim Drachen zu bleiben. Er hätte sich davonmachen sollen. Aber noch war es nicht zu spät. Bisher hatten sie ihn nicht entdeckt.

Er drehte sich in der Hocke und griff nach den Wasserschläuchen und dem Rucksack. Zuerst streifte er sich die Wasserschläuche wieder über, dann schlüpfte er in die Gurte des Rucksacks.

Dabei blickte er nach oben in den Himmel. Dort funkelten unzählige Sterne. Der Himmel war heller als die nächtliche Schwärze am Boden.

Doch dann verdunkelte sich auch der Himmel, und an einer Stelle waren keine Sterne mehr zu sehen. Der Schatten hatte einen erhobenen Arm und bewegte sich. Cromwell erstarrte und sah fasziniert auf die seltsamen Metallaugen des Schattens. Ein Schlag traf seine linke Schulter, und der Schmerz lähmte alles.

Kapitel 30

Dienstag, 20. Juni 2000

Captain Brent Snider hatte klare Anweisungen, wie er sich zu verhalten hatte. Die ganze Zeit überprüfte ihn die Einsatzzentrale.

Er flog von Süden nach Norden an der Grenze von Arizona Richtung Utah, zog große Kreise und kehrte dann wieder zurück. Unter ihm lag für ihn unsichtbar in der Dunkelheit die grandiose Landschaft des Grand Canyon.

Links unter sich musste die tagsüber glitzernde Wasserfläche des Lake Mead liegen. Zur Nellis Air Force Base hielt er eine konstante Distanz von mindestens hundert und höchstens zweihundert Kilometern.

Eine weitere Maschine unter Captain Charles Peters flog ebenfalls Schleifen, allerdings etwas weiter nordwestlich in der Gegend von Panaca und Caliente, nicht weit von der Staatsgrenze Nevadas entfernt.

Die beiden C-130 Hercules hatten einen besonderen Auftrag. In ihren Bäuchen befanden sich mehrere Tonnen schwere Sendeanlagen, deren Ausgangsleistungen im Kilowattbereich lagen.

Ziel von Charles Peters war die Radaranlage der Area 51 auf dem Boulder Mountain, während Brent Snider sich um das Radar auf der Nellis Air Force Base kümmern sollte.

Als der Einsatzbefehl kam, gaben beide Kommandanten ruhig das »Go« an die Spezialisten in den Bäuchen ihrer Maschinen.

Beide waren alte Hasen. Sie hatten im Golfkrieg gedient und

miterlebt, wie wertvoll und überlebenswichtig für die Truppen die Verwirrung des gegnerischen Radars war.

In allen hochgezüchteten Militärmaschinerien der Welt wurde an diesem Thema geforscht, um mit Neuerungen im Ernstfall entscheidende Vorteile zu erringen. Strahlen und magnetische Impulse waren jedoch wenig spektakulär, und deshalb drang davon kaum etwas an die Öffentlichkeit.

Die neuen Störsender waren mikroprozessorgesteuerte Geräte, die mit speziellen Sendeimpulsen Scheinziele und komplett falsche Luftlagen erzeugen konnten. Potemkinsche Dörfer in der Luft.

Diese Entwicklung war eine Folge der durch Mikroprozessoren gesteuerten Radaranlagen, bei denen gewöhnliche Störangriffe sofort als solche erkannt wurden.

Auf den Freigabebefehl hin peilten die Sender in den Flugzeugen die jeweiligen Radaranlagen an und streuten ihre gesamte Störenergie auf ein breites Frequenzband, das vor dem Einsatz gespeichert worden war.

Das *Barrage Jamming* hatte den Vorteil, dass die gestörten Radars bei einem automatischen Umschalten ihrer Frequenz das Ziel nicht doch noch auf der anderen Frequenz orten konnten.

Die Breitbandtechnologie hatte jedoch bei leistungsstarken Radaranlagen einen Nachteil. Auf Grund der deutlich verminderten Intensität konnte es dem Radaroperator trotz der Störung gelingen, das Nutzsignal herauszufiltern.

Deshalb legte der zweite Sender gleichzeitig noch ein *Spot Jamming* darüber, also die Störung eines schmalen Frequenzbandes mit hoher Intensität.

Da man wusste, dass beide Ziele neben den hochmodernen Radars auch noch alte Analoggeräte im Einsatz hatten, bei denen falsche Luftlagebilder keine Wirkung zeigten, verzichtete man auf die Darstellung einer falschen Luftlage mittels *Deception Jammer* und setzte ausschließlich auf die reine Störung.

Captain Brent Snider überprüfte gerade die Fluggeschwindigkeit und verglich sie mit dem Einsatzbefehl, als es in seinem Kopfhörer knisterte.

»*Barrage* aktiv für Ziel Alpha«, hörte er die gelassene Stimme von Lieutnant Andrew Peters. »*Spot* ebenfalls.«

»Na, dann bricht da unten jetzt die Hölle aus«, lachte er zufrieden.

In der Radarüberwachung der Nellis Air Force Base war plötzlich die Welt nicht mehr in Ordnung.

Anstatt der Punkte, die normalerweise die Flugzeuge in seinem Luftraum darstellten, sah Sergeant Randy Scott auf seinem Radarschirm eine Strobe, die es ihm unmöglich machte, Position und Distanz zu ermitteln. Scott sah in den ersten Sekunden nicht genau hin, da das System auf alle Eventualitäten vorbereitet war, mit denen man normalerweise rechnen konnte. Doch dann stieg der Ärger in ihm hoch.

Radars ermittelten ihre Werte, indem ausgestrahlte elektromagnetische Wellen vom angestrahlten Objekt reflektiert wurden. Die Entfernung wurde gemessen aus der Zeit zwischen dem Abgeben und dem Empfang eines Signals.

Da die reflektierten Signale mitunter sehr schwach waren, konnte ein anderer Sender ein verstärktes Signal auf der gleichen Frequenz senden und das vom Bodenradar abgegebene und vom Flugzeug zurückgeworfene Signal überlagern und unkenntlich machen.

»So ein Mist!«, brüllte Scott wütend, den es ohnehin anstank, in dieser Nacht Dienst zu schieben. Zu Hause wartete seine Frau mit der neuesten Reizwäsche auf ihn.

Nur weil der dämliche Lieutenant Berger ihm infolge einer dummen Bemerkung über die Befehlswege der Air Force zeigen wollte, wer hier die Entscheidungen traf, musste er jetzt die Wirkung der per Versand bestellten Kostbarkeiten auf seine Männlichkeit verschieben.

Als das hochmoderne Radargerät selbstständig und prozessorgesteuert auf andere Abtastfrequenzen umsprang und dort ebenfalls überlagerte Signale hereinkamen, schlug Scott wütend mit der Faust auf die Konsole. Er informierte den Dienst habenden Offizier und erhielt die Weisung, auf die Analoganlage umzuschalten.

Scott befolgte den Befehl nur zögernd. Denn jetzt war es seine Aufgabe, die Hauptarbeit zu tun und die Objekte zu identifizieren. Die neuen Hochleistungsradars taten das von ganz allein.

Daher war er nicht ganz unzufrieden, als auch auf dem analogen Gerät die hellen Keile den ganzen Bildschirm zierten und verdeutlichten, dass irgendeine Energie die Radarsignale überlagerte.

Sein Telefon klingelte. Der wachhabende Offizier war in der Leitung.

»Ich habe auf McCarran angerufen. Auch der zivile Flughafen hat Probleme. Nichts geht auf dem Radar.«

»Wir hatten heute schon mehrfach kurze Störungen«, sagte Scott.

»Wann?«

»Im Laufe des Tages. Immer mal wieder. Nicht so stark wie jetzt, aber immerhin. Als ob unser Maschinchen gemeldet hätte, dass es heute Nacht aussteigt.«

»Komisch nur, dass alle Radaranlagen in Las Vegas gleichzeitig aussteigen wollen, oder?«

»Vielleicht machen sie wieder einen ihrer geheimen Tests hier irgendwo – Sie wissen schon.«

»Die melden das immer an, gerade wenn es um Radar geht. Wegen der Überwachungslücke. Moment.« Es dauerte einen Augenblick, dann war der Offizier wieder am Telefon. »Außerdem kommt gerade rein, dass unsere Freunde auf dem Boulder Mountain die gleichen Probleme haben.«

»Eine Übung?«

»Ich weiß es nicht«, sagte der Offizier. »Jedenfalls werde ich es weitermelden. Sehen Sie zu, dass Sie die Techniker ranholen. Ich werde veranlassen, dass zwei Maschinen aufsteigen und von oben versuchen, den Luftraum zu überwachen.«

Sie waren wieder allein.

Kristina saß immer noch benommen auf der Schreibtischplatte. Die alte Wissenschaftlerin hing seit Minuten ihren Gedanken nach, als überprüfe sie noch einmal ihre Entscheidung.

»Ich glaube es einfach nicht«, brach Kristina schließlich das Schweigen.

»Warum? Es ist nicht der Einzige!«

»Bitte?«

Die Wissenschaftlerin lachte.

»Es gab da mal einen typischen britischen Abenteurer, der glaubte fest daran, dass die heutige Zivilisation vom legendären Atlantis abstamme. Auf seinen archäologischen Reisen stolperte er Mitte der Zwanzigerjahre in den Dschungeln von Belize über einen überwucherten Steinhügel, der sich als Pyramide entpuppte. Seine Tochter bemerkte später ein Leuchten in einem Spalt tief unten. Sie wurde an Seilen hinuntergelassen und barg dort einen Schädel.«

»So einen?«

»So einen. Ja. Ein anderer Kristallschädel wurde in einem Tempel gefunden, der seit tausend Jahren oder länger verschollen war.«

»Ich glaube es einfach nicht.«

»Haben Sie sich jemals mit den Geschichten und Mythen der Naturvölker beschäftigt?«

Kristina schüttelte den Kopf. »Nein.«

»Sie liegen alle dicht beieinander, erzählen Geschichten, die sich im Grundmuster gleichen. Navajos, Hopis, Almara, Kalaway, Inkas und Mayas, überall finden sich ähnliche Ansätze.

Und doch gibt es Besonderheiten, gerade bei den Mayas. Sie gelten als Hüter der Zeit. Manche sagen, sie haben die Aufgabe, nach den Schädeln zu suchen und sie zusammenzubringen.«

Louise Shealy erinnerte sich an die Begegnung mit dem alten Schamanen in einem kleinen Dorf in Guatemala. Mitte der Fünfzigerjahre war das gewesen, als sie nach dem Erlebnis im Auftrag der Regierung ihre ersten ernsthaften Forschungen anstellte.

»Damals habe ich das erste Mal von bereits auf der Erde vorhandenen Kristallschädeln gehört. Itzamna habe ihnen die Schädel gegeben und mit dem notwendigen Wissen ausgestattet, sagte der Schamane. Die Menschen würden das Wissen einst benötigen. Angeblich waren es ursprünglich zweiundfünfzig Schädel, die an heiligen Stätten der Völker der Erde aufbewahrt wurden, sogar in Tibet und bei den Aborigines in Australien.«

Louise Shealy machte eine Pause, ehe sie leise weitersprach.

»Wie andere Völker auch glaubten die Mayas, dass es die Welt schon häufiger gegeben habe und sie jeweils nach großen Überschwemmungen neu entstanden sei. Der Kalender der Mayas beschreibt einen Zyklus von 26 000 Jahren, in dem sich die Erde verändert. Der Schamane sprach von Atlantis als Herkunftsort.«

»Wie soll man das glauben?« In Kristinas Stimme klang der Zweifel mit.

»Ich verstehe die Zweifel ja.« Louise Shealy sah sie nachdenklich an. »Aber diese grundlegenden Ähnlichkeiten – zwingen sie nicht zum Nachdenken? Ob es die Seneca oder Cherokee sind, alle berichten von der verlorenen Zivilisation. Die Seneca erzählen, dass der Kontinent unterging, weil die Kräfte des Kristallschädels missbraucht wurden. Die Menschen waren nicht reif für das Wissen. Die Seneca berichteten auch, dass Atlantis Teil eines großen Kontinents war, den sie in ihren Mythen ehrfurchtsvoll die ›Schildkröteninsel‹ nannten.«

Kristina hörte gebannt zu. Es war wie in einer Märchenstunde. Die alte Wissenschaftlerin sprach mit sanfter Stimme. Ihr Gesicht wirkte verklärt, als bewege sie sich in einer anderen Welt. Nur das helle Neonlicht und das Brummen der Lichtröhren störten.

»Weltweit ähneln sich die Geschichten. Die Schamanen sagen, dass Himmelsmenschen die Schädel gebracht hätten. Sie hätten ihr Wissen in den Schädel gepackt, weil sie in der Erdatmosphäre nicht lange überleben konnten. Und weil sie das Wissen dalassen wollten für einen bestimmten Zeitpunkt. Lächerlich, würden die meisten sagen. Aber ich weiß es besser.«

Als sich ihre Blicke trafen, lächelte Louise Shealy.

»Gleich.«

Kristina nickte.

»Mythen berichten, die Schädel hätten ihren Ursprung in den Sternen. Übergeben von Fremden, die nicht von der Erde kommen. Mayas, Sioux, Cherokee, viele Völker verweisen auf die Sterne als Herkunft von Fremden und deren Einfluss auf ihre Kultur. Auf der ganzen Welt.«

»Ist das nicht sehr … vage? Die Sterne … wo das Universum so groß ist und die Zahl der …« Kristina sprach leise, wollte die Wissenschaftlerin nicht verletzen.

»Die Dogon in Afrika sagen, sie kämen vom Sirius. Canis maior. Aus dem Sternbild des Großen Hundes.«

»Sirius. Der hellste Stern am Himmel«, erinnerte sich Kristina.

»Acht Komma sieben Lichtjahre von uns entfernt und dreiundzwanzig Mal heller als unsere Sonne. Auch die Altbabylonier kannten ihn. Die Ägypter nannten ihn Sothis, ihr ältester Kalender war ein Siriuskalender, und Isis fungierte als Siriusgöttin …«

»Was aber noch nichts erklärt.«

Louise Shealy nickte. »Mag sein. Tatsache ist jedoch, dass Sirius einen kleinen Bruder hat, einen Zwergstern als Begleiter, der etwa so groß ist wie die Erde und doch so schwer wie unsere Sonne. Und er steht so dicht bei Sirius, dass er nur mit starken Teleskopen zu erkennen ist. Mit bloßem Auge ist er nicht zu sehen. Entdeckt wurde er erst 1862 von dem Astronomen Clarke.«

»Worauf wollen Sie eigentlich hinaus?«

»Die Dogon feiern ihr Siguifest alle fünfzig Jahre, genau dann, wenn dieser kleine unsichtbare Zwerg den großen Stern einmal umrundet hat. Sie sagen, der Stern sei winzig und sehr schwer. Und sie sagen, dass es dort Planeten gibt. In ihren uralten Felszeichnungen waren beide Sterne und die Planeten eingezeichnet.«

»Ich verstehe nicht ganz …«

»Die Dogon kennen unsichtbare Sterne und ihren Verlauf, und sie haben Zeichnungen über Dinge, die sie unmöglich kennen konnten. Sie verfügten jahrhundertelang über mehr Wissen als die moderne Wissenschaft, die erst jetzt in der Lage ist, überhaupt Planeten zu entdecken. Woher?«

Stille hing im Raum.

Kristina traute sich kaum, es auszusprechen. Immer noch wühlten in ihr tiefe Zweifel. Ihr Verstand weigerte sich, all die Erlebnisse der letzten Wochen zu akzeptieren. Sie suchte den Beweis. Ihre Gefühle sagten ihr, dass sie der alten Wissenschaftlerin vertrauen konnte.

»Fremde …?«

»Ja.«

»… die zu uns …?

»Ja …« Louise Shealy schien in eine Art Trance zu fallen, ihr Gesicht verklärte sich. »Die Mythen beschreiben es. Sie sind voll von Berichten. In aller Welt. Die Bibel auch. Denken Sie an Moses und die Übergabe der Gebote. Ist das etwas anderes? Wissenstransfer, wie es in Mythen auch beschrieben ist. Immer wieder finden wir doch Beweise, dass die alten Berichte stimmen, die wir bisher als Fantasie abgetan haben …«

Die Wissenschaftlerin sah plötzlich auf. Ihre Augen sahen

Kristina klar und selbstsicher an, ihre Stimme war ohne Zweifel.

»Ich selbst habe es erlebt.«

Kristina stiegen Tränen in die Augen. Ihr tat die alte Wissenschaftlerin Leid. Hatten die vierzig Jahre Beschäftigung mit dieser Materie bewirkt, dass sie Halluzinationen hatte?

»Wann? Wie?«, fragte sie vorsichtig.

Wieder zog ein sanftes und zufriedenes Lächeln über das Gesicht von Louise Shealy, als sie sich erinnerte.

»Vielleicht später …«

Die Maschinen bewegten sich auf einer Flugroute aus nordöstlicher Richtung nach Süden dicht an der Grenze der gesperrten Lufträume R-4806 und R-4808E.

Als die Freigabe kam, verließen die fliegenden Elefanten ihre Route und steuerten direkt ihr Ziel an. Im Heck der Maschinen forderte der Jumpmaster die Trooper an, aufzustehen und die Static-Line an ihren Fallschirmen einzuklinken. Das Gebrumm der ruhig in der Luft liegenden Maschine wurde unterbrochen von dem Klicken der metallenen Haken.

»Auf geht's!«, sagte Daniel Hopper zu seinen Leuten. »Dicht zusammenbleiben.«

Er meinte ernst, was er sagte. Die Fallschirme hatten zwar eine Sicherheit von nahe hundert Prozent, aber für den Fall der Fälle waren die Schirme so konzipiert, dass sie zwei Leute sicher auf den Boden brachten.

Hinten im Heck nahe der Laderampe öffnete der Jumpmaster eine der Springertüren und steckte den Kopf hinaus. Die glitzernden Lichter der Area 51 wiesen den Weg zur Drop Zone so gut wie nie zuvor in seinem Springerleben.

»Stand in the door!«, brüllte deshalb der Jumpmaster, nachdem er den Kopf wieder zurückgenommen hatte.

Hopper sah nach vorn. Wie immer bei der Airborne stand

der ranghöchste Offizier als Erster an der Sprungtür und würde auch als Erster springen.

Oberst Brian Spearson sah sich auffordernd um, dann kam das grüne Licht, und der Oberst sprang hinaus. Seine Leute folgten ihm im Sekundentakt, und in weniger als einer Dreiviertelminute waren die vierzig Springer der ersten Maschine unterwegs.

Die Schnelligkeit beim Absprung stellte sicher, dass die Drop Zone in dieser Minute keine Meile überflogen war. Die C-130 drehte sofort ab, um den nachfolgenden Maschinen den notwendigen Platz zu verschaffen.

Cromwell war schlecht vor Schmerzen. Der metallene Schlagstock hatte sein linkes Schlüsselbein getroffen. Wenn es nicht gebrochen war, dann war es eine böse Prellung. Die Schmerzen rasten immer wieder in sein Gehirn.

Die Heckklappe des Jeeps war geöffnet, und er saß auf der Ladefläche. Zwei Mann bewachten ihn. Der eine war der Mann mit den seltsamen Augen.

Es war ein Nachtsichtgerät, mit dem sie ihn hinter dem Busch aufgespürt hatten. Es reagierte auf Wärmequellen. Seine Körperwärme hatte ihn verraten.

Alles andere, die Stimmen, das Rufen, war nur Ablenkung gewesen, damit sich der Mann an ihn heranschleichen konnte.

Sie waren barsch und unfreundlich. Bei jeder Bewegung sahen sie ihn böse an, bereit, den nächsten Schlag zu führen. Immer wieder starrten sie zu dem dritten Mann, der im Führerhaus am Funkgerät saß und auf Weisungen wartete.

Cromwell hatte auf Deutsch geantwortet, so getan, als verstehe er die amerikanische Sprache nicht. Er ließ sich auch nicht anmerken, dass er Teile des Funkverkehrs verstand, den der Mann am Steuer führte.

Das Funkgerät war auf volle Lautstärke gedreht, und trotzdem war die Verständigung schlecht. Offensichtlich war die Gegend sehr stark von atmosphärischen Störungen überlagert. Immer wieder brüllte der Wachschutzmann in sein Mikro, wenn er eine Anweisung nicht verstand.

Cromwell versuchte sich zu orientieren. Wenn er es richtig einschätzte, war er mit seinem Flugabenteuer nicht weit gekommen. Er schätzte die Entfernung zu den Lichtern der Area auf gut zehn Kilometer. Wenn das stimmte, hatte er nicht einmal die Hälfte des Weges mit dem Drachen geschafft.

Wieder schrie der Wachmann in sein Mikro. In das atmosphärische Rauschen mischte sich das tiefe und gleichmäßige Brummen von Motoren, das wie ein fernes Grollen klang.

Flugzeuge, schoss es Cromwell durch den Kopf. Er sah in den Himmel, ohne jedoch etwas erkennen zu können. Auch die Wachleute sahen kurz auf, konzentrierten sich dann aber wieder auf ihren Gefangenen. Offensichtlich waren nächtliche Fluggeräusche nichts Ungewöhnliches.

Quatsch, dachte Cromwell. Nach allem, was sie in Rachel erzählt hatten, waren Flugzeuge am nächtlichen Himmel über der Area der Normalfall, denn die geheimen Tests wurden ja häufig nachts durchgeführt.

Die Zentrale war sich noch unklar darüber, ob der Festgenommene direkt zur Wachstation am Eingang der Basis gebracht und dort dem Sheriff übergeben werden sollte oder ob man ihn besser zur Basis brachte und dort zunächst verhörte. Denn das bedeutete, dass der Fremde mehr von der geheimen Basis sehen würde, als er bisher gesehen hatte. Aber andererseits war man auch an dem Typen interessiert, der da in dunkler Nacht in das Sperrgebiet geschwebt war.

Er fragte nach etwas Wasser. Sie verstanden ihn zunächst nicht. Cromwell fiel es schwer, seine Frage in gebrochenem Amerikanisch zu stellen, so als suche er die paar Worte zusammen, die er bei seiner Urlaubsreise gelernt hatte. Sie erlaubten ihm, aus seinen Wasservorräten zu trinken.

Bisher hatten sie keine Fragen gestellt, weder den Namen

noch den Grund seines Ausfluges wollten sie wissen. Sie hatten seine Sachen untersucht, aber jeden Kommentar vermieden. Ab und zu warfen sie sich dabei bedeutungsvolle Blicke zu. Ganz besonders, als sie seine Wasservorräte sahen. Zu seinen Waffen sagten sie ebenfalls nichts. Dann standen sie wieder nur drohend da und warteten.

Endlich war es entschieden. Cromwell sollte auf die Basis gebracht werden. Er schrie vor Schmerz auf, als ihn einer der Wachleute an der linken Schulter fasste, um ihn in den Wagen zu schieben. Der Mann grinste dabei.

Die Fahrt ging zurück auf die Schotterstraße. Zwei der drei Männer saßen in seiner Nähe und starrten ihn unablässig an, als befürchteten sie, er könne die Heckklappe öffnen und herausspringen. Dabei war Cromwell am Ende.

Die Schmerzen zogen alle Kraft aus ihm. Der Fahrer schien auf der Fahrt zur Straße jedes Wüstenloch mitzunehmen, und die Schmerzen in Cromwells Schulter meldeten sich bei jeder Erschütterung.

Als sie die Straße erreicht hatten, beschleunigte der Fahrer. Er meldete seine Position und fluchte zwei Mal, als irgendwelche Wüstentiere im Scheinwerferlicht die Piste überquerten.

Es dauerte nicht lange, und die Lichterwelt der Geheimbasis kam näher. Cromwell konnte nicht erkennen, wo sie sich befanden. Aber plötzlich änderte sich der Belag unter den Rädern des Cherokee. Der Wagen fuhr nun wie auf einer planen Fläche. Kein Gerumpel mehr, kein Wüstenschotter spritzte gegen das Autoblech.

Das musste der Salzsee sein, der durch die Trockenheit eine glatte und feste Oberfläche wie Beton hatte, dachte Cromwell. Die Landebahn, die er auf den Bildern und Zeichnungen in Rachel gesehen hatte, führte mitten durch den trockenen See. Er erinnerte sich, dass auch die Weltraumfähren der NASA auf der Edwards Air Base in Kalifornien auf ausgetrockneten Salzseen landeten.

Cromwell fiel um und stieß sich den Kopf auf dem Bodenblech, als der Fahrer vollkommen überraschend auf die Bremse stieg.

»Shit!«, schrie der Fahrer und wich mit einer hastigen Lenkbewegung einem Hindernis aus. Der Wagen krankte zur linken Seite und schaukelte wieder in seine normale Position zurück, ehe er zum Stehen kam.

Schimpfend stieß der Fahrer die Tür auf und stieg aus. Sein Schimpfen erstarb, dafür war plötzlich ein halblautes Röcheln zu hören. Im nächsten Augenblick wurde die Heckklappe aufgerissen, und der Lauf eines Sturmgewehres schob sich in den Laderaum.

»Kein Wort! Absolute Ruhe! Aussteigen. Leise und langsam. Nacheinander!« Vor Cromwell standen zwei Männer in Wüstenuniformen und mit geschwärzten Gesichtern. Sie trugen Rucksäcke, die ihn unwillkürlich an die Sherpas bei der Besteigung des Mount Everest denken ließen.

Er erkannte sofort, wen er hier vor sich hatte. In Berlin bei den amerikanischen Streitkräften hatte er dieses Bild oft genug gesehen. Reguläre Soldaten. Im Einsatz.

Als er aus dem Wagen kletterte, konnte er die weißliche Fläche des Salzsees überblicken. Überall hockten Gestalten am Boden, sicherten in Kampfformation einen unsichtbaren Bereich ab.

Der Soldat vor ihm registrierte seine gefesselten Hände und sah viel sagend zu seinem Partner. Er deutete Cromwell an, neben der Heckklappe stehen zu bleiben. Dann wandten sie sich den beiden Sicherheitsleuten zu, durchsuchten sie.

Cromwell sah zum Himmel hinauf, dessen nächtliches Blau heller war als die Schwärze hier unten am Boden.

Bunte Lichter wie bei einem Feuerwerk zischten über das Firmament. Vereinzelt meinte er Rauchschleier zu erkennen und Schatten, die einen wilden Tanz am Himmel aufführten.

Daneben gab es große, behäbige Schatten. Aus denen fielen

Regentropfen, viele und in einem bestimmten Rhythmus. Nach kurzer Zeit wurden diese Regentropfen größer.

Fallschirmspringer.

Unzählige Fallschirmspringer waren am Himmel zu sehen. Es war ein Furcht erregendes Bild, wie der Himmel mit den schwarzen Punkten übersät war, wenn sie zügig nacheinander aus ihren Transportflugzeugen sprangen.

KAPITEL 31

Mittwoch, 21. Juni 2000

Cromwell beobachtete Pakete, die an zwei oder drei Fallschirmen zu Boden sanken. Lasten. Ausrüstung.

Er wandte sich der einen Gestalt mit dem Sturmgewehr zu. »Ich muss Sie sprechen«, flüsterte er leise.

»Ruhe.«

Die beiden Sicherheitsleute standen mit gespreizten Füßen am Wagen, wurden von Soldaten abgetastet. Zufriedenes Grunzen war zu hören, wenn die Soldaten Waffen fanden. Handschellen klickten, dann wurden beide abgeführt.

»Was gibt es?«

»Mein Name ist Cromwell.«

»Und?«

»Ich muss Ihren Kommandanten sprechen.«

»Wir sind im Gefecht.«

»Deswegen ja.«

Die dunklen Augen in dem geschwärzten Gesicht musterten Cromwell kalt. Eine falsche Bewegung, und er hätte ein Messer zwischen den Rippen. Inzwischen war ihm klar, was hier ablief. Stuarts Hilfe war da.

»Bitte!«, flehte Cromwell mit halblauter Stimme. »Sagen Sie Ihrem Boss nur, dass ich die Hintergründe kenne und mit einem Vertrauten des Nationalen Sicherheitsberaters darüber gesprochen habe. Stuart hieß der Mann.«

Der Soldat zögerte noch einen Moment, dann sprach er in sein Funkgerät. Cromwell stand weiter mit gefesselten Händen neben dem Wagen und sah auf die sich laufend verändernde Szenerie.

Immer mehr Fallschirmspringer landeten auf der fahl weißlichen Betonpiste des Salzsees, lösten sich gekonnt aus ihrem Gurtzeug und rannten nach einem festen Plan zu Gruppen zusammen, formierten sich, schwärmten dann aus, sicherten Gepäck und Ausrüstung.

Mittlerweile wurden auch Fahrzeuge abgesetzt. Seile und Ketten wurden gelöst, Planen heruntergerissen. Dann wurden in Halterungen lange Rohre befestigt: handliche Panzerabwehrraketen und Boden-Luft-Raketen zur Bekämpfung von Flugzeugen vom Boden aus.

»Was gibt es?«

Vor Cromwell tauchte ein mittelgroßer Sergeant auf, der ihn neugierig anstarrte.

»Er sagt, er muss Sie sprechen.«

Der Sergeant sah die gefesselten Hände.

»Was ist los?«

»Sie kommen, um einen bestimmten Hangar einzunehmen, stimmt das? Sie kommen auf direkten Befehl des Präsidenten. Ich weiß nicht, wie ich es Ihnen sagen soll. Aber ich bin in die ganze Geschichte verwickelt und war ebenfalls dabei, hier einzudringen, um jemanden zu befreien. Ich muss mit einem Ihrer höheren Vorgesetzten sprechen!«

Der Sergeant sah ihn nur mitleidig an.

»Sie sollen ein unterirdisches Labor in der Area 51 stürmen, das in den Papoose Mountain in den Fels hineingebaut ist.«

Der Sergeant wurde nachdenklich.

»Sind Sie vom Geheimdienst oder so was?«

»Nein.«

»Erst einmal mitnehmen.«

Der Sergeant wandte sich wieder seinen wichtigen Aufgaben zu. Cromwell beobachtete, dass die Springer lediglich eine Vorhut waren. Wie von Geisterhand verteilten sich die Soldaten in Gruppen entlang einer unsichtbaren Linie in der Dunkelheit und sicherten den Sprung der nachfolgenden Einheiten ab.

Es dauerte eine Weile, dann kam unverkennbar der Kommandeur der Einheit. Sein Gang strotzte vor Selbstbewusstsein, und seine Augen versprühten das Selbstvertrauen einer Königskobra.

Die Soldaten hielten respektvoll Abstand, als der Kommandeur Cromwell musterte und dabei den Kopf schüttelte.

Cromwell versuchte, seine Geschichte kurz und knapp zu erklären. Der Mann zeigte keine Zeichen von Ungeduld, auch als Cromwell selbst seine Geschichte bereits langatmig vorkam. Schließlich winkte der Kommandeur dem in der Nähe stehenden Funker und rief die Einsatzzentrale.

In diesem Moment tauchte ein Ungetüm von Flugzeug wie aus dem Nichts über dem Salzsee auf. Der flache Schein der Markierungslichter war eine gute Orientierung für die Piloten, aber mehr auch nicht.

Ohrenbetäubender Lärm erfüllte die Luft, und der Oberst verzog sich hinter den Cherokee, um sein Gespräch mit der Einsatzleitung zu führen.

Die C5-Galaxy türmte sich wenige Meter von Cromwell entfernt wie ein Hochhaus auf. Die vier Düsentriebwerke gingen pfeifend in den Leerlauf über, während die Laderampe sich bereits senkte und die Entladung begann.

Wie ein Bienenschwarm den Honig sucht, so stürzten die Trooper sich auf die Ladung der Galaxy. Transporter um Transporter rollte aus der Maschine auf die feste Piste des Salzsees.

Mark Stuart saß in der Einsatzzentrale deutlich bequemer als die Fallschirmspringer unten auf der glatten Fläche des Salzsees. Er hatte es sich in den spartanischen Sitzen, mit denen die C-130 ausgerüstet war, so bequem wie möglich gemacht.

Neben ihm saß Major General William Cox, der den Einsatz

leitete. Stuart hatte rasch erkannt, dass Cox ein Mann der ruhigen Art war, der nicht viel Aufhebens um seine Person machte und seine Entscheidungen sachlich nüchtern fasste.

Zunächst war Cox wenig erfreut gewesen, einen Zivilisten in der Einsatzzentrale mitzunehmen. Aber die Weisung des Nationalen Sicherheitsberaters war eindeutig.

Die C-130 zog ihre Kreise nicht weit hinter den Maschinen mit den Störsendern und wurde begleitet von einer Horde von Kampfflugzeugen, die die Einsatzzentrale schützten.

Laufend kamen verschlüsselte Meldungen herein. Nach der Dechiffrierung, die praktisch zeitgleich erfolgte, erteilte der General gelegentlich neue Anweisungen. Im Großen und Ganzen aber hatte Stuart den Eindruck, dass es keine Komplikationen gab.

Als die Stimme von Oberst Brian Spearson den Raum erfüllte, war Stuart sofort hellwach.

Spearson berichtete von einem Gefangenen der Wachmannschaften, den man aufgegabelt habe und der eine seltsame Geschichte erzähle, die darin gipfelte, dass er ziemlich genau das Angriffsziel beschreiben konnte. Außerdem behaupte er, einen Mann namens Stuart zu kennen, der für den Nationalen Sicherheitsberater arbeite.

Auf den überraschten Blick von Major General Cox hin bat Stuart Oberst Spearson, den Mann zu beschreiben. Stuart hatte sofort das Bild von Cromwell vor Augen, als er die Beschreibung hörte.

»Der Mann spielt vielleicht eine Schlüsselrolle. Auf jeden Fall ist er an demselben Ziel interessiert. Dort werden aller Wahrscheinlichkeit nach die zwei Frauen festgehalten, auf die im Einsatzbefehl hingewiesen worden ist. Der Mann gehört zu diesen Frauen.«

Bevor Stuart weitere Fragen stellen konnte, meldete sich die Luftaufklärung. Auf der Nellis Air Base waren Kampfmaschinen des Typs F16 aufgestiegen. Offensichtlich war die Störung des Bodenradars so gut, dass sie jetzt aus der Luft die Überwachung absichern wollten.

»Ebenfalls stören«, knurrte der Major General nur.

Dann beorderte er zwei der begleitenden Abfangjäger in Richtung der aufsteigenden F16 und hoffte, dass es zu keinem Luftkampf kam.

»Ich weiß nicht, ob es wirklich richtig war, die Verantwortlichen der Air Base nicht in die Pläne einzuweisen«, sagte Cox nachdenklich. »Das sind alles Militärs, die ihrem Land treu dienen.«

»Die Order war doch eindeutig«, sagte Stuart nur, der darüber auch lange nachgedacht hatte und letztlich zu keinem befriedigenden Ergebnis gekommen war.

»Sir, sie kommen verdammt dicht ran«, meldete einer der Operatoren an seinem Radargerät und meinte die F16.

»Wie weit sind wir am Boden?«

»Die letzten Absprünge laufen. In wenigen Minuten sind alle Maschinen aus dem gesperrten Luftraum wieder raus.«

»Ablenken, hinhalten. Keine Kampfhandlungen. Sender stören. Mit unserem Abstandsjamming sind wir denen doch haushoch überlegen.«

Sie zerrten Cromwell in den Cherokee der Wachmannschaft und quetschten ihn ohne Rücksicht auf seine verletzte Schulter in den Wagen. Die Trooper hatten die Fracht der C5-Galaxy mittlerweile ausgeladen und einsatzbereit gemacht. Der Konvoi war startbereit.

Cromwell zählte nicht weniger als fünfzehn Allradfahrzeuge mit leichter Panzerung. Ihm fiel sogleich auf, dass alle Fahrzeuge als Waffenträgermodelle ausgerüstet waren. Er sah Granatwerfer und Panzerabwehrraketen. Mehrere 105-Millimeter Artilleriegeschütze waren wie Anhänger an die Truppentransporter gehängt.

Der als »Hummer« bekannte Mannschaftstransporter M998 konnte bis zu zehn Trooper transportieren und löste den Jeep in der Army ab. Es gab ihn in den unterschiedlichsten Varianten, und er erfreute sich insbesondere bei den Luftlandetruppen großer Beliebtheit.

Mit seinen viereinhalbtausend Kilogramm war er so leicht, dass bei einem Einsatz eine C5-Galaxy bis zu fünfzehn dieser Truppentransporter mit voller Gefechtsausrüstung transportieren konnte.

Oberst Brian Spearson kam noch einmal zu Cromwell.

»Wir sollen auf Sie aufpassen. Bei uns sieht das so aus, dass Sie mit uns gemeinsam an der Spitze in das Ziel eindringen dürfen. Sergeant Hopper und seine Trooper werden immer dicht bei Ihnen sein. Oder Sie bei ihnen. Nur wenn Sie diesen Ratschlag beherzigen, können wir etwas für Sie tun. Für Ihre Sicherheit garantieren wir übrigens nicht.«

Cromwell besah sich die vier Soldaten, die zu ihm in den Cherokee kletterten. Sie musterten ihn neugierig, und unter ihren geschwärzten Gesichtszügen versteckten sie so manches amüsierte Grinsen.

Dann fuhr der Konvoi an. Die Kolonne verließ den Salzsee, während wieder ein ohrenbetäubendes Brummen näher kam. Als Cromwell über die Schulter zurückblickte, setzte im Schein der Lichter eine Douglas C-141 auf der Piste auf. Sie war bis zum letzten Augenblick des Landeanflugs in vollkommener Dunkelheit geflogen.

»Unsere Kavallerie«, sagte Hopper zufrieden, und die anderen Trooper lachten. Ihnen war die Erleichterung deutlich anzuhören.

»Was meinen Sie?«

»Da kommen unsere Kampfhubschrauber.«

»In der Maschine?«, fragte Cromwell ungläubig.

»Na klar. Supermodern. Hubschrauber. Kiowa Warrior. Mit lasergesteuerten *Hellfire*-Lenkwaffen, Stinger-Lenkflugraketen und einer praktisch immer sichergestellten Zielerfassung, egal, ob nachts, im Nebel, im Wüstensturm oder Pulverdampf. Und sie lässt sich gut transportieren. Da sind gerade vier Stück angekommen. Und das Tollste ist: In knapp einer Viertelstunde sind die Rotorblätter montiert, und die Bienchen sind angriffsbereit.«

Der Konvoi umrundete den Gebäudekomplex der Area 51 und raste an den Berghängen die Hälfte des Weges entlang zum Papoose Lake. Der Sergeant sprach zunächst unablässig in sein Funkgerät. Dann war es eine Weile still.

»Wie heißen Sie?«, wollte der Sergeant dann wissen.

»Cromwell. Warum warten wir?« Cromwell verstand nicht, warum der Konvoi plötzlich hielt.

»Die vorne schwärmen aus und sichern. Sie bringen Panzerabwehrraketen, Stinger und sonst was in Stellung. Und außerdem warten wir auf unsere Bienchen.«

Sie waren still und warteten. Nach einer Weile war tatsächlich das Geknatter von Rotorblättern zu hören. Cromwell sah, wie sich die Gesichter der Trooper schlagartig erhellten.

»Was ist an denen so wichtig?«

Hopper sah Cromwell zweifelnd an, ehe er antwortete. »Fallschirmspringer sind immer ohne schweres Geschütz unterwegs – in der Regel. Sollen aber das Target halten, bis Entsatz kommt. Können Sie sich vorstellen, was das bedeutet, wenn der Gegner massive Feuerkraft aus Artillerie und Flugzeugen oder Hubschraubern hat? Mit unseren Bienchen können wir etwas dagegensetzen. Unsere Feuerkraft steigert sich enorm. Passen Sie mal auf.«

Die vier Hubschrauber flogen einen Bogen und standen plötzlich in der Luft, die Nasen den Berghängen zugewandt. Dann zischten Lichtflammen auf die Berghänge zu, und Explosionen erschütterten die Luft.

Hopper hatte das Seitenfenster des Cherokee geöffnet. Gewehrfeuer antwortete auf die Raketenexplosionen.

»Schweres MG«, sagte Hopper, als er dem Geknatter lauschte.

Das Brummen der Hubschrauber erfüllte die Luft. Sie hingen wie Libellen über dem Wasser. Cromwell zuckte zusammen, als einer der Hubschrauber in einem Feuerball explodierte.

Ehe er noch aufschreien konnte, ging ein zweiter in einer Flammenexplosion auf. Munition zischte wie Feuerwerkskörper in alle Richtungen durch die Luft.

Blechern schlugen Schrapnelle in den Jeep ein.

»Scheiße. Die haben Stinger.« Hopper fluchte weiter wild vor sich hin, die anderen stimmten schreiend ein.

Zischend und fauchend rasten weitere Raketen unter den Bäuchen der zwei verbliebenen Hubschrauber los und schlugen in den Berghängen ein. Das Inferno war unbeschreiblich.

Die Dunkelheit wurde von Lichtlanzen durchschnitten, in denen sich Staubwolken wie wallende Ungeheuer wälzten. Überall explodierten Granaten, zuckten grelle Blitze auf.

Der Gestank war unerträglich. Druckwellen rollten wie schwere See über den Cherokee hinweg. Inmitten des Infernos schrien Menschen sich Befehle zu oder brüllten vor Schmerzen.

Layne Bogan verdammte den ganzen Job. Als ob er es geahnt hatte. Von einem reinen Sicherungsjob war die Rede gewesen. Für ein paar Monate. Und nun wurden sie von einer Armee angegriffen.

Um ihn herum starben seine Leute wie die Fliegen unter der großen Klatsche. Zwei Hubschrauber der Angreifer hatten sie abgeschossen. Aber jetzt war seine Verteidigung am Ende. Die Raketen der anderen Warrior hatten seinen beiden Stinger-Schützen den Rest gegeben. Asche. Nicht mehr zu unterscheiden vom Wüstensand.

Riesige Krater gähnten an den Stellen im Berghang, wo sie gehockt hatten. Von ihren Unterständen war auch nichts mehr zu sehen. Krater anstelle von Erdwällen.

Er sah sich um. Überall hockten seine Leute in Erdlöchern und Unterständen, ohne den Kopf heben zu können. Das Feuer war einfach zu stark. Die Explosionen waren eine permanente Gefechtsfeldbeleuchtung. Wie ein unablässiges Gewitter zerfetzten die Lichtblitze die Dunkelheit.

Er selbst hing in einem Dreckloch neben der Hauptpiste zum Tor fest. Zwei Raketen hatten das Tor getroffen. Der Luftdruck hatte seine Trommelfelle zerfetzt, und Blut rann ihm aus der Nase. Seitdem schien er in einem Stummfilm mitzuwirken.

Seine über vierhundert Mann starke Truppe blutete aus. Die schweren MGs der Angreifer ließen sie nicht aus der Deckung kommen, und die Raketen wühlten den Boden um und zertrümmerten den Fels. Die Sandfontänen der aufgewühlten Wüste ließen ihn an einen Sturm denken. Immer wieder prasselten Gesteinsbrocken auf ihn herab.

Quest hatte ihn belogen. Als alle vor wenigen Tagen zusammengetrommelt worden waren, da war der Tag des Abseilens gekommen. Damals hätte er verschwinden müssen.

Nachts war irgendetwas Besonderes angekommen. Eine Maschine war auf dem Salzsee gelandet, sie hatten in den Quartieren bleiben müssen. Gerüchte sprachen von einem Flugzeug der ganz besonderen Art. Mehr war nicht zu erfahren. Seitdem waren alle Wissenschaftler verschwunden.

Das Geld nehmen und abhauen. Das wäre richtig gewesen. Aber er hatte es dieses Mal verpatzt. Zu spät reagiert.

Er wusste nicht, wofür er sein Leben lassen sollte. Quests Hilfskröte Cannon war ihm jedes Mal in die Quere gekommen, wenn er den Mannschaftsbereich verlassen hatte und im Innern der Anlage rumgeschlichen war, um in die Labors zu gelangen.

Er sah sich um. Wieder haute es auf der anderen Seite der Betonpiste einem seiner Leute die Beine weg. Selbst von seinem

Platz aus konnte er noch sehen, wie der Mann von den Kugeln des schweren Maschinengewehrs durchgerüttelt wurde.

Sie hatten keine Chance. Hier draußen wurden sie gebraten. Das riesige Stahltor, das in den Berg führte, war immer noch geschlossen. Die Explosionen hatten ein paar Kratzer und Beulen verursacht, mehr aber auch nicht. Hinter dem Tor, drinnen in den Tunnels und Röhren dieser in den Berg getriebenen Welt, bestand die einzige Chance, zu überleben – und zu entkommen.

Deshalb musste er hinein. Jetzt. Ehe sie den Berg hinaufkamen, alles niedermachten, was sich bewegte. Normalerweise waren seine Leute und er darauf angewiesen, dass Quests Leute das Tor öffneten. Das hatte ihn von Beginn an gestört.

Der Stahlbetonbunker auf der anderen Seite der Rampe war der Ort, wo das Wachpersonal den Zugang freischaltete. Außerdem gab es neben dem großen Tor die kleine Tür für den Zutritt von Personen. Dieser Eingang lag unmittelbar am Bunker, eingelassen in die Rahmenkonstruktion des großen Zugangstores.

Dort musste er hinein. Auch die Tür wurde über das Codesystem gesichert, dessen Mechanismus drüben im Bunker endete.

Er konnte nicht erkennen, was sich dort abspielte. Die Explosionen mit ihren Druckwellen mussten alles zerfetzt haben.

Er sprintete los, aus seiner Deckung heraus über die zum Tor hinaufführende Betonpiste. Der Lärm des Kampfes drang nicht mehr zu ihm durch. Sein Kopf schien ein einziger Kessel voller Schmerzen zu sein. Aber er dachte noch. Er lebte also.

Er warf sich zu Boden, sprang auf, hechtete weiter, bis er den Bunker erreichte. Unverletzt. Glück gehabt.

Im oberen Teil des Bunkers sah er fünf Leichen der Wachmannschaften. Zwei lagen an der Bunkertür und wiesen grausame Schussverletzungen auf, wo sie die Kugeln des schweren MGs getroffen hatten. Sie waren draußen bei der Wache überrascht worden, als das Inferno losgebrochen war. Offensichtlich hatten sie sich noch im Todeskampf zur Tür geschleppt. Den anderen war ihre Todesursache nicht anzusehen. Der Druck der Explosionen musste sie innerlich auseinander gerissen haben.

Bogan spähte die Treppe hinunter in den unteren Teil des Bunkers. Seine Augen hetzten umher. Da er nicht mehr hörte, mussten seine Augen alles erfassen. Keine Bewegung. Er eilte die Treppe hinunter.

Auf der unteren Ebene sah Bogan zunächst nur die kleine Bedienungskonsole, über die auch der Kran oben im Hang und die Winden an den Seiten der Rampe bedient wurden.

Neben der Konsole kauerte ein Mann. Er zitterte, Krämpfe schüttelten den Körper, und Speichel lief aus seinen Mundwinkeln. Bogan kannte das. Schockzustand. Das erste Mal unter Feuer. Es war etwas anderes, die Wirklichkeit durchstehen zu müssen.

Er riss den Mann am Kragen seiner Uniform in die Höhe und brüllte ihn an. Aus den aufgerissenen Augen des Mannes sprang pure Angst.

»Den Code! Mach das Tor auf!«

Der Wachmann schüttelte ängstlich den Kopf.

Scheiße, dachte Bogan. Widerstand war von dem Mann eigentlich nicht zu erwarten. Es gab für den Wachmann keinen Grund, das Tor nicht aufzumachen. Im Gegenteil.

»Wir müssen uns retten. Wir müssen rein! Nur drinnen sind wir sicher!« Bogan hoffte, dass er deutlich genug artikulierte, denn mit seinem aussetzenden Gehör fehlte ihm die Kontrolle seiner eigenen Aussprache. »Verstehst du? – Nur drinnen sind wir sicher!«

Immer wieder schüttelte er den Mann, rief, schüttelte.

Plötzlich huschte die Erkenntnis über das Gesicht des Wachmannes. Er grinste, beugte sich über die Konsole. Hastig tippte er den Code ein.

Bogan rannte zur Treppe, der Wachmann hinterher. Sie stürmten hinauf. Je höher sie kamen, desto lauter wurde der Kampflärm, aber Bogan konnte ihn nicht hören.

Er sprintete zu dem kleinen Tor und schrie vor Wut auf. Es war verschlossen. Neben ihm schlugen Kugeln in das Gestein ein oder prallten am Stahl des Tores ab und sirrten als Querschläger durch die Gegend.

Bogan schrie erneut vor Wut und drehte sich um. Der Wachmann rannte auf die Mitte des großen Tores zu. Bogan begriff. Er hatte den Code für das kleine Tor gemeint, und der Wachmann hatte den Code für das große Tor eingegeben.

Das große Tor begann sich nach beiden Seiten zu öffnen. Langsam. Lähmend langsam. Um ihn herum donnerten die Explosionen. Er hörte sie nicht.

Der schmale Spalt wurde größer. Der Wachmann rannte mitten in seinen Tod. Die Feuergarben zerfetzten ihn auf der Rampe, als er gebückt auf den schmalen Spalt zuhielt. Bogan sah, wie der Idiot regelrecht angehoben und weggeschleudert wurde.

Metall knirschte, jaulte, doch für Bogan lief alles wie ein Stummfilm ab. Die eine Torhälfte bewegte sich in ihren Schienen nicht weiter. Eine der Raketen hatte das Tor am unteren Ende getroffen und irgendetwas verkeilt oder verbogen. Jedenfalls waren die Elektromotoren nicht stark genug, die Dellen zu überwinden.

Bogan war es egal. Er warf sich auf die Betonpiste und robbte los. Wenn es jemals einen Sinn gehabt hatte zu üben, dass die Hacken beim Robben unten bleiben und abgewinkelt werden mussten, dann für diesen Moment.

Zweimal zupfte es an seinem Kampfanzug, Sand und Steine prasselten auf ihn herab. Doch dann kam er mit schnellen Bewegungen durch den schmalen Spalt hindurch.

Er rollte sofort zur Seite hinter den schützenden Stahl der verkeilten Tür, weg von dem Spalt, und sprang auf.

In der großen Halle, die er betrat und die nichts weiter als eine allgemeine Eingangszone war, standen Leute von Cannons Sicherheitsdienst, die aufgeregt schrien, weil sich das Tor öffnete.

Bogan riss seine Uzi hoch und bestrich die Gruppe mit einem langen Feuerstoß.

Idioten, dachte er, als sie umfielen. Konnten die starken Männer spielen. Mehr aber nicht.

Er rannte weiter.

In diesem Moment öffnete sich eine der Türen am hinteren Ende der Halle, und Barry Cannon trat heraus. Er sah Bogan, die offene Stahltür und schrie wutentbrannt auf.

Cannon erfasste die Situation. Seine Leute lagen tot auf dem Beton – und Bogan wollte sich absetzen. Er riss seine Waffe hoch.

Zu spät.

Bogan bückte sich im Laufen nur kurz und riss das Wurfmesser aus der Scheide am Unterschenkel. Er war keine zehn Schritt mehr von Cannon entfernt, als sein Arm in einer flüssigen Bewegung durchschwang.

Cannon drang das Messer tief in den Hals. Die Spitze traf ihn etwas seitlich, weil er im letzten Moment mit einer Drehung ausweichen wollte. Röchelnd griff er sich an den Hals, sein M16 fiel auf den Boden.

Bogan rannte an Cannon vorbei zu einer der Türen. Eine Treppe führte hinunter in die Mannschaftsräume. Von dort würde er ins Lüftungssystem kriechen und dann irgendwo auf dem Berg rauskommen. Wie er weiterkommen würde, wusste er noch nicht.

Kapitel 32

Mittwoch, 21. Juni 2000

Kristina stand fassungslos in dem riesigen Hangar. In der Mitte der Halle befand sich das Raumschiff mit seiner silbrigen Hülle, eingerüstet wie ein Haus, das saniert werden sollte.

Auf den verschiedenen Ebenen sah sie Männer und Frauen. Sie alle schienen beschäftigt, aber Kristina konnte nicht erkennen, was sie taten. Im Gegenteil. Die Bewegungen der Wissenschaftler waren seltsam verhalten, zögernd. Sie waren ratlos, schoss es ihr durch den Kopf.

Befehle hallten durch die Weite des Hangars. Tyler Williams dirigierte eine Schar von Technikern, die die verschiedensten Geräte nach einem unsichtbaren Plan ausrichteten. Seine ungeduldige Stimme zitterte vor Anspannung.

Die Seitenwände des Hangars bestanden in weiten Teilen aus Glasplatten, hinter denen Büros lagen. Überall brannte Licht, und Horden von Menschen arbeiteten in den Büros an irgendwelchen technischen Gerätschaften. Kristina starrte hinauf zu der mehr als zehn Meter hohen Hallendecke. Stahlschienen liefen quer durch den Raum, Kräne und Haken waren zu erkennen.

General Porters starrte die beiden Frauen kalt an, als sie von einer Wache herangeführt wurden.

»Wir haben inzwischen ihre Unterlagen gesichtet. Wie Sie sehen, glauben wir zu wissen, wie es funktioniert.«

Kristina starrte auf die Versuchsanordnung. Der Kristallschädel ruhte auf einem Tisch. Vor ihm, einige Meter entfernt, standen leicht versetzt zwei Geräte, die mit einer Art Linse auf den Schädel gerichtet waren.

Louise Shealy nickte versonnen.

»Wir sind so weit!« Tyler Williams schrie es durch den Hangar. Dann hob er die Hand, und irgendwo wurden zwei Schalter umgelegt.

Aus den Geräten vor dem Kristallschädel schossen plötzlich zwei dünne Strahlen. Sie schimmerten rötlich.

Laserstrahlen, dachte Kristina fasziniert.

Die Strahlen trafen sich im Mund des Kristallschädels.

»Der Schädel hat eine vertikale Ausrichtung, was bedeutet, seine xy-Achse führt durch das Zentrum des Schädels. An dieser Achse entlang läuft jetzt die Energie.«

Noch während Louise Shealy dies sagte, stöhnte Kristina fasziniert auf.

Das eindringende Licht der beiden Strahlen wurde gebündelt und wanderte entlang der Achse in dem Schädel nach oben. Dabei rotierte es um sie wie um einen Stab.

»Unmöglich.«

Das Licht im Schädel wirbelte wie in einem Kreisel. Plötzlich spaltete sich von dem rotierenden Teil Energie ab und trat aus den beiden Augenhöhlen des Kristallschädels wieder aus.

Kristina hörte die Stille und sah zu den anderen. Porters, Cushing, Williams und eine Reihe von Wissenschaftlern standen vollkommen gebannt da. Alle versanken in dem Schauspiel, das sich ihnen bot. Das Licht rotierte immer schneller, schien mehrfach für Sekundenbruchteile die Farbe zu wechseln, ehe es wieder in das ursprüngliche Rot überging.

Die Laser speisten immer noch die Energie, die sich im Mund des kristallinen Schädels sammelte wie in einem Becken, um dann hinauf in die Gehirnregion zu wandern.

»Er besteht aus piezoelektrischem Silizium-IV-Oxid«, flüsterte Louise Shealy Kristina zu. »Diese Schädel sind wie Schablonen. Die Schamanen sagen, sie enthalten alles über die

Menschheit, ihre Herkunft, ihre Zukunft, ihr Schicksal. Auf einer anderen Ebene, als wir sie kennen. Jeder von uns ist mit ihnen über Schwingungen verbunden, die wir nicht hören können.«

Kristina nickte abwesend.

Es schien ihr unfassbar, was sie sah und hörte. Und trotzdem musste sie sich eingestehen, dass ihr Arbeitsmittel, der Computer, auch mit Kristallen als Speicher ausgestattet war. Der Unterschied war, dass die Computerindustrie nicht mit natürlich gewachsenen Kristallen arbeitete.

Aber die Grundlagen fußten natürlich auf den Erkenntnissen der bei natürlichen Kristallen festgestellten Eigenschaften. Diese waren gegen Ende des neunzehnten Jahrhundert von Pierre und Jacques Curie entdeckt worden.

Eine der wesentlichen Eigenschaften war die Fähigkeit, Energie unter Kontrolle zu halten und mit einer festen Frequenz schwingen zu lassen, dachte Kristina. Bei allen Präzisionsmessungen wurden Quarze, also Kristalle, eingesetzt – selbst in Atomuhren, die in einer Million Jahre nur drei Sekunden abwichen. Quarz war der Mittelpunkt einer der größten technologischen Revolutionen.

»Ich glaube es trotzdem einfach nicht«, flüsterte Kristina zu sich selbst.

»Sieh einfach hin.« Louise Shealy hauchte die Worte mit Ehrfurcht.

Die Strahlen traten aus den Augenhöhlen des Schädels aus und trafen zwei Punkte auf der Oberfläche des Raumschiffs, wo sie absorbiert wurden, ohne an der Hülle Schaden anzurichten.

Spitze Rufe hallten plötzlich durch den Hangar. Viele der Wissenschaftler hielten inne und sahen zum Schiff. Lautlos öffnete sich ein Spalt in der Hülle, der immer größer wurde. Eine Rampe schob sich lautlos nach außen, setzte auf dem Boden auf.

»Sie haben das Tor einen kleinen Spalt offen!«, brüllte der Sergeant und warf sein Funkgerät auf den Sitz. »Die erste Welle unserer Leute ist schon drin. Wir gehen jetzt auch rein.«

Skinner warf den Motor an und lenkte den Jeep näher an die Kampfzone heran. Schlagartig ließ das Feuer nach. Der Jeep war mittlerweile bis dicht an den Hang herangefahren. Die Schotterstraße ging in eine Betonpiste über, die direkt auf das riesige Stahltor zuführte. Cromwell hatte solch ein Tor sein Leben lang noch nicht gesehen. Mit seiner schwarzen Farbe schien es wie der Eingang zur Hölle.

»Zehn Meter«, schrie Skinner, als er Cromwells Blick bemerkte. »Die Höhe. Breite gut zwanzig Meter. Haben sie in der Einsatzbesprechung gesagt. Sei gar nicht zu verfehlen. Sie hatten Recht.« Er lachte und winkte.

Überall standen jetzt Trooper, die beide Seiten der Betonpiste und der Schotterstraße absicherten und auf Männer mit erhobenen Armen zielten. Die Verteidiger draußen ergaben sich.

Einige Gestalten huschten zu dem Spalt in dem riesigen Stahltor, das auf der einen Hälfte immer noch größer wurde.

»Das reicht für uns!«, brüllte Skinner und raste mit dem Cherokee den Hang hinauf. Krachend fuhr er einen der flüchtenden Verteidiger über den Haufen, dann waren sie plötzlich in einer riesigen Halle angelangt. Mehrere Türen standen offen, Flüchtende hasteten in die unteren Bereiche, gefolgt von Troopern.

Sie sprangen aus dem Wagen.

»Wohin?«, schrie Skinner.

»Immer der Meute nach!«, brüllte Hopper.

Cromwell rannte einfach mit. Tote und Verwundete lagen auf dem Beton. Aus grässlichen Schusswunden sickerte Blut, einem stak ein Messer im Hals, einem anderen war der rechte Arm abgerissen, wieder ein anderer robbte wimmernd über den Boden, die eigenen Gedärme in seiner linken Hand haltend.

»Weiter! Weiter!«, schrie Hopper und stürmte voran.

Es ging lange Gänge entlang. Immer wieder behinderten Zwischentüren ihr Vorankommen, und immer wieder setzten die Trooper Sprengstoff ein, um Türen aus den Angeln zu heben und den Weg freizumachen. Andere Türen standen einfach offen, zerfetzt von Detonationen, die die Trooper der ersten Welle ausgelöst hatten.

Wieder lagen Tote auf den Fluren. Auch Trooper.

»Scheiße!«, schrie Hopper, als er seine Kameraden sah.

Die Toten der anderen Seite waren Männer in weißen Kitteln, die Wachmannschaften trugen eine Art Tarnkleidung, und ihre nutzlos gewordenen Waffen waren weit verstreut.

Wie Wasserfluten rollten immer wieder Schallwellen von Sprengungen durch die Gänge. M16 knatterten in kurzen Feuerstößen. Munition gehörte zu den wichtigsten Gegenständen bei den Fallschirmspringern, da sie vornehmlich als Brückenköpfe eingesetzt wurden und ihr Nachschub nicht sofort verfügbar war. Besondere Schießkünste und ein sparsamer Umgang mit Munition waren deshalb überlebenswichtig. Ihre Waffen waren auf Salven von maximal drei Schuss eingestellt.

An einer deutlich größeren Tür trafen sie auf einen Lieutenant mit vier Fire Teams. Er war klein und wendig, mit Händen wie Bärentatzen. Sein Gesicht war bleich, und die Augen waren glühende Kohle.

Drei Leichen lehnten mit verrenkten Körpern an den Wänden. Es schien, als hielte sie der Todesschmerz noch immer in ihren Verkrampfungen gefangen. Zwei sahen aus wie die Wachmannschaft. Sie trugen Kampfanzüge mit aufgenähten Emblemen der Firma CEC. Der dritte Tote hatte einen weißen Overall an, wie man ihn in Fabriken trägt, in denen vollkommen staubfrei gearbeitet wird.

Einige der Trooper bluteten aus Wunden an Armen und Beinen. Zwei hatten Verbände um den Kopf, einer der Trooper wurde von zwei anderen gehalten. Aus einer Wunde dicht unter dem Halsansatz sickerte Blut. Cromwell entnahm dem Gespräch, dass sie die Reste der ersten Welle waren.

»Wer ist das?«, fragte der Lieutenant den Sergeant und deutete auf Cromwell.

»Irgendjemand Wichtiges, auf den wir aufpassen sollen und der auch mit reindarf. Der Chief hat mit der Einsatzleitung geredet und war danach scheißfreundlich zu ihm.«

»Geheimdienst?«, fragte der Lieutenant Cromwell.

»Nein, ich …«

»Schon klar.« Der Lieutenant drehte sich ab. »Nie hier gewesen.« Er starrte auf die Wand und die Tür, vor der sie standen. »Das muss die Mauer zum großen unterirdischen Hangar sein«, sagte er schließlich und betrachtete den verkleinerten Plan, den ihm einer der Trooper hinhielt. »Dahinter kommt so etwas wie eine Bürozone oder Labors, die zum Hangar hin mit schwerem Panzerglas abgeschottet sind.«

Der Lieutenant sprach in sein Funkgerät. Es dauerte einige Minuten, bis ein Trupp von Troopern auftauchte. In ihrer Mitte liefen zwei Männer, die ebenfalls die wüstenfarbenen Tarnanzüge trugen, aber eindeutig keine Trooper waren. Sie bewegten sich unsicher.

Sie trugen ein kleines Gerät bei sich, das nicht ganz so groß wie ein Laptop war. An der Seite des Gerätes war ein kompaktes, etwa zehn Zentimeter großes Modul in einer Halterung angebracht. Eine kurze Leitung verband es mit der Haupteinheit.

Die zwei Männer lösten die Schrauben der quadratischen Metallplatte neben der Hallentür in der Wand, zogen die Konsole der Torsicherung heraus und fummelten an den sichtbar werdenden Drähten herum.

Dann schlossen sie mit Klemmen das Gerät an. Einer der beiden nahm das Modul aus der Halterung und fuhr langsam über die Metallplatte.

»Was ist das?«, fragte Cromwell, als er die starke Helligkeit sah, die von dem Gerät auf die Metallplatte geworfen wurde. Es sah aus, als scannten sie die Oberfläche der Metallkonsole.

»Eierköpfe. Nicht von uns. Irgendeine besondere technische

Einheit, abgestellt für den Einsatz.« Hopper zuckte mit den Achseln. Die Einsatzleitung hatte eben auch ihre Geheimnisse.

Die zwei Männer begannen zu fluchen, als an dem Gerät immer wieder rote Lämpchen aufleuchteten.

»Was ist?«, fragte der Lieutenant.

»Unsere Programme kommen nicht rein, sie können den Code nicht knacken. Das hier ist eine Handlese-Einrichtung als Zugang. Die spezielle Hautstruktur und Rillenführung der Hand des Berechtigten öffnet die Tür. Unsere Programme sind so konzipiert, den letzten Abdruck abzunehmen und neu einzuspeisen. Dann müsste das Tor aufgehen.«

»Und woran scheitert es?«

»Wissen wir nicht. Normalerweise sondert jede Hand Feuchtigkeit ab. Schweiß. Und wenn es nur geringste Spuren sind, die man normalerweise nicht sieht oder spürt. Außerdem hat jede Haut einen typischen Fettfilm. Unser Programm kann über die Reste auf der Platte eine Struktur erkennen.«

»Wie ein Fingerabdruck?«, fragte Cromwell lauernd.

»Genau. Wie einen Fingerabdruck. Oder wie hier als Hand. Das haben wir gescannt. Dann geben wir die Struktur ein, und dann müsste sich über die Identifikation das Tor öffnen.«

»Scheiße.« Der Lieutenant sah sich ärgerlich um.

»Wie soll das klappen?«, fragte Cromwell plötzlich. »So einen Handabdruck werden Sie doch niemals so vollständig abnehmen können, wie Sie ihn benötigen. Da wird es doch immer Lücken geben. Kann also nicht funktionieren.«

»Wer ist denn der Schlauberger?«, fragte der größere der beiden Spezialisten den Lieutenant, der nur ärgerlich mit der Schulter zuckte.

Cromwell sah dem Mann fest in die Augen, als dieser sich erhob und voller Wut auf ihn zuging.

»Schon mal was von EDV gehört? Rechnerkapazität? Selbstverständlich ist der Abdruck nicht immer vollständig. Aber selbst mit einer letzten Restgröße ist es möglich, die nicht gescannten Zwischenbereiche durch ein Rechenprogramm herzustellen. Wie die Modellierung eines Kopfes möglich ist, wenn ich die Grundstruktur des Schädels habe.«

»Dann müsste es ja gehen.«

»Eben.«

»Und warum klappt es nicht?«

»Leck mich.«

In diesem Moment tauchte in Cromwells Kopf die Idee aus dem Unterbewusstsein auf wie ein U-Boot aus den atlantischen Gräben. Er lachte wild los. Die anderen starrten ihn an.

»Da!«, rief er. »Und da! Und da! Und dahinten sicherlich auch. Gleich um die Ecke!« Cromwell drehte sich und deutete mit seiner rechten Hand in alle Gänge hinein.

»Was meinen Sie?«, fragte der Lieutenant, der schon ganz andere erlebt hatte, die im Einsatz einfach abdrehten.

»Na, die Toten.« Cromwell zeigte wieder in die Gänge. »Ich meine nicht die Trooper. Ich meine die Leichen der Männer von hier.«

»Ja und?«

»Die haben Hände!«, schrie Cromwell, bei dem sich die ganze Spannung der Nacht mit einem Schlag löste. »Hände. Legt sie drauf, bis eine passt!«

Es dauerte einen Moment, bis alle begriffen, was er meinte.

»Los!«, rief der Lieutenant. Vier Trooper rannten los und trugen eine Leiche wie einen Sack bis dicht an das Tor. Dann ließen sie den Toten fallen. Die zwei Computerspezialisten packten den rechten Arm der Leiche und zogen sie bis dicht an die Metallplatte.

»Scheiße!«, schimpfte der Größere der beiden, als die verkrampften Finger sich gegen ihr Auseinanderbiegen wehrten.

Der Lieutenant trat vor. Er packte mit seiner Linken das Handgelenk der Leiche und bog mit seiner Rechten die Finger der Leichenhand auseinander.

Mit einem Kopfnicken bedeutete er dann den beiden Computerspezialisten weiterzumachen. Sie lösten den Lieutenant ab und legten die Handfläche auf die Platte.

Cromwell starrte wie gebannt auf die Hand, dann zur Tür.

Nichts geschah.

»Tolle Idee.« Der größere Computerspezialist lachte auf. »Wäre ja auch zu schön gewesen.«

»Der hat keine Berechtigung«, erwiderte Cromwell kalt. »Wir haben den Falschen genommen. Wachmannschaft. Stand doch, wenn ich es richtig vermute, vor der Tür. Wir brauchen jemanden, der da drinnen arbeitete.« Cromwell sah sich um. Sein Blick fiel auf eine Leiche in einem weißen Laboranzug. »Das könnte ein Wissenschaftler sein, der im Innern arbeitete. Dessen Hand ist interessant.«

Wieder rannten Trooper los und zogen den Leichnam heran. Die Schleifgeräusche jagten Cromwell eine Gänsehaut über den Körper.

Wieder bogen sie die rechte Hand der Leiche auf, als Cromwell dazwischenrief, sie sollten aufhören.

»Was denn nun schon wieder?«, fragte der Lieutenant.

»Sehen Sie das nicht?«

»Was?«

»Der Mann hat Blutspritzer an der Hand. Der hat sich angefasst, seine Wunde abgetastet, als er getroffen wurde.«

»Ja und?«

»Die Spritzer sind an der linken Hand. Der Mann ist Linkshänder gewesen. Sie müssen die linke Hand nehmen.«

Die Trooper gingen an der Tür in Stellung. Der Lieutenant gab per Handzeichen den Befehl, und die beiden Computerspezialisten drückten die Handfläche der Leiche auf die Platte.

Es dauerte keine Sekunde, dann war ein kurzes Zischen zu hören, und das Tor glitt von der Mitte aus nach beiden Seiten auseinander.

Von drinnen drangen Schreie, dann fielen die ersten Schüsse. Die Kugeln jaulten über die Trooper hinweg in den Flur, schlugen in den Wänden ein.

Die Trooper erwiderten augenblicklich das Feuer, verschwanden in Sekundenbruchteilen durch den Spalt.

»Ich will auch da rein!« Cromwell eilte los, mit ihm das Team um Hopper.

Als Cromwell durch das nun fast gänzlich geöffnete Tor stürzte, blieb er überrascht stehen. Offenbar betraten sie den Hangar durch einen Seiteneingang, der nicht ganz so groß war wie das Haupthallentor an der Stirnseite rechts von ihnen.

Der Zugang zum Hauptbereich des Hangars war direkt vor ihm. Links und rechts schlossen sich Glaswände mit dahinter liegenden Büros oder Labors an. Jedenfalls sah er überall flimmernde Monitore und Menschen davor.

Die Trooper duckten sich an die Seitenwände und feuerten unablässig. Vor ihnen lagen Leichen auf dem Boden. Die Feinde zogen sich weiter zurück; anscheinend hatten sie der Feuerkraft der Trooper nichts entgegenzusetzen. Die ersten Trooper hockten bereits an der Ecke, wo der Zugang sich zu dem eigentlichen Hangarbereich öffnete.

Dort angekommen, blieb Cromwell einfach stehen.

In der Mitte des riesigen Hangars stand ein Gerüst aus Metall mit verschiedenen Laufebenen. Das Gerüst rahmte einen silbrigen Flugkörper ein. Die Oberfläche war glatt und wies keine Unebenheiten auf. Der Flugkörper wirkte eher klein und verloren in dem großen Hangar.

Sekundenlang stand Cromwell sprachlos da und starrte auf das Raumschiff. Es war also doch wahr, schoss es ihm durch den Kopf. Sie hatten nicht gelogen, nicht gesponnen. Sie meinten es alle bitterernst.

Wo aber war Kristina? War sie hier? Versteckten sie sie in irgendeinem Raum? Lebte sie überhaupt noch? Wer waren die entscheidenden Leute?

Die Trooper teilten sich und gingen sowohl nach links als auch nach rechts weiter voran. Ihre Schüsse hallten durch den Hangar. Cromwell sah nur noch wenige Verteidiger kämpfen. Viele lagen schreiend oder tot auf dem Boden.

Die Trooper schienen kaum Verluste zu haben. Zwei von ihnen lagen unmittelbar vor ihm auf dem Boden, aber beide waren bei Bewusstsein und rappelten sich gerade auf. Sie hatten Einschusslöcher auf den Kevlar-Westen. Der Aufprall der Kugeln hatte sie umgeworfen, ohne sie ernsthaft zu verletzen.

Hopper und seine Trooper waren unmittelbar um ihn herum. Gemeinsam wandten sie sich nach links und eilten auf das Podest am Ende der Halle zu.

Cromwell sah Quest auf diesem Podest stehen, zwei MPs in den Händen und wild um sich schießend. An ihm vorbei flüchteten Wissenschaftler und technisches Personal auf eine Tür hinter Quest zu, die sich plötzlich öffnete. Die Menschen ergossen sich aus der Halle in die dahinter liegenden Gänge. Sie würden mitten in die Arme der nachrückenden Fallschirmjägertruppen rennen.

»Der da oben, das ist einer der Hauptverbrecher«, sagte Cromwell zu Hopper und deutete auf Quest, der sich rückwärts gehend in die Menschenmassen drängelte.

»Welcher?«

»Der da mit den Maschinenpistolen schießt.«

Hopper kniete sich augenblicklich hin, legte sein M16A2 an, visierte kurz. Sein Schuss krachte.

Quest wurde leicht angehoben, als stellte er sich auf die Zehenspitzen, und kippte dann nach hinten. Hopper hatte auf die Nasenwurzel gezielt und punktgenau getroffen. Immer noch hämmerten Feuerstöße aus Quests Maschinenpistolen, dessen Finger sich im Tod um den Abzug verkrampften.

»Wir müssen die Frauen finden!«, brüllte Cromwell und sah sich um. Rechts in dem Raum zwischen dem Podest und dem

Raumschiff standen Gerätschaften, deren Funktion er nicht kannte.

Zwei der Geräte mussten Laser sein. Sie standen mit dem Rücken zum Raumschiff. Die Lichtstriche zielten konstant auf einen Gegenstand, der auf einem Tisch stand. Etwas Ähnliches hatte er bereits in Louise Shealys Wohnung gesehen. Es war einer dieser kristallinen Totenschädel.

Die Laserstrahlen drangen offensichtlich durch die Mundhöhle in den Schädel ein und aus den beiden Augen wieder aus. Von dort liefen sie in einer direkten Linie zum Raumschiff, wo die Strahlen auf zwei Stellen der Außenhaut trafen und absorbiert wurden.

Nicht weit von den beiden Stellen an der Außenhaut entfernt befand sich ein Loch. Eine niedrige Eingangstür, schoss es Cromwell durch den Kopf. Eine flache Rampe führte in das Innere des Raumschiffs, das im Dunkeln lag.

Cromwell rannte auf die Versuchsstellung mit den Lasern zu. Um ihn herum knatterten immer noch Gewehre, aber die Trooper hatten längst die Oberhand gewonnen. Die Flüchtenden zerstörten den letzten Rest des Verteidigungswillens der Wachtruppen, die ohne Führung zu sein schienen. Viele von ihnen warfen die Waffen weg und wandten sich zur Flucht.

Völlig verstört blieb Cromwell stehen, als sich die beiden Laserstrahlen plötzlich bewegten. Sie wanderten langsam nach rechts, auf ihn zu. Dabei blieben sie im gleichen Abstand zueinander. Der Winkel der Laserstrahlen veränderte sich, aber der Kristallschädel, aus dem die Strahlen kamen, stand immer noch unbeweglich an seinem Platz.

Cromwell starrte zum Raumschiff. Dort, wo die Laser eben noch auf die Außenhaut getroffen waren, zeigten sich keinerlei Brandspuren oder sonstige Veränderungen am Metall.

»Ich verstehe das nicht«, knurrte er.

Seine rudimentären physikalischen Kenntnisse besagten jedenfalls, dass Laser Hitze von mehr als tausend Grad entwickeln konnten. Das war eine Temperatur, bei der auch Metall brannte, zumindest aber schmolz.

Cromwell vergaß das Gewehrgeknatter um sich herum. In seinen Ohren rauschte es, sein Adrenalinspiegel war in unbekannten Höhen. Alles um ihn herum schien wie in Watte gepackt.

Er sah rennende Wissenschaftler, verrückte Techniker, die mit erhobenen Werkzeugen in die Kugeln der Trooper rannten. Der Lieutenant, dessen Namen er nicht kannte, eilte zweimal durch sein Blickfeld, gab Anweisungen über sein Funkgerät und schickte Trooper an die verschiedensten Punkte in der Halle. Vorne an der Tür auf dem Podest drängelten sich die Flüchtenden, wurden eine leichte Beute der Trooper, die einen Halbkreis bildeten. Offensichtlich war die Falle auch außen zugeschnappt, denn Cromwell sah, dass trotz des Geschiebes und Gezerres an der Tür niemand mehr hinauskam.

Als er wieder zum Raumschiff blickte, bemerkte er Trooper auf dem Gerüst. Drei Männer kämpften dort im Handgemenge mit Leuten, die auf den verschiedenen Gerüstebenen immer noch Widerstand leisteten.

Die Trooper blieben die Sieger. Ihre Gegner stürzten von dem Gerüst, und ihre kurzen Schreie gellten durch den Hangar, bevor sie dumpf aufschlugen.

Die Laserstrahlen aus dem Kristallschädel aber verschwanden immer noch in der Außenhaut des Raumschiffs.

»Na, was ist los?« Hopper tauchte plötzlich neben ihm auf. An seinen Händen klebte Blut. Dann war keuchender Atem zu hören. Aus den Augenwinkeln sah Cromwell Skinner, Chuck Clark und Andrew Doyle neben sich.

»Unglaublich, ich fasse es einfach nicht!«, schrie Doyle aufgeregt und deutete auf das Raumschiff. »Ein UFO!«

»Wer sagt das denn?«, fragte Chuck Clark mit gelangweilter Stimme. »Das ist eine der hochgeheimen Waffen, an denen unsere Eierköpfe arbeiten. Weiß doch jeder, das hier getestet wird, was die Air Force in zehn Jahren einsetzt.«

»Habt ihr die Frauen gesehen?«

»Negativ.«

»Und die anderen, die wir suchen? Diesen General?«

Cromwell stöhnte laut auf, als Hopper energisch den Kopf schüttelte.

Sie waren da drin!

Plötzlich war es ihm klar. Sie waren alle da drin.

Kapitel 33

Mittwoch, 21. Juni 2000

Ihr bleibt hier!«, schrie Cromwell.

Noch bevor er lossprang, bewegten sich die Strahlenbündel. Sie blieben im gleichen Abstand zueinander, aber sie bewegten sich auf der silbrigen Außenhaut.

Immer noch knatterte Gewehrfeuer. Zwei Kugeln sirrten an seinem Gesicht vorbei, einmal zupfte etwas an seinem rechten Hosenbein. Das Fire Team schrie wild durcheinander, ging in die Hocke, erfasste Ziele und feuerte.

Cromwell starrte wie gebannt auf das Raumschiff. Alles andere um ihn herum war vergessen.

Die Rampe war glatt, dunkel und endete scheinbar im Nichts.

Hinter ihm brüllten Soldaten, schrien Verletzte.

Er meinte eine Bewegung zu sehen.

In seinem Kopf dröhnte das Blut.

Dort standen Menschen. Menschen?

Cromwell vergaß alles. Er nahm nichts mehr um sich herum wahr. Er starrte nur noch gebannt auf die dunkle Öffnung, in der sich die Rampe verlor.

Dann schweifte sein Blick zu dem Totenschädel in der Halle, in dem sich immer noch die Strahlen der beiden Laser bündelten, rotierten und aus den Augenhöhlen heraustraten, um von der Außenhülle des Raumschiffs verschluckt zu werden.

Wieder bewegte sich etwas in der Dunkelheit am Ende der Rampe. Die Strahlen zeigten genau auf die Öffnung.

Dann trat eine Gestalt auf die Rampe.

Cromwell ächzte laut auf.

Es war Louise Shealy.

Die alte Frau konnte kaum noch laufen. Mit der linken Hand stützte sie sich auf einen Krückstock. Ihr rechter Arm umklammerte einen Gegenstand vor ihrer Brust.

Und genau dort trafen die Laserstrahlen auf. Sie schienen auf ihrer Brust absorbiert zu werden.

»Die Frau steht mitten in den Laserstrahlen!«, rief Hopper. »Unglaublich. Die müssen ihr doch Löcher in den Pelz brennen!«

»Nein.« Cromwell schüttelte den Kopf. Er erkannte, dass es nicht so war. Er verstand nur ganz langsam, was er sah, aber es war eben so, wie es war.

Zuerst bemerkte Cromwell die fast durchsichtige Struktur der hohen Stirn, dann nahm er die Augenhöhlen wahr. Shealys rechter Unterarm verdeckte den kristallinen Kiefer. Ein seltsames Leuchten hing wie ein Schleier vor ihrer Brust und beleuchtete auch ihr Gesicht von unten.

Die alte Wissenschaftlerin hielt einen zweiten Kristallschädel in der rechten Armbeuge. Die Laserstrahlen traten über die Augenhöhlen in den Schädel ein und verteilten sich innerhalb der Struktur. Das Laserlicht war es, das innerhalb des Schädels dieses eigenartige, rötlich gelbe Leuchten erzeugte, das Shealys Gesicht umspielte.

»Das wird uns keiner glauben!«, murmelte Hopper. »Keiner.«

»Richtig. Allein schon deshalb nicht, weil Sie es niemandem erzählen werden!« Der Lieutenant tauchte neben ihnen auf, starrte ebenfalls angespannt zur Öffnung im Raumschiff.

»Lieutnant Sumner, Sie wollen sagen …«

»… dass wir nie hier gewesen sind. Genau. Jeder von Ihnen wird nach dem Einsatz eine Schweigeverpflichtung unterschreiben. Die wird Ihr ganzes Leben gelten. Sie werden versetzt werden. In alle Winde verstreut. Jeder Einzelne, der bei diesem Einsatz dabei war. Und ganz besonders wir, die wir hier drinnen waren.«

»Das hört sich an wie das, was mir ein Kumpel mal von seinem Großvater erzählt hat«, meinte Bill Skinner nachdenklich. »Der sagte, sein Großvater habe an irgendeiner Geheimaktion in Socorro teilnehmen müssen. Da soll es auch um so was gegangen sein.«

Cromwell starrte immer noch auf die alte Wissenschaftlerin. Neben Shealy tauchte ein älterer Mann auf, dessen Bewegungen sehr agil wirkten.

»Ist das ein Altersheim?«, entfuhr es Trooper Doyle.

»Schnauze.« Lieutenant Sumner schnappte sich die Sprechmuschel des Funkgerätes. »Einsatzleitung, hier ist Wildcat Leader. Der Texaner ist tatsächlich dabei. Ich sehe ihn. Er kommt gerade aus dem Objekt.«

»Wer ist das?« Cromwell fragte, ohne den Blick von der Raumschiffföffnung zu lassen.

»Cushing. Texaner. Milliardär. Dem das alles hier gehört. Und der auf unserer Liste steht.«

Auf meiner auch, dachte Cromwell. Louise Shealy hatte seinen Namen als einen der entscheidenden Hintermänner genannt, dem er seine Hetzjagd um die halbe Welt zu verdanken hatte.

Dann sah Cromwell Kristina. Ihr Gesicht war blass, die Miene angespannt. Er schrie ihren Namen. Spontan. Unbändig. Sein Ruf ging im Kampfgetöse unter.

Sie reagierte nicht. Um ihren Hals lag der linke Arm des Mannes, der hinter ihr stand und erst allmählich sichtbar wurde.

Kristinas Augen waren geweitet. Ihr blondes Haar war wieder wie bei ihrer ersten Begegnung zu einem Pferdeschwanz nach hinten gebunden, der sich langsam auflöste. Ihr Körper war leicht nach vorn gewölbt. Mit beiden Händen umfasste sie immer wieder den linken Arm des Mannes, als schnüre er ihr die Luft ab.

Cromwell rannte los. Wieder schrie er ihren Namen. Hinter ihm brüllten die Trooper, er solle stehen bleiben. Aber er hörte nichts als den Hall seiner Schritte.

Das Gesicht des Mannes hinter Kristina wurde plötzlich im Hallenlicht sichtbar. Hager, eingefallen, mit dunklen Augen. Herabgezogene Mundwinkel, die den diabolischen Gesichtsausdruck noch verstärkten. Der Mann trug die Uniform der Air Force der Vereinigten Staaten von Amerika. Mit Generalssternen. Und eine großkalibrige Pistole, deren Mündung auf Kristinas Nacken gesetzt war.

Dahinter tauchte eine weitere Gestalt auf, die tänzelte wie ein Galopper vor dem Start. Auffällig waren der große Kopf und ein seltsam kleiner Körper im Verhältnis dazu.

Cromwell hielt kurz inne, dann rannte er jedoch weiter. Als er nur noch wenige Schritte vom Raumschiff entfernt war, hatten die vier die Zugangsrampe verlassen.

»Halt!«

Der Befehl kam von Vernon Porters, der den heranstürmenden Cromwell mit verschleierten Augen fixierte. Dann richtete er die Beretta M9 auf ihn.

Cromwell hielt an und suchte die Augen von Kristina. Ihre Blicke trafen sich. Er liebte diese Frau. Und er bewunderte sie.

Er erwartete Angst, Unsicherheit, den stummen Schrei nach Hilfe. Aber Kristinas Augen funkelten wie Sterne.

Tatendrang, Wut, Aggressivität, alles spiegelte sich in diesen blauen Augen. Und Liebe. Er sah, wie sie sich freute, ihn zu sehen. Sie schien zu schmunzeln, als wolle sie sagen: Egal, wie es ausgeht, Hauptsache, du bist da, hast mich gesucht.

»Geben Sie auf!«, rief Lieutnant Sumner von weiter hinten.

Cromwell hörte an der Stimme, dass der Offizier näher kam. Er riskierte einen Blick über die rechte Schulter. Sumner kam leicht und locker heran, wiegend im Schritt. Er stellte sich neben Cromwell. In der rechten Hand hielt er ebenfalls eine Pistole.

»Verschwinden Sie! Alle!« Vernon Porters' Augen flackerten. Die Augen schienen aus den Höhlen treten zu wollen. Seine Waffe machte eine Runde durch die Halle, dann drückte er die Mündung wieder in Kristinas Nacken.

»Verschwinden Sie!«, schrie auch Cushing. »Sie haben hier nichts zu suchen. Dies ist ein Hangar der CEC. Also Privatgelände.«

Cromwell starrte den Milliardär an, von dem Shealy in Las Vegas berichtet hatte. Cushing lachte wild und verwegen, als mache das Ganze einen verdammten Spaß. Die funkelnden Augen verrieten eine unbändige Unternehmungslust.

»Ich bin hier im Auftrag des Präsidenten der Vereinigten Staaten. Geben Sie auf!«

Cushings wildes Wiehern hallte durch den Hangar. Das Kampfgetöse war abgeebbt, als wolle es eine Schneise für sein wildes Gelächter freimachen. Im hinteren Teil der Halle standen Wissenschaftler, umringt von den Fallschirmspringern. Sie reckten die Köpfe.

»›Im Auftrag des Präsidenten …‹ Ich lache mal!« Cushing schrie wütend auf. »Was will der Zwerg? Was ist er denn? Noch ein paar Monate im Amt! Nicht mehr. Und wenn er tausend Mal der Oberbefehlshaber der Streitkräfte ist: Das hier ist mein Gelände. Und ich werde ihm zeigen, was wahre Macht bedeutet. Hier geht es um die Zukunft unseres Landes, nicht um seinem Furzsessel in Washington!«

»Geben Sie auf«, sagte Lieutnant Sumner mit ruhiger und leiser Stimme.

»Ich gebe nie auf!«

Geschützdonner hallte plötzlich durch die Halle. Alle zuckten zusammen, reckten die Köpfe, um die Quelle des Dröhnens und Donnerns auszumachen.

Cromwell schrak zusammen, als er Kristina schreien hörte. Er wollte losspringen, blieb aber wie angewurzelt stehen.

Genau in der Mitte zwischen den beiden Kristallschädeln veränderten sich die Strahlen. Sie wanderten nach oben, bauten sich in zwei sich windenden Strängen auf. Zwischen den beiden Strängen wurden Bilder sichtbar. Dreidimensional.

Die Bilder waren zunächst unscharf, wurden dann immer klarer. Hangars erschienen. Betonierte Flächen, Landebahnen, überzogen mit Linien. Soldaten in Uniform. Aufgenommen aus der Luft.

Die Bilder zoomten heran. Entsetzte Gesichter waren zu sehen. Rennende, schreiende Soldaten. Die Uniformen der Soldaten waren seltsam. Cromwell suchte den richtigen Ausdruck. Hausbacken … nein … unmodern. Nicht von heute.

Die Soldaten zeigten verwirrt in den Himmel, manche schossen mit ihren Gewehren.

Eine Geschützbatterie kam ins Bild. Die Haubitzen schossen zunächst Salven, dann Einzelfeuer.

Cromwell hörte Schreie und sah für einen Moment auf die Gruppe. Alle starrten gebannt auf die Bilder.

»Edwards Air Force Base!«, rief der Mann in Uniform, der Kristina fest in seinem Griff hielt.

»Muroc!«, rief Louise Shealy, die immer noch den Kristallschädel in ihrem Arm hielt.

Ein Hangar kam ins Bild, mit einer riesigen 27 darauf.

Die Bilder wechselten. Im Hangar stand eine Gruppe von Menschen. Ratlos. Cromwell hörte Keuchen und überraschte Ausrufe.

Zunächst verstand er nicht, was gerufen wurde.

Auf den Bildern war eine Frau zu sehen, die ihm irgendwie bekannt erschien.

»Eisenhower! Es ist Eisenhower!«, schrie plötzlich jemand.

Cromwell sah eine Gestalt, die sich bewegte und auf die Kamera zuging. Irgendwie unsicher und doch fest im Schritt.

Cromwell hatte nur wenige Bilder von diesem amerikanischen Präsidenten gesehen. Immer war es ein ernstes, aber freundliches Gesicht gewesen. Das Gesicht eines verständigen Mannes, der so viel Elend gesehen hatte und doch nicht daran zerbrochen war.

»Muroc. Es ist also doch wahr!«, krächzte plötzlich Cushing in die Bilder hinein. Seine Stimme zitterte, als jagten alle Teufel der Welt hinter ihm her. »Die Begegnung hat also doch stattgefunden.«

»Aber ja. 20. Februar 1954.«

Cromwell hörte Shealys raue, vor Erregung zitternde Stimme, riss den Kopf herum und starrte die Wissenschaftlerin an.

Er erkannte die Frau, die dort mit Eisenhower in dem Hangar stand. Es war Louise Shealy. Jung, attraktiv, um die dreißig.

»Es ist tatsächlich Eisenhower.«

Cushing sagte es nüchtern, und Cromwell starrte auf den von vorn aufgenommenen Präsidenten, der mit festem Schritt eine Rampe hochstieg. Sein in Großaufnahme erfasstes Gesicht wirkte ernst, aber es war keine Spur von Entsetzen oder Angst zu erkennen.

Cromwells Kopf schien zu platzen, als die Bilder wechselten und er erneut den Präsidenten sah, wie er vor einer Konsole stand. Der Raum herum war nicht ausgeleuchtet und lag im Dunkeln.

Auf der Konsole stand ein Kristallschädel, wie die zwei, die aus unerfindlichen Gründen das ablaufende Schauspiel inszenierten.

Eisenhower starrte auf den Schädel, drehte sich dann einen Moment zur Seite, als sei er von dort angesprochen worden. Der Präsident nickte.

Aus dem Kristallschädel vor Eisenhower wölbten sich zwei

Linien nach oben wie Schlangen am Äskulapstab. Querverstrebungen verbanden die beiden Außenlinien. Innerhalb der sich daraus ergebenden Rechtecke liefen Bildsequenzen ab.

Cromwells Augen konnten die Bilder kaum erfassen. Es war eine wahre Flut. Manchmal kam es ihm vor, als wiederholten sich in den unterschiedlichsten Quadraten einzelne Bildsequenzen aus anderen Quadraten. Es war die gleiche Struktur im Kleinen, wie sie sich groß in der Halle aufgebaut hatte.

Vollkommen verwirrt sah Cromwell zu den anderen. Aber alle starrten auf die Bilder. Immer wieder waren dort Menschen zu sehen. Je länger Cromwell hinschaute, desto mehr schien sich eine Struktur herauszubilden. In einigen Bildfenstern wurde offenbar die menschliche Entwicklung dargestellt, von den einfachen Anfängen über die verschiedenen Stufen der Menschwerdung bis zum heutigen Tag.

Seitenlinien entwickelten sich, starben offensichtlich aus, andere dafür überlebten. In fruchtbaren Ebenen, in Wüsten, in Minen. Mord- und Totschlagszenen wechselten sich ab mit fürsorglichen Müttern, die ihre Säuglinge gegen Fremde bis zum Tod verteidigten oder noch im Hungertod stillen wollten.

Gewalttätige Herrscher ritten siegreich triumphierend durch zerstörte Metropolen, marodierende Banden metzelten andere nieder, und mildtätige Samariter halfen und erlösten Leidende.

In anderen Quadraten innerhalb der beiden gewundenen Schlangenlinien waren hochmoderne Labors mit Reinräumen zu erkennen, in denen Menschen in Schutzanzügen hantierten.

Es sah aus, als ob sie Proben entnähmen, Nährböden ansetzten, Reagenzgläser mit Flüssigkeiten füllten, Zentrifugen bestückten und mit Mikroskopen die Ergebnisse untersuchten.

Zwei Köpfe erschienen und blieben einen Moment länger stehen als die anderen Bilder. Die Männer diskutierten.

»Crick und Watson!«, rief Tyler Williams erregt.

Cromwell sah irritiert zu dem Wissenschaftler, doch die erstaunten Rufe der anderen veranlassten ihn sofort wieder, sich auf die Bilder zu konzentrieren.

Dort tauchten plötzlich Buchstaben auf.

C A T G.

Immer wieder. Immer wieder in Sequenzen. Länger, kürzer.

Cromwell erschrak.

Ihm blieb der Atem weg.

Hybridwesen bevölkerten die Bilder.

Labors, Menschen und Hybridwesen. Ein menschlicher Schädel auf einem Körper mit vier Beinen.

Ein Menschenkopf mit einem Löwenkörper. Dann ein viel zu kleiner Menschenkopf auf einem Pferdehals.

Eisenhower auf den Bildern zuckte zurück, wandte sich entsetzt ab. Er drehte den Kopf wieder halb nach rechts, als sage er etwas zu einer im Dunkeln stehenden Person.

Die Bilder liefen stumm, ohne Ton.

Cromwell erschauerte. Er erinnerte sich an die Mythen, Zeichnungen und Skulpturen aus dem alten Griechenland, aus Ägypten und dem Vorderen Orient, in denen Hybridwesen dargestellt waren und eine wichtige Rolle spielten.

Die Intensität der Bilder, die Brutalität wurde noch dadurch erhöht, weil nichts von ihnen ablenkte.

Es war nicht zu verstehen, was Eisenhower sagte.

Dann erloschen die Bilder. Der Präsident richtete sich auf. Mit den Händen fuhr er sich durch das Gesicht, als wasche er einen bösen Traum weg. Dabei lauschte er offensichtlich einer unbekannten Stimme. Sein Kopf blieb lange geneigt.

Cromwell sah, wie Eisenhower nickte, um sich dann aufzurichten und abzuwenden. Er wollte den Ort des Grauens verlassen.

Der Präsident hielt inne, drehte sich um, zögerte. Dann griff er entschlossen nach dem Kristallschädel und packte ihn.

Die Bilderflut vor Cromwells Augen erlosch mit einem Mal. Er sah den Präsidenten als Letztes wieder auf dem Hangarboden stehen, den Kristallschädel unter dem Arm, wie er auf die Gruppe zuging, in der auch die junge Louise Shealy stand.

Die beiden hoch aufgetürmten Stränge brachen in sich zusammen und verwandelten sich zurück zu dem Energiestrahl zwischen den Augenhöhlen der beiden Kristallschädel.

Während alle wie gebannt auf die Stelle blickten, wo eben noch die Bilder zu sehen gewesen waren, brach Tyler Williams in ein irres Lachen aus.

»Mit allen guten Wünschen von oben!«, schrie er und kicherte dann böse. »Und der gute Ike wusste nicht, wie ihm geschah! Und was sie von ihm wollten! Wie sollte er auch? Damals war die DNA ja gerade entdeckt worden. Gut ein Jahr zuvor. Der gute Ike wird nicht gewusst haben, was sie von ihm wollten.«

Cromwell starrte den Wissenschaftler an.

»Diese Pharisäer, diese Scheinheiligen, angeblichen Weltverbesserer. Haben selbst wer-weiß-wie-lange experimentiert und wollen uns nun davor warnen, die Grenzen nicht zu überschreiten.« Sein irres Gelächter hallte durch die stille Halle. »Ihr habt mich die ganze Zeit im Unklaren gelassen!«, schrie er Cushing und Porters an. »Ihr hättet es mir sagen müssen. Dieser Schädel ist der Schlüssel … Ihr Narren!«

Williams zuckte wild, fuchtelte mit den Armen, sein Speichel sprühte wie eine Giftwolke mit seinen Worten zu Porters und Cushing.

Seine Schreie brachten wieder Bewegung in die Gruppe.

Lieutenant Sumner erinnerte sich an seinen Auftrag und riss die Beretta M9 hoch. Dann schoss er. Der Knall des einzelnen Schusses hallte unnatürlich laut in dem Hangar wider.

Er traf Cushing mitten in die Stirn. Der Milliardär knickte in den Knien ein, dann sackte er zwischen Louise Shealy und Kristina zu Boden.

Louise Shealy zuckte nur leicht zusammen. Immer noch bündelten sich die Strahlenlinien aus dem anderen Kristallschädel in den Augenhöhlen des Schädels, den sie vor ihrer Brust fest im Griff hielt.

Auch Kristina schien mit etwas Ähnlichem gerechnet zu haben. Jedenfalls sah Cromwell bei ihr keine besondere Reaktion.

Er selbst fuhr überrascht zu Sumner herum, der immer noch mit erhobenem Arm neben ihm stand und jetzt auf Vernon Porters und Kristina zielte.

»Sind Sie verrückt?«, schrie Cromwell. »Sie können die Frauen treffen!«

»Halten Sie sich da raus. Hier geht es um unser Land. Meine Aufträge sind eindeutig. Wer sich nicht ergibt, wird erschossen. Verluste sind einkalkuliert. Das gilt auch für Sie, General Porters!«

Sumner schwenkte den Lauf der Waffe.

»Sie kleingeistiger, minderbemittelter Hampelmann.« Tyler Williams war neben Porters getreten, nachdem er den Schock des Schusses auf Cushing überwunden hatte. Er brüllte Sumner an. »Haben Sie denn nichts begriffen? Als ob diese Scheiß-Pistole etwas ändern würde …«

Wieder löste sich ein Schuss.

Die Kugel traf auch Williams in den Kopf. Er brach lautlos zusammen, fiel quer auf die Rampe und rollte dann auf den Boden des Hangars. Der Körper zuckte noch kurz, dann blieb er reglos liegen.

Sumner hob die linke Hand. Cromwell drehte den Kopf und sah, wie Hopper und seine Trooper näher kamen.

»Sir!«

»Wegbringen.« Sumner deutete auf Cromwell.

Cromwell trat von der Seite gegen das linke Bein von Sumner. Er traf ihn in Höhe des Kniegelenkes. Dann stieß er ihn mit beiden Händen um.

Porters aber zog gerade zum zweiten Mal den Abzug seiner

Beretta durch. Die erste Kugel hatte Sumner in den Hals getroffen. Blut schoss in hohem Bogen aus der Wunde. Sumner sackte zusammen. Die zweite Kugel jaulte über ihn hinweg.

Cromwell sprang auf Porters zu. Er griff den rechten Arm des Generals am Handgelenk und riss ihn nach oben.

Der Griff um Kristinas Hals lockerte sich. Sie stieß Porters ihren rechten Ellbogen in die Seite.

Cromwell löste seine rechte Hand vom Arm des Generals und schlug ihm mit der Faust ins Gesicht. Dann öffnete er die Hand und streckte sie. Seine Handkante traf Porters' Hals.

Kristina sprang beiseite und schrie die Trooper an, die ihre Waffen auf Porters richteten und damit auch Cromwell in Gefahr brachten.

Louise Shealy stand mit dem Kristallschädel vor ihrer Brust da und regte sich nicht.

Porters keuchte und donnerte nun seinerseits Cromwell die Fäuste auf den Körper. Cromwell spürte brennende Schmerzen im Gesicht und knickte ein, als ein Haken seine Leber traf.

Porters hebelte ihn aus, und beide schlugen auf den Boden des Hangars.

Kristinas Schreie drangen an Cromwells Ohr. Immer wieder schrie sie auf das Fire Team ein. Dazwischen brüllte Hopper seine Befehle. Die Trooper sollten schießen.

Dann jaulten Kugeln an Cromwells Kopf vorbei. Sie schossen tatsächlich! Cromwell spürte ein Zupfen an seinem rechten Arm, dann noch eins, brennenden Schmerz und eine fast augenblickliche Lähmung in seiner linken Schulter.

Porters hatte Kraft. Sein Training und seine Nahkampfübungen ließen ihn langsam die Oberhand gewinnen. Er lag auf Cromwell, richtete sich auf und zog ihn mit seinen Händen nach oben.

Cromwell sah die Decke des Hangars mit den längs und quer verlaufenden Stahlstreben, den Stahlketten und riesigen Haken, die Lasten mit Tonnengewicht tragen konnten.

Dann kam ein seltsam heller und dünner Lichtstrahl in sein Blickfeld, gefolgt von einem zweiten.

Porters richtete sich weiter auf. Sein Kopf unterbrach den dünnen Strahl, der eigentlich aus zwei parallelen Strahlen bestand.

Es stank sofort. Verbranntes Fleisch. Cromwell drehte leicht den Kopf. Er sah Louise Shealy.

Noch immer hielt sie den Kristallschädel vor der Brust. Nur das Licht im Innern des Schädels war verschwunden. Und die Augenhöhlen waren dunkel. Kein Laserstrahl traf mehr die Augenhöhlen.

Hinter Shealy sah Cromwell die Rampe des Raumschiffs zugleiten. Leise, vollkommen unbeachtet.

Es hatte etwas mit den Laserstrahlen zu tun, schoss es durch seinen Kopf. Solange die Verbindung zwischen den beiden Kristallschädeln aufrechterhalten war, war auch das Raumschiff geöffnet. Aber wo waren die Laserstrahlen?

Es stank immer durchdringender nach verbranntem Fleisch.

Porters' Hände schienen ihre Kraft zu verlieren, sein Griff wurde schwächer. Keuchend sah Cromwell in das Gesicht des Generals. Die beiden Laser lagen auf den Augen von Porters.

Aus seinen Augenhöhlen quoll dampfende Flüssigkeit. Er war mitten in die Energiestrahlen geraten. Sein Kopf glitt etwas zur Seite, und die Laserstrahlen fanden andere Punkte.

Wie eine Trennscheibe schnitten sie den Kopf durch. Das verbrannte Fleisch knisterte wie Fett auf dem Grill.

Porters' Körper zuckte nur noch. Unkontrolliert. Das Zittern war bis in seine Arme, bis in seine Fingerspitzen zu spüren, die sich immer noch in Cromwells Kleidung verkrallt hatten.

Dieser starrte auf die Hände, die ihn festhielten. Porters' unbändiger Wille verhinderte, dass er Cromwell losließ.

Nur die Nervenbahnen reagierten noch. Porters' Kopf

schwankte in die andere Richtung, und die Laserstrahlen verbrannten auch dort das Fleisch im Gesicht.

Flüssigkeit sickerte aus dem Kopf, verdampfte im Laserlicht. Es zischte. Porters' Kopf schien zu schrumpfen, je mehr die beiden Laser mit ihrer Energie von seinem Kopf verbrannten.

Seine Arme brachen weg, und der Körper sackte auf Cromwell zusammen. Direkt neben Cromwell kam der geschmolzene Kopf des Generals auf dem Beton des Hangars zu liegen.

Schwarze Augenhöhlen starrten Cromwell von der Seite an. Die ganze Gesichtspartie um die Augen war zusammengeschrumpft, und beißender Gestank kroch in Cromwells Nase.

Wie eine pechschwarze Narbe zog sich ein Schnitt in Höhe der Augen über Porters' Gesicht. Das Fleisch kochte, knisterte wie beim Braten. Blasen blühten an den Wundrändern und platzten auf. Flüssigkeit sickerte heraus.

Cromwell würgte.

Sein Blick verfing sich an dem Totenschädel vor Shealys Brust. Die Klarheit und Reinheit war einem milchigen Ton gewichen. Plötzlich zerbröselte er muschelig, tausende von Splittern regneten auf ihn und den Boden nieder. Entsetzte Schreie hallten durch den Raum. Nur das Gesicht von Louise Shealy wirkte zufrieden, als die letzten unförmigen Reste ihren Händen entglitten.

Dann riss jemand Porters' Körper von Cromwells Brust. Er drehte sich ab und würgte.

Irgendwann spürte er eine weiche Hand im Nacken. Kühl, angenehm, jeden Schmerz lindern. Keuchend wälzte er sich herum. Kristina lächelte ihn an.

KAPITEL 34

Mittwoch, 21. Juni 2000

Cromwell und Kristina saßen auf einem Steinbrocken und starrten in das Licht der aufgehenden Sonne, die als halber Feuerball rasch hinter den Bergspitzen aufstieg. Er spürte den sanften Druck ihrer Hand an seiner Seite. Ihr Kopf lag an seiner Schulter, und er roch den Duft ihres Haares. Immer wieder kitzelten einzelne Haare auf seiner Gesichtshaut.

Die Strahlen der Sonne krochen über die Hänge, vertrieben die Nachtschwärze aus den Talwinkeln. Das Licht zauberte ein intensives braun-rötliches Farbenspiel in die Felsbrüche und Steilhänge der Berge.

Die Frische der Wüstennacht wurde rasch abgelöst von einer angenehmen Wärme, die ein leichter Wind vor sich her trieb. In drei Stunden würde daraus lähmende Hitze werden.

Zwei Schritte weiter saß Louise Shealy ebenfalls auf einem Fels, ihr Gesicht auf die Hände und den Knauf ihres Krückstocks gelegt.

Immer wieder drangen Geräusche zu ihnen herauf. Metall knirschte, dazwischen trug der Wind halblaute Rufe und das tiefe Brummen starker Motoren heran.

Die Soldaten beseitigten die Reste der Schlacht. Wenn es ganz hell wurde, sollten die russischen Satelliten so wenig Futter wie möglich für ihre Linsen haben.

Louise Shealy hatte auf den Berg gewollt. Die alte Wissenschaftlerin hatte der Aufstieg angestrengt, trotzdem hatte sie jede helfende Hand abgelehnt.

Cromwells Schusswunde war fachmännisch von einem Sanitäter versorgt worden. Sie schmerzte nur leicht nach der Spritze. Er wusste nicht, was sie ihm verabreicht hatten.

»Muroc interessiert mich immer noch brennend«, murmelte Cromwell nachdenklich.

Die Wissenschaftlerin lächelte. »Heute heißt sie Edwards Air Force Base. Sie liegt nordöstlich von Los Angeles.« In Muroc war es seit Jahren zu Meldungen über UFO-Sichtungen gekommen. Vor allem Ende der Vierziger-, Anfang der Fünfzigerjahre. Mal sah man scheibenförmige Flugobjekte, dann wieder welche mit einem kilometerlangen Schweif in großer Höhe oder zigarrenförmige Mutterschiffe von gigantischer Größe.

»Wir waren dort, im Februar 1954. General Osmond und ich. Er war damals noch Lieutenant, wenn ich mich richtig erinnere. Wir hatten den Auftrag, eine neuerliche Welle von angeblichen Sichtungen zu untersuchen oder selbst zu beobachten. Als sie kamen, war es unglaublich.« Sie nickte nachdenklich. »Es waren fünf. Sie waren unterschiedlich groß, eines war mit rund hundert Metern Durchmessern riesig, ein anderes mit fünfunddreißig Metern Länge eher schmal ausgelegt.«

Die Wissenschaftlerin starrte in den Himmel, als erwarte sie jeden Moment eine neue Welle.

»Die Abwehrbatterien schossen. Ihre Granaten zischten durch die Luft. Das Mündungsfeuer der Haubitzen war zu sehen. Mehr aber auch nicht.« Shealy schüttelte den Kopf. »Die Fluggeräte schienen alles zu verschlucken.«

Dann brach der Geschützdonner ab. Wie sie später erfuhr, hatte der Batteriekommandant schnell die Nutzlosigkeit seines Tuns erkannt.

»Eins landete. Die anderen blieben in der Luft und tanzten über Stunden im Luftraum über der Basis. Es schien, als sicherten sie den Luftraum ab. Tatsächlich gelang es keinem Flugzeug in dieser Zeit, in die Nähe der Air Base zu kommen. Auf der Base war die Hölle los«, sagte Louise Shealy amüsiert.

Sie schickten alle Soldaten in ihre Quartiere, erinnerte sie sich. Die Urlaubsscheine wurden eingesammelt. Niemand durfte die Base verlassen. Und diejenigen, die die Basis betreten wollten, kamen nicht mehr hinein. Bis auf einen.

»Und dann?«, fragte Kristina.

Es dauerte etwa eine Stunde, bis die Offiziere die Ordnung in den eigenen Reihen einigermaßen wiederhergestellt hatten. Kommunikationsketten funktionierten wieder, und wenn ein General einen Befehl gab, wurde er auch ausgeführt.

»In der Zeit standen wir um das Schiff herum und warteten. Man hatte uns geholt, weil wir doch ohnehin wegen dieser Thematik auf der Basis waren.«

Dann plötzlich öffnete sich das Schiff in der Mitte. Es wurde ein Spalt sichtbar, und eine Gestalt kam eine dunkle Rampe herunter, die sich auf den Boden senkte.

»Er sah im Grunde aus wie ein Mensch. Eher klein. Nur der Kopf war größer. Er ähnelte den Köpfen auf alten Königsreliefs, wo diese Form durch die Kopfbedeckung erzeugt wird. Die Luft machte ihm offensichtlich keine Schwierigkeiten. Seine Kleidung war, so verrückt es klingen mag, ein ganz normaler Einteiler, leicht glänzend. Als er sprach, klang es dumpf und mechanisch, und von der Melodik der Sprache her war es irgendwie komisch. Aber er sprach Englisch.«

Die alte Frau lächelte verlegen, als entschuldige sie sich für das, was sie sagte.

»Er – es – wollte den Präsidenten sprechen.«

»Na klar. Der wurde dann auch gleich hergebeamt.« Cromwell hatte sich eine Zigarette angezündet und sog gierig den Rauch ein.

Mit einem heftigen Schlag drosch die alte Frau ihren Krückstock auf den vom Wind blank polierten Felsen neben sich. Es knallte laut. Ihre Augen funkelten, und ihr sonst so sanftes Gesicht war plötzlich eine starre Maske.

»Ich lüge nicht!«

»Erzähl weiter«, bat Kristina.

»Osmond hatte die Courage zu telefonieren. Es dauerte gut eine Stunde, bis wir wussten, wo wir ihn erreichen konnten. Er war nämlich nicht in Washington. Er befand sich auf einer Urlaubsreise.«

»Also kein Treffen.« Cromwell lachte böse auf.

»Im Gegenteil. Ihr habt es doch gesehen. Es war real.« Die Wissenschaftlerin kicherte amüsiert. »Er machte Urlaub wenige Kilometer entfernt in Palm Springs auf der Ranch eines Freundes, Paul Roy Helms. Kurz vorher war er von einem Jagdurlaub aus Georgia eingetroffen.«

»Und er kam?« Cromwells Stimme triefte.

Louise Shealy nickte.

»Präsident Dwight D. Eisenhower kam.«

»Einfach so?«

»Natürlich nicht.«

Louise Shealy lachte.

»Er war vorbereitet. Er kannte die Untersuchungsergebnisse, die Präsident Truman als Eisenhowers Vorgänger über die Vorfälle in Washington im Jahre 1952 hatte anfertigen lassen.«

»Was war da passiert?« Cromwell versuchte, möglichst neutral zu klingen.

Im Juli '52 sei es zu mehreren UFO-Sichtungen über der Hauptstadt Washington selbst gekommen, berichtete Louise Shealy. Die Radarstationen beobachteten sie, Piloten von Zivilflugzeugen ebenso wie die Piloten von Kampfjets, die zur Verteidigung aufstiegen.

Es war die zweite Sichtungswelle in Washington in kurzer Zeit. Die Zeitungen waren voll mit Schlagzeilen. Selbst Albert Einstein schickte ein Protesttelegramm wie viele andere auch, als Trumans Befehl bekannt wurde, die Flugobjekte abzuschießen, wenn sie die Landung nach Aufforderung verweigerten.

»Beweise!«, knurrte Cromwell widerstrebend. »Ich brauche Beweise.«

»Sehen Sie sich die Zeitungsarchive von damals an. Eindeutiger geht es nicht. Jimmy Carter hat 1977 eine Fülle von Dokumenten zu diesem Thema freigegeben. Zum Teil seltsame Aufzeichnungen. Und er hat selbst gesagt, dass er an ihre Existenz glaube.«

Am 29. Juli '52 begann dann die Vertuschung, als General Samford von der Air Force im Pentagon eine Pressekonferenz abhielt.

»Es war die größte seit dem Zweiten Weltkrieg«, erzählte Shealy. »Und er tat, was er tun sollte: die Sichtungen als Radarstörungen herunterspielen. Keine Rede mehr von den Bestätigungen der Piloten und den Radartechnikern. Jeder hatte sich geirrt. Die CIA hatte vorgeschlagen, alles zu bagatellisieren. Aus Sorge um die nationale Sicherheit.«

Cromwell lachte nervös.

»Sofort danach wurden jedoch Expertenkommissionen ins Leben gerufen, die CIA installierte ein weltweites Meldesystem. Eisenhower wurde als neuer Präsident noch vor seiner Amtseinführung, die ja im Januar '53 stattfand, im November '52 über die Vorgänge informiert. Er war also nicht allzu überrascht, als ihn jemand anrief an diesem 20. Februar 1954 und ihm meldete, da sei einer am Telefon, der behauptete, jemand aus einem UFO wolle ihn persönlich sprechen.«

Der Präsident kam. Heimlich, ganz allein, ohne Leibwächter, vollkommen ohne Begleitung, erzählte die Wissenschaftlerin weiter. Offiziell sei er wegen akuter Zahnschmerzen bei einem Zahnarzt gewesen, berichtete man später der Presse, als sie aufmerksam wurde und nach dem Verbleib des Präsidenten fragte. Er habe sich eine Zahnkrone an einem Hühnerbein ausgebissen.

»Und er ging in das Raumschiff. Ich schätze mal, es war eine halbe Stunde.« Sie lachte auf.

»Sie haben ihn aufbewahrt«, erkannte Cromwell plötzlich die Zusammenhänge. »Es ist der Schädel, den Eisenhower …«

»Der Präsident erhielt ein Geschenk: den Kristallschädel.

Das sei der Schlüssel.« Die Wissenschaftlerin hustete heftig, griff sich an die Brust. Als der Anfall vorüber war, seufzte sie.

»Wer soll das glauben?«, fragte Cromwell.

»Wir wissen, dass er Schwingungen produziert. Daten. Die besten Labors haben ihn immer wieder untersucht. Wir können sie nicht lesen. Seit 1954 nicht. Wir sind noch nicht so weit.«

Sie lächelte hintergründig.

Mit geschlossenen Augen stemmte die Wissenschaftlerin ihren aufgerichteten Oberkörper dem leichten Wind entgegen, der aus dem Osten mit den Sonnenstrahlen kam.

»Richtig. Ich habe ihn verwahrt. Und niemand kannte diesen Teil der Geschichte. Porters kam erst später zu den heiligen Weihen, als bereits das Verbot von Reagan existierte, irgendjemand von dem Schädel zu erzählen.«

Dann bückte sie sich, nahm eine Hand voll Sand auf und ließ ihn durch die Finger rieseln. Der Wind wehte den fallenden Sand in einer kleinen Staubfahne davon.

»Und wozu das alles?« Kristina war fasziniert von der alten Wissenschaftlerin und wünschte sich, dass ihr Bericht nicht einer Senilität entspränge.

Louise Shealy dachte an die Notizen des Präsidenten, der es in seinen Worten aufgeschrieben hatte. Sie hatte sie noch gesehen. Seit General Osmond sie Präsident Reagan gezeigt hatte, hatte sie niemand mehr zu Gesicht bekommen. Auch Porters nicht.

»Sie sagten, das Schicksal der Menschen werde sich in den nächsten sechs Jahrzehnten entscheiden. Sie sagten, sie würden am Ende des derzeitigen Zyklus kommen und entscheiden können, ob die Menschheit ihrer Verantwortung gerecht geworden sei.« Louise schwieg bedeutungsvoll.

»Sie meinen die Atomwaffen.« Cromwell dachte an die Ausführungen von Ziegler in Zürich. Danach war der Umgang der Menschheit mit der Atomkraft angeblich der Grund der vielen behaupteten UFO-Sichtungen in den letzten Jahrzehnten. Wenn das stimmte, stand die Menschheit ganz gut da. Sie hatte es bisher immerhin vermieden, im atomaren Weltenbrand unterzugehen.

»Das glaubten wir zunächst auch. Aber nein, das meinten sie nicht«, sagte die Anthropologin.

Cromwell dachte an die Bilder in der Halle. »Das menschliche Genom, der Gencode?«

Cromwell schüttelte den Kopf. Ihm kamen die verrückten Bilder mit den Forschungslabors und den Hybridwesen wieder in den Kopf. »Das soll der Grund sein?«

»Die Menschheit steht heute erneut an einem Scheideweg – und will es nicht wirklich wahrhaben.« Louise Shealy hielt mit geschlossenen Augen ihr Gesicht der Sonne entgegen.

»Warum diese Dramatik?«, knurrte Cromwell. »Was die Atomkraft angeht, sind wir bis jetzt doch mit einem blauen Auge davongekommen. Das Atomrisiko wird – sagen wir es mal so – weitestgehend unter Kontrolle gehalten. Es gibt nur wenige Atommächte, und alles ist unter staatlicher Kontrolle – so scheint es zumindest. Ich meine, das lässt hoffen für die Vernunft im Menschen.«

»Was ist das Wissen über die Atomkraft im Vergleich zu diesem neuen Wissen?«

Louise Shealy lachte bitter auf. »Die Atomkraft ist begrenzt auf Stromproduktion und die zerstörerische Nutzung in Bomben. Beides Energie. Mit der Entzifferung der DNA erreichen wir eine ganz andere Dimension. Wir hantieren mit Leben, wir werden züchten und anderes Leben neu schaffen.«

»Muss das schlecht sein?« Cromwell dachte den denkbaren Sieg über Krankheiten. »Vielleicht ist es wie beim Atom eine Frage der Kontrolle.«

»Wir entschlüsseln das Geheimnis des Lebens, und manche hantieren damit herum, als sei es eine beliebige Substanz.«

»Und darin liegt das Problem …«, sagte Kristina plötzlich.

Auch Cromwell verstand, was die Wissenschaftlerin meinte.

»… das Problem der Gentechnik. Die Kontrolle des Atoms durch staatliche Stellen gibt noch eine gewisse Sicherheit. Aber die Gentechnik ist praktisch vollkommen frei, ist in den Händen von unabhängigen Forschungseinrichtungen, profitorientierten Unternehmen, ist leichter zu handhaben und entzieht sich damit, wenn man es will, letztlich der Kontrolle.« Cromwell sah die Wissenschaftlerin an. »Meinen Sie das?«

»Eine vollkommen andere Dimension.« Louise Shealy nickte. »Wie können wir sicher sein, dass alle mit der gleichen hohen Verantwortung …« Sie brach ab. »Sie wussten es … warnten deshalb … und wir haben es nicht verstanden … es war so neu … Wir haben lange Zeit gebraucht, bis wir das verstanden haben. Die Entdeckung der Doppelhelix-Struktur wurde am 25. April 1953 von den beiden blutjungen Forschern Crick und Watson in *Nature* veröffentlicht.«

Cromwell erkannte sofort den zeitlichen Zusammenhang. Die Veröffentlichung lag gut ein Dreivierteljahr vor dem Treffen.

»Die Bedeutung der Entdeckung wurde zunächst nicht erkannt«, knurrte die Wissenschaftlerin. »Auch von der Wissenschaft nicht. Ein zunächst kaum beachteter Anfang, obwohl eine Sensation. Wie so manches Mal, wenn neues Denken die alten Mauern einreißt. Jahrelang spielte die Entdeckung keine Rolle. Wie sollte da der Präsident erkennen, worauf sie tatsächlich abzielten? Eisenhower konnte nur aufschreiben, was er verstand. Sie haben Eisenhower vorausgesagt, dass wir noch vor Ende des Zyklus das letzte Geheimnis entschlüsseln würden. Und sie gaben ihm diesen Kristallschädel. Und sie fragten nach unserer Verantwortung, unserer Bereitschaft, verantwortungsvoll mit dem Wissen umzugehen.«

»Wenn ich das erst einmal so hinnehme, dann ist das mit dem Schädel und dem Datum aber immer noch unklar für mich.« Cromwell machte eine Pause, versuchte, seine Unklarheiten sauber zu formulieren. »Obwohl das Datum ziemlich nah sein muss, denn das Genom dürfte ja bald vollständig entschlüsselt sein.«

Cromwell erschauerte, als er seine Worte hörte. Die Konsequenz stand ihm plötzlich vor Augen. Immerhin jagten die Meldungen über neue Erkenntnisse zum Genom fast wöchentlich durch die Presse.

»Kirow sagte, dass Präsident Reagan dem Präsidenten Gorbatschow das Datum mitgeteilt habe. Wie konnte er das? An das Genomprojekt war damals doch noch gar nicht zu denken, geschweige denn an die Erkenntnisse, die wir heute haben.«

Cromwell schüttelte den Kopf und sah zu Kristina. Er sehnte sich nach ihr und suchte ihre Unterstützung, ihre Zustimmung.

»Wie passt das alles zusammen? Sie haben jetzt mehrmals das Ende eines Zyklus angesprochen. Was ist damit gemeint? Und was hat der Schädel damit zu tun?«

»Es ist sehr komplex.«

Louise Shealy stocherte mit der Spitze des Krückstocks im Wüstensand, schob kleine Steine zu seltsamen Mustern zusammen.

»Über die besonderen Vorstellungen des Zeitbegriffs bei den Mayas haben wir bereits gesprochen.« Die Wissenschaftlerin wartete, bis beide nickten. »Die Mayas hatten einen Kalender, der die Welt in Zeitalter oder Zyklen einteilte. Ihr Kalender hatte dabei eine besondere Tageszählung für so genannte Großperioden, die sie Baktun nannten. Der jetzige Zyklus endet bald.«

Cromwell lachte ungeduldig auf. »Bisher konnte ich noch folgen, jetzt aber nicht mehr.«

»Wir haben fast acht Jahre gebraucht, um den Zusammenhang herzustellen.« Shealy konnte sich noch genau erinnern, wie sie sich mit Osmond auf die Suche gemacht hatte, als Eisenhower von einem Zyklus sprach, der eine Bedeutung haben sollte. Dabei waren sie auf den geheimnisvollen Kalender der Mayas gestoßen.

Die Maya-Forschung steckte damals noch in den Kinderschuhen, die Schrift war nicht entziffert und das versunkene Volk ein Rätsel. Aber der Forscher Thompson hatte es Mitte der Dreißiger geschafft, den Kalender der Mayas zu entschlüsseln und auf das heutige Kalendarium zu übertragen.

»Und das Datum konnte passen«, sagte Shealy nachdenklich. »Aber wir wollten weitere Beweise.«

Sie beschäftigten sich intensiver mit den Mythen der Mayas und stießen auf die Legende der Kristallschädel, die in den zahlreichen Werken zur Maya-Kultur bis heute kaum auftauchen. Ein Schamane erzählte, die Schädel seien mit Wissen gefüllt, das die Menschen einst benötigen würden. Mal war von dreizehn Schädeln die Rede, mal von zweiundfünfzig, die an heiligen Stätten der Völker der Erde aufbewahrt wurden.

»Und wir hatten einen«, sagte Louise Shealy. »Stellt euch unsere Überraschung vor, als wir erfuhren, dass das Britische Museum sogar einen in seinem Bestand hatte.«

»Ich glaube es nicht«, knurrte Cromwell.

»Allerdings mussten wir feststellen, dass er nicht an die Reinheit und Qualität unseres Schädels heranreichte. Aber wir stießen dabei auf einen richtigen, echten englischen Abenteurer. Er war Mitglied des Maya-Komitees des Britischen Museums und hatte Mitte der Zwanzigerjahre eine Expedition nach Lubaantun geführt.«

»Sie erzählen jetzt keine Märchen?«, fragte Cromwell und sah die Wissenschaftlerin nachdenklich an. Dann blickte er zu Kristina, die still den Kopf schüttelte. Anscheinend war ihr die Geschichte nicht neu. Die beiden Frauen lagen auf einer Wellenlinie, registrierte Cromwell für sich.

»Nein. Ganz und gar nicht. Mit einem eingeborenen Kekchi-Indianer, den direkten Nachfahren der Maya, stolperte er in den Dschungeln von Belize über einen überwucherten Steinhügel. Der Hügel war nichts Geringeres als eine Maya-Pyramide. Seine Tochter kletterte später auf die Spitze des ausgegrabenen

Bauwerks, um den Anblick zu genießen, und wurde durch etwas geblendet, was aus einem Spalt im Innern der Pyramide leuchtete. Sie wurde an Seilen in den Spalt hinuntergelassen und brachte einen Schädel ans Tageslicht. Es war ihr siebzehnter Geburtstag.«

»Ich glaube es einfach nicht.«

»Wir zunächst auch nicht.« Shealy zögerte. »Oder besser: Wir wussten es nicht. In London gab man uns einen Tipp, als wir den Schädel im Britischen Museum besichtigten. Der Mann selbst redete nicht darüber. Wir lasen sein Buch über die Expedition. Nichts. Falsche Fährte. Bis wir feststellten, dass es zwei Ausgaben gab. In der amerikanischen Ausgabe, die wir gelesen hatten, fehlte die Passage über den Schädel, in der europäischen Ausgabe von 1954 wurden wir dann jedoch fündig.«

»Was soll das denn?«, fragte Cromwell überrascht.

»Wir versuchten, mit ihm zu reden, an den Schädel heranzukommen, doch er verweigerte sich. Er hat wohl ziemlich viel Ärger wegen des Schädels gehabt. Erst als er 1959 starb, konnten wir seine Tochter überzeugen, einen Vergleich mit dem Schädel anzustellen, den wir besaßen. Unter absoluter Geheimhaltung natürlich.«

»Und?« Cromwell wollte nun endlich alles wissen.

Louise Shealy sah die beiden mit leuchtenden Augen an.

»Sie waren identisch. In allen Einzelheiten, die wir damals ermitteln konnten. Wir haben sie später immer wieder vermessen. Es war unser Beweis. Von da an war uns klar, dass der Kalenderzyklus der Mayas gemeint war. Sie gelten als Hüter der Kristallschädel und als Hüter der Zeit.«

»Das Datum! Ich will nun endlich das Datum wissen!« Cromwell sprang auf und riss sich von Kristina los, die ihn zurückhalten wollte. Er baute sich vor der alten Wissenschaftlerin auf. Sie lachte rau.

»Ihr wisst, wo ihr hier seid?«

Cromwell sah unwirsch zu Kristina.

»In der geheimsten Sperrzone, die die Welt sich vorstellen kann«, knurrte er schließlich.

»Und wie heißt die?«

»Area 51. Und weiter?«

Louise Shealy nickte. »Aber woher kommt der Name?«

»Weiß ich doch nicht.« Cromwell erinnerte sich an die Gespräche in Rachel, in der kleinen Bar. »Keiner kann diese Frage beantworten. In Rachel haben sie gesagt, es gebe viele Namen dafür: The Box, The Ranch, Pig Farm, Paradise Ranch, Station 7, Station 3, Dreamland, Area 51. Was weiß ich. Es ist eines der seltsamen Rätsel, die sich um dieses Gelände ranken.«

»Ich kann die Frage beantworten.« Sie lachte zufrieden auf. »Was würdet ihr sagen, wenn ich euch erzähle, dass Kennedy den Namen ausgesucht hat. Area 51. Und er hat sich etwas dabei gedacht.«

»Und?«

»Denkt daran, was ich euch erzählt habe, wann Kennedy die geheimen Forschungen hierher verlegt hat, seine große Täuschung in die Welt setzte.«

Cromwell dachte kurz nach, aber Kristina war schneller.

»1961.« Kristina erinnerte sich an Shealys Erzählung.

Cromwell begriff.

»2012«, sagte er. »1961 plus 51.« Er machte eine Pause. »Und in diesem Jahr müsste dann auch der Kalender der Mayas enden.«

»Am 21. Dezember.« Louise Shealy lachte zufrieden in die nun schon heißen Sonnenstrahlen hinein. »General Osmond ist fast verrückt geworden, als Kennedy diese Entscheidung traf.«

Kapitel 35

Samstag, 20. Januar 2001

Kurz nach Mitternacht. Die erste Stunde des Tages und eine der letzten Stunden für Bill Clinton als 42. Präsident der Vereinigten Staaten von Amerika. Der 43. Präsident wartete schon. Seine offizielle Amtseinführung würde am kommenden Mittag stattfinden.

Die Vorauskommandos des neuen Präsidenten hatten bereits alle wichtigen Gespräche geführt, damit ein reibungsloser Übergang der Staatsgeschäfte stattfand.

Präsident Bill Clinton saß im Oval Office an seinem Schreibtisch. Vor ihm lag ein Stapel der letzten Verfügungen, die er als Präsident unterschrieben hatte. Er war sich klar darüber, dass einige davon heftig kritisiert würden, wenn sie bekannt würden.

Sein Nachfolger George W. Bush hatte bereits angekündigt, dass er einige der Verfügungen sofort zurücknehmen werde, falls der amtierende Präsident sie noch zu unterzeichnen gedachte.

Es klopfte, dann öffnete sich die Tür. Mark Stuart betrat das Oval Office.

Clinton musterte den jungen Mann nachdenklich. Der Bursche hatte sich in den letzten Monaten tapfer geschlagen. Nach der Aktion in der Area 51 war er so etwas wie ein präsidialer Besen geworden, der konsequent den Schmutz zusammenfegte. Berger hatte einen guten Riecher bewiesen. Stuart konnte es noch weit bringen.

»Und?«

»Ich habe hier die letzten präsidialen Anweisungen zur Unterschrift.« Stuart trat an den Schreibtisch heran.

»Was machen die Übergaben?«, fragte Clinton.

»Auch dieses Thema ist erledigt«, antwortete Stuart, der genau wusste, welchen Teil der Übergaben der Präsident meinte. »Ich habe intensiv mit der künftigen Sicherheitsberaterin Rice gesprochen. Der Verteidigungsminister hat sich ebenfalls informieren lassen, persönlich. Ich vermute, er wird sehr stark und bestimmend sein in der neuen Regierung. Und Außenminister Powell schien bestens informiert.«

»Wie auch. Powell war zu Beginn meiner ersten Amtszeit Chief of Staff. Der muss vieles davon wissen.«

»Morgen Mittag, unmittelbar nach dem ersten Besuch des neuen Präsidenten hier im Weißen Haus, wird eine Expertenkommission die Arbeit aufnehmen.«

»Ich gehe davon aus, dass sie sich an das halten werden, was wir …«

»… ich bin eingeladen, soll helfen. Ich werde mein Möglichstes tun, damit …«

»… Gratulation.«

Clinton lächelte. Wenigstens waren sie nicht so vermessen, gleich alles besser wissen zu wollen. Mit Stuart hatten sie denjenigen an Bord, der sich die letzten Monate mit dem Thema beschäftigt hatte.

Stuart war von Clinton zu Putin geschickt worden. Natürlich hatten die Russen nach der Aktion im Juni sauer reagiert und mehrere Satellitenaufnahmen der Area 51 geschickt, auf der die Fallschirmspringer nach ihrer Operation genau zu erkennen waren.

Stuart hatte seine Sache gut gemacht. Alles abgewiegelt. Aber das Misstrauen blieb natürlich. Sie wollten Einzelheiten wissen. Das aber kam nicht infrage. So weit ging die Freundschaft nun noch lange nicht. Außerdem hatte man jetzt einen Vorsprung, den man ausbauen musste. Das war er seinem Land schuldig.

Putin hatte daraufhin alle weiteren Gespräche abgesagt. Offiziell wurde seine Entscheidung mit den Tests der Amerikaner zum Raketenabwehrprogramm begründet, die noch dazu im Juli erstmals erfolgreich verliefen.

Außerdem gewann Putin damit Zeit, um seinen Schwenk politisch glaubwürdig zu untermauern. Es würde eine Aufgabe der neuen amerikanischen Regierung sein, die Verhandlungen zu Ende zu bringen.

Stuart hatte auch in der Area 51 gekehrt. Mit dem großen Besen. Das Raumschiff, der alte Kristallschädel wie auch die Splitter des zerborstenen waren zu weiteren Forschungszwecken an einen anderen Ort gebracht worden. Noch sicherer, hatten sie gesagt, weil noch unzugänglicher.

Channel Islands. Kaliforniens Galapagos. Eine Inselgruppe vor der Küste im Pazifik, von der ein Teil 1980 zum Channel Islands National Park erhoben worden war. Dieser Teil war frei zugänglich.

Aber die beiden Inseln San Clemente und San Nicholas waren Sperrgebiet. Seit 1933 Waffentestgelände, wurden sie 1946 Naval Missile Center und unterstanden seither der Navy. Clinton gefiel der Gedanke, dass nun die Marine ein Auge auf die Forschungen der Air Force warf.

Er starrte auf die Verfügungen. Obenauf lag die Anweisung, eine Deutsche namens Kristina Sartorius und einen Alexander Cromwell, der sowohl die amerikanische als auch die deutsche Staatsbürgerschaft besaß, mit neuen Identitäten auszustatten.

Clinton erinnerte sich, dass es da ein Problem gab.

»Die wollten doch ein Buch schreiben oder eine Artikelserie, oder?«

»Stimmt. Dieser Cromwell hat aber jetzt zugestimmt, keine Story zu schreiben. Ist ihm sichtlich schwer gefallen, das zu akzeptieren. Monatelang hat er sich geweigert.«

Clinton erinnerte sich. Bisher lebten die beiden als Gäste der

Regierung an einem geheimen Ort. Und dort wären sie auch geblieben, wenn sie nicht eingelenkt hätten.

»Aber eines habe ich ihm zugesichert.«

»Ja?«

»Ein Interview mit Ihnen.«

Clinton sah Stuart überrascht an, dann lachte er. Wen interessierten schon die Geschichten eines ehemaligen Präsidenten?

»Von mir aus.«

Der Präsident las das nächste Papier. Es war die Genehmigung, die Asche der kürzlich verstorbenen Louise Shealy in einer stillen, aber angemessenen Prozession in der Reservation der Canoncito-Navajos der Wüste zu übergeben.

Zügig unterzeichnete er diese letzte Verfügung und legte sie auf den Stapel. Clinton reichte Stuart die Papiere und wartete, bis er wieder allein war.

Jetzt lag nur noch ein Brief auf seinem Schreibtisch, der genau genommen aus zweien bestand. Einer war von ihm geschrieben, der andere von einem früheren Präsidenten.

Beides zusammen würde der erste Brief sein, den der neue Präsident lesen würde.

Er nahm die wenigen Blätter, die er aus dem Safe geholt und auf den weißen Briefumschlag gelegt hatte.

Die Schrift verblasste langsam. Mit blauer Tinte und entschlossener Handschrift hatte ihn Präsident Dwight D. Eisenhower seinerzeit geschrieben.

Zunächst hatte Eisenhower den Brief für sich behalten, später dann an General Osmond übergeben, der zu seinem Vertrauten aufgestiegen war. Osmond hatte den Brief Kennedy vorgelegt, der daraufhin gehandelt hatte. Den Brief hatte Kennedy an Osmond zurückgegeben. Der Präsident hatte ihn nicht behalten wollen.

General Osmond hatte diesen Brief jedem Präsidenten vorgelegt. Aber erst Präsident Reagan nahm den Brief an sich und verfügte, dass er nur noch von Präsident zu Präsident weiterzugeben sei. Der russische Präsident Gorbatschow war der einzige Ausländer, der diesen Brief jemals zu Gesicht bekommen hatte.

Clinton bewunderte den Mut von Präsident Eisenhower, diesen Brief geschrieben zu haben. Uneingeweihte hätten vermutlich gefordert, den Verfasser dieser Zeilen in die Psychiatrie einzuweisen.

Eisenhower hatte notiert, was ihm die unbekannte Spezies am 20. Februar 1954 auf der Luftwaffenbasis Muroc mitgeteilt hatte. Bis heute hatte sich alles als richtig erwiesen, was Eisenhower niedergeschrieben hatte, wenn er auch offensichtlich einige Fachbegriffe durcheinander gebracht hatte. Aber das war nur verständlich bei einer Materie und Begriffen, die es damals noch nicht gab, weil die Forschung noch längst nicht so weit vorgedrungen war.

»Wir wären gerade dabei, das große Tor aufzustoßen und das letzte Geheimnis vor dem Eintritt in eine neue Welt zu enthüllen. Die Chancen und Gefahren wären viel weitreichender als alles zuvor. Verantwortliches Handeln sei wichtiger denn je und die Voraussetzung für die menschliche Entwicklung ...«

Clinton lehnte sich nachdenklich zurück und dachte an sein eigenes Tun im vergangenen Februar. Er hatte Forschungsmittel von mehreren hundert Millionen Dollar jährlich freigegeben, um die Nanotechnologie zu entwickeln, ein weiteres neues Feld. Er selbst hatte von der dritten industriellen Revolution gesprochen.

Es gab Unternehmen, die bereits einzelne Atome bewegen konnten. Die Möglichkeiten, die ihm die Vordenker dieser Zeit aufgezeigt hatten, waren atemberaubend. Wenn man einzelne Atome bewegen konnte, konnte man Neues zusammenfassen, vollkommen Neues erschaffen.

War all das richtig?

Er wusste es nicht. Er konnte nicht einmal abschließend beantworten, ob die Gentechnologie, die Nanotechnologie oder die Computerrevolution unterschiedliche Grade an Gefahren aufwiesen, gemeinsam als Gefahr zu betrachten waren oder als die ultimativen Chancen.

Selbst die wissenschaftlichen Koryphäen wussten keine abschließende Antwort. Bisher hatte der Mensch nie der Verführungskraft und Illusion grenzenloser Macht widerstanden. Nicht einmal bei den Atomwaffen. Die technische Arroganz hatte immer gesiegt.

Nein, nicht ganz.

Sie hatten bisher einen Atomkrieg verhindert.

Er seufzte.

Eigentlich konnte er dankbar sein, dass andere nun die Verantwortung tragen würden.

Clinton nahm seinen Text zur Hand. Er beschränkte sich in seinen Ausführungen auf die Situation im Nahen Osten und zum Stand der Verhandlungen mit den Russen über das Raketenabwehrprogramm. Sie würden sich beeilen müssen, wenn bis 2012 eine funktionstüchtige Abwehr stehen sollte.

Er selbst glaubte nicht daran, dass es Sinn machte. Die friedliche Kontaktaufnahme war der einzige Weg, den es geben konnte. Aggression war bereits unter den Menschen der falsche Weg, wie konnte sie dann in größerem Rahmen richtig sein?

Der Mensch würde seine Verantwortung am besten damit dokumentieren, wenn Aggression und Kriege endgültig als Fortschrittsmotor abgelöst würden.

Aber dabei war er ebenso gescheitert wie Präsidenten vor ihm.

Er setzte seine Unterschrift unter den Brief.

Nachdenklich schob er die Blätter in den weißen Umschlag. Die handgeschriebenen Seiten mit der festen Handschrift von Dwight D. Eisenhower steckte er ebenfalls in den weißen Umschlag und verklebte den Brief.

Er legte ihn mitten auf den Schreibtisch.

Dann stand er auf und trat in den Flur vor dem Oval Office.

»Soldaten«, sagte er zu den Wachen.

»Sir!«

»Auf dem Schreibtisch des Präsidenten liegt jetzt der Brief des alten an den neuen Präsidenten. Bis der neue Präsident den ›White Letter‹ an sich genommen hat, betritt niemand diesen Raum.«

Dichtung und Dank

Die erzählte Geschichte ist frei erfunden. Ebenso sind alle Protagonisten, Antagonisten und sonstigen Personen sowie ihre in dieser Geschichte beschriebenen Handlungen, Äußerungen und ihre Darstellung vom Autor frei gestaltet. Auch die Darstellung, die Äußerungen und Handlungen von historischen und zeitgeschichtlichen Personen und Institutionen entspringen der Fantasie des Autors, auch wenn sie ein reales Vorbild haben oder sich an realen Ereignissen orientieren. (Soweit bei diesen Personen Textstellen kursiv gedruckt sind, sollen sie diese Worte tatsächlich so gesagt haben.)

Weder gibt es ein Air Force Space Bureau noch ein Friedensinstitut in Zürich in der geschilderten Art.

Das Gerüst und den Rahmen der Geschichte bilden allerdings Fakten, behauptete Beweise und Geschehnisse aus der Welt, in der wir leben, die durch eine entsprechende Zusammenstellung, eine andere Interpretation und durch Veränderung zusammen mit den frei erdachten Teilen zum Plot verwoben wurden.

Die Streitereien anlässlich der NASA-Gründung sind belegt, und Präsident Kennedy hat mit einer historischen Rede zur Raumfahrt vor dem Kongress im Jahr 1961 den Startschuss für die Weltraumaktivitäten der USA gegeben. Das Gespräch der Präsidenten Reagan und Gorbatschow in Genf (nicht jedoch der geschilderte Inhalt) hat ebenso stattgefunden wie Präsident Clintons letzte Europareise im Jahr 2000. Belegt sind auch die mehrfachen Ankündigungen Russlands ab dieser Reise, den Aufbau des Raketenabwehrschirms der USA zu unterstützen.

Die Entwicklung und der versuchte Aufbau eines Raketenabwehrschirmes durch die USA ist ebenso Tatsache wie das HAARP-Projekt in Alaska, mit dem Wellenwaffen entwickelt werden sollen. Dies gilt auch für die in den achtziger Jahren des letzten Jahrhunderts schon fast intensiv zu nennende Zusammenarbeit der beiden Großmächte in der Raumfahrt, als Präsident Reagans Vorstöße zum SDI-Programm dies eher nicht erwarten ließen.

Die Area 51 ist existent und geheimnisumwittert. Die Namensgebung ist unklar. Der Name soll in der Regierungszeit Präsident Kennedys entstanden sein.

Die indianischen Mythen und nicht erklärbare astronomische Kenntnisse bei Menschengruppen, die von uns westlich geprägten Menschen als »Urvölker« bezeichnet werden, sind ganz einfach Fakt. Gleiches trifft auf den Maya-Kalender mit seinem Ende im Jahre 2012 zu.

Eine weitere Bemerkung soll den Kristallschädeln gelten. In den klassisch-wissenschaftlichen Maya-Büchern sind sie kein Thema. Trotzdem soll es sie an verschiedenen Orten geben, einen von ganz besonders hoher Reinheit im Britischen Museum in London (allerdings unter Verschluss). Die Geschichte des Mitchell-Hedges-Schädel ist veröffentlicht, u. a. von der BBC sowie den Autoren Morton und Thomas. Die Publikation hierüber durch Frederick Mitchell-Hedges selbst in den Fünfzigern soll heftige Diskussionen unter Archäologen ausgelöst haben.

Die genannten Richtlinien der NASA für den Fall eines Kontaktes mit fremder Intelligenz gibt es nach meinen Recherchen tatsächlich.

Die angebliche Begegnung Präsident Eisenhowers am 20. Februar 1954 mit einer fremden Intelligenz – dies zu glauben oder nicht bleibt jedem selbst überlassen – wird in manchen Publikationen behauptet und soll seinerzeit für erheblichen Wirbel in den USA gesorgt haben.

Die Äußerungen Präsident Reagans Ende der Achtziger zu fremden Lebensformen und dem Zusammenstehen der Welt bei einer Bedrohung von außen vor den Vereinten Nationen ist publiziert.

Fakt ist nach meinen Recherchen der »White Letter«, den jeder scheidende Präsident der USA an den kommenden schreibt und dessen Inhalt absolut vertraulich ist.

Alle verwendeten Informationen sind in frei zugänglichen Medien wie Internet, dutzenden Büchern, Zeitungen und Zeitschriften recherchiert. Recherchefehler sind verbunden mit der Hoffnung, dass das Wesentliche, das Lesevergnügen, nicht darunter leidet.

Danken möchte ich dem Verlag und hier ganz besonders Frau Nicola Bartels, die alles entscheidend vorantrieb und Frau Ela Heine, die den ersten Anstoß gab. Besonderer Dank gilt dem einfühlsamen Lektorat von Frau Angela Kuepper in München.

Dank auch meinem Freund Leon, der mir bei einem Spezialthema zur Seite stand. Ganz besonders dankbar bin ich meiner Frau Inge für ihre große Geduld und Unterstützung.

»Eine spannende Story, die zum Nachdenken anregt.«

PUBLISHERS WEEKLY

Gear & Gear
LUCIFERS ERBE
Thriller
560 Seiten
ISBN-13: 978-3-404-15458-6
ISBN-10: 3-404-15458-4

13 Jahre lang waren sie eine glückliche Familie: der Anthropolge Dr. Jim Dutton, seine Tochter Brett – und Umber, eine Bonobo-Schimpansin, die Jim im Rahmen einer Langzeitstudie des Pharmaziegiganten SAC in Pflege genommen hat. Umber ist für die Familie mehr Tochter und Schwester als Affe, kann sie doch schreiben, lesen, sich verständigen und über abstrakte Fragen nachdenken. Kurz: sie ist eigentlich viel zu menschlich für einen normalen Bonobo. Als Jim Forschungsdaten fälscht, um Umber zu schützen, wird die SAC auf ihn aufmerksam und fordert Umber zurück. Jim weigert sich und reist mit seiner Familie nach Afrika zu einem geheimen Forschungslabor des Pharmakonzerns, wo die Ereignisse sich überstürzen. Denn Umber ist nicht allein ...

Bastei Lübbe Taschenbuch

»Dieser Roman ist eine Bombe!«

NEW YORK TIMES

James Siegel
ENTGLEIST
Thriller
368 Seiten
ISBN-10: 3-404-15487-8
ISBN-13: 978-3-404-15487-6

Für Charles Schine war es ein Tag wie jeder andere, als er am Morgen mit dem Zug zur Arbeit fuhr – bis er die Bekanntschaft der attraktiven Lucinda Harris machte. Was mit einem kleinen, harmlosen Flirt begann, entwickelt sich zu einer erotischen Beziehung. Doch als die beiden beschließen, miteinander in einem heruntergekommenen Hotel zu schlafen, beginnt der Albtraum: Sie werden von einem Fremden überfallen, Lucinda wird brutal vergewaltigt, und Charles verliert seine Brieftasche. Fortan liegt ihr Schicksal in der Hand des Fremden, der seine Opfer gnadenlos erpresst – schließlich sind beide verheiratet. Charles gerät immer tiefer in einen Strudel aus Hass und Gewalt ...

Bastei Lübbe Taschenbuch